俞樾詩文集

五

俞　樾　著
張燕嬰　編輯校點

人民文學出版社

春在堂襍文五編卷六

趙子玉文鈔序

趙子玉有《四部舉例》一書，余嘗許爲體大思精、不朽之盛業也。一別數年，今年冬，來見余於西湖寓樓，以所作文二十五篇見示。自云歷年所作，叢殘薈萃，錄成稿本，此特其十之二三耳。然爲文雖止二十有五，而裝成兩巨册，厚若瓴甓，蓋文皆洋洋數千言，無如韓昌黎所謂『寂寥短篇』者也。余受而觀之，則無以易乎體大思精一語。其中如《上恪靖侯書》、《上張香濤制軍書》、《請興鐵路以變通河漕疏》，皆崇論閎議，有關當世大計，此其體之大也。如《恭謁南宗聖廟》及《備斂七答》，所議措置之法，皆細入秋豪，此其思之精也。夫以推倒一世之智勇，開拓萬古之心胷者，而仍能研窮義理之精微，辨析古今之同異，其人其才，不高出陳同甫一流之上乎？近世以來，論文者率以桐城爲文家正軌。夫桐城一派，誠謹嚴有法，然必執是以繩天下之文，則非通論也。孔子有言『辭達而已矣』。所謂達者，必舉日月所以行，江河所以流，天地所以明，鬼神所以幽，而悉顯之於文，然後可謂之達。『達而已矣』，乃難之之詞，非易之之詞也。陸士衡《文賦》云『要辭達而理舉，故無取乎冗長』。然云『觀古今於須臾，撫四海於一瞬』，又云『籠天地於形内，挫萬物於豪端』，則所謂『無取冗長』者，固已傾羣言而漱六藝矣。世之自託於桐城一派者，貌爲高古，實則空疏，貌爲清真，實則枯澀，見此等文，必以其辭繁不殺謂不合古文家法，不知文取乎達，而不以繁簡論，謝艾雖繁而不可删，王濟雖畧而不可益，讀子玉之文，但當賞其體大而思精，勿笑其下筆不能自休也。

嚴緇生《達叟時文》序〔一〕

緇生同年刻其所爲古文數十〔二〕篇，而名之曰〔三〕『時文』。或請其説，則舉明僧袾宏語以對。客疑而問於余，曰：『釋子語可爲典要乎？』余曰：不然。文無古今也，《周書·柳虯傳》云『時人論文體有今古之異，虯以爲時有今古，非文有今古』，此〔四〕爲通人之論。時文者，今時所作之文，非獨謂制舉業也。明洪武初，詔設科取士，初場《五經義》二道，《四書義》一道。本朝沿其制，順治初定鄉試，第一場《四書義》三篇，經義四篇。是制舉業本謂之經義、《四書義》，故有『時義』之名，孫月峯序唐荆川之稿，曰『國家以時義取士二百五十年』是也。是故時義者，制舉業之專名也。時文者，凡時人所作之文皆可以名之，不專謂制舉業也。緇生名其所作古文曰『時文』，何不可之有？艾南英有曰〔五〕：『制舉業之道，與古文常〔六〕相表裏。』然則時文、古文，亦俗士强爲分别耳。歸震川以古文爲時文，用心益勤，而去時調愈遠，以至屢困春官，則歸震川之時文，即謂之古文可也。陳龍川論文曰：『意與理勝，則文字自然超衆，故大手之文，不爲詭異之體而自然宏富，不爲險怪之辭而自然典麗，奇寓於純粹之中，巧藏於和易之内。』則陳龍川之古文，即謂之時文可也。余性坦易，不喜作艱深語，詩法香山，文法眉山，取其近乎時也。韓昌黎之告劉正夫也，曰：『或〔七〕問爲文宜何師？』曰『宜師古聖賢人』，又曰『師其意不師其辭』，又曰『文無難易，惟其是爾』。緇生之文，師古人之意而不師古人之辭，正合乎韓子所謂『是』者。《爾雅·釋詁》曰：『時，是也。』然則謂之時文亦宜〔八〕。

【校記】

〔一〕此序又見於光緒十六年刻本《墨花吟館文鈔》（以下簡稱『《墨》本』）書前，用作校本。

〔二〕數十，《墨》本作『如干』。

〔三〕『曰』下，《墨》本多『達叟』二字。

〔四〕此，《墨》本作『斯』。

〔五〕曰，《墨》本作『云』。

〔六〕常，《墨》本無。

〔七〕曰或，原本互乙，據《墨》本及《昌黎先生文集·答劉正夫書》改。

〔八〕『宜』下，《墨》本多『光緒庚寅十二月曲園俞樾』。

王爵棠方伯《國朝柔遠記》序

昔道光時有臣曰魏源，著一書曰《聖武記》，自開國之初用兵，次第以及康熙中戡定三藩，乾隆時蕩平回部，備載無遺，述皇朝武功之盛，以傳示後世，其意至深遠也。今光緒朝又有臣曰王之春，著一書曰《國朝柔遠記》，自順治以迄於同治，於中外交涉機宜以及通商始末，凡所以控御八荒，懷柔萬國者，皆在焉，視魏源之書，用意尤爲深遠。然源之書已風行於時，而之春之書知者猶罕。竊嘗受而讀之，喟然而歎曰：『天之所以宏覆無外，而我國家所以長駕遠馭、陶六合爲一家者，其將在此乎？』晉皇甫謐《帝王世紀》云：『自神農以上有大九州，柱州、迎州、神州之等，黄帝以來，德不及遠，惟於神州之内分爲九州。』是説也，儒者或未之信；及佛氏之書出，而四大部洲之説興，更爲儒者所不道。乃自泰西諸國通乎中夏，則海外五大洲，曰歐羅巴、曰利未亞、曰阿細亞、曰南北亞墨利加、曰墨瓦蠟泥加，固皆舟車之所至，人力之所通矣。以是推之，佛氏四大部洲可信，而神農以上大九州亦可信。夫神農以上，如天皇、地皇之類，固荒遠難稽，而伏羲都陳，神農亦都陳，後又都魯，則載籍有徵，學者亦皆信之。然則神農以上君臨大九州者，皆吾中國聖人，而四裔無與焉。天下大勢，合久必分，分久必合。今遠人來驩，視道如咫，此蓋分而復合之徵。意者，吾中國有大聖人，將合大九州而君之，以復神農以上之舊乎？世徒見其人心計之奇巧，器械之精良，挾其長技，淩犯我邊陲，則惴惴焉懼中國之不可以爲國，而不知治天下有本有末，其心思之奇巧，器械之精良，則天實啓之，使得以自通於中國者也，皆其末也。若夫其本，則固在我中國矣。當孟子時，有善戰者，有連諸侯者，有闢草萊、任土地者，人人以爲得富強之策，亦猶今西國之人，心計奇巧而器械精良，雖孟子無以尚之也。孟子則一言以折之，曰：『盍亦反其本矣。』所謂『反其本』，無他焉，省刑罰，薄税斂，使仕者皆欲仕於其朝，耕者皆欲耕於其野，商賈皆欲出於其塗，鄰國之民皆仰之如父母，如此者，在孟子時不過朝秦楚、莅中國，而在今日，則雖統大九州而爲之君，不難矣。草茅微賤，不足窺測朝廷德意，然竊見聖天子精求吏治，勤恤民隱，一遇水旱偏災，疆吏未及上聞，而璽書已先下問，可謂得其本矣。異時，德洋恩溥，使東西洋皆在怙冒之中，以復神農以前東西九十萬里、南北八十五萬里之盛軌。此一編也，非其嚆矢乎？愚故曰：視魏源之書，其用意更深遠矣。

曾季碩女史《虔共室遺集》序〔一〕

風雅既熄，騷賦斯興，古意雖存，音節全別。卯金之世，肇啓五言，李陵河梁之篇，傅毅孤竹之詠，婉轉述志，怊悵敘情，其風人之嫡派乎？其後縹緗才子，聲藻文人，各馳逸轡，咸競雄鳴。才力有餘，歌行乃作，於騷爲代興，於詩爲别子〔二〕矣。六朝綺靡，風力殊衰，而胎息自在。降及有唐，大啓厥宇，綜而論之，畛域斯判。初盛諸家，結漢魏之音響〔三〕，中晚以降，開宋元之塗轍。自是以往，古意微矣。有明復古諸賢，衣冠優孟〔四〕，讀之生厭，乃或走鍾、譚之仄徑，叩寂寞以求音，入於幽谷，無望康莊。聖清右文，超唐軼〔五〕漢，朝有載歌之雅，家習正始之音。二南風化，洋溢海内，婦人女子，咸識體要。若華陽曾季碩女士所著《虔共室集》，則尤異焉。直而不野，麗而有則，不求纖密之巧，自有宏肅之美。昔人稱嵇志清峻，阮旨遥深，其兼之乎？余嘗見其手寫草稿，字體娟好，〔六〕仍含樸茂之意，兼工篆隸，雅擅〔七〕丹青，女子中多材多藝如斯人者，見亦罕矣。與厥〔八〕良人子芾孝廉寓居〔九〕吳下，余子婦輩皆與相習。非獨才美，德亦優焉，如何不淑，一旦〔一〇〕奄化。子芾〔一一〕感念前情，刊刻遺集，質亡才在，算促名長，爲題其端，冀有述於後世〔一二〕。

【校記】

〔一〕此序又見於光緒刻本《虔共室遺集》（以下簡稱「《虔》本」）書前，用作校本。

〔二〕子，《虔》本作「出」。

〔三〕音響，《虔》本作「緒餘」。

〔四〕衣冠優孟，《虔》本作「優孟衣冠」。

〔五〕軼，《虔》本作「越」。

〔六〕「好」下，《虔》本多「而」字。

〔七〕雅擅，《虔》本作「尤喜」。

〔八〕厥，《虔》本無。

〔九〕「子芾」至「寓居」，《虔》本作「張君子馥共寓」。

〔一〇〕旦，《虔》本作「朝」。

〔一一〕芾，《虔》本作「馥」。

〔一二〕「世」下，《虔》本多「光緒十有七年歲在辛卯仲春之月，曲園居士俞樾書，時年七十有一」。

《毘陵惲氏族譜》序

光緒閼逢涒灘之歲，《毘陵惲氏重修族譜》告成而問序於余。余惟惲氏得姓自西漢，至今數千年，自宋中葉，別其族爲南分、北分，至今又千餘年。支分派別，誠不可以無譜。其譜創始於前明成化間，閱三十年輒一修，國朝咸豐間，其族人子騑先生獨任其事，體例詳明，時稱善本，而至今又逾三十年。於是其族之賢士大夫踵前例，考支派，補緝文獻，以成斯譜，誠敬宗收族之盛心也。然而原序則既備矣，余又何言？雖然，余於原有譜序中，獨服膺吾鄉姚文僖公之作。蓋諸序不過盛推其譜之美，而文僖獨能訂正其相沿之舊説，與《大雲山房文集》《得姓述》一篇，互相發明，誠惲氏子孫所不可不讀者也。余於文僖，無能爲役，請因文僖『孝弟禮義可爲世法』一言而更徵其實。蓋惲氏自前明以來，衣冠盛事，有爲當代右族所不能及者。其在前明，有支祖曰東麓公者，官至湖南按察使副使。先是，其封公性好施與，值湖南大無，載穀數十萬石往振之。未幾，其子即官其地，而後之子孫官湖南者，亦必有所表見。道光間，吾師薇叔先生以名翰林出守岳州，後至開府；其弟之子莘耘太守曾宰零陵，課民種桑，教以蠶織，民尤賴之；咸豐間，次山中丞建節於是，至今俎豆不祧。夫先世爲善，至數百年之後子孫猶食其報，此其不可及者一也。世擅著述，古人以爲美談。惲氏在國初有遜庵先生、香山先生、南田先生，並以文章氣節後先輝映。南田詩書畫，世稱三絶，得其寸縑，寶猶尺璧；至簡堂先生，以古文名一世，所著《大雲山房文集》，與南田《甌香館詩集》並行，卓然爲本朝一大家。古稱安平崔氏、汝南應氏，其家相繼以文稱，然不過二三世而已，惲氏之不可及者二也。東麓公始官部郎，劾劉瑾，直聲震天下。後官湖南副使，有政聲。至本朝，而簡堂先生與遜堂先生並稱循吏，遜堂先生之子即次山中丞也，起家翰林，由吏部郎出守，官至湖南巡撫，與東麓公官蹟相似，而與吾師薇叔先生，一爲南分，一爲北分，先後數年間，並建節鉞，海内榮之。薇叔先生之弟畹香觀察，曾官安徽靈璧縣，有惠政。其子杏耘觀察，爲吾浙糧儲道，菘耘觀察，權湖北武昌鹽法道，均克舉其職。至薇叔先生之子莘農，見官湖北漢黄德道，曾權臬使，不久犀軒熊節，繼吾師而起矣。往歲，吾浙士民謳思遜堂先生之德，請入祀名宦祠，而湖南以次山中丞遺澤在民，亦有是請。中丞之子小山觀察，曾權直隸遵化州牧，既殁而民不能忘，亦請崇祀名宦，旋以新例，非越三十年不得請，乃已。然甘棠之愛，久而愈永，三十年後，必有是舉。是則祖孫父子，三世祀名宦也，其不可及者三也。咸豐、同治間，科弟尤盛。伯方觀察，余與俱成進士者也。戊午歲，杏耘與竹坡大令同舉京兆。其明年，莘農成進士。甲子、丁卯，菘耘與少薇内翰相繼登賢書。至庚午，而君碩户部繼之。其明年，次遠庶子以二甲第一人入翰林。至壬午，少薇之子薇孫亦舉京兆。而今歲，季文又以選拔貢成均。惲氏之興，未有艾也，然則文信所謂『孝弟禮義可爲世法』者，玆非其明效歟？余甲辰鄉試，出薇叔先生門下，先生官江西巡撫時，余適家居。先生手書勸勉，屬望甚厚，今老大無成，一莊荒矣。因其族中長老之請，爲族譜作序。劉熙不云乎，『序，抒也，抒泄其實，宣見之也』。文信之序既詳於稽古矣，余乃備舉明代以至我朝惲氏之盛事，而歸本於文信『孝弟禮義』之説，是即抒泄其實也。惲氏子孫，其益勉其實，則我朝南分、北分之惲，視古昔譜牒家所稱南北之鄭、東西之裴，不且遠出其上哉？

《合肥龔氏族譜》序

龔氏之始，相傳出於晉大夫龔堅遐哉，弗可考矣。逮乎漢世，則渤海太守龔遂之政績，楚人龔君賓、龔君倩之亮節清風，並著美當時，流聲後代。夫非龔氏之良乎？乃吾讀《合肥龔氏譜》，竊歎其所見之卓也。自來譜牒家必依附名流以自重，言李悉出隴西，言劉悉出彭城，悠悠世祚，訖無考按，昔人歎之矣。龔氏爲合肥望族，初未有譜，此譜爲龔仰蘧方伯所刊，而實本於其六世祖息軒公，及其叔曾祖叔損公。其族兄延玢暨延玢之孫本坦又增補之，粗有成書，旋經兵燹，未付剞劂。方伯又命其族姪孫彦緒、族姪曾孫毓棠采訪續輯，以底於成，凡歷百數十年而後告備焉。溯龔氏自臨川遷合肥，蓋在明初，而先世始家廬者，自息軒公已不能詳，是故譜以一山公爲始祖，紀實也。方伯徵求文獻，網羅放失，於江蘇毘陵宗譜得一山公之上，自南唐參知政事贈太傅諱琪者以下二十世世系，乃謹刊其名諱爲表一卷，列於卷首，而譜則仍以一山公爲始祖，循舊也。夫譜之作，所以推敘昭穆，使百世不相亂也。使必依附名流，則如楚兩龔及龔渤海，豈不足爲龔氏重？而乃斷從一山公始，雖太傅公以下之實有可據，亦止表列於前，而譜不及焉，何其體例之嚴也！一山公爲始祖，其三世以後又分二支，小樵公爲南分支，龍潭公爲北分支，而南分支又有別居沙井塘之分支，四世後，又有諱洛者居花家岡，爲花家岡支。凡支分而派別者，咸采輯焉，何其體例之備也！吾知之矣，其嚴焉者，以譜之不可以冒濫也，義之精也；其備焉者，以譜之不可以遺漏也，仁之至也。《易》曰：『立人之道，曰仁與義。』觀於兹譜，庶幾其有合歟！故吾歎其所見之卓也。龔氏在明代，屢有聞人，入本朝，而端毅公以文章雄海內，嗣是掇巍科、登顯仕、祀名宦鄉賢者後先相望。方伯族伯獻丹公以知縣告歸，里居教授，學者宗之，稱『淮南龔先生』。又其堂兄照琪、族姪善思，同宦江南，有『循吏二龔』之譽。以今方古，今之二龔，其卽漢之龔渤海；而淮南龔先生，其卽漢之楚兩龔乎？方伯大父廷鸞公，任卹睦婣，鄉里矜式；尊甫祚之公，博學多聞，善詩古文詞，皆有志修宗祠、輯族譜，未逮而殁。方伯既重建宗祠，又纂定族譜，壽之於木，所謂善繼善述者乎？往年，方伯備兵滬上，聲望翕然，未幾而陳臬吾浙，旋攝藩條，異日封疆節鉞，敭歷中外，遠承太傅，近紹端毅，龔氏之興，其未有艾乎！請即以斯譜爲之券也。

孫仲容《古籀拾遺》序

《詩》云：『昔我有先正，其言明且清。』然則古人之言，未有不明且清者也。乃今讀三代之遺書，類多詰曲聱牙而不可通，何歟？及讀高郵王氏《經義述聞》、《讀書襍志》，乃知古人之言所以詰曲聱牙者，由於不明句讀、不審字義、不通古文叚借之故。若以王氏讀書之法讀古人書，則無不明且清矣。王氏《讀書襍志》附《漢隸拾遺》二卷，於漢碑之差互難通者，思過半矣。惜其未以此法讀鐘鼎文字。蓋王氏於古音古義所得者多，而於古字，或未能盡識也。今讀瑞安孫君仲容所撰《古籀拾遺》，殆爲王氏補其所未逮乎！仲容好學不倦，而精力又足以副之，凡前人所未釋之文，及誤仞之字，皆以深湛之思一索再索而得之。如『匽喜』之即爲『燕喜』，『妄寧』之即爲『荒寧』，『成唐』之即爲『成湯』，『幽尹』之即爲『幽君』，皆犂然有當於人心。又據齊侯鎛鐘之『旣専乃心』，證『心腹腎腸』之誤文，據周麋生敦之『以召其辟』，證『昭事厥辟』、『會紹乃辟』之誤解，尤有功於經義。他若據楚公鐘知《楚世家》『能咢』當爲『逆』，據遺小子敦疑《左傳注》『甘讒』當爲『魯』，千載之下，考定形聲，獨出己見，非有卓見者而能若是乎？又謂『甲胄』之甲，古或從衣，『履絇』之絇，古或從夊，據古籀之遺文，補《說文》之或體，引申觸類，如此者當不少矣。仲容於余爲年家子，聞其治《周禮》甚精博，惜未之見，讀此亦可見其得於古者深也。余老嬾廢學，無能爲役，而仲容介蔡君臞客乞序於余。余因憶《容齋四筆》載《蘇魏公集》『測定政宗』爲『側足致泉』之誤，竊歎以近時之書而烏焉之誤已至於此，况三代遺文乎？安得如仲容者，好學深思，舉凡『測定政宗』之類而一掃之也。

《誦芬詠烈編》序

武林徐氏以翰林起家，台衮相襲，碩德清望，累世不衰。恭讀乾隆間高宗純皇帝賜文敬公碑文，有云：『亦令爾子孫，誦芬詠烈，知所法焉。』然則徐氏之亦世載德，不忝前人，高宗神聖，其先知之乎？越百餘年，而文敬之六世孫，花農太史琪，成進士，入詞林，疊膺中外衡文之任，駿烈清芬，庶幾其克紹矣。今年夏，花農以所輯《誦芬詠烈編》見示，則其詠世德之駿烈，而誦先人之清芬，上可爲邦家之光，下可爲閭里之榮者，真名山之大業，而不朽之盛事也。是書都凡一百有五卷，卷首恭錄聖諭、恩命等，東南望族，莫與比倫。次之以國史列傳及志書人物傳，與凡家乘之所紀載，諸家之所傳述，備列無遺。又次之以文敬以下諸公之詩若文，皆花農蒐輯而得者，上稽史牒，傍詢故老，徵文考獻，爲力尤勤。至於留傳之軼事，寶藏之畫像，以及題名世系，無不謹錄於後，而諸名家讚頌、歌詠之文亦附焉。文繁而事覈，體大而義精，以是爲徐氏一家言，美矣備矣。書成，名之曰『誦芬詠烈』，遵高廟之遺訓也。余嘗感孟子之言，『故國不在喬木，而在世臣』，是以《小雅》詩人，睠懷尹吉，家父、仍叔，名在《春秋》，降而後世晉之王、謝，唐之崔、盧，並繫時重輕，同國休戚。我國家重熙累洽，主聖臣賢，鼎鉉之家，類能世濟其美，敬繹高廟之訓，其所望於世臣之後者，豈不至深且遠哉？ 自古文章必原本於忠孝，花農此編，論譔其先祖之美，而明著之後世孝子之思也，對揚高宗純皇帝之丕顯休命忠臣之誼也。《易》曰『食舊德，從上，吉也』，吾爲徐氏望。《詩》曰『凡周之士，不顯亦世』，又不僅爲徐氏一家幸矣。

《彭剛直公奏議》序〔一〕

彭剛直公以豐功偉略，亮節清風，由諸生起家而登八坐，負海内重望者，垂三十年。雖窮海絶徼，無不震懾其威名，雖丘里細氓，亦知倚之以爲重。咸豐、同治以來，諸勳臣中始終饜服人心，無賢不肖，交口稱之而無毫〔二〕髮遺憾者，公一人而已。公雖以戰功顯，而翰墨固其所長，敭歷中外，幕無僚友，上而朝廷章奏，下而與友朋書札，皆手自屬稿，不假手於人。光緒十六年，公薨於里第。余命孫陛雲往弔，得其奏疏如〔三〕干篇以歸。公一生戰績，及其出處大概，具見於斯，是不可不傳之後世。余乃粗爲排比，釐作八卷，其中有數篇已見《曾文正集》中，蓋當時公與文正會奏者。或疑：『此殆由文正主稿，宜從芟薙。』余謂不然。國家定制，凡朝臣會議之摺，摺尾必聲明云：此摺係某衙門主稿，若疆臣會奏，初不聲明，篇中臣某臣某各陳己見，在當時，既未嘗以某人主稿明告君父，則後人何能臆斷爲某人之筆乎？ 若必削而不列，則兩集皆不宜載，而此文竟無可入之集矣。文字不存，事迹湮没，後人何從徵信乎？ 又有謝恩諸摺，照例用四六文者，或謂亦可不存。余又謂不然。體雖駢儷，而感激之意出於至誠，忠憤之氣溢於詞翰，豈他人捉刀者所能道乎？ 余見近時諸名公奏疏，尋常例報之摺備列無遺。

公皖撫江督，力辭不就，故此等例摺無一焉。然則又何删乎？至於每摺所奉諭旨，他集或有載入者，綸綍之重，附録於後，竊謂非宜。唐宋人奏議，亦無此例，故未敢同也。公晚得風疾，語言不清，每發一摺，稿成於腹，而口授於人。或猝不能曉，則〔四〕發憤以手擊案，又㖤𪡏而授之，稍涉繁冗，職此之由，悉仍舊文，不敢增損。每讀其文，至『臣以寒士始，願以寒士終』，未嘗不肅然起敬。又云：『士大夫出處進退，關繫風俗之盛衰，天下之亂，不徒在盜賊，而在士大夫進無禮、退無義。』大哉言乎！自古名臣奏議，未有見及此者也。嗚呼，此其所以爲剛直公之文歟〔五〕！

【校記】

〔一〕此序又見於光緒十七年刻本《彭剛直公奏稿》（以下簡稱『《奏》本』）書前，用作校本。

〔二〕毫，《奏》本作『豪』。

〔三〕如，《奏》本作『若』。

〔四〕則，《奏》本無。

〔五〕『歟』下，《奏》本多『光緒十七年歲在辛卯冬十月德清俞樾』。

《彭剛直公詩集》序〔一〕

光緒十六年，彭剛直公薨於里第。余命孫陛雲往弔，得其奏稿以歸，余既序而刻之矣，又有詩稿若干卷。余惟班孟堅有言，『著作者，前列之餘事』，韓昌黎因之而〔二〕云『餘事作詩人』，然則著作已爲緒餘，詩則尤其餘也。公功在天下，名在國史，固已擅不朽之盛事矣，又何藉此餘事爲乎？然公起家庠序，幼嫻詞翰，其後雖崎嶇戎馬，而吟詠之興不衰。每爲詩，搖筆立成，往往樽酒未寒，而詩已脱稿。余嘗與同游雲棲，公左手持杯，右手把筆，即席成詩六章。余詩所云『籃輿有約到雲棲，白髮彭郎興不低。左手持杯右持筆，六章詩在席間題』，紀其事也。而一時意興之盛，可以想見矣。公少年詩頗效法西崑，讀其《從軍集》中諸作，對屬工麗，體格沈雄，於金戈鐵馬中而能辦此，古所稱『上馬殺賊，下馬草露布』者，不足奇矣。其晚年之詩，間有流於率易者。且公詩多成於談笑之頃，故七律一體獨多，歌行不多作。然如《泊甘棠湖看五老峯》一首，硬語盤空，可與昌黎爭席。如《貞女行》一篇，敘次詳贍，音節古雅，則又與古詩《孔雀東南》之篇相伯仲矣。非自幼致力於詩者深，其能若是乎？余删存其詩，定爲八卷，釐作六集，曰《吟香館愁草》，曰《從軍草》，曰《巡江草》，曰《北征草》，曰《續從軍草》，曰《退省盦閑草》，諸名皆公所自定也。詩既分集，不能編年，然公之一生，約略可見。綜而論之，公幼歲屯邅，中年勞苦，晚歲雖功高望重，而憂時感事之忱不能自已。後世讀其詩、論其世、想見其人，是公雖不必以詩傳，而詩亦足以傳公，安得以其爲餘事而忽之〔三〕？

【校記】

〔一〕此序又見於光緒十七年刻本《彭剛直公詩稿》（以下簡稱『《詩》本』）書前，用作校本。

〔二〕因之而，《詩》本無。

〔三〕『之』下，《詩》本多『光緒十七年歲在辛卯冬十月德清俞樾』。

鄭小坡《醫故》序〔一〕

鄭子以所著《醫故》上下〔二〕篇見示，屬爲之序〔三〕。余笑曰：『吾故著《廢醫論》者，又何言？』受而讀之，歎曰：『得君此書，吾《廢醫論》可不作矣。』夫自太樸既散，衆感交攻，真元內漓，戾氣外轃。粵〔四〕有疢疾，是夭天年。古之神聖，精與天通，乃假草木之華滋，以劑氣血之盈虧。漢陸賈言：『神農嘗百草之實，察酸苦之味，教〔五〕人皆〔六〕食五穀。』然則嘗草之初，原非采藥，但求良品以養衆生。果得嘉穀，爰種爰植，是稱神農。既得所宜，兼求所忌，是以《漢志》載〔七〕有《神農食禁》之書，有宜有忌，而醫事興矣。《本草》一經，附託神農，良非讆也。嗣是厥後〔八〕，《素問》、《靈樞》傳一十八篇之內經，雷公、岐伯發八十一難之奧義。仲景、叔和，聖儒輩出，咸有論著〔九〕，各自成家。史家著錄，富埒儒書矣〔一〇〕。鄭子〔一一〕考其源流，別其真贋，六師九師，斥王勃《序》之誕語；外實內實，證《華佗傳》之訛文〔一二〕。昔魏宣武以經方浩博〔一三〕，詔諸醫尋篇推術，務存精要，此書庶幾〔一四〕近之乎？懸壺之士，得此一編，奉爲繩墨，察〔一五〕於四然，審〔一六〕於二反〔一七〕，處方用意，務合古人，而醫道自此尊矣，醫道亦自此難矣。醫道尊則不可廢，醫道難則不知而作者少，亦不待廢。余〔一八〕故曰：得君此書，吾《廢醫論》可不作也〔一九〕。

【校記】

〔一〕此序又見於《醫故》書前（以下簡稱《醫》本），用作校本。

〔二〕上下，《醫》本作『内外』。
〔三〕序，《醫》本作『敘』。
〔四〕粤，《醫》本作『遂』。
〔五〕『教』上，《醫》本多『始』字。
〔六〕皆，《醫》本無。
〔七〕載，《醫》本無。
〔八〕厥後，《醫》本無。
〔九〕著，《醫》本作『譔』。
〔一〇〕矣，《醫》本作『焉』。
〔一一〕鄭子，《醫》本作『吾友叔問以治經大例博』。
〔一二〕『文』下，《醫》本多『房家原於禮經，博極鄭注；　石鍼廢於季漢，說本服虔』。
〔一三〕博，《醫》本作『衍』。
〔一四〕庶幾，《醫》本作『殆』。
〔一五〕察，《醫》本作『審』。
〔一六〕審，《醫》本作『察』。
〔一七〕『反』下，《醫》本多『陽盛調陰，陰盛調陽』。
〔一八〕余，《醫》本作『吾』。
〔一九〕『也』下，《醫》本多『光緒辛卯五月曲園居士俞樾書，時年七十有一』。

楊性農同年《重宴鹿鳴詩》序

古者以鄉飲酒之禮賓興賢能，而工歌有《鹿鳴》、《四牡》、《皇皇者華》三篇。於是後世相沿，以爲故事。昌黎《送楊少尹序》云：『楊侯始冠，舉於其鄉，歌《鹿鳴》而來。』則唐之世已然矣。工歌三篇，而止云《鹿鳴》者，舉其首篇耳。宋制因之，有鹿鳴之宴，《東坡集》有《鹿鳴宴詩》，是其證也。聖清文治之隆，超逾前代，列聖嘉惠士林，加恩耆宿，凡士有重遇鄉舉之年者，準其重赴鹿鳴之宴。稽之《會典》，乾隆朝有若順天府霸州康熙甲午科舉人孟琇、雲南石屏州雍正巳酉科舉人賽嶼，自嘉慶以後，史不絕書，如阮元、湯金釗之碩德重望，翁方綱、王念孫之博學名儒，皆以耆年，膺此異數，士林傳述，以爲美談。今上御極之十有七年，歲在辛卯，爲功令鄉試之年。湖南武陵楊君性農彝珍，余庚戌進士同年也，其舉於鄉，爲道光十二年壬辰恩科，明年，太歲又在壬辰，而非鄉試之年，遵例於今年辛卯重赴鹿鳴之宴。疆吏以聞，天子俞焉。皤皤黃髮，與莘莘士子同列賓筵，道途聚觀，僚掾環顧，皆以爲神仙中人。君賦五絶句紀之，且云：『不佞及求闕翁，與曲園登鄉舉，名次皆三十六，想三人出處隱顯，易地皆然，故鄉舉名次同歟！』求闕翁謂曾文正公也。余聞其言，愯然不敢當。余章句陋儒，何足並論。若君與文正公，雖出處隱顯不同，然君有一事焉。方粵賊之起也，其魁曰楊秀清，爲湖南耒陽縣楊大鵬之子。有詔發掘其墓，有司廉問。楊大鵬無子，而其姊夫梁人泰生子名宗清，小名禾乃，其後大鵬卽撫爲子。君念『禾乃』二字合爲『秀』字，而又爲楊大鵬養子，然則楊秀清卽楊宗清、小名禾乃者也。乃致書諸當事者，據以入告，盡發楊大鵬、梁人泰兩家冢墓。其地在天子岡，堪輿家每謂此山有王氣云。數月之後，秀清卽爲其黨所殺，此事與唐黄巢、明李自成相似。然則，文正公以師武臣力殲除巨憝，謂君有以陰相之，亦無不可，天故使鄉舉名次相同歟！君家舊有移芝之瑞，及前年又產數芝於愛鼎堂前，此文字之祥，亦福壽之徵，重宴恩榮，可操券矣。昌黎《送楊少尹序》，乃君家故事，然少尹年壽不可考，云始冠舉於鄉，則其歌《鹿鳴》也，年必甚少，未知能再遇歌《鹿鳴》之歲否？此又昌黎所謂『古今人同不同未可知』者也。余援昌黎之例，爲文以贈君，并和君五絶句，而卽以此文爲之先。

王夢薇《本務述聞》序

王子夢薇以其先德蟾生先生所撰《紡織譜》，并其同里老輩翁海琛先生所撰《杵臼經》及《史西邨先生集》所載《飼蠶説》合爲一卷，名曰《本務述聞》，乞序於余。余讀而歎曰：嗟乎，生民衣食之原，惟在農桑，農桑者，天下之大本也。天下之大本，不可以末奪之，而務天下之本務者，亦不可以末參之。其事有一定之程，其器有一定之制，耒耜尺寸，載於《考工》，丈夫二犂，童子一犂，上女衣五，下女衣三，詳於《管子》。古人於農桑二事，實事求是，至纖至悉，而凡便宜苟且一切之謀，皆屏勿用。是以子貢以桔槔教漢陰丈人，丈人不從，曰：『有機械者，必有機事；有機事者，必有機心。』烏呼，其所見遠矣。自泰西之説行於中國，而凡農事織事，皆欲以機器行之，大朴散而大僞興，吾惡知所底止也。讀夢薇此編，猶見先民樸茂之美意，爲之三太息矣。

《菱湖鎮志》序

鎮之名，蓋古鎮將之遺。宋初，廢鎮將而存巡檢寨，鎮之名因而不改。吾湖爲浙西一大郡，其附近如雙林、如菱湖、如荻港，皆以鎮名，而菱湖之爲鎮尤鉅。其地古名秀溪，又名淩波塘。唐寶曆中，刺史崔元亮所開，今名菱湖，殆即淩波之異名乎？自宋以來，人文蔚起，秀艾之士，前後相望。今設有龍湖書院，延山長以課士，省垣大吏，自巡撫、藩、臬以下，按月行課，與省中三書院等，其規模之大，雖外府縣書院不及焉。菱湖爲湖屬大鎮，卽此可見矣。湖故水鄉，菱湖一鎮，菱芡之饒，魚稻之利，甲於湖郡，而尤以蠶絲爲大宗。國家歲入釐稅，無慮數百萬，度支經費，咸取給焉，而大半出於絲捐。絲捐以湖郡爲最，湖郡又以菱湖爲最，然則菱湖所係，豈不重歟！菱湖舊無志，明萬曆之末，鎮人龐太元始創爲之，而卒未成書。國朝諸老輩，如孫氏霖、卞氏乃繩、姚氏彥渠，先後采輯，皆未克觀成。孫翰卿茂才，菱湖知名士，英年好學，家富藏書，乃積十餘年之力，網羅故實，採取羣書，先設十大册，顏曰『菱湖輯』，闕漏者補，繁蕪者删，日積月累，成《菱湖志》四十四卷，體例嚴謹，敘述詳明，洵可備文獻之徵，而供輶軒之采矣。余忝主龍湖講席十餘年，與其地有文字因緣。而茂才之師魯幼峯太史，又余門下士也，喜其有志竟成，足以傳世而行遠。異時，國家重修《一統志》，知菱湖一鎮，關係東南甚大，其必於此書有取矣。

樊芾林詩序

余長子紹萊娶於咸寧樊氏，樊玉農太守，余親家翁也。往歲，余視學中州，玉農方守河南，一見如舊，承以女女余子，其殁也，余爲作《家傳》。并爲其第三子葶樓觀察作傳，深惜其以有用之才，際用才之日，而不獲竟其用，然余實未識葶樓也。玉農太守諸子中，余識其長子讓村、次子芾林、第六子稚農，而於芾林尤熟。芾林官兵部，余壬戌、甲子兩至京師，皆與相見，後聞其一麾出守，官至曹州知府而罷。曹州當捻亂之後，瘡痍未復，伏莽猶衆。芾林練勇丁，稽保甲，以清餘孽，振興學校，勸課農桑，以復元氣。守曹數載，頗有政績，至今曹人猶稱誦不衰。乃以不善事上官，不得久於其位，是亦有才而不盡其用者也。天生雄俊之才於樊氏，父子兄弟相繼，而皆不使得終其用，抑獨何哉？吾不僅爲樊氏惜矣。芾林既殁，其子明熙以其遺詩求序於余。詩凡三卷，曰《百衲稿》，曰《山居稿》，曰《行程稿》，皆芾林手定也。其詩古體有奇横之氣，近體則對屬工穩，語意清新，頗與劍南相近。詩雖不多，可以傳矣。樊氏父子兄弟中，玉農太守及稚農郎中皆嘗舉於鄉，芾林則副貢生也，而獨能以詩傳，吾爲之惜，又爲之幸矣。

《寄鴻堂集》序

古文一道，自宋以後，日益衰息，至明而尤甚。其卑者，喜爲枚乘骪骳之辭，以媚於世俗，其高者，則聱牙佶曲，自謂復古，而優孟衣冠，實不足以言古。蓋古文之衰甚矣。至本朝文治昌明，桐城方氏、姚氏諸先生出，始有以起明代之衰而追及於古之作者，故論文者必歸桐城，亦猶言詩者必歸新城也。李孝曾先生，爲姚姬傳先生門下高弟，同時如陳碩士、梅伯言諸君皆推重之。其所爲文，原本經史，抒寫性真，粹然儒者之言。而結體謹嚴，選詞雅潔，無叫囂之氣，無滌濫之音，是真姬傳先生之嫡派，而嘉慶、道光間東南古文家一大宗也。其集名《寄鴻堂集》，先生在日，未刊以行世，先生既殁，其仲子喬枚始校而鋟之木，未及流播，遽遭兵燹，版與書俱燬。幸其孫輩有鈔存之本，得不泯滅，然至今未付剞劂也。先生曾孫曰承先字少介者，以郡倅官吾浙，有幹才，爲上游倚重。彭剛直公與有世講之誼，時稱其賢，余因剛直得與之交，承其不棄，以《寄鴻堂集》屬爲之序。余謂：先生之文，自足傳世行遠，豈以鄙言爲重？況卷首已有宗滌樓先生之序矣。余生也晚，與先生門下之賢，如徐心庵、龔定庵諸老輩皆不及一見，淵源所在，固無聞焉，又何足以序先生之文哉？然少介之以此求序也，必且謀重刻之。余念先生一生宦蹟，發軔浙江，歷宰麗水、平湖、瑞安、建德、平陽、上虞諸縣，至今循聲猶在人口，而文集之傳，亦刻成於吾浙，殆非偶然。余雖不足序先生之文，而少介謀刻先生之文，則固不可以無序，然則余又何辭焉？少介既知刻先生之文，必知法先生之治，異日雙旌五馬，臨莅兩浙間，愷悌之聲，神明之譽，行且繼先生而起，卽於此刻徵之矣。

《心壺雅集詩》序

余先君子曾應山右康蘭皋中丞之招，客游覃懷者三年，今先君集中有《覃懷游草》兩卷，皆其時所作也。其所居曰緱山村，余往者奉使中州，道經其地，有王僧孺『引騶清道，悲不自勝』之意，賦五言詩一章，有云『經臨無限意，太息爲停騶』，蓋不勝風木之感焉。惟時校閲試卷，日不暇給，於先人游屐所經，如月山寺、圪塔坡諸處，皆未及一游，至今以爲憾。辛卯之冬，余養痾吴寓，有竇甸膏大令以《心壺雅集菁華錄》兩卷見示。大令爲河内人，余視學時曾來應試，但未知其時能識荆山之璞否？錄中又有臥雪居士康君名奉琛者，山西興縣人，則即蘭皋中丞之後也。先君客覃懷時，居士年必尚幼，未知其父若兄有及先君之門者否？往復流連，老懷爲之振觸。錄中之詩，或清詞旖旎，或古調蒼涼，不名一格，各擅其勝。而尤推『戎馬書生』之詩，沈雄跌宕，命意不凡，則即甸膏大令也。大令具文武才，居家時以諸生從戎，歷著戰績。曾率兩健兒馳入賊巢，解散其黨，縛其渠魁，材略有過人者。今官吴下，又精於吏治，爲上游倚重。詩如其人，洵不虛矣。其《登月山寺閣》詩，有『樹裏黄河一線懸』之句，奇警之至。憶先君《月山寺》詩有云『窗中納嶽色，烏下臨河壖』，讀大令此詩，令人如親游其地也。

《倚紅樓詩草》序〔一〕

辛卯初冬，學使者潘嶧琴學士輯《兩浙輶軒續錄》，剞劂告成，先寄示余於吴下。展而讀之，於閨秀詩中見有潘雲仙女史之詩，其集名《倚紅樓草》。其所選五言詩四章，筆致秀逸，而命意不凡。有《檢書》一絶句云：『夜半雪壓廬，翦燭伴君讀。願讀有用書，他年期報國。』此豈尋常閨閣中語歟？令人想見林下高風，而以未得讀其全集爲憾。乃未逾月，而女史之子葆謙介其友人以《倚紅樓詩》求序，始知雲仙其號也。女史實名淑正，仁和潘君鶴齡之女，而上虞連君芳之室。《輶軒錄》不載其爲連君室，而又誤以爲上虞人，不知上虞者，其夫氏所在，非母氏所在也。女史有句云『蓴鱸風味好，時憶六橋中』，則其爲仁和人，詩固〔二〕有明證矣。女史幼承父訓，長適名門，雖不永其年，而有令子，能傳其母之詩。其詩傳，其人亦傳，夭壽可不論也。余因書此於簡端，備述女史名字里居，以告讀女史詩者，且以訂《輶軒錄》之誤。異時寓書嶧琴學士，或附及之，當猶可改正也〔三〕。

【校記】

〔一〕此序又見於光緒刻本《倚紅樓詩草》（以下簡稱『《倚》本』）書前，用作校本。

〔二〕固，《倚》本無。

〔三〕『也』下，《倚》本多『光緒十七年臘月上澣德清俞樾撰』。

蔣杉亭《孟子音義考正》序

《日知録》言：「《孟子》字多近今，如『知』多作『智』，『説』多作『悦』，『女』多作『汝』，『辟』多作『避』，『弟』多作『悌』，『疆』多作『強』之類，與《論語》不同。蓋《孟子》一書，唐以前列入諸子中，陸德明作《經典釋文》，《老》、《莊》與焉，而《孟子》獨未之及。至宋孫奭，始據張鎰、丁公著、陸善經三家之言成《孟子音義》二卷，自是以後，讀《孟子》者始得以考正文字，辨別訓詁，厥功鉅矣。海寧蔣杉亭先生家富書籍，幼工詞翰，中年以後，返而窮經，尤致力於《孟子音義》一書。博采諸家，廣徵羣籍，有可以審定其音、發明其義者，逐條采綴，羅列無遺，成《孟子音義考正》二卷。先生既殁，長沙王益吾大司成采入《皇清經解續編》，於是海内皆知有此書矣。其子子貞欲别爲單行本以行於世，而乞余一言以弁其端。余讀其書，如『餒』之當作『餧』，『簿』之當作『薄』，『恝』之當作『忿』，『莩』之當作『受』，皆根據許書，足以匡俗正謬。又如『歡樂』當爲『勸樂』，『超北海』當爲『趨北海』，則於經文亦有訂正之功。而如『將比』之『比』當讀『毗』，『必反袗兄』之『袗』當讀徒展反，則吾輩童而習之，相沿而不覺者也。然則讀《孟子》者，不可無孫氏《音義》，而治孫氏《音義》者，又安可無先生此書哉？余年衰學退，於此書不能有裨萬一，惟念孫氏《音義》，一於趙《注》爲本，而與趙岐同時注《孟子》，尚有高誘，雖其書不傳，而散見《呂覽》、《淮南》、《國策》之注者，尚十得二三。余曾采取爲《孟子高氏學》，惜先生已歸道山，不及與之討論也。

《補刻春融堂集》序

青浦王蘭泉先生，以名進士由召試起家，官至九列，揚歷中外，典領兵刑。乾隆時，王師征緬甸，征小金川，先生皆與其役，崎嶇戎馬間，戰功甚多。其陳臬江西，以六十餘日決獄百餘，蓋文學、武功、政事三者兼長，卓然爲一代名臣，非止以箸述傳也。而其箸述，亦自足千古。先生少時與王鳳喈、吳企晉、錢竹汀、趙升之、曹來殷、黄芳亭諸公齊名，號『吳中七子』。及在京師，與朱笥河互主騷壇，有『南王北朱』之目，海内知與不知，皆稱爲『蘭泉先生』。其所居曰『春融堂』，蓋以刑部侍郎告歸，高廟有『俟春融南歸』之命，述天語，誌恩榮也。故其所箸詩文全集，即以春融堂名。兵燹之後，版本故在，但殘缺不全，未能摹印，於是其邑中諸君子謀補而全之。會有閑款，言於邑侯錢怡甫大令，鳩剞劂之工而從事焉。怡甫念先生爲其五世祖文端公門下之門生，而又與籜石侍郎同官十數年，時相過從，有累世通家之誼，乃捐廉俸以助其成，缺者補之，漫漶者亦重刻之，既畢工，求序於余。余之譾陋，何足序先生之書，且先生之書，亦豈以余言爲重哉？惟余博觀宋代諸家之集，楊億《括蒼》、《武夷》等集一百九十四卷，而今止存《武夷新集》二十卷，曾肇《曲阜》等集九十二卷，而今止存四卷，李廌《濟南集》二十卷，而今止存八卷，張舜民《畫墁集》一百卷，而今亦止存八卷，其甚者，《晏殊文集》多至二百四十卷，而今止存一卷，即幸而如王禹偁之《小畜集》，固尚完善，而其《外集》十三卷，則自第一卷至第六卷皆闕矣。沈括之《長興集》尚可讀，而卷一至卷十二並闕，卷三十一又闕，卷三十三至四十一又闕，則闕至二十二卷之多矣。夫自唐季至五代，卽有雕印書籍之事，貫休《禪月集》，方外之書，尚爲刻印流傳，則宋代名公之集，自必皆有刻本，乃任其殘缺，不爲補刊，當時士大夫不得辭其責矣。青浦諸君子惓惓於鄉衮之遺書，不敢廢墜，此固先生之珠光劍氣，自不可掩，而諸君子抱殘守缺之功，與怡甫大令篤念故家、興廢舉墜之雅意，亦有不可没者矣。先生之書，雖不以余言爲重，而補刻先生集之盛舉，則不可不箸。余所以不辭而爲之序也。

《鶴䴥軒詩存》序

今年春，余在吳下，湯子伯繇以宗湘文觀察書來見。余接其丰采，聆其議論，讀其所撰〔一〕箸，及其所爲詩，蓋佳士也。因時與往來，而伯繇乃以其母管淑人所爲《鶴䴥軒詩》見示。詩爲淑人父管荔生先生所删定，止九十三首，而此卷則伯繇病中所手寫者，止五十六首而已。詩雖不多，然格律老成，氣體高妙，得古作者之意，非如他女史之摹擬上官體，徒以綺錯婉媚爲貴者也。伯繇爲人，有樸茂美意，其爲學亦然，殆其母教乎？淑人嘗夢至一處，曰清碧山房，得絶句二首，醒而録之，一字不遺。余謂此事甚奇。白香山蓬萊之院、歐陽文忠神清之洞，自古有之，清碧山房，其卽淑人之靈芝仙館乎？生有自來，宜其詩亦字字華嚴法界來，而不徒以花紅玉白爲工也。

【校記】

〔一〕撰，原作『譔』，據文義改。

湯伯繇《漢書校録》序

余往年作羣經、諸子兩《平議》，後又思作《三史平議》。三史者，《史記》、前、後《漢書》也，苦無善本可據，又無他本可校，文字異同，未能盡悉，因輟弗作。嘗卽《漢書》言之，如《高帝紀》『隆準』之『準』，從服虔説、應劭音則當讀如『拙』，從李斐説、文穎音則當讀如『準的』之『準』，《司馬相如傳》『勺藥』之『藥』，從諸家説則當音『略』，從師古説則仍如本字，然此猶同一字也。如《貨殖傳》『干越』，從孟康説則當作『干』，南方越名，從師古説則當作『于』，發語聲也，此并異其字矣。他如《地里志》，中山國曲逆縣，張晏曰『濡水於城北曲而西流』，是二字皆應讀如本字，而後人讀作『去遇』，此不宜改讀而改讀者也。《高惠高后文功臣表》『鮦陽公』，師古音『紂』，此與《爾雅》『鮦，大鮦』，字同而音異，師古所謂『當時所呼，別有意義』者，而後人乃從孟康注衍文『紂紅反』，仍讀如『鮦，大鮦之鮦』，此宜改讀而不改讀者也。又有不達古語而誤解者，如『遲明』、『無慮』之類，王氏《讀書襍志》具説之，而『物故』二字，亦古語也，以爲『歾故』之誤，失其解矣。又有不識古字而誤改者，如『骨肉之恩粲而不殊』，『粲』爲『粲』誤，學者皆知之，而《孝哀帝紀》『迟於側陋』，『迟』乃古『起』字，後人不識，改作『延』字，失其字矣。蓋讀史雖與讀經異，而《史記》、前、後《漢》，則史猶經也。不通小學，必不能治此三史。今年閏月，武進湯子伯繇過我春在堂，出所箸《漢書校録》見示，以殿本及明淩氏《評林》本校毛氏汲古閣本，博采高郵王氏、嘉定錢氏諸家説，繩愆糾繆，深得古義，而余所説迟字一則亦采入焉。余深喜其能以治經者治史，因書數語以質之。

孫春叔先生遺文序

孫春叔先生以名翰林官至鴻臚寺少卿，屢主文衡，負公輔之望，乃以御史任内公罪去官，未竟其用，時論惜之。先生歸而優游鄉里，主休甯書院講席垂二十年。其論文必以理法爲主，不苟尚才華，亦不矯言清微淡遠，故一時高材生多奉先生爲圭臬焉。余甲辰鄉試座主爲陽湖惲薇叔中丞，而中丞會試實出先生之房，余於先生，唐人所謂門生門下之門生也。余未通籍前客授新安，偶爲人作行卷，先生見之，詫曰：『誰爲此文者？吾邑中無其人也。』已而知爲余作，歎曰：『名下固無虚士。』命其二子事余爲師。余在新安，文名頗盛，雖年未及三十，而年相若者往往以文就正，折節稱弟子，先生揄揚之力也。歲在庚戌，余成進士，去新安。未幾而粤寇陷休寧，先生抗節不屈，竟戕於賊。余後亦不復再至新安，未克以隻雞斗酒拜先生之墓，亦不獲於蟫斷蠹朽中訪求先生遺書，追念前塵，爲之太息。今年，先生之孫升甫茂才寄示先生所爲《四書文》二十一篇，讀其自序，知爲乙酉歲所作，先生捷南宫之上一年也。其理淵然以深，其味悠然而長，其氣穆然而靜，蓋其時遇合之文大率如此。嗚呼，可以觀文運，亦可以觀世運矣。新安屢經兵火，故家喬木，零落無遺。而先生之文，顧未泯没，以余之衰老，猶得見之，雖其二子皆已下世，而其孫猶能抱殘守闕，存手澤之什一，是可爲先生幸也。

王子莊《中外和戰議》序

粵自道光中葉外洋之釁始開，挾其心思之巧，器械之精，以淩駕我中國，而中國又適有粵寇之亂，於是外國之勢日益強盛，西洋互市，東洋繼之，至於今日而時變極矣。黄巖王子莊先生於是有《中外和戰議》之作，其書凡十六卷，歷考前史，觀其已事，無論其爲全盛之時，爲積弱之時，爲有亂之時，而所以御之者，無不有得而有失。語曰：『前事之不亡，後事之師。』先生此書，固古今得失之林也。謀國之人，孰復是書，鑒其失而求其得。和必有所以和，一於主和者非，戰必有所以戰，一於主戰者亦非，和戰並用，而自有裕乎未戰之先、持乎既和之後者，則以撫海外而制四夷，不難矣。抑余讀先生之書而更有進焉。先生此書所采輯皆自漢始，然方今之世，與自漢以來則有異矣，今日之天下乃一大戰國也。孟子告齊宣王曰：『海内之地方千里者九，齊集有其一，以一服八，何以異於鄒敵楚哉？盍亦反其本矣。』今吾中國，固一統全盛之時，而東西洋各國鱗羅布别，地醜德齊，莫能相尚，亦居然如七雄之並峙矣。似宜兼采戰國策士之言，凡連横約縱之謀，近交遠攻之略，皆方今之切務也。然此乃論其末耳，若論其本，則孟子『反本』一言，尤自強之上策矣。敢以質之先生，先生以爲然否也？

釋淡然《周易注》序

《易》之爲書，廣大悉備，其无思无爲，感而遂通，尤深得西來大意。宋楊簡之《慈湖易解》、王宗傳《童溪易傳》，皆高談心性，與禪理通明，蘇濬解『潛龍勿用』爲『心之宗然不動』，解『大明終始』爲『心之靈明不爽』，《易》理也，卽禪理也。釋澹然幼讀儒書，有聲庠序間，中年投筆從戎，金戈鐵馬中，頗箸勞績，皆唾棄勿顧，歸於空門，禪誦之外，仍鑽研《易》理，箸《周易注》若干卷。甲午之春，余來杭州西湖，而澹然適駐錫於杭，承不鄙棄，以所注見示。余讀其書，雖以言理爲主，而言理仍由象數而來，其殆於漢學、宋學一以貫之者乎？國朝周漁《加年堂講易》，亦頗具禪理，然其解『見羣龍無首』云『見性而實無所見，故增此以掃六爻名象之迹』，則未免遁於虛無。澹然所見，過此遠矣。余伏讀一過，合十讚歎，而僭書其端，或不嫌箸糞佛頭乎？

春在堂襍文五編卷七

劉芝田中丞《養雲山莊文鈔》序

昔鄭亞之序《會昌一品集》也，曰：『周、霍雖有勳伐而不知儒術，枚、嚴善爲文章而不至巖廊。』宋時歐陽子亦云：『劉、柳無稱於事業，姚、宋不見於文章。』然則政事、文學兼而有之，自古所難，況在後世乎？乃班孟堅有言，『箸述者，前烈之餘事』，士君子本其學術，發爲事功，既足以勒昆吾而銘景鐘矣，吾未聞優於其事而轉絀於其餘者也。自漢以來，名卿大夫以文集傳世，列名《藝文志》者，何可勝數？然則此論殆未足信也。劉芝田中丞爲近代名臣，余於其卒也，既爲作墓志，又爲作墓碑，於公之行事，知之詳矣。乃今又得讀其所爲《養雲山莊文集》，都凡四十餘篇，文雖不多，而序、記、志、傳，各體皆具，格律謹嚴，詞氣淡宕，曲而不支，直而不肆，有歐陽公俯仰揖讓之態。而其記載景物，則柳州諸記不能過也；敷陳事理，則蘇氏諸論無以加也。嗟乎，公固長於政事而又優於文學如此哉！其《送汪柳坡赴歙州軍序》，備陳制寇之法，謂宜會師直擣其巢，以拔其根本，扼守長淮，以備其北犯，堵截長江上流，以遏其南竄。公之韜略，足見一斑，使咸豐閒諸大帥早用此言，何至日久無功而東南糜爛哉？其《石樸山房記》，痛詆智巧貪僞之徒，日趨於淫奢靡侈之路，所言尤爲深切。公在滬時，堅拒洋人之請，不許於城内創設自來水、火，即此意也。夫蓋公之文學，即公政事之所從出，宜其兼而有之，無難也。公以諸生起家，弱冠有聲庠序間，歲科試，必居高等。使公竟高蹈不出，則其文學亦自有可傳，而況兼而有之乎？其後雖致身通顯，官至開府，而無聲色之好，惟以圖籍自娱，公事之暇，一編不釋，其文之工，固由其才之長，亦其天性使然也。公之諸子，皆能保守遺書，不敢失墜，裒集公文，以行於世，固由諸子之賢，亦公之家教使然也。余初識公時，公猶榷滬税，及公備兵海上，余時主求志書院講席，歲必與公數四通問，雖出處殊途，而交誼固不薄矣。既爲文以志表其墓，又爲其文集作序，亦後死者所不容已也。聞公未出山時，與同志立青山詩社，倡和成集。公之詩，亦必可傳，異日或再得讀之，益可證文學、政事之合一矣。

左祉文《諸子補校》序

余嘗謂：治經之道，其要有三，曰正句讀、審字義、通古文假借。治諸子亦然。然治子難於治經。經自漢以來，經師遞相傳授，無大錯誤。子則歷代雖亦著録，然視之不甚重，讎校不精，訛闕殊甚。凡諸子書之詰籥爲病者，皆由闕文訛字使然，非元本如此也。治諸子者，必以前後文義、全書體例悉心參校，而又博觀唐以前諸書所援引，訂正異同。然唐以前書，亦非可盡據，去非求是，存乎其人。高郵王氏《讀書襍志》，精密之至，然喜據《羣書治要》改易舊文，不知此書來自東洋彼國，於校讎之學固不甚精，而以改吾中國相傳之本，往往得失參半，此亦通人之一蔽也。余所著兩《平議》，久行於世，自謂《諸子平議》稍勝於《羣經平議》，而海内好學之士不吾鄙棄者，則皆喜讀《羣經平議》，而《諸子平議》讀者少矣。何也？治經猶與舉業有益，而治諸子無與舉業也。夫爲之則甚難，而成之又不爲世所重，宜其無爲之者矣。陽湖左祉文運奎，好學深思之士也，有《諸子補校》之作，《管子》、《荀子》、《墨子》各數十條，蓋未成之書。然與余所稱治經三要則皆有合焉，余甚喜夫吾學之不孤也。爲書數語，以縱臾其成。

淩筱南同年《損窔詩鈔》序〔一〕

余以道光甲辰歲舉於鄉，至今歲光緒甲午，五十有一年，同舉之友，落落晨星，而余亦衰且〔二〕老矣。淩君筱南，乃甲辰同年中之〔三〕魁士名人也。自少慷慨有大志，以文字受曾文正公之知，及文正舉義兵辦賊，君陳兵事十二條，皆中肯綮〔四〕，文正韙之。今相國、肅毅伯李公亦同年也，君佐其軍，累以軍功保至道員，曾一權江寧鹽巡道，又奏調赴天津，綜理東洋通商之事，行且大用矣。而君淡於名利，不汲汲仕進，江蘇蘇松太道缺員，時論〔五〕欲以君補之，君固辭不受〔六〕也。生平精研〔七〕六書九數之學，所著有《古今車制考》、《蟭螟巢劄記》諸書，於百家九流，靡不通曉。乃身後遺書散佚殆盡，僅存《損窔詩鈔》第五卷，其女壻顧君元爵〔八〕釐爲二卷而刻之。嗚呼，君著述之存者止此矣。其詩則孫琴西太僕同年歎爲『生峭古奧，是真學人之詩』。然如《冬柳》十二首，以芬芳悱惻之思，寫抑塞磊落之情，亦豈僅以生峭古奧見長乎？蓋君流覽各家，皆有以窺其奧窔，非止工一體者也。其下卷中〔九〕有贈余之詩，當時實未寫示，今始得而讀之，益歎其愛我之深矣。余與君不惟同舉於鄉，而又同生於道光辛巳，方甲辰之歲，余與君年皆二十有四，使至今尚在，則亦七十有四矣，乃年止五十六而卒。天生此才，既不使得大用於時，而又奪其年，又泯滅其所著之書，是何爲者也？然有此兩卷詩存於後世，其才其學，亦略見一斑矣〔一〇〕。

【校記】

〔一〕此序又見於光緒刻本《損窽詩鈔》（以下簡稱『《損》本』）書前，用作校本。

〔二〕衰且，《損》本無。

〔三〕之，《損》本無。

〔四〕皆中肯綮，《損》本無。

〔五〕論，《損》本作『議』。

〔六〕受，《損》本作『就』。

〔七〕研，《損》本作『於』。

〔八〕元爵，《損》本作『廷益』。

〔九〕中，《損》本無。

〔一〇〕『矣』下，《損》本多『年愚弟俞樾拜書』。

陶心雲《稷山論書詩》序

余生也晚，於近代書家所及見者，惟包安吳、何蝯叟而已。蝯叟以書名一時，然不出魯公門徑。安吳則自命甚高，道光庚戌歲，余與相見於袁浦，語余曰：『書家不傳之秘，惟我得之。』余時懵不知書，未能一問其源流也。及奉使中州，周容齋先生方就養於其子廉訪署中，亦自負能書。每過余齋，輒隨便作一點一畫，曰『若者爲米南宮』，『若者爲趙子昂』，『若者爲董香光』，其所論亦止如此而已。此數公者歿，而能書者亦少見。光緒己丑歲，陶君心雲偶以手書楹帖見贈。余展視之，驚曰：『此非近人手筆也。』會彭剛直公薨，其孫見紳等請余爲神道碑，余詳敘公一生事實，文逾五千言。歎曰：『自來碑文之長，無如趙雄所撰《韓蘄王碑》，而余此碑，殆將半之，傳之後世，亦金石林中一鉅觀也。誰與書此者？』久之，曰：『非陶君莫屬矣。』因告之其家，豐贄幣而求書焉。逾二年書成，筆勢宕逸遒麗而渾成，視平園之書韓碑，奚翅倍蓰過之，爲之歎絕。君以余能知其書也，以所撰《稷山論書詩》百首寄示，且求序焉。嗟乎，余於書家源流，固未深悉，奚能序君之詩？然讀其詩，則余有感焉。自鄭康成説《禹貢》導山有陽列、陰列之名，而後世遂分爲南北二條，北條以河爲主，南條以江爲主，江河形勢，千古不易，而風尚因之而異。微而至於藝事，畫繪有南宗、北宗，詞曲有南曲、北曲；又推而至於異教，佛家有南北二宗，道家亦有南北二宗，大率分南北而不分東西，乃江河大勢使然也。凡南北分派者，實皆北勝於南，而人情則往往喜南而厭北，其端實始於唐。《北史·儒林傳》云：『南北章句，好尚不同，江左《周易》則王輔嗣，《尚書》則孔安國，《左傳》則杜元凱；河洛《左傳》則服子慎，《周易》、《尚書》則鄭康成。《詩》則並主毛公，《禮》則同遵鄭氏。』嗚呼，使後世而長守北學之門户，則中原一派，流傳不絶，而兩漢經師家法可以不墜。北學之衰，自唐人《正義》始也。今以書法論，使人人而皆守梁、索之榘矱，則由是而上窺漢隸，又上而秦篆周籀，不猶可得其大概哉？唐太宗喜二王書，而不能深入其骨髓，但喜其俗書逞媚而已，一時風尚，靡然從之。杜子美云『書貴瘦硬方通神』，東坡云『此論未公吾不憑』，不知杜老固有爲言之也。杜老作《薛稷慧普寺》詩，云『鬱鬱三大字，蛟龍岌相纏』，此必尚存北派之意；而米南宫謂此三字『醜怪難狀』，所見出杜老下矣。自唐至宋，相沿一例，北派寖微。及閣帖出，而千古書家止一王著，南北兩派同盡。讀君此詩，則知書家北派乃自漢以來之嫡派，北派廢而南派存，徒爲有識者所詬病。北派存，而南派之真者轉可得而見，則亦未始不可與北派並存。嗚呼，持此説也，雖以之治經可矣。余不知書，而粗知治經，竊願以經術之南北兩派，更從君一質之也。

《錢南園先生遺集》序

錢南園先生爲乾隆朝名臣。其少時，從同邑王素懷先生游。王先生之教，首重立品，而立品首在慎獨，先生一生剛正之學原於此矣。先生既殁，而海内重其爲人，並重其翰墨，得先生之書若畫，咸珍若拱璧。而其詩文顧不多見，梧門祭酒刻其遺詩，纔二卷耳。同治間，湖南巡撫劉公始搜輯遺文軼詩，刻《南園先生集》五卷以行於世。蓋先生詩文，不自裒集，見者繕録而存之，故所存止此。劉景韓方伯於先生爲同鄉後進，慕先生之爲人，居官行己，皆以爲師。因取湖南刻本重刻於浙江，而屬余序其端焉。語有之，『主聖臣直』，然余竊謂：古之直臣，皆以不逢聖主，而後其直益著。前明中葉，楊、沈兩忠愍皆以疏劾嚴嵩得禍甚慘，至今讀《椒山》、《青霞》兩集，無不畫然傷之。若先生生於前明，以劾和珅者劾嚴嵩，則其獲禍當不在兩忠愍下。乃遭逢高宗純皇帝如天之明，劾和珅私人山東巡撫國泰，即命偕和珅同往案驗；劾和珅不至軍機直廬，卽拜稽查軍機處之命。以和珅之竊弄威福，而卒無如先生何，視楊、沈兩忠愍何如哉？蓋其忠與楊、沈同，其忠而不愍，與楊、沈異。讀先生之遺集，考其居官行己之大略，令人肅然起敬，而固不必與《椒山》、《青霞》等集同觀，此則其遭遇然也。然余聞先生之往案山東獄也，先數日，微服出彰儀門，宿於良鄉。有馳而過者，索夫馬，勢甚張，則和珅所使往山東者也。公徐待其還，要於路而搜之，得其私書，卽密以上聞。及至山東，按之皆得實，由先得其要領故也。由是觀之，先生之材智，亦有大過人者。不然，如尹楚珍先生之劾奏山西、江南虧空，曹劍亭先生之劾和珅家人劉全輿服、房屋逾制，轉以誣奏論罪，非高廟神聖，且與兩忠愍同禍矣。烏呼，以先生之風骨，而又以材智佐之，宜其爲一代名臣哉！詩文雖其餘事，然讀其書，想見其人，惡得以餘事而忽之？此方伯重刻斯集之意也夫。

許仲孫《冥記》序

韓擒虎言：『生爲上柱國，死作閻羅王。』此雖戲言，然傳記所載，宋名臣韓魏公、寇萊公、范文正公，明趙文毅公，本朝王西樵先生，皆嘗爲冥官，則實有其事矣。意冥官亦如人間，有遷轉，故歷代不一其人乎？然此皆死而爲之者。唐張鷟《朝野僉載》言，唐太宗夜半見一人，言：『陛下合暫去卽來。』帝問：『君何人？』曰：『臣是生人判冥事者。』又高彥休《闕史》載，千福寺僧宏道，晝則平居，夕則視事於陰府。是生人而司冥事，自唐以來卽見記載，乃知人固聰明正直，不必死而後爲神也。仁和許仲孫茂才德達，於癸巳之秋被召爲冥官，始爲速報司，又調承審司，旋升任爲第七殿閻羅王。每夜以三更往，四更返，凡四十餘日。所記冥中事四十餘則，大旨在於勸孝戒淫，重貞節，懲口過，題曰《冥記》。甲午春，余至西湖，許君子社以其書見示，且爲乞序。夫神道設教，聖人之微權，福善禍淫，天地之正理。宋吴淑《江淮異人録》載，閩中處士張標能通冥府，或卧三日五日既蘇，多説冥中事，或言未來，皆驗。夫如張標者，不過如今人所謂走無常者耳，其言猶信，況仲孫茂才，以名家子生而爲神者乎？余懼世人之不信其説，故歷舉古事以證之，是亦息黥補劓之資也。

張星階《鷗樹詩鈔》序

往者，吴牧騶同年自雲南宦游歸，以所著《詩話》見示，多在滇唱和之作。余歎曰：邊郵僻地，得諸君子提唱風騷，雖薄宦天涯，而山水友朋之樂亦云盛矣。四川宜賓張君星階，爲牧騶進士同年，而又同宦滇中，當日所共醻唱者也。余初不識其人，今年春，張君之子鋆彦訓和自蜀來浙，乞爲文以表君之墓、序君之詩，余乃知，君固循吏而又詩人也。詩凡二册，第一册不編年，皆通籍以前之詩，第二册編年，自癸丑始，皆滇中詩也。其詩出入唐宋諸名家，無叫囂之習，無靡曼之音，格律清整似王摩詰，意味淡遠如韋蘇州，詞旨敷暢似白香山，意思雋永似陸劍南，而憂時感事、弔古傷今，則又駸駸乎入少陵之室矣。與牧騶唱和，一韻或至五六疊，唱妍酬麗，其樂可想。與牧騶論詩，深鄙前明七子，依傍門户，優孟衣冠。君詩之陶冶性靈，自成馨逸，亦可見矣。君爲數十年來滇中循吏之最，余已書其大略，表之其阡。晚年主蜀中敷文、翠屏兩書院講席，學者雲集，横舍不能容，皆僦屋以居，蓋君之爲人，固有存乎詩之外者，不必以詩傳，而詩亦自可傳。君往矣，幸有賢子以傳其詩，而余得僭序其端。惜牧騶墓草已宿，不得與共論之也。

《王氏通譜》序

天下氏族之至不一者，莫如王氏矣。有姬姓之王，有子姓之王，有外國姓之王，而姬姓之王有二，有太子晉之後，有畢公高之後，而畢公高之後又分爲二，有魏王假之後，有信陵君之後。鄭氏《通志》言之詳矣。夫以一姓之别，糾繚難分，欲其鱗羅布列如寘諸掌，不亦難乎？吾浙慈溪之王氏，蓋出於太子晉姬姓之王也。有簡侯司馬諱庸敬者，王氏之良也。以族姓之殷繁，支派之淆襍，乃創爲《王氏通譜》一書。厥派凡五，曰太原，曰琅邪，曰三槐，曰别派，曰零派。其太原、琅邪，皆出太子晉，而三槐則又琅邪之别也。其别派所列，則芊姓、嬀姓、子姓、己姓諸王氏。而畢公高後一派亦列焉，所以别於王子晉之後，不使與正派混。至不知其所自出者，或三四世，或十餘世，或五六人，或數十百人，則皆謂之零派。烏乎，其體例嚴矣，其蒐采富矣。司馬君於咸豐辛酉始創是譜，旋經粤賊之亂，流離轉徙，鉛槧無廢，歷十餘寒暑，卒底於成，未付剞劂，遽歸道山。爰有令子，曰仁恩，曰仁元，曰仁政，抱守遺書，不敢失墜，思壽之棃棗以永其傳，而問序於余。昔歐陽公應湘東文學王永賢之求，爲《漁溪王氏譜序》，云：『據其所可知而不失之誣，缺其不可考而不失之夸，推其祖之所自出，有尊尊之誼；詳其族之所由分，有親親之誼。』今觀司馬君所爲《通譜》，亦何愧斯言乎？諸子又能敬承先志，昭示後人。沈隱侯有言，『文才相繼，未有如王氏之盛者』，斯言也，吾卽於慈谿王氏徵之矣。

《丘氏家集》序〔一〕

丘之得姓，或云出於齊之營丘，或云出於陳之宛丘，魯昭公時，邾大夫有丘弱，則春秋固有丘氏矣。世謂出於左丘明者，非也。淮南丘氏，明初自明州而遷，由勝國以至本朝，以文字〔二〕爲堂構，相承勿〔三〕替，幾於一門之内人人有集。而國初河患頻仍，流離轉徙，咸同之間，又遭兵燹，縹囊緗帙，蕩焉無存。爰有嗇庵君者，丘氏之佳子弟〔四〕也，悼遺書之灰燼，懼先業之荒廢〔五〕，乃掇拾於臭朽蟫斷之餘，隨其所得，以次編纂，其已寫定者十〔六〕集，合成一册，題曰《丘氏家集》〔七〕。其中如南齋副寺、西軒洗馬，以及邇求君之薦舉鴻博，珠巖君之供奉内廷，固皆表表在人耳目間〔八〕；此外則知者〔九〕或罕，如《浩觀》、《悟石》、《臥雲》、《握雲》、《東征》諸集，藏書家鮮有著録者；至子高〔一〇〕君則并無詩集存留，名蹟更晦，非爲之戢舂成書，則淪玉沈珠何以得顯於世哉？昌黎云：『固宜長有人，文章紹編剗。』余深爲丘氏幸矣〔一一〕。

【校記】

〔一〕此序又見於光緒丙申刻本《丘氏家集》書前（簡稱《丘》本），用作校本。

〔二〕文字，《丘》本作『詩書』。

〔三〕勿，《丘》本作『弗』。
〔四〕佳子弟，《丘》本作『良』。
〔五〕荒廢，《丘》本作『顛墜』。
〔六〕十，《丘》本作『十五』。
〔七〕題曰丘氏家集，《丘》本無。
〔八〕間，《丘》本無。
〔九〕者，《丘》本作『之』。
〔一〇〕『高』下，《丘》本多『嘉會養正天峯滙川諸』。
〔一一〕『矣』下，《丘》本多『光緒甲午正月曲園俞樾』。

《草心閣詩》序

徐肖坡先生所著《草心閣詩存》一卷，其第一篇《題貢院號舍》，按《年譜》，爲同治三年甲子，先生年三十八歲； 其末一篇《自褒城迂道》，按《年譜》，爲光緒六年庚辰，先生年五十四歲，計此十七年中，存詩一百十五篇，然則先生之詩遺佚者，當不少矣。然即其詩讀之，而先生之爲人已可見也。先生早年貧窶，至不能具脩脯，從坊刻時文中觀其評語，而得作文之法。年未弱冠，所擬鄉試題文，已爲老輩所欣賞，可謂能自得師者矣。及成進士，入詞林，以未授職之庶吉士，奉敕分寫《文選》，同館咸以爲榮。後雖改官禮曹，而嫻習掌故，克舉其職。時有議行明堂配帝之禮者，舉朝聚議不決，先生一言而翕然從之，議覆之疏，卽采其説。上自王公，下逮庶僚，仰望風采，聲望大起。直樞廷則以捷才見稱，居諫垣則以正論推重。所請重農桑、興教化，雖若陳言，而實寓有歐公本論之意，非目論之士所能識也。一麾出守，由雅州守調成都守，權成綿龍道及建昌道，所至有聲。其攝夔守也，關税溢額，幾及數萬，悉歸之公，不以自私，尤人所難焉。生平勇於爲義，在京師時，醵錢贖故人二女，嫁於士族；有故人忤權相罷官，莫敢爲居停者，分宅居之，至二年之久，不以爲嫌。嗚呼，先生之爲人如此，則雖并無此百餘篇之詩，亦自足以不朽。而況此百餘篇者，抒寫性靈，惓懷故舊，其沈著如杜，其敷暢如白，其纏綿悱惻又有似乎西崑諸家，人可傳，詩可傳，先生安得不傳乎？余按《年譜》，其從王父貫玉先生實爲先君子丙子同年，然則余於先生，固有世講之誼，而其嗣子之昇又求序於余。余讀先生之詩，而知其必傳，又因其嗣子之寳守遺書，不墜家學，而知先生遺澤之孔長矣。

《居易居不易居詩》序

宋黄涪翁《山谷集》後附刻其父庶字亞夫者所作之《伐檀集》，論者謂：『父子同集，雖爲美談，而父集附子集以行，終失編纂之體。』戴復古《石屏集》首載其父東皋子詩數篇，較黄集附刻於後，體例殊勝。余謂：戴例雖勝於黄，要亦由東皋子詩寥寥數篇，不能成集，故雖首列，而終不得單行，不然，則如宋之三劉、明之文氏五家，世擅著述，豈不尤美乎？然如宋吕本中與子祖謙同名《東萊集》，洪巖虎與子希文同名《軒渠集》，則又不免混然而無别。吾讀徐耘叔先生《居易居不易居詩集》，而竊爲徐氏歎美不置也。耘叔先生有令子，曰肖坡先生，所著《草心閣詩集》，余既爲之序矣。而肖坡先生嗣子之昇，又以耘叔先生集求序，蓋同時剞劂告成者也。先生屢應京兆試，不售，乃槖筆而幕游，羸驂單僕，南北往來，游歷頗廣。其暮年，依其從父貫玉廉訪於山西、於直隸，卒無所遇，殁於京師。其遇固甚窮矣，然其詩則甚工。有極沈著者，如《乞婦行》、《食糠婦》諸篇是也；有極雄古者，如《齊山》一篇、《古意》七篇是也；有極綺麗者，如《無題》四篇、《聞雁》四篇是也；有極跌宕者，如《秋日述懷》四首及《述懷》三十首是也。蓋其詩各體皆工，合唐宋人而一之。有時而鶴立崑崙，鯨跳渤澥；有時而春風柳絮，明月梨花；有時而崇巖峭壁，萬仞崛起；有時而一碧千頃，澄湖不波。此豈《伐檀》一集、東皋數篇所能望哉？固宜自成一家，與《草心閣》之詩同傳不朽也。先生生平重結納，尚名節，所交多知名士，一時賢士大夫皆從之游，以重贄求詩文者相屬不絶。而先生視金帛如土芥，隨手揮霍輒盡，遇故人之喪，必躬自經理，歸之其鄉，則其詩之外，又自有可傳者。徒以詩人目先生，又不盡先生矣。

《姚程三先生遺集》序

姚程三先生者，姚友硯先生諱念曾，其子蘇卿先生諱清華，蘇卿先生女壻程襟蘭先生諱秉格也。姚爲金山望族，自明中葉以來，代以詩名，入國朝而聽巖先生有《寶善堂集》、巽齋先生有《迪惠堂集》，即友硯先生之祖、之父也。友硯先生少承家學，及筮仕楚北，簿書之暇，嘯歌無廢，雄深雅健，傳播於時。蘇卿先生則以諸生終，而生平致力於詩尤深，陶寫性靈，琢磨風雅，不媿古之作者。少時謁其宗人鐵松中丞於豫章，中丞方讌客滕王閣，先生居末坐，賦五言古詩一章，坐客驚歎：『嗚呼，此亦今之王子安矣！』襟蘭先生卽其女壻也，雖享年不永，而骨秀神清，詩無俗韻，山抹微雲，可稱元章快壻矣。余惟世擅著述，若宋代之三劉家集，明代之長洲文氏五家詩，藝林皆以爲美談。聽巖先生曾輯姚姓一家詩文至一百卷之多，則姚氏一門，人人有集，居可見矣。若女壻之集附婦翁之集以行，於古罕徵。昌黎集爲李漢所定，而李拾遺詩不附韓集也，今襟蘭先生之哲嗣宣甫司馬，保守遺編，不敢失墜，因刻姚氏《賜墨》、《弦詩》兩集，而以先生《益神智室遺詩》附焉。冰清玉潤，輝映一時，洵相得而益章矣。國朝馮甦《蒿庵集》五卷，爲其外孫洪承澤所刊，而承澤之父無聞焉。余讀《三先生》詩，既歎姚氏之代有詩人，而尤歎程氏之克有賢子，百年之後，世家喬木，吾知姚、程兩家同爲金山之望矣。

顧詠植《西崖經說》序〔一〕

經學至本朝而極盛矣，蓋《易經》先後天之異說，《尚書》古文之僞本，皆經前人論定，而不復爲其所蔀。至於治經之門徑，以及〔二〕聲音、訓詁之學，古書假借〔三〕之法〔四〕，皆已縣之日月，昭若發矇。生其後者，竭〔五〕心思之所至，以求微言大義之所在，事半功倍，有由然矣〔六〕。武進顧詠植明經自幼嗜學，又習聞其鄉先生之說，說經頗〔七〕有家法，以所著《西崖經說》求序〔八〕。余讀之，如以湯放桀爲封桀，引《孟子》『封之也，或曰放焉』爲證，其義甚正〔九〕。又如以三壽爲三老，以京師爲公劉始居之地名，以『何以舟之』，謂〔一〇〕『舟卽周字』，並與愚說合。其論膏上肓下，及〔一一〕許悼公瘧，別有見解，蓋其於醫學亦所兼通〔一二〕者也。惟以生民爲姜嫄之名，以古爲太王之名，似未免過求新異。然〔一三〕此其少作也，已卓卓可傳，異時所學益精，所見益正，發前人所未發，而爲後人所不能易，必更有進乎是者。吾卽於此編徵之也〔一四〕。

【校記】

〔一〕此序又見於《西崖經説》書前（以下簡稱《西》本），用作校本。

〔二〕「蓋」至「以及」，《西》本無。

〔三〕假借，《西》本作「通叚」。

〔四〕法，《西》本作「例」，下多「昔賢所説」。

〔五〕「竭」下，《西》本多「其」。

〔六〕「事」至「矣」，《西》本作「學愈昌道愈明矣」。

〔七〕頗，《西》本作「具」。

〔八〕求序，《西》本作「問序於余」。

〔九〕正，《西》本作「塙」。

〔一〇〕謂，《西》本作「爲」。

〔一一〕「其」至「及」，《西》本作「論肓之上膏之下與」。

〔一二〕「其」至「通」，《西》本作「兼通醫學」。

〔一三〕「惟」至「然」，《西》本無。

〔一四〕「也」下，《西》本多「光緒十有八年十有一月曲園居士俞樾記」。

《竇氏三世家傳合編》序

南、北《史》中，往往合人祖孫、父子、兄弟諸傳而同列一卷，如南之王氏、謝氏，北之崔氏、盧氏，皆於一卷之中鱗羅毕次，使人見世濟之美，而歎故家喬木之盛，亦作史者之良法也。然史例嚴謹，立傳不宜太多，於是史傳之外，又有家傳，若裴松之《三國志注》所引《鄭康成家傳》、《王朗家傳》皆是也。而《荀彧傳注》所引《荀氏家傳》，則彧之子曰惲、曰俁、曰詵惲，之孫曰顗、曰愷，皆具載之，以一家之傳傳一家之人，更不厭其詳矣。河内竇氏，自英烈公以來，家承忠孝，世擅文武。英烈公於國史入《忠義傳》，其元孫諱鳳翔字德輝者，死難粤西，異時史館續纂《忠義傳》，亦必與焉。然有史傳，不可無家傳，其族人克勤所撰《英烈公家傳》，足以輔國史以行。而樾又撰德輝竇君傳，以待史館之采輯。惟德輝君之父曰玉春君者，以鄉里善人終於家，柱下載筆，例所不紀，則義寧陳君寶箴所撰《家傳》尤不可少矣。夫玉春君雖無所表襮，然國家推恩於死事者子孫，而英烈公之後惟玉春君，實爲其曾孫，有司以應詔書，而朝廷錫之世職，竇氏世職，自玉春君始也。玉春公又能以祖德勉勵其子孫，上承英烈公，以下啓德輝君，則玉春君亦竇氏之良也，而可缺其記載乎？甸膏大令鎮山，乃玉春君長孫也，合三傳爲一卷，刊刻以行於世，因爲書其卷端。余從前視學河南，甸膏曾來應試，試卷爲墨所汙，有同縣范君適共鋪席，遂以所作文贈之，余取入府學。然則余雖不能得甸膏，而甸膏之文，余固能識之也。聞甸膏自是卽棄舉子業而從軍旅之役，已屢著戰功矣。越十年，仍應小試，補博士弟子員，亦奇士也。今以知縣需次江蘇，譚序初中丞時爲蘇藩，一見器之，黄子壽方伯、衛靜瀾、剛子良兩中丞皆重其才。吾知異時國史《循吏傳》中，必又赫然有其人在矣。

劉光珊《留雲借月盦詞》序〔一〕

往年，余在杭州，吴晉壬太守時時爲余稱道劉君光珊之才，深以未得一見爲憾。嗣〔二〕又由陳叔明觝尹傳示君七律八章，蓋卽和余原韻者。余讀而美之，固知君爲毘陵之詩人矣。今年夏，盛旭人方伯以君所著《留雲借月盦詞》四卷見示，乃知君之致力於詞，更有過於詩者。其花紅玉白之辭，月冷霜寒之思，亦與詩同。而循聲按拍，持律甚嚴，則非於此事三折肱者不能辨也。昔万俟詞隱《三臺》詞，自來皆作雙調讀，萬紅友獨改爲三疊，識者韙之。君於《側犯》一詞，亦改雙調爲三疊，此則紅友所未見及者，千里有知，亦當許君爲顧誤〔三〕之周郎矣。雖然，歐陽公有言，詩以〔四〕窮而後工，余謂詞亦有然。君嘗出湧金門，登望雲樓，慷慨悲歌，以杜老窮愁、賈生痛哭自比，其亦有不得於中者乎？其自題《秋窗填詞圖》有云『一寸詞腸，七分是血，三分是淚』，讀者勿徒賞其字句之工，音律之細也〔五〕。

【校記】

〔一〕 此序又見於光緒二十五年刻本《留雲借月盦詞存》（以下簡稱『《留》本』）書前，用作校本。

〔二〕 嗣，《留》本作『其後』。

〔三〕 誤，《留》本作『曲』。

〔四〕以，《留》本作「必」。
〔五〕「也」下，《留》本多「光緒十八年歲在玄黓執徐皋月曲園居士俞樾書」。

張小雲《杭州八旗駐防營志略》序

昔成周之初封建諸侯，分魯公以殷民六族，分康叔以殷民七族，分唐叔以懷姓九宗，皆使之帥其宗氏，輯其分族，以鎮撫其民，亦先王公天下之盛心也。我朝龍興遼左，定鼎中原，天下底定。乃以從龍勁旅分駐各行省，此亦古者條、徐、蕭、索之遺制，視漢初徙高訾富人充奉陵邑以爲强榦弱枝之計，其用意之公私不侔矣。我浙爲東南濱海一大都會，自順治二年初設杭州梅勒章京，是爲杭州駐防之始。十七年，設杭州總管一員，康熙二年，改爲杭州將軍，十三年，裁漢軍都統，設滿洲副都統二員，雍正七年，移杭州右翼副都統一員，駐乍浦，此今制所由定也。自設立滿營，休養生息，二百餘年，生齒日繁。其中名臣、名將，以及文章、經學之士，後先相望。而其地居杭之西偏，出城跬步卽西湖也。山川秀麗，士女頒斌，寺觀祠宇，皆前代名蹟，卽坊巷市廛，亦多宋以前之舊，訪古之士，瞻望流連，喬木世家，望之起敬。而自來未有志乘之書，惟道光之季，有巴爾達氏蘊之廷玉者，著《城西古蹟考》八卷，凡滿營中忠孝、節義、文學、武功，無不備載，而列朝之遺蹤、古蹟、寺觀、橋梁，亦一一書之，洵足補志書之未備，爲談滿營掌故者所不可少之書。然自是以來，幾及百年矣。中間又經兵亂，忠義之士，奮不顧身，雖匹夫匹婦，亦皆效死勿去，爲國捐軀。事定之後，朝廷褒崇忠義，賜卹有加。而記載缺如，姓名淹没，甚非朝廷勸獎忠臣之義也。張小雲孝廉，博學能文，精於考古，以一人之力，旁搜遠索，徵文考獻，成《杭州八旗駐防營志略》若干卷，上溯定浙之初，歷載建牙之盛，備記守營之烈，旁及河渠坊巷之名，視曩時巴爾達氏之書，不啻百倍過之矣。書成示余，余歎爲必傳之作，勸其梓而行之。異時，國家續修《八旗通志》，吾知於是書必有取矣。

李古漁《説文解字本義訓類》序

許書五百四十部，九千三百五十三文，據形系聯，始一終亥，蓋以形爲主者也。至明人田藝蘅著《大明同文集》，變改《説文》部分，而以其諧聲之字爲部，則不以形而以聲，此卽近時姚氏《聲系》、朱氏《通訓定聲》之書所從出。夫字有形有聲，而後其義出焉，乃二千年來，未有以義爲主而成一書者。元儒戴侗所譔《六書故》，凡分九部，一曰數，二曰天文，三曰地理，四曰人，五曰動物，六曰植物，七曰工，八曰襍，九曰疑，近乎以義爲主矣。然其文皆從鐘鼎，往往不合許書。元人吾邱衍極詆其失，謂是六書之一厄，則其書亦不足重也。上元李君古漁，精於小學，於許氏之書致力尤深。著《説文解字本義訓類》一書，始於詞誼，次以天地、人物諸類，於每字之本義、引申義粲若列眉，其本義之古奥難通者，采集諸家之説以發明之。而所錄篆文，則槪以孫刻本爲主，而各家增删移改者皆不敢從。意義賅備，而體例謹嚴，視戴氏之書嚮壁虚造而託之鐘鼎者，迥不侔矣。夫許氏雖以形爲主，然如示部曰『凡示之屬皆從示』，則卽示類也；玉部曰『凡玉之屬皆從玉』，則卽玉類也。是許氏分五百四十部，卽爲五百四十類，義即存其中矣。惟義類既繁，猝不易檢，許君云『庶有達者，董而理之』，李君此書，其即爲許君董而理之者乎！余未讀其書，而得讀其序，率書數語，以贊其成。

《習苦齋畫記類編》序

戴文節爲道光間名臣，風流文采，傾動海内。其究也，見危授命，大節凜然，洵一代完人也。公之生平，不僅以書傳，而海内重公之人，益以重公之畫。自公之殁，而寸縑尺素，珍逾球鐘，便面一握，購之兼金，小幅一幀，其值百鎰，近代以來，以書畫得名，未有盛於公者矣。菱舫都轉自幼即工六法，山水人物，花卉蟲魚，隨意揮灑，皆有天趣。弱冠以後，又喜畫蘭竹。而泛覽百家，未有趨嚮，自苦無師。及得公真蹟數種，日夕臨摹，而畫學大進。又得公所著《習苦齋畫絮》讀之，而畫學益大進。然《畫絮》一書，止刻四卷，尚有《習苦齋畫記》十卷未刻也。都轉從公子進卿借觀之，歎曰：『此非徒畫法也，入世語，出世語，無不具此，而其論畫尤入微妙，吾私淑久矣。今得此書，何異入公之室，觀公濡染而聽公謦欬乎？』因依其年月，次第排比之，軸册、條幅、便面、紈素，以類相從，而付之剞劂氏，題曰《習苦齋畫記類編》。嗟乎，古人一技之長，無不從學問中來，都轉以公爲師，所謂技進乎道者歟！余不解畫，安知畫理？刻成見示，聊識數言，使世人知公與都轉皆非徒以畫傳者也。

徐見心先生《史詠》序

《昭明文選》第二十一卷詩乙，有『詠史』一類，是詩家詠史之權輿。然如左太沖、張景陽、鮑明遠諸作，皆借史寓意耳。曹子建《三良詩》、謝宣遠《張子房詩》，則又專詠一人一事者也。惟唐胡曾有《詠史詩》二卷，每人每事爲一詩，然自共工氏之不周山，至隋之汴水，皆以地名爲詩題，頗涉纖巧。如《鉅橋》詩之『遂作商郊一聚灰』，武王當日未嘗聚鉅橋之粟而焚之也，則亦未免苟且趁韻而已，故其詩雖至今猶存，而亦不甚傳播人口也。若蘭谿徐見心先生《史詠》，則知人論世，尚友千載。其體例甚嚴，其議論甚正，高出唐胡氏之上奚啻倍蓰？蓋以詩人之詞而寓《春秋》之義，不可徒以詩論，亦不可徒作史論觀也。先生本宋之遺臣，國亡不仕，與金仁山先生爲老友，許白雲、黄文獻皆其後輩也。兩先生爲作序，推許甚至，所惜者，原詩一千五百三十首，今則僅存二百八十二首。烏呼，此古籍之幸存者，不甚可寶乎？阮文達《經進書錄》曾列其書，異日，國家重開四庫館，吾知必將收入集部無疑矣。

《留香閣詩問》序〔一〕

女子中能詩文者多，通經學者尠〔二〕，本朝人文蔚起，閨闈之内，不乏頌椒詠絮之才，而韋母《周官》、曹大家《論語》無聞焉。惟棲霞郝户部夫人周〔三〕照圓著有《詩小聞》一書〔四〕，其解『時維鷹揚』，〔五〕『揚』即《爾雅》『鸉白鷹』之『鸉』，亦鷹類也，郝氏〔六〕採入所著《爾雅疏》中。余惜未得讀〔七〕其全書也。于香草明經之配緑硯女史，名祖綬，姓張氏，工詞翰，曉經義。香草治經，往往得内助焉。嘗欲爲〔八〕《經統》一書，未就，身殁之後，〔九〕惟《留香閣詩問》二卷，完善可讀，乃其課女讀《毛詩》時，意有所疑，緑硯問而香草答〔一〇〕也，則是香草之書，而非緑硯之書。然能疑能問，亦足見其所學。其問齊子之稱，香草援吳孟子之例以答〔一一〕之，緑硯〔一二〕謂：『女子稱子，如「之子于歸」之類，齊人稱齊女，自應稱「齊子」。』此其所見，似轉出香草之上。余謂：齊人稱文姜爲『齊子』，猶其稱魯莊公爲我甥，一則正名也，一則別嫌也。使緑硯生前得聞吾説，或亦有取乎？烏乎〔一三〕，緑硯往矣，而此二卷書自可與周〔一四〕照圓之《詩小聞〔一五〕》俱傳〔一六〕。香草多情，哀逝之懷，亦〔一七〕可以稍塞矣〔一八〕。

【校記】

〔一〕此序又見於稿本《留香閣詩問》卷首（以下簡稱《留》本），用作校本。

〔二〕尠，《留》本作『尟』。

〔三〕周，《留》本作『王』。

〔四〕聞一書，《留》本作『紀』。

〔五〕上『揚』字下，《留》本多『謂』。

〔六〕郝氏，《留》本作『户部』。

〔七〕得讀，《留》本作『見』。

〔八〕爲，《留》本作『著』。

〔九〕『後』下，《留》本多『遺箋斷楮，不可收拾』。

〔一〇〕『答』下，《留》本多『者』。
〔一一〕答，《留》本作『説』。
〔一二〕『謂』上，《留》本多『則』。
〔一三〕烏乎，《留》本無。
〔一四〕周，《留》本作『王』。
〔一五〕聞，《留》本作『紀』。
〔一六〕『傳』下，《留》本多『矣』。
〔一七〕亦，《留》本作『儻』。
〔一八〕矣，《留》本作『乎』。『矣』下，《留》本多『壬辰仲冬曲園俞樾呵凍書』。

三六橋《可園詩鈔》序〔一〕

壬辰暮春，六橋都尉攜其師瓠樓詩數章訪余於右台山館。余讀之，有云『凍鳥啼林腔尚澀，雛貍竊果術先工』，又云『石盡玲瓏何碍瘦，樹求疏古不嫌枯』，余詫曰：何其詩之似老夫也？已而六橋又以其所作《可園詩鈔》求序。余讀其《春日偶成》云『移枕簟來花好處，倚闌干趁月明時』，《詠落葉》云『鶴爪粘來乾有韻，馬蹄踏去滑無香』，又詫曰：何其詩之似瓠樓也。夫自曲園而瓠樓，自瓠樓而六橋，沆瀣一氣，洵不虚矣。然余自十五六歲始學爲詩，至今歲七十有二，而所爲詩，終不外香山、劍南一派，自愧詩境之不高。諸君子興高采烈，更唱迭和，家有千里，人懷盈尺，盍摹『三峽星河』之句而爲杜乎？不然，則襲『山石犖确』之調而爲韓乎？又不然，則高唱『城上高樓』而爲柳、微吟『燕寢清香』而爲韋乎？不此之爲，而乃從曲園，以期入香山、劍南之門徑。噫，柳下惠、少連，其志亦不免少降矣。雖然，詩固所以寫性情也，雕斲性情而爲詩，其猶戕賊杞柳以爲杯棬乎？是故顔之『鏤金錯采』不如謝，謝之『初日芙蓉』不如陶。《老子》云『道法自然』，諸君子之詩，進乎道矣，豈必以曲園爲師哉？世傳白香山詩，必老嫗能解而後存之，故多流於率易，此不知詩者也。白香山使老嫗解詩，正其經營慘淡之苦心也。文章家貴深入顯出，惟詩亦然，使老嫗讀之而不解，必其深入而未能顯出也，故方其求入之深也，徑路絶而風雲通，雖鬼神不能喻；及其求出之顯也，則生公説法，頑石點頭矣。六橋年少而才美，得吾説而深思之，與其師瓠樓互相切磋，以求其深而又深，又求其顯而又顯，有一唱三歎之音，而無千辟萬灌之跡，合杜、韓、韋、柳而鑪冶之，以自成一家，則雖香山、劍南，可以駕而上之，而曲園又何足以望之〔二〕？

【校記】

〔一〕此文又見於光緒刻本《可園詩鈔》（以下簡稱『《可》本』），用作校本。『序』字，原本脱，據目録補。

〔二〕『之』下，《可》本多『光緒十有八年三月下浣曲園叟俞樾書於右台仙館』。

王夢薇《花市閑吟》序

夢薇所著書甚多，已刻者三十八卷，未刻者尚有如干卷。而《花市閑吟》一卷，則其近年來所作詩也。夢薇築屋於杭州官巷，其地乃古花市也，故以花市名；而曰『閑吟』，則聞者疑焉。其大弟子六橋都尉曰：『異哉，吾師之名此集乎！以境遇論則逆甚，以筆墨論則繁甚，以積年累月之病體論則又憊甚，是天下至不閑者莫吾師若也，何閑之有？』乃以此意問於老夫。余曰：以人視爾師不閑也，以天視爾師，則固曰：『吾已閑之矣。』以爾師之才，宜大爲世用，乃小用之而仍不竟其用，此天之閑之也。天之閑之者，天之成之也。天固奪其官而與之名也，爾師知之矣。天既閑之，雖不閑，閑也，天也，爾師其善以承天乎？夢薇既歿，其門弟子謀刻此集，因率書此，以復六橋，卽爲之序。

傅子式《西泠六家印存》序

余嘗謂：後人事事不如古人，而刻印一事，轉似後人爲勝。楊子雲稱：『雕蟲篆刻，壯夫不爲。』古人如鍾繇、李邕之屬，自刻碑者有之，自刻印者無有。蓋古尚銅印，吾人不能以鑪錘從事，一也；其字率用繆篆，取綢繆之義，苟以求合乎印之方廣大小，屈曲填密而已，工匠之巧，非士夫之事，二也；自宋以後，晁、王、顔、姜，譜錄日出，而此事乃益尊，奏刀者始皆士大夫矣。傅子子式，篤嗜金石，尤好古印，以所裒聚《西泠六家印存》求序於余。六家者，龍泓館丁氏、小蓬萊閣黄氏、吉羅盦蔣氏、冬華盦奚氏、求是齋、種榆仙館兩陳氏也。此六君子，皆抱倜儻不羣之才，具淵博無涯涘之學，數萬卷書蘊積於胷中而流露於腕下，故其所爲諸印，不拘拘於法，而秦篆、漢隸、六朝版碣皆鎔而一之。烏呼，此豈僅古之所謂繆篆也哉？世之耳食者，見有佳印，輒曰逼真漢印，余謂：本朝諸家之印，直有超漢印而上之者，觀此編益信。摹印諸家，得此編而神明之、變化之，印人之學，可以前無古人矣。

崔懷瑾《四諦通釋》序

夫『諦』之説之不明久矣。鄭君生東漢之季，已不能盡知，而援引經緯，具有依據，所得爲多。王肅之徒，好與鄭異。有宋以來，又多牽於俗説。國朝諸儒，於此事各有辨論，然亦得失參半。禮家聚訟，而『禘』尤甚。歸安崔懷瑾於是有《四諦通釋》之作。所謂『四諦』者，曰祭昊天上帝於圜丘之諦，曰祭感生帝於南郊之諦，曰三年喪畢之諦，曰五年殷祭之諦，條分件繫，義例詳明，而辨駁快利，有毛西河之筆舌，而無其疵累，是亦一可傳之作矣。余於禮學膚淺，不足以裨補萬一，雖承下問，無所獻替，姑以平時所見附質焉。竊謂：禘之祭也，實以祭感生帝爲主，故其字從『帝』。《周禮》雖以『昊天上帝』與『五帝』並言，然析言之，則昊天止稱『天』，五帝止稱『帝』，其字從『帝』，知其義起於祭五帝也。《白虎通》曰：『禘之言諦也。』蓋帝有五，必審其孰爲我之所自出，故有審諦之義。若天則一而已，何諦審之有？於是五年殷祭亦謂之諦，審定昭穆，有諦義焉。《詩序》曰：『《雝》，禘大祖也。』此殷祭之諦也。又曰：『《長發》，大禘也。』此祭感生帝之禘也。其後因五帝之禘而推之，圜丘亦謂之禘，《祭法篇》鄭注曰『此禘謂祭昊天於圜丘』是也。又因殷祭之禘而推之，則三年喪畢之祭亦謂之禘。《周官》『鬯人』職注所謂『始禘』是也。原其始，則止有二禘，又原其始，則止有一禘，禘五帝而已。若時祭之禘，則鄭君疑是夏殷之制，可勿論也。鄙見如此，似與懷瑾之説有異，而實與懷瑾之説有發明、無牴牾，故書以質懷瑾，卽以爲序。

《龍興祥符戒壇寺志》序

龍興、祥符、戒壇，古一寺也，創始於蕭梁之初，名發心寺，後改名衆善寺，又改名中興寺。至唐神龍三年，改中興爲龍興，而龍興之名立矣。吳越時，於此立戒壇院，乃有戒壇之名。宋祥符初，改名大中祥符寺，乃有祥符之名。名有三，而寺則一也。建炎之初，寺燬於兵，於是興廢不常。或改爲軍器所，或改爲貢院，或改爲縣治，或改爲酒庫。其後隨時修復，則或曰龍興，或曰祥符，或曰戒壇。考寺之初基，廣袤〔一〕九里有奇，則寺址本宏，雖分三名，同歸一寺。其中名蹟有法華塔、天中塔、觀音三昧井、錢王九十九眼井之類，又相傳有十寶，見宋王鞏《隨手雜録》，錢王時外國所獻頗眩加，其一也，可厭十里火殃。杭數被火，而龍興不及焉，由有此寶也。寺僧自僧佑以下代有聞人，而贊寧尤著，不獨闡發宗旨，抑且涉獵儒書，如《駁春秋繁露》、《論語駁解》諸書，皆非尋常釋子語。夫累代興修之蹟，勝流會萃之區，豈可聽其泯没已乎？張小雲孝廉，吾黨中高材生也，博采羣書，訪求故老，成《龍興祥符戒壇寺志》十二卷。其初屬稿，曾與余言之，余許爲作序。乃書甫成，而小雲遽卒，丁君松生取付剞劂，仍以小雲遺意乞序於余。余喜此書之行，而惜小雲之不及見，又深感丁君之不負死友也。溯此寺開山，實爲梁僧佑律師，師固俞氏子，乃吾宗也。而贊寧爲德清人，又吾同縣也。自惟淺薄，似有因緣，爲序而歸之，亦如元俞德鄰之序《龍興唱和詩》，以挂名其端爲幸矣。

【校記】

〔一〕 衺，原作『衺』，據文義改。

黄朝槐《荀子詩説箋》序

花農太史視學廣東，所取多通知經學之士，於新寧得黄氏兩生焉，昆弟也。其兄曰朝槐，弟曰朝桂，皆有子勝斐然之志。槐所著書凡三種，曰《荀子詩説箋》，曰《何劭公論語義牋義》，曰《何劭公孝經義》，蓋皆因鄙人之説引申觸類，而增益其所未及焉。嗟乎，余學術麤𥸤，偶有采獲，初無深湛之思，不圖此沾沾者，遂足爲海内英俊之士前馬也。花農將受代，請余序其《荀子詩説箋》，殆將刻以問世乎？荀子説《詩》，固《毛傳》之先河，惟其學出於孟仲子，康成云是子思之弟子，則與學於孟子之孟仲子，必非一人，似未可據此遂通孟、荀爲一家。雖然，孟、荀之學，似異而實同，『性善』亦孟子蚤年之説耳，觀《盡心下》篇『口之於味』一章，前五者不謂之性，謂之命，後五者不謂之命，謂之性，則卽荀子『聖人化性』之説矣。荀子斷斷與孟子辨，殆未見及此。余因此箋中有欲爲孟、荀作調人者，故以斯言助之，似不必合前後兩孟仲子爲一人，然後見其異條同林也，花農以爲何如？作者又以爲何如？至其弟所著《詩書古訓補遺》，爲阮文達拾遺補缺，亦見精博；《廣人名地名對》，雖季緒瑣瑣，然亦可徵蒐輯之勤。余是以信南粤之多材，而歎花農之能得士也。

徐花農《粤軺集》序

學政一官，昔人所稱儒雅莊嚴者也。然余謂天下之官，莫難於學政，尤莫難於廣東學政。廣東道里遼闊，學政終歲奔馳，其得在署度歲者，止初下車一年耳，餘則草行跋而水行涉，無片刻之暇。而考試人數，又什百於他省，廣州一郡，以經學古學應試者，至一萬三千餘人，他可知矣。其考試門類，尤爲夥夠，有兵家言，有醫家言，有術數家言，甚至琴學、畫學、棋學、詞曲之學，無所不有，有一門類，必出題數道，學政遇考試經古，即出題一事，非窮日夜之力不能給。乃其人材既盛，弊竇亦多，市井大駔，以衡文校藝之場爲格五六博之局，利之所在，弊即因之。唐人之進蠟彈，宋人之賣紙毬，猶其瑣瑣者也，非有飛耳長目，鮮不墮其術中。花農負絶人材智，而所學尤淵博無涯。有請題者，隨所請而與之，蟲鳥兩天雞，周漢兩司空，從容酬答，未嘗稍窘。至於防弊，脈摘無遺，他人百計嘗試，卒不可得，數千人中，一問其姓名，他日相見，張甲、王乙、李丙、趙丁，無能混者。簿書過目，輒得其隱奥，目覽手答，心算口占，懸牌於門，傳誦於市。在任三載，弊絶風清，報滿之日，有製爲冰壺玉尺以贈者，若書名於蓋，懸額於堂，更遐邇相踵也。嗟乎，花農之於官，可謂勤矣。甲午嘉平既望，受代而還，乙未元旦，航海至滬，越七日至吴中，訪我於曲園。出示所刻《粤軺集》四卷，凡古今體詩若干篇，自京師首塗，及在粤按試九府兩廳，所作皆在。余讀之，悚然異焉。夫花農之詩，余讀之多矣，即花農諸集，如《日邊酬唱》、《墨池賡和》之類，余序之亦多矣，然則何異乎爾？異乎！走鞭飛蓋之時，墨瘁紙勞之地，而唱妍酬麗，玉應金春，仍如日邊酬唱，墨池賡和時也。花農之才，豈可以斗石計哉？花農乞一言爲序。余謂：詩之工，不待余言，惟粤軺而有是集，非花農不能辦，此余所以深爲花農異也。自是以往，征軺四出，必更有一官一集之編，斯集猶其濫觴也。

徐花農《嶺南實事記》序

廣東文風甲天下，廣東弊竇亦甲天下，廣東學政之不易爲，百倍他省，余序花農《粤軺集》，已詳言之矣。然讀《粤軺集》，止見其才思之洋溢，肆應之從容，而其三年以來之殫精竭神、不遺餘力，未足以見之也。及讀《嶺南實事記》十餘册，其關防嚴密，卽昔人所謂『關節不到，閻羅包老』也；其衡鑒公平，則昔人所謂『我心如秤，不能爲人作低昂』也；其發姦摘伏，明察如神，則昔人辨水輕酒重、外濕裏燥，無此奇中也；其處置妥洽，情理兼盡，則昔人使甲入乙舍、乙入甲舍，無其明快也。嗚呼，以花農之才識優長，精神充裕，豈獨廣東學政克稱其職哉？雖爲封疆大吏，亦綽然有餘矣。乃吾又讀其《示陽江鍾國鈞》云：『爾有此痕迹在疑似之間，倘爾置身通顯之後，有人筆而書之，豈非終身之憾？士君子當爲千古之完人，不當圖一時之榮利。』此等訓誡，豈尋常有司條教所有哉？又有《示肇慶考生》者云：『《孟子》有言，「令聞廣譽施於身，不願人之文繡爾」，果文字可觀，豈在儀飾之美？公西華肥馬輕裘，固不見屏於聖門，原思踵決肘見，何嘗不推爲賢者？爾等深明此義，則爲學之道益進矣。』其隨時告教類如此，而外間誣花農者，猶謂其專取衣飾，翩其反矣。花農防弊雖嚴，而愛士甚切，故有廩生舞弊，情尚可原，或因將届歲除而還其衣衿，或因恭值慶科而予以開復。又有考生行李被盜，所由緝獲無期，一俏生因資斧告匱，試畢不能還鄉，皆瑣瑣瀆陳，此在他人，麾斥使去而已，花農則給予銀錢，俾不至流離異地。仁政仁術，兼而有之者也。下車之始，裁汰教官堂敬，行部所至，振卹所屬水災。補植大庾嶺梅樹，以培元氣而振起人文，禁合浦之人剖蚌采珠而食其肉，以養祥和。而爲此邦造福，雖其事至細，而推論甚精，讀者不可徒以公牘視之也。花農之奉使入粵也，面承天語，諄諄以防弊爲主。花農果能敬承聖意，弊絶風清，此日還朝覆命，必邀特簡，異時功業爛然，繼文敬、文穆兩公而起。吾老矣，不及見也，然而於此錄徵之矣。

華亦曹《蘭湄幻墨》序

往年，上虞謝韻仙女史以詩爲贄，師事吾親家彭剛直公於西湖退省庵，出其鄉先生華君亦曹所著《蘭湄幻墨》示公。公讀而奇之，至吳下，與余言，欲用西洋石印之法印數百本，以行於世。會以巡江，悤悤别余而去，旋有粵東之行，及歸而公已病，此事遂不果。而余實亦未見此書也。歲在甲午，公孫佩芝、補琴兩昆仲來吳下，以此書求序，云：『將付之石印，以副先祖之遺意。』余始得見此書。鉤心鬬角，翦月裁雲，其神妙，真不可思議，文字之奇，一至於此，宜剛直之讀而心折也。夫回文之詩，離合之體，古人游戲，往往有之。蘇伯玉妻《盤中詩》，從中央周四角，今其詩雖存，而其體製則不可見。魏晉人作鏡銘、扇銘，每有以八字回環讀之得一十六句者，雖見巧思，亦寂寥短章而已。蘇蕙《璿璣圖》豔傳千古，圖凡八百四十字，宋元間有起宗道人，以意推求，得詩三千七百五十二首，明康萬民又尋繹是圖，得四千二百六首，合之，共七千九百五十八首，《四庫全書》著録焉，此古今絶作也。乃今觀此書中，有《璇璣續錦》一篇，卽仿《璿璣》而作，字數既同，詩數亦必與同，頓使是圖，古今有兩，嗚呼奇矣。此外旁行斜上，層見疊出，無美不搜，無巧不備。其創始在康熙三十一年甲午，至今光緒二十年甲午，凡一百八十一年中間，曾遇回禄之災，幸而不燬，鬼呵神護，以至於今。幸爲剛直所賞，又幸而公之諸孫敬成祖志，遂得大顯於時。蓋文人苦心，天固不忍泯没之也。先生有《錦上花》一圖，凡七言詩三十六句，卽自題《幻墨》者。余既爲製序，又仿先生此圖，作詩一章。東家效顰，先生詩中已及之矣，九原有知，能無一笑？惜剛直公已騎箕天上，竟不得與之共讀。余詩所謂『寸心展轉涕漣洏』，良非虚語也。

《陳忠肅公墓録》序

丁君松生既修築宋陳忠肅公墓，而孫君康侯又輯《陳忠肅公墓録》一卷，自《宋史》本傳及郡縣志乘、諸家詩文紀載，采掇無遺，亦云備矣。中有一條云：『德祐元年八月，陳文龍、黄鏞相繼上章，乞歸養母，不允。是時，主幼國危，朝臣畏避，以母老爲辭，忠孝之誼，兩無所據。』此數語，於公似有微辭，初意欲爲删去，繼而思之，於公之大節無損也。本傳云：『未幾議降，文龍乃上章乞歸養。』是乞歸養在議降之後。考《瀛國公紀》，德祐二年，陸秀夫等至大元軍，求稱姪納幣，不從；稱姪孫，不從。太皇太后命用臣禮。是其時降議已決矣。下乃書『同簽書樞密院事黄鏞、參知政事陳文龍遁』，公乞歸養，卽其事也。夫使君臣上下，齊心死守，敵至則痛哭於九廟之下，背城一戰，同死社稷，是則見危授命，正在斯時，備員政府，萬無去理。今既納款稱臣，爲大臣者，不去何待？豈有君則牽羊，臣則巷戰者乎？卽使不去，不過相從北去而已，不如乞身而歸，猶可望桑榆之收也。公出國門，又上疏求還，不如公意如何？然實則留固忠臣，去亦義士，此舉不足爲公病，則此數語，亦不必删也。當時，王應麟亦以遁書，而不失爲宋之遺老，況公之終於抗節而死者乎？因讀《墓録》，縱論及之，願爲公一雪此言也。《宋史》書黄、陳二公之遁，在德祐二年正月，此云『元年八月』，是亦考之未審者。元年八月，未決降議，何爲遽去乎？半年遲早，於公之大節所關不細，是不可以不辨也。

《同仁祠記》序

昔孔子歷論微子、箕子、比干，謂之『三仁』。此三人者，其志不同，其行不同，而孔子皆以仁稱之。至孟子乃暢發其旨，於伯夷、伊尹、柳下惠曰，『三子者不同道，其趨一也。一者何也？曰仁也。君子亦仁而已矣，何必同？』以是言之，仁者，人心也。人人自盡其心，卽人人自盡其仁。其不同也，正其所以同也。嗚呼，此仁之所以爲大歟？前明宸濠之亂，亂之未作也，江西按察使胡公世寧首發其奸，亂之既作也，巡撫江西都御史孫公燧死之，王公守仁〔一〕平之。三公皆浙人也。嘉靖十七年，巡按浙江監察御史周公汝員以千佛閣舊基建祠，以祀三公，額曰『同仁』。蓋三公之事不同，而其爲仁則同，以『同仁』名其祠，固孔、孟之微意也。國朝康熙間，有奸僧復謀改祠爲寺，當事諸公，皆執不可，同仁之祠，得以不廢，蓋亦公論然也。阮文達公撫吾浙時，曾列入《兩浙防護録》。及咸豐間，粵寇據杭，祠毁於兵，亂定之後，鞠爲茂草。於是杭之士大夫鳩工庀材，葺而新之，門廡堂皇，悉如其舊。仁和孫君仁甫乃蒐輯建祠始末，并備載三公行事，以至藝文、公牘，合爲一編，題曰《同仁祠記》。昔明季吴介子著一書，曰《仁書》，載歷代死事之臣，始於湛身，終以慟哭，然比干死而仁，微、箕生而亦仁，仁豈必以死見哉？是故孫公仁也，胡、王二公亦仁也，同仁之名，三公之定論也。嗟夫，三公往矣，方今時事日艱，有如胡公之洞燭於幾先者乎？有如孫公之慷慨而就義者乎？有如王公之不動聲色削平大難者乎？海内志士仁人讀是記也，必有觀感而興起者矣。

【校記】

〔一〕仁，原作『成』，據文義改。

《半潭秋水草堂詩草》序

粟香女史乃吾邑詩人也。其先德沈宏年先生，嘉慶二十三年舉人，官建德教諭。女史幼承父訓，性耽吟詠，定省之餘，鍼黹之外，惟詩一編而已。年二十歸黄氏，其夫子雪舲茂才，亦名下士也。於是以琴書爲授受，以詩酒爲倡隨，一時有管、趙之譽，唱妍酬麗，玉綴珠聯。讀《夏日聯句》諸篇，可謂福與慧兼者矣。合題《詩草》曰『半潭秋水草堂』，而分内外二編，茂才所作曰《外集》，女史所作曰《内集》。居無何，茂才赴召玉樓，女史執柏舟之節，年僅三十有三。中間又更兵亂，《外集》倖存，而《内集》竟付劫灰，今所存者，乃其記憶於鐙殘漏盡之後，收拾於炱朽蟫斷之中者也。詩多近體，陶冶性靈，流連風月，類少陵所謂『新詩近玉琴』者。余向未之知，亦可謂國有顔子而不知矣。女史晚境頗嗇，其長子、三子皆入邑庠，不幸早卒，僅存一子一孫。白髮青燈，米鹽淩襍。詩有云：『天邊福壽如山海，欲付塵寰木石人』，讀之爲長太息也。

謝韻仙女史詩稿序

謝韻仙女史乃彭剛直公女弟子也，家在上虞，距杭州三百里而近。剛直之在西湖，女史往往渡江而來，相依累月。然余至湖上，則每不相値，故未之見也。剛直恆稱道其賢，且時誦其詩，余深以未得一見爲恨。及剛直薨，遂不復相聞。今年夏，余孫婦彭氏卒，剛直之女孫也。余憫其賢而不壽，爲詩哭之，又爲小傳，以表彰之。分貽知好，因亦以一册致女史。旋寄來輓詩四章，又以手書見寄，贈我新詩，且示舊稿。余讀之，約略可分爲三卷。其上卷皆爲剛直公作，中卷則與餘人倡和者，下卷則詠物居多。清辭麗句中，饒有風骨，非尋常閨閣中人語。剛直所賞識，信不虚矣。余衰且老，江淹才盡。來書推許太過，愧不敢當。因思毛西河爲女史鄉人，其集後附徐都講詩，女弟子也。余非西河，豈容妄覬，然剛直詩集行世久矣，後人有重刻彭剛直集者，或附刻女史詩，則女史者，其即彭剛直之徐都講乎！

春在堂襍文五編卷八

崧鎮青中丞六十壽序

光緒十有七年，大中丞鎮青崧公莅我浙三載矣。吏畏其威，士悦其教，民歸其德。情慤德滿，常若冬日之陽、夏日之陰，兩浙東西，咸喁喁然心歌而腹詠也。是歲，公行年五十有九，其明年，則六十曰耆矣。於是浙之僚友咸聚而謀曰：『古者奉觴上壽，非有常期，而今人必以成數十年爲準，是懸弧之慶，宜在來歲。然古者諸侯五年一朝，而今則三年報最，公至來歲宜援例以請。浙爲東南大都會，撫是邦者，必朝廷所倚重，往往有超棘之徵，況如公者，風政修明，達於朝聽，其必如馬燧之總六連、陶侃之督八州，重官累使，尊顯烜赫，豈吾浙之所能私哉？麥邱之祝，盍及今歲而謀之？』皆曰然。則又曰：『公無聲伎之好，觀游之樂，將何以壽公哉？盍援四子講德之例，擇能文之士，爲文以獻乎？』又皆曰然。於是就德清民俞樾而謀焉。樾寓吳久，公撫吳時，已修士相見禮；及公移節之江，而樾忝主詁經講席，歲拜禮幣之賜，安敢以弇陋爲辭？雖然，樾舊史氏也，柱下之職，但知據事而書，支離曼衍之辭，非所習也。諸公朝夕從公游，其所見聞，必有視樾加詳者，請爲舉其實。則有以公家世告者，曰：公姓瓜爾佳氏，滿洲右族也。父光禄公，以户部郎中爲山海關監督，貲課所贏，悉歸之官税，外方圓不以自潤。會有權臣琅蕩湊鑠，索重賂無得，摭他事中傷之，遂下於理，日久事白，復起，主兩淮鹽筴，以官壽終。公在英年，即遭家難，益自惕厲。咸豐八年應京兆試，登文詞雅麗科。先是，已官兵部，當庚申、辛酉間，海氛大熾，烽火達於甘泉。公夙夜在公，無異平素。文文忠公時權大司馬，深器重焉。俄升主事，轉員外郎，三年大計，積優成陟，而公自此遠矣。樾曰：美哉，始基之乎！孟子所謂『天之將降大任』者也。則又有以公宦蹟告者，曰：公始以郎中授廣東高州府知府，未一歲以奉諱歸。嶺表爲海内膏腴地，而公蕭然無銖金寸錦之儲。五五既畢，出知山東沂州府。大府以析愿禁悍，首在折獄，省會故有讞局，探意立情，猶多繳繞，以公董治之。僚屬戲曰：『吾儕聽訟，乃有聽聽訟者乎？』公辭聽色聽，脈摘如神，羣僚讋服。既至沂，沂故多盜，春夏之交，蘩赤芑白，彌望無際，若在莽罠之墅，寇盜伏焉。公率輕騎，周歷四郊，禽姦戔猾，萑蒲一空。所至，斑白垂髫，迎拜馬首，壺飧觵飯，襍然前陳。公笑而謝之，一時循良之聲徧於海岱。廉訪使者長公入覲，毅廟問：『山左郡守孰優？』以公名對。御筆書名，黏屏扆間。光緒之初，禧聖垂簾聽政，見所書名，乃有大用之意。山東督糧道闕員，即以公補焉，異數也。其時山右大饑，而各省助振者率以金，民得金，無從易粟。公獨以小米數百萬石往，全活無算。已而遷廣西按察使。廣西自大亂之後，元氣未復，有李揚材者，跳梁於越南之邊境，聚眾鈔掠，頻有晏開之警。公言於大府，使提督馮公子材率勁旅出關，殲厥渠魁，褺散其眾，於是麗江秀嶺間得安枕矣。天子知公才可俾大任，旋由直隸布政使授漕運總督。時有規復河運之議，公面奏：『河運固不可廢，然所漕之數，不能驟增，且轉漕必先治運河，而東省所急者，黄河也，宜先其所急。』上嘉納之。是歲僅增江蘇河運十萬石，從公議也。光緒十二年，授江蘇巡撫。時曾忠襄公督兩江，每事必商之於公。黄河之決於鄭州也，朝臣咸請堵決口、濬下游，而慮洪澤湖之不能容。公與忠襄公謀濬張福口，引河及楊莊以下舊黄河，以消上游之水，復濬新洋、射陽河道，以爲宣洩之尾閭，淮揚晏然，不知有河決之事。斯非大有造於東南者乎？ 樾曰： 公起家郡守，跻陟封疆，所至有聲，是固不可勝紀。雖然，吾儕浙人，願聞浙事。則又有以公治浙之事告者，曰： 公之撫浙也，時有詔，使議南糧折價之事。公曰： 浙江田賦之重，不下江蘇，民不可困，官亦不可累。議自今以往，不分漕、南，概徵本色。南糧則由州縣變價，以解折色，如有不敷，卽於經征秏米内彌補其數，其經征秏米則折價如市價。奏上，從之，永著爲令，官吏咸便。是歲大霪雨，杭、嘉、湖三郡，遭潦爲蕪，綠原青隴，若在巨浸，不見涯涘。公飛章入告，截留南漕，頒發帑金，活我民於魚鱉黿鼉之渚。公上承德意，下察民隱，勸分振廩，不遺餘力。又募鄰省助振，得白金二百餘萬兩，簡閱其民，計口授食，復以工代振，築堰濬流，爲異時旱潦之備。事有實際，費無虚糜，民沾溫拯之恩，境鮮流冗之患，此又公大有造於我浙者也。樾悕然動容曰： 昔富鄭公在青州，全活數萬人，自謂勝二十四考中書令。公今此舉，亦近之矣。告者曰： 未已也。公之所措意者，其尤在士林乎！ 功令： 子、午、卯、酉之歲，聚一省之士而試之。浙號大省，與試者萬餘，貢院之前，幾無側足之所。公購民屋數十間，建立棚廠，俾得休息，且蔽風雨，按籍唱名，某府某縣，各有定時。籠燈以使之見，鳴礮以使之聞，莘莘士子，雅步而前，魚貫而進，無淩獵，無顛躋。公兩監浙試，稔知浙弊，關防嚴密，内外肅然，歷年積弊，爲之一洗。且以有司供應，不能悉周，慮水泉之不潔也，參用機器，以運清流； 慮飲食之不旨也，製造餅餌，務令甘美。四方秀艾，挾册負素，諷誦相摩，咸謂： 『數十年來，未有此整齊而嚴肅者也。』樾於是拜而言曰： 公之加惠於我浙士，可謂至矣。余亦儒流，有不爲之歌且舞哉？要而言之，公之家世，則晉王、謝，唐崔、盧也；公自二千石至監司，甘棠之愛，傳誦不衰，則漢之龔遂、黄霸也；其撫蘇、撫浙，名位益崇，建樹益大，則《晉書·劉宏陶侃傳》所謂『威騰閫外，禮縟區中』，蔑以加矣。徐幹《中論》之言壽也，有王澤之壽，有聲聞之壽，有行仁之壽，公以一身，兼此三壽，曼福駢齡，豈有量歟？乃掇拾其語，撰次成文，藉諸公以獻，或亦足發河清之一笑乎！乃樾更有説焉。夫祝公之高升而極鼎足者，公論也，而潁州願借寇恂、東郡願復得耿純，則又浙人之私意也。公風舉雲搖，鵲然而起，介弟錫侯中丞同時開府，可謂有非常之人，必有非常之遇。稽之故事，雍正時李敏達公曾爲浙江總督，天子或即以此例待公，受雙圻之任，而仍不離六橋三竺之間，則年年歲歲，皆得躋堂而稱壽，其豐功駿烈，更不可勝紀矣。樾不才，願執筆以待。

任筱沅中丞七十壽序

嘗讀《周禮》大司徒所屬，有鄉老焉，二鄉則公一人，有鄉大夫焉，每鄉卿一人。説者謂：此卽王朝之公與卿。竊謂不然。王朝之公卿，豈得爲教官之屬，此公與卿，必其曾居公卿之位而退老於鄉者。爵與齒、德，三者俱尊，於是優以名號，曰老、曰大夫，使之表率其鄉，以補大司徒之所不及。蓋古昔盛時，有在朝之公卿，與王者論道經邦，而又有在鄉之公卿，爲王者布德施惠，雖有朝野之分，而並任公卿之重者也。我國家以列聖積累之厚，咸豐、同治來，雖經兵亂，而人材益盛。居封疆者，率皆文通武達，爲時名臣，而筱沅中丞，尤其選也。公以道光二十九年選拔貢生，應朝考，用教職。其初秉鐸奉賢，以勸集軍餉二十餘萬，積優成陟，遷授知縣，宰湖北之當陽。旋調江夏，興書院，建社倉，有益於民者，靡不畢舉，爲民害者，芟薙無餘。邑以大治，號稱無訟。朝廷知其才也，簡授順德守，設局清訟，積獄爲空，勸課蠶桑，興修水利。今有順德紬，自公始也，又有任公井，以公名也。公事之暇，不廢絃歌，著有《居官十則》、《讀史百韻》，並傳於時。電掃庭訟，響答詩筒，指景取辦，方圓可施。臺司上其治功，朝論嘉其政績，調守保定。未數月，而河南開歸陳許道之命下矣。是時，馮蠵切和，黃流順軌，而水衡之錢，歲糜億萬，半委泥沙，半飽胥吏。公辭隆就窳，有王晉平恐富求歸之意，累牘陳請，大府挽留，爲裁減應領之數，乃勉留二年。增置黃河渡船，建造兩岸旅舍，所謂身處脂膏，不以自潤，皭然泥而不滓者乎？俄而陳臬西江，且權藩伯之任。其時偶因軍饟不給，撫標一軍，皆甲而譟，撫軍親臨，不能止也。望見公旌麾，則皆投戈羅拜，自謝無狀，蓋威信之所孚深矣。其官浙藩也，慮廥積之空虛，則有豐糴儉糶之令；憫棺槥之暴露，則有掩骼埋胔之政；懲市井之雕捍，則有析愿禁悍之法；至今遵行，未有改也。是時，天子勤求治理，乂安區夏。公每入覲召對，有所敷陳，悉稱上意。爰由直隸藩司，擢授山東巡撫。齊魯舊邦，是爲中原腹地，有所謂東大道者，冠蓋之所經由，行李之所輻湊，古稱夷庚，今曰要衝。而山岬崎嶇，寇盜充斥，鈴騾⿰車幾馬，視爲畏塗。公命所司鏟山浚瀆，禽姦戔猾，大道如砥，伏莽皆空，行者便之。援順德任公井例，稱爲任公道云。自泰西諸邦互市中國，要求萬端，詭憰百出。謀於濟南城中購地築室，有成議矣。公折以要約，曉以利害，力持不可，竟罷不行。赤石不奪，斯之謂矣。天子以浙爲公開藩舊壤，爰命移節是邦。浙東西之人咸翹首北望，冀召父杜母之復來，士歌於庠，農舞於野。而公俄以左遷去，竟不果來。公所坐，乃簿書之事，期日之間，至爲微細。且在公，實一無瞻徇，所具公狀，日月分明，由司中院舊牘俱存，可復按也。或勸公自明。笑謝之曰：『吾苟得直，其咎必專有所歸。郤獻子不云乎，「吾以分謗也」。』角巾野服，浩然東歸，論者以爲得大臣之體。然天生雄偉俊乂之才，以爲當世之用乃用之，而仍不使得竟其用，豈天既生是才，而漫不經意，付之不可知之數乎？非然也。吾固言之，有在朝之公卿，有在鄉之公卿，使士大夫之見用於世者，皆如召公之三十六年宰輔、郭令之二十四考中書，則古所謂鄉老、鄉大夫者，不且虛無人乎？方今聖人在御，衆正盈廷，則留一二遺老於平泉綠野間，使桑梓後生，有所矜式，而凡建牙樹節於其地者，亦得以訪求民俗，討論典章，爲仗鉞宣風之一助。此卽古鄉老、鄉大夫之職也，非亦聖世所不可少哉？公今年七十矣，精神矍鑠，意興不衰，素工吟詠，尤善翰墨，端居多暇，臨池濡染，妙參鍾索，得其尺素，珍若圖球。家門之內，一時鼎盛，諸子鵲然而起，或專方郡，或陟監司，最幼者亦森然見頭角，有晏元獻神童之譽。諸孫瑤環瑜珥，蘭茁其芽，游泮水者有二人矣。公優游家衖，與二三故舊，銜杯酒，敘殷勤，致足樂也。雖使公總六連而督八州，亦何以易此哉？天子方緬懷耆壽，優禮老臣，異日臨雍講學，或用漢世之故事，修養老之上儀，尊事三老，兄事五更。而以公當其選，皤皤黃髮，揖讓其間，較周制鄉老、鄉大夫，當更有進矣。此又區區之忱豫，爲公善頌善禱者也。

童母卜太恭人七十壽序

皇帝御極之二十年，歲陽閼逢，歲陰敦牂，恭逢慈禧端佑康頤昭豫莊誠壽恭欽獻皇太后六旬萬壽之慶，於是延嘉生，蒼烏見，滋液滲漉，均禧九垓，凡百有位，咸蒙褒賁，受甄賞，奉綠純黄玉之誥，爲其親榮。而童母卜太恭人，適於是歲閏如之月，介七十古稀之壽，哲嗣米孫大令方權知華亭縣事，將饌肥鱻以甘之，鏗金絲以樂之。而太恭人曰：『毋。吾家故寒素，簞瓢捽茹，吾所習也。汝新奉簡書，寄民社，一筐之糗，一束之脯，猶如曩日，豈宜饌玉炊金、烹龍炰鳳乎？爾師曲園翁有言：「酒食之苾芬，不如君子之文；金石之鏗鏘，不如君子之章。」汝其圖之。』於是米孫乃徧告同人，求贈壽言，以侑壽觥。一時潘楊之戚誼，孔李之世交，進女師德象之篇，寓眉黎臺駘之祝者，瓌瑋連犿，不可以麗計，而屬余以一言序其端。余聞太恭人之在室也，稟厥考禮臣公之教，媞媞其行，翬翬其度，善事繼母，得其歡心。年二十有四歸贈公嘯泉先生。先生以名諸生客授於杭，家在新市鎮，相距且百里。太恭人上事君姑，下撫兩小郎，有無黽敏，辭隆從窊。每遇饑歲，刀机生蘚，竈額無烟，時出匳中衣物，於長生庫質錢，以佐晨夕饔飧之用。君姑寢疾，中裙褕廁，手自洗滌。及其殂謝，於喪於祭，曲盡誠敬。贈公居家日少，家事皆太恭人主之，營蘋蘩之薦，具韭菁之饌，米鹽淩襍，不廢女工，鍼管線纊，午夜不輟，敝衣糲食，處之怡然。視先後築里，猶女昆弟也；其於子姪，猶子姓也，一門之内，人無間言。粤賊之亂，省垣戒嚴。贈公上時務十策，不見用，居恒鬱鬱，齎志而終。時太恭人有子女三人，又叔娣所遺子女亦三人，皆太恭人撫之。推燥居濕，咽苦吐甘，恩斯勤斯，備極勞勩。内而瓶罍之罄，時時見告；外而風鶴之警，咄咄相逼。流離轉徙，罔有定居。而於贈公所著書及所手鈔之經史文集數十册，置兩大篚中，行必以俱。諭其子曰：『他物不足惜，此汝父一生心力所注也。汝能守此，汝父不亡矣。』嗟乎，兵燹以來，舊家藏書，皆付灰燼，縹囊緗帙，掃地無餘。而太恭人保守楹書，不敢失墜，所見不亦遠乎？大亂既定，課其子，砥學勵行，勿替先業。米孫大令亦能謹承其教，有聲庠序間，癸酉歲，以拔萃貢成均。時興化劉融齋先生主講上海龍門書院，當代鉅儒也，米孫從之游者數年，所學益進，慨然有經世之志。乃以州佐筮仕江蘇，始至，從事書局，仍懷鉛握槧，就臺司月課，每課必居高等，於是名動上游。咸曰：『通達治體，賈生流也。』江蘇諸大政，如海運、釐捐、洋務、籌振、積穀，皆使襄理，身兼數器，部分如流。前方伯貴築黄公甚重之，以賑務煩劇，命之綜司文案，及今方伯順德鄧公亦仍其舊。太恭人戒之曰：『此民命所係也。能佐上官，整紛剔蠹，俾實惠及民，則爾職克盡，而吾家子孫，亦世世食德矣。』大矣哉，仁人之言乎！太恭人雖年及古稀，而精神完固，視聽不衰，與其弟如梧先生，白首怡怡，極友于之樂。有孫一人，孫女三人，瑤環瑜珥，蘭茁其芽。一女適良奧之族，外孫三人，亦婠妠可喜。太恭人安神閨房之上，皤皤黄髮，含飴弄孫，天倫之樂備矣。自茲以往，由八十、九十而至期頤，每逢開秩稱觴之歲，皆值國有大慶之年。天子方以孝治天下，琱輿彩仗，鳴玉慈庭，推娥臺姒幄之恩以嘉惠海内，必有靈壽上尊之賜。米孫其益樹令名，以承隆遇。此余所以爲太恭人祝，而并以爲米孫望者也。

黄君斯馨七十壽序

當咸豐、同治之間，大盜起於粤西，窟穴於金陵，蔓延乎天下，而禽獮草薙，卒歸於盡，不十餘稔而乾亨坤慶，四表無塵。此由天子神武，聖謨宏遠，將帥之臣，一心同力，以共成此巍巍之功；而亦由海内沐浴於聖澤者既久且深，士大夫咸知以敵愾同仇爲志，有智慮者效其謀，有材武者效其力，故舉事易而成功速也。如黃君斯馨先生，卽其人矣。君幼而穎異，七齡能爲五言詩，其母嘗撫之而歎曰：『諸子中好讀書者，無過此兒矣。』家素富衍，至是稍落。君年始幼學，卽能佐其父操贏制餘，候時轉物，雖老於榷會者謝弗如。遂棄佔畢之業，就時於杭。杭爲東南大都會，商賈駢坒，闤闠流溢。君通財鬻貨，數年之間，增贏十倍，家業復振。俄而粵寇猝至，杭城戒嚴，一闤之市，相驚以寇至，曰寇至則隴種東籠而走。君慨然曰：『時事至此，食毛踐土者，孰不當投袂而起？曹劌何人哉！豈曰不食其祿，弗與其事乎？』庚申正月，奉將軍瑞忠壯、巡撫羅忠節兩公之檄，統率土團，稽察邦課，守鳳山、候潮兩門，張弓荷敵，不避風雨。無何，賊由清波門入，君復從忠壯公堅守滿洲營，凡七晝夜。會江南援師亦至，寇遂宵遁，城竟獲全。忠壯公會同巡撫王公敘其功以聞。有詔以縣丞選用，加五品銜，賜鶡羽翎以飾其冠。君有弟，同在行間，亦得以教職注選籍。忠壯公謂君曰：『浙江十一郡，可稱奇士者，君昆弟二人耳。』君起於賈區，威名稜然，爲軍鋒之冠。自將軍、巡撫以下，爭相推重。君行城中，見積骸如山，枕籍衢巷，乃出已資，收瘞於萬松嶺南北，爲冢二百三十有六，勒石紀之。又慮殉難男女名姓湮滅，繕具清册，呈之大府，以達於容臺。其處事精詳類如此，非徒投石超距，引彊命中，與騎士材官角勝而已。其明年，賊由諸暨渡臨浦，攻蕭山。君聞警遄歸，而已不及，山城失守，老母終堂。君仰天泣血，誓不與賊同立日月之下，率義兵往攻之。賊望塵欲遁，而城外奸民助賊者蠭起，橋梁盡斷，進退皆疐，全軍陷焉。君亦墜於水，若有拼之出水，從間道走回者，亦終莫解用何術得出、遵何塗得歸也。天祚忠孝，信矣。其後，蔣果敏公駐軍義橋，聞君名，招致之。君以往者從戎，致不能免母於難，終身憾之，謝不往也。使君再出而從軍，行裝就隊，游弩往來，將見一日破十二壘，一月克十二城，始雖垂翅回谿，終且奮翼黽池，安見不耀華名於玉牒、勒洪伐於金册哉？然君雖伏處不出，而聞譽著於士林，德行被於鄉井，振廩同食之義舉，掩骼埋胔之善政，有所見聞，無不盡力。其邑之西有江塘焉，實爲山、會、蕭三邑之門户，砰訇淙射，易於爲患。自君修築，因地制流，碧沙青岸，石盤嶽峙，有灝溔潢漾之觀，無沅沄湧濤之變，至今數百里内，溝塍刻鏤，桑麻鋪菜，君之力也。君雖服賈，而慕南陽孔氏之雍容，挑鐙夜讀，或至申旦，二十四史之事實，能歷數之；宋元諸儒之《語録》，能默誦之。念其先人，困於童試，勉其諸弟，毋廢家學。蓋自君以貨殖復起其家，而修脯之資，膏油之費，皆極豐腆，一門之内，誦讀相聞。其諸弟中，有成進士、入詞林者。至乙酉歲，而其子亦舉於鄉，科名之相繼，實由君成之也。德配徐宜人，明於大義，自其曾祖以來，五代同居，闔門數十口，無一誶語，宜人之賢可知矣。今年十月爲君七十生辰，其子硯龕孝廉與余孫陛雲爲同年生，乃乞一言以爲壽。余酬應之文久已輟筆，重違其請，又以君起布衣，爲國家宣力，是可嘉也，敬爲操觚紀之。是歲恭逢皇太后六旬萬壽，慶科鄉試，明歲之春，硯龕必當乘孝廉之船，赴春官之試。君或有興，與之北上。余恭閲乾隆間所行慶典，凡七十以上耆壽男婦，皆得叩謁道左。君與徐宜人伏輦道之側，而望屬車之塵，精神矍鑠，舉止安閑，皇太后顧之，或錫以上尊之酒，而列之千叟之筵，是則承平之盛事，而非徒里黨之光榮矣。

連母陳太淑人八十有七壽序

曹娥江之東陬有巖邑焉，曰上虞。蟠幽宅阻，民俗敦龐。上虞縣之西鄉有右族焉，曰連氏，富而好禮，敦善不怠。往者強圉大淵獻之歲，天子詔以『樂善好施』四字旌其門者也。蓋連氏有樂川先生者，創爲義莊，以贍其族，而其子穆軒、擷薌兩君踵成之，疆吏上聞，璽書下逮。烏頭綽楔，焜燿姚墟舜井之間。僉曰：『美哉，斯舉乎！』夫樂善者，未有不好施，而好施難言之矣。一家之政，男職其外，女職其内，坤爲吝嗇，見於《易象》，而審守委積蓋藏，又婦職也，見於《禮經》，故有丈夫慷慨好行其德，而阻於帷門之議者矣。連氏父子相繼，積善成德，其殆有相之者乎？越四年，歲在重光單閼，穆軒、擷薌兩君以其母氏陳太淑人行年八十有七，謂：古者稱觴上壽，非有常期，不必以十年爲率，而況五年再閏，并而計之，已逮九十。乃饌甘脆以養之，乃鏗金絲以娛之，而欲得一言以爲侑，爰就樾而謀焉。樾問其詳，則卽樂川先生之德配也。憬然曰：『成先生之高義者，其在太淑人乎！』太淑人之始來歸也，重親在堂，咸躋耄壽，衿纓適寢，媞媞其儀，奧寒苛養，調護惟謹。其君舅，自幼從父官蜀，蜀醞吳羹，食性殊異，而太淑人脂蔥膏薤，各得其宜，每有所進，輒爲加膳。《女憲》有之曰：『婦如影響，焉得不賞？』其太淑人之謂乎！然此猶閨闈之小節也。其犖犖大者，則在善相其夫，善教其子。連川先生以金榦玉楨，保衛桑梓，一生心力，畢注於前江後海兩塘，垂數十年，黑風白雨，寒暑無間，尤勇於爲善。橫舍而圮，曰繕完之；輿梁而頹，曰興作之；凡有所爲，不程其力，性又喜客，坐上恆滿。太淑人綜理微密，擘畫周詳，數十人之饌，咄嗟而供；數千金之工，談笑而助。連川先生以好義稱鄉里，閫以內與有力焉。此太淑人之善相其夫也。所生丈夫子六，皆少而眴眴，壯而莊莊。太淑人撫之以慈，督之以嚴，以樂川先生經始義田，未竟厥志，忞慔諸子，使觀厥成。嗣君亦皆善繼善述，不忝前修，義莊之建，達於朝聽，載於里乘，成父志也，亦稟母命也。此太淑人之善教其子也。茲二者，非其珍禕〔一〕懿鑠之尤著者乎？愚謂連氏之樂善好施，有相之者，於此信矣。若其貴而勤，富而儉，衣必煩擱，食無珍異，雖鼎娥寵妾奔走滿前，而籯筲桶檖焉，鍼〔二〕管線纊焉，猶手治之。尊章廁牏，兒孫襌褯，躬自浣濯，不以爲煩。此人之所難，而猶其易者也。《太玄》不云乎，『我心孔碩，乃後有鑠』。太淑人之令德，宜其食報於天。康強逢吉，雖登大耋，神明不衰，一門之内，玉昆金友，鳳子麟雛。太淑人安神閨房之内，高坐北堂之上，男唯而女俞，左漿而右酒，樂可知也。樾雖切人不媚，敢不以一言侑春酒而介壽觥乎？乃樾更有説焉，太淑人今歲八十有七，則其九十有秩之年，實在閼逢敦牂之歲，是歲也，恭逢皇太后六旬萬壽。天子以孝治天下，推恩錫類，於齯齒鮐背之人，必有上尊牛酒之賜。太淑人得躬被之，自此以往，由九十而百歲，而花甲重周，古稀再届，皆在國有大慶之年。集嘏翔禨，增榮益譽，所以申錫無疆者，豈有涯哉？行且以熙朝人瑞，載之柱史，以爲泰元神筴之符，非特閭里之光而已。樾舊史氏，竊願更得而紀其盛也。

【校記】

〔一〕禕，原作『褘』，據文義改。

〔二〕鍼，原作『緘』，據文義改。

唐藝農廉訪七十壽序

光緒十有八年二月某日，詔書以浙江金衢嚴道唐公升補貴州按察使。是時海宇清平，天子勤求上理，士大夫爭自磨礪，以就功名。搢紳之族，每每有荀龍賈虎，並奮天衢者，如合肥李氏之兄弟兩總督，長白瓜爾佳氏之兄弟兩巡撫，時論以爲漢世之大小馮君、梁世之大小南郡，方斯蔑如也，乃今又得之於湖南唐氏，蓋公之介弟斐泉廉訪陳臬三秦有年矣，公於今歲又拜黔臬之命。維時，公之仲子韡如孝廉以五馬官八閩，署延平府知府，護理臺灣道。臺灣道故兼按察使，則唐氏父子、兄弟、叔姪，同時三臬使也。海内讚歎，以爲美談。吾浙之人雖惜公之去，而亦罔不以爲公榮。猶憶去歲之秋，公之長君莘之大令過余吴下春在堂，而語余曰：『吾父今年六十有九矣，願得一言以爲壽。』余笑曰：『姑徐之，待明年尊公正七十，以廉車莅浙水，再進麥邱之祝，未爲晚也。』至今而吾言固驗，乃不圖不於吾浙，而在富山貴水間也。惜别之意方殷，祝嘏之情彌切，時在西湖俞樓，索文者幾無虚日，輒謝不作，而爲公敬進一言。公自幼負異資，弱冠飆於庠，有聲場屋間，十試棘闈，不售。乃致力經世之學，尤留心本朝掌故，好與賢士大夫游。又勇於爲義，如修葺學舍，建立神祠，經理義渡，振濟難民，一經身任，不遺餘力。於是名譽大起，湘中諸大吏咸耳其名。遇事磐根錯節者，輒曰：『非公莫屬也。』歲在丁卯，游於京師，都下諸故交咸聳臾之，曰：『方今海内多故，天子側席求賢，駕五龍以騰唐衢，服九駿以馳文塗，此豪傑馳騖之時，非山林偃蹇之日也。天生此材而不爲世用，譬猶杞梓楩楠，不登匠石之門，而置之荒山大澤，不亦惜乎？』公素澹於名利，嘗以澹吾自號，而羣公以大義相勖。公亦思有以自見於世，乃以道員分發吾浙。浙撫知其才也，時適有繞城石塘之役，即以相屬，櫛沐風雨，昕夕罔倦，鱗塘百丈，屹若金湯。甫莅浙而頌聲作矣。嗣是厥後，治鹽税則鹽税裕，唐劉晏之馬上以鞭算，無其精敏也；治軍需則軍需給，晉陶侃之竹頭木屑，無其微密也；治保甲則保甲嚴，漢尹翁歸之每縣各有記籍，無其明察也；治賑務則賑務均，漢陸續之都亭具饘粥，無其普偏也；治營務則營務肅，唐王忠嗣之弓矢誌姓名，無其嚴正也；治鹽綱則鹽綱整，宋趙開之排比次第爲鼠尾帳，無其清晰也。浙爲並海之地，浙東諸郡，如溫如台，皆江潯海裔，重山複川，巖險周固，爲盜賊淵藪。民俗雕悍，喜於私鬭，其黠者則挾鄧析之術，缴繞苛察，把持上官。公權臬事，析愿禁悍，探意立情，不枉不漏，弊俗爲之一清。嘗語屬吏曰：『早結一案，則事不煩；少羈一人，則民不累。』故雖明察秋毫，而意在仁恕，每當報囚有情窮於法者，爲之咨嗟累日，所全活甚衆。歷攝金衢嚴道、溫處道、督糧道，居一日之職，必盡一日之心，曰：『吾期於國於民有濟耳，居官久暫不計也，後人之能繼與否不計也。』己丑之歲，補受金衢嚴道。下車之後，因地制宜，端士習，整民風，化土客以清盜源，禁奇衺以弭外侮。三衢之民，翕然從風。而上官以公前署臬使有善政，遇按察使缺員，仍檄公署理。庚寅、辛卯，兩攝柏臺，并前而四矣。今歲春，甫受代，將還衢，而黔臬之命下。從此弱翁治行，聞於朝廷，開藩開府，其可計日而待乎？余與公交，垂二十年，每至湖樓，彼此往返，必數四相見，臨當遠别，能勿依依。聞公春初小病，而今已矍鑠如常，松柏之姿，經霜雪而益茂。余則長於公者兩歲，蒲柳早衰，新得腰腳之病，殆將步彭剛直之後塵。異日，公以金符玉節，還鎮浙中，未識尚能偕竹馬兒童迎拜馬首否？謹因眉梨之祝，附古人臨别贈言之義，誦陳思舊句曰：尚其愛玉體，善保黄髮期，至於豐功偉業，日進無疆，行且與令弟斐泉廉訪，同領封疆，如合肥李氏、長白瓜爾佳氏故事，則自有高文典册，大書特書，焜耀楹楣，非鄙人沾沾小言，所能增榮益譽也。

方黼臣五十壽序

余往歲與修《鎮海縣志》，因得周知其邑中賢豪長者，接芬錯芳，不可更僕數，而尤以方氏爲巨擘。其令德嘉言見於余所著《春在堂襍文》者數人矣。乃今而又得一積善成德之君子，則黼臣觀察其人也。觀察君生而早慧，讀書倍常兒，有張霸饒爲之意，家資累巨萬，爲一縣最，自其先德潤齋贈公以操贏制餘就時於滬。君年十有五，亦至滬上，將車奉杖，兼習廢舉之業。贈公病，君侍湯藥惟謹，及謝賓客，絞紟衾冒，一如禮制，設披屬引，奉之而歸。齒未弱冠，儀如成人。大事既畢，以先業在滬，仍侍其季父以往。俄季父又卒，而方氏之列肆於滬者相望也。滬爲萬商之淵，瓌貨方至，鬻良襍苦，巧歷所不能算。而君三奇六耦，圖迴掌上，候時轉物，雖老於榷會者不能及。於是長商大賈，靡不服君之才矣。君以贈公棄養早，念劬勞之義，隆聖善之敬，冬溫夏清，曲盡厥職，飄風發發，北堂俄空。則有朱太淑人者，贈公之側室也，以房老之尊，主領家政，籯笥桶檖，罔不修飾，孩男嬰女，褿褯之類，手自縫紉煩撋〔一〕，不辭勞辱。君敬其賢，能事之如母，歲時歸省，必致珍異，與凡所需，歷數十年，常如一日。及其疾革，君自滬馳歸，生而醫藥，殁而棺衾，悉從其厚。此固朱太淑人之賢有以致之，而君之孝思不匱，亦可見矣。性好施與，於族黨尤厚，貧者計口而食之，歲終禆益其所不足，婚嫁喪葬別有助。而餘人之以有無告者，亦罕有不應。其先世多倡義舉，曰廣仁堂，瘞暴露也；曰錫類局，施棺槥也；曰福幼局，種牛痘也；曰崇正書院，助文教也，君悉講而大之。餘如修志乘、建橋梁、修古冢、疏通虞家堰江北岸河道、振助山東、直隸饑民，凡有益於人者，不聞則已，聞則以爲己任。而尤足多者，無如四明公所一事。四明公所設於上海老北門外，所以停寄旅櫬也。咸豐中，毁於兵燹。贈公倡率醵資，建設如舊。而其地適與法租界鄰，法人覬焉。君曰：『是宜爲備。』謀倣古者行嗇落欏之制，編竹爲杝，使有畔岸，謀定未行，而法人已於其地敷布沙石，將營馬埒。寧郡之人之在滬者，咸奮臂與之爲難，法人大譁，趍趕猦獙，變且不測。諸董理其事者，咸走且匿，悉以委君。君笑曰：『是固吾事，何避焉？』投刺謁蘇松太道沈公，口講手畫，敘述甚詳，又治牒上大府，歷三年之久，達於總理王大臣，而後有各守其界之議，事乃得寢。使非君力持，則蓬顆敝冢，夷爲道塗，肉髊骨骼，蕩爲灰塵，尚忍言哉？仁者必有勇，信矣。君懲其事，定議：凡停寄至三年者，悉由内河運歸寧郡，於江北岸建屋以妥之。又於慈谿小隱山買地爲塋，其竟無子孫來領者則葬之。而滬上旅櫬，亦不至於纍纍相積矣。此又其所見之遠也，蓋一事焉而仁且勇又知矣。辛較生平，輸饟助振，以千萬計。大吏上其功，由國子監生，歷保鹽運使運同，賜孔雀翎以飾其冠。而君麤袍糲食，如布衣寒士，有以酒肉徵逐召者，輒謝不赴，樗蒱六博之場，終身未嘗闌入，落落然不自知爲陶白程羅也。家居有暇，惟喜讀書，百家之説，無不流覽，月波洞之相術，楊救貧、賴布衣之《葬書》，皆能得其肯綮。而《靈樞》、《金匱》諸書，研究尤深，有求瘵者，藥之輒愈。宅西北隅築精舍焉，藏書萬卷，以胡墨莊先生《毛詩後箋》舊刻漫漶，覓善本，重刻之，以行於時。又延名師以課其子。長子積鈺，以增廣生員，光緒五年鄉試，登副榜。其叔仲季三子亦能以詩禮世其家。然則如君者，非鎮海方氏之魁士名人邪？余老矣，每聞佳士，心焉許之。今歲八月七日，乃君五十生辰。余惟八月爲壯，而七日值『萃』六二爻，其爻辭曰『引吉』。知君之老而益壯，引而彌長也。請以此言表區區心許之誠，而即以爲君壽。

【校記】

〔一〕 擱，原作『潤』，據文義改。

竇母張太恭人七十壽序

壽文非古也，余舊史氏，粗習記載之文，凡友朋之壽，及友朋之壽其親者，率以文壽之，刻入《春在堂全書》者，盈三卷焉。昔《歸太僕集》有壽文三卷，世以爲多，然則余不宜復作矣。故近歲以來，雖名公鉅卿之壽，具摯幣乞一言，亦謝不作。而今者則又以小文爲竇母張太恭人壽，蓋從其子甸膏明府之請也。甸膏述方望溪之言曰：『壽文自明人始，其知體要者，尚能擇其人之可而不妄爲，而壽其親者，亦必擇其人之可而後往求。』然則甸膏之意，殆以余爲可求而求之乎？余不足以當之，而余視甸膏所具太恭人事略，則其人固望溪所謂可者矣。孔子不云乎，『可與言而不與言，失人』，然則余何敢辭焉？太恭人爲朝議大夫竇公之配。竇氏自英烈公之後，家承忠義，世兼文武。當咸豐初元，大盜起於廣西，朝議公自請從王師討賊，戰功爲諸將多。二年春，戰大洞山，歿於陣。事聞，賜卹如例。太恭人以姑老子幼，不敢以身從，悃屑獨居，俯仰事畜，則益加謹。俄而寇警日亟，黄河南岸，賊壘相望。太恭人曰：『事迫矣，先舅未葬，奈何？』急營窀穸，茵荼筲籥，咸具無缺。甫卒窆，而賊由溫潛渡，將薄懷慶。太恭人命兩子奉姑避太行山下，依母氏以居，而自與幼子、幼女居圍城中，凡兩越月，噴沫救燔，僅得不死。

及寇退解嚴，復迎其姑歸，相持而哭。而太恭人顦顇，非復人狀，相見幾不識矣。其時生計益蹙，有亡黽勉，取給十指，鍼管線纊，昕夕不離，右手將指至不能屈伸。而姑性又嚴毅，太恭人善事之，得其歡心，數十年如一日。姑壽至耋耋，不知無子也。三子既長，教以詩書，勉以無忝所生之義。其長子即甸膏也，以諸生從軍，嘗率兩健兒馳入賊巢，縛其魁以歸，而不自爲功。今以知縣需次江蘇，大吏知其才，以事委之輒辦。其叔季兩子，亦克自樹立。諸孫瑤環瑜珥，男唯女俞，森然侍側。太恭人喜先德之不替，冀令名之克振，謂甸膏：『既居官，則廉隅爲重，苟以南中一珍物寄家，非吾願也。』賢哉，母乎！有陶母封鮓之風矣。往歲，河南大無，命甸膏佐郡縣振贍，全活無算。其他善舉，惟力自視，不可更僕數。嗟乎，行誼之美，士大夫且難之，況閨門之内乎？方望溪所謂『擇其人之可』者，於太恭人得之矣。緘恨含韲，霜操彌厲，所可一也。亂離瘼矣，祭葬以禮，所可二也。勞而不怨，以奉威姑，所可三也。先人遺德，以勉其子，所可四也。至以持躬之儉，治家之勤，溫拯之仁，廉介之義，凡所可者悉數之而未能終也。憶十年以前，太恭人六十曰者，其時已以節孝拜旌閭之命，而又以子貴晉四品之封，一時慕其高義，莫不望懷清之臺而效麥邱之祝。鎮軍崔公、觀察陳公，皆援秦署書之例，從漢户册之義，大書四字，以顔其門，銀書玉篆，焜耀楣間。今太恭人七十曰者矣，實沈之月，『節』上六值日之日，乃其設帨之辰也。以六月逢閏，故是日已入八月節，炎歊既退，清朗有加。甸膏甫奉檄，權知上海縣，盤陳露香之桃，俎列吳淞之魚，鞠腃帣韝，奉觴上壽，而乞余一言以侑之。甸膏殆不知余之不可乎？然余之可不可，姑勿深論，而太恭人之可以爲壽，則固當代女宗不可多得者也。然則余之爲太恭人壽，豈獨此一言而已哉？他日八十、九十以至期頤，當更以壽言進。

任母陳太夫人七十壽序

光緒二十年，閼逢敦牂之歲，恭逢慈禧端佑康頤昭豫莊誠壽恭欽獻崇熙皇太后六旬萬壽。於是蒼烏見而延嘉生，織女明而鉤鈐耀，天子乃發德音，降明詔，凡滿漢大臣命婦年六十以上者，咸加恩賜。而任母陳太夫人適於是歲稱七十眉壽之觴，於是兩浙之士，獲交於哲嗣逢辛觀察者相與語曰：『方今聖上，以孝治天下，惠浸萌生，仁霑葭莩，推娥臺姒幄之恩，引年曠典，及於笄珈。太夫人躬遇其盛，非獨德門之慶，抑亦盛世之祥也。不有敘述，曷以介純嘏而祝眉黎？』以樾粗習紀載，抽豪授簡，強使爲辭。樾禮辭不獲，乃就太夫人珍褘懿鑠之行，揚扢而陳之。太夫人出宜興望族。道咸間，有以申韓之學爲諸侯上客，海内稱陳若木先生者，其先德也。先生有妹歸任氏，生四子，皆才，而長君問渠贈公尤推白眉，遂以宅相爲館甥，而太夫人歸焉。年甫十有八，奉事君姑，撫視夫之幼弟。自成童以至授室，怡然無間言。其時，以粵賊之亂，詔各直省皆治鄉團，用古搏力之法，保衛桑梓。而鄉人士君子咸推贈公才，俾主鼓旗，決籌策。有進説者曰：『治亂用重古之制也，除虓安良，非殺不可。』太夫人聞之，從容語贈公曰：『苟誅一人而活千萬人，誅之可也。今亂在外，不在内，治團以衛民也，可殘民乎？』贈公韙之。閭里宴然。已而粵寇大至，間關避地，至於滬瀆，諸親故相依者皆儽儽隨行。食不足，脱環瑱，助糗糒。贈公旋至安慶，獻策於曾文正公，公使仍還上海，再議團練。俄遘疢疾，遽捐館舍。太夫人於流離顛沛之中，罹此鞠凶，甘以身徇。哲弟棣香先生傳母命，相譬慰，貯苦停辛，形存志隕，糟糠在咽，涕淚在襟，亦人生之極艱矣。然入奉高堂，則言笑如故，甘旨有加初，不以錦茵苫席之感微傷姑意也。長公逢辛觀察與次公向生刺史皆幼，令就諸父受章句，習文史，夕自塾歸，飤以虀粥，綿歷三年，常如一日。及亂定返里，剔蠹理棼，舊業粗復。語其姑陳太夫人曰：『家幸小康，勿使兒輩知之。人不歷艱苦，爰由成立？苟偷溫飽而墮學業，無以見先人泉下也。』此其所見爲尤卓矣。贈公有從兄，老病無子，而有老母，身後無可繼者，請於陳太夫人，以次公後之，迎其母歸，事之如姑。時陳太夫人春秋益高，而太夫人亦將六十矣，然出入扶持，晨夕不懈。子婦輩或請代之，則曰：『吾代子職，可假手他人乎？』夫弟仲氏、叔氏，咸喪厥儷，女嬰男孩，跁跒滿前。太夫人雍樹之，餔啜之，褓褓焉，禮褅焉，箴管線纊焉，婠妠諸兒，不自知無母也。陳太夫人卒，仲氏殉孝。太夫人曰：『是不可無後。』以長孫爲之後。其明於大義，類如此。時長公已舉於鄉，次公亦挾其吏才小試於幕府。或曰皆可仕矣。太夫人曰：『早仕不如久學之愈也。』俄而，次公赴玉樓之召，其子又揚烏不禄，雖命長公擇賢子後之，然太夫人恆爲之不怡。時長公以綜理通商事駐上海，乃就養焉。恭遇天子親政，覃恩例，得拜綠純黄玉之誥。太夫人曰：『此顯揚之盛事也，若亦知顯揚所自來乎？』長公喻其旨，先請推思外家，以及諸父。太夫人喜曰：『今而後，吾受之安矣。』曾忠襄公薦舉人材，首及長公，有詔徵用。長公不敢自專，以出處請進止。太夫人曰：『汝學亦久矣，朝命宜赴，父志亦宜成，勉旃行乎？』長公入都，拜命赴浙，六橋花柳，風日暄和。太夫人曰：『昔賢於此流連觴詠，播爲美談。今内憂外患，猶未盡敉，朝廷勤求上理，大府亦盡瘁不遑，此陶公運甓之時，非山公倒著接離之日也。』長公謹承慈命，昕夕從公，每治一官書，接一賓客，太夫人必詳詢之，可則色喜，爲之加餐。諸孫隨侍，延師課讀，不使出户，曰：『子弟紈綺之習，皆由耳目濡染而成。吾不令其出門一步，則外物不入，凡從而附和之者，不杜而自絶矣。』歲時臘，親故貧窶者，咸有餽贈。有老僕病危，命長公臨問，殯之從厚。有舊婢嫁而物故，春秋使人祭掃其墓。帷蓋之恩，亦云渥矣。而自奉極儉，曰：『吾中更離亂，今骨肉相聚，衣食無缺，於願足矣，敢求多乎？』各行省水旱偏災，每有溫拯之舉，長公必與其事。太夫人輒勉以實心，責以實政，大府上其勞績，歸美慈闈，溫綸褒獎焉。長公兩權杭嘉湖道，政聲卓著，陳臬開藩，以至節鉞，在指顧間耳。又筦書局事，樾與同事局中，且與有累世交際之誼，得備聞太夫人嘉言懿行，故不辭而進此言。太夫人安神閨門之内，優游北堂之上，長公率諸孫上壽，而其壻朱、潘兩君又各率其子孫進春酒，以祝期頤。異時由八十、九十以至百齡，每逢稱慶，皆恭值皇太后萬壽之年，天子加惠大臣之母，必有更盛於是者。樾更將執筆而紀其後矣。

董母吳太宜人八十壽序

嘗聞徐偉長《中論》之言，曰：『夫壽有三，有王澤之壽，有聲聞之壽，有行仁之壽。』今觀董母吳太宜人，其備此三壽者乎？然孔子曰：『仁者壽。』楊子雲亦云：『物壽以性，人壽以仁。』則三者之壽，固以行仁爲本。太宜人之壽，太宜人之仁也。其珍禕〔一〕懿鑠之行，美不勝書，竊舉其大者，揚扢而陳之。太宜人幼有至性，事繼母以孝聞。年二十歸贈公簣山先生，時其家貧甚，來歸未久而姑歿，太宜人奉事君舅，及其夫弟暨女公女叔，恩禮兼盡。家事無巨細，躬自綜理。舅喜曰：『有婦如是，吾家興矣。』簣山先生幼穎異，年十四而《十三經》皆卒業，善爲文，受業於杜蓮衢侍郎，學益進。應府縣試，每列高等，而院試輒不售。歎曰：『是有命也。』去而課農桑，兼服賈。太宜人以勤儉佐之，家稍裕。咸豐之季，寇警日偪。先生挈家避兵於滬，而從母葛太宜人不欲行。太宜人乃與夫弟九齡君奉之居家中。家有穀千石，太宜人曰：『寇至，非吾有也，盍賤糶以濟貧者？』九齡君從之。俄而土寇蠭起，太宜人曰：『穀不可守，雖易錢，亦豈可守乎？盍以此錢治鄉兵、衛桑梓？』九齡君又從之。鄉里恃以安堵。及粵寇大至，度不可守，乃與九齡君奉其叔姑，間關赴滬。聞族之陷賊者二十有三人，急使九齡君挾資往贖之，得歸者十有七。此太宜人之始事也，其所見已遠矣。先生既至滬，朱九香閣學見而奇之，曰：『君才可大用，今需才孔亟，曷出而仕乎？』先生與太宜人謀之，太宜人曰：『將爲貧乎？饘粥粗給矣；將濟世乎？吾族黨中待濟者猶多。使吾業有成，而三黨皆有賴焉，是亦爲政，焉用仕爲？』先生深韙其言，乃止。時先生以族黨相依者衆，懼生計之不給，將更擴之。太宜人曰：『宜擇可久可大之業。』先生曰：『然則，無如絲與茶矣。今中外通商，此二者，商賈之大綱也。』因大治絲茶，顔其廛曰『久大用』，太宜人言也。亂定旋里，而茶業大盛，列肆凡三，於寧波府城一，於本邑平水鎮一，王化鎮一，皆產茶地也。肆中所用，無慮三百餘人。太宜人曰：『吾村附近多貧者，盍設一肆於本村，使貧民得食其力乎？』乃於本村置茶棧焉。其初自滬歸也，舊居已毀，更築新居，族人多以梓匠爲業，然技甚拙，無用者。太宜人悉招而用之，亦此意也。時宗族零落，多倚先生以活。太宜人復勸於近支中尤貧者數十家，每歲終，人給米二斗，其後又勸於族中之鰥寡孤獨及癃病者，月給米二斗。及先生歿，太宜人又推廣其意，每至歲終，凡疏遠之族人，及異姓寓居本村者，苟貧無以存，視近支減半，各給米一斗，至今循焉。太宜人以先生年齒高，從容謂之曰：『吾始來時，家無擔石儲，今有天幸，家計豐裕，足以自贍，餘力并足以庇宗族。人貴知足，曷謀休息？』先生從其言，自此優游鄉里者十有餘年。然艱於子息，太宜人爲置簉室陳氏，又納沈氏，皆無所出。乃以弟九齡君之子金鑑字竟吾者爲子。太宜人愛之如己出，先生之卒，竟吾年二十矣，好學能文，嘗一應鄉試，薦而不售。太宜人誨之曰：『汝質弱，毋倖求名，閉户讀書，爲樂多矣。然讀書樂，爲善尤樂，汝敬承先志，勿懈於善，卽足慰我老懷，毋營營於一第也。』又曰：『汝父嘗言，吾族在前明時甚盛，自文簡公以下，頗有箸述留遺，惜年久散佚。汝喜藏書，能蒐輯其一二乎？』竟吾敬諾，於是購得文簡公《中峯集》及日鑄公《大易私錄》、《大學中庸講意》、《老子翼》、《莊子翼》與《評注李長吉歌詩》，皆刻入《琳瑯秘室叢書》。太宜人喜曰：『此汝父求之而未得者也。』又以曾祖妣諸氏守節三十年，第六女叔矢志不嫁，奉父終身，又有妹適徐氏者，五月而寡，苦節奇孝，不可磨滅，命竟吾言於採訪局，旌表如例，并推及同族暨遠近各村凡節婦烈婦孝女，蒐訪靡遺。直隸、山東、山西、陝西、河南各處水旱之災，咸輸鉅金振助。而在本地，則尤以水利爲重。上虞南鄉，自林墺以至箭橋，爲田萬畝，董氏之田，多在其中，全恃池湖一壩捍禦剡溪之水。光緒十三年，水漲壩圮，田疇淹焉。太宜人命竟吾邀集搢紳耆老，醵資修之，不足則以己資益之。隄長五百丈，池湖壩下，自中村至瀾泥灣，又有隄一千餘丈，自箭橋上溯宋家浦，又有隄一千三百餘丈，皆次第修固，水患衰息，遠近蒙利。事聞於朝，詔以『樂善好施』四字旌其門。太宜人春秋展墓，見村東山路崎嶇，樵采非便，命竟吾修築，紆者使直，仄者使寬，阻於石者鑿之，阻於水者梁之，都凡自茅山嶺達王家滙及大湖墺，自花磡嶺達花磡村，自苦竹嶺達官漾村，自珠湖嶺達珠湖村，自油車嶺達湯浦市，凡四千丈有奇。

山路既成，又命修本村至各村之路，迤南五百丈，迤東四百餘丈，迤北九百餘丈，東北九百七十丈，東南七百八十丈。至於建設義渡，創置水龍，寒則施衣，疾則施藥，猶其瑣節矣。綜計太宜人一生，仁心仁術，至老不衰。余故曰，太宜人之壽，太宜人之仁也。所謂『行仁之壽』，不信而有徵乎？今歲恭逢皇太后六旬萬壽，機翔椵集，均禧於九垓。而太宜人適於是歲仲冬之望，稱八秩之觴，是又《中論》所稱『王澤之壽』也。惟七十歲時，親串上壽，皆謝不受，但命本年田租視歉歲更減十之一，至今歲，循是行之。然則以曼衍之祠，效期頤之祝，非太宜人所喜也，聲聞之壽，或可不計乎？雖然，太宜人年登耄耋，神明不衰，上受朝廷之褒揚，下集鄉曲之聞譽，而竟吾以駕部郎家居，富而好禮，博覽羣書，時譽翕然。膝下四孫，皆英英見頭角，是亦極人倫之盛，而膺福壽之全矣。不有記載，異時修女憲書者，其何述焉？余因獻小文，以識大略。或籍此以爲太宜人聲聞之壽，庶可以備三壽而侑一觴乎！

【校記】

〔一〕禕，原作『褘』，據文義改。

冠雲峯贊

盛旭人方伯買劉氏寒碧山莊而葺治之，名曰留園。園之旁有奇石焉，所謂冠雲峯焉。方伯以善賈得之，張子青相國時撫三吳，手書『奇石壽太古』五字以贈。歲在辛卯，購得其前之隙地而築屋焉。嗟乎，此一石也，劉氏曩時不能有，而方伯始有之。方伯雖有之，又歷二十餘年之久，而後此石始入於園中，自茲以往，長爲園中物矣。太古之壽，其驗於此乎！因爲之贊，以賀其遭。其辭曰：

留園之側，有奇石焉。是曰冠雲，是銘是鐫。胚胎何地，位置何年？如翔如舞，如跂如跧。秀逾靈璧，巧奪平泉。留園主人，與石有緣。何立吾側，不來吾前。乃規餘地，乃建周垣。乃營精舍，乃布芳筵。護石以何？修竹娟娟。伴石以何？清流涓涓。主人樂之，石亦欣然。問石何樂？石不能言。有客過此，請代石宣。昔年棄置，蔓草荒烟。今茲徙倚，林下水邊。勝地之勝，賢主之賢。始睽終合，良非偶然。而今而後，亘古無遷。願主人壽，壽逾松佺。子孫百世，世德緜延。太湖一勺，靈巖一卷。冠雲之峯，永鎮林泉。

春在堂襍文六編卷一

錢唐學記

錢唐，古縣也。縣之有學，肇始於宋紹興，遷建於明洪武，代有修葺，碑記具存，可無贅也。咸豐季年，粵賊陷杭，學燬於兵。收復之後，與府學、仁和縣學同時重建。而大難初夷，物力未裕，粗還舊觀，苟美苟完，及今垂三十年，旁風上雨，日就撓廎。光緒十四年，紳士前侍郎朱公等請於中丞崧公，修葺府學、仁和學，工大費鉅，錢唐學未遑兼顧。及十七年五月，霪雨兼旬，大成殿東廡及明倫堂皆圮，而文昌門、仁穀祠、鄉賢、名宦諸祠亦頹毀過半。於是教諭葉君、訓導袁君言於錢唐令伍君，請於護撫劉公，署藩司黄公、都轉惠公，發錢五百萬，爲繕完之費，而以前侍郎朱公及楊君文瑩、王君同、丁君丙董理其事，其監視工作者，鄒君在寅、張君景雲、宋君元煦、陸君家驥也。鄒君熟於杭之故事，乃謀於朱公，曰：『學宫之東，舊有褒忠祠，今其鄰地新設太平營，侵占祠地，又於祠基建立廬舍，闤扇坒連，轉與學宫若不相屬。其學中廊屋，亦爲書斗竊賃於人，於學宫之西，私闢一巷，以隔絶之，東西兩路，儼成通衢，此侵地之宜復者也。舊制，明倫堂及崇聖祠、忠孝祠、土穀祠位置皆未得宜，所立宫牆第一流石坊在西面河沿，蓋舊制卽以此爲泮池也。今泮池已改鑿於欞星門外，則石坊虚立，轉洩文明之氣，此規制之宜正者也。今請自宮牆起，由泮池而欞星門、戟門、大成殿東西廡，及名宦祠、鄉賢祠，皆仍其舊，而葺治之，丹雘〔一〕之，至明倫堂則移對學之正門，加造中門三楹，翼以廊房，排樹碑石，設立欄楯，以肅觀瞻。其東建土地、文信國祠，又其東建崇聖祠，皆有門有垣，其前偏東建奎星閣，又前偏西建文昌閣，閣之前有門，門之左則就廢基重建褒忠祠，以祀明臣方正學等十四賢，又左則建忠孝祠，而宮牆第一流石坊則移建東路，改書「錢唐縣儒學」五字。至民間侵占之地，宜請官示禁，勿使溷褋，以褻文明。』於是縉紳聚謀，僉以爲然，告於有司，一從其議。侵地既復，規制聿新，赬壁丹柱，重垣修廊，鏤檻雕櫳，攢甍鬬栱，共用洋錢一萬四千七百有奇。原發經費不敷，先籌款應付，而以浙西商捐歲修餘資償之。自壬辰九月，至癸巳七月而底於成。夫建學明倫，三代之成規也，崇儒右文，聖朝之美化也。錢唐爲吾浙大縣，學校所係至重。自今以往，學庭顯敞，俎豆莘莘，於以崇化勵賢，進德修業，邑之人文，其日盛乎！余主講詁經精舍二十有八年，與邑人士有朝夕切劘之誼，幸斯舉之有成，喜宏規之大起，當道諸公敬教勸學之盛心，與在籍諸君子實事求是之雅意，洵足以闡揚儒業，振起斯文，而爲聖天子化民成俗之一助。作而不記，後世奚述，因識本末，以告方來。

【校記】

〔一〕雘，原作『䨼』，據文義改。

小靈鷲山館記

孫翰香司馬故有別墅在吳江鸎脰湖之濱，乃王載陽徵君舊宅地。園中奇石最多，而以三石爲甲，一曰翰墨林，一曰秋蕉拱露，一曰鷺君。庚申之變，園毁於兵，而三石獨無恙。亂定之後，司馬載石而移置秀水之新塍鎮。玲瓏春色，不減當時，虎落欒櫨，位置妥帖。見者詫曰：『此非鸎脰湖之故物乎？何乃鳥集烏飛，兔興鳧逝，灘然而至於斯也？』司馬笑曰：『靈鷲一峯，飛來湖上，子不聞乎？』因卽名其居曰『小靈鷲山館』。山館之左，有榭臨流，是曰『留雲水榭』。由水榭折而行，得山洞焉，是曰『遯窟』，又由遯窟折而行，拾級登山，有亭巋然，是曰『嘯秋亭』。亭之西，植梅成林，是曰『香雪巖』。由東北度石梁而下，曲廊翼之，是曰『倚月吟廊』。廊之下，寒碧一潭，清可見底，是曰『在山泉』。出山洞而南，有石秀拔如靈芝然，築室其旁，是曰『壽芝室』。室之上有傑閣焉，所以藏金石書畫者焉，是曰『藏暉閣』。嗟乎，斯館之勝，在浙西亦僅見矣。唐人楊巨源詩云：『舊地已開新玉圃，春山仍展綠雲圖。』請用柳柳州之例，書此語於石，以賀其遭，而并爲主人賀。抑又聞，宋時靈壁張氏園中之石有曰『小蓬萊』者，東坡居士、荆溪居士及紫溪翁先後留題，遂成名蹟。司馬風雅好事，富於收藏，海内名士，無不願與之游，過新塍者，必訪小靈鷲。異時，小靈鷲之名，或且出小蓬萊之上矣。此則吾所尤賀者也。

壽氏勸學堂義塾記

《小戴禮·學記》曰：『古之教者，家有塾。』然則家之有塾，由來久矣。近世士大夫亦有設立家塾者，而其所以爲教，則惟是應舉之學、八比之文、八韻之詩而已。昌黎云：『文章豈不貴，經訓乃菑畬。』今之人，殆未聞不菑畬凶之義乎？暨陽壽氏，大族也，始以多田，富甲一鄉，田田相挐，千畝者百，號『壽十萬』。自前明嘉靖以後，科第蟬聯，入直玉堂，出乘輶軒，後先相望。其裔有梅契茂才者，詁經精舍之高材生也，與其諸長老謀，謂：『吾族近年來稍稍不振，欲振起之，舍學無繇。』乃創建壽氏勸學堂義塾，廣置書籍，延訪明師，課子弟以經史詞章，即時文襍著，罔有不備，而其尤重，則在治經。美哉，斯舉乎！可謂知本矣。雖然，治經必先識其門徑，請粗言之。治《易》勿信『先天』、『後天』之説，治《書》勿信僞古文之説，治《詩》勿從後儒之新義而廢《小序》之古義，治《禮》勿厭鄭而喜王，治《春秋》勿廢《公》、《穀》而從《左氏》，如此之類。梅契從吾游久，聞之熟矣，請歸以語其子若弟，俾先定其規模而後從事，學成之後，神而明之，或不必拘守此説，然其始必以此爲教，譬猶正朝夕者，必視北辰也。誠如是，吾見數十年之後，浙東之言經學者，必以暨陽壽氏爲淵藪矣。

杭州重建北新關水口金龍四大王廟記

神姓謝，諱緒，錢唐安溪下墟里人，宋理宗謝太后族姪也。憫宋之亡，自投於水，厥後，明太祖與元兵戰於呂梁洪，敵據上流，空中有神，挽河逆行，遂大破元兵，蓋卽神所爲也。其旗幟隱約，有『金龍』字，是夜見夢於明祖，乃封神爲『金龍四大王』。蓋神有三兄，曰紀，曰綱，曰統，神居第四，故以四稱。神之歿也，附葬其祖塋金龍山之麓，故稱『金龍』。國朝施閏章〔一〕《矩齋襍記》曰：神少時曾讀書金龍山。意者卽祖墓所在，築室而讀書歟？生也廬乎是，歿也墓乎是，宜乎以金龍自表其旗，而明祖卽因是以封之也。自明代以至本朝，屢著靈異，疊加封號，其敕命頒於朝廷，其秩祀領於祠部，其事蹟詳於志乘，其廟貌徧於江海，盛矣哉，金龍四大王之神乎！下墟里故有神廟，而杭之人以其僻遠，瞻禮非便，康熙中，建行殿於北新關水口。其地闤闠駢坒，艫舳輻湊，居民行旅，羅拜其庭，若節春秋，敬承祀事，楹桷有赫，俎豆維虔，神歆其祀，民蒙其福。庚申、辛酉間，燬於兵燹，赬廊碧殿，蕩爲瓦礫，祠傾像毀，過者衋然。永康應敏齋方伯，時寓武林，謀於城中縉紳先生及里父老，卽舊址而重建焉。衆議允諧，羣力咸集。地故米市，按斛集貲，積微成鉅，鳩工庀材，不日而成，材美工巧，有加於昔。落成之後，靈瑞咸臻，郵籤津鼓，逖被休嘉，船車楫馬，靡不利賴。麗牲之碑，例宜有銘，五六年來，缺焉未備。余蘇杭往來，無歲不經由祠下。敬念朝廷祀典之重，與里人崇德報功之意，爰述都較，永旹來茲。銘曰：

忠義之氣，彌綸天地。神之爲神，惟忠惟義。冥以水死，黑帝是臣。矧茲毅魄，宜爲明神。明祖龍興，神力來助。挽河逆流，偉哉一怒。方今戰守，江海兼籌。樓船雲集，礮火星流。憑藉威稜，掃除湏洞。前導馮夷，後隨胥種。新廟翼翼，永鎮河壖。靈承勿替，於萬斯年。

【校記】

〔一〕施閏章，原作『施潤章』，據文義改。

杭州普濟堂記

杭之有普濟堂，蓋自阮文達公撫浙時始。踵而成之者，蔣撫軍攸銛、高撫軍杞、李觀察坦，及里人高宗元與丁壽也。庚申、辛酉之亂，堂毁於兵，大亂既定，百廢粗舉，而普濟堂於是乎復建，則又創始於蔣果敏公，而高都轉卿培、李司馬國賢，與紳士丁君丙，實左右之。先後六十年間，四姓適相符合，杭之人咸以爲奇。先是，堂中可容千人，嘗鐫蘇文忠『高堂會食羅千夫』之句於怡安堂壁。及其復建也，則當事者鑒於從前圍城中絶糧之厄，割堂之南隅地數畝，别建義倉，而堂基遂狹於前，乃於堂之右購孫氏屋地以裨益之，而堂中規模，亦日以美備。曰棲流，所以待羈旅之窮民；曰醫局，以待病者；曰接嬰，以全活嬰倪；曰正蒙義塾，以教育孤寒子弟；而清節堂，而卹災所，則仍舊貫而更擴之。凡此條例，皆丁君暨其兄申，與徐君恩綬、林君一枝、高君光煦斟酌損益，以臻厥成。丁君綜理省會善舉，靡不井井，而於普濟堂尤盡心焉，籌墊巨款，至數萬金。堂之中就養者五百餘人，堂之外待以舉火者千有餘户，僉曰：『不再開祐，將不足以容。』乃買東銓第沈氏故址如干畝，爲將來增建屋宇之地。自此堂基益廣，堂規益宏，不特千夫會食可復當時之盛，或且倍蓰其舊不難矣。上以副聖天子子惠困窮之意，下以盡吾儒吉凶與民同患之義，豈不懿歟？堂在仁和義同二圖，及前衛右所，凡爲地四十餘畝。夫善作貴乎善成，而能創期於能守，不有記載，後無徵焉。余主詁經講席垂三十年，粗習杭事，故因孫君樹禮之請，記其崒較而勒之石。

喻志韶編修《寒機課讀圖》記

光緒二十一年，余孫陛雲不赴禮部之試。已而《題名小録》出，余略一流覽，無甚熟識者，亦漫置之而已。及鼎甲姓名傳至吳中，浙人之在蘇者咸喧傳曰『吾浙得榜眼矣』，則黄巖喻君長霖其人也。陛雲曰：『此君字志韶，乃乙酉歲與我同舉於鄉者也。』其明年，余來西湖，君已請假旋里。循詞館舊章，具白柬，介其舅氏王子莊孝廉投書於余。余讀之，乃歎曰：『君之掇巍科、享大名，宜矣哉！』蓋君之父西塘先生，固義士也，而母王太宜人，又節母也。同治中，粵寇犯台州，及黄巖，西塘先生集鄉團禦賊，力竭死之。君年甫七歲，亦陷賊中。王太宜人籲告親故，稱貸銀錢，百計營求，始得贖之以歸。大亂之後，資用蕩然，生計之艱，蓋可知矣。太宜人念家世單寒，先夫始自奮於學，齎志而殁，藐是遺孤，庶成父志，故雖辛苦墊隘，課讀益嚴。蓋太宜人乃文學梅庵先生之女，梅庵先生，余嘗銘其墓，稱爲『敦行不怠，古之君子』。太宜人幼承其教，女而有士行者，故能躬課其子。然卒以貧故，長子、三子皆先後輟學，而君則讀書如故。太宜人從其姑夜織，君輒就機前執卷咿唔。其三子日則從其兄耕，夜則仍從其母讀，機聲書聲，丙夜未休。今君貴矣，而其三子亦名在庠序，太宜人之意，其可大慰乎！君憫母氏之劬勞，又念幼時孤苦之狀，繪《寒機課讀圖》以紀之，距課讀之時，已二十餘年矣。君之言曰：『杭之餘杭，嚴之桐廬，金之義烏，紹之嵊縣，台之黄巖，皆有喻氏，而皆不甚著，三百年來，無讀書成名者。吾台喻氏尤微，後世溯家學之淵源，當自吾母始。』余聞之而有慨焉。宋吴曾《能改齋漫録》引《芸閣姓苑》云：『喻氏出鄭公子渝彌。』然《左傳》實作『俞彌』，不作『渝彌』。《隋書·經籍志》云：『《西河記》二卷，記張重華事，晉侍御史喻歸撰。』而《晉書·張重華傳》則云『御史俞歸』。『喻歸』、『俞歸』，必是一人，則喻氏、俞氏，實爲一姓，詳見余所著《春在堂隨筆》。吾俞氏自元時已居德清東門外之南埭，先世皆以耕兼讀，五百餘年來，未有顯者。余幼時因先君子頻年客授於外，母姚太夫人自課之讀，回憶膝下授經，猶如前日，而蹉跎白首，學業無成，每一念及，爲之汗下。君則高掌遠蹠，自致青雲，異時，《寒機課讀圖》必與嘉興錢氏《夜紡授經圖》同傳千古。一在浙西，一在浙東，豈非兩浙之光而喻氏之慶乎？吾孫陛雲，固君之同年，其母姚氏，余亦素稱其賢孝。因君此圖而牽連及之，亦所以勖吾孫也。

合江李氏墓廬雙桂記

古來純孝之士，思慕其親，廬居其墓，至性感孚，往往及於草木。史家所載，有墓木連理者，有芝生其墓者。《晉史·孝行傳》贊云『德之所届，有感必徵。孝哉王許，永慕蒸蒸。揮泗凋柏，對梘巢鷹』，洵不虚矣。合江李霽嵐先生，君子人也。咸豐五年，母陳淑人卒，越二年，贈公繼之。既營葬於龍德山之原，先生築室於埸，塊然獨處，綿歷五年，手種雙桂，今森然參天，秋日花開，香聞數里。哲嗣紫璈明府屬其友繪《墓廬雙桂圖》紀之。宋時錢文僖留守西都，起雙桂樓，歐陽永叔、尹師魯皆爲之記。況至性至情，垂芳遺藻，非特君子之澤，抑亦蓼儀之思，宜有記載，以播風徽。昔蘭溪高子章先塋有兩桂樹，杜端父賦詩云『對此儼然前輩是』，此可爲先生詠。若世俗所傳，宋平章馬廷鸞手植桂樹，百年猶在，平章降神題句，有云『五百年丹桂時來，應放狀元花』，此則雖可爲李氏卜，轉不足爲先生重矣。

朱修庭觀察賓園記

修庭觀察於吳下寓廬之後購得隙地，而闢爲園，經之營之，以底於成，乞余文以記之。時余逭暑杜門，未及往覽其勝也，承以圖見示。東西之廣，六丈而弱，南北之修，七丈而強。有池粼粼然，搖青而涵綠也；有石峨峨然，帖蘚而黏苔也。南向有樓，顏曰『尺五樓』，可以登高明、遠眺望也。東向有屋如舟，顏曰『定風波舫』，可以獨浪烟霞、高臥風月也。池之東，有亭與定風波舫相對，則命之曰『船照亭』。池之西又有小樓，文窗窈窕，蠻隔玲瓏，稍參以西法，則命之曰『寶墨榭』，以藏董思翁所書《歸去來辭》石刻也。此外小橋略彴，修廊迴環，蓋園雖不甚寬，而園所應有者無不備具，亦可見其意匠之巧矣。余問此園何名，則曰：『賓園。』余請其説。君曰：『人生如寄耳，凡功名、富貴，皆儻來之物，下此宫室車馬，尤外之外者矣。平泉草木，殷殷垂戒，無乃所見之不廣。斯園也成，人皆以吾爲斯園之主，不知吾亦賓也。春秋佳日，良朋萃止，一觴一詠，聽客所爲。於其東別闢小門，以達於外，入門看竹，可以不問主人，故名之曰「賓」也。』余乃歎曰：達哉，斯語乎！孔子無我，佛氏亦無我，君能泯人我之見，已貫通儒釋之旨矣。嘗讀陳椒峯先生玉堪《學文堂集》，有《客園記》，其略云：陳子因所居西偏隙地種竹，累石鑿池，環繞左右，名曰客園。園雖創於陳子，凡陳子之客，皆可往來坐臥於其間，陳子不得而私焉，故曰客也。君之賓園，與陳子之客園，抑何其不謀而適合歟！達人大觀，寓意於物，而不留意於物，所見略同矣。余自號賓萌，以賓萌遊賓園，無喧賓奪主之嫌。伏暑既徂，涼風告至，余將與君坐定風波舫，登尺五樓，而爲斯園賓中之賓矣。

昭慶寺重建戒壇記

自優波離尊者口傳律藏，而戒律以興。其在中土，則漢靈帝時，有天竺五桑門支法顗等，始於長安譯《四分戒》。遞傳至元魏，法聰律師始開四分之宗。又傳至唐貞觀中終南山澄照律師，而南山之宗立焉，釋其義者，多至六十家。其後惟宋時昭慶真悟律師允堪作《會正記》，超出六十家釋義之上，是故天下言戒律者歸昭慶。昭慶之有戒壇，建於宋太平興國三年，經始者爲永智律師，而真悟繼之。昭慶律宗於是大振，壇之興廢不常，然旋廢旋興，不久而復，蓋衆信所歸，成之自易也。咸豐之季，杭州再陷，寺爲焦土。收復之後，有羽高律師者，誅茅爲屋，聊蔽風雨。江蘇信士張月葭，捐貲重建法乳堂五楹，餘未逮也。光緒四年，今住持律師發朗慨發宏願，冀還舊觀，監院僧蓮舟助之經營。於是善信景從，檀施雲集，凡六和堂、綠野堂、蓮喻室、祖師殿、伽藍殿、齋堂、客堂、庫樓、寮房，次第告成，而戒壇猶有待也。爰有錢唐丁君松生，與吳興龐君萊臣、張君定甫過而歎曰：『昭慶以戒律聞天下，而傳戒無壇，非獨佛門之不光，抑亦杭郡之羞也。』乃出巨貲，重建戒壇，又以餘力建法壽堂，贖還放生池，而寺之舊觀盡復。都凡用洋錢八萬有奇，而戒壇所費居四之一。戒壇既建，仍依故事，春冬傳戒，僧俗畢集，信受奉行，而昭慶律宗於是乎又復振。昔顔魯公有《撫州戒壇記》，陸長源有《會善寺戒壇記》，作而無述，後將奚稱。余每歲春秋，兩至湖上，與聞盛事，樂觀厥成，乃爲之記，并係以銘。銘曰：

寺以律名，律以戒成。戒必爲壇，有基無傾。況茲勝地，然鐙以生。豈其靈蹟，可付榛荆。鳩工庀材，是經是營。昔傳地湧，今又崢嶸。春冬兩戒，萬衆歸誠。更千百年，佛法昌明。上鞏皇圖，下佑黎萌。

剡源先正祠記

韓文公稱：『古鄉先生殁而祭於社。』此語不知出何書，昌黎之文，當必有本。《文王世子》篇『凡釋奠必有合，有國故則否』。所謂『國故』者，國之先聖先賢，釋奠於學則祭之，今學校祀鄉賢，當起於此，而非祭於社也。《史記·封禪書》言：『亳有三社主之祠。』此三社主，不知何人，豈鄉先生之殁而祭於社者歟？以是推之，則上文言『雍有九臣、十三臣』，《索隱》謂『不見名數所出』，或亦其類歟？夫過大梁者，佇想於夷門，游九京者，流連於隨會。庚桑子居畏壘之山，尚有尸而祝之者，況其人已往歟？然則裒集其人，合爲一祠而俎豆之，固亦禮之所應有矣。吾浙寧波所屬有奉化者，縣境遼闊，分爲八鄉，剡源者，八鄉之一也。剡源溪自四明山來，經由其地，凡有九曲。鄉之人有趙君霈濤者，一鄉之望也，以邑志久未修輯，力所不逮，乃自纂修《剡源鄉志》。告成之後，慨然曰：『吾鄉雖地瘠民貧，而代有高人逸士，縣學鄉賢祠闕略未及，生其鄉者，不爲表彰，則年載既遠，安知不付之湮没乎？』乃糾合同志，集貲建祠於丹山赤水洞天之麓，名曰『剡源先正祠』。其地在剡源之中，介五六曲之間，所祀自宋免解進士樊公紱以下，至皇朝孝子張公立沚，凡三十七人。辜較所費，洋泉六百有奇，又捐田四十五畝，爲祭祀之用。若節春秋，潔治牲醴，與鄉中父老子弟瞻拜祠下，亦一盛舉也。宋寶慶間，袁韶知臨安府，建許由以下三十九人之祠，事與此類，然彼猶官爲之，而趙君乃以鄉人力成其事，可謂有志竟成者矣。趙君有令子曰文衡，字平之，肄業於詁經精舍，言於余，請爲記。烏呼，方今風俗亦少漓矣，苟能推此意而徧行之，使鄉之人皆有所矜式，薰其德而善良，人人親其親，長其長，不讀非聖之書，不爲高世之論，庶可以樹吾道之閑而奪異學之幟乎！古人祭鄉先生於社，其意蓋在此。孔子曰：『觀於鄉，而知王道之易易也。』吾於斯祠徵之矣。

杭州白衣寺移建觀音殿記

杭州天竺講寺，供奉觀世音聖像，歷代崇奉，靈蹟昭然。每至春日，士女進香者以千萬億計，雖東海普陀落伽山，固觀世音菩薩道場，而其僧衆亦必朝禮天竺，雖遠弗憚。來者既衆，城外海潮、昭慶諸叢林，錫影瓶光，在處皆滿，而城中獨無經行宴坐之地，咸以爲憾。道光初，有佛頂山僧曰果禪者，於城中王馬巷訪得好木庵故址，乃好木禪師棲隱之所，事載《府志》。因卽於其地誅茅爲廬而創始焉，經營兩載，始克有成，建立殿宇，奉事觀音，爰名之曰『白衣寺』。然財力旣未能充足，而地址又有所限，遂使殿門不得南響，出入稍迂。果禪以爲未慊，示寂之際，猶耿耿不去諸懷。光緒二十年，住持僧本應以老退院，俾其徒印悟由城東藥師庵移主此寺，乃力以振興自任。諸搢紳先生，鑒其意誠，亦樂成之。用能恢拓寺基，補建僧寮，爲殿爲堂，凡七十三楹。寺前餘地，購而有之，殿門遂得南向，以便出入。又築壁其前，爲之屏蔽，以壯觀瞻。工竣之後，大衆來觀，碧殿赬廊，規模美備。咸合十而歎曰：『果禪未了之心願，成於此矣！』此豈獨普陀僧衆來朝天竺者有挂錫之所哉？心香無礙，卽以此作天竺觀可也。余因爲記，以志其成。

高宗賜錢文端公詩卷記

乾隆十有七年，錢文端公引疾歸里。高廟賜詩，以寵其歸，今詩卷猶在。光緒二十三年，其裔孫怡甫觀察出以示余。伏念乾隆一朝，極千古未有之盛，公遭際盛時，明良遇合，亦極千古未有之隆。自公歿以來，一百二十三年，而此卷有神物護持，至今世守勿失。因思杭州徐文穆公於乾隆九年告歸，高廟賜五言律詩一章，同朝自鄂文端、張文和以下，恭和者十有四人，嵇文敏奉敕書爲長卷，其卷亦至今尚在，余於其裔孫花農太史所得敬觀焉。今又獲睹此卷。歐陽永叔《記仁宗御書飛白》言：『御書所在，將有榮光起而燭天。』今浙東數百里間，錢與徐兩家，藏此瓌寶，雲章爛然，輝映日月，必將如歐陽所云矣。花農在翰林頗有聲，而怡甫起家劇縣，躋陟監司，其勳業尤未可限量，又以見世家喬木之與國運共靈長也。

附詩二首

二老東南錢與沈，純皇親許兩詩人。高宗詩云『二老江浙之大老』，又云『沈期錢起兩詩人』，謂公與沈文愨。至今百有餘年後，御墨淋漓色尚新。

看取榮光上燭天，賡歌盛事憶當年。邇英歲拜天家賜，知是雲章第幾篇。高宗賜公詩甚多，非止此一篇也。

歐陽公《記仁宗飛白》自稱『余』，東坡《記仁宗飛白》則稱『臣』。論者或以蘇爲得體，余以此卷藏於私家，非觀於内府也，若用蘇例，則首行應書『故刑部左侍郎錢某』，似亦非所以應其子孫之求，故仍用歐例。

孤山忠節祠記

杭州保安坊故有忠節祠，見阮文達所刊《兩浙防護録》，祀宋太學生巨翁徐公者也。公諱應鑣，江山人。德祐二年，瀛國公入燕，三學生百餘人皆從公，誓不北行，登太學雲梯樓自焚。其僕破壁掖之出，翌日，挈子女投井死。益王立於福州，贈朝奉郎、祕閣修撰，學者私謚『正節先生』。今其墓在方家峪，其祠則不知何時由城中移建孤山。然國朝周三變《抱玉堂集》載，徐問蘧十世從祖諱江山，字伯仁，別字六橋。明正德辛巳進士，官至尚寶卿。問蘧承其祀，附其主於孤山歲寒巖忠節公祠，並訪得其繼室施宜人墓誌，移置祠中，則祠在孤山，由來舊矣。不稱正節，而稱忠節者，或正節其私謚，而忠節乃後來之褒封歟？咸豐之季，祠燬於兵，同治、光緒間，有徐氏之裔來自湖州，謀復建之，就錢唐丁君松生而詢顛末，詳告之而去，亦不知果建否。越二十餘年，丁君游孤山，則已儼然有祠，而祠又頹圮，日光穿漏，四壁僅存。問其鄰林公祠之守者，則云：『祠裔或歲來一祭，或比歲不來祭，祠無守者，羣丐踞其中，故圮壞至此耳。』入而視之，則正節先生暨公子曰琦、曰崧及女元孃之位皆在，此外又有題『宋贈諫議大夫』諱應鏞，『宋贈進士』諱琨者，或其兄若弟及兄弟之子歟？又有宋贈忠懿夫人方氏，則不知何人矣。入明代，則有兵部尚書謚貞襄諱琦者，又有二十四世授禮部儒士曰近湖公者，二十五世錢唐庠生曰闇生公者。至本朝，有工部右侍郎、總督漕運謚清獻諱旭齡者，又有二十七八世某某諸位，而江蘇巡撫謚莊愍諱有壬，其最後一位也。然則公雖衢人，而其子孫實分處杭、湖兩郡，故杭湖徐氏皆與焉。丁君周覽其間，歎曰：『及今不修，此祠又廢矣。』夫水原木本之思，徐氏一家之私也，若夫高山仰止，景行行止，過大梁者，佇想夷門；游九原者，流連隨會；則固人人共有此心者也。因與其友鄒君典三、張君寅伯謀，葺而新之，又以六橋先生之位，祠中缺焉，爲補立之。既畢工，求記於余，以垂永久。余惟此祠也，以正節先生爲首，而以莊愍公殿之，五百年來，大節凛然，後先輝映，洵可與四賢、六君子祠同爲孤山生色矣。丁君此舉，不獨表章先哲，矜式後來，抑亦懦立頑廉，有功名教者也。余所寓樓，卽在孤山之陽，距祠最近。異日腰腳稍健，扶杖登山，躬拜祠下，遡遺芳而仰餘烈，益歎丁君所見者遠矣。

李藝淵觀察慕萊堂記

慕萊堂者，李藝淵觀察守臨江時所築，以識其思親之誠意者也。臨江故有老萊子遺蹟。按，老萊子，楚人，《史記》附見《老子列傳》，而《正義》引《列仙傳》，稱其卻楚聘，去之江南，則渝水淦山間爲其避世所，至故老相傳，自當不妄。觀察守是郡時，二親皆在，而戀枌榆之樂，謝軒冕之榮，安車迎養，屢請不至。觀察有白雲親舍之思，慕萊之堂，所以築也。未幾而太夫人棄養，不久而封翁亦捐館舍。晉孫綽《表哀詩序》云：『親存則歡泰，親亡則哀悴。老萊婆娑於膝下，曾閔泣血於終年。』今也萊子之婆娑未逮，而曾閔之泣血隨之。慕萊之堂，一變而爲樊促平之永慕堂，宜觀察之仰戀而俯歎矣。然余竊有爲觀察慰者。明永樂時崇仁有李思明者，宰閩之福安縣，效老萊子娛親故事，扁所居堂曰『戲綵』，爲其母祝七十壽，一時士大夫咸爲歌詩以美之。而同時王克義爲之序，并推論其後曰：『老萊子隱逸未仕，思明則綵衣而圭組矣。當敷萊子之德，移孝爲忠，以報朝廷之知遇。而顯親揚名，以家之肥，爲國之肥，不啻戲綵云爾也。』斯言也，余甚韙之，敬爲觀察誦之。夫思明一邑宰耳，觀察則由五馬而八騶，從此陳臬開藩，敭歷中外，其功業必有卓然可傳者，非如思明之名蹟寂寥無聞也。然則我朝邵陽李氏之慕萊堂，必大過前明崇仁李氏之戲綵堂矣。

德清重建儒學記

吾邑之有學，創建於宋大中祥符三年。本在縣治之南，明正統六年，始移於今所，嗣後屢圮屢修，具詳邑乘，可無述焉。咸豐之季，吾邑再陷於賊。同治三年，官軍收復縣城，城郭荆榛，市廛煨燼，而學宫亦全燬矣。邑士大夫馮君壽鏡、丁君毓琨、胡君汝聯、蔡君兆騏、丁君覺源、沈君駿飛，合謀修復，鳩工庀材，撤搨從事。邑侯旌德劉公蘭敏言於方伯，發洋錢二千，以濟工用。乃重建大成殿，並東西兩廡，於殿東北隅建崇聖祠，又於東建名宦祠，於西建鄉賢祠，大門、二門及櫺星門次第落成，而經費已竭，明倫堂及兩博士齋均未之建。至光緒二十二年，武昌黄公大華來宰吾邑，慨然曰：『學以明倫也，堂之不建，倫何以明？』乃捐廉俸銀洋錢三百，以爲之倡。邑紳前署奉天東邊道徐君本衡，捐錢如其數，邑之人士，聞是舉也，咸大用勸，集貲至三千四百千有奇。又得徐君士駿、施君涵、高君振垣、沈君汝楷、戴君湘、徐君肇基、許君德修、沈君光裕，董理其事，閲實其功。都凡明倫堂五間，正副兩博士齋各十間，經始於光緒二十三年八月，至二十四年歲在戊戌而一律告成。是歲也，吾孫陛雲適以第三人及第，於是邑之人咸喜曰：『吾邑進士，入國朝來，一甲一名者二人，一甲二名者亦二人，而一甲三名未有其人。今學宫之工畢，而三鼎甲全，庸非其驗歟？』余曰：不然。科名雖出於學校，而學校固不獨以科名重。吾郡屬縣凡七，而自烏程、歸安外，吾邑爲盛，不特科名然也，卽論學術亦然。蓋天目之水，龍飛鳳舞，以走臨安，必先經由吾邑，鍾其靈秀，聚爲英華。故歷代以來，人材輩出，國朝二百餘年，尤稱極盛。先達諸公，其登巖廊、位卿貳者，皆卓然爲時名臣，次之亦能以政事、文學自見一二，老師宿儒，又能原本經史，發爲文章，垂爲著述，以紹續儒先，嘉惠來者。吾邑大家，舊推四姓，曰徐，曰胡，曰談，曰蔡。而沈，而許，亦右族也。稽其譜牒，咸有傳人。余生也晚，未獲親炙，然自童稚以來，耳目所及，如三江、三戚、三戴，並以兄弟兢爽，推重一時，亦吾邑之美談也。方今朝廷，力求振興，尤以人材爲重，士生其時，宜如何爭自磨勵，以副上求哉？夫取士之道，雖或不同，而原本經史，以爲之根柢，則固萬變而不離其宗者也。吾儕幸學宮之落成，入其門，拜其堂下，肅然而觀，穆然而思，思鄉先達之流風餘韻，父以勉其子，兄以勉其弟，則學術盛而科名亦盛，上以副朝廷敬教勸學之心，下以副賢有司化民成俗之意與邑士大夫辛勤集事之苦心，必有在矣。余衰且老，猶惓惓然爲吾桑梓之邦望也。

嘉興陳氏祭田記

自咸豐、同治以來，大亂既平，士大夫敬宗收族，以義莊求記於余者七八家，而祭田未有聞焉。今乃得之於嘉興陳氏。夫義莊必兼祭田，而祭田不必兼義莊，似義莊爲勝矣。然推建置義莊之意，在庇佑其後人，而設立祭田之心，在承祀其先祖，士無田則不祭，是故祭田尤重也。嘉興陳氏，自宋南渡時遷居平湖縣之務航橋，明弘治間又遷感化鄉之香莊橋，至今猶以陳氏邨名其地，萬曆間遷於郡城，國初順治間又遷嘉興縣永豐鄉，未幾又遷還郡城。所居曰洲東灣，築室曰式穀居，傳子及孫，代有聞人。乾嘉以來，科名極盛，户口亦繁，而家事亦日益饒衍。於是廣置祭田，以供粢盛牲醴之用，累世皆如是，積而計之，其爲田多矣。咸豐之季，浙西大亂，舉族倉皇出走，轉徙流離，死亡相繼。亂定復還，而人丁寥落，門户衰微，祭田亦蕪穢不可問。三十年來，稍稍整理，荒者治之，缺者補之，而後克復其先世之舊，按畝而稽之，無絀焉。咸喜曰：『祭田復矣！』雖然，祭田固傳之百〔一〕者也，歷世久遠，子姓繁多，其賢者擴充之，其願者持守之，若降而下之，則有不可究詰者矣。祭器不鬻，而況祭田，是宜有記以傳播遠近，垂示來兹，使衆皆知某阡某陌爲某氏之祭田，則覬覦之徒絶矣。族之人皆曰然。其族長老曰澤曾字穎樓者，寓書於余，而求記焉。余嘗讀《楚茨》之詩矣，其首章曰：『我黍與與，我稷翼翼。我倉既盈，我庾維億。以爲酒食，以享以祀。以妥以侑，以介景福。』此即古有祭田之證。其卒章曰：『子子孫孫，勿替引之。』嗚呼，何古人思慮之深長哉！蓋詩人之意，固望其引之也，而詩人之意，又慮其替之也。於引之之時，而豫爲勿替之計，此必有道矣。余以祭田尤重於義莊，嘉陳氏子孫能於干戈燧燧之餘復其倉，盈庾億之故，而又能規畫久遠，使子子孫孫有其引之，莫或替之，是皆可記也。陳氏之復祭田，舉族聚謀，而有賓欒字廉夫者，其力爲多。余於廉夫之先德，有同歲生之誼，故不辭而爲之記。至其祭田若干畝，則陳氏已編次成書，并先代墓域，皆繪圖以附於後，詳且盡矣，余不贅焉。

【校記】

〔一〕『百』字後原空一格，似缺一字。

新陽王氏義莊記

自來言義莊者，莫不盛稱范文正公，而余所稱道弗置者，則尤在鉛山劉氏之義榮社。按，宋王闢之《澠水燕談》云：鉛山劉輝，嘉祐中連冠國庠，得大理評事、簽書建康軍判官。哀族人之不能爲生者，買田數百畝以養之。縣大夫易其里曰義榮社。夫范文正之爲義莊，在既登兩府之後，名位既顯，物力自充。若劉輝，雖冠國庠，僅居末秩，而買田贍族，爲人所難。其規模或稍遜於范氏，而其義甚高，其榮亦不可没。義榮之名，洵足千古矣。乃今又得之於新陽王氏。王氏本江蘇太倉州人，其先世遷於新陽，遂籍新陽。王君景翰，字若翬，光緒元年恩科舉人，七應禮部試，名動公卿間，然竟不售，遂絶意進取，歸而治生。量入爲出，力行節儉，家故不豐，至是稍裕。乃慨然曰：『吾忍獨豐乎哉？』蓋君累世皆勇於爲義，君父上舍君諱承露，嘗有建立義莊之意。君承其訓，力以自任，節衣縮食，蘄成厥志，撙擣數年，始買田一千餘畝，立爲義莊。又買地一區，建屋十六椽，置爲莊屋，都凡用白金四千一百十三兩有奇。每年所入，除以錢漕納官外，悉以供祭祀之用。及族人喪葬婚嫁之需，其貧不能自存者，計月而予之米，其讀書而應試者，大小試皆有助。君手定莊規十則，條理秩然，其事甫定，遽捐館舍。有令子曰慶祉，具其本末，上於臺司，諮部立案，以垂永久，而徵文於余，以爲之記。余惟我國家重仁襲義，久道化成，士大夫之建置義莊者，所在多有，而見於吾文者，亦六七家矣。獨於王氏此舉，尤所敬仰，何也？蓋視劉氏義榮社而更有加焉。夫劉氏初登仕籍，家無餘資，克成義舉，固已難矣。然劉輝崇政殿試第一，以大理評事爲建康判官，雖名位不逮范文正，要是敭歷仕途者也。君一舉於鄉，僅就校官之職，銖積寸累，有志竟成，免一族貧乏之憂，成先人未竟之志。劉氏之田，止以百計，君之田則以千計，垂示後昆，風勵當世，豈不偉歟！余文鄙陋，懼不足以張此高義。重違其請，謹記崖較，并係以銘。銘曰：

義莊之名，羣推范氏。吾於劉氏，尤所深企。懿歟王君，殆其繼起。拮据經營，有進無止。積少至多，累微成鉅。良田千畝，歲收萬秭。以贍族人，以承先旨。百世而下，繼承無已。推尋所自，實自君始。宜曰義榮，以表其里。

吳縣陳氏義莊記

光緒二十二年冬，江蘇巡撫趙公上言：吳縣員外郎銜候選主事陳宗浩，以其曾祖三品封職陳充然篤於族誼，議建義莊，而力未逮。祖三品封職陳坦、本生祖六品封職陳垠、父三品封職陳傳鉞，竭力經營，未竟其事。宗培敬承先志，創建義莊，先後購得長洲、元和兩縣則田一千九十三畝有奇，歲收租米，除完國課及春秋祭祀外，凡族中鰥寡孤獨及廢疾者皆有養，凡族中婚嫁喪葬皆有助。又於吳縣境内購得房屋一區，作爲莊房，於元和縣境内購得市屋一區，永遠歸義莊執管，造具册結，由學牒縣，由縣申府，由府申司，由司轉詳前來，謹恭疏具題。詔下部議，議給『樂善好施』字建坊旌之，天子俞焉。於是陳氏義莊之名大著，而其規制之善，經畫之周，亦有非他義莊所及者。蓋陳君創建之後，其族叔父國光，族兄弟清綬、清熙、秉哲，及從子世標、恩梓、恩澤等又襄助之，續置祭田若干畝，市屋若干區。陳君用銀三萬八千六百兩有奇，合之國光等所助者，率較可四萬兩。經費充裕，思慮精詳，余讀其所輯規條，三十有六，存者有教養之資，歿者有祭葬之助，立主奉、主管各一人，互相董理，每歲所入，用七留三，以備不虞。族有爭訟，不得越義莊而徑訴官司。歲入所餘，封藏鐵櫃，不得借貸取利。凡此之類，皆可以示子孫，垂久遠。近來士大夫所建義莊多矣，見於吾文者，亦非一家矣，未見有規條之善如此者也。陳氏自明嘉靖間，有諱通字北溪者始自豫遷吴，是爲始祖。國朝乾隆間，有諱亮字旭如者，建宗祠於虎邱山塘，而族於是始大。然數百年來，惟以忠厚孝弟相傳勿替，而未有大顯於世者。義莊立，而凡子弟貧不能從師者，每年予學費錢六千，每月朔望，均令至莊，察課優者有獎。其後又於義莊之中設立家塾，先開兩齋，曰經塾，曰蒙塾。吾見自此以往，文藝勃興，人材輩出，陳氏之昌，未有艾矣。定海黄君元同已爲之記，而陳君又求記於余，余惟黄君之言，推論及大宰九兩繫氏，所見甚大，不徒爲陳氏慶。余則就事言之，蓋深爲陳氏慶也。

徐學使捐加詁經精舍經費記

光緒二十年九月，廣東學政徐以銀二千兩諮交浙江巡撫廖，發典商生息，以加廣詁經精舍院長束脩、考生膏火。時余主詁經講席，議以考生膏火爲重。自來支放束脩、膏火，必以庫平，而來平小於庫平，以庫平折實，得銀一千八百二十四兩，按月八釐生息，每年得息銀一百七十五兩一錢有四釐，乃加望課内課五名，每名每月一兩二錢，外課十名，每名每月六錢，歲行十課，共銀一百二十兩，餘銀加院長束脩，截零歸整，得五十五兩。遇閏息增，則加内課一名，無閏不加。精舍之人僉曰：『美哉斯舉也，不可不記。』爰刻石銜壁，以垂永久。徐君名琪，仁和人，舊肄業於是者也。

雲岫寺藏經閣記

武康縣之東南有雲岫山焉，周九里，高八十丈。其下有雲岫寺，創始於元至正，重修於明萬曆，國朝乾隆中又修葺之。及咸豐之亂，寺毁於兵，大難既平，乃謀修復，則有廣嚴禪師者，紹興人也，年二十祝髮於羅山棲賢寺。同治庚午之歲，來主雲岫，苦行清修，遐邇敬仰。於是善信景從，檀施雲集，自大殿、天王殿以及齋舍禪堂，無不焕然一新。又以亂後經典散佚，禪誦無資，恭詣京師，請《藏經》全部以歸，建藏經閣以庋之，而求記於余。余惟國朝雍正間開《藏經》館，刊刻《藏經》，至乾隆二年而後告成，自『天』字至『機』字，共七百二十四號，可謂集佛海之大成矣。其時孝豐百福寺僧真蓮曾預校閲之役，歷百六十年，而武康有藏經閣之建，廣嚴禪師，道行之高，不在真蓮下。龍藏所在，佛天保護，一切天人阿修羅，過是閣者，咸合掌恭敬，以諸華香而散其處，從此年穀順成，人民康樂，於以銷劫運而迓和甘，則茲閣也，豈徒龍象之光而已哉？武康與吾邑接壤，余雖衰老，或明春腰腳稍健，扁舟一葉，來泛前溪，當可訪禪師於聽經樓，稍領般若、華嚴、寶積、涅槃諸大部之西來微義也。

李公祠記

光緒十六年，秋亭李公以積勞病殁於漠河礦局。天子憫焉，贈内閣學士銜，詔於原籍及長春廳及漠河金廠咸建專祠。已而原籍無錫縣專祠告成，求記於余。余謂：公之功不在一隅，公之祠亦不止一處。茲祠雖建於原籍，然記公之祠，書公之事，固宜舉其大者。最公一生行事，其隨同淮軍克復常州、無錫、金匱、宜興、荆溪諸城，及籌備甘捐，轉運軍械糧餉，以濟西征之師，則功在軍旅。其創義振，以振淮、徐、海、沭之饑，遠而及於山東、直隸，集貲數十萬金，全活數十萬衆，則德在生民。其權吉林府也，攤丁於地，以杜胥吏之擾，禁市用空券，以懲民之誑豫；其權長春廳也，禽斬大盜苗青山，以靖閭閻，請永免廓爾羅斯公地加租，以蘇民困，創設養正書院，以興文教，此又其政在邊陲者也。然此猶非其大者。其大者，則在與俄交涉諸事。自通商以來，若英，若法，若美，若德，並交於中國，然皆隔絶大海，惟俄與我壤地相接，識者謂，今之天下，猶古戰國也，戰國之大患在秦，今日之大患在俄。自咸豐間，中原多故，未遑措意東方。俄遂乘間蠶食我邊地，中朝雖特命大臣履定疆圉，而迄未能如約畫界。公前後從將軍銘安、督辦吉林防務大臣吴大澂出關疆理其事。按《中俄條約》，自瑚布圖河至圖門江口，嶺以西，皆屬中國，距江口二十里，設立界牌，地圖以紅線爲界。而前之定界者，誤以嶺西罕奇、毛口崴諸處畫置線外，俄復於中國界線内黑頂子之地私設卡倫，距江口幾及百里。公責令退還侵地，重立界牌。琿春東有蘇城溝者，地陷於俄，民瀕於死。公招之還，授之田，華民數千户得生聚如故。又有八道河華民王純依爲俄人焚其棚，殺其人。公與俄官廓米薩爾力爭，卒論俄人如律。俄欲於東三省要地設領事官，公執不可，乃止。俄頗憚公爲人，呼之曰『李知府』，不敢名。及將治礦於漠河，適有精奇河勘界之議，朝議卽以屬公。公與俄定期會議，而當事者又依違不果。公曰：『吾可得罪於上官，不可失信於俄人。』投袂而往，使得伸公之意，則疆界一定，俄患其少衰乎？嗚呼，此公所以義憤填膺而不能自已者歟？其治漠河之礦也，或以地苦寒，勸勿往。公曰：『凡治礦皆爲利，我治礦，非爲利也。漠河與俄，止一江之隔，俄三十里置一堡，堡設兵數百，眈眈於漠河久矣。我此行也，聚財聚人，借開礦爲治邊之計耳。』披榛伐木，裹糧就道，由墨爾根入山，皆自古人跡不到之境，鑿行四十餘日，始抵漠河，營造屋宇，招徠流民，訓練勇丁，創立廛次。而產金之硐，在萬山中，深林密箐，夏不解凍，秋卽雨雪，縋深椎險，艱苦萬狀。公經理有方，以次開拓，自光緒十四年開工，十五年出金萬九千兩有奇，十六年正月至八月，出金萬八千兩有奇。成效甫著而公病矣，病中猶以往來必假俄道，乘俄船，異日懼爲所梗，欲自漠〔一〕河開直道，南至齊齊哈爾城；復造舟由松花江溯流而上，達漠河，分水陸兩道，以便轉輸。建議未行，齎志以殁。疆臣悼歎，廷論惋惜，蓋非止區區爲開礦計矣。公諱金墉，秋亭其字也，江蘇無錫人。由同知歷官至吉林候補道，加二品銜。余因無錫原籍專祠落成而爲之記，敬舉其大者，宣示後人，非徒爲一鄉矜式而已，將以推明聖天子眷懷勞藎，風勵臣庶之義。使後之拜公祠者，聞公之風，行公之志，以固邊竟之藩籬，而戢外人之覬覦，此則朝廷敕建斯祠之深意也。夫至公一生事蹟，上有國史，下有墓志，不具書。

【校記】

〔一〕 漢，原作『漢』，據上下文改。

丁氏松夢寮記

丁君松生，以松自號，意其有取於松乎？《莊子》云：『受命於天〔一〕，惟松柏獨也正〔二〕，冬夏青青。』宜君之有深契矣。然余訪君，每坐於竹書堂，未見有松也。君從容語余曰：『吾所居本徐氏屋，先高祖外家也。因其後人將斥賣其屋材，吾先君不忍其毁，購爲别業，嗣後日益擴大，自正屋延慶堂、正修堂外，餘屋各以意爲之名。曰「梅溪書屋」，以越中故蹟而名之，非以梅花名也；曰「樹萱堂」，以奉母而名之，非以萱草名也。惟松夢寮，則以黄山松而得名，蓋嘗得黄山小松，愛其奇古，因以名吾寮。子盍游吾寮，觀吾松乎？』余欣然諾之。然余居湖上，入城時少，未暇也。戊戌之秋，君以書來，屬爲《松夢寮記》，時君已久病矣。余重違其意，乃爲記焉。按《夢書》，松爲人君，夢松者，見君也。稽之故事，丁固夢松，十八年而至三公，尤爲君家佳話。君居鄉里，名動公卿，當左文襄撫浙，舉君才可大用，使君應召而起，則《夢書》所占信矣，又安知不爲丁固之續乎？乃君高蹈邱園，肥遁不出，然則此夢也，乃溫庭筠詩所謂『松軒塵外客，高枕自蕭疏』者，豈有膠膠擾擾者亂其神明哉？仙人葛長庚云：『太微宫中，奎星之精，化而爲松。松之魂，松之魄，戲白龍，翔青鳳。』君之松夢，當作如是觀矣。抑又聞唐鍾輻建山齋，手植一松，夢朱衣吏曰：『松圍若干，子當及第。』是又丁固後一佳夢。君老矣，然君之子及兄子皆已舉於鄉，他年及第之兆，自必有驗。君病中聞之，或亦輾然而一笑乎？

【校記】

〔一〕天，《莊子·德充符》作『地』。

〔二〕正，《莊子·德充符》作『在』。

張紹歐知足知不足堂記

嘗聞蜩與鷽鳩之笑大鵬矣，曰：『我決起而飛，槍榆枋，時則不至而控於地而已矣，奚以之九萬里而南爲？』君子曰：善哉，知足。又聞河伯之語北海若矣，秋水時至，百川灌河，河伯欣然自喜，以天下之美謂盡在己。至於北海，東面而視，不見水端，始望洋向若而歎曰：『吾非至子之門，吾長見笑於大方之家。』君子曰：善哉，知不足。知足之說出於《老子》，所謂『知足不辱』是也；知不足之說，出於《學記》，所謂『學然後知不足』是也。君子以知足之心處境，以知不足之心勸學，吾儒之說，不當如是歟？乃吾則又有說焉。天下安所謂足，足卽不足矣；天下安所謂不足，不足卽足矣。世界，至足也，散之卽微塵也；微塵，至不足也，合之卽世界也。《金剛經》一篇，大旨在乎無實無虛，知其無實，何足之有；知其無虛，何不足之有。須菩提問如來，發阿耨多羅三藐三菩提心，云何應住，云何降伏其心。知足斯能住，知不足斯能降伏，能住則一切法皆是佛法，能降伏則一切法皆非佛法。是故如來說：『具足色身，卽非具足色身，是名具足色身。』又說：『諸相具足，卽非具足，是名諸相俱足。』會得此旨，足卽不足，不足卽足，一以貫之矣。佛理如是，儒理亦如是。子曰：『衣敝緼袍，與衣狐貉者立而不恥者，其由也與？』『不忮不求，何用不臧？』此知足之説也，佛所謂應如是住也。『子路終身誦之。子曰：「是道也，何足以臧？」』此知不足之説也，佛所謂應如是降伏也。張子紹歐，以知足知不足名其堂，自蜀中數千里遺書求爲之記。書此報之，張子必笑曰：曲園耄而荒矣。

德清柳侯專祠記

謹按，古之祀典，有功德於民則祀之。是以欒公有社，于相有祠，由來舊矣。吾邑自唐天寶元年改湖州爲吴興郡，改臨溪縣爲德清縣，於是始有德清縣之名。而其時，柳公察躬實始來爲德清令，乃柳宗元之祖，柳集中《先侍御史神道表》所稱德清君，卽其人也。柳公事蹟，雖無可考，然既歿而邑人祠之。及宋而戴侯之神興，卽以柳祠故址祠之，於是祀戴兼祀柳，而後又附以葉侯，是爲吾邑三總管。考戴侯之神，其事在宋元祐時，自唐天寶至宋元祐遠矣，而祠址猶在，非有功德於民而能若是乎？至今三總管之祠，四境皆有，然皆以戴爲主，與初祠柳侯之意固大異矣。且以柳侯配葉侯，有紅社、緑社之稱，褻神殊甚。伏思吾邑神廟，以餘不亭侯孔公爲最古，其次卽柳侯也。今孔廟長新，而柳祠竟廢，徒隅坐於戴、葉兩神之次，春社迎賽，事同儺戲，非所以報明德，重祀典也。余訪得西門城上有柳侯祠，戴、葉兩神皆不與焉，擬請稍爲修葺，以此爲柳侯專祠，列入祠典，春秋官爲致祭，庶足以表彰古蹟，景仰前徽，使士發思古之幽情，民存不忘之遺愛，還風氣之朴茂，召雨露之和甘，於世道人心，所裨非淺也。

錢唐西湖唐氏祠堂記

唐氏出於帝堯，厥姓爲祁。《唐書·宰相世系表》及鄭樵《通志》皆無異詞。然史伯之對鄭桓公也，曰：『當成周者，南有隨、唐。』韋昭注云：『隨，唐，姬姓。』則固有姬姓之唐矣。是故唐氏有二堯之後，祁姓也；燮父之後，姬姓也。稽之前史，代有聞人。在春秋則有若唐佼、唐苟；在戰國則有若唐睢、唐勒；在兩漢則有若唐滂、唐彬；至唐而唐休璟相中宗朝，於是史家表其世系，譜牒炳然，與寒門白屋迥殊矣。吾浙錢唐之有唐氏，自宋南渡始，厥後遂爲望族。紹興間，有仲仁、仲義、仲友、仲展、仲溫，並登進士第，世稱『唐氏五仲』，以爲美談。舊有祠宇，在鹽官縣，年代既遠，遺址湮焉。同治中，唐氏有賢者月樵君，與諸昆弟謀，將建祠於西湖，而卒不果。月樵君有賢子耆年字洛英者，乃卒成之，買地於金沙港，十有四畝，經始於光緒二十六年，逾年工畢，爲堂五楹，奉質肅公介爲祖，昭穆相次，秩然不紊。庭中植桐樹焉，翦桐錫封，得姓所自，封植嘉樹，以識本原，蓋固以爲姬姓之唐也。其左又闢小園，曰『金溪別業』，有梅數十株，築小軒，顔曰『香雪』。後有小池，徧栽菡萏，迴廊曲榭，通以平橋，亦西湖一勝地矣。既成，求記於余。余讀明人何喬新《椒丘文集》，有《唐氏世德堂記》，言廣昌金井里有衣冠之族唐氏，自祖父以謹厚稱，至彥恭以世德名堂，而其子本源求爲之記。今洛英太守承先志，建家祠，豈特如彥恭父子已哉？余之文雖不及何文肅，而錢唐金沙港唐氏之祠，視廣昌金井里唐氏之堂，固遠過之矣。文肅之言曰：『勉樹厥德。』余亦何以易乎斯言？洛英勉之，吾知唐氏之德，與萋萋之梧桐俱盛矣。

春在堂襍文六編卷二

王研香傳〔一〕

【校記】

〔一〕此篇已見於《春在堂襍文五編》卷三，此處僅存目，正文從略。

暴方子傳〔一〕

【校記】

〔一〕此篇已見於《春在堂襍文五編》卷三，此處僅存目，正文從略。

朱氏雙節傳

朱氏雙節者，姑婦也。姑，莊氏，故禾中望族。其曾祖竹溪公，舉孝廉方正，祀鄉賢。莊在室時，曾封股以療母病。及笄歸南河候補同知朱君，諱成藻，故甘肅按察使諱其鎮者次子，贈朝議大夫諱錞者嗣子也。同知君需次於外，莊留家，事其孀姑。姑卒，同知君以憂歸，歸而亦病。莊又封股療之，竟不治，時莊年甫三十有六。其子文楨，弱冠入邑庠，娶孫氏。孫亦武林鉅族，其父娶於朱，卽按察公女也。孫氏歸於朱三載而夫病，習聞姑之兩封股也，效爲之，亦不治，時孫年二十四，蓋又少於莊矣。先是，朝議君卒，其妻繆氏守節逾二十餘年，今莊與孫又繼之，一門三節婦，而姑婦兩人又三封股，嗚呼，庸行也，亦奇行矣。孫氏同產仁甫君懼其淹没不彰也，屬張君子祥爲繪《松栢雙節圖》。

贊曰：松茂栢悅，人有同情。及其不幸，乃以節名。此姑此婦，並世陶嬰。南湖之水，鑒此雙清。天錫之壽，以報其貞。松邪栢邪，雖瘁彌榮。

順盦孫君傳

君諱家治，字順盦，孫氏，浙江餘杭人。父贈中議公，諱堯錕，以良賈起家，有盛德，世以比東漢樊氏，稱君子之富。生四子，而君居長。自少嗜學，博涉羣書，有桑魏公示人鐵硯之意。贈公曰：『汝志良佳，然吾老矣，徒事呫畢，誰歟分吾勞乎？』君瞿然奉教，乃佐贈公候時轉物，操嬴制餘，雖老於榷會者謝弗如。而偶有暇日，仍手一編不釋，蓋其志固在也。同鄉先達，如沈子恆、汪文端諸公，咸勉以進取。君自問材力取科第猶摘髭耳，然重違父意，不赴也。他日，文端爲援例授參軍。君恥不以科第進，不就，謂諸弟曰：『吾不能博青紫，爲宗族光，諸弟幸自勉。』於是厚脩脯，聘名師，以課其弟與其子。

而族戚子弟之願學而無力者，别設一塾以課之。孫氏家塾之盛，爲餘杭冠。其交於人，不爲媕娿之行，遇事侃侃辨論，不憚往復。人驟聆之，幾不能受，徐而繹之，又皆歎服。故雖家居，而名動郡縣間。所由或踵門禮請，每謝不見，報以一刺而已。敬宗收族，務從其厚，矜孤頤老，不遺餘力。往歲不登，饑饉洊至。君請於贈公，設肆平糶，歲運蘇常之米以平市價。及庚申之亂，官軍駐餘杭者以萬計，不憂乏食者，恃此也。事贈公至孝，雖遭亂播遷，而冬夏溫清[二]，晨夕膳羞，與平常無異。及贈公棄養於石門塗次，絞衿衾冒，附身附棺者，罔不如禮。烽火中，扶櫬東歸，星夜營葬，屢瀕於險，竟獲安全。窀穸事畢，哭拜於墓門，曰：『爲人子，宜築廬於此，守吾親體魄。然事急矣，懼及於難，不得已，請行。』反至嘉興。諸親故避寇相從者，或仍與俱，或貲送他所，悉從其所便。鄉人流寓者，以緩急告，無不應，亦不問其姓名也。同治三年，命其二子入都應京兆試，不售。汪文端欲爲援例官京師，以書告君。君不答，亟召二子回。文端笑曰：『仍執前説邪！此老崛强猶昔矣。』明年，粤寇平，君回浙，僑居省垣。久之，忽仰天歎曰：『災象見矣，來歲必大無。』乃釃金購米，積逾萬石。明年，歲果饑，米翔貴。君視糴爲糶，日散數百石，民賴以生，饑而不害。然君之家自此落矣。家祠毁於兵，謀復之，而力不逮，撤搨經營，規模粗立，而君竟不獲落其成也。君自幼於書無所不讀，精數學，曉地理，晚年頗宗元門之學，於生死之際，若有前知。將卒之前，其季子方客台州，先期召之，曰：『明歲元夕必至。』果於是日啓手足於正寢，異矣。年七十有二。娶何氏，先君二十三年而卒。君不再娶，亦不置妾媵。生丈夫子四：樹仁，歲貢生，授職訓導；樹義，歲貢生，歷署嵊教諭，孝豐訓導，光緒十七年舉人；樹禮，光緒十一年舉人，揀選知縣；樹智，廩貢生，由訓導保升知州，候缺於湖北，加四品銜。女子子一，錢唐王以宲，其壻也。孫十人：祖燧、祖燕、祖燿，並有聲庠序間；祖燦、祖煥、祖烈、祖炲、祖煇、祖爍、祖煒，咸習儒業。女孫十一。曾孫增元。

論曰：禹航孫氏，方雅舊族，君先德飛泉先生，與同里汪文端、錢唐俞文節爲道義交，勇於爲善，爲鄉里所推服，見於今直隸總者夔石王公所爲傳甚詳。而君又能纘承先志，益振起之。孫氏之興，其未有艾乎！君第三子樹禮，字和叔，曾充詁經精舍監院。余主詁經講席，因得與周旋，而又余孫陛雲同歲生也。和叔備舉君之嘉言懿行以告於余，撮其略，著於篇。君子孫森立，弦誦相聞，異時科名鵲起，當不使宋時何僅兩孫專美於前矣。

【校記】

〔一〕清，原作『靖』，據文義改。

黄烈女傳

同治三年九月十七日，湖南湘鄉縣有小聚落曰關王廟者，其客舍中一夕而死者三人，一女子縊而死，二男子一中毒死，一絶吭死。事聞於官，喧傳於衢路。客舍主人曰：『昨有兩男子與一女子宿此，衣半猶聞其飲酒，歌呼甚歡，何遽死也？』視女子，年甚少，衣服縫紉，無寸隙。官不能測，命瘞埋而已。則有自相距數十里之潭市來者，曰：『嘻，此女子，黄淑華也。二男子，一申姓，一扶姓也。』衆問其故，出一紙示人，曰：『此吾得之潭市客舍壁間者也。』詩十篇，皆七言絶句，序一篇，四百數十言。衆爭取讀，且讀且歎，曰：『智哉女子！勇哉女子！貞烈哉女子！』女子黃淑華，字婉梨，江南上元人。父秉良，縣學生也，早卒。兄乃珪，亦諸生；次乃璋，外出未歸；次乃瑾，亦習舉業。咸豐三年，賊陷金陵，時淑華方六歲，弟乃璧僅三歲。舉家陷賊中，以農圃自給，而乃珪、乃瑾猶以經書課其弟與妹。淑華讀書，通大義，有節概。母欲與議婚，力阻之，曰：『此何時也，尚謀婚嫁乎？』同治三年，官軍克金陵，時曾文正公猶駐皖。軍中諸將帥以賊踞金陵久，命將士搜捕餘孽務盡。突有入黃氏之居者，則未知爲官軍歟？僞爲官軍者歟？乃珪、乃瑾出，殺之。内有申姓者，寶慶人，入，見淑華美，曳之出。乃璧牽其姊衣，則殺乃璧，母跪而求，則殺母，乃珪妻出，亦殺之，乃瑾妻不知所往。於是淑華哭詈求死。申笑曰：『不爾殺也。』幽之於其所居，又挈之以登舟，屢犯之，以死拒，衣服縫紉，蓋自此始也。淑華自念我必死，然舉家爲所殺，必報讎，毋徒死。既至湘鄉，舍舟而陸，又有扶姓者與之俱。淑華曰：『吾一女子，殺二壯夫，事大不易。然吾死則決矣。』故豫爲此詩，并敘本末甚備，書一紙一帛，帛繫於身，紙黏於壁，潭市客舍所傳者，此紙也。越一日，卽有此事。雖莫知其死狀，度必以計醉二賊而酖之。客舍主人但聞其歌呼聲，不料其所以斃賊也。一賊中毒必稍輕，未卽死，故又刃而殺之。貞烈智勇，信乎備矣。平江李次青先生載其事於《天岳山館文鈔》，修《湘鄉縣志》者遂據以采入。又有徐君午閣爲製《梨花雪傳奇》，其事亦庶幾不泯。而豫撫劉景韓中丞又自汴梁遺余書，欲余爲作傳，附集中。因撰次其事而論之。

論曰：古來所傳，如王氏婦《清風嶺》之詩，徐君寶妻《滿庭芳》之詞，皆傳誦人口。元初有巴陵女子韓希孟，爲元兵所得，誓不辱身，書詩衣帛以見志，赴江流而死，郝經《陵川集》有詩哀之。諸女見危援命，從容赴義，固可嘉尚，然不過以一死自完而已。若黃淑華者，以一孱女，遇二壯夫，竟能從容談笑而斃之杯酒之間，此豈尋常兒女子所能爲哉？讀其詩，洵可使頑廉而懦立矣。當其時，又有金眉壽者，淑華所素識也，亦與同拘舟中。一日，賊逼之急，從船窗躍入水，死。賊鑒於此，亦遂不敢苦逼，事詳詩注中。宜附書之，以存其人。然據詩尚有張氏者，惜不知何許人也。景韓中丞與黃氏非有雅故，千里遺書，拳拳相屬，將以表揚其烈乎？抑以風勵當世伈伈俔俔、不能戰、不能死諸闒茸男子乎？中丞書中又言：『賊欲授僞職於其兩兄，皆不受。』然則乃珪、乃瑾，亦兩烈士矣。

樓烈婦傳

烈婦樓宜人，姓李氏，錢唐人。自幼明慧，女紅外，兼習書算。父獻墀公奇愛之，難其壻，年二十七始歸樓君。樓君諱起鳳，字金魁，母壽太宜人在堂，宜人善事之，賢孝之稱，達於三黨。生丈夫子二，女子子三。俄而，不戒於火，家益貧。樓君鬱結成疾，遂卒。宜人欲殉之，顧子女幼稚，不可無母，強飲強食，鞠育其孤。咸豐十年，粤賊自皖南犯浙，杭城驟陷。宜人曰事急，懼辱，服鹽滷求死，不死，乃率子女自投於水甕中。時賊蹤固未及，眾拯之出，而幼子斃矣。賊退，仍與一子三女居，而寇警則日益甚，宜人死志亦愈決。明年，杭城再陷，長子壽康爲賊所掠以去，宜人與三女俱仰藥死。後壽康自賊中跳出，走滬上。及江浙大定，壽康以從九品積功，累贈其父奉政大夫，母宜人。於是，浙中士大夫爲詩文以表章其烈者，咸嘖嘖稱樓宜人。巡撫陳公以聞，旌如例。

舊史氏俞樾曰：庚辛之亂，杭婦女死難者衆矣，而宜人爲尤烈。杭城再陷，宜人亦再死之，所謂赤石不奪者，非歟？壽康自賊中出，年甫十有四，忼慷有大志，從事浙撫幕府，積功得官。生三子，長者尤穎異，殆天之所以報其烈乎！

心齋丁公家傳

丁公諱守存，字心齋，晚號竹石老人。先世於明初自江南海州衛遷山東日照，遂世爲日照縣人。明季至今，科第相望，兖沂間言時文者，首推丁氏。公嘗集先世場屋中受知遇之文，合而刻之，名曰《海曲丁氏世業》，盛行於時。曾祖龍曜，乾隆十八年舉人；祖葵忭，沂州府學增生；父熹，以目疾不應試；並以公官累贈至一品。公幼慧，與羣兒戲，或鑿冰鐫字，或就石上摶土作字，如古碑文，見者奇之。一夕，夢中苦煩悶，幾不可耐，爬搔胷次，若有物置枕旁，質明視之，黑如漆，膩如膏，自是益慧。然以貧故，幾廢學。有中表戚安君，資給之，得不廢，從族兄文紳讀，益自刻厲。道光十年入縣學，十一年中式舉人，十五年成進士，以主事分户部，俄丁父憂。二十年服闋，入都。是歲，英吉利以師船犯廣東，入江浙。其船不帆而行，其礮火無處發。公歎曰：『千古未有之變將起於此矣。』乃講求制器之法。其時西學未行，所謂力學、重學、光學、化學，皆未有聞者，而公覃思闇與之合。卓文端公以聞，兩被詔書，繕進圖説。二十二年，偕理藩院郎中文公文康、户部郎中徐公有壬，赴天津監造地雷、火機等器，自出新意，試之皆驗。二十三年，考取漢軍機章京。二十九年，補山西司主事，傳補軍機章京，充廣西鄉試副考官。咸豐元年，巨寇起廣西，詔以大學士賽公爲欽差大臣，督師討賊，公從焉。提督向忠武公，驍將也，與都統巴清德不相能。賽公入，巴譖以軍久無功，奏奪向公官，兵事遂大壞。公力爭之，至於痛哭，乃復以向公統北路之師。於是忌向公者兼忌公。公不之顧，惟日夜思出奇計破賊。有胡以晄者，賊將胡以晄弟也，都統烏公烏蘭泰得之，使爲書招其兄降。以晄以書獻其酋，酋亦使人以書來。公製一篋，僞若緘書其中者，俾奉之歸。賊發之，篋啓而碎，首死，或曰卽馮雲山。賊初起，僞王五雲山，其一衣道人衣，稱軍師，後不復見，蓋斃於公手矣。二年，奉檄檻送所獲賊寇洪大全至京師。大全衡州人，公偵其黨將要於衡而劫之，乃聲言陸行，而潛以小船出永州，趨長沙，八日而達。大全出視，曰：『此長沙也，噫，我死矣。』公還户部，補江西司員外郎。俄而粵賊陷江寧，分道北犯，山東大擾，土寇蠭起。巡撫孫公瑞珍奏調公辦沂州團防，以意造石雷、石礮三百餘具，他人效爲之，不能及。四年，大破土寇陳玉標等，敘功以道員用，旋以母憂歸。服闋〔一〕，召見，逾四刻，次日命發，交直隸總督差委，復召見，逾六刻，命繕進所撰書。既至天津，津議撫戰未決。公上書曰：『戰之局在粵，撫之局在滬，津則但可議守而已。於津言戰，是背城之戰也；於津言撫，是城下之盟也。』論者以爲名言。十年秋，京師戒嚴，山東團練大臣杜公翻奏派公以三千人北援。嚴解輟行，仍留辦山東團練，屢與賊遇，戰皆勝。時賊蹤徧地，距日照，尤偪近。公前在直隸辦大、順、廣三府團練，上戰守十六策，以堅壁清野爲主。至是，乃創築堡之議，擇扼要之地曰濤雒而築大堡焉。賊大舉來犯，綿亘百數十里，蹂躪無完土，惟濤雒以堡獨全。公伺賊懈，將解去，率五百人譟而乘之，發石礮四，聲震山谷，五百人皆大呼，與數萬人無異。賊膽落大奔，自是相戒，無犯丁家堡。附近之民，歸之如市，數年之後，烟火數千家，士習弦誦，農務耕織。堡以外，沃野四十里，奎山環之，若屏幛然，海舶往來，咸泊其下，饒魚鹽蜃蛤之利，儼然一小都會矣。同治元年，被命北上，廣平郡紳士請奏留辦防，於是又築堡二百餘處。尚書羅公惇衍奏公曉暢戎機，有詔引見，仍命赴直隸，積功加三品銜。直隸全境肅清，公還京供職，俄選授湖北督糧道。四年，署湖北按察使，有巨案，牽涉巡撫以下四十餘人，無敢鞫者，公一訊而服。提督成大吉所部勇譁潰，捻寇乘之，陷黄陂，省中大聳。公出銀二萬兩，慰撫之事立解。當陽縣某令誣執平民以叛上。公察其冤，立釋之，所活甚衆。七年，以捐助陝甘餉，且敘定亂功，賜戴孔雀翎，加布政司銜。九年，充湖北鄉試外監試官。故事，貢院所用水，率以長夫挑運，水不潔清，而傳遞之弊，即由此起。公創運水之法，破大竹爲筒，引江水注闈中，水清而弊絶。今他省瀕江湖者，率踵行之，人稱善政，由公始也。十年，俸滿引見，公年已六十矣。以久勞於外，慨然興歸與之思。十二年，乃引疾乞休，築小樓，藏書籍，坐臥其中。出所著《曠視山房時文稿》教授後進，經其指授，咸有法度可觀。大學士合肥李公以書勸再出，辭以老病，河南大吏慕其名，聘主大梁書院。光緒元、二兩年鄉試，肄業生中式者共六十七人，兩年會試共十人，爲從來所未有。後歸主灤源書院，以千金助修學宫。奎峯書院廢，修復之，亦千金。公季父殁，有妾姜氏，以貧他適，遺腹生男。公訪求四十年，始得之，名其子曰守宗。廩給姜氏，終其身。其輕於財而篤於天性如此。光緒七年十月己巳，以疾卒於家，年七十有二。初聘秦氏，未娶卒，繼配許氏，皆封一品夫人。子：鳳年，同治二年進士，候選知府，河南桐柏縣知縣，先卒；麒年，殤；麟年，光緒十八年進士，户部郎中，側室封出。女子子二人，歸於費、於王，其歸費者，有賢子曰念慈，哀次公事實，乞余爲傳，因得知其詳。公生平於學無所不究，自天文曆律，下至風角壬遁之術，靡不通曉，尤精於造器，爲西人所歎服。所著書曰《丙丁秘籥》，以奏進留覽，遂不傳於外，傳者止《造化究原》二卷，《新式火器説》一卷，《從軍日記》、《使粵日記》各一卷，而時文之刻凡六七集，幾近千首，每一文出，諸弟子爭持去刻之，以供傳誦，故存者獨多，非公意也。

論曰：　自明以來，以八股時文取士，至今幾五百年矣。及西學入中國，人見其新奇可喜，翕然從之，議取士者，幾欲舍時文而改從西學。然日照丁氏，世以時文名天下，公亦善爲時文，少時爲文，刻香爲度，燼一寸成一篇，坊塾盛行。南北七名家，公其冠也。乃能出新意，造奇器，爲西人所歎服。然則言西學者，必不能兼工時文，而工時文者，未始不可以兼工西學也。夫時文誠敝，然聖賢精義，亦或藉此以存一線，若廢去之而別謀所以取士，用詩賦乎？空言而已矣；用策論乎？陳言而已矣；若竟改用西學，則人所童而習之者，惟是機械之巧，窮思極慮，求爲殺人之利器，人人有矢人惟恐不傷人之意，而義利之界，理欲之途，竟無有言及者矣，於世道人必，不亦大有害乎？公之一生，負文武幹用，戰功吏治，卓有可傳，不待余言爲之表襮。余所以區區言及公之時文者，固知公之不藉時文以傳，實欲時文之藉公以存也。

【校記】

〔一〕闋，原作『閱』，據文意改。

吳學相傳

鄞之爲邑，其南瀕江，江潮逆入則鹹水敗稼，惟内水足乃可以禦之，故鄞人勤雨，視他邑尤切。光緒二十二年，自六月至七月不雨，其近江之處，鹹潮大至，田禾被傷。有鄞塘鄉姜山里人吳學相者，農夫也，齊宿祈禱，冀得甘雨，數日不應。乃奮然曰：『若再不雨，田疇皆斥鹵矣，且連歲不登，户無積粟，今又如此，民何以堪？吾聞天井山有龍潭焉，人投其中，雨則立至。吾本鄉愚，無補於世，捨吾一身而四境霑足，不亦善夫？』七月甲午朔，越六日己亥，晨起飯食訖，浴於家，笠而出，及午不歸。妻戴氏豫聞其言，猶疑未必然也，至是乃大驚。徧問於所來往，皆曰無，則至天井山觀於龍潭，赫然存焉，其面如生。方聚謀所以斂，風雨驟作。家人祝曰：『能稍息以待其斂乎？』應聲而止。棺甫闔，雨又作，歷二時許始霽。是日也，百里以内，無不得雨，鹹潮不入，田禾復蘇，歲乃有秋。於是邑文學諸生與父老數輩言於有司，附祀於城隍廟三義祠。

論曰：往年浙中大雨，數旬不止，吾邑蔡家橋有章菊泉者，年八十餘，日夜跪而求晴，不效，乃縊而死。余有詩哀之，且以吾邑戴侯神及新市鎮大官廟爲例，決其必爲神。戴侯名繼元，宋延祐中以拯溺而水死成神，封保濟顯佑侯。大官不知姓名，其人開米肆，歲大饑，賤糶以予貧民，米盡，抱升斗赴水死，亦成神。蓋匹夫一念之堅，固足千古也，今又得吳學相事。章菊泉以死求晴，吳學相以死求雨，其愚均不可及哉。余又聞杭州留下有海松和尚，亦以一死禱雨，至今其鄉人廟祀之。嗚呼，世之居禹稷之任者，尚鑒於茲。

卜烈女傳

卜烈女，湖州歸安善連鎮人。父詠蘭，早卒，夫鄭阿來。阿來父阿士亦早卒，姑顧氏有姪顧阿五，性兇暴，依其姑以居。光緒二十二年二月二十三日，女歸省母，時阿來外出。三十日晡，阿五來逆女，女不肯，五強之。女母趙氏親送之歸，致之其姑。越日，鄭氏之鄰來告，曰：『爾女昨夜死矣。』趙往視之，面被血，有泡痕，頂有傷成穴，右耳根及乳均有傷，徧體青紫，痕無算。顧氏及阿五則皆逃。時鄰里聚觀，皆欲食其肉，使里甲方阿大蹤跡之，得顧氏，越三日，得顧五。問顧氏，顧曰：『五爲之，吾不與焉。』問五，五曰：『我欲與姦，不從，故殺之耳。』於是羣起毆阿五。或曰：『顧與五有私，素與五昵，而視烈女如讐，必共致之死也。』於是又欲毆顧氏，閧然者終日。而烈女弟志成性懦弱，方欲赴訴於縣。鄭氏之人力持之，又賄以洋錢二十六圓，竟不果往。趙無能爲，哭泣而已，越五日始斂，面如生。余門下士童米孫大令以所書卜貞女事見示，即此事也。卜與童，故有連，女死即有以書告米孫者，米孫書其事，且援歸震川《書張貞女事》之例，張貞女適汪而不以汪婦稱，故曰卜貞女。余謂：『絶之於鄭可也。然貞之而不烈之，何也？』因據童語，稍次第之，題曰『卜烈女』。惜張貞女之獄，罪人咸得，而卜事未達於有司，里人之來告者又言之不詳，姑與阿五，究不知誰尸是謀。然其死狀明白，千人共見，余與米孫之文，雖皆不及歸氏，然女之烈，則固與張同不朽矣。

按察使丁公祖母暨生母兩太夫人合傳

丁潛生廉訪早喪父母，惟生母劉氏存。弱冠出後大宗，而所後父母亦皆歿，惟祖母方氏存。煢煢孤苦，得以成立者，兩太夫人之教也。紡織之暇，必課以塾中所讀書，且舉古人忠孝事蹟相勖勉。廉訪幼好武，有膂力，以豪俠自負。訓之曰：『士貴自立，毋徒效匹夫之勇。』咸豐三年，粤賊犯江西，圍省城。時家在城中，兩太夫人從容謂廉訪曰：『此正汝立功之日，毋以我爲念。』因會合同城士大夫，率練勇守城，城竟獲全。曾文正公嘉其膽識，命赴平江營帶隊。兩太夫人戒之曰：『治兵宜嚴，毋擾民，待兵又宜優，毋扣餉。將領有喜慶事，營中必醵錢賀，實則皆扣取餉銀，此最惡習，宜痛絶勿蹈也。』廉訪奉其教，故士皆用命，所向有功。左肘偶爲礟子所中，劉太夫人曰：『汝此後臨陣，得毋稍餒乎？』乃於其左臂上刺『忠心報國，致身事君』八字，語之曰：『汝素慕岳忠武爲人，忠武背有「盡忠報國」四字，汝念此，必能自奮矣。』又於其帽檐繡『精忠』二金字，曰：『忠武能不負此二字，汝其勉之。』方太夫人見而嘉焉，亦於所戴貂尾盔後親繡四言六句，曰：『背刺四字，岳氏勵子。我願我孫，勉效忠武。能報國家，即孝祖母。』嗚呼，自古名臣得力於母訓者多矣，嚴正如兩母者，殆未之有也。廉訪轉戰數千里，厥功甚多，平生以清節自勵，居官無一歲之儲，居鄉無一畝之入，是能不愧母訓者，兩太夫人，當亦無憾於九泉乎！丁酉三月，廉訪過我右台仙館，袒臂示我，墨痕如新，深入膚理。余悚然起敬，因撮大略，爲兩太夫人傳。至於閨門瑣節，亦必有休嘉懿鑠之行，然可不贅也。

樾既爲兩太夫人傳，乃申論其後，曰：按《宋史》，岳忠武裂裳，以背示何鑄，有『盡忠報國』四大字。不言何人所刺，後世相傳，以爲其母姚夫人爲之。雖於史無徵，以事理論，容或然也。《宋史·呼延贊傳》云贊『徧文其體，爲赤心殺賊字』，此事在岳前。明沈德符《野獲〔一〕編》云：元末杭州巡檢胡仲彬文其背曰『赤心護國，誓殺黄巾』。嘉靖末，遼東總兵官楊照涅『盡忠報國』四字於背，此事在岳後。今劉太夫人親於子臂涅此八字，懔然有烈丈夫風，安可湮没勿著乎？廉訪遭際聖明，克成素志，視忠武齎志以殁者，過之遠甚，然實亦未盡其用。方今中外多事，論者徒見外洋火器之利，遂欲棄中國長技而學之，實則破火器宜用藤牌，康熙間具有故事，而人無知者。廉訪知之，又能用之，所練親兵二千五百人，皆善用藤牌，又佐以飛叉，所向無前。苟精練此軍，得二十餘萬，以破外夷之火器，有餘裕矣。破火器之用藤牌，亦猶武穆之用麻札刀破拐子馬也。廉訪年逾七十，精力未衰，猶可爲朝廷奏不世之功。不然，則請廉訪以此法傳示子孫，世世守之，必有大破外洋火器之一日。而兩太夫人之遺澤，爲更遠矣。

【校記】

〔一〕獲，原作『護』，據文意改。

林編修妻惲淑人傳

故湖南巡撫惲次山中丞有賢女歸林氏封淑人者，古所稱女而有士行者也。中丞初娶於梁，生三子，繼娶於戴，戴夫人賢明，有材榦，生三子二女皆才，長女即淑人也。名倩孫，字小宜，六歲讀書，通大義。中丞以吏部郎出守常德，會粤賊石達開由寶慶來犯，勢甚鋭。城中大聳，皆籠東出走。中丞入語夫人，曰：『民無固志，奈何？』淑人從容進曰：『鎮之以靜，示之以有備，且使知太守一家皆安居如平常，則民心自定矣。』中丞喜曰：『是兒不凡，惜其不丈夫也。』乃使淑人偕其兩弟率婢媪，嬉戲於儀門之外，戴夫人則張樂設飲，累日始罷。民聞之，外徙者稍稍來歸，久之，四鄙之民有遷居城中者，城竟以全。時淑人年甫八歲也。中丞累遷至湘藩，旋擢巡撫。其時東南糜爛，沿江數千里無完郛。募兵籌餉，以湘中爲轄轄，遽書警奏，日不暇給，秉燭治事，丙夜不休。中丞積勞浸，致咯血，肝氣又大發，發則不能眠、不能食。淑人偕其叔兄，手治具以進，極精腆，每爲舉箸云。同治四年，中丞罷官東歸，塗中病尤劇，舟行八十日，淑人未嘗一夕解衣而息也。既抵里門，僑寓吳下，所居小有花木泉石之勝。淑人能詩詞，通音律，每春秋佳日，率其弟妹，爲二親壽，或賦詩，或歌曲，吹洞簫以和之。中丞欣然忘其疾之在體矣。中丞既歿，戴夫人慟甚，家事皆淑人任之。上則護持慈母，次爲弟妹料量衣履飲食，下則撫馭臧獲輩，悉有條理，門内秩然。年二十三，歸蕭山翰林院編修林君國柱。林君以少年科第，又富於才華，意氣兀岸，語言侏張，常使人難堪。淑人婉勸之，雖爲少戢，竟不能悛，坐是不得以功名終。淑人嘗引爲己咎。光緒五年，林君視學貴州，御士頗嚴，小有違失，輕則笞，重則褫，所至皆然。惟兩試貴陽，不笞一人，不褫一矜，遇暑則供茶荈，遇寒則具爐火。貴陽爲省會首郡，使者家屬在焉，故黔士皆曰：『此學使夫人之德也。』報滿還朝，俄以人言罷歸，亦寓吳中。其時惲氏自中丞歿而家益衰，伯仲叔三君又相繼逝，幼女亦殤。戴夫人雖曠達，然亦鬱鬱不自得。淑人以兩家相距近，時時歸問起居，疴癢抑搔，晨夕在側，偶有不怡，一言立解，十餘年來，不知其爲已嫁女也。二十年，恭逢皇太后六旬萬壽，林君入京，隨班祝嘏，得恩旨，賞還原銜。明年五月南旋，而林君已得病，至蘇甫三日，遽捐館舍。當是時，變出倉卒，事故坌起，議論朋興〔二〕。淑人適亦大病，強起治喪，支持危局，幸而帖然無事。然淑人之病，則從此不起矣。先是，淑人曾舉一子，不育，爲林君納妾三人，皆無子。及林君歿，乃以從弟某之子爲子，曰承翰，則猶童稚也。淑人病甚將危，乃曰：『我在猶紛紜如此，況我死後乎？非得年長者爲嗣不可。』乃又以林君從弟福頤之子爲子，曰承蔭，析家業爲二，各得其一，俾無爭。承蔭爲蕭山縣學生，有材識，治家秩然。此一舉也，淑人之有造於林氏者大，而所見亦甚遠矣。病中以田百五十畝爲舅姑與夫之祭田，以五十畝捐助家祠，又出匳中私蓄白金千兩，助湖南北之振。詔以『樂善好施』四字旌其閭。淑人一生事父母、事姑皆極孝，相夫以道義，而能匡其失，友於兄弟。遇親族皆有恩禮，或以緩急告，雖典質簪珥與之，弗惜也。故三黨之中，咸稱賢婦。臨終語其弟季文云：『吾爲林氏婦二十二年，家雖不豐，亦足溫飽。然所歷之境，艱苦異常，弟所知也。姊夫才高傲物，猶冀匡正，終履亨衢，不幸先吾而逝。又思教成兩嗣子，紹續書香，今又委頓如此，不久入地。上不能終事慈母，又不能與吾弟長相聚，齎恨千古，夫復何言！』又曰：『吾自省生平未嘗出一非禮之言，未嘗行一非禮之事，皇天后土，實鑒余心。當代立言君子，無過曲園老人，吾父執也。弟能請於老人，爲吾立一小傳乎？』嗚呼，其言如是，亦可悲矣。卒於光緒二十二年二月辛卯，年四十有五。以林君官加級封淑人。

曲園老人曰：方淑人之歸於林也，余往送其嫁，親觀其成禮。林君年少入玉堂，風貌翩翩，淑人亦蕙質蘭心，足以相儷，一時咸歎爲嘉耦。不圖未逾二紀，而瑤樹雙摧也。恭人弟季文所爲行狀甚詳，余據以爲傳，以副其拳拳之遺意。味其垂死之言，信乎女而有士行者矣。

【校記】

〔一〕興，原作『與』，據文義改。

尤麓孫傳

尤君麓孫，詁經精舍高才生也。乙未秋，余在吳下，麓孫自杭州寓余書，告歸台州應試。已而又自台州寓余書，言渡海阻風，試無及焉。其明年春，余至杭州，問台人麓孫來否。曰不來。問何不來。曰病矣。及秋，又問之，或曰死矣。余大咤歎，徧問其鄉人，知其果死，且知其婦亦從夫以死。亟欲得其詳，而竟無知者。今年春，乃得其友章一山梫所爲行略。嗟乎，以麓孫之好學，而不永其年，其所欲撰述者，亦皆未卒業，無以自見於世，豈不大可哀邪？因就一山所爲行略，麤牸詮次，以存其人。麓孫者，其别字也，名瑩，字堯順，尤氏，台州臨海縣人。曾祖敬嚴，祖孔書，父盛潮。其所居曰桃渚，爲縣之東鄉，距縣城絶遠，鄉之人罕有讀書成名者。麓孫獨自奮於學，不以貧而輟。光緒七年，應科試，入縣學，十三年，補增廣生，其明年，始至省城，肄業於詁經精舍。余初不之識，然其名則屢在高等，於是始異之。麓孫性純篤，讀書外，無他好。時王益吾祭酒輯《皇清經解續編》，甫行於世，麓孫以其書繁重，檢閲非易，爲作目錄，以便學者。推而及於余所著《春在堂全書》，以余書卷逾四百，讀者頗有望洋之歎，因亦爲作目錄，分經、史、子、集四門，條分件繫，用力尤劬。又據余詩文集爲余作《年譜》。余笑曰：『子爲此等書，爲人家醬瓿計耳。益吾祭酒尚有《東華續錄》一書，子能更爲作目錄，則與溫公《通鑑目錄》同爲讀史者所不可少矣。』麓孫亦有意爲之，然未果也。尤致力許氏之學，作《説文重文考》，就偏旁形聲以證重文之真僞。嘗與一山同寓杭州褚氏，一山輯慶氏禮遺説，而麓孫則治許書，冬夜圍爐，各以日間所得互相辨論，或至丙夜未休，今亦未知其書成否。麓孫家甚貧，父嘗語之曰：『吾老矣，汝終朝呫畢，何以爲養耶？』麓孫請以六年爲期，既及期，又語之，請再展三年，孰知其不能待也。麓孫初娶黄氏，生一子，曰錫邦；生二女，曰豔香，曰幽香；未幾，以産難卒，錫邦與幽香相繼殤。逾年，續娶林氏，林與黄皆賢，而性微異，黄不耐力作，惟事鍼黹，林則勤於紡績。嘗曰：『吾夫荏弱，不任農圃，吾故以紡織代之，庶可勉成其學乎？』麓孫始病瘍，瘍愈則爲内病，林知不可爲，私蓄毒物，爲殉夫計。及麓孫卒，哭之，淚盡血出，含歛畢，潛出毒物，服之，自夜達旦，毒發死，臨終惟以前室所遺女豔香請舅姑善視之，無他言。麓孫卒於光緒二十二年三月癸亥，年三十有九，林氏之卒，後其夫四日，年二十有九，無子。聞其季父生二子，曰庸理，曰庸動，庸理已有子，以倫序而言，則庸理之子宜爲麓孫後矣。然其遺稿竟不可得，惟爲余作《年譜》尚存余所。嗚呼，是亦不足以存麓孫也。

王瑀如孝廉傳

故嘉興縣知縣介眉王君之卒也，余爲志其墓。越數年，而其長子瑀如卒，次子鳳喬又狀其兄之事實求傳於余。瑀如，固吾門下士，年少美才，余方冀其繼介眉君而起，孰意其未中壽而殁歟？按狀，瑀如其別字也，諱鳳璘，字彬儒，江蘇太倉人。其家世詳於介眉君墓志，可無紀矣。自幼好學，終日居小樓，誦讀不輟。應州試，冠其曹，遂入州學。志趣高遠，雖從介眉君居官舍，几案惟書籍，無一玩好物，入其齋，不知爲貴游子弟也。事父孝，事繼母如母，與朋友交尤篤。嘉定童蘇香、松江王建卿，皆以名下士入介眉君之幕，先後病卒。瑦如於其病也，親視其湯藥，於其卒也，周卹其妻孥。然不可干以私，介眉君宰太平時，有一友以公事請託，則力拒之，曰：『吾輩文字交，可及此乎？』介眉君自太平調嘉興，瑦如以禾中爲人文所萃，集同志爲文會，曰鼎社。有周祉英者，尤所契也，又與同舉於鄉。榜後，周君遽卒，瑦如甚悼之，哀集其遺文，擬爲刊刻。旋遭介眉君之喪，未果也。瑦如領鄉薦，年二十有五。先是，介眉君坐逸囚，解嘉興縣任，然此囚自省中發還，中道而逸，非縣令咎也。介眉君不以介意，日挈瑦如游禾中諸勝。及奉檄回任，而瑦如鄉闈捷報與同日至，邑人美之。乃至明年春，瑦如方諏日北上應禮部試，而介眉君中風暴卒，瑦如刲臂肉，和藥以進，竟不效。身後虧負甚鉅，既悲且憂，而嘔血之疾自此起矣。服闋，入都會試，時東事方亟，舉朝爭和戰，各省舉人咸上書陳利害，瑦如與焉。入闈後，借闈題抒憤懣，遂觸時忌，薦而不售。南歸後，嘔血之疾時作，乃薄游吳中，館於吳縣署，爲養疴計。與二三同志，討論經史，以弟鳳喬將應鄉試，招之同寓，課以舉業，并教以經世之學。嘗謂諸弟曰：『修家譜，置義莊，皆先人遺志。吾兄弟六人，其各努力。』又以其鄉西南隅多瘠區，民貧苦，生女輒不舉。因與同里諸長者謀，集貲建育嬰堂，堂甫成，而瑦如已病不起矣。光緒二十四年三月辛亥卒於家，年三十。以所後父死寇難，故襲雲騎尉世職，中式光緒十九年恩科舉人。娶某氏。子一，殤，以鳳喬子鍾偉爲之後。女四人，長者許嫁嘉興錢氏，餘俱幼。

論曰：吾孫陛雲，鄉試出介眉君之門，而瑞如又從余游，世有通家之誼，故甚習也。瑞如館吳縣署時，來余春在草堂，從容談笑，孰知其已爲古人哉？撰次其事，附介眉君俱傳，亦使人知廉吏之有子也。

蔡烈婦王氏傳

蔡烈婦王氏，處州松陽人。幼許嫁同縣蔡維章，維章家貧，習鍛銀之業，積勞得咯血疾，疾甚。其父請昏，王難之，烈婦恐父母意中變，乃泣而言曰：『兒終爲蔡氏婦矣，願往侍湯藥。』遂歸於蔡，年甫十有七。事祖姑及君舅，克盡婦職。維章臥牀褥已半載，婦鬻奩具，爲求醫病，有間，仍就銀肆。婦泣止之，不可，然勞則病輒發，發則必加劇。婦知不可爲也，念家無儋石儲，夫死必有奪我志者，幸有夫弟在，可以事重親，我又無子，不死何爲？於是死志遂決。光緒十八年正月丙寅，維章卒，即欲死之，爲衆所尼，其舅亦防之密。婦知無間可死，強作笑語，不言死者數月。防稍懈，婦請於舅，歸省父母。始至，顏色甚慘，母曲慰之。婦亦旋解。越日歸，母及弟親送之，將達王氏，母以他故攜弟別去，婦亦不留也。歸見祖姑及舅，如平常。有鄰婦者，素相善也，至是乃往過之，語良久而反。反則以沸水和砒石及鴉片烟同咽之，衰絰而臥。其祖姑以婦久不出，入視之，死矣。先是，婦有幼弟，來視姊，時維章猶力疾在銀肆攻作，婦以錢付弟，曰：『吾舅嗜鴉片烟，今罄矣，汝可詣汝姊夫，以此錢易烟以歸。』弟與維章均信爲實，然不知婦儲以自殺也，砒石莫察所自來。舅曰：『嘻，吾知之矣。曩者，吾兒病中多蝨，婦必與吾兒謀，使吾兒購此以殺蝨也。』此二物者，皆出於維章，婦固嘗曰：『夫死吾不獨生，得死夫手爲幸。』今竟如其志矣。時光緒十八年四月甲辰，距維章死百日。是年二月小盡，實九十九日。光緒二十年，邑士大夫言於有司，聞於朝，以烈婦旌，如律令。

舊史氏曰：王烈婦事，余聞之於傅曉淵明經，而曉淵又聞之其門下士曾君。曾君言錢唐採訪節孝局詳報底簿，『維章』作『爲章』，二字松陽語不甚別，未知孰是也。又言其舅姑均殁，則轉展傳述之誤。余因據以爲此傳，惜婦年若干，曾君未之言。然云十七歸王，侍夫病五年，則年二十有二，若以其夫卒在正月，是年不入五年之數，則二十有三矣。

丁君松生家傳〔一〕

丁君諱丙，字嘉魚，別字松生，晚年自稱松存，浙江錢唐人。其先世居山陰福巖村，有諱瑞南者，當順治初，土寇蠭起，瑞南妻周挈二子行，遇寇，揮二子去，自投水死，世稱丁烈婦，事見曾文正公所撰墓表。嗣後遂遷居杭州，蓋距君七世矣。曾祖軾，祖國典，皆以君父官封中議大夫。父諱英，字洛耆，候選同知，加道銜。道光二十九年，浙西大水，爲粥以食餓者，巡撫吳文節公書『任卹可風』四字表其門。生二子，長諱申，字竹舟，次卽君也。初入塾，卽爲塾師奇賞，曰：『此子後必有成。』年二十三入杭州府學，其時粵賊已據金陵，江浙大聳，洛耆公避居新城。俄而病，母姚恭人同日病，皆痁也。君刲臂肉，羹以進，姚恭人愈，而洛耆公竟不起。逾二年，姚恭人又病，再刲臂，則無效矣。君連丁大故，哀感行路，嘉興張子祥爲繪《風木盦圖》。十年春，粵寇犯杭，君與兄竹舟君糾合城中金〔二〕箔之工，得千餘人，助戰守，城陷，猶與巷戰。杭城舊有上下之分，上城焚掠甚酷，而下城稍安帖，箔工之力也。君避亂，轉徙松江、青浦、南滙、上海諸處。時蘇之難民雲集於松江〔三〕，君集同志，出貲財，施糜粥及藥餌，亂民中有童子七八百人，皆分別安頓，使無失所。松之陷也，竹舟君先以眷屬行，君以施粥事後之，與賊遇。賊三發火槍，皆不中，騁而追之，馬忽蹶，君得以免，蓋有神祐焉。明年，仍回杭州，創崇義祠，纂《崇義錄》，以表章死事之烈。又以賊之攻城，每取攢厝之柩爲築壘填壕之用，與舅氏陸君設三學局，凡學中貧士死而未葬者，購地爲之葬。然其時蘇省淪陷，杭勢益孤，寇日深而食且盡。君獻議刮醬坊之麪，以濟民食，卒以食盡不能守。君渡江至蕭山，時渡者如蟻，舟子索錢，有〔四〕不滿其欲者投之江，皆大號。君代給之，乃畢渡。出城時與竹舟君相失，至陶堰見其題壁字，始知其在留下，乃往從之。即於留下設肆鬻米，訪求親串之自城出者。留下市中賣物，率以字紙包裹，取視，皆《四庫》書也，驚曰：『文瀾閣書得無零落在此乎？』乃〔五〕隨地檢拾，得數十大册。君之搜輯文瀾遺書實始此矣。於其間，偕竹舟君至福巖村拜掃祖墓，因自紹興至定海，而上海，而如皋，倉皇奔走，猶託書賈周姓者間道至杭州購求書籍，其裝釘成本者，十之一，餘則束以巨緪，每束高二尺許，共得八百束，皆載之至滬。又自滬至普陀禮觀世音，聚千僧誦佛號，以明處士崔青蚓所畫應真十五尊施惠濟寺，冀銷劫運，存者亡者，皆得安樂。同治三年，杭城復，君自滬歸杭。浙撫左文襄公素知君賢，卽召入見，語之曰：『君輿論甚美，必有材智。地方應爲之事，具爲我籌之。』自是而君所設施皆在杭矣。最君一生之事，大端有二，曰存文獻，曰籌教養。君既於灰燼中掇拾得文瀾遺書，乃奉歸，庋之尊經閣，請陸君匊珊繪《書庫抱殘圖》紀之。其時文瀾閣毁於兵，未復也。光緒六年，巡撫譚公建復文瀾閣，爰有鈔補閣書之議。君悉出其家藏書，集人迻寫，又於天一閣、抱經樓、振綺堂、壽松堂諸藏書家按籍徵求，歷七年之久，得三千三百九十六種，求而未得者僅九十餘種。譚公疏陳其事，言丁申、丁丙兄弟於兵戈擾攘之際尚能搜求遺書，購覓底本，俾後進得窺内府遺編。其識迴越尋常，所費亦難以數計，可謂篤行敦本之士。於是天語褒揚，士林歎誦，兩丁君之名，赫然聞於天下。君又以尊經閣亦不可無書，乃於家藏中重出之本得如干種，又乞諸朋舊、購之市肆，得如干種，藏皮閣中焉。君先世本富藏書，君祖掌六公有八千卷樓，至君又益以二樓，曰後八千卷，曰小八千卷，然辜較君所藏，固不止三八千也。君以天語有『嘉惠士林』之獎，因總名藏書之所曰嘉惠堂，乃擇士林所罕見者刻以傳播，取其有涉杭郡掌故者都爲一編，曰《武林掌故叢編》，凡一百餘種。君又以武林爲南宋故都，城中坊巷之名由來久遠，居其地者口不能言，因創爲《杭州坊巷志》數十卷，編纂粗定，曰：『吾精力日衰，恐不足了此。』屬其友孫峻字康侯者踵成之，至今年春寫定可刻。君易簀前又語康侯曰：『吾生前必不見其成矣，子姑徐之，取吾嘉惠堂書宋元以後詩文諸集再一繙閲，以三年爲期，當益精美。』嗚呼，君一生用心不苟，即此可見矣。城内外古蹟，如蘇祠、白祠、錢武肅祠、岳忠武祠、于忠肅祠、林處士祠、宋校尉施全祠、楊侯再興祠、徐巨翁忠節祠、王項二公揚清祠、宋行人朱弁墓、胡公則龍井祠墓、陳忠肅墓、張楊園先生墓、〔六〕郭孝童墓、孫花翁墓，或言於官，或出己貲，一律修葺。又如修交蘆庵而以高邁庵、奚鐵生、戴文節諸先生名蹟置其中，建玉照堂並爲補種梅花，得元大德年編鐘而建元音亭，得宋咸平年貝葉經文，歸之雲林寺，得錢忠懿王金塗塔，歸之靈隱、昭慶諸寺，一時韻事，杭人尤豔之。自君之亡，而故書雅訓，無所諮訪，名山勝地，日就淪落。所謂存文獻者，此也。杭爲東南大都會，人文甲天下。大亂之後，學校荒蕪，君與同人創設丁祭局，集諸生，供灑掃，治祭器，考訂禮器、樂器，創修府、仁、錢三學志，又建道統石室，以宋理宗御製《道統贊》碑石排列室中，缺文王一《贊》，集他石字補之，無則以偏旁配合而成字。乃至光緒十八年，於尊經閣後圃土中掘得一石，則《文王贊》也，浙中盛傳，皆歎爲文治光昌之兆。君自左文襄以善後事見屬，即設立振撫局、難民局、掩埋局、施材局、醫藥局、牛痘局、錢江義渡局、救生局，凡各局，無慮數十處，皆以君總之。杭故有普濟堂，始於阮文達公，成之者，蔣撫軍攸銛、高撫軍杞、李觀察坦與里人高宗元、丁燾，至是復建，官則蔣果敏公、高都轉卿培、李司馬國賢，而紳士則君也，先後六十年，四姓符合，人皆異焉。同善堂者，光緒間左文襄所創，其時普濟堂未復，故創設此堂，嗣是普濟、同善兩堂〔七〕並建，皆君主之。而善舉益備，推廣其意，隨宜施設：以杭多火災而置卹災所，以杭多游惰之民而置遷善所，以庚申之亂死難者衆而築義烈遺阡，以亂後民間子弟無力延師而設正蒙義塾，以吏胥於命案多需索而置報驗所，以民間緩急無所資而置借錢局，以民間節婦不能概至清節堂而倡爲穗遺集以補所不及，以育嬰堂所顧〔八〕乳媪有限而分設接嬰所〔九〕，以濟其窮。又於城之四隅〔一〇〕設粥廠〔一一〕，使貧民冬日無枵腹之虞，設丐廠，使行乞之窮民無溝壑之患，何其用意之周歟！浙西所重，尤在水利，城中開新横河，築新壩，城外濬北湖、南湖，修仁和至海寧上河隄壩，修奉口陡門，君皆與焉。西湖常年設濬湖局，余每宿湖樓，平旦必聞其鳴鑼集衆也。義倉之事，主之尤久，世俗以私意窺測，疑倉穀不無虧耗。及庚戌之春〔一二〕，米價翔貴，發粟平糶，至三萬餘石而倉穀未及其半，浮言爲之頓息。所在橋梁，如慶春、寶善、龍光、拱宸，所在祠宇，如天后宫、水星閣〔一三〕，經君之手，無不完固。杭自收復以來，士風振起，民力寬紓，皆君力也。

袁君爽秋紀其大者，凡二十八事。所謂籌教養者，此也。君淡於榮利，在同治間，左文襄特薦於朝，有『鉅細咸宜』之目。得旨，以知縣發往江蘇，後又敘功加同知銜。江蘇諸大吏皆敦勸出山，而君不顧也。然以受恩深，不敢膜視時艱，遇直隸、山東、山西、河南各行省偏災，浙省設局籌振，君必力任之。戊戌歲，元旦日食，君以天子且有減膳之詔，況在民庶，乃屏葷血，不御諸子，以有妨頤養力勸，不從，居恆與寒素無異。惟以圖籍自娱，所著有《讀禮私記》、《禮經集解》、《松夢寮詩初集》，皆毁於兵火；餘若《九思居經説》、《説文部目詳考》、《説文篆韻譜集注》、《二十四史刻本同異考》、《樂善録》、《于忠肅公祠墓録》、《善本書室藏書志》、《武林金石志》、《皋亭山志》、《宜堂小記》、《松夢寮集》、《北郭詩帳》、《西溪詩集》，皆藏於家；其已刊行者，《西泠四家印存》一〔一四〕卷、《師讓盦漢銅印存》一卷、《北隅贅録》、《續録》各二卷，《續河東櫂歌》一卷，《三塘漁唱》三卷，《庚辛泣杭録》十六卷，又《菊邊吟》一卷，則去年病中作也。吴退盦先生爲武林老輩，有《國朝杭郡詩輯》，其孫仲雲制府又有《續輯》，君廣其未備而爲《三輯》，推之前代而爲《歷朝杭郡詩輯》。又因吴志上先生《武林文獻》殘本重加增補，爲《内》、《外》二編，杭人之文爲《内編》，文之爲杭地、杭人作者爲《外編》，皆行於時。君天性篤厚，與兄竹舟君白首無間。其卒也，悽然不勝人琴之感。先是，洛耆公擬建宗祠，未果，君與竹舟君成之。舊譜毁，重輯之，杭紹先隴頽圮者修之。亂後，親族中未葬之棺以數十計，悉爲葬之。宗祠之右設家塾，課子弟羣從昆弟，皆視如同産。前巡撫譚公稱君爲敦本篤行之士，洵不虚矣。六十五歲時得痰眩之疾，時劇時差，逾二年，又患脾泄，光緒二十五年三月丙辰卒於家，年六十有八。凡三娶，曰沈，曰淩，曰陸，側室二〔一五〕，曰孫，曰王。子三人：長立中，光緒十七年舉人；次立方，次立亢，殤。女四人：延，適仁和陸氏； 恆，適仁和顧氏； 苓，適錢唐陳氏； 祺，未嫁，許〔一六〕仁和陸氏。孫一人，天佑。孫女一。

余既爲君立家傳，乃論其後曰： 杭城克復以來，三十餘年，湖山歌舞，粗復其舊。固由諸大吏振興於上，賢有司經畫於下，而拮据撠挶，心口交瘁，黽没從事，使公私交受其益者，則君一人也。君有官不赴，伏處鄉里，而惠澤被乎四方，聲名動乎朝野，求之古人，未可多得。微論劉勝寒蟬不堪比擬，卽王烈陽城輩徒以德化其鄉者，亦不能尸居龍見若斯也。君臨終有詩云：『分應獨善心兼善，家守清貧書不貧。』夫子自道，得其實矣。

【校記】

〔一〕此傳有單行刻本（下稱《丁》本），用作校本。

〔二〕金，《丁》本作『錫』。

〔三〕江，《丁》本作『滬』。

〔四〕有，《丁》本無。

〔五〕乃，《丁》本無。

〔六〕『郭』上，《丁》本多『陸清獻公墓』。

〔七〕兩堂，《丁》本作『與育嬰三堂』。

〔八〕顧，《丁》本作『僱』。

〔九〕分設接嬰所，《丁》本作『廣爲寄養』。

〔一〇〕之四隅，《丁》本作『内外』。

〔一一〕『廠』下，《丁》本多『七所』。

〔一二〕　庚戌之春，《丁》本作『己丑之秋，浙西霖雨爲災，中丞崧公委君散賑平糶，盡發其粟。越九年戊戌春』。

〔一三〕　『天后』至『星閣』，《丁》本作『李敏達、阮文達、左文襄、蔣果敏』。

〔一四〕　一，《丁》本作『八』。

〔一五〕　二，《丁》本作『三』，并多『曰王』二字。

〔一六〕　許，《丁》本作『字』。

竇母張太恭人傳

竇氏有賢母張太恭人者，德輝君之配，而甸膏大令之母也。余嘗爲德輝君作《家傳》，及太恭人卒，甸膏又以請，乃採取其事實著於篇。太恭人幼而孤，育於舅氏，年十七歸德輝君。繼姑張太安人，性嚴厲，能得其歡，其舅玉春君，賢而才之，臨終授以田宅契券，曰：『吾兒豪邁，不屑治家人生產，汝好爲之。』其後，德輝君從河北鎮總兵董公討粵西賊，戰死大洞山，事詳余所撰《家傳》。太恭人聞變，慟欲絶，以繼姑老，三子幼，不敢殉。而是時家中落，仰事俯畜，取辦鍼黹，十指疲倦，右拇至不能屈伸。咸豐二年，粵賊大至，由氾水渡河，薄懷慶，日數驚，衆皆走。太恭人泣曰：『先舅窀穸未安，忍委之去乎？』乃渴葬其舅於先塋，而命其長、次兩子奉張太安人走太行山，投其外戚，自與幼子及一女居危城中。俄賊圍合，太恭人指庭前井曰：『若城破，吾母子了此矣。』已而，城破復完者三，閱兩月，賊退圍解。張太安人歸，見太恭人憔悴無人狀，持之泣曰：『苦汝矣。』自是姑婦喁喁若母女然，嚴厲之性，爲之一變。長子鎮山，即甸膏也，每自塾歸，必命背諷日間所誦書，書不熟，令再誦，已則坐織其旁，書聲機聲，丙夜不輟。甸膏入縣學，太恭人喜曰：『一衿不足道，所喜者，書香不絶耳。范文正爲秀才，以天下自任，汝雖不敢望范文正，然不可不存此志。』甸膏讀書，不沾沾章句之學，母訓也。及以知縣官江蘇，戒之曰：『一命之士，亦足建立功業，況百里宰乎！人貴自立，奚必以科第進？』甸膏先後兩攝上海、崇明縣，太恭人猶家居，以書戒甸膏，『勿以南中一珍物寄家』，以故，甸膏歷宰劇縣，且筦釐局，而志節彌厲，所至以廉能稱，兩江總督劉公保舉人才，甸膏與焉。光緒二十七年，甸膏權知武進縣，太恭人先是已就養南來，每問今日所治何事，所折何獄，聞處置平允則爲之喜。又嘗訓甸膏曰：『吾鄉有某某二公，汝知之乎？某公廉吏，今其後熾昌，某公貪墨，今無子遺矣，皆吾所親見，汝宜何從？』嗚呼，太夫人所見如此，洵賢母矣。是年秋，大水爲災，武進沙田之圩，決者百數。太恭人命倡捐以振之，甸膏奉檄濬三河，猶勗以水利所關，毋避勞苦。河工未畢，太恭人俄感疾，光緒二十八年正月甲戌卒於官舍，年八十。其六十歲時，已以節孝旌於朝，旋以長子官封二品。子三人，長鎮山，江蘇候補知縣，加同知銜，奏保補缺，後以知州用；次曰鎮海，候選縣丞；又次曰鎮河，陽武汛把總。女一人，適任氏。孫六人：鈞、鎔、銓、銑、錡、鍇。

論曰：河内竇氏，自英烈公以來，家承忠孝，世兼文武。余既爲德輝君傳，而又傳太恭人焉，是亦吾文字之光矣。太恭人賢孝儉勤，始終如一，守節歷五十餘年，卒膺多福。聞其生平嗇於己而厚於人，雖當匱乏，寸絲粒粟，不以累人，而人有所求則應之，惟恐不給。其卒也，内外親黨，無不稱賢。甸膏稟承母訓，以爲官箴。《中庸》言，治民必先獲上，而推獲上之道，必由於順親。理固有一貫者歟？余於甸膏徵之矣。

仙槎曹君傳

君諱某，字仙槎，曹氏，浙江錢塘人。幼穎異，年甫五歲，其大父聖期君臨終，撫其頂，謂君父永銘君曰：『此兒必成器，善視之。』年十二，詩文斐然可觀，僉謂：『應童子試必得當。』而是年粵賊陷杭州，不得試，全家轉徙至溫州。有盜夜攻其家，君謂永銘君曰：『事急矣，盍以所有藏花盆中，或可免。』從之，盜搜索，竟不及，所藏者皆金葉也，直白金二千。其後由甌而閩，而臺灣，而復歸於杭，咸賴有此金。時君甫十三歲，其知慮過人已如此。既歸杭，永銘君以君爲才，而君之伯兄玉繩君又終歲居婦家，乃命君筦家事。一家食指數百，事極煩宂，七年之内，自娶婦沈，又嫁其女兄弟於張、於葉、於徐，從其後母李太宜人之意，資遣甚豐。永銘君年六十，李太〔一〕宜人年五十，皆張樂設宴，招集親朋，所費不貲。而又佽助族姻，矜卹孤寡，有所求，罔弗應。計所入不過千餘緡，出則倍蓰，不得已以田宅質於人。君念此非美事，不可以累父兄，且使異日稍贍足則以己貲贖而歸之，并不必使父兄知，故所署契券皆君名，此君用意之深厚也。無何，家益貧，度坐守將不支，乃言於永銘君，使其兄玉繩君治家，而自至上海，大營貿易之事。其爲業三，曰絲、曰綢、曰人葠，躬自規畫，皆獲厚利，幸較所贏，補家中不足有餘矣。俄受洋商之累，絲數千捆折閲殆盡，乃又大窘。其時人所存款在絲棧者尚二萬金，或爲君謀，宜匿之。君不可，悉招其主來，算結而後歸。君在滬時，曾納貲以鹽場大使分發福建，乃於光緒三年赴閩。

甫至，即條陳船政事宜十有二，又請招商開澎湖煤礦。當事者韙之，然不能用也。旋奉差至臺灣。臺灣縣白君申請留臺，以勞績保加知州銜。俄永銘君卒，君聞訃歸，一慟幾絶，自是絶意仕宦矣。李太宜人以玉繩君雖筦家事，而居婦家如故，有所取求，輒不稱其意，議仍以家事屬君。君執不從，乃分一歲所入而二之，以其半歸之玉繩君，而已與母若弟衣食所需，均取之所餘之半，議者皆以爲過厚，而君竟行其意。李太宜人卒，玉繩君惑於浮言，欲求益於所得之外，且曰：『歲入之款，本於田產，田產之數，存乎契券，兩弟有之乎？如無契券，絲粟不得擅取。』蓋知前此之已質於人，其未質者皆在己手也。君泫然曰：『吾兄素長厚，今若此，必有搆之者。請兄仍食其半，我與季弟應得之半，暫存某君處，爲他日殯葬大事之用。』謂弟步洲君曰：『設無先人遺產，吾與若能不自謀生乎？人貴自立，無斷斷於此。』步洲君亦從之居數年，度所積已數百金，乃亟爲先人營葬事，而所擇之期爲寅日寅時，與君生於申年申月俗所謂『六衝』也，咸曰是宜易，君不聽，卒亦無他。然是時家釁猶未已，乃謂子樹培曰：『汝以館穀自贍，我將遠出，家中所有，聽伯與叔分之，汝勿取分文也。』君襆被出門，歷五年之久，無定所。及樹培舉於鄉，君在甬上聞之，始一歸，爲摒擋北上事。事竟，又欲行，樹培諫而止，玉繩君亦自悔，仍如前議，以半歸君與步洲，而兄弟友愛如初。五十歲時，樹培將爲稱觴，不許，固請，始許之。然至戚之外，不見一客。時君喪耦，垂三十年，樹培請蓄姬侍，供扶持抑搔之役，竟不之從，獨處終其身。中歲後有喘疾，亦不甚劇。光緒二十七年六月，疾發旋止，爲步洲君之女平章姻事。婚有日矣，十二月初三日乙未，晨起，痰忽上湧，然神識不衰，料量姻事如故。越日丙申夜子時，忽語樹培曰：『逾一時，我將去矣。』言已，端坐閉目，不復有言。丁酉日加子遂卒，年五十有四。君以家境屯邅，少時廢學，然經史大義，無不通曉。故父子、兄弟、夫婦、朋友間，處之曲當。平時舉動不苟，寢室中器物皆有定。所性耿直，又和易近人。通音律，雖偃蹇困厄，而歌嘯自得，蓋其所養然也。妻沈宜人，早卒。子一人，樹培也，光緒二十年舉人，二十七年報捐江蘇直隸州州同。君謂之曰：『此舉人就職之本班，尚非僭越，異時能成進士固佳，否則藉此博升斗，亦爲貧而仕之義也。』樹培儒雅有榦才，大府皆器重之。余往時主講詁經精舍，樹培奉檄來監院事，故與相識。狀君事實，請爲家傳。因採其大略著於篇。

論曰：君懷奇負異，而終身鬱鬱不得志。其少時學已有成，因遭亂流徙，不得以科目進。去而操懋遷有無之業，又敗於垂成，一蹶而不復振。及以一官至閩，所建白頗爲當途所重，終以落落難合，不克有所設施，豈非命歟？然君晚年逌然自適，不以榮落動其中，而其子又才而能文，他日捷南宮，登玉堂，成君未竟之志，君亦可以無憾九泉矣。

【校記】

〔一〕太，原本無，據上下文補。

惲中翰妻蔡淑人傳

惲季文中翰初娶於張，甫一年而卒，恆鬱鬱。其母戴太夫人冀得淑女以儷之，聞淑人賢，乃委禽焉。淑人姓蔡氏，浙江石門人。父樵坡先生，有隱德，母楊夫人，其生淑人也，異香滿室。三歲喪父，八歲喪母，育於兄嫂。兄仲然觀察，奇其妹，難其配，曰：『非嚴、徐、東、馬而兼陶、白、程、羅者，無輕問名也。』季文時猶諸生，廉吏之後，家故不豐。戴太夫人使人平章也，懼不當。而仲然則曰：『惲季文，真吾妹壻也。』一言而定，蓋天緣云。既來歸，事太夫人甚謹，寢門甫闢，已珊珊而至，立牀下，問起居，凡可以博太夫人之歡者，必委曲以致之。有薄怒，得一言則立解，娣姒聚談，或逞機警，恣諧謔，頷之而已。季文時年少氣盛，遇事或不能平，必多方譬解，至再至三，季文學識，亦因之有進。每夜讀，必刺繡以待之，至丙夜則自起瀹茗。季文喜吟詩，偶得佳句，淑人曼聲吟之，愛不忍釋，強之作，笑謝不能。體素孱弱，而安貧耐苦。每月支公中錢二緡，是曰月費，不敷甚鉅。淑人自幼善女紅，有鍼神之目，至是以所作鍼黹俾老嫗持而鬻諸市，以補月費之不足。謂季文曰：『君但讀書，無問室中事也。』其自奉甚儉，而或以緩急告，無不應。偶聞有斃於路者，拔金簪質錢爲之棺。有夫婦二人哭於牆隅，使問之，則浙之嚴州人，從其父商於邗，折閱而歸，歸而父死，有老母在家。淑人曰：『使此二人者流落吳市，則其母亦死矣。』百計營求，資遣之歸。季文謂之曰：『卿一舉活三人矣。』戴太夫人有妹歸姚君彥士，姚君時官鄂臬，戴太夫人送幼女嫁姚君之子，於是季文及淑人亦繼往焉。姚夫人甚愛淑人，使勷家事，署中上下百數十人，咸稱淑人賢。嗚呼，淑人之才，於此可見，使天假之年，異日佐季文治内政，雖古賢婦，何以加茲？未幾，淑人舉一子。先是，有獻議者曰：『家僅中人產，生子宜自乳。』然先後築里，皆不能盡用此議，而淑人則謹如約，竟以自乳其子，積勞成瘵疾，逾年而卒。季文至今哀之。一夕，夢見淑人徘徊泉石間，曰：『妾住瓊崘，距此遠。今游西泠，歸遲，君於横塘幸相遇耳。』所謂瓊崘者，固不知何處，即横塘風景，亦所不識，殆非姑蘇城外之横塘也。乃繪《横塘追夢圖》，屬余題詩，并請爲之傳，因紀其都較焉。淑人生於咸豐二年六月乙酉，卒於光緒六年七月己巳，年二十有九。以季文官内閣中書，加級封淑人。生丈夫子一，曰福麟，縣學生，以郡丞官浙江，僉曰才，淑人可謂有子矣。卽曩時所自乳者也。

論曰：余讀惲簡堂先生《大雲山房文集》，有《亡妻陳孺人權厝志》，盛稱孺人之儉而勤。今觀淑人所爲，其亦近之矣。陳孺人雖不永年，年猶三十有九，淑人則更短十年焉，宜季文之久而不能忘也。雖然，陳孺人生子女皆不育，而淑人有子，子且才。修短，數也，苟有賢子，亦可無憾矣。余竊以此爲淑人喜，并爲季文慰也。

孝婦王宜人傳

自宋儒有『餓死事小，失節事大』之説，而婦女遂多以節見。國家敦崇風化，以節婦旌者，歲無慮百十人。然旌節必兼及孝，孝固尤重哉！婦女既移所天，則亦宜移其父母之孝以孝於舅姑。《内則》云：『婦事舅姑，如事父母。』而求之恒情，則往往難之。今乃得之於王宜人。宜人錢唐人，父武錫，嘉慶某年舉人，歷官台、處，兩屬教諭，後以知縣候闕於江蘇。宜人生時，其祖方官順天府府尹，故宜人生於京師。兒時，其祖母歿，哀慟如成人。年十七，歸鄞縣張君旬玉。張君父槑叔先生，以文穎館校録，授青田縣學訓導，然多病，一歲病甚，幾不起。宜人謀於夫，同刲股肉，和藥以進，病良已。祖姑蔡孺人，嘗以節孝旌者，含辛茹苦，得咯血疾。宜人陰察其所欲，質釵鐶以奉之，孺人爲少愉焉。及卒，哭之如哭其祖母。俄而，其繼姑陳孺人卒，哭之如在家時哭其生母。槑叔先生有五女，宜人來歸時，三女已及笄，二女尚幼。宜人撫視之，若同產然，及當嫁，則出匳中嫁時衣餙分以貽之。已而，琛叔先生應鄉試，中副榜，調授新城縣學教諭，病久益衰。以宜人夫婦分主内外事，事畢治，旋爲夫弟授室，築里之間，亦若同產然。娣婦舉一子，曰慶堂，童時匍匐入於水，惟宜人獨見之，倉卒不及號呼，自投水中，負之以出。嗚呼，惟孝故弟，孝且弟，仁也，仁斯勇矣。及琛叔先生卒於官，宜人與張君治其喪，其哀慟若在家時之喪其祖若父。然則《禮》所謂『事舅姑如父母』者，宜人允蹈之矣。同治元年，族黨鄰里狀其事實，達於臺司，以孝婦旌，如律令，亦公論也。其長子家相，早卒，遺一子曰傳芬。次子錫蕃，廩貢生，議敘中書，加郎中銜，生一子，曰傳心。聞錫蕃亦至孝，宜人病，一夕三起。其婦葉侍湯藥惟謹，皆宜人之素以身教也，然亦天之所以報其孝矣。余因次弟其事，附其家乘，以存其人。用太史公《伯夷傳》例，論卽具於事中，故不贅論也。

孫女慶曾傳〔一〕

孫女慶曾，生於同治四年，歲在乙丑，故小名曰牛。既長，内人姚夫人曰：『牛非美名也。』牛性最順，改名曰順，其後又名之曰慶曾，字之曰吉初，而余輩呼之，則仍曰順。嗚呼，孰知順之一字，乃其所以死乎？慶曾生四五歲卽識字，又數歲，喜誦詩，偶效爲之，頗亦成詩。性最柔順，雖婢媪輩不忍拂之。其弟陛雲，後三年生，姊弟嬉戲，從無違言。吾次女歸許氏者早卒，有一子二女寄養吾家，又吾長女適王氏者，有二子三女，亦時至吾家，慶曾視之，皆若親昆弟姊妹然。後吾孫陛雲娶婦彭氏，慶曾與彭相得，亦若親姊妹然。處室二十餘年，從未聞一忿言，見一厲色。余笑曰：『此所謂順之至也。』彭剛直公每過吳中，必至余春在堂，見慶曾，甚愛之，謂其母曰：『此女極佳，然宜慎擇壻，無令受委曲。』光緒十四年，年二十有四，歸上元宗舜年爲繼室。舜年字子戴，年少有才，其父湘文觀察，仕浙有能名。是年子戴舉於鄉，來就婚於吾家，余製大金字八，縣樂知堂東西兩序，曰『金榜題名』『洞房花燭』，見者豔之。慶曾初至宗氏，其姑遇之，頗有恩禮，久之浸薄。一日，有貓踐死於庭，不知誰何也。或則譖於其姑，謂慶曾爲之。乃呼至前，擊案大罵，慶曾不辨，承以微笑，則又怒曰：『吾方怒汝，敢笑邪？』罵益甚。乃斂笑敬聽，俟罵畢而歸，從嫁婢媼問何不一辨，曰：『姑方怒，何敢辨？且吾足何能踐死貓，此不待辨者也。』嗣後習以爲常，無日不詈。然歸至家，從不與其母言，諸中表姊妹偶聞之於婢媼，欲詰其詳，則泫然曰：『吾爲人婦，不能事舅姑，忝吾祖矣，尚可説乎？』坐是鬱鬱成疾，月事不行。或曰孕也，或曰病也。其從嫁之媼則言，實小產二次，有一次已成形質，亦未知信否。姑甚望得孫，爲子戴買一妾，而誤買倡家女，有惡瘡，百計醫治，遲遲不納。湘文問故，詭言慶曾不容也。湘文怒呼慶曾至其治文書之室，大罵之。慶曾曲從姑意，竟不自明。二十一年九月，偕子戴來吳下，子戴去，而慶曾留相依者一載，及去年冬，從子戴以去。時湘文權溫處道，駐溫州，溫瀕海，惟輪船旬一往來。子戴旬必一書，而慶曾無書，惟於子戴書尾附數字而已。五月二十一日，子戴書來，云：『前數夕，共坐榻上，言有某事某事，宜爲我了之。問何遽及此，曰偶然記及耳。十一夜，至其室，談笑甚歡。明日日加午，往視之，則僵臥牀中，面發青色，口不能言。大驚，召醫治之，不能處方，疑其吞服鴉片，如法灌救，亦卒無效，日加申遂死。』嗚呼，慶曾之病，醫家所謂瘵也，無不死法，亦無驟死法，其不死於病，無疑矣。年三十有三。三年前，曾作絶命詞，又私謂歸王氏之表妹曰：『輕生非禮也，吾儻得免乎？』至於今竟不免焉，殆必有大不得已者乎？余謂慶曾，自處室及適人，惟一順字而已。逆來順受，順也，卽不得已而死，亦順其道而死也，故曰順之一字，乃其所以死也。所作詩詞，多不存稿，擬蒐輯而刻之，與吾次女《慧福樓幸草》並附吾《全書》以行。嗚呼，此亦何益於死者邪？彭剛直言，無令受委曲，竟委曲以死，余負慶曾矣！

五月初八日，子戴與吾孫陛雲書，慶曾附書紙尾云：『姊同啓：朱喜何病而死？』朱喜者，吾家老僕，一月前病死者也。然止此一語，無上文，無下文，頗怪其鶻突，亦笑其草率。嗚呼，孰知此乃一篇苦心結搆之絶妙文章乎？蓋書此時，距其死止三日矣，臨終絶筆，書一『死』字寄家，而此『死』字，竟頗難安頓，因借朱喜之死書之，『死』字之下，更無一字，若曰『一死而已，無他説矣』。『何病』二字失寫，而添注於旁，想寫此時，萬箭攢心也。因附識傳後。

【校記】

〔一〕此篇又見於《春在堂襍文六編》卷十末（彼處書口僅刻『襍文六編』，卷數、葉數均爲墨釘），用以參校。

〔二〕竟，《春在堂襍文六編》卷十無。

〔三〕之死書，《春在堂襍文六編》卷十作『言』。

春在堂褋文六編卷三

少蘭翁君傳

君諱傳煦，姓翁氏，湖南善化人。福建鹽法道、署按察使蘭畦公之長子也。其世系詳余所撰蘭畦公《家傳》。君兄弟二人，分父之字以爲字，故君字少蘭，而其弟傳照則字少畦。後君在閩寓闢一齋，少蘭名之曰『魯』，君大喜，曰『甚善，甚善』，遂自號魯齋云。君之生也，蘭畦公方爲福建莆城縣丞。生八日而粤賊石達開自鉛山來犯，公率兵拒之於二渡關，母高夫人在署中。或傳兵敗矣，乃以君付乳媪，命速從其夫去，而自握印，挈二女坐井闌，曰：『賊至，則同死井中矣。』已而公戰大捷，賊退，乃始營求，得君於四十里外，繈褓中經歷大險，竟無恙。稍長，課之讀，讀不能多，然能闇記，終身不忘。六歲，懸腕書大字，十一歲作小楷書，十二歲作草書，皆深得古法。蘭畦公甚奇君，嘗問：『汝知我作官樂乎？』曰：『百姓樂便樂矣。』公笑而頷之。十五歲，代父作書札，曲盡事理。光緒六年，母高夫人病危，君每日步禱於烏石山之神，神廟在山巔，風雨寒暑無間，午夜則露跪中庭，望北斗叩頭，求延母命，如是者一年，母病竟愈，人以爲孝感。其明年，兄弟同回楚應試，聞鄉里間貧户多溺女者，君惻然與少畦謀，以是年所入田租，益以行囊所齎，得錢如干，凡生女貧不能舉者資助之，居一年，活女嬰六十有餘。卞頌臣中丞聞而嘉焉，書『爲善最樂』四字贈之，非君意也。中丞因是創設救局於長沙城中，君亦蠲金以成其事，計其金值穀千石。中丞將聞於朝，請以『樂善好施』四字旌其閭，君辭甚力。中丞曰：『吾且成其高。』遂已。其後中丞督閩浙，君適仕閩，未嘗以一牘相干也。八年，蘭畦公卒於位，九年春，高夫人又病，乃使少畦奉公喪，航海歸，而君奉母陸行。至浙之衢州，母旋卒，少畦又奔赴，與俱歸，治葬如禮。既免喪，與少畦家居，家中藏書甚富，夏必曝之於庭，立烈日中，不知熱，雪夜屋漏，數起守護，不知寒。人問：『何自苦乃爾？』曰：『吾父以授弟讀者也。』少畦請編緝家乘，君則大喜，曰：『吾弟此舉，可謂有志矣。』居久之，少畦以貧故，勸君仕，不聽，勸之益切。君初以蘭畦公助晉振移獎得場大使，乃遵海防例，以遇缺先注選籍。光緒十六年，選授福建潯美場大使。場官故與胥吏朋比，若左右手，吏亦不知官尊，視若雁行然。君初任事，有吏魁用敵體禮來見。閽者白，某人拜會。君怒曰：『吏也，敢爾邪！』命翼日堂見，羣吏皆聳。而君治事，寬嚴相濟，定各哨功過賞罰章程，無不悦服。商船渡海，例給驗符，雖至丙夜，必起爲鈐印，不使留待明晨，曰：『無誤其順風也。』鹽船持照配鹽，或船至照未至，許其自陳，如數配運，曰：『無使徒糜旅費也。』鄉間載薪來售者，出口必令繳半課，君曰：『無鹽，何課也？』如不裝鹽，免其繳課，民皆感之。初永春之民以新章計口銷鹽課，增民病，有陳拱者，以此倡亂，煽惑甚衆，負販之夫，麕聚於一村落中，曰林井，抗不納課。君單騎馳往，以禮延見其父老，出條教二，嘉其守法者，而戒其違者，人心帖然。又訪知蕭下鄉販私者以某某爲魁，名捕得之，械而巡於市，一時改業者甚衆。君在官，不受分外一錢，除夕檢囊中，止存錢千，笑曰：『以此度歲，清且閑矣。』有方豹侯者，舊受蘭畦公恩，知君貧，以百金餽，不受。因以書告少畦，曰：『擜搨萬難之時，力卻此金，老兄亦可謂懸厓勒馬矣。』少畦以君爲場官，無可展布，徒博人稱廉吏，亦無謂也。乃賣田爲君捐輸，開原缺，以同知候補。去潯美日，民皆執香送輿，前後相望。而曩時用敵體禮來見之吏，亦叩首車下，走送八十里而後去。君入都引見，還及滬，少畦亦自湘至滬相見，論吏治，得六十四則，是曰《書生初見》。其年冬，少畦亦以知縣仕江蘇，君初不以少畦出山爲然，蓋曩時乆書留與弟讀之意也。然少畦之才，實已可仕，亦不固止之。與少畦書，封題『二弟爲國爲民』六字，其兄弟相規切，異恒情遠矣。既至閩，奉檄充鑪市釐局委員。其地距省遠，釐亦極微，君訪求積弊，裁汰陋規，徵收逾額，而私用奇窘。又水土甚惡，從者病，有死者，君歎曰：『昌黎之詩不云乎，「致汝無辜由我罪」。』并前官僮僕死於是者而薶葬之，籌經費以祭之。嗚呼，可謂仁矣。既報滿，受代還省，逾半年得閩安分局之差。而忽聞少畦在鎮江大病，航海來視，止之不可，及至已愈，而君忽大嘔血，十數盂皆滿。先是，君家居時曾患瘧，自首達踵，浮腫若瓠，圅溗皆絶，醫者謝不爲。少畦禱於神，請以身代，已而果愈。少畦謂：『神允其請，預爲死計。』而亦不死。然兄弟兩人自此皆善病矣。君嘔血凡十餘日始稍止，少畦諷君改官近省，君以幸官先人遺愛之邦，不忍棄，仍至閩。閩督邊公寶泉，及鹽道余公聯沅，皆甚重之，命筦泉永官運總局，兼理安溪、永春。永春乃蘭畦公舊治也，君喜曰：『吾得拜永春民建之翁公祠矣。』然又歐血，血止又患瘧，少畦每日必禱於神，申以身代之請。君時劇時瘥，力疾至泉州，書數語寄少畦，曰：『沿途辛苦，果如所料，瘧又作矣，此絶筆也。』光緒二十二年十二月庚寅，卒於泉州，年三十有七。君凡事退讓，若不勝任，而任事之勇，壯夫不能奪。其言呐呐然，而他人百思不能易其言。性好施與，見貧者必賙之。或曰彼僞耳，君曰：『皆疑其僞，則窮人餓死矣。』在家時，有湘陰令忤上官，調辰溪，虧帑鋃甚鉅。君僅與一面，聞其語所親曰：『廉名吾不忍敗，有死而已。』乃質田得二千金，又貸於人得二千金，代償之。方書田券時，有奔告者曰：『辰溪之檄又撤矣。』少畦目視君，君若不聞者，書券如故。在閩時，有同官素不相識，卒而無以斂，君質衣得洋錢十易錢萬，使人與之，餘錢數百，買水仙花二盆，繼而悔曰：『何不卽以餘錢畀之乎！』妻徐宜人，有賢德，生子三。長家琦，次殤，其三卽生於君卒之前三日。少畦曰：『猶有天理，此子必昌。』名之曰家理。女子子四，存者一，曰佩珍。

論曰：君爲人惟守蘭畦公遺訓，以忠厚樸實四字自勵。嘗曰：『官是身外物，名是終身事。若有官而無名，是求榮而反辱。』嗚呼，以君之志而又濟之以才，使天假之年，功業當不在蘭畦公下。乃未及四十而卒，是可悲矣。君與少畦，兄弟之篤，爲當代所罕見。余爲君傳，兼以塞少畦之悲，且願少畦善自愛，勿令蘭畦公之後竟無繼者也。

傅君江峯傳〔一〕

君諱岱，字應谷，其家譜名廣佐，應試易今名，傅氏，浙江諸暨人。所居在邑東南，曰梅嶺，有谿山之勝，因又自號曰江峯。昆弟五〔二〕人，君居次。父以子衆，議異爨，屢諫不從。分居之後，仍與諸弟從其父居。後其五弟歿，弟婦樓守義不嫁，有欲奪其志者，君力護持之，許以己子爲之嗣，事乃解。今樓已五十餘，且抱孫焉。於是咸稱君孝友云。咸豐四年，以詩賦受知於學使萬藕舲先生，入縣學，十應省試不售，而文名藉藉，里黨間爭延課其子弟。歷主許氏、黃氏、斯氏、虞氏、徐氏、趙氏、周氏、陳氏，皆浙東巨族也。其教人爲文，論書理文法，細入豪芒，而君文章敏捷，嘗一日成文十篇，同人驚爲宿構。有二子，曰振海，曰振湘，晚年每挈之自隨，而親教之課程，極嚴，然又謂之曰：『讀書以變化氣質爲貴，有以讀爲讀者，有以不讀爲讀者。春秋佳日，山水勝處，禽魚草木，皆文章也；釣游風詠，皆學問也；拘拘書囚，奚爲乎？』梅嶺之下，有地曰雙溪，君每往釣於是，語二子曰：『不在得魚，臨流小坐，最足養人性靈耳。』振海嘗搜輯邑中先輩遺詩，將刻以行之。君曰：『兒志非不高。然年少望輕，且以古聖賢爲己之學自勵，勿亟亟於此。』二子謹遵其教，皆有成立。及君歿，乃繪《梅嶺課子圖》，徧徵名人題詠，志永慕也。當粤寇之亂，避居鄉間〔三〕，歲饑乏食，儒流皆〔四〕束手待斃。君幼貧，習知穡事，乃〔五〕躬耕十畝以自給，雖老農謝不如。及寇平，曰：『聖主中興，吾儕可投耒矣。』仍歸梅嶺舊居，途遇餓夫數輩，予以錢，分以糧，資之使還，塗人感歎〔六〕。光緒七年某月日，以疾卒於家，年五十八。娶同邑杜氏，讀書通大義，助君教子。其子嘗言：『吾父之教嚴而寬，吾母之教寬而嚴。』可知其善教矣。子二人，振海，振湘也〔七〕。往年，潘繹琴學使續刻《兩浙輶軒錄》，振海奉君《梅嶺遺稾》一卷以進，學使爲采錄數篇。君詩文，不自收拾，存者無多，然有此亦足傳君矣。光緒二十三年，振海以選拔生貢成均，余歎曰：『梅嶺之〔八〕風遠乎哉！』振海肄業詁經精舍，師事余，請爲君傳。因據其所撰行述，掇著於篇。

論曰：宋永嘉李之彥著《東谷所見》一卷，自稱游歷五十年，教公卿大夫之子孫屢矣，教白屋之類亦多，是其人乃老塾師也。今君以文藝教授生徒，歷主諸巨室，《梅嶺遺稿》固宜與《東谷所見》並傳矣。然李之彥不聞有令子，而君二子皆賢，振海已名動公卿間，是又非李之彥所及也。國朝有《錢氏夜紡授經圖》，世稱母教，今《梅嶺課子圖》，父教也，二子尚無負此圖哉！

【校記】

〔一〕此文又見於《梅嶺課子圖題辭》（以下簡稱『《梅》本』）卷一，用作校本。

〔二〕五，《梅》本作『六』。

〔三〕避居鄉間，《梅》本作『君自姚江脱歸，途遇餓夫數輩，予以錢，分以糧，資之偕還。時』。

〔四〕皆，《梅》本作『多』。

〔五〕『乃』下，《梅》本多『於荷阪藍田間』。

〔六〕『仍』至『歎』，《梅》本無。

〔七〕『子』至『也』，《梅》本無。

〔八〕『之』下，《梅》本多『遺』。

蔡節婦傳

蔡節婦戴氏，德清人。父戴田邑，諸生也，母沈節婦。生而嚴重，自始齔至成人，不一窺外户。年十四歸於蔡，其夫蔡篤慶，亦十四歲，早喪父母，育於祖母，故自幼失教，無恆業，終日惰游，距躟市廛，夕或不歸。至十八歲，一朝走失，偵探無蹤，或曰死矣，或曰猶在某所，然其人則竟絶。祖母老而多病，家又貧也，婦撳揭奉之，既殁乃歸依母氏，藉女工自活。咸豐十年，邑陷於賊，婦走匿鄉間，幸不死。亂定而返，以祖姑及舅姑皆野厝未葬，積鍼黹所得，具藁梩而掩之。終身布衣蔬食，葷血不入口。時兵火之後，暴骨如莽，游魂無依，魖𩴾求食。婦爲持誦佛家經呪，輒有驗。自失所天，守節垂四十年而終，傳者不言卒於何年，亦莫知其年如干也。

論曰：自古至今，稱節婦者夥矣，然皆夫死守節者也。蔡節婦於歸四載，孀居終身，而實未得其夫死耗。唐李德武妻裴氏以夫徙嶺南，宋周渭妻莫氏以夫避地北去，皆煢苦獨居，時稱節婦。然彼二人者，其夫皆復歸，與完聚。婦煢苦殆有過之，而夫竟不歸，嗚呼，是尤可哀矣。

西圃潘君家傳

君諱遵祁，字覺夫，别字順之，自號西圃，潘氏。其先自歙遷吴，世爲吴著姓。君爲榕皋先生之孫，理齋先生之子，世系炳然，可無述焉。道光六年，君與弟補之君同入吴縣學，逾二歲，以高等補廩額，又逾歲，爲道光九年，榕皋先生年九十，重赴恩榮宴，賜四品卿銜，海内歎羡，稱盛事焉。俄，理齋先生卒，越明年，榕皋先生又卒。君承祖命父命，與補之君謀捐田千畝，請於從父文恭公，建立松鱗義莊。自始祖唐歙州刺史逢時公以下，咸秩祀之，族之人，昏喪皆有助，生子予之餼，子能讀予之師，不能讀予之業，讀而成名，獎助尤厚，潘氏科名甲吴下，由君振興之也。宏綱瑣目，皆其手定，至道光十七年，始臻厥成。是歲也，學使者錢唐龔文恭公，以君充拔貢生，明年入都，居從父文恭公圓明園賜第，與星齋、紱庭、季玉羣從昆弟互相劘劇。及朝考，羣公皆擊節欣賞，而以詩末聯見擯。詩題爲荷珠，君嘗閲《日下舊聞考》，知禁苑有御題『𦡀院風荷』額，故於末聯用之，而閲卷者或未之知也。君初不以悔讀《南華》

爲意，南歸，道泰安，登岱，觀日出，請舅氏汪鐵樵先生爲繪《岱頂看雲圖》。未幾，以拔貢生就職訓導，由訓導捐内閣中書。二十三年入都供職，應京兆試，中式。二十五年成進士，改庶吉士，二十七年授編修。才望既崇，門第又盛，僉謂跬步公卿矣，而君淡於仕進，卽有歸隱之志。時補之君亦官中書，所寓曰涵青閣，朱野雲山人鶴年舊居也，僻在城南，隔絶塵壒，樂其清曠，居此銷夏。八月卽乞假歸，自鐫小印，曰『四十歸田』，自此不復出矣。姑蘇繁華，爲海内最，而山水之勝，則在郡城西南數十里外。君厭城市之諠呶，喜山林之幽寂，夫人汪氏，亦有同志，乃於鄧尉築香雪草堂，又得宋楊逃禪老人《四梅花卷》，卽於草堂西偏築四梅閣，春秋佳日，逍遙湖山，青鞵布韈，望若神仙。錢唐戴文節公爲作三圖，曰《山居圖》，曰《四梅閣圖》，曰《湖山偕隱圖》。玉堂天上之思，久已不置懷抱矣。二十九年，吴中大水，君倡捐以拯災黎，親至各鄉，稽夫家籍户口，見貧民無力養牛，牛羸且死。乃糾合同志者，於盤門外青陽地設廠質牛，一牛千錢，與之質劑，而代之芻牧。水退，仍以千錢來贖，不取其息，極貧者，或量減之。凡養牛六百餘頭，於是牛皆獲全，而來歲農事得無廢。又設粥廠，以食餓者，一日釜中粥盡竭，或曰鬼啜之矣，君爲文祭之，皆笑爲迂，然自後粥竟不竭，蓋誠之所感也。君於是役，不遺餘力，後君恆有怔忡疾，實始此矣。咸豐三年，粤賊陷金陵，吴中戒嚴。當事者籌防籌餉，無一舉不謀於君，君亦樂爲之盡，而舊疾又頻發。補之君深念之，亦乞假南歸，君甚喜，於屋西闢地數弓，築屋數楹，種蔬蒔竹，署曰西圃，西圃之號，於此始也。集同人作銷寒會，得詩百五十篇，吴下自汪蕘圃倡興問梅詩社後，風騷久絶，惟君繼之。八年，補之君卒，君輟吟詠者半載。十年，蘇城陷，避居滬上，主蘂珠書院講席。同治二年，克復蘇城，君返，趨視先塋，則理齋先生之墓圮者半矣。君故有生曠在彈山之原，敬奉而遷焉，又迫於形家言，越四十日交立春節，不可遷矣。而大亂之後，物力雕㓒，撥挶經營，幸而集事。歎曰：『此舉不合古禮，吾不得已也。』事詳君所爲《遷先塋記》。當是時，江蘇諸大吏咸以善後之事諮訪於君。君曰：『修建文廟，其尤要也。』殿宇既建，而春秋釋菜禮樂闕如，爰集郡縣生於明倫堂，教之禮容，教之樂舞，如是五年，始復舊觀。君又曰：『豐備倉亦要務也。』初，林文忠公之撫蘇也，設豐備倉於撫署，出入皆官主之。至是乃請於郭中丞柏蔭，用朱子官紳共主之議，變通舊法，度地於元邑正三下圖，建倉儲穀，其餘錢則貸之質庫，而納其息。光緒二年，江北大旱，饑民渡江就食。詔發蘇州豐備倉穀及息銀各十之三以備振，凡發穀一萬三千石，錢一萬四千緡，全活無算。大吏於收復蘇城時，錄君前勞，請加獎敘。有旨，賞翰林院侍讀銜。及義倉之建，君在咸豐時曾捐田千八百畝，亦議追錄之。君悉以移獎族媦，惟輯《義倉全案》八卷，以存掌故而諗來者。他如籌備賓興經費，增加書院膏火，整理善堂章程，無不殫心力以爲之。而主講紫陽書院二十餘年，造就尤廣，選刻課藝，至十有七編，諸生中得鼎甲者三人，其入玉堂登賢書者，蓋不可勝數也。烏呼，君之功在梓桑，何其偉歟！君念七世祖以上，墓皆在歙，命從子鍾瑞歲往致祭，又念六世以下未葬者積百二十棺，皆爲卜地營葬。始建義莊，即修家譜，十七寒暑，克有成書，燬於兵火，重加搜輯，又閱四年，譜牒告備，可謂敬恭祖舊者矣。汪夫人於同治四年下世，偕隱不終，然香雪草堂至今無恙，戴文節三圖亦完好如新。君賦《還山詩》，有曰『天留茅屋老餘生』，溯自締造之初，在咸豐甲寅之歲，享山居之福，垂四十年，天之福君者，至厚矣。君工詩善畫，見一材一藝，稱道勿衰。晚年作吳中七老會，七老者，彭君慰高，顧君文彬，吳君艾生，蔣君德馨，吳君嘉椿，餘二老則君與從弟季玉也。君始多病，後讀《素問》、《靈樞》有得，乃益彊固，七十八歲重游泮宮，有詩紀之。光緒十八年六月丁未卒於第，年八十有五。著有《西圃文集》五卷、《詩詞集》十五卷、《題畫詩》二卷，此外詩賦及《衛生要録》、《節飲集説》各如干卷。配汪夫人，卽湖山偕隱者也。君有詩云：『老妻亦解幽居樂，催促移橈共入山』，可知其賢矣。側室鄭宜人。子觀保，以優貢生中式舉人，官至河南補用道，加按察使銜，賜花翎，二品頂戴，後君二年卒。上達，殤。康保，以舉人官浙江知縣，賜花翎，補缺，後以知府用，先君卒。惠吉，殤。敦先，優廩生；睦先，附學生，並議敘中書科中書。女四人，孫十五人，曾孫九人，曾孫女四人，元孫、元孫女各一人。子孫曾元，凡四十人，亦云盛矣。詳戴家乘，不備書。

論曰：　君之生也，榕皋先生讀《左傳》，適至『祁奚請老』，故以命名。然祁大夫老而致仕，君四十歸田，古今人何必同乎！余與潘氏，有世講之誼，蓋伯叔行也，而又爲丁酉同年。君折行輩而與交，嘗以香雪草堂屬爲之記，故知君最詳。兩中書君請爲家傳，書此以應之。君於諸子已仕者，必以嚴刻爲戒，未仕者，先教以立品。嘗述理齋先生遺訓，曰：『處世以謙和爲主，居家以勤儉爲主。』此名言也。學問淹雅，品行純粹，宜其獲福於天之厚矣。

翰林院侍讀學士絜齋吳君傳

君諱寶恕，字子實，一字翰文，晚年又自號絜齋。姓吳氏，江蘇元和人。祖廷琛，嘉慶七年進士，殿試第一，歷官雲南按察使，内用四品京堂。父思樹，道光五年舉人，廣東樂昌縣知縣。君幼而力學，年十七入縣庠，十九補餼額，五試南闈，屢薦不售。粵賊之亂，奉樂昌公轉徙而至海門，仍不廢學。同治元年，應順天鄉試，中式，明年南歸，以海門卑溼，奉樂昌公遷於滬，而樂昌公已病，未幾卒。時蘇鄉比年大熟，乃倡餉捐之，議其章程，皆君手定。及居堊廬，蘇士大夫強之出，始終其事，得餉百餘萬，軍需及善後事皆辦。而諸業户亦稍有所得，亂後藉以生聚，君之力也。四年，清水潭決，民蕩析離居，渡江而南，就食於蘇者，二萬餘人，主其事者，君與今湖南巡撫清卿吴君也。君居鄉時，其行誼已如此。蘇城之復也，蘇撫、今相國李公敘君籌餉功奏，賜鶡羽翎，旋納貲爲員外郎，分户部山西司。七年，應會試，中式，以二甲第二名進士改庶吉士。君以樂昌公及母徐太夫人皆不及見，痛哭累日。十年，散館，授編修。十二年，充陜甘正考官。光緒元年，大考翰詹，名列第一，超擢翰林院侍讀學士，充廣東正考官，旋拜學政之命。廣東富庶，爲東南行省冠，豪右之族，每望子弟列名庠序，以爲光榮，俗尚相沿，雖仕宦世家亦挾其勢力百計營求。而浮浪姦人，又借闈中姓氏，爲博塞之具，得失既重，情僞益滋，甲名乙應，張卷李作，縛蟹扛雞，名目詭異。君點閲名册，審察年貌，試卷逾萬，躬自衡校。有某教官，冒名入場，按治如律。童生覆試與正場不符，除名改補，雖遇貴游，不少徇顧。於是士林悦服，而不逞者嘖有煩言矣。二年，命仍留學政之任。君守法愈嚴，而憾者亦愈甚，適某臺諫之弟以覆試被黜，某即摭拾不根之事，列款參劾。時君已將報滿矣，有旨下廣東督撫察覈。廣督劉公坤一素重君，將力白其誣，俄調兩江而去，後人重違言者意，姑坐君按試嘉應州時不應往拜其父私祠，下部議，降三級。初樂昌公之仕廣東也，曾攝嘉應州，有惠政，既歿，而民私祠之，及君至，士民皆喜，請君謁祠。君辭之，不可，屏騶從，往拜焉。嗟乎，以是坐君，則他無可坐可知矣。君既歸，益務爲善，親族以緩急告必應，他省有水旱之災必助之振。胥門外有林文忠所建牛王廟，收養老病耕牛，亂後堂廢，牛老則屠。君與顧子山觀察謀醵金重建之，蓋樂善不倦，仍如前居鄉時也。光緒十六年四月甲子，以疾卒於里第，年五十有九。娶謝氏，封夫人。子曾瀛，光緒八年舉人，先卒；曾濤，浙江候補知縣；曾沂，廩貢生；曾湛，出爲弟後，尚幼。女子子三，所適曰王祖錫，曰葉基琳，曰王祖詢。孫二：傳震，傳恆。

論曰：君以文字受知，由編修超遷學士，自以君恩深厚，不避勞怨，力圖報稱。孰知竟以此一蹶不振也，悲夫。然余聞君同鄉潘文恭公以請終養降調，當時以爲雖左遷，實榮遇也。君之降調，坐拜父祠，傳之青史，亦一美談矣。歸臥鄉山，身名俱泰，子若孫亦皆克紹其家，君又何憾乎？

賀君妻樊夫人傳

賀君妻樊夫人，爲故河南太守玉農樊君之女。樊君有女子子三，其次女爲余長子紹萊婦，其三女即夫人也。幼穎悟，讀書通大義，事父母以孝聞，處兄姊間，皆極友愛。其處室時，三黨已稱賢女矣。年二十三歸賀君。賀君名良樾，字仲愚，雲甫尚書次子也。夫人來歸，尚書猶官京師，夫人事君舅君姑，曲盡婦職，與姒婦同居無間言。越數年，玉農君卒於盂縣，夫人恐傷舅姑心，入室則泣血無聲，出則承歡笑，問寒燠，仍如平日。久而尚書覺之，謂其姑但夫人曰：『吾婦誠孝矣，茹痛於中，而不見於顏色，爲吾兩人故也。』然夫人隱痛彌甚，時適懷妊，血氣大亏，墮焉。其年但夫人又病，時兄公官江西，姒婦從之，惟夫人侍側，每至達旦，不歸私室，雖隆冬嚴寒徹骨勿顧也。又私禱於神，求減己算以益姑，然但夫人竟不起。夫人哭之慟，暈絶者再，嗣後仍事尚書於京師。尚書以内政委之，家事悉治。光緒六年，尚書解組南歸，就養江西，而仲愚亦以知府筮仕於浙。時余寓蘇州，歲必再至杭，大兒婦輒從之，與夫人敘兄弟之歡，甚樂也。夫人達於事理，仲愚或以疑難事諮之，罔勿決。十七年，尚書卒於其長君長蘆鹽運使署，赴告至浙，仲愚方雞斯徒跣，而夫人目直視，若無聞者，俄而色變仆地，久之，始得扶之起，又久之，始哭出聲，蓋夫人性至孝，又事尚書日久，故其哀痛一至此也。夫人故有喘疾，自此遂委頓牀第間，時劇時瘥，竟以不起。仲愚既免喪，仍官浙，二十一年，榷鹽於江西廣信府，夫人不能從，然每有使者至，必強出見之，曰：『歸告主人，我無恙，勿以内顧憂廢公家事也。』二十二年十二月己卯日加申，卒於杭寓之正寢，年五十有四。以仲愚加有鹽運使銜，故得加二級，封夫人。無子，女子子一，曰榮寶，歸歐陽氏，恆至余湖樓、山館省其從母，余亦見之，賢女子也。具事實，請余爲其母作家傳。余謂：漢郭輔之女爲其父立碑，今夫人之女能爲母作行述，亦金石例中罕見者也。尚書公與余爲同年生，而余家又與樊氏有連，棗栗脯脩，饋問無虛日。夫人之賢，固余所稔知也，又重以賢女之請，其忍違諸？爲之傳，繫以贊，其詞曰：

有齋季女，來嬪高門。禮儀媞媞，言笑溫溫。敬事尊章，靡閒晨昏。相夫以恪，御下以溫。靈蹤雖遠，淑範長存。永示凱式，留貽後昆。

江君嚴恭人合傳

江君諱文鳳，字補崧，别字聽濤，江蘇長洲縣人。乾隆中有諱雲者，以孝子旌，則君之六世祖也。

自高祖以下皆有聲庠序間。君生九歲而能文，入縣學後，陶文毅公、林文忠公皆深賞之，所與游者，如吳公鍾駿、董公國華、吳公嘉淦、潘公曾沂、陳公奐，皆同郡知名士也。屢應鄉試，不售，自三十六歲後，卽絶意科名，潛心實學，一以程朱爲守。然晚歲亦頗喜禪學，與潘公曾沂討論會一歸三之旨，喜而不寐。生平恆爲人排難解紛，成人之善。親串中有兄弟爭產成訟者，君微言諷之，卽爲罷訟，捐其所爭，歸於義莊。鄰有積欠租穀，謀鬻孀婦以償者，君以門人所餽束脩悉付之，事遂解，然是年幾無以卒歲。或誚之曰：『子其從井救人乎？』君不顧也。里中有育嬰、卹嫠、放生、惜字諸善舉，君爲之倡，則人皆樂從，由人信其無私也。道光季年，吳中大水，君建議開河道數處，使水有所歸，又勸民補種襍糧，人皆賴之。粵寇起，金陵陷，君曰：『大亂避鄉，古語也。』以甪里爲唐賢陸魯望故居，樂其風土，移家居之，無何，有蜀僧來與談内典，甚洽，僧期六年後再見。咸豐十年，蘇城亦陷，賊蹤四出。君招集鄉兵與戰。六月朔，賊大至，遂死於難。有人匿草中，見一僧負其遺骸至里東海藏寺，遂得成斂，竟不知僧爲誰，而距蜀僧之約，適符六年之數，然蜀僧亦竟不知何名也。年六十有六。生丈夫子四，湜、浚、浩、澄，皆能詩文，仕亦有聲。妻嚴，自有傳。

嚴恭人者，江者聽濤之妻也，諱德涵，字湘琴，江蘇元和縣甪直里人。年十三，已能佐其母治家政，及歸江氏，江故有中人產，至是益落。會將遣嫁兩小姑，恭人悉出己匳中物畀之，不少吝，且不使舅姑知，人尤以爲難。江君好施與，恭人輒贊成之，四十餘年中，佐江君主中饋，仰事俯育，心力俱瘁。粵賊陷金陵，江君欲遷居甪里，謀於恭人。恭人笑曰：『我能往，寇亦能往，未有城亂而鄉不亂者也。然爲子孫耕讀計，則居鄉自勝於居城。』於是遷居之議遂決。是時向提督之軍駐金陵城外，江南倚以爲重，吳中人士，多投其軍中者。有馬、陳二子，以書招恭人長子湜，湜欲往，恭人曰：『汝以書生談兵，庸有濟乎？』湜乃止。已而爲貧故，以末秩仕於浙。恭人誡之曰：『勿附權勢，勿戀名位，勿避患而趨利。文人巧宦，自古恥之，願汝勿蹈此習。』湜仕浙有聲，恭人之教也。厥後向軍潰，蘇城陷，馬、陳二子均死難，益歎恭人所見遠矣。蘇城既陷，恭人曰：『吾前言之矣，城與鄉同一亂，吾不免矣。』率其女佩棻同赴水死，時五月壬子也，先江君殉難十一日，年六十四。恭人之事舅姑如事父母，其事夫順而敬，其教二子寬而能嚴，其處眾以和，其御下也明而恕。能詞章，不輕爲之，無知其工詩者。嘗讀湜詩，歎曰：『詩已成家矣，然無溫柔敦厚之音，此子其不合於世乎？』又精於醫，蓋其父固名醫也，然亦不輕爲人處方，有親串就之診脈，退而語人曰，秋後死矣，果如其言。季子澄爲余言之，蓋恭人之德之才，均不可及也。澄官知縣，加級請封，故江君與恭人俱得四品封。

論曰：當江浙之陷於賊也，死寇難者不啻億萬計，有以忠義旌者，亦有淹没不著者。然如江君，篤行君子，恭人，女而有士行，雖非死難，亦足爲賢矣，矧江君慷慨就死，恭人從容赴義，尤卓卓可傳乎？余因湜之請，爲紀大略，附其家乘。江孝子之後，繼以忠烈，是足爲江氏之光矣。

少畦翁君傳

故福建鹽法道署按察使蘭畦翁公有賢子二，曰傳煦，字少蘭，曰傳照，字少畦。前年冬，少蘭卒，少畦請於余，爲之傳。今年春，少畦又卒，莫爲之請矣。其妻徐孺人，賢婦也，命其夫兄之子家琦登吾門而請焉。余既傳少蘭，安得不傳少畦？雖然，傳少畦難。蓋少蘭之卒也，少畦所具事實甚詳，故余得據而爲傳，今少畦之卒，余何從得其詳歟？然余識少畦有年，又辱居吾門下，雖不知其詳，固知其略。少畦自幼有大志，少蘭期望其弟者甚切，凡蘭畦公所遺書籍，必謹藏之，曰：『留以待吾弟讀也。』然蘭畦公故廉吏，歿無遺貲，弟兄以貧故，先後出仕。少蘭先以鹺尹官福建，而少畦亦以知縣來江蘇，入都引見，名重公卿間。翁叔平尚書甚器之，曰：『吾以族子目子，失子矣。』徐壽蘅侍郎與有連，亦深歎其才，及至江蘇，即以侍郎書求見於余，并出所著《書生初見》一書相質，所言皆通達事理，雖老於吏事者不能及。余爲序而行之，決其異，曰：『必爲吳中一循吏。』未幾，充洋務局委員，是局設於巡撫署，時撫蘇者，爲樂峯中丞奎俊，朝暮相見，乃大賞之。會倭事起，天下騷然，君發憤輯古兵家言二百三十則，自爲説一萬四千言，曰《醫時六言》，一曰將，二曰兵，三曰備，四曰戰，五曰奇，六曰守，或借古以喻今，或援今以證古，一時如李鑑堂、譚敬甫兩中丞，及安曉峯侍御，皆以爲切實有用之書。少畦憂時感事，一發之於詩，如《悲威海》、《悲旅順》、《悲澎湖》、《聞天津戒嚴》、《聞京師戒嚴》、《聞再議和》、《聞和議成》諸作，皆激昂慷慨，誦之使人於邑。樂峯中丞曰：『少畦以一縣令，而憂國憂民，如此誠哉，愚不可及矣。』愈重之，命筦鎮江上游釐局。時總理釐税者爲朱竹石觀察，而繼樂峯中丞撫蘇者趙展如侍郎也，觀察明敏，雖秋豪不能欺，趙公御屬吏亦極嚴切，然於少畦所上公事，皆無間言，依期幸校，有贏無絀。所居在儀徵縣之泗源溝，少畦樂其風景，賦《上游三十詠》，爲種柳百十株，以固江岸。勸儀徵令朱君於文文山祠旁設文山書院，以實學課士，嘗發地得石，有孤墓二字，立石以記之。又以餘晷修葺家乘，荒江老屋中，甚自得也。少畦在家時，曾以兄病禱神請代。少蘭愈而少畦亦無恙，然自此兄弟皆善病。上游地卑溼，居久之，得疾甚劇。少蘭在閩，來視之，未幾亦病，旋閩遂卒，語詳少蘭傳。少畦得信，與余書，請爲傳，語意襍亂，字亦劣不成行。余歎曰：『少畦危矣。』其秋，辭余回湖南卜葬其兄，年盡不歸。余以爲猶在楚也，今年正月，問之其寓，乃知其歸也帀月矣，途中卽得心疾，狂易失度。嗚呼斯人也，而有斯疾歟？光緒二十四年正月壬辰卒於蘇寓，年三十四。少畦雖嘗主榷會，身後無百金之儲，廉吏之子，又爲廉吏，宜其窮矣。生有一子，曰家銳，一女，曰鎔。遺腹又生子一，曰家鍠。少蘭之卒也亦然，何弟兄相似之甚也？所著書，惟《書生初見》、《醫時六言》皆行於時，此外遺稿甚多，大半皆與人書札，又有書數篇，曰《三生篇》，曰《無心篇》，曰《閑居篇》，曰《泣血篇》，曰《思過篇》，曰《奇遇篇》，曰《知己篇》，曰《益友篇》，曰《共命篇》，曰《同心篇》。惟《共命篇》爲兄少蘭作，《同心篇》爲妻徐孺人作，皆已寫定，餘皆不可讀。余惜少畦之才而不壽，又哀徐孺人之請，因爲之傳，冀有見於没世。若其家世，則已詳余所撰《蘭畦公傳》，傳少蘭已不書，傳少畦更不必書。

論曰：孝弟爲仁之本，而晚近以來，孝子十不得一，弟弟百不得一，如少畦者，其孝而兼弟者歟！事父事兄，人無間言。余甚喜其天性之篤，而其才氣又自過人，若稍假以年，必有以表見於世。方今時事多艱，人才難得，少蘭昆仲皆才而早世，嗚呼，豈獨翁氏之不幸歟？

胡君妻徐孺人傳

徐孺人名學衛，字漪娟，小名瑛，浙江會稽人。父樂善，江蘇候補知州。孺人三歲而孤，然在襁褓中，其父恆抱之而行於室，及長猶識之，并其父之容猶能彷佛焉。自幼明禮義，有才識，性耿介，志高亢，與恆情異。嘗侍其母疾，不解衣而息者月餘，雞初鳴，露禱於庭，請以身代，七日而母竟愈。兄弟間或有違言，孺人勸譬之，立解。故在室時已有賢名。胡君筱樓母臧孺人聞其賢，固請而委禽焉。時孺人年已十有六，母張安人豫爲治匳篚，備裝遣，無何，而其次姊甫許嫁，卽來娶，母以未辦辭。孺人請於母，盡舉所備者與之，及孺人嫁，簪珥裙襦，倉卒不具，孺人無慍色。年二十八歸於胡，時胡氏寓蘇，胡君至越爲贅壻，帀月將以孺人歸，張安人苦留之，孺人亦依戀其母，然竟從胡君歸。曰：『既嫁從夫，吾不敢私也。』既歸，舅姑甚重之，稱曰賢婦。侍姑疾如侍母疾，與胡君極相得，有過則微諫之，有恚怒則婉解之，胡君外出而歸，所作事，無鉅細必以告，無稍隱。胡君恃生徒修脯以贍其家，孺人以鍼黹佐之，自黎明至午夜，手不停鍼，無怨言，惟望胡君成名甚切。鄉試之歲，必勸之往，脱釵鈿供資斧，報罷而歸，相對淒然，然亦不以咎其夫，慰之曰：『是有命也。』家雖貧，不輕干人，其舅氏頗富於貲，不往也。舅氏則頻使人招之，曰：『使吾家婦女稍薰其德耳。』長兄潤芝，宦游粤西，次兄奉其母往。孺人阻之，曰：『吾兄薄宦，不足言祿，養母往，奚爲？』次兄不可，母往，而孺人遂與母永隔矣，至死猶以爲憾。其父之柩，久而不葬，潤芝寄貲，託胡君治窀穸之事。孺人方有身，與胡君偕，任其事，經營於風霜草莽中，浹旬如畢。胡君旋以客授吳門，與孺人俱來，節縮衣食，不賃用僕婢，井臼親之，爲胡君手製衣履，寒夜刀尺，十指皆皸。自奉極嗇，而祭祀必豐潔，先世惘忌，從不愆忘，爲其母斷葷血三載，以報劬勞，每逢父憂母難之日，終朝素食。此外，不佞佛，不信鬼神禨祥之説，卓然有士大夫之見。在紹時，族中某甲盜祭田質錢，爲某乙所持，胡君適在江西，田則與乙共者也，甲語乙曰：『與徐孺人俱來，吾償若錢。』孺人偵知甲窮窘無生路矣，乃曰：『同是族人，彼急，我方當濟之，豈宜乘其急而擠之？』堅謝不往。在蘇時，有舊僕踵門求食，且乞寄一宿，明晨，以洋錢數枚錢數百呈孺人，曰：『小人懷此，懼爲身累，暫存主母處，不日來取也。』孺人固卻之，不得，乃使封識而去，此僕竟不來，歷數歲，封識如故，孺人偶一觸之，瞿然曰：『此中得毋有不義之物乎？污吾手矣。』亟滌之。前一事仁也，後一事義也，仁且義，賢乎哉！方十歲時，於兄所持便面見七言詩兩章，兄曰：『汝一見，能記乎？』曰：『能。』即背諷無遺。喜讀《左傳》、《國語》及《杜詩》，偶製短章，斐然可誦。棋與畫雖不工，皆能之，偶聞琴聲，能辨其雅俗，蓋賢而才者也。終以貧故，操勞過甚，遂成痼疾，又不肯服藥，浸至不起。光緒二十三年十一月戊申，卒於蘇寓，年四十。子三人：瀚，衡，翔。女一人，雯。

論曰：余識筱樓久，其人君子也，及筱樓移家來吳，與余寓連牆，始知筱樓賢，孺人亦賢。筱樓言：『孺人無戲言，無苟笑，不諂富貴，不驕貧賤，能料事於數年之後，能知人於一面之初，權勢不能屈，讒佞不能惑。』余兒婦輩皆與孺人交，問之，其言果信。嗚呼，雖古賢媛，何以加茲！

徐烈婦傳

徐烈婦名秀華，仁和人，高氏。其父岡，以知縣官福建。烈婦幼慧，讀書通大義，能爲詩。稍長，佐其母治家，家事治，父母奇愛之，難其壻。會稽諸生徐煌，字煥卿，長於會計，挾其術游於閩，佐州縣治財賦，一時稱其才。岡乃以烈婦婦之，甚相得。婦以姑在家，不獲奉侍，與其夫謀，使人至越迎之。母戀家不往，命其幼子往，遂同居福州。居無何，煌中暑得危疾，醫謝不治，婦刲臂肉，羹以進，竟無效。煌卒，婦哭之，似不甚哀。治斂具竟，謂夫弟曰：『若持兄喪歸，好慰老母，無使過悲，嫂不能偕返矣。』夫弟訝其言，猶疑其將歸母氏也。次日遲明，婦戒僕媪治饌朝奠，媪甫入廚，聞有仆於地者，趨視之，則婦也。扶之起，婦曰：『我誓從夫去，勿救我。』俄而遂卒，蓋仰藥已久矣。時爲光緒二十二年六月辛未，距其夫死止四時許耳，年二十八。夫弟奉其兄嫂之喪，歸葬會稽之樊山，其父岡方官永春州，不及見也。婦性伉爽，當倭亂時，嘗有書上其父，言：『時事至此，兒雖女子，中宵歎詫，悲憤填膺。』味其言，有烈丈夫風，宜其克成大節矣。歸於徐三載，無子。然煌有兄一弟五，不患其無後也。

贊曰：三年牉合，一旦偕亡。夫骨未冷，婦體已僵。遺言婉委，素志激昂。人倫之變，名教之光。雖非庸行，義烈孔彰。流芳彤史，垂示姬姜。

霽嵐李君傳

君諱光祐，字賴先，一字霽嵐，李氏。其先湖北麻城人，自明初遷蜀，遂爲四川合江人。曾祖文芳，祖棁，咸有隱德，並詳家傳。父仕仲，幼孤，廢學，然好讀書。嘗謂諸子曰：『吾無他嗜好，惟喜聽讀書聲耳。』君承父志，勖勉於學，以家鮮藏書，購求甚富。讀江西所刻《十三經》，以多訛字，手自讎校，他書亦然。又手錄《五經》正文，擇漢唐以來諸家之説有契於心者，寫列上方，字小於粟，而點畫分明，無一筆苟簡。其爲文以江右諸大家爲宗，原本經史，不務爲穠縟。書院月課，每居高等，而試於有司輒不利。一歲，將赴縣試，有暮夜來見者，言：『縣令甚知君，如一往見，必亥然首列矣。』君怫然曰：『是何言與？客視我爲何如人？且此言可聞於吾父乎？客休矣。』君屢試，竟無所得。父謂之曰：『吾欲汝曹讀書，豈爲科第哉？』君嗣是遂絶意進取，事父甚謹，行庭户間，不敢有步屧聲，以父性急，有所命，不敢宿。母陳淑人嘗得危疾，君徹夜跪庭中，請以身代，翼日竟不藥而愈。淑人曰：『吾昏瞀中，無所知，惟聞三兒爲吾請命耳。』咸豐五年，陳淑人卒，殯於龍德山。於殯所結草廬，寢處其中。明年既大葬，徙廬於墓旁。地距家里許，每日必歸問父起居，侍盥洗，朝饔夕飧亦必侍，父將寢，又還侍，一夜往返數四，不以爲勞。逾年父卒，奉父之喪，與母合葬，廬如故。然自是恆數月不反其家，廬居，首尾六年，麻衣草屨，終朝跧伏，思父母生前飲食寢興之節，届時環走墓域，口喃喃，問寒燠，問甘旨，皆如生時。繼以哀號，聲聞里許，聞者莫不悽惻。其朝暮哭則有定時，附近居人至聽以爲作息之候，咸歎曰：『孝子！孝子！』雖竊賊亦相戒，無犯孝子家。咸豐九年，滇寇李永和走川中，圍敘州，踞牛腹渡，距合江甚近。居民大聳，君與從弟光澈創辦團練，而其女壻徐紫麟亦預其事，於高洞、九層崖諸隘口皆設防焉。賊至輒卻之，鄉里賴以安堵。十一年，賊大至，驟撲白沙鎮。君適與長子超元以事在鎮，聞警挈超元與衆由叢竹中走北塞山。衆皆惶駭顛仆，君曰：『無怯也。賊方掠於市，能遽及此乎？』已而徐紫麟率其衆至，君使分路援婦孺之蹀躞不能登者，衆既畢登，君曰：『此山險峻，寇不知我虚實，今夜必不來，明日則不可保矣。我團衆止數百人，能與戰乎？宜急走。』乃率衆渡江而南，遲明賊果至，衆皆曰：『賴李君以免也。』君歸，亟令家人治任，而自奉先世木主，又檢祖若父手澤及族譜稾本，并命其子超瓊盡取所讀書籍，載之以行。曰：『雖奔走流離，豈可廢學哉？』舉家遷於南鄉，有許君地山，家居菜蘬，安貧樂道，君子人也。留君父子寓於其家，茅屋竹籬，環以蔬圃，煮芋瀹茗，討論經史，間爲詩歌，若忘其從干戈烽燧中來也。賊退復歸，而家益以落，娣姒輩皆謂：『食指多，宜析爨。』非君意也。然君自顧子女衆，懼爲昆弟累，乃亦議析。析既定，出先人服飾器用，陳於庭。君俟昆弟輩取畢，乃收其窳敝者，笥而藏之，至所遺逋負，則悉以自任。語諸子曰：『此不可累諸父，亦不可負人。吾父子徐圖之可也。』又曰：『產雖分，骨肉不可分，緩急有無，仍宜視如未分時。』其後允蹈斯言。然自析爨後，生計益蹙，一家十餘口，茹蔬啜粥以爲常，炊烹樵汲，皆自爲之。諸子讀書餘功，賃於鄰家，爲之耘田、舂米，得值以佐油鹽之費。同治三年大無，米翔貴，屑麥作餅餌以充饑，無則摘果蓏煮食之，或忍餓竟日。君把卷讀，其聲琅琅，曰：『書味勝於芻豢也。』三子超瓊，雖入鄉學，而爲童子師，脩脯微薄。或勸君宜命四子超瑜學爲賈。君曰：『學賈未必遂足救貧，徒使吾家少一讀書種子耳。』命之讀如故。所居左右有茂林修竹，顏所居曰『二分水竹之居』，其東一大石，寬廣數十畝，流水環之。君每日必率諸子眺覽其間，曰：『此所謂活潑潑地也。』因歷舉古賢之言以爲勸勉，如諸葛武侯『淡泊明志』二語，裴行儉『士先器識』一語，范文正公『先天下之憂』二語，皆津津然不離於口者也。自少至老，日必有記署，其册曰『課心』。尤喜讀《朱子小學》一書，《聖諭廣訓》十六條，皆背諷如流，每於里社爲人莊誦之。其時閭巷之間或有崇尚釋、道二教者，鐘磬鐃鈸之聲相接，又或設立箕壇，假託神語，勸人爲善。君於荒誕之説皆力闢之，而其不背於理者，鄉曲風俗，相沿既久，亦不之禁，曰：『異時亦足以輔我正教也。』其後邪説横議，肆行於中國，遠近波靡。而君平日宣講之處莫之從，即凡以神道設教之處，亦莫之從。語曰：『先入者爲主』，君所見遠矣。自奉儉約，一羊裘，三十年。且耐勞苦，訓其子曰：『勞其筋骨，餓其體膚，皆天所以成就斯人也。』超瓊已能文，應試，猶使肩石炭行十數里外不之惜。歲朝及寒食，率子弟上先人冢，徒步數十里，雨雪不爲阻。尤好施與，里中某甲某乙，皆以貧鬻其婦。君爲之謀，保其家室。交游中有薄於骨肉者，戒子弟遠之，曰：『此人有戾氣，與之游，無益且有害也。』年六十以疾卒於家，易簀之日，有青鳥數百飛集屋東南大樹，聲如風雨，聞者異之。所著有《古今集鑑》一卷，詩文詞賦若干卷，均藏於家。又創爲族譜，未成，子超瓊卒成之。初娶胡氏，繼娶黄氏。子四人：超元，廩貢生，薦舉孝廉方正，候選教諭；朝寅，出爲其弟後；超瓊，由優貢生中式舉人，江蘇元和縣知縣在任，候補直隸州知州；超瑜，廩貢生，東鄉縣教諭。女子子五，孫十有一，曾孫六。先是，合江縣修志，超瓊求其師童檢討爲小傳，采入縣志，而傳文不詳。超瓊以爲未足，自爲行狀萬餘言，屬樾爲家傳，將刻入族譜。樾謂縣志之傳宜略，族譜之傳宜詳，體例然也。爰據行狀，次其事，著於篇。

論曰：昌黎言，鄉先生歿而可祭於社，其李君之謂乎！一言一行，必求合於聖賢，古稱篤行君子，何以加兹！方今天下亦多故矣，誠使士大夫皆如君之爲人，以型於其家，以化於其鄉，人人皆務爲孝弟忠信，親其親而長其長，雖有外患，何由而至？語不云乎，『正人重襲，邪氣無由入』。嗚呼，吾於李君有餘慕矣。

顧烈婦傳

孟子有言：『可以死，可以無死，死傷勇。』然則，可以無死而死者，聖賢所不許乎？雖然，蜎飛蠕動之微，無不自惜其生，苟可以無死，夫何至於死？至於死，則必其思之思之，至於再，至於三，求一線之可以生而不得，然後毅然引決，而不復顧。在他人視之，以爲可以無死，而烏知死者之心愈痛，而其事愈可悲也。嗚呼，此吾所以傳顧烈婦也。烈婦名慶慈，姓童氏，德清人。其父寶善，字米生，以縣令仕江蘇，余門下士也。婦生而慧，五六歲時，米生授之《毛詩》及《禮記·内則》篇，已能成誦。祖母卜太恭人奇愛之，恆與俱臥起。稍長，明敏有識略，處分家事，皆有條理。米生嘗臥病，科量湯藥，不解衣而寢息者二十餘日，雖婢嫗皆稱其孝也。光緒二十年，米生權知華亭縣，時烈婦年二十一矣，難其壻。或言華亭顧小孟孝廉英年能文，新喪耦，未有子女，其家又舊家也，藏書甚富，卽生計亦頗饒衍，可妻也。米生徵之，信，卜之吉時。將受代，卜太恭人夢縣齋菊花盛開，顧烈婦曰：『吾且去，汝留玩此。』覺而語米生曰：『此殆吉徵也。』於是議遂定，是年冬歸於顧。顧氏舅姑皆歿，惟有叔舅璜，字仲庸，亦無子，故烈婦事仲庸夫婦如事舅姑。仲庸與米生書，盛稱新婦能治家，而小孟亦甚與相得。二十四年夏，生一子，曰奎聚，兩家皆相慶。九月初，小孟感微疾，俄而遂篤，十五日乙丑遽卒。米生聞壻病，馳往，則無及矣。烈婦見父，哭極哀。米生曰：『吾在，汝無憂。』婦曰：『夫喪在堂，小姑一人，又將嫁，吾不能從父回蘇州，又不能煢煢獨居，此奈何？』久之曰：『惟與西宅同居乃可，父宜速往商之。』西宅者，卽謂仲庸家也。時仲庸病亦垂危，仲庸之妻執不可。米生歸而言之婦，曰：『吾知其不我許也，後事尚可問乎？』泣而入，無何，内室喧傳，婦飲生鴉片膏矣。米生趨入，視婦臥榻上，曰：『兒將死，非仰藥也，願父母善視我兒。』又顧乳嫗曰：『願視我子若己子。』觀其手指有烟痕，急以藥灌救，拒不受，抉齒強納之藥，稍下咽，欲嘔，又忍不使出，展轉兩時許，竟卒，年二十有五，距小孟之死才四日耳。米生問其侍婢，婢曰：『主母但言欲與西宅同居，不言死也，然不食則已三日矣。』嗚呼，顧氏非不足自存者也，乃因不得與西宅同居，遂棄。其數月之孤，一瞑不視，此何爲者歟？無何，仲庸亦旋卒，兄弟子更無他人，東西兩宅，惟有奎聚在，而卒不顧也。嗚呼，家庭之事，非外人所能知，烈婦殆别有見乎？一死而以孤託父，其不撫孤，正其善於撫孤也。余所謂思之思之，求一線之可以生而不得，疑適中其隱，惜不得起烈婦而問之耳。米生將請於臺司，達於禮部，以烈婦旌，婦於是乎爲不死。黄花晚節，風欺霜敗，而其香愈烈。吉夢驗矣，米生奚悲焉？善視奎聚，以無負烈婦之意，斯已矣。

朱時帆司馬妻湯淑人傳

淑人諱笄，字幼亭，别字荔仙，江蘇如皋人，湯氏。其父敬亭君，官部曹。淑人生於京師，六歲失母，敬亭君由郎中出守，歷知浙江衢州府、廣西梧州府，淑人皆從。雖居官舍，惟習鍼黹，或與幼弟篝挑鐙共讀而已。俄廣西大亂，烽火相望，敬亭君命淑人挈其弟妹從鋒鏑中走，間道航海歸。歸而里中旱，蝗爲災，斗米千錢。淑人每日市肉一臠，啖其弟，曰：『汝食此，好讀書。』己與妹則蔬食而已。年十九，歸同縣朱君敏文。時舅姑皆在堂，舅年高，厭家事，淑人佐姑馮夫人治家。其家四世一堂，無異爨，食指千，家以中落。淑人有無黽敏，雖處約，裕如也。舅卒，始析居，而處境益嗇，兒女又眾，幾不能給。淑人曰：『但得吾姑甘旨無缺，他何慮焉？』朱君兄弟四人，伯早逝，仲多疾，叔又宦游山左。淑人語朱君曰：『姑所倚，惟君耳，長此鬱鬱，何以娛姑？幸姑年未老，君盍出而仕乎？』朱君謀以郎中入京候銓，淑人曰：『遠離膝下，非計也。』質簪珥，爲朱君納貲，改官至浙，以浙近，便迎養也。淑人通書史，善彈琴，工詩畫。至浙後，自繪《西泠泛月圖》，氣韻生動，識者以爲神品。喜讀書，尤喜讀《難經》、《素問》之書，心通其意。嘗自製丸散數百種，以治人輒愈。朱君僚友中，婘屬有疾，往治之，每每有神效。朱君亦能醫，然不如也，故臨卒語朱君：『此後如遇危篤之疾，宜謝弗治，妾死，無人商度，恐誤人也。』自奉儉而好施與，嘗以衣食節省所贏，買田數十畝，助其鄉育嬰堂之費。鄉有跨河大橋，歲久而圮，請於姑，捐巨貲倡修之，至今鄉人稱焉。每遇家祭，治具豐潔，湯氏先塋亦以時祭掃。親黨中，有貧不能治祭者輒代營之。先世舊僕，或寡獨無依，留之家中，雖久無厭。尤重五穀，粒米不棄，愛惜文字，恆使人荷臾而巡於市，檢拾字紙，歸而焚之。其他善舉，類如此。然不以市德，性亦不慕榮利。次子出應試，屢報罷，抑鬱致疾。淑人曰：『讀書豈爲科名哉？科名未至，學問自在，何悶焉？』長子好爲詩，而體羸，不令應試，未幾竟卒。淑人慟焉。是年姑又以老病終，淑人哀毀成疾，幾危。雖幸無恙，然病喙矣。光緒二十二年冬，臥病浸劇，次子封臂肉，和藥以進，似小效，竟不起。臨殁遺言：『後事從儉，以所省振饑饉。』後朱君以百金助川鄂之振，踐其言也。又出《自輓詩》十首，有云：『生爲西子湖濱客，殁作靈巖洞裏仙。』其亦生有自來者乎？諸子言，去年十二月十九，淑人生日，已豫作此詩，蓋自知不起矣。淑人卒於光緒二十三年三月癸巳，年五十。以朱君官，累封淑人。生丈夫子五：長子儼，早卒；三子侃，五子儋，俱殤；存者兆蓉，兆英。女子子三。孫二：光甲，光乙。淑人既卒，朱君悼之甚，自爲事略，命兆蓉至吳下請余爲傳。余悲其意，重違其請，撰次其事而傳之。用范史例，係以贊辭。

贊曰：蘭性馨逸，玉質溫良。善相夫子，敬事尊章。治家雝肅，御下慈祥。惠及孖孲，澤普津梁。博通書史，雅善宮商。既工丹青，又精岐黄。懿歟淑人，彤管之光。爰述女憲，垂示姬姜。

鮑君竺生傳附妾王氏

君諱晟，字竺生，鮑氏，江蘇吴縣人也。生四歲，就傅讀書，穎悟異常兒，有神童之目。年二十八，縣學科試高等，補增廣生，旋以優行注籍，達禮部。其家素豐，粵賊之陷蘇州也，君避居甪直，猶挾數千金自隨。見同避難者衣食不給，將轉於溝壑，輒分金贍之，所活無算，而君所齎亦盡矣。性至孝，祖母高太淑人病，君刲股肉，羮以進，竟有瘳，越三載乃卒，人以爲孝感焉。君自甪直轉徙至上海，念祖母及父逸園君均未葬，冒危險入蘇州，葬之以禮，人尤以爲難。賊平還蘇，蘇城初復，閭閻未靖，君奉有司之命稽察保甲。大學士李公時撫江蘇，錄其勞，言於朝，以訓導候選，加五品銜。然君淡於榮利，同治六年，應鄉試已中式，額滿遺焉。君曰：『是有命矣。先哲范文正公有言，讀書學道，要爲宰輔，不然，則當讀黄帝書，深究醫家要旨，是亦足以活人。吾生文正之鄉，曷行文正之志乎？』乃徧讀醫家言，自《素問》、《靈樞》以下，無不博觀而精取之，尤能强記。沈旭初觀察嘗戲舉僻方試之，曰：『湯劑中有天魂湯、地魄湯，命名何詭也？』君曰：『是出黄坤載之書，取陽升陰降之義，天魂升肝脾，助生長，地魄降肺胃，助收藏也。』觀察歎曰：『君可謂博極醫書矣。』君既以醫名，求治者踵於門，君懼精神不足，應之稍倦即謝客，蓋其慎也。光緒二十六年七月癸卯卒於家，年六十一。初娶王，繼娶葛。子三，王出者慰高，爲弟松生君後；葛出者廷楨、廷榛。女子子二。妾王氏以烈死，别有傳。

論曰：余從前主講紫陽書院時，君爲肄業生，余深賞其才，意其取科第如拾芥，不意其竟以醫傳也。君行醫，歲入不下數千金，然性好施與，輒以周人之急，濟人之無，其歿也，無百金之儲，可謂賢矣。今年夏，君以所著《讀易堂丸散錄要》見示，蓋君斟酌古方，佐以新意，成各種丸散，有求者予之，並告以制方之意，錄成是書，余爲序而行之。其方多驗，苟此書得行於世，亦足活人。君雖死不死矣。

鮑烈婦王氏，直隸通州人，其父賈也，設肆以鬻衣，後折閲秏其資，無以自存，歲大無，烈婦甫九齡，懼其父母以饑寒死，願自鬻爲婢，遂婢爲胡氏。胡游宦江蘇，其主母挈與俱，及笄，歸鮑君爲側室。時胡已前卒，而主母與二子居蘇惸然，無肺附之親，烈婦時往省視。主母愛之，視猶女也。烈婦時年二十一，竺生則五十三矣，妻早卒，有女子子在室者一，子婦二。烈婦與同處，無間言，事竺生尤謹，一衣一飯，必審其寒燠而後進。竺生以醫名吳中，求治者踵於門，烈婦慮過勞，勸稍稍謝客，竺生亦自以早衰多病，慮不永年，常語烈婦曰：『如我死，奈若何？』烈婦曰：『主存亦存，主亡亦〔一〕亡，何遠慮爲？』每聽竺生言古今忠義事，欣然忘卧，蓋其意久定矣。及竺生卒，烈婦襄治後事，附身附棺者，手自撖掮，不遺纖介。人初不見其擊心辟踊，如不欲生也，然目不交睫，口不内水漿已五晝夜矣。或勸之食，曰：『吾未餓也。』既斂，衆始少休，烈婦亦闔户入室，厥明不出，入視，則卧牀上，面作青色，齒堅不可楔，六脈皆亂。咸大驚，疑其得暴疾，延醫治之，唶曰：『殆矣，是服生鴉片烟矣。』爲時已久，灌救無效，日加戌竟卒。口出白沫數升，齒舌指甲皆黝黑，信如醫言。年二十九，其日乙巳，距竺生之歿甫二日。竺生門下諸弟子咸集於其家，皆歎曰：『烈婦！烈婦！』糾合其親族諸長老，具事實，上所由，將達於臺司而請旌焉，禮也。余與竺生有一日之長，又同居馬醫巷，聞竺生之死，深悼之，又聞烈婦事，爲之太息，乃撮大略，爲作小傳，并用范史例，而係以贊。贊曰：

夫存與存，夫亡與亡。偉哉巾幗，是亦睢陽。三星五噣，其光孔長。傳此凱式，用示姬姜。

【校記】

〔一〕亦，原作『主』，據文意改。

謝韻仙女史傳

彭剛直之寓西湖也，有女弟子曰韻仙女史，賢而才者也。名又花，韻仙其字，姓謝氏，浙江上虞人。祖皤，字樂漁，父五備，字蓉裳。樂漁君與兄味農君並以詩名，樂漁有《一角山房詩草》，味農有《吟香館詩草》，女史承祖父之教。又其舅氏楊君盥甫，亦詩人也，愛其才慧，授以作詩之法，故自幼卽能詩。及笄歸同縣麋君，麋君名祖梁，字松甫，家素豐。其父梅山君，仗義好施，與凡鄉里有義舉，恆獨任之，族姻以緩急告，無不應，以故家中落。梅山君卒，妾遺腹生子，曰祖懋，於是松甫君奉母命，析家財而二之，昆弟各得其一，而歲入益微矣。然祭祀賓客，必循其舊，有豐無殺，力或不給，女史罄嫁時裝遺以助之。自奉甚儉，不輕製一裘一葛，三十年來所曳婁者，猶匳中衣也。舉丈夫子一，曰寶鋆，女子子一，曰小寶，皆不幸短折。女史心傷之，結轖成疾，久之疽生於乳，醫者曰：『此《倉公傳》所謂「疽發乳上，入缺盆」者也，於法難治。』松甫君慮無子，而弟又幼，未有可後者，有從弟祖詮，字蓉甫，與松甫甚相得也，語之曰：『兄無患無子，吾有子卽以爲兄後。』及松甫君卒，又三年，而蓉甫始得子，女史請如約，遂子之。子生甫三月，又多病，女史撫字如己出。彭剛直名其子曰紀元，字之曰殿春，女史自知久病不永年，紀元弱冠卽爲娶婦，纏雁之禮，料量如常，新婦入門，尚強起慰問，然病喙矣。光緒二十六年正月乙巳卒，年□十□〔一〕。子一，紀元也，恂恂儒雅，稱其家兒。撰具其母事實，請余爲傳。余習聞剛直稱女史之賢，剛直每至西湖，女史必渡江來見，而余適不相值，未之面也。剛直卒，女史欲以事剛直者事余，余謝不敢當，而其意頎然不可卻。丁酉歲，來見我於西湖，以所著《絜香吟館詩》見示，余釐爲三卷，序而歸之，猶謂一江之隔，相見非難，不意其遽卒也。因爲小傳，附其家乘，以存其人。贊曰：

剛直之門，有女都講。玉和珠投，雲諏波訪。詩情旣綺，内行孔修。上承門祚，下衍箕裘。昔歲山居，與君相見。去歲書來，告吾病問。春風乍轉，朝露俄哀。爲修彤史，永勒槐眉。

【校記】

〔一〕原本『十』字上下各空一字。

宣化府知府鄭君家傳

君諱賢坊，字輿仙，一字小渟，又曰舵齡，姓鄭氏。先世居浙江定海縣龍山，明季遷縣西門外，國朝別設定海縣，改故定海爲鎮海，遂爲今鎮海縣人。曾祖覲洙，祖椿，並籍諸生。父熙，亦縣學生，輸助儲胥，數至鉅萬，詔以知府候選，《縣志》入孝義傳。君其冢子也，年十二應試縣府，皆在前列，會軍興停試，至道光二十三年始入郡學，則年二十有一矣，旋餼於庠。二十九年，考取優貢生。咸豐元年恩科，中式舉人，以助修海塘授内閣中書。其時軍務方亟，道梗不通，計偕之士，裹足不得進。君奉父家居，益自奮於學。俄寧波陷，君避鄉間，其妻兄陳中書政鑰素負幹材，鳩集義旅，招撫降人，會合官軍，密約西洋渠帥，議復郡城，君預謀焉。郡城復，當事者請君襄助善後事。會有建議，凡陷賊時受僞職者，令出金助軍饟，一切弗問。君執不可，曰：『賊魚肉吾民，皆此曹爲之，宜嚴治無赦。』遂與相左，自引去。同治七年，入都會試，成進士，朝考一等，引見，改庶吉士，散館授檢討。國朝二百餘年來，鎮海人以翰林留館，實自君始，時論榮焉。君鄉試出王文節、沈文定之門，及會試又出朱文端、文文忠之門，諸公皆中朝碩望，諳練掌故，砥勵風節。君日與之游，所學益進。光緒元年，大考列二等，充國史館協修，及《穆宗毅皇帝實録》成，君先充協修，繼充纂修，後充總校，兩邀獎敘，兼拜花翎、文綺之賜。六年，充功臣館纂修。八年，京察一等，詔以道府用，是年授江南道監察御史。時台州民金滿倡亂，寧郡戒嚴。君疏請剿除，金滿懼，遂降。十二月，授宣化府知府，明年四月之官。郡產皮革，舊納官署者以千百計。君至，即檄裁之，僚屬進見，約以三事，一聽斷，二徵解，三緝捕，郡中大治。十年二月，春祭畢，驟患骽疾。公年逾六十，精力已衰，自是遂艱於步履，然治事如故也。宣化山川雄厚，風氣剛勁，而苦多盜，北境毘連牧場爲察哈爾故地，時有騎賊闌入邊界。君督州縣力行保甲，自相守衛，寇蹤遂絶。時布政司使任公命管内籌備倉穀，限期嚴切。俄，任公擢遷山東巡撫去，奉行者稍懈。君曰：『此良法也，豈以任公去留爲作輟歟？』敦勸富户，按畝捐輸，倉廥充焉。民爲之歌，曰：『公足不良，公惠孔長。使我有穀，使我有倉。』君以詞臣出領邊郡，又在耆年，宜可從容坐嘯。而君任事甚鋭，如多倫之查木税，西寧之治邪教，一奉臺檄，投袂而行，祈寒酷暑，皆所勿恤，此君之勤也。蔚州有買空之獄，所司已定讞矣，市井狙儈謀反之，奉萬金爲壽。君峻拒不内，卒論如律，此君之正也。歛歷中外，垂二十年，至光緒十二年夏，君年六十有四矣，引疾乞休，遂由海道而歸。歸則杜門不出，日坐胡牀，以兩人舁之，出入堂奥，招桑梓舊交，觴豆言歡，意興如昔。而骰疾迄不瘳，謁數十醫，皆無效，延西醫治之，亦無效。十三年七月庚申，卒於里第，年六十有五。生平篤於天性，事親至孝，母吴恭人卒，父不再娶，君與弟賢域每夕侍父寢，非得父命，不入己室。一生淡泊，無聲伎之好，閨門嚴肅，無妾媵之奉。性好施與，人以緩急告，無不應。邑中兵燹之後，如修理文廟、及書院、及校士館、及文武公廨，有大工作，咸出鉅資以爲之倡。官京師時，以《鎮海縣志》亟宜重修，移書邑中諸薦紳，勸成其事。余預修《鎮海志》，故得聞焉。初娶於王，繼娶於陳，贈封皆恭人。子鴻壽，附貢生，福建候補同知；綬祺，同治十二年舉人，兵部郎中，改官江西德安縣知縣，卒於官；鍾祥，光緒元年舉人，今官金壇縣知縣。女子子二，胡元欽、方駿萃，其壻也。孫五：志逵、志選、志適、志通、志道。孫女九，曾孫二。

論曰：國家以翰院儲才，其積優成陟〔一〕者，往往外擢知府，以余所見，出承明而典郡，依流平進，卯剖符而酉曲蓋，踌歷封疆者，蓋指不勝屈矣。君以末疾，中年引退，歸未二年，遽歸道山，時論惜之。然君守宣化數年，卓有政績，可傳於後，其子又賢。鶴鳴在陰，其子和之，吾知其遺澤之孔長矣。

【校記】

〔一〕陟，原作『涉』，據文意改。

巢縣楊氏母子合傳

功令：凡民間孝子節婦，由地方官申報臺司，以達於朝而旌其門，所以厚人心，勵風俗也。若節孝萃於一家，乃國家久道化成之效，尤不可以多覯。嗚呼，此吾所以傳巢縣楊氏母子也。母陳氏，年十九歸於楊，事舅姑以孝，治家事以勤以儉。夫朝聘君病，事之謹，夜不解衣而寢，晝則奉舅姑甘旨，仍如平時。朝聘君卒，欲以身徇者屢矣，以遺孤甫一齡，忍不死，罄所有治喪，以紡績度日，歷四十年。雖飢寒，不稱貸於人。及其子能言，即教之識字讀書，并示以立身行己之道。其子名某，字善夫，少穎異，鄉先輩皆偉之。家貧，不克竟所學，惟謹事其母。有可以悦母者，百計致之，母有不悦，悚惶求解，必解而後已。母殁，春秋祭祀，或良辰美景，每念及母，未嘗不涕泗沾襟也。其臨財廉，其交友信，其待人仁且恕，以品行重一時，母教也。妻某氏，體君之意，亦以孝聞。道光二十八年，善夫以母陳氏守節年例與功令合，請旌表如律令。善夫年八十一，以明經終。子慶長，字吉堂，踵吾門求見，述顛末，請爲傳。余曰：母節婦也，子孝子也，故合而傳之，用《伯夷傳》例，論具傳中，故不再論。

女壻王康侯及長女雲裳合傳

王康侯，吾長女壻也，名豫卿，江蘇寶應人，故福建巡撫文勤公次子。余曾爲文勤公作《神道碑》，具詳世系，茲可無述焉。余與文勤同成進士，同官翰林，甚相得。文勤卽有意爲其次子求昏吾長女，以兩家眷屬皆不在，未有成議。越五年，余已罷官南歸，文勤自京師屬陸星農、朱晴洲兩同年爲媒，始納采焉。同治五年，文勤官浙江按察使，命康侯至蘇州，就婚於余寓。康侯爲文勤愛子，年十七入縣庠，年十九補餼額，意謂科第可立致。然以文勤貴，故以官生應試，官生有定額，視民卷似易而實難，屢試不得意。庚午科，已中式矣，因文逾八百字，又見擯，鬱鬱成心疾。至光緒元年乙亥恩科，赴試金陵，第一場畢，而母劉夫人卒於家，聞赴卽歸，及家見柩，仆地而絶，救之蘇，則跳踉大叫，若有狂疾者然。俄文勤亦薨，疾彌甚，後雖小差，迄不能瘳。親串中有劉夫人者，其尊屬也，伺其病間，勸之曰：『寶應地僻，無良醫，曷至蘇從汝外舅居，庶醫療較便乎？』王氏故蘇州人，其先世自蘇遷寶應白田鋪，遂家焉。文勤在日，屢言及之，康侯與吾女均與聞焉，因有遷蘇之議。光緒四年，遂遷於蘇，買宅幽蘭巷，與余寓馬醫科巷相距不半里。時康侯病小愈，恂恂儒雅，猶如故也。文勤之薨也，天子憫其久勞於外，賜長子儒卿舉人，次子豫卿員外郎，三子壽卿主事，孫念曾及歲引見。康侯雖承門蔭，拜郎官，志欲以科第進，遇鄉試，仍赴之，卒不售。然束脩自愛，無世俗之好，疾作則閉户獨居，愈則仍能爲詩文，而字體亦工整。與人交，尤誠愨，蓋雖以病廢，不失爲王氏佳子弟也。一歲，疽發於背，甚危，幸無恙，然精力益衰矣。光緒十五年九月癸亥，以疾卒於蘇寓，年四十有五。其明年十二月丁酉，葬蘇州城外象竇山之原，是日，余七十生辰也，親往送葬，有詩云：『欲爲先世存遺蹟，不礙他鄉卜墓田。』文勤可作，當亦深韙斯言也。

康侯卒而子女皆幼，於是家事艱難，皆吾女任之矣。吾女於道光二十四年七月生，故名錦孫，字之曰雲裳。是歲，余舉於鄉，吾母姚太夫人喜曰：『此女有福。』甚愛之。女自幼卽勤於鍼黹，亦識字讀書，不甚喜爲詩詞，而好染翰，能爲大字，余右台仙館門榜，女所書也。其歸康侯也，年二十有三矣。舅文勤公與姑劉夫人亦甚愛之，曰：『此婦有福，當興吾家。』文勤雖位至封疆，清介自守，閩撫故有由海關津貼之費，不支取一錢，既殁，而閩中同官皆曰：『是仍宜歸之。』計在任四年所應得者逾萬，三子分而有之。康侯夫婦攜所分至蘇，纔數千金耳。吾女撙掮治家，二十餘年中，治喪葬事一，治婚嫁事三，迄未告匱，其勤儉可見矣。然雖貧，而好施與，歲終必以錢米施貧者。今年，吳中大疫，又買藥施病者，皆其口腹所節省也。生子女甚多，存者二子三女。其長子念曾，即奉旨及歲引見者也。既及歲，以縣學生引見，用主事，分刑部。光緒二十七年，隨欽差侍郎那公使日本，因先已捐同知，指省河南，故由同知保知府，仍留原省。又由留京辦事大臣敘功，保加鹽運司銜，而漕督陳公又保薦經濟特科，可云有子矣。次子念植，亦縣學生，浙江試用縣丞，爲文勤長子儒卿字廉泉者後。初文勤三子，惟康侯有二子，廉泉欲以念曾爲後，而《禮》云：『適子不得後大宗。』秦氏《五禮通考》歷引史傳，證成其義。又王氏有白田先生者，通儒也，集中有《立後辨》，援引其家故事，同寰公四子，純甫無子，以和甫次子宗武爲嗣，不以其長子祖武爲嗣。又繩武生二子，天擎無子，而弟楚材止一子，於是不立嗣，以待楚材次子之生。禮家既有定論，王氏又自有故事，於是吾女執不可，廉泉亦遂從之，以念植爲之後，禮也。念曾娶許氏，亦吾外孫，其母余次女也。長女與次女極相得，故聘其第二女爲長子婦，而亦以其第三女歸許氏次子焉。女自產第三女，有積血在左腹，去年忽移至右，亦不甚措意。後乃時時作痛，且飽濍不能夕食，蓋女自侍其夫疾，憂悸，恆終夕不寐，及操家政又過勞，心力交困，其受病固非一日矣。然起居動作猶如故。四月間，念曾入京引見，送之於庭，勉以清勤，毋墮家聲，勿以我爲念。六月三日，姚夫人生辰，設家祭，女來，拜跪如常。至六月晦而疾陡甚，浸至不起，醫來，亦莫名其爲何病。女自與吾言，腹有癥瘕，前此血盛，足以養之，今血衰失養，故爲患。或信然歟？其時念曾已赴汴梁，念植游學於高麗，其第二女歸沈氏者先卒，第三女歸許氏者亦從其壻在高麗，而念植婦劉在寶應，惟長女及念曾婦許率其孫兆祥視含斂而已。女臨終神識不亂，命侍者沐浴，翦爪甲，具斂時衣裙，且曰：『喪事從儉，毋妄費。吾某處有銀九百，省嗇用之，猶可待念曾服闋赴官也。吾某處有洋錢一千，留爲長女嫁資，毋動。』顧其孫曰：『吾在時溺愛，誤汝讀書。喪事畢，汝努力，毋自誤也。』又曰：『吾舅姑於月初已命人來迎，輿者在門矣，吾欲待念曾等歸，故遲至今日，今則不能待矣。』言已遂逝，時先緒二十八年七月十四日壬申，日加辰，年五十有九。余於初七日往親之，女執余手，若與訣，謂余曰：『昔康侯亡，擬請大人爲作小傳，因循未言，今不言，無以見逝者。』余歎曰：『汝女子，亦有文士名心乎？汝勿憂，如汝不諱，當爲汝夫妻合作一佳傳。』今言猶在耳，而女竟逝矣。余爲六絶句哭之，又爲此傳，以副其臨殁之意。嗚呼，余年八十有二未死，而子女殞其三。憶内子姚夫人年六十而終，其時二子二女皆在，然則高壽真非福乎！方康侯之卒也，握吾女手，堅不釋。女斷袂以授之，曰：『子女在，吾未可從君去，十二年後，當與君相見耳。』乃納袂於棺。至是女卒，果符十二年之約，是亦可異也。

馮節婦傳

馮節婦姓殷氏，無錫人。年十九歸馮同啓爲妻。咸豐季年，蘇常大亂，馮氏居鄉間，烽火相望，一夕數驚。同啓憂憤成疾，死。節婦年止三十有六，四子一女。長子寶山，年十三歲，次子得山八歲，三子森山六歲，四子鑫山一歲，女十歲。以故里不能自存，乃於同治元年挈子女至上海，傭於人，餬其口，猶不給。乃以鑫山嗣於他族，以女許李氏爲童養婦，煢煢孤寡，僅以自活。及亂定，乃豫蓄葉氏女爲寶山婦，而復歸於故里。大亂之後，家業蕩然，老屋數椽，稍避風雨。婦晝夜操持，撫其三子，至於存立。寶山婦早卒，生一子一女，亦殤。得山娶孟氏，生三子。森山娶唐氏，續娶程氏，生三子一女。婦畢生辛苦，至此三子六孫，孫又娶婦，可望得曾孫，而婦老矣。光緒二十七年八月二十七日，以壽終，年七十六。嗚呼，婦以蓬門桑户之女，深明大義，夫亡之後，經歷亂離，備嘗險阻，苦守四十年，諸孤有成，門户不墜，可謂賢矣。余因得山之請，紀其大略如此，表章節義，固舊史氏之職也。既以慰其孝思，亦以爲薄俗諷焉。

春在堂褋文六編卷四

廣東高廉道陸君墓志銘

存齋陸君既捐館舍，其明年，葬有日矣。其孤樹藩等具狀請銘。余惟子夏之言，仕優則學，學優則仕，近世士大夫以仕廢學者多矣，仕學兼優，其惟君乎？是宜褬之，以告後世。按狀，君諱心源，字剛父，存齋其自號也，浙江歸安人，陸氏，出吳郡唐宣公之後，宋季始遷湖州。曾祖景熙，祖映奎，父銘新，曾祖妣羅，祖妣韋，妣吳，皆以君貴，累贈一品。本生曾祖景熊，貤贈中議大夫，祖昌陛，貤贈資政大夫，本生曾祖妣丁，祖妣兩淩氏，贈如其夫。君生前一日，父榮禄公夢宋左丞葉夢得來。五歲入塾，嗜讀，異常兒。祖資政公嘗曰：『此兒大器也。』年十三，通《九經》，贈公欲觀其志趣，陽命學賈，君力請卒業。贈公喜曰：『吾父遺言信矣。』年二十入縣學，逾年補廩膳生額，與同郡姚君宗誠、戴君望、施君補華、俞君剛、王君宗羲、淩君霞有七子之目。精於許、鄭之學，尤喜讀亭林顧氏書，以『儀顧』顔其堂。咸豐九年恩科，中式舉人，明年會試，報罷南歸。過清江，遇捻寇，幾危，出奇計得脱。時江南大營潰，蘇常陷，羣盜如毛。君慨然有澄清之志，遵例以知府分發廣東，既至，適有王遇攀私刻關防之事，株連數十人。君與斷斯獄，開釋甚衆。同治二年，直隸總督劉公蔭渠因直隸毘連山東、河南，寇盜充斥，奏調赴直督辦三省接壤勦賊事宜。凡軍需、善後諸務，悉以屬君。軍事既竣，又奏留君整飭吏治。君感劉公知遇，整紛剔蠹，諸弊肅清。劉公疏稱君才識精明，志行清直，可大用，詔擢道員。明年，廣東督撫毛公寄雲、郭公筠仙會奏，請仍歸廣東。四年，補南韶連兵備道。君將之官，行次英德，聞長寧土寇爲亂，翁源縣知縣張興烈戕焉。粤風雕悍，戕官事迭見，率以父老籲求，縛送一二人，張甲李丙，任其所指，漫不深究。君曰：『是可忍也，孰不可忍！』檄游擊湛恩榮，率兵勦之，衆以爲危，君執不奪，罪人斯得，風氣一變，十餘年中，遂無戕官者。霆軍叛卒自楚入粤，其勢洶洶。君檄調恩榮回援樂昌，益以壯士千，樓船二十，水陸並進，連戰皆捷，賊乃遁去。其時粤寇餘黨尚踞閩粤間，由龍南犯始興，又由連平犯翁源。君檄副將朱國雄守始興，檄參將任玉田扼雞仔嶺，賊不得逞。君部下僅三千人，然南韶卒無恙。干戈粗定，訪求疾苦，知商賈之經由韶關者，舊例一物漏税，全船入官，吏緣爲姦，裒克自肥。君令漏者補納，餘物不問，商民感悦，願出其塗。六年，調高廉道。高州山水清遠，士信民敦，君甚樂之。既下車，即舉吴川令姜君之賢白之大府，風示屬僚。在韶時，曾修復相江書院，祀濂溪周子。至是又修復石城之道南書院，茂名之敬仁書院，皆優給田租，以期永久。郡中有高文書院，亦增益膏火，俾諸生得專心學術，又以梅菉坡租銀，助會試膏秣之資。其他如建鄒忠介祠，修范龍學墓，以表章先賢；置師堂渡，築上宮灣路，以便行旅；衎衎辦舉，吏畏民懷。俄奉旨開缺，送部引見。先是，蔣果敏之由浙入粤也，所部甚衆，道出韶江，君籌發勇餉銀一萬兩，而其從者意未饜，譏之，果敏君之去官，大率坐此矣。贈公時就養於粤，語君曰：『汝遵旨入京，吾先歸耳。』及歸感疾，遽卒。君聞訃奔赴，喪葬如禮，素不信形家言，葬贈公於逸村，躬自負土，首趾向，一決於己。其後有相地者過之，以爲深合葬法云。君以仕路險巇，服闋後有誓墓之意。十一年，朝廷以李公子和督閩浙，李公素知君才，奏調赴閩。既拜疏，卽命萬年清輪船來滬，趨君行，不得已赴焉。至則命君筦理軍政、洋務及税釐、通商諸局，又總辦海防事宜，旋奏署鹽法道。君長於撥繁，案無稽牒，千端萬緒，部分如流。日本以生番事搆釁於我，君執公法以爭，曰：『各國屬地，他國不得過問。』倭將爲之氣奪。又有俄國公使，以名刺召君往見。君曰：『中國督撫不能傳見各國領事，各國公使豈能傳見中國司道？』亦以名刺報焉，俄使怏怏去。會又有讒君於當路者，命仍遵前旨，送部引見。而君歸志決矣，以吳太夫人年高，乞歸養。然忌者猶未已，屢興大獄，冀以陷君。已而竟以鹽務加秏，奏落君職，時君歸里二載矣。鹽務之加秏也，自前鹽道具詳，前督臣準行，皆未入奏。君援案再加，自有故事，行之已久，官商相安。因李公入覲，署督某公遂言公擅改章程，冤矣。未幾，以勸捐晉賑，數至巨萬，賞還原銜。君自是奉太夫人居家，於城東蓮花莊北購朱氏廢圃，疏泉疊石，襍蒔花木，名曰『潛園』。君自少卽喜購書，遇有祕籍，不吝重價，或典衣以易之，故自爲諸生時所得已不下萬卷矣。大江南北，兵燹之後，故家藏書往往出以求售。君既好之，而又有力，於是悉歸於君，藏書之富，甲於海内。所得宋刊本二百餘種，元刊本四百餘種，較天一閣范氏所儲，十倍過之。乃就潛園建守先閣，取明以後刊鈔諸帙及近人著述之善者藏皮閣中，好古之士，願來讀書者聽。會國子監徵求書籍，君進舊刻舊鈔書一百五十種，共二千四百餘卷，學使瞿子玖學士以聞。詔曰：『陸心源自解官後，刊校古籍，潛心著述，兹復慨捐羣籍，洵屬稽古尚義。伊子廩生陸樹藩、附生陸樹屏，均著賞給國子監學正銜。』士林傳述，以爲榮遇。君所著書甚夥，有《儀顧堂文集》二十卷、《儀顧堂題跋》十六卷，《續跋》十六卷，《皕宋樓藏書志》一百二十卷，《續志》四卷，《金石粹編續編》二百卷，《穰梨館過眼錄》四十卷，《續錄》十六卷，《唐文拾遺》八十卷，《唐文續拾》十六卷，《宋詩紀事補遺》一百卷，《宋詩紀事小傳補正》四卷，《千甓亭甎錄》六卷，《續錄》四卷，《古甎圖釋》三十卷，《羣書校補》一百卷，《吳興詩存》四十卷，《吳興金石記》十六卷，《歸安縣志》四十八卷，《宋史翼》四十卷，《元祐黨人傳》十卷，《校正錢濎薌疑年錄》四卷，《三續疑年錄》十卷，《金石學錄補》四卷，都凡九百四十餘卷，名曰《潛園總集》。而往年自粤東歸，創議纂修《湖州府志》，徵文考獻，君力爲多，以非出一手，故不列也。君之仕也，器能政理，爲管、蕭亞匹，其爲學也，研精墳典，超逾楊、班、張、蔡之疇。烏呼盛矣！君居林下，先後三十餘年，創立教忠義莊，又獨力興建昇山橋，皆奉溫綸褒獎。其他如修復書院，籌備賓興、善堂、義學、育嬰、積穀，凡有益於梓桑者，引爲己任，不遺餘力。近則江浙，遠則直隸、山東、山西有水旱之災，咸出巨貲，以助溫振，至於夏施茶藥，冬施衣米，猶其瑣瑣者已。自吳太夫人歿，惟以著書課子爲事，或薄游蘇滬，與諸老輩文酒讌游，自稱潛園老人，憺然有以自樂。乃以捐助山東棉衣一萬襲，東撫張勤果公遣材官二人策騎來迎，請游泰山，遂往留十餘日，偏探名勝而還。勤果公遂以君學識閎深，才堪經世入告，得旨開復原官，交吏部引見。同時浙撫崧公亦敘君本省籌賑之功，奏加二品頂戴。已而直督大學士李公又言，君學識閎通，氣局遠大，屢試艱鉅，見義勇爲，軍務洋務，並所練習。詔以道員記名簡放。君以輔臣推轂，聖意優隆，不敢以山林遁世之士自居，遂於十八年二月入都，四月壬子引見，乙卯召見於勤政殿，垂問廣東歷官及國子監進書本末，玉音嘉獎，有『爾著作甚多，學問甚好』之諭。綜君一生，惟學與仕二事，仕則羣公交薦，學則天語褒揚，仕學兼優，其弗信矣乎？旋奉旨交李鴻章差遣，仍交軍機處記名簡放。君至天津，適感痢疾，李公命至滬稽察招商局事，遂航海南歸。俄左目生翳，君氣體素宜溫補，醫家治目，率用寒涼之品，痰阻氣鬱，胷膈不舒，遂以成疾。緜歷年餘，時劇時瘥，浸至不起。君彭殤一視，神明不衰，惟勉諸子以努力讀書，勿負國恩，且以著述未盡刊刻爲念。二十年十一月辛巳，卒於正寢，年六十有一。娶莫氏，同邑太學生又村公女，封一品夫人。側室六人，鄧氏、陶氏、劉氏、李氏、邵氏、金氏，鄧、陶均以子貴，封宜人。子四人：樹藩，光緒十五年舉人，侍讀銜，内閣中書；樹屏，光緒十七年舉人，内閣中書，並賜藍翎；樹聲、樹彰，皆幼。女子子三人：長適兩淮候補運判同縣丁乃嘉；次適兩淮候補運判仁和徐望之；又次適同縣學生趙毓鋆。孫五人：熙績、熙咸、熙明、熙登、熙康。孫女四。某年月日，葬君某原。銘曰：

惟學惟仕，爲兩大端。兼而優者，人之所難。惟君之才，美而且完。入則服古，出則勤官。博能返約，猛能濟寬。經術許鄭，勳名范韓。昔葉左丞，博學多識。入文苑傳，允稱奇特。及居外任，克盡厥職。發粟振民，團兵殺賊。未竟其才，論者太息。君之生平，足與相匹。謂是後身，或得其實。我作斯銘，銘君幽室。

沈君楚齋墓志銘

浙濱海，以海防爲重，而海防尤以海寧爲重，其地形高，潮勢又猛，塘工安危，下游數郡民命繫焉。粵寇之亂，塘久不修，海潮挾沙，直齧城阯。其時左文襄方撫浙，檄委大員，督同在事文武，擇要搶堵，克告無事。而其中尤出力者，則有沈君。君諱裕增，字楚齋，海寧州人。曾祖天球，祖紹川，父長仁，均太學生，故儒家也。君亦幼讀儒書，而性伉直，有豪氣，二十三歲，以家貧，隸海防營爲兵。時粵寇已擾及浙，孫軍門金彪見而異之，曰：『是將材也。』使將百人，自成一隊，助守禦，輒有功。會孫公有西征之役，欲與君俱，君以母老，辭孫公去，前功皆不及敘，人皆以爲惜。君曰：『吾少無宦情，守鄉里，奉老母，於願足矣。』及寇平，當事者亟治海塘，而兵燹之後，丁籍寥落，思得舊人諳練塘工者，僉曰沈君才。君不得已，復歸原伍，是卽左文襄撫浙之時也。君既重隸海防營，靡役不與，他人所畏葸辭避者，君毅然獨任之，風雨寒暑，晝夜無間，累以功保至以守備儘先補用，加四品銜，賜孔雀翎。光緒十二年，督撫會檄，使署本營守備，異數也。君感念知遇，益自奮勵，每念時事艱難，工鉅款絀，勤公事如勤私事，節公費如省私財，自中丞以至道府，交口譽之，有清廉最著之稱。十四年，受代去任時，君已補實千總矣，大府擬卽以君升補是缺。君曰：『知足知止，古訓也。』固辭，乃止。仍諳部，以守備在營候補，每遇要工，必以屬君。君治塘工三十年，勤慎如一日。嘗曰：『吾無他長，惟在不欺，少一分虛糜，卽多一分實用。』故此三十年中，塘工堅固，海不爲災，不特海寧一境，田廬無恙，卽嘉、湖等郡，亦保全無算。所謂功在一隅，而事關全局者歟？君雖居武職，而嗜學綦篤，喜讀兩《漢書》，豪於飲，左一編，右一卮，有昔人《漢書》下酒之風。書法學顔平原，喜金石字畫，庋藏甚多。闢小園，襍蒔花木，秋菊尤多佳種，重陽前後，與客觴詠其中，見者幾不知君爲荷戟張弓之士也。自幼至性過人，待弟妹尤極友愛，與人交必誠必信，義所不可，不爲苟同，已許之，無宿諾。於部下士卒，嚴而有恩，延師教其子及其猶子，恭而有禮。人有以緩急告，無不力，鄉里善舉，無不與。光緒十六年，江浙荒於水，捐鉅貲振之。二十年，東洋事起，被省符，練鄉兵，君建議就海防營改爲團防，不籌費而事辦，人皆歎服。光緒二十二年七月丁未，卒於家，年五十九。以四品銜，誥授昭武都尉。祖、父皆贈如君官。妻陳氏，封恭人。子冠英，杭州府學生。孫祖祐。二十四年正月丙申，葬君於賽西河之原，冠英碣墓請銘。銘曰：

惟君挺生，於海之濆。惟海之謐，惟君之勳。澤被浙右，功在榆枌。君長於武，亦優於文。軍傳高績，士慕清芬。百世而後，式君之墳。

貴州布政使唐君墓志銘

君諱樹森，字穀九，湖南湘鄉人，姓唐氏。曾祖志本，祖方燮，父翥，皆以君貴，累贈至一品。君少孤，母陳夫人授之書。弱冠入縣學，旋補餼廩額，文名甚著，而十試省闈不售。君澹於仕進，亦不以措意，因自號曰澹吾。以時方多故，留意經世之學，又勇以爲義，如修葺學宮，整理義渡，振濟窮黎，皆力任之，至於建宗祠，修族譜，更不待論矣。一時宗族交游，翕然推服。咸同間，駱文忠、左文襄諸公方治軍擊賊，危疑之事，必諮於君。同治六年，君以事至京師，都下諸鉅公皆奇君才，聳臾之曰：『君可仕矣。』其明年，遂以道員候闕於浙江。時適有繞城石塘之役，浙撫馬端敏公即以屬君，塘成，端敏善之。及端敏督兩江，而君以内艱去浙，端敏遂留君金陵，使筦淮鹽局。君崇寬大，蠲煩苛，務在恤商力，以培元氣，商民感之。服闋還浙，時楊石泉制府撫浙，素知君才，省中諸大政，若保甲，若軍需，若營務，若振務，悉使與其事。浙西各屬，皆有客民，土客不相得，則聚而鬨。君履行其地，或粲散之，或翦薙之，浙西賴以無事。台之屬，有曰桐樹山者，奸宄之淵藪也。君名捕其魁，尸諸市，浙東亦安。大吏上其功，賜戴孔雀翎。君仕浙久，權溫處道者一，權鹽運使者一，權糧儲道者一，權按察使者四。其巡溫處也，以海防爲方今要務，於溫州、台州、定海、鎮海各礮臺皆親往相度，圮者修之，未得地勢者移之，孤峙海外者增建之。又以其地盜賊充斥，尤嚴治盜，翦猾禽姦，不留萌蘖。其總鹾政也，以餘岱曬鹽，天地美利，稽覈版數，以杜其私。又嚴巡緝之令，設立官局，銷售私鹽，化私爲官，私販以絶。其督糧運也，凡大户之包攬，小户之詭寄不肖，生監之把持，書差胥吏之勒索，釐剔務盡。其權臬事也，每治一獄，必得其情，前後結宿獄數百起，有累十餘年不決者，片言以折之，無不慴伏。光緒五年，補授金衢嚴道，下車之始，即以士習民風爲首務，禁奇衺之敝俗，化土客之私見。東陽之民，有私結盟會，潛謀不軌者，一郡大聳。君示以鎮靜，陰爲部署，亂民知君有備，亦遂不作。時議清丈山田，大衢山有金姓者，恃其彊梁，抗不遵丈，迫脅愚户，距傷官兵。君怒，嚴緝之，凶頑伏法，良善用勸。十八年春，詔授君貴州按察使，時君權浙臬，甫受代而命下。浙之人喜君之遷，惜君之去，士大夫咸餞君於西湖道旁，觀者皆歎息曰：『髯公去矣。』蓋公多髯，嘗自號髯叟，故人亦以此稱君也。黔本荒服，猺獞犵狫之所居，而川楚粵三省之民，每攜妻子來黔，租種苗田，於是苗民與客民爭，而苗與苗亦自爭。君既至，悉心體訪，客民侵佔苗田，治如律，苗人誣控平民，亦治如律。苗民條糧，向由土司轉解，以土司多浮收，改歸官徵。而苗頑又不以時納，仍責土司墊繳，其事糾繚，益難治。君稔知之，及攝藩司，力革土司科派之弊，又重治苗民抗糧之罪，苗民畏之德之，無敢抗者。苗有鬼師，苗民之不率，皆其煽誘，又俗尚跳歌，淫蕩無恥。君皆痛絶之。貴陽城東有龍岡書院，明王文成公講學地也。君延名師主講席，又廣設義學，令守令召苗童入塾，有能背誦《五經》者優獎之，自是苗民皆知向學矣。普安土寇，聚衆爲亂，君不動聲色，禽其大豪曰劉燕飛，脅從皆散，四境帖然。二十年，逢慈聖六旬萬壽，奉旨來京祝嘏。維時君長子贊衮以臺南府知府奏派入都，布置蹕路景物。先是，君之拜黔臬也，贊衮方攝臺灣道，兼按察使，而君弟斐叔亦陳臬於秦中，一門三臬使，海内榮之。至是父子同遇盛典，相繼入都，人尤以爲榮遇。君與同列十六人獻壽於北海瀛秀園，預廷臣之宴，賞賚優渥。既還黔，次年卽拜黔藩之命，詔免入覲。君先曾再攝黔藩，熟其利弊，裁糜費，覈浮銷，課額賦之盈虚，察僚屬之賢否，積米穀以待凶荒，治津梁以利行旅，繕城郭以備不虞，下至恤嫠、育嬰諸善政，無不畢舉。黔民之戴君，與浙無異。然君年逾七十，視在浙時精力固有間矣。自京師航海南回，由滬而湘、而黔，水陸數千里，而體日以孱。是年冬，飲食驟減，痰嗽大作，遂於光緒二十一年十二月壬午卒於官，年七十有三。君外和内介，平易近人，而意所不可，終不可奪。自妻胡夫人卒，旁無姬侍，一室蕭然，服用儉樸，而性好施與，賙人之急，拯人之危，養無所怙恃之孤，葬不能舉之喪，不可以數計，久亦忘其姓名。暇則以詩詞自娱，敏於詞翰，公牘私函，手自裁答。彭剛直公養痾西湖，時相過從，觴詠流連，余亦常預斯會。往年，君七十生日，余曾以文壽之，君自京師還至滬，猶手書寄余蘇州。吾浙之人，方冀君重來開府，而不意其已作古人也。娶胡夫人，生丈夫子四：濟楫，濟梓，皆殤；贊彝，江蘇候補知縣，補用直隸州；贊衮，同治十二年舉人，福建補用道，前臺南府知府，署臺灣道兼按察使。女子子二：長適浙江孝豐縣知縣茶陵譚恩黻，次殤。孫五：植元、植澧、植逵、植運、植蓬。孫女十。君之喪，自黔還湘，沿途士庶，扶老攜幼，跪送者不絶，有奉鏡一面、水一盂爲奠者，足見君之有惠政於黔也。光緒二十二年九月丙午，贊彝等葬君於孔漊塘之莊山，以余素習於君，具狀乞銘。銘曰：

君仕浙久，浙人所思。曰我髯公，愛之敬之。去而仕黔，位躋藩臬。君之仕黔，亦猶治浙。至今兩地，皆不能忘。吏守繩墨，民頌循良。我以部民，銘君之墓。千載而下，式此宰樹。

貴州布政使唐君妻胡夫人墓志銘

余既銘唐君之墓，而君夫人先君十七年卒，亦先君而葬，準古金石例，宜別爲銘。余既銘君矣，於夫人奚辭？按狀，夫人姓胡氏，湘譚人。祖洪翼，清泉縣訓導，父九鼎，候選按照磨。夫人年二十來歸於君，事舅姑如事父母，凡米鹽瑣屑，井臼勤勞，悉自任之。處娣姒，無間言，下逮僕媼，無不稱其賢、感其惠。及君官浙，屢攝監司，夫人皆從之官。雖居貴顯，而勤儉如寒素時，衣服多澣濯補綴，偶製新衣，藏弆篋笥，非燕客不易服。兒女衣履，手自縫紉，夜漏數下，猶拈鍼不休。寸絲粒米，不敢棄擲，曰：『衣食宜惜，福更宜惜也。』歲時家祭，治具豐潔，所焚紙錢皆自製之，不鬻諸市。與君牉合四十三年，相見如賓客。君權浙臬時，患瘧甚劇，夫人籲天，請減己算以益壽，歷七晝夜，目不交睫，病已而後卽安。君日無暇晷，惟夜必置酒小飲，夫人出宿醅煨芋栗以佐之。君詰旦又須早起，故飲已卽眠，夫人夙有不寐之疾，或招兒輩，共酌餘瀝，然切切小語，杯箸無聲，懼驚君也。其慎如此。訓子極嚴，偶宴起，輒訶曰：『炊熟矣，尚未入塾歟！』篋無私蓄，而戚黨之貧乏者，必佽助之，不稍吝。饋問往來，束修壺酒，無不周至。兒女婚嫁，於世俗浮費多所節省，然一襦一襖，一簪一珥，皆躬自料理。半生心血，耗於此矣。光緒八年十一月癸卯，卒於杭州寓館，年六十二。明年十一月癸未，葬於河西六都莊山之陽。余謂夫人合銘例矣，故撰次其事而銘之。其子女若干人，見君墓志，不具書。銘曰：

既和既順，亦儉亦勤。仰贊令德，俯詒清芬。後世修身，齊家之君。子尚其式，夫人之墳。

卹贈太僕寺少卿盛君墓志銘

嗚呼，吾於中日之事有深喟焉。夫中國之於四裔，自漢唐以來，皆以議和爲主。前此，當軸者力主和議，未失也，及和議決裂，嚴旨開戰，斯時也，又宜有鷹揚之將，熊羆之士，出死力，扼敵衝，搏兕攫犀，與之一戰，以小挫其鋒，則彼亦知中國之未可以輕視，戢其凶頑，來就我範。而惜乎當日之未見其人也。雖然，如盛君者，亦即其人矣。君諱星懷，字次垣，別字薇孫，江蘇武進人。祖隆，嘉慶十五年順天舉人，以知縣官浙江。父康，道光二十四年進士，官湖北鹽法道、武昌道，署布政使、按察使，後改官浙江，署浙江按察使，以長子宣懷官，封光祿大夫。母許氏，年十八以禮接於光祿公，封淑人，晉封夫人，攝内政者二十餘年，善於治家，盛氏日益饒衍，夫人與有力焉。君之生也，母夢大星墮懷中，故名以識之。幼穎悟，異常兒，年十五入縣學，屢應省試，不售，遂不屑爲舉子業。凡文詞書畫，及其他藝術，一見卽能爲之。然旋作旋輟，不甚措意。家有園林聲色之樂，亦落落無所好，惟喜談天下事，慨然有經世之志。光緒十九年，其兄太常君方官津海關道，君往省之，留居署中，襄辦海防事。君故習洋文，通時務，久之，頗著勞績，由郎中敘功，以知府候選，累保，以道員用，加三品銜，賜孔雀翎。人皆才之，以爲異時勳業，不在兄下也。二十一年，倭事起，朝命左、衞、葉三總兵戍朝鮮。君慨然語兄曰：『吾家世受國恩，今時勢孔亟，豈宜伈伈俔俔，伏處牖下乎？吾將投筆起矣。』太常君止之，曰：『如老父何？』君曰：『吾父雖年逾八十，而精力猶如壯時，且有兄在，吾意決矣。』是歲五月，從衛軍出關，駐平壤。見軍無紀律，且無鬬志，知不可用。謂衛曰：『承平以來又且三十年，淮軍精鋭，強半盡矣。所募補者皆無賴游民，以此禦敵，萬無勝理。請別練精兵。』不聽，固請不已，乃以一軍屬之。君以古法訓練，又屢上戰守策，而諸軍不相統屬，事權不一，互觀望，莫能決。至八月之望，諸軍方置酒高會，而倭猝至，烽火燭天盡赤。軍中大驚，皆譁潰，惟左公戰死，衛、葉兩鎮跳走。或勸君從衛、葉俱去。君叱曰：『此何時也？吾死日矣。』仗劍怒馬出南門，遂與敵遇，鎗礮彈子，雨集馬前，君奮不顧，大呼殺賊，愈進愈深，有僕遥見君中鎗傷腹，猶兀坐馬鞍，又一鎗，遂墜馬而隕。俄千騎奔騰，如雷轟，如潮湧，遂糜爛不可復辨識矣。年二十有三。嗚呼，我軍在平壤與敵相持月餘，誠得如君輩者數人，率敢死之士千，扶義而前，箕張而進，多鼓鈞聲，以乘敵壘，安知我之不能一勝哉？勝而後和，則操縱在我矣，此吾因君之死所爲三太息也。北洋大臣、大學士李公以聞，詔視道員例賜卹，贈太僕寺少卿銜，子雲騎尉世職，附祀總兵左寶貴專祠。君雖以義憤捐軀，亦可含笑地下矣。時光祿公以耆年碩德爲海内靈光，太常君綜事精良，膺國家重寄，而君又以忠烈垂名史策，廟食千秋，亦盛矣哉！君娶衡陽魏氏，無子。十九年之春，君曾還南，省光祿公起居。時光祿公寓滬，君妾王氏亦從在滬，侍君寢帀月而有身，及大期，生丈夫子，則君已死難矣。光祿公名之曰復頤，蓋其時猶望君生還也。今復頤已嶄然見頭角，其祖母、其母與生母同撫之，俟及歲之後，請襲世職，異時建功樹業，成君之志，未可知也。某年某月某甲子，具衣冠，招魂，葬君於光福里某山之原。以狀乞銘，銘曰：

才識遒，意氣壯，戰高麗，死平壤。父兄悲，母悽愴，幸有子，宗可亢。具衣冠，營碧葬，我爲銘，銘其壙。表忠烈，奇慨慷，式千秋，勵諸將。過墓門，拜英爽，松與楸，永無恙。

趙母潘太夫人墓志銘

有趙氏貞女琪，自狀其母之事實，介其所親來言於余，曰：『吾母自失所天，撫前室子三人至於成立，而三人者，又皆不幸先卒，母煢煢孤苦，惟琪以鍼黹供甘旨。今母殁矣，念吾母備歷艱苦，而志行卓然，非得立言君子爲之表彰，懼遂湮没不著。求之當代，則曲園先生其人也。不孝琪敢九頓首以請。』余瞿然曰：昔漢郭輔之女爲父立碑，金石家以爲美談，今又見之貞女矣。余何敢辭？按狀，其母潘太夫人，處士苑英公女。其先世有諱瀠而以孝旌者，則其六世祖也。幼讀書，嫻習禮儀，苑英公卒，妻病子幼，家事皆决於夫人。時貞女父常熟趙君喪其元配，聞夫人賢，委禽焉。夫人來歸，前室子三人，曰璐，曰瑛，曰林，皆以失母羸瘠，而林尤甚。夫人噢咻之，鞠拊之，於是三子始復知有母。趙君有姊，歸於楊，嘗戲謂諸子曰：『吾愛汝曹，曷從我歸乎？』三子皆牽夫人裾而啼。姊歎曰：『恩勤如此，吾弟無憂矣。』趙君宦游直隸，夫人從之往，生一子，命曰環，而夫人產後病，遂無乳，或勸顧乳媼。夫人曰：『吾夫子清貧，忍瘠吾家以肥吾兒乎？』時趙君適奉使外出，及歸而環已殤，甚悼之。夫人曰：『林兒甫四齡，吾病中聞其啼，惄焉如擣，願君移愛環者愛林也。』已而生一女，曰瑢，瑢生逾月而病，時三子皆病，夫人禱於神，願以己女代諸兒，及愈，人問故，夫人曰：『病亟矣，吾力不能兼顧，慭失有母之女而留無母之兒也，不然，吾豈忘《尸鳩》均平之義哉？』及戊申之秋生弟二女，卽琪也。又三年，而林入縣學，年甫十有四。夫人喜曰：『汝母遺言，雖舉家食粥，勿使諸兒廢讀。今可以慰汝母矣。』咸豐三年，粵賊渡黃河，破臨洺關，陷任縣。趙君適奉檄倅貳平鄉，距任縣止三十里，而平鄉令託君先以事至郡，邑無主，民大聳。趙君謂夫人曰：『余職雖卑，不敢委而去，與城俱亡矣。汝志節，吾所知，必不辱我。然三子可不死，大女已許嫁，亦可不死，宜免之。二女尚幼，斃之可也。』夫人毅然曰：『諾。』趙君遂至縣署，集士民，議守備。夫人卽脱臂釧易銀，分而三之，縫紉三子衣絮中，戒曰：『如城破，亟從老僕出，匿民間，存趙氏之孤。』又命以巨瓨盛水置廡下，如事急，卽溺琪。部署既定，而趙君出奇計疑賊，賊少卻，夜決滏水，賊曉見數十里内滉漾若巨浸，大駭，引退，平鄉以全。趙君力也，夫人亦與有焉。趙君後官望都，賊又大至，趙君力疾登陴，七晝夜不少休，因得咯血疾。及調元城，病益劇。夫人侍疾謹，湯藥必手治，時大雪，簷冰長尺許，夫人兩手皆皴，血漬衣袖。未幾趙君歿，貧甚，然僚友有餽遺者，謝不受，曰：『毋累我夫子清德。』林以咸豐八年舉人，應同治七年會試，中式貢士，病，未殿試，歸而主講平原，議迎夫人就養。夫人曰：『汝父柩在斯，吾亦在斯，汝挈汝婦去可耳。』九年，捻寇大至，圍郡城，元城故附郭。夫人居危城中，惟璐在側，夫人曰：『汝父以忠貞自勵，汝雖無守土責，然候缺於是，亦官也，宜登城以守。吾與琪至汝父停柩之所，城陷則從汝父九原矣。』乃挈琪從一婢俱往。會左文襄之兵至，圍始解。十年，林補殿試，以主事分吏部。時求直言，林陳時政八事，夫人聞之喜，手書慰勉之。其年八月，瑛奉趙君喪歸常熟，而夫人始就養京師。十三年，夫人行年六十，林集諸同年爲夫人壽。然長子璐已先卒，夫人因是慨然有鄉關之思，乃挈瑛及琪旋里。臨行語林曰：『自我入門，汝最稚，三十年來，汝最得我意，吾豈忍舍汝歸乎？ 然汝弱多病，吾先歸，葺屋待汝，汝亦勿久戀仕途也。』夫人歸，𢷬挏經營，成屋三椽。 而庚辰之歲，瑛卒於家，林卒於京師，不及半年，兩喪相繼，於是三子皆盡矣。 三子中，林最知名，以進士官吏部。 而璐官景州吏目，瑛以縣丞需次浙江，保以知縣用，亦皆有聞於時。 人方謂趙氏之興，正未有艾，孰知其降年之皆不永也。 夫人家居益窘，歲飢無食，不能並存，乃始析居，而夫人獨與琪也處。 琪生九歲，許嫁陽湖吳氏子錕，未嫁而錕卒，錕之父，直隸內邱縣知縣不久亦卒於官，兩家遂不相聞。 至是，其姑歸，知琪守貞於室，乃議迎歸。 夫人曰：『禮也，吾不忍以私愛留汝。』琪雖歸於吳，跪請於姑，仍歸事母，每歲居吳氏者兩月，如是十餘年。 姑病革，以舟來迎，琪適病疽。 夫人曰：『是惡能不往？』掖之起盥，血滿牀簀間。 及歸，姑執其手曰：『吾忍死待汝。』遂卒。 琪居喪如禮，既葬而歸，遂長與母居。 琪工書畫，鬻於人，又教授女弟子，薄有脩脯，夫人晚歲賴以存活。 光緒二十四年三月甲午，日加巳，以老病卒，年八十有四。 臨終召集孫曾，勉以讀書，爲善毋失，爲廉謹士。 嗚呼，是誠賢母矣。 以三子林軍功，加四品銜，故加級得封夫人。孫二人： 長宗鼎，瑛也子，爲璐也後，充國史館謄録，候選通判； 次宗穀，從子允祐子，爲林也後，縣學附生。 女子子二，長適武進吳氏，次卽琪也。 孫女一，曾孫仲惠，曾孫女三。 余既諾琪之請，乃撰次其事而銘之，銘曰：

齒八旬，封二品。 壽且貴，窮亦甚。 志行超，身世窘。 有賢女，爲之請。 勒我銘，庶不泯。

丁君妻陸恭人墓志銘

恭人姓陸氏，其先世自海寧遷於杭，父竹溪君，封奉直大夫，母洪宜人。恭人於姊妹行居三，自幼婉娩，讀《孝經》及《小戴記·内則》篇，咸通大義。織紝組紃，不學而工。年十歲，竹溪君卒，執喪如成人。及長，益沈靜，寡言笑。年二十二，歸錢塘丁君松生，爲繼配。丁君初聘於沈，繼娶於淩，沈、淩兩宜人皆有父母在堂。恭人曰：『兩宜人猶吾姊也，其父母猶吾父母也。』謹事之，於是兩家尊長亦親愛如所生焉。咸豐五年，舅姑俱病痁，已而舅殁，姑病益劇。恭人調護甚至，乃稍間，越兩年復作，益以脇痛。恭人抑按搔摩，不解衣而息者五閲月，及殁，哀慟逾常情。會有女叔將歸於李氏，已請期矣，姑臨終有遺命，毋易期，而其姒婦有痁疾，不能興，奩篚裝遣，皆恭人獨治之，無不詳緻，三黨稱焉。又二年，粤寇至，杭城陷，事起倉卒，丁氏所居遠，賊猶未至。恭人伯兄奉其母來，謀偕遁，塗遇賊，傷於刃。恭人裂帛裹其兄傷，扶持出艮山門，轉徙松江、青浦、南滙小村聚間。又由上海而至寧波，時杭城雖失，旋復，丁君方在城中設粥廠，以食難民，設防局，以助兵守，然寇警猶屢告。恭人不遽言歸，奉其母居越陶堰，及杭城再陷，又自陶堰至寧波，而定海，而上海。風濤兵火中，抱持先世畫像，自遷杭始祖瑞南公以下凡七世，謹守勿失，并護侍其母起居，及慰問諸昆弟輩，仍與平常不稍異。已而丁君亦自賊中出，迂迴至上海，則恭人已先至如皋矣。時局屢變，情事隨之，其艱難辛苦可知也。同治二年，復還上海，三年，官軍收復杭城。恭人諸昆弟奉母先還越中，無何，母病，恭人歸省，渡曹娥江，遇暴風，舟幾覆。恭人曰：『此江之神乃孝女也，神爲父死，吾爲母死，何憾？』言已，風息獲濟。既歸而母病竟不起，慟曰：『亂離中跬步不相失，今幸將復睹昇平，乃不獲終事母乎？』其伯姊適朱氏，殉難於包村，仲姊適殳氏，避亂歿於蕭山，而其昆弟中子和、葦笙、擷香三君皆先下世，恭人撫其子若女，存問其家，歷久不渝。婦人雖外父母家，然落葉糞本，亦人之至情也。恭人天性之篤，於此見矣。丁君居杭，負重望，杭事無鉅細，咸歸焉，家事一委之恭人。亂後親族中多失所者，周卹備至，遇臧獲輩，無疾言遽色，而人自畏之。素不事佛，然喜淡泊，恆斷葷血。性又耐勞，縫紉浣濯，輒躬親之。几席間無瓶花盆魚之玩，而一草一卉，有可療治人病，則栽植澆灌，歲以爲常。子立中，幼多病，自乳之，不假手傭媼，及就傅，則督之甚嚴，日之所學，夕必溫之。嘗曰：『吾生值亂離，七死三生，以至於今，幸而家室復完，婚嫁粗畢，吾願足矣。』未幾，風痰襲入經絡，四體浮腫，藥之不效。光緒九年冬，疾加甚，強起治歲事。明年正月，猶力疾拜先人影堂，既生霸，病遂篤。丁君卽於二月乙卯爲立中授室，新婦見於病榻，猶慰勉如禮，已而語立中曰：『吾及見新婦，死亦何憾，身後之事，從儉可也。』立中泣，不能仰視，則正色曰：『命本於天，志立於己，修身立學，毋墜先緒，何泣爲？』越三日戊午遂卒，年五十二。子一人，立中也，光緒十七年舉人。女子子二，曰延，曰恆，並嫻翰墨，工丹青，陸家驤、顧浩，其壻也。光緒丙申年某月某日，將葬於餘杭閑林鎮之金築山，立中以狀乞銘。銘曰：

懿歟恭人，𥇒順衷莊。克相其夫，厥家用昌。中更離亂，遷徙靡常。寶守遺像，扶持高堂。備歷艱若，終獲安康。女歸良奧，子舉於鄉。中壽非夭，令名孔長。千載而下，宰樹青蒼。

徐君雲泉墓碑銘

君諱慶湛，後更曰立慶，字德餘，自號曰雲泉，徐氏。宋時有贈兵部侍郎諱起彪者，其遠祖也。四傳至給諫公諱處儀，建炎中，扈蹕南渡，居山陰項里。給諫公之子諱德明，又自項里遷棲凫，棲凫亦屬山陰，然山陰與會稽壤相接也，故徐氏或籍會稽。君會稽人，曾祖起鳳，字羽翽，祖震，字東木，父應芳，字天駟。自高曾以來，累世單傳，至天駟公生丈夫子六，僉曰：『天殆將昌徐氏矣。』君於兄弟行居五，八九歲，入村塾讀書，性頗慧。然家貧甚，天駟公奔走衣食，頻遘死喪之戚，族人又淩侮之，益大困。乃喟然曰：『先儒有言，儒者治生爲急，吾諸子可坐困於蟫朽皀斷中乎？』命改而學賈，於是君亦棄儒而賈矣。俄天駟公卒，君既免喪，益習於賈，重裝遠出，於粤於豫，候時轉物，其贏百倍。嘗買吳興之絲，運而僨之於粤，所讐過當，即馳白諸昆，請更市縑帛之屬。以往，仲季兩昆難之，持未決，君請益堅，曰：『贏絀吾自任之。』已而果贏數千金，君曰：『吾庸可有私財乎？』别而儲之，其後創設義塾，以教一族之子弟，即用是金也。及將析産，父老相與議，曰：『君家故窘乏，今高貲巨萬，皆仲季兩君及君之力，恆分之外，宜有所酬。』請公出三萬緡，分畀三君。君辭不受，盡以歸仲氏季氏，《禮》曰『分毋求多』，君之謂矣。君雖與諸昆異産别居，而月要歲會，仍總於仲兄，君則鞿馬鈴騾，經營於外，所至購求甘脆之物，以奉其母。母年六十及七十，君雖在數千里外，必於生日之前馳歸爲壽，母子兄弟，共相慰勞，愉愉如也。粤賊之犯浙也，季兄已前卒，仲兄亦老病，而母年八十有四矣，一門三四十人，繫君是恃。君念賊勢益張，浙東西無善地，惟滬上一隅，輪艦四達，緩急可濟，乃豫寄輜重於滬，而移居會稽橙塘以覯其變。及紹興不守，君奉母挈婘屬走寧波，航海而至於滬，風濤兵火之間，轉徙流離，人或疑其太遠且險，然其後家鄉親故之陷賊中者，無一得全，而走投包村，依附義團以自固者，死且億萬計，然後知君所見之大也。同治建元，大亂底定，復歸寧波，而母王太夫人卒，奉喪歸里，窀穸之事，尚有待也。君則仍寓橙塘，會逢大水，振以米，繼以錢，飢民賴以存活甚眾。君以亂後無家，買宅於郡城之水徵巷，將徙入居之而仲兄卒。君慟曰：『白頭兄弟，奄忽俱盡，此生無復天倫之樂矣。』入新居半月而病，逾月而歿，時同治七年五月辛丑也，年五十有八。君性質直，篤於倫誼，以先世未置祭田，創置膏腴三百畝，由本支推之旁支，又推而至於外家王氏，或絕無後，或其子孫遠出不歸，咸取之此，供粢盛牢醴之用。七世祖妣金，高祖妣許，曾祖妣方，從祖母任，及其弟婦章，皆以節行著，君爲請於臺司，達於禮部，旌表如律。弟無子，以己次子後之，分宅而居之。有姑適張氏，君少時曾保抱攜持焉，終其身，母事之。與人交必以信，與人共貿易，無豪髮私。不畏強禦，能面折人過，而御下甚寬。在粵時，有一僕屢竊君金，借他故遣〔二〕之，不以告人也。娶馬夫人，有賢行，始來歸，姑王太夫人治家嚴，婉娩聽從，曲當其意。有女公適陳氏，早卒，遺一女，迎之歸，撫育之，至於嫁，以仰副先姑之意。光緒二年，海溢於山陰、會稽之北境，蕩析民居。命其子出巨貲，募飢民，增築長隄一萬餘丈，事聞於朝，詔以『樂善好施』四字旌其門。又與娣婦章建清節堂於嵊縣，君之賢，亦夫人有以成之也。生丈夫子二：樹蘭，光緒十一年舉人，鹽運使銜，道員用，候選知府；友蘭，附貢生，户部郎中，即君命之後其弟者也。女子子二，其壻曰陳英，曰吳壽震。孫四人：元釗，光緒十四年副榜貢生，太平縣教諭；爾穀，廩貢生，候選知縣；

嗣龍，國學生，江西候補同知；維烈，尚幼。孫女三，曾孫二，世保，世佐，曾孫女十有一。君自以少年因貧廢學，望諸子讀書甚切，嘗至郡城，僦居僧廬，延聘師儒，課其子與其從子，今子若孫皆以文學有名於時，君意其可慰矣。以子官，累贈至一品，君之殁也，王太夫人尚未葬，遺命必先葬王太夫人，故至光緒九年始克葬君於董塢後山，成君志也。十四年四月丙申，馬夫人卒，即祔於君之兆，禮也。墓宜有碑，碑宜有銘，銘曰：

士與賈分，自管子始。古則不然，商賈亦士。端木之賢，貨殖奚恥。君以長才，而隱於市。南北就時，其業倍蓰。祭田乃興，家塾乃起。無間弟昆，有益鄉里。又得賢媛，助成其美。一門之内，森然杞梓。爾熾爾昌，旦夕可俟。我作銘詞，百世斯視。

【校記】

〔一〕遺，原作『遺』，據文意改。

孫玉堂墓志銘

君諱寶書，字玉堂，一字步青，孫氏。其先世出自陳敬仲，至漢有天水太守賓，自賓以來，世系始可紀，蓋傳二十七世至世柱，字公棟者，始家常熟，後分常熟，置昭文縣，乃世爲昭文人。乾隆時，有以詩名海内，諱原湘，字子瀟者，君之曾祖也。祖文杓，字小真，父念屺，字朗夫，皆隱居求志，稱善鄉里。朗夫公初娶於吳，繼娶於楊。君，楊出也。時朗夫公年已五十矣，以得子晚，奇愛之，不忍苛責以學。而君益自刻勵，寒暑無間，舞勺之年，已通羣經大義，所作詩文，皆有法度。會遭粵賊之亂，縣城陷焉，侍朗夫公避寇於南通州之鄉，父子皆以授徒餬口，饔飧幾不給，而不妄受人一錢一粟。來學者亦皆窶人子，朗夫公曰：『今日多一讀書之子弟，他日即少一失業之游民，天下之亂，其少弭乎？若較量修脯，則貧民子弟廢學者必多，多一廢學之子弟，即多一失業之游民矣。』乃與其鄉之父老約，有來學者，修脯之多寡有無，均不問。鄉人感其意，爭就學。君承朗夫公之訓，終其身以授徒爲事，蓋以韋布之士，無補於時，惟出其所學，啓牖後進，其秀傑者可以有成，其愚頑者亦化爲善良，不致流於不肖，鄉閭安靖，爭訟衰息，於世不爲無補。嗚呼，其所見遠矣。亂定，仍奉朗夫公而歸，寓邑之東鄉，其地曰老吳墅，從外家楊氏居也。楊氏多服賈者，君因是亦稍習廢著之術，然不廢學，學益進。同治七年入蘇州府學，光緒元年補廩膳生，四年科試，君挈長子同康應試，亦入縣學，時朗夫公已先歿。朗夫公之歿也，君方赴試蘇州，不及親視含斂，大以爲恨，自誓家居奉母，終身不遠遊。兩浙鹽運副使高君笏堂慕君名，欲延課其子，弗赴也，惟閉門課子，教授生徒。所爲文，以清真雅正爲宗，尤推服陳星齋、方望溪兩家制義，十應鄉試，屢薦不中，乙亥科房考，張公振潢力薦，主試亦甚賞之，卒以微疵見擯。君曰：『得失命也，學則在我者也。』乃羅列經史，旁及唐宋大家詩文集及本朝名臣奏議，排日自課，勞倍童稚。得曾文正公奏疏、書札，讀之，歎曰：『細微之處，精密無間，宜其勳業之巍巍矣。吾輩不能爲其大者，且爲其小者。』暇則與家人婦子取《文正家訓》反復講貫，期於童穉皆知。曰：『汝曹人人從事於此，則其大者，或亦可望乎？』後其子同康成進士，殿試甲第、朝考名次皆與文正同，君以書勖之，曰：『汝其效法湘鄉，務爲遠大，以成吾志。』君治家嚴，子弟有過，督責不稍恕。嘗曰：『子夏云「小節出入可也」，子夏一生謹慎，此乃其晚年見道之言，讀者勿以文害辭。』從學諸弟子皆奉君教，文行交修，歲科兩試後，以文來質者踵於門。君曰『某也售』，『某也否』，無不驗。榜發，則門下之士得與者多或十餘人，少亦四五人，以是爲常。子瀟公舊宅燬於兵，君積歷年生徒束脩之餽，經營庀度，建屋十楹。既成則又曰：『子瀟公以下，昆弟尚眾，吾於此宅僅得有其六分之一耳。』乃集同曾祖昆弟，償以五分之直，然後遷入居之。又欲重刊子瀟公《天真閣詩文集》，門下士強詹簿至善請於君，願任其事，逾年告成，君謂同康曰：『吾力未逮，故吾徒成之，汝異日能以資償強君，而歸版於孫氏，此吾志也。』光緒十五年，君年五十矣，同康等將置酒上壽，君曰：『恆言不稱老，吾母在，吾夫婦敢言壽乎？』勿許。至二十年，年五十五矣，同康已成進士，入詞林，而是年江南舉行正科鄉試，楊太宜人曰：『吾今歲頗健，汝年未六十，且兩孫皆當赴試，而幼孫同虞年穉無知，吾心爲之忉忉，汝宜挈兩孫同赴金陵，則吾安矣。』君初不欲往，以母命遂行，行至江寧，未十日而家中以電報告，太宜人得暴病。君大慟曰：『吾不及見吾父之歿，豈又將不及見吾母乎？』徒步出三山門，行烈日中十餘里，甫登舟而心痛，神思昏亂，語言淩襍，惟聞若呼『吾母何往，吾將同歸』，其夜遂卒於舟中，乃光緒二十年七月戊戌也。楊太宜人亦於是日日加申卒於正寢，正君金陵登舟之時，距君歿僅兩時許耳。君幼有至性，爲童子時，喪其七齡幼弟，哭之甚哀，以朗夫公早歿，事母益虔，千里之外，驟聞母病，如聞迅霆，心膽裂矣，宜其不起也。君以子同康官，加四級，贈奉直大夫。娶吳氏，封宜人。子三人：同康，光緒十九年舉人，二十年進士，改翰林院庶吉士；同潞，常熟縣學生；同虞，昭文縣學生。女一人，適同邑吳福孫，性至孝，君歿欲殉之，而甫有娠，待至次年二月舉一男，曰：『今可以從吾父矣。』絶食死。孫二人，皆殤。某年月日，同康等葬君於某原，以狀乞銘。銘曰：

惟文與行，孔門所崇。以此爲教，教思無窮。士有恆業，民無澆風。閭閻息訟，盜賊銷鋒。是爲本務，獲效甚豐。世人逐末，異端是攻。剿擘非知，奇衺不衷。安得君等，隱寄折衝。嗟哉純儒，而又孝子。母子同命，捷於罄指。表君至性，振俗之靡。擴君教術，救時之佹。礱石勒銘，百世斯視。景彼高風，識我微旨。

安徽巡撫沈公墓志銘

公諱秉成，字仲復，浙江歸安人，沈氏，所居曰竹墩，湖郡巨族也。曾祖裳錦，祖治，本生曾祖襄錦，祖澍，並有隱德，時稱長者。父功枚，以知縣官福建，歷知同安等縣，後改陝西，歷知岐山等縣，所至皆治。曾祖母費，祖母韓，本生曾祖母嚴，祖母張，母嚴及馬，三世以公貴，贈封皆一品。公五齡失恃，有從母嚴氏鞠育之，教誨之，授以四子書及《易經》、《詩經》，過目不忘。後從其外王父嚴石間先生讀，雖隆寒酷暑，執卷不釋，不數年，諸經皆卒業。爲文章，操筆立就，見賓客，嚴重有度，識者皆曰：公輔器也。道光十八年入縣學，二十九年應順天試，中式舉人。咸豐二年會試，取謄錄，充宣宗成皇帝實錄館漢謄錄。六年成進士，改庶吉士，充實錄館協修。全書成，敘功加五品銜，散館，授編修，大考翰詹，列二等第五，詔遇坊缺題奏，兼賜袍料。十年，充會試同考官，十一年，充山西鄉試副考官，同治元年，遷侍講，二年，轉侍讀，歷充國史館協修，功臣館纂修，日講起居注官，咸安宮總裁，武英殿總纂，文淵閣校理。及穆宗毅皇帝實録館開，又派纂修。三年，京察一等，以道府記名簡放，旋以實録書成過半，詔專以道員用，尋授雲南迤東道。甫出京，以父憂歸。八年，授江蘇常鎮通海道，十年，調蘇松太道，累以籌餉功，加按察使銜，晉布政使銜，賞戴孔雀翎。十三年，擢河南按察使，尋調四川按察使。初公之丁父憂也，親赴山西奔喪，眷屬仍居京師。公繼配姚夫人及二子皆以喉疾卒，公自晉歸，不及見矣，哀毁之中，又遘此變，遂得肝脾之疾。其後以海關任重，昕夕不遑，益之以咯血，故雖疊拜按察使之命，均謝不赴。僑寓吴中，購得婁門某氏廢園而修葺之，有泉石之勝。時繼配嚴夫人已來歸，工丹青，嫻詞賦，公遂名其園曰耦園，相與嘯詠其中，有終焉之志。而是時大亂初平，天子切求治安，需材甚急。公之才望，爲海内推重，凡言人材者，必首及公。光緒八年，特召來京，仍以病辭。十年，即家拜順天府府尹。公瞿然曰：『天恩厚矣。』乃力疾入都。時廟堂之上以折衝禦侮之才爲尤急，公之任蘇松太道也，其地中外襍處，華人陷於法者，求洋酋請託，官不能詰。公於其來請也，無所拒，及視事，仍斷如法，酋亦無如何也。一日，四明人與法人爭地械鬭，變起中夜，公率文武官弁，躬履其地，衆散其衆，遂以無事。及臺灣生番事起，日本領事曰柳源氏者，日來見公，呶呶爭辨，示以公法，折服而去。於是天子知公之能也，一至即命兼充總理各國事務大臣。其時英公使適與某疆吏不協，曰：『吾國領事屢往而不一見，何也？』公曉之曰：『疆吏事煩耳。』請限以幾日。公曰：『限之一言，非所施於敵體。』『然則改限爲約，何如？』曰：『見則吾請任之，約亦非可言也。』公密以告某疆吏，一見其領事而事遂解，議者謂：『公此事，得富鄭公爭「獻」「納」二字之意，可謂知體要矣。』由是知遇益隆。十二年，除内閣學士，兼禮部侍郎銜。十三年，署刑部左侍郎，旋命巡撫廣西。廣西，地瘠民貧，歲需惟賴鄰封協濟，恆苦不足。

公取道江西、湖北、湖南，面見三省督撫，推誠商榷，無不感動，歲解如額。公承凋敝之餘，持以寬大，不及半載，百貨流通，所入釐税，贏至十二萬兩。先是，公在常鎮時，以野多曠土，設課桑局，赴湖州購買桑秧，兼募湖人，教以藝桑育蠶之法，其後常鎮間蠶桑之利幾與吴興埒。至廣西，以南寧、泗城、潯、梧等府皆宜蠶桑，亦奏請舉行焉。又在鎮江，以庚申之亂，白骨如莽，設局掩理，俾無暴露。而廣西省城有開元寺者，停積棺槥至萬餘具。公歎曰：『彼兵燹後，宜爾也。桂林幸未陷於賊，何累累者亦若是？』有主則限以日期，無力則佽助之，責以必葬，無主者，官爲之葬，於是積槥爲空。蓋公所至，勤求民瘼，類如此。歸順州舊隸鎮安府，新升直隸州，又有百色直隸廳者，故土官也，雖改土歸流，而其地極邊，其民喬野。公曰：『此二處草昧未開，科名不振，異端乘虚而入，必爲所奪，亦邊境憂也。』言於朝，每届鄉試，此一州一廳，别立坐號，即於廣西原定中額之内撥一名與之，如子科歸州，則卯科歸廳，以廣邊士登進之階，而杜外人簧鼓之漸。惟彼哲人，瞻〔二〕言百里，公之謂矣。十五年，調安徽巡撫，以蕪湖居上江衝要，華洋輻湊，良莠襍居，奏設道員，專辦保甲。大通鎮與和悦州對峙，百貨薈萃，亦盜藪也。設立分局，以佐蕪湖所不及。諮行毗連各行省，凡連界州縣，互用連銜空白差票，有所名捕，不分畛域，以故歷年未獲之渠魁，皆得捕獲駢誅，以遏亂萌。又以皖省水陸防軍訓練未精，諮調北洋諳習法國兵法之副將一員，來皖訓練，日一視之，由是皖軍悉成勁旅。凡攔江磯、東西梁山諸處，舊有礮臺者，自往相度，廢者修，缺者補，或江流衝突，今昔不同，則改易其處，倣用洋法，或明或暗，因地制宜，以固上游門户。省城西門外有漕河一道，潛山、太湖等縣，由此運漕出江。其外内各有一洲，以爲漕河屏幛，洲以内又有鹽河一道，爲米鹽屯聚之所。咸豐間，江以南突起新洲，東水而北，兩洲淪陷，兩河並與江通，每逢盛漲，直齧城根，省垣岌岌。公察形勢，尋案牘，於西門外漳霞港別開新河，接至江口，導潛山各縣之水，滙合入江，以禦江潮；於河口上下，各築高厚長隄，以固河身；又於内築偃月隄，遏石門湖來源，以免沙泥淤墊。於是民田得蓄洩之宜，商舶有停泊之便，至今其地成小聚落焉。城之東偏，故有奎星樓，翼然雄峙，可望大江。樓前有隙地，後又於其地建文昌宫，樓爲所蔽，自是兩科鄉試，城中無中式者，無不歸咎於斯。公增高其樓，使仍可眺遠，而是科省城登賢書者七人，士林大悦。公又奏設經古書院，以課經史實學，皖士彬彬然，多通經之士，由此始也。十七年，詔署兩江總督，拜命之日，嚴夫人卒，公雖盡然傷心，然不敢以私廢公。而江督事煩任重，公承曾文正、沈文肅、左文襄諸名公之後，慨然曰：『前型未泯，敢不勉乎？』營規鹽政，力求整頓，修築城垣，添置器械，日與僚屬講求，不遺餘力。會俄國世子來游中華，過江寧，泊下關。公曰：『彼國儲貳之尊，異日邦交所繫，吾爲疆吏，禮不可闕。』乃登其舟，握手言歡，移時而別。先是，民間以事非習見，人情惶惑，至是始皆釋然。及受代回皖，道出蕪湖，適其地法國教堂於前一日被焚，而羣情洶洶，尚思逞志於英美諸教堂。公飛調附近營勇，彈壓解散，及抵安慶，訛言四起，和州、六安、宣城、建德之人，均思與教堂爲難。公嚴檄所由，先事防範，告誡周詳，人心帖然，釁乃不作。公數歷中外，久任封圻，朝廷嘉念賢勞，特錫一品冠服。二十一年，派充安徽閲兵大臣，時眷注固未衰也。未幾，有開缺來京之旨。公曰：『臣子奉職中外，一也。』卽部署北行，繞道至滬，將附輪船達津沽，而宿疾又作，不得已，至吳下就醫，七月丙辰，卒於耦園，年七十有三。是時，海警未靖，遼事方亟，使公還朝，或仍入總理衙門，必有所建白，而惜乎一病之不起也。公在翰林，卽留意當世之事。同治中，陝西亂回圍攻鳳翔。公以講官上疏，言：『鳳翔不守，則糧道不通，省城坐困。且與甘肅之回聯絡爲一，其勢蔓延，將不可制。宜命大將以重兵剿之。』詔命都隆阿往，於是朝議藉藉，言公知兵。公又時以桑梓爲念，粵賊陷湖，殉難者衆，公訪得族人殉難者百有餘人，以其名聞，旌如例。又言：『湖郡漕額，輕重不勻，烏程、歸安、德清爲最重，長興、武康次之，安吉、孝豐又次之。吉、武、孝三縣俱屬山鄉，固不可比擬，若長興，則與程、安、德俱鄰太湖，田畝肥瘠相等，而編徵銀米，輕重懸殊，此何理也，請飭浙撫體察情形，將程、安、德三縣應徵銀米視長興上則起科，而長、武、吉、孝四縣，則視江蘇漕額本輕常、鎮二府之例。』部議從之，至今湖民蒙利焉。又以竹墩宗祠，歲久將圮，城中舊有遠祖恭靖公專祠，全燬於兵，捐金修建，一如其舊，於恭靖公祠旁築屋數椽，爲沈氏子孫入城應試休息之所。譜牒舊板，漫漶過半，爲刊補之，又傳知遠邇，訪求世系，續前譜所未收。族姻中孤寡無以存，及貧不能嫁娶者，咸有助焉。伯兄不禄，撫兄子鳳韶如己出，及晚年，而叔、季兩弟又卒，天倫之戚，不能去懷，公之不至期頤，亦由此也。性喜金石字畫，所收藏皆精絶。其居耦園也，南皮相國亦適寓吳，一時如潘文勤公及李眉生廉訪，顧子山、吳平齋兩觀察，皆時相過從。偶得一古器，一舊刻書籍，摩挲玩弄，以爲笑樂。始在京師，得汧陽石，剖之，有魚形，製爲兩硯，名之曰鰈。及與嚴夫人以詩酒倡隨，乃以鰈硯名廬，名流題詠，咸稱佳話。公先娶張氏，繼娶姚氏，又繼娶嚴氏，三夫人皆先卒。姚夫人生二子，皆殤；嚴夫人生三子，延馨，亦殤，存者，瑞琳、瑞麟。瑞琳於光緒十九年舉於鄉，公之内召也，瑞琳會試報罷將歸，公曰『吾亦將北上矣』，遂命以郎中分部學習，掣籤，得刑部貴州司。女子子一人，姚夫人出也，適直隸東安縣知縣馮壽松。孫女二人，尚幼。嚴夫人之殁也，葬於仁和縣南山諸家濱之原，公自營生壙〔二〕於其左。某年月日，瑞琳等奉公之喪，啓而窆焉，禮也。公生平學問政治，卓犖可傳，不可無述，乃因瑞琳等之請，次第其事，而繫以銘。銘曰：

公起詞苑，而至封疆。理幹開達，綜事精良。桂林鬱鬱，皖山蒼蒼。公之所至，利澤孔長。蒐補卒乘，興起膠庠。繕完隄堰，勸課農桑。内撫黎蒸，外服戎羌。方今異族，日益鴟張。安得公等，高議明堂。我游其園，泉石清涼。我登其隴，松柏青蒼。山川無改，子孫其昌。

【校記】

〔一〕瞻，原作『贍』。《詩經·桑柔》有『维此圣人，瞻言百里』，此處當化用此語，因改。

〔二〕壙，原作『塘』，據文義改。

福建巡撫張公墓志銘

咸豐初，大盜起於粵西，中原鼎沸，若捻若回，皆乘隙而起。時承平久，無戰守備，賊蹤所至，從風而靡，名都大邑，相繼淪陷。爰有一二奇侅非常之人負文武幹用者，屹然楮柱危城，爲天子保全疆土，如沈文肅之守廣信府，張勤果之守固始縣，皆名動朝廷，璽書褒獎，一歲數遷，授以封圻重任，垂名青史，圖畫淩烟，後世瞻仰，望若神人。烏呼，如我友山張公者，亦何媿歟？公諱兆棟，字伯隆，友山其自號也，山東濰縣人。曾祖鋐，本生曾祖鑑，祖文輯，父翕，皆潛德不顯，以公貴，贈光禄大夫。曾祖妣譚，本生曾祖妣劉及韓，祖妣劉及孫，妣宋，贈封一品夫人。公幼而沈摯，其世父扶青明經諱翀者，通經術，有識鑒，謂：『昌吾家者，此子也。』盡以所學授之。年十七入邑庠，道光二十三年以優行貢，即於是歲舉於鄉。二十五年恩科，成進士，官刑部主事，洊升郎中。每遇疑獄，用類推迹，平反甚衆。九年，以知府分發陝西。同治元年，鳳翔府闕員，大吏知公才，俾往攝之。而是時陳賴諸捻寇方由荆紫關入陝，粵賊僞啓王梁富成又由山陽、雒南而走平利，全省糜爛，渭南縣回民因之作亂，戕官據城，厥勢洶洶，同州、華州諸回皆叛，應之，鳳翔接壤，亦將蠢動。或勸公曰：『此危地也，以病謝若何？』公曰：『數由天定，事在人爲，臨難苟免，豈人臣之義乎？』趣之官，陽爲撫循，陰修戰備，甫及三月，回寇大至，城外回民爲所句結，變且不測。公嬰城固守，募數千人爲游兵，擇其精健者，倚城而爲壘，先後五十餘戰，斬馘甚衆。賊爲蚰蜒濠，深廣各三丈，爲久圍之計。公無日不登陴巡視其堞，夜不解衣，晝不飽食，蟣蝨滿襟裾，羮野蔬而飯粗糲，諸奴皆散，一老僕從之，一妾以憂畏得疾死，署中無人，出則鍵焉。一日，賊發地雷，毁城西南隅，蟻傅而上。公親冒矢石擊卻之，賊偵知公所在，礟彈雨集，麗譙皆毁。公危坐其中，不爲之動，如是者十有六月，而將軍多公多隆阿援師乃至，城圍以解。詔以鳳翔被圍日久，卒保無虞，有深堪嘉尚之褒，有量予鼓勵之命。公先是已實授鳳翔知府，至是超拜四川按察使，旋調廣東，俄升布政使，蓋毅皇帝知公之才而欲大用之，自此始矣。盤根錯節，乃見利器，公死守一城，綿歷帀歲，非奇侅非常之人而能若是乎？固宜與文肅、勤果諸公同爲咸、同間封疆名臣也。鳳翔之民，初脱水火，方倚公如父母，而不可留矣。公既至廣東，左文襄以湘軍駐嘉應州，饟餫不繼。公竭力籌應，軍糈無缺，文襄上其功，賜三代一品封。嗣是由粵而皖而蘇，民懷吏畏，所至有聲。護理蘇撫，奉命治海防，曾文正督兩江，甚倚重之，丁中丞日昌亦言公治海防，布置周密，於是朝廷益知公可大用。九年，遷漕運總督，時議者皆以海運爲便，運河久廢不修。公曰：『海或有警，漕將不至。』力請濬治運河，以濟海運之窮。今朝議皆知河運不可廢，用公議也。十一年，調廣東巡撫。粤俗喜博，而闈姓標爲害尤烈。闈姓標者，凡文武童試及鄉會試未出榜之前，博徒以姓爲標，任人射之，中多者勝。民貪其利，趨之若市，往往傾其家，而場屋之獘，亦緣是而生。公下車，嚴禁之，終公之任，闈姓標竟絶。後復弛其禁，且歲納其捐輸，然議者終以公之所持爲正論也。俄丁内艱，公少孤，事母極孝，莅粤之四年，母宋太夫人年八十有五，御書『懿榘頤齡』四字賜之，并拜如意文綺之賚。及其卒也，年八十有六矣，海内人士無不歎誦。而公哀毁彌甚，扶柩北還，悲感行路。既免喪，誓守墓廬，不復再出。詔書敦迫，辭不獲命。光緒八年，署福建巡撫，逾年卽真。公渡海巡視臺澎海口，以兵力猶單，議增益之，部署粗定，而法蘭西之釁起矣。福建將軍、督撫同城而治，時又有欽使會辦軍務，議者以爲戰既有人，則守亦重任。於是將軍、總督會奏以巡撫專任守事。其時敵艦已闌入馬江，公使觀察劉君率師駐鼓山，廉訪裴君發夫役，塞林浦之港，以固省垣門户。又以城中錢米兩絀，貸款開倉，以安民心。蓋公爲守計，固已周矣，馬江之敗，非公罪也。猶以同任封疆，深自引咎，及奉部議，一例罷官，人或爲公冤之，而公不一辨也。公前在鳳翔圍城中，容貌益腴，人問其故，公曰：『濟則國家與蒼生之福，不濟則死耳，吾心無顧戀，是以腴也。』嗟乎，死生之際，無動於中，況官之去就歟？宜其陽陽如平常也。代公者久而未至，命公仍視事如初，公疏辭不允，蓋上雖以吏議罷公官，而眷注固未替也。逾年受代，病不能就途，仍留於閩。溯公自出守秦中，二十餘年來，積勞深矣，宜其病也。光緒十三年十二月己亥，卒於閩寓，年六十有七。娶陳氏，繼娶康氏，皆封夫人。生子五：仔，縣學生，以恩蔭官刑部主事；儁，江蘇候補同知；僖，光緒九年進士，福建興化府知府；侃，優貢生，内閣中書；倓，縣學生，浙江候補同知。女子子二，歸於楊、於王。

孫六人：毓琦，縣學生；毓珽，毓瑚，毓彀，毓琛，毓玫。曾孫煦、杰、烈。公服官中外，三十餘年，清正勤慎，咸稱其職。當撫粵時，適山左荐饑，公由海道運粟數千石振之，其鄉人至今感焉。而鳳翔之民戴公尤深，蓋公一生，上而結主知，下而孚物望，皆原於此云。公與先兄壬甫有同歲之誼，其在蘇也，余又時相過從，罷官後猶書問不絕。今其諸子以銘幽之文爲請，余何辭焉？銘曰：

回仡餘種，布滿甘涼。鸓駴颾裔，蔓延岐陽。咸同之際，羣盜披猖。逆回乘隙，煽亂一方。公於其時，出守鳳翔。長圍既合，烽燧相望。公坐危城，夷然如常。十六晦朔，艱苦備嘗。寇來不上，屹若金湯。天子曰諮，爾才孔長。爰自藩臬，荐歷封疆。馬江一役，於公何傷。公職在守，不歷戎行。榕城安堵，未復於隍。吏議雖嚴，公論自彰。秦中父老，思公不忘。三吳百粵，頌聲洋洋。方今區宇，未盡平康。安得公等，寄以鷹揚。

湖北候補道項君墓志銘

君諱晉蕃，字書巢，項氏。其先由歙遷杭，遂爲錢唐人。家故饒衍，以鹺爲業，當雍正時，有諱某字守約者，佐李敏達公整飭浙鹺，事載《兩浙鹽法志》，則君之五世祖也。曾祖豐，乾隆二十七年舉人，祖本誠，增貢生，候選通判；父爾康，候選布理問。理問君少孤，生母楊太夫人撫之，至於成人。及君生十日，而母顧太夫人卒，亦育於楊太夫人。後理問君又續娶劉太夫人，生三子，而君則冢嗣也。弱冠爲縣學生，應歲科試，率居高等。省試屢薦，不售。其時粵賊破杭州，浙東西皆亂，君家亦遂中落。君曰：『此何時歟？非伏案而咿唔時矣。』乃棄舉子業，以運判分發兩淮。上官知君之素業鹺也，曰：『是必習鹺務。』命權泰壩監掣。同知有某者，姦商也，謀啓滕、鮑兩壩，以利私銷，而便偷漏。飾辭以請於官，官則許之，啓有日矣。然兩壩啓則下河泛溢，被其害者無慮千百户。君力言於刺史李君春棠，謂：『啓壩無益，徒害民田。』事乃已。光緒七年，所屬草堰、新興、伍佑、廟灣四場，風潮爲災，竈民蕩析，皆謀他徙。君相度地勢，㨨土使高，築圩衛之，命曰『避潮墩』，給予竹木，使營篷廠，以蔽風雨，寒者予之衣，饑者予之粟，履行各場，撫視存問，所活無數。逾歲復往，老幼迎於塗，塗爲塞。嗣是每遇風潮，輒就避潮墩，皆曰：『吾項公之賜也。』八年，攝海州分司。左文襄公方奏加新引，君酌盈劑虛，俾新舊諸商無儳互不齊之弊。既而，曾忠襄督兩江，又議裁新引，歸正額，時君已補通州分司，仍移君海州，使釐正鹽務。君曰：『鹽務在去其弊，弊絶卽不加引亦足，弊在，雖加引無益。』故事，票商赴場運鹽，某商某場，由分司掣籤而定，淮北之鹽以版浦、中正兩場爲上，臨興場次之，商家願得上色鹽，而場商每以次色強其綑運，雖經掣定，陽奉陰違，齗齗爭論，遷延時日而商累矣，乃納錢於場，是謂貼色；場商得錢，不特易其色，甚或益其數，是謂加斤。君立限册以稽考之，如頭限應某商運某場之鹽，逾限者罰，如是則場商不得留難，而貼色之弊絶。又嚴御秤手，無許輕重高下，而加斤之弊絶。其三場運鹽之要道，有新關焉，君時駕輕舠，赴關抽驗。又請上臺派武職大員率師船巡緝，於是私販絶跡，鹽務大治。君手輯《淮北票鹽續略》，具載之，至今商民蒙利焉。十五年，大計羣吏，以卓異聞。十六年，仍回通州任。其時餘東場有教民與竈户爭地，燔其屋，竈户憤，搆訟不休，事涉外國，無以折之，行且啓釁。君察教民所操券僞也，指斥其誣，美教士萬人傑俯首，不能措一辭，慴伏而去。十八年，以所屬運鹽河淤淺，議濬之，而河身甚狹，泉孔甚多，朝岸夕漲，費倍功半。君躬自督率，風雪中巡視河干，晝夜無輟，公款不給，籌款代發，積至五六千緡。逾歲工竣，一律疏暢，來橈去輯，歌頌勿衰。二十年，俸滿，將赴部引見，以繼母劉太夫人病，未果。會東事起，命君與錢觀察德培團練通州、海門、泰興、如臯四州縣民兵，以禦外而安内。君經畫裕如，籌餉餉足，練兵兵足，時君已敘功疊加至三品銜，賜戴孔雀翎，以道員在任候選，又請以道員指發湖北候補，駸駸大用矣。二十一年二月，繼母劉太夫人卒。君十五歲而孤，事繼母以孝聞，至是哀毁如所生，而君亦自此病矣。二十二年，大吏敘君籌餉團防之功，奏加君二品頂戴。君以一諸生，跻涉監司，而終以不由科目爲歉，望其子成名甚切。光緒八年，次子兆驤以優貢應朝考，詔以知縣用，君大喜；去歲補興化縣缺，君益喜，曰：『吾固居揚州，猶吾鄉也。』而蘇撫重其才，命攝吳縣事，君一來視之，未幾卽去。光緒二十三年正月辛亥，以病卒於揚州，年六十有六。君家雖業禺筴，而儉樸如寒素，惟遇善舉則勇爲之，歲施衣藥、棺槥以爲常，親族賴以舉火者，十有餘家。尤喜刻勸善之書，蓋其父理問君遺教也。曾遵祖父遺命，兩次助振，詔以『樂善好施』旌其門。交友待人，一以至誠，友於昆弟，老而彌篤。其季弟研農君與弟婦章遇賊，不屈死，君尤悼之，命兆驤後之。娶許氏，封夫人。生三子：長兆麟，官南河同知；次卽兆驤也；又次兆鴻，殤。女子子六人，蕭山丁兑孚、同縣戴兆衡、仁和王壽桐、山陽何福謙、蕭山陳熊，皆其壻也；幼女殤。孫八人：毓濬、毓鈞、毓荃、毓藻、毓恩、毓湝、毓煐、毓興，光緒二十一年，濬與湝應歲試，同入學，論者美之。某年月日葬君某原，兆驤具狀請銘。銘曰：

其見事也明，其任事也勇，談笑從容而撥除煩冗，歷官三十年，爲上游之所重。其居家也恂恂，又親仁而愛衆，宜子孫之多賢，咸爲龍而爲鳳。我作銘詞，是贊是頌。千載而下，式此邱隴。

江蘇補用道汪君墓志銘

君諱福安，字敦仁，别字耕餘，汪氏。其先世由徽州休寧遷安慶懷寧，遂爲懷寧人。曾祖廷治，祖朝運，皆國學生。父若洋，字觀瀾，以道員注選籍，生三子，君最幼。資稟過人，喜讀書，於先代理亂、先儒學行，無不窮究，旁及方術家言，如歧黄，如堪輿，下至星命相術，咸通曉其説。爲文章，操筆立就。會其時郡縣皆以軍興停試，君意亦有所不屑，學雖成，迄未一試於有司也。然君名固已大起，識者皆以遠到期之。蘇撫薛公駐上海，治軍務，聞君名，延入幕。觀瀾君命之曰：『天下多故，正志士效力之時，汝可仕矣。』因入貲爲縣丞，從薛公克復松江，論功擢知縣。同治二年，攝嘉定縣事，時縣城甫收復，市井邱墟，人民寥落。君下車卽招集流亡，開闢荒土，葺治城垣，建立文廟，橋梁津渡，次第修理，設義倉以儲民食，興義學以勸民學。其地故有當湖書院，捐奉錢助經費，以振興文教。又製紡紗之車數千具，頒之民間，以勸課婦功。大亂之後，百廢俱舉，凡閲六載，政通人和，咸歎曰：『我公，今之陸清獻也。』議於陸清獻公祠後爲建生祠，力辭乃止。俄補授常熟縣，未之官，調署吴縣。嘉定士民，攀留不得，扶老攜幼，傾城相送，繪《卧轍圖》以獻，誌不忘也。吴縣自兵燹之後，衙署皆毁，賃居民屋。君至始復建廨舍焉。首縣事繁，日不暇給，故有佐讞者數員，凡獄訟俾分聽之。君性明敏，事無巨細，躬自判決，不假他手，辨甲知乙，廷無稽牒。嘗並攝長洲、元和縣，一人而兼三邑之事，裕如也。時觀瀾君與劉太夫人皆就養於署，同治十二年，距其成昏之歲甲子一周矣，乃重行合巹之禮，白髮朱顏，扶杖俠拜，寮友聚賀，望若神仙。是歲，赴常熟本任，治常熟如治嘉善。修先賢言子祠及游文書院，又以地瀕海，海塘尤重，集巨貲增築之。未幾，觀瀾君與劉夫人相繼逝，君奉喪歸葬，自擇吉壤，日走山谷間，嚴寒酷暑，不稍倦。既葬，乃修家譜，立義莊，創建清節堂，所費以萬計。曰：『皆吾親遺意也，吾遵而行之，不敢惜也。』君兄柳村君早卒，撫其遺孤，以至於成。族姻中有貧乏者，量其材而予之事，必使各得其所。夏施藥餌，冬施棉衣，數十年如一日，蓋君勇於爲善，其天性也。時君已積功累保至知府，並以道員用，賜孔雀翎服。既闋，遂於光緒元年以道員入都引見，仍還江蘇。巡撫固始吴公一見才之，數月之間，歷筦洋務局、保甲局、忠義局，衎衎辦舉。時主統捐局者爲童際庭觀察，與君交最深，童得暴疾，將不起，君往視之，已不能言，握君手，涕漣洏。及童卒，虧負巨萬，君接主是局，悉爲彌補，并助銀二千兩歸其喪。六年，奉檄治牙釐。君議免米捐及民間日食蔬菜果蓏之捐，以蘇民困，吴民大悦。故事，銀色平餘，皆歸局用。君悉納之於公，故商力不疲而財用足。前此居是局者，率十數年不易，君曰：『膏腴之地，久居不去，是滋人疑也。若使人人得更迭而爲之，羣疑自釋矣。』白大府，力求代，初不許，牘三上，諾其請。明年，法人内犯，江蘇戒嚴。中丞衛公謂之曰：『君年力未衰，豈無意報國乎？』命君總理水陸全軍及海防營務，並統率撫標前後營，兼筦軍需。君治軍嚴整，無缺伍，無虚饟，兵心咸服，軍政大治。會丹陽之民以漕事聚鬨，毁官廨。衛公使君案治，命以師徒往。君曰：『民愚無知，理諭之卽散，何以兵爲？』輕車小艓，迅至京江，會同常鎮道陳君，頒布教令，懇切開導，又親歷四鄉，屬其耆老，諭以朝廷恩德，勉爲良民，執其爲魁者數人，治以法，餘悉粲去，三閱月，事大定。歸報衛公，公歎曰：

『君真仁人，所全多矣。』其子鈞，選授河南鄢陵縣，乞假至蘇，省視起居。君戒之曰：『豫中自河決鄭州，下民昏墊，汝速往，以籌振爲急，毋以我爲念。』鈞遂之官，幸較本境饑民三萬有餘，鄰境來就食者四萬有餘，請於臺司而振之。逾年，司庫竭，自捐數千金以濟其乏。君聞之，喜曰：『是能爲吾二老人造福矣。』君以積勞，素有痰飲之疾，時劇時差。東倭入寇，君籌運邊餉，心力交瘁，疾益甚，二十一年八月丙子遂卒，年七十。臨終戒諸子曰：『吾生平惟以「勤儉真誠」四字自勉，願汝曹共勉之。』初娶吴夫人，生子三：振，以道員分發補用；景善，以縣丞候選，早卒；景巧，殤。吴夫人先君三十八年卒。繼娶黄夫人，生子二：長卽鈞也，今官浙江候補道；次鴻年，廣東候補同知。女子子五，存者四，皆適名族。孫九，存者三，星棟，光祿寺署正；星楣，中書科中書；星根，國子監典簿。孫女七。某年月日，諸子葬君吴縣張家橋，并爲黄夫人營生壙於其右。吴夫人葬黄龍山麓，歲月已久，懼不敢遷，故不祔焉，禮也。余寓吴久，交君有年，諸子具狀乞銘，義不可以辭。銘曰：

惟勤也，故官事修；惟儉也，故清望留；惟真與誠也，故上契於大府，而下無負於交遊。張橋之原，蔚然松楸。佳城孔吉，我銘其幽。揭此四字，敬告千秋。

廣西巡撫張公墓志銘

公諱聯桂，字丹叔，一字岐叔，姓張氏，江蘇江都人。曾祖某，祖某，父某，並有隱德，贈如公官。公生，有虎牙二，稍長，器識異常兒。咸豐二年，粤賊犯揚州，父柏亭公與衆共守城。城陷賊至，柏亭公猶不忍舍衆去，公時年甫十有五，掖其父自破垣出，賊尾之，負而奔，顛踣者屢矣。柏亭公素得衆心，見其出，爭擁衛之，走數十里以免。衆又依柏亭公以自固，皆歎曰：『此子之力也。』六年，入縣學，時南中亂，停鄉試，乃以附貢生入都，應順天試。道出某縣，投宿逆旅，而捻寇猝至。衆以寇壘在北，皆南奔，公曰：『賊將趨南，南奔必無幸矣。』驅車摩寇壘北行，竟無恙，而南奔者遇賊，殺略且盡，人於是服公之智。公爲文高古，不合俗尚，五應順天試，不售。伯父子陶公以縣令仕直隸，知公才，招之往。其地差徭煩重，官民交困。公計户口，均道里，簡閲車馬，料量品物，皆豫儲以待，官不誤差，民不知役，子陶公曰：『爾才可仕矣。』乃入貲爲太常博士，與仲兄曉蓮侍御同官京師。貧甚，然親故或有餽遺，輒推以與兄，雖饔飧不繼不顧也。同治某年，京察一等，擢廣西慶遠府同知，歷署靈川縣、賀縣知縣，全州知州，皆劇邑也。靈川多逋賦，吏緣爲姦，積虛累謬，莫可究詰。公日坐堂皇，理獄訟，而陰用鉤距之術，隱口漏丁，咸有存記，呼吏視之，吏驚爲神，不費敲撲，逋賦畢輸。賀之爲縣，土〔二〕客襍糅，苗猺半之，睚眥小忿，率成大釁。公振興文學，化其雕悍，平其爭訟，俾無忿戾，賀民化之，風氣爲變。全州界湘、粵間，民喜訟，有豪者欺公年少，恣爲誣罔。公覺其異，陰察之，豪方與其徒聚謀，收者猝至，詰得實，治如律，大猾斂跡，訟者益稀。巡撫劉武愼公長佑深器之，密疏論薦，擢慶遠府知府，以柏亭公卒，未任。服闋，授廣東高州府知府。高俗信巫多盜，公嚴治之，假神道惑衆者，罪無赦，販米出洋以濟盜者，罪無赦，巫風盜風，爲之衰息。調知惠、潮二府，其俗皆好鬬，公督率屬吏，大小之獄，無或枉撓，以清其源，先事譬解，申以嚴法，久之，鬬風亦稍戢。公所爲郡縣六，易一地即易一治，而皆於其地有大益，類如此。光緒八年，遷惠潮嘉道，調署糧道。十年，法越事起，回本任，籌海防，陳十二策。彭剛直公玉麟、張靖達公樹聲及今湖廣總督張公之洞，頗採用其言。公備禦有方，寇亦不至。惠潮連道事，多涉洋務，皆畏爲難治。公曰：『是何難，吾知有理而已。』洋人直則置華人於法，百口謗之不爲動，華人直則與洋官爭，往返三四，必得直而後已。始亦斷斷辯論，久而英、美、法各領事官無不悦服，中外大和，帖然無事。先後敍勞，賜戴孔雀翎，加二品頂戴，予二品封典。十二年，調任湖北荆宜施道。以荆多水患，議築朝天閘，開姚家垸河，不果行，荆人惜之。逾年，遷廣西按察使。廣西固公舊治也，故舊吏民，皆喜色相告。十五年遷布政使，十八年擢巡撫。首嚴捕盜之令，頒立賞格，名捕渠魁。又倣廣東學海堂例，闢齋舍，購書籍，選高才生，肄業其中，課以實學。嶺右財貨不足而米有餘，廣州諸郡，歲來告糴，官因榷其釐，以濟軍饟。時廣東有富商，縱臾言官，請罷米釐。公曰：『米釐罷則軍饟無所出，且商利厚則糴者多，而利分於東，商無益，而西農將匱。』持不可。人初不信，其後卒如公言。勞文毅公之撫粤也，設官典以質物，曰『同善堂』，入其贏餘，以爲公費，歷久弊生。公釐而革之，廣招商典，官不失挹注之利，而民得稱貸之便。越南既歸法國，我邊境有舊時勇丁，時往剽掠，邊將喜之，厚結以自助。公曰：『此曹不可恃，越無可掠，還及我矣。睦鄰卽所以保境，不宜予人以口實。』益嚴斥堠，擯勿與通。然與法人定界，則又侃侃爭辨，不稍屈。有金龍洞者，要隘也，先時繪圖晝畛，已棄之矣。公曰：『金龍洞爲龍州屏蔽，今棄而不有，乃以易區區甌脱無用之地，此非計也。』與提督蘇公元春謀，力爭於法，毀前議，改舊圖，而金龍洞要隘復歸於我。越民有自拔來歸者，安集之，吾民有淪於越者，設法招徠之。咸同以來，戰必募勇，一營如千人，有定額焉，戰事既定，將嬉卒惰，器械窳敝，而額亦不足。營官進謁，公問額，率以八成對。公笑曰：『汝欺吾歟？得五成卽良將矣，汝有室家，有僕馬，薪水不足，豈得不取諸此？吾不責虛額，但求有一人卽得一人之用耳。』日抽其伍，更番校之，不如律輒斥去，將弁畏服，武備改觀，後剿除土寇數十起，卒賴其力，倭事起，沿海諸省爭來徵調焉。和講既定，公疏陳利害，力爭不得，因是憤懣，觸發肝疾，求解任。上鑒其誠，許之。將受代，上十策，如鑄銀圓，行銀票，加洋税，節縻費，皆切中事理。又覆議中外臣工條奏，前後兩疏，頗見施行。家居逾年，疾稍間，俄又患脾泄，自知不起，具遺疏，惓惓以育才、練兵、制幣、興商爲言。光緒二十三年四月丁亥，卒於里第，年六十。公生平任事勇，而無忿厲之色，守己嚴，而無矯激之行。兩江總督劉公坤一疏稱其篤實廉明，時論以爲知言。性喜杜詩，日誦之，書學董文敏，日臨倣之，雖舟車不輟焉。娶李氏，封一品夫人。子心泰，前山西平陽府通判。孫彭宜、彭典。女子子七，孫女二。某年月日，葬公某原，心泰具狀乞銘。銘曰：

起家郡縣，踌歷封疆。剔弊興利，鋤莠安良。振揚文教，修飭戎行。禽猕寇盜，禁絶巫尫。勿開敵釁，勿弛邊防。惟粤東西，徧樹甘棠。天不假年，海内悲傷。忠憤猶鬱，嘉言孔彰。大名青史，故里白楊。千載而下，式此碑堂。

【校記】

〔一〕土，原作『士』，據文意改。

春在堂褉文六編卷五

蓉生俞君墓志銘

君諱汝榮，字耀宗，别字蓉生，俞氏。其先爲山東益都縣人，後有諱珣者，爲剡令，遂家於剡，世爲越著姓，入國朝，有諱巽林者，始遷嘉興，居梅會里，傳至君父，四世矣。父諱球，先娶於周，後娶於王，君則王出也，於兄弟行居四。生甫周歲，乳媪抱聽鄰兒讀，卽能效其聲。五歲讀書，日盡數十行，羣兒鳩車竹馬之戲，從未闌入其隊也。九歲，居父喪，哀毁如成人。家故豐，至是稍落，母王太孺人謂之曰：『吾家故賈也，毋徒事佔畢。』於是始棄儒而賈，及長，精於榷會，候時轉物，操贏制餘，雖老於就時者謝弗及。又耐勞勩，與童僕同苦樂，人樂爲用，家益以饒。性好施與，至是始得行其志，鄉里之間，翕然稱善人。當是時，禾中諸名士，如馮君柳東、張君叔未，皆以經術文章，負東南壇坫重望，咸折節與君交，不以君爲《貨殖傳》中人而薄視之也。嘗設一米肆，歷五歲，而貧户賒貸者已百餘家，覈計其錢，則三百餘萬，慨然曰：『貧不能償，索亦何益！』舉其簿籍而焚之。『雖然，吾何以爲繼乎？』閉其肆，不復啓。嗟乎，君之爲賈也，其諸異乎人之爲賈者矣。咸豐十年，粤賊自蘇犯浙，陷嘉興。君佐縣丞瞿公綬章練民兵，守梅會里，賊至，屢擊退之，里中賴以少安。七月甲寅，賊大至，衆潰，瞿公死之。君被創仆地，有團丁識君者，扶之起，挾以遁。君叱曰：『吾何遁乎？』其人曰：『不然，梅里陷矣，君有老母，宜歸視存亡。』君瞿然驚，趨歸其家，則王太孺人已積薪自焚，一婢秋菊從之死。君大慟，將投於水，其人又曰：『不可，徒死無益，今宜先斂其遺骸，事定，爲表揚其義烈，斯人子事也。』君大悟，乃不死。同治初，東南平，君復治故業，益自節儉，撙捐數年，粗復其舊，乃以太孺人死難事實聞於有司，以達於朝，同治八年，旌表如律，詳載《嘉興府志》及《梅里志》，太孺人之烈始不泯矣。君經亂離，家業稍替，然好善樂施，急人之急，如故也。當七十歲生日，三族之親皆謀以一觴爲壽，君力止之，惟購棉衣數百襲，以衣里中之寒者。曰：『此卽吾所以爲壽矣。』光緒十年十二月甲申卒於家，年七十一。娶曹氏，生子二，幼者殤。長子曰東麟，居母喪，以毁卒。生子五，殤其四，存幼子曰國光。輸粟振鄭州水災，以州同注選籍，加級請封父母，故君得四品封。某年日月，國光葬君青石環橋之南，以狀乞銘。銘曰：

其幼也，有志於詩書；其壯也，克奮於戎行；其入也，以孝友修於家；其出也，以善士稱於鄉。雖隱於市，令聞孔彰。修德傒福，子孫其昌。嗚呼是亦，吾宗之良。

資州直隸州知州高君墓志銘

嗚呼，當今之世，爭言自強矣，然而自強之道，不外《孟子》『反本』之説，『省刑罰，薄税斂，修孝弟忠信以教其民，使人人皆知親其親，長其長，則可使制梃〔一〕以撻堅甲利兵矣』。是故得才知之士百，不如得循良之吏一，乃幸得一循吏，而又不使得竟其用，此吾所以歎息而銘高資州也。故資州牧高君，諱培穀，字怡樓，貴州貴築人。曾祖某，祖某，父某。君弱冠入縣學，時黔以苗亂停鄉試，乃一意肆力於經世之學。會其父官蜀，君從之官，間爲代治官書，精審如老吏。父喜曰：『此子可仕矣。』爲納貲以知縣分發四川。同治八年，除梓潼令。縣爲川北孔道，舊設夫馬局，令署所需，亦取給焉，歲逾萬金。君嚴汰之。無何，以憂去官。免喪，除西充令。地苦，瘠民飯薯，罕食穀。婦女多以小忿輕生，婦族則糾數十人至壻家，叫囂隳突，意在一飽而已。君禁革其俗，又勸課農桑，振興文學，邑以大治。郡守李君知其才，遇有疑獄，輒使鞫之。君治獄無旬日淹者。李君以告黔撫丁文誠公，稱循吏第一。光緒三年，奏以君權知綿竹縣。盗藪也，有盗聚鄰縣茂、什間，謀以十月朔襲綿竹。君偵知其事，親往捕之，得孫、馮二盗，遂以無事。又有安縣盗曰董麻二，大掠於其縣境，勢甚張。大府命君往援，至則賊僞遁。君察其僞，整隊伍，待之於筲箕灘，踰二日，賊果回撲安縣，大敗之，安縣以全。犒賞官兵民團，悉出己資。或曰：『是可支官帑，不則斂之里甲。』君笑謝不從也。董麻二跳至郫縣，爲所獲，檻送省城，鞫之，株連羅江謝茂賢、緜竹葉善人等數十家。省符下兩縣，羅江令捕送謝茂賢等數十人以應，君則曰：『是皆吾良民也，盗口安足信邪？』親詣大府，力白之，事遂解。而羅江謝茂賢等亦與俱免，兩邑民皆呼青天。緜竹荐饑，君初至，即倡捐積穀，穀積萬餘石，乃設三十九局，計户口，散錢米，全活甚衆。又倡修城南石橋，以便行旅。故其去任也，民皆走送踰竟，使善畫者繪圖紀之，名曰《攀轅圖》。大府羅君在綿竹政績，以卓異聞，報可。邛州〔二〕所屬大邑縣與崇蒲接壤，俗武悍，雖婦孺亦佩刀。有盗魁曰李金毛狗，横行於竟，縣令甫下車，而一夕間以盗劫報者三十餘家。大府謂：『非君往不可。』乃由綿竹調大邑。君行保甲法，嚴連坐律，境内稍戢，而鄰邑盗日熾。君易裝潛出，廣布耳目於邛州古水，碾獲金毛狗，於是羣盗皆散，邛、大間兩年無一盗案。大府敘功入告，詔俟補缺後以繁缺知府用。俄又由大邑調巴縣。巴縣詞訟之繁甲於一省，前令率請委員助鞫，一訟或數易其員，奸民蠹吏，因以爲利，獄愈不治。君則事無巨細，必躬聽之，日坐堂皇，不足則繼以燭，至丙夜不息。數月之後，訟牒稀少。君前在綿竹、大邑，皆以能治盗稱，至是又咸稱其能治獄焉。五年，奏補資州直隸州知州，最君一生，惟官資州最久，治蹟亦資州最著。其風政修明，流愛於人者，蓋不可勝紀，今舉其大者著於篇。州城舊有書院三，曰珠江，曰鳳鳴，曰棲雲，所課皆止八股時文。君設立藝風書院，以課經學，旁及詞章，優給膏火，廣儲書籍，風會大開，學徒雲集，鄰近如威遠、榮縣、遂寧、安岳，遠而至於中江、南部、西充，咸來就學，藝風之名大振。已而駱君成驤廷對第一，與郭君燦同入翰林，兩君皆君書院所取士。自入國朝，蜀無狀元，資州無翰林，皆自此始也。君又籌備棚費，以恤新進寒士，撥還舊有賓興費，以助鄉會應試膏秣之資。凡此皆君之大有造於士者也。地丁正賦之外，有曰津貼、曰捐輸者，同時並徵，民力大困。君量其貧富，定爲三等，上等先納，次等後之，下等寬至秋後，民皆稱便。舊有社穀，分儲四鄉，日久滋弊，十社九空。君用前在綿竹故事，履行各鄉，勸民儲積，得谷三萬餘石，得錢五萬餘緡，歲饑不害。此君之大有造於民也。州有保正，又有團首，保主聯保，團主團練，此團彼保，散漫無稽。君裁團歸保，以一事權，三時編查，冬日守望，於是緩急有備。民俗喜博，博局相望，又嗜食鴉片烟，烟館亦相望。君責成保甲，嚴禁游惰，苟有犯者，貴游不貸。又有恃其武健，横噬一鄉，非列名縉紳，卽廁身庠序。君訪其尤横者五人，白大府，治如律，於是舊俗爲之丕變。在官胥吏，遇案索費，曰參費，曰規禮。君悉罷之，凡書吏辦公應有規費，酌定如干，不得逾數。通飭所屬，一體遵行，又檢閱舊案，多以買田宅成訟，官利得税，役利得票，一詞既投，累年莫結。君縣爲厲禁，尋常田宅，公平買價，不得妄告，此風遂絶。凡此者，皆君之以義制民也。舊有溺女之習，生女貧不能舉則溺之，雖有育嬰堂，經費不足，所育僅三四十。君爲推廣，益至三百，自是之後，溺女者稀。君憫窮民之無以生也，爲恢拓養濟院；憫病者之不得醫而嬰兒之死於痘也，爲創立醫局及牛痘局；憫城中火災之多也，爲購置洋水龍；憫獄囚瘐死者之衆也，爲之高大其屋，夏予涼漿，冬予寒衣。凡此者，皆君之以仁養民也。百廢俱興，循聲大起，川東西，户知之，無不曰『高資州、高資州』云。十二年，調署瀘州。而資有周自誠者，以巨憝爲君所懲者也。時蜀督初至，周至省中，入以妄語，君以例撤回，聽候察治。及察之皆誣也，君以例回任。周自誠乃走京師，夤緣御史鍾德祥，摭拾在資數事，糾參之。朝命鄂撫譚公往按，按之亦誣也，君乃得白。而是歲君又嚴治博徒蘇敬廷，詞連附生李傳心、李傳統。二李亦走京師，與周自誠合謀，於是鍾御史又疏劾君。朝又命二大臣往按，按之仍誣也，姑坐君以治蘇敬廷案七月不結，請下部議。然蘇案實非御史原劾所有，且事始五月至七月，即提省纔三月耳，竟以是奪君職。嗚呼，君初宰西充，即能佐郡守治獄，及宰巴縣獄，亦大治。今乃以易結不結，坐溺職去官邪！天下事蓋有不可以理論者矣。蜀士大夫，下逮兒童走卒，無不同聲太息。未幾而鍾御史竟以贓敗，不可謂非天也。君既罷官，以弟培蘭爲湖北應城令，乃往依之。光緒二十二年十一月辛亥，卒於應城，年六十。君在籍時，曾以軍功賜花翎，及在瀘州，以助順、直振加三品銜，遇覃恩，加級請二品封。妻李氏，封夫人，江西臨川人。有賢行，先嘗刲臂療其父病，繼又刲臂療其君舅病。待羣從昆弟以至娣姒，和而能敬，人無間言。先君二十六年卒。子，川壽，早殤；銘彤，國學生；銘金，光緒二十年舉人；銘鑾，邑增廣生；皆昆弟之子爲君後者也，而銘彤亦前卒。君晚年又生子曰銘鼐，側室王氏出。孫昌鳳，孫女三。銘金等奉君與李夫人合葬於某山之原，而其弟應城君篤於天顯，哀其兄之被誣不白，齎恨以終也，命銘金等來乞銘。銘曰：

方今之世，尤重循吏。吏職克修，宇内咸治。省刑薄税，型仁講義。民之衛上，身之使臂。可使制梃，撻彼堅利。雖有外患，何隙之覬。漢重循良，蓋有深意。銘高資州，風示有位。

【校記】

〔一〕梃，原作『挺』，據下文及《孟子》改。

〔二〕邛州，原作『荆州』，據下文改。

雲南巡撫譚公墓碑

光緒二十年十一月丙申，雲南巡撫兼署雲貴總督譚公薨於位。天子以公宣力邊疆，克勤厥職，命視巡撫例賜卹，至二十二年，又以公莅滇八年，勳績卓著，宣付史館，以彰勞勩。越四年，而公第三子啓瑞自京師寓余書，請爲文以文其墓道之碑。按狀，公諱鈞培，字賓寅，别字序初。其先由廣東茂名縣遷貴州黎平，又遷鎮遠，遂爲鎮遠人。曾祖會文，祖述康。父人傑，道光十二年舉人，殁祀鄉賢祠。曾祖妣吕，祖妣夏與李，妣梁，三代皆以君貴，累贈至一品。君未冠入縣學，咸豐九年，應順天恩科鄉試，中式舉人。同治元年成進士，改庶吉士，散館授編修，兩充順天鄉試同考官。八年，補江西道監察御史，奉命督理五城街道，有欲於琉璃廠創設外國教堂者，斥不許。京師鑄銀成色甚劣，公示禁之，鑪房聚謀致重賂焉，公禁益堅，自是銀色皆足。居臺諫五年，多所建白，俸滿截取，以知府用。十二年冬，簡授常州府知府，明年之任。甫下車，而宜興適以毁教堂將成大獄，教堂主者，責望良奢。公覈起釁之由，剖明曲直，乃始俯首無辭，薄償其所失而去。當是時，道路喧傳，省中亦爲震動。院司方將委員察問，而公已以蕆事告矣。常州文廟，自毁於兵，十年未建，履畝勸捐以修復之。宜興一巨刹，住優婆夷，聲甚穢，毁之而改建明堵文忠公祠。馬蹟山中，野豕害稼，迾山澤而燔之，豕逸出，則萬弩齊發，殄滅無遺。光緒三年，調補蘇州府，治蘇如治常，以蘇城私鑄充斥，設鑪大堂，銷毁私錢而償其直，有自以私錢請毁者，毁之而還其銅，不數月，圜法復舊。四年，以卓異聞，會徐州道缺員，奏請公往攝之。初至，值河南大無，饑民南走，皆入徐境，四野騷然。公葺廢壘以棲之，籌錢粟以活之。徐故多盜，公精鍊卒徒，殲除巨憝，粲散其徒，輕騎減從，巡行鄉曲，存問疾苦，勸課農桑。其時有禁種罌粟之詔，公先宣布上意，屆期稅駕田間，以董率之，芟薙殆盡，民無怨讟。是年七月，遷安徽鳳潁六泗道，五年正月，又遷山東按察使，調湖南按察使，五月，詔授江蘇布政使，數月之中，四拜恩命，而公以大府奏留，猶在徐州道任也。其年秋，入覲京師，兩宮慰勞，有辦事認真之獎。及莅蘇，尋奉命護理江蘇巡撫，首陳端風俗、正人心一疏，又奏定海運章程十二條，裁汰員董，革除規費，永著爲令。同治初，恩減蘇屬漕糧，而嘉定、寶山兩縣，每畝止徵米二升有奇，科則本輕，不在減例，其實徵米之外，更有折漕銀兩，銀米合計，名輕實重。公疏請將折漕銀兩仍歸本色，核入見徵米内，幸較凡在五升以上，仍照常、鎮二屬恩減之例，酌減十分之一。又金匱一縣，被兵尤酷，田野荒蕪，連年展辦，抵徵折色，部文疊催復舊。公疏言：『常、鎮漕糧雖曾普減一成，而該縣新科米折尚有在五升以上者，若改徵本色，較見辦抵徵，幾加一倍，請於十分之中再減一分四釐，以蘇民困。』從之。六年七月，詔署漕運總督，時上游山水大發，洪澤湖溢，江北運河七百餘里，壩掃潰塌，無慮數十處。公悉命填築完固，漕署羨款，一無所取，悉以修葺淮安城池。清淮防勇，世稱重鎮，歷歲既久，規制稍渝。公調閲各營，老弱者沙汰之，畸零者補足之，馬、步各爲四營，以所裁步隊之餘填補馬隊之缺。其水師向有內河、淮海之分，淮海船少，不敷分布，內河船多，大半窳朽，亦以次調閲，以內河之餘增補淮海之缺。又諮南洋大臣，撥用洋鎗，分派各營，教以洋法。彭剛直公疏稱，其莅事未及三月，壁壘一新，剛毅嚴明，可畀重任。公初不以兵事見長，而爲剛直所重如此。七年五月，再護江蘇巡撫。故事，海濱沙田，十年一丈，而書差需索，豪猾把持，甚爲民累。公不設局，分派廉能之吏，逐段勘丈，事竣而民不擾。蘇州自收復以來，設有牙釐、水利兩局，主其事者，歷年久遠，羣情所忌，物議易生。公定新章，局員三年一易，至今循之。俄兼管蘇州織造。先是，內務府奏明，於司庫額撥外，加撥銀兩若干，歲以爲例。公以庫款支絀，請免加撥，以示體恤，而於額所應支者亦嚴密鉤稽，節省無算。又充巴西國換約大臣，巴使雅重公，以禮相接，無間言。九年，再護漕運總督，十一年，又護江蘇巡撫。是年江南鄉試，輪應蘇撫監臨，兩省士子，數逾二萬，要束頗難。公於舊章外酌定新章十二，場規整肅，弊藪一清。十月，詔授湖北巡撫。公服官江蘇十二年矣，自郡守躋藩司，三攝巡撫，再權漕督。江蘇爲財賦之區，京餉及各省協餉以至防海防邊之費，皆取給焉。公權其緩急，而不分畛域，從容應付，措量裕如。屬吏貪墨者罷之，廉明有實政者疏薦之，尤以端本善俗爲首務。躬行節儉，以身先之，凡歌船酒舫，妓寮博局，諸有傷風化者，皆懸爲厲禁，有犯必懲。始而民間以爲不便，遵行既久，乃異口而同聲曰：『我公，今之湯文正也。』十二年正月，以籌西餉功，賜一品冠服。二月，入都陛見，皇太后垂詢洋務，以辦理持平，勿事遷就對。又奏議者請停落地捐，歸洋商包税，恐利權遂屬他人，非善策也。懿旨韙之。四月抵鄂。鄂爲七省通衢，宵小淵藪，有彭海雲者，東台山會首也，公下車即名捕而誅之。鄂省漕糧，舊分大小户，大户糧多而納少，小户糧少而輸多，公立石示禁，一律輸納。州縣所置胥吏，多者數千，公量缺繁簡，定額多寡，裁汰過半。牙帖章程，舊本輸銀，胡文忠公易銀爲錢，嗣奉部章，復徵銀，而帖捐日見其少，公仍請捐錢，以順商情。各釐卡徵税，非青錢不收，民以爲苦，公頒錢式，但收官版，不分青紅，商民便之。旋奉命調廣東巡撫。公陳明原籍，詔勿避。十一月去鄂而之粤，甫至湖口，又奉命調雲南巡撫，自是，公之治蹟皆在滇矣。滇去中原絶遠，地本瘠苦，財賦奇絀，而控御戎蠻，保障黔蜀，又用武地也。公以滇之財賦，鹽課爲大宗，有黑井提舉者，在任八年，欠解正課至十餘萬，首劾之，以警其餘，定比較章程，以赢縮爲懲勸，清理引岸，培護滷脈，定井員考成，比照各省鹽務官，一律議敘議處，以别勤惰。滇西與緬鄰，南與粤接，緬私、交私時或侵越。公申明通商條約，私販入關，罪無赦。又以滇鹽褋課十一萬有奇，向供廉役井費之用，咸豐六年，部議核減四成，乃用減而徵則如故。公奏謂：『滇中兵燹，二十餘載，户口未復，正課雖能無虧，褋款萬難徵足，若必勉强取盈，則官取之於商，商加之於價，不特鹽價昂貴、小民淡食堪虞，且恐爲叢敺爵，緬私、交私日益充斥。夫額徵本因額支而定，今支僅六成，則不宜仍徵十成。』議三上，部不能奪。當公初次奏銷，各井皆絀，自後每歲增加，幾復全額，鄭州之災，於鹽務集銀三萬兩振焉。條糧自亂後僅徵六成有奇，議定以若干年爲限，已兩次限滿，公奏請再予展限，以惠滇民。附近省城、安寧等八州縣，額糧三萬餘石，石折徵銀一兩，以備通省採買兵米之用，又於其内劃徵本色三千餘石，供省標六營兵食，由花户自運府倉，不願運者，由官代買，胥吏藉此折錢浮收，大爲民病。公奏定一律改徵折色，每石一兩外，隨收運腳一錢五分，得銀三千餘兩，兵米每斗折銀二錢，於是兵不乏食，民不苦累。至於疆事，尤極震撼。公一書生，而應敵如神。初至滇，即剿定猓黑夷，改土歸流。武定州漢夷雜處，有魯占高，求爲土司不得，據城叛。公發兵往剿，誅魯占高，毀其巢。十五年，越南難民數千，就食內地，而土寇即溷雜其中，民大駭。公誅其土寇，而慰遣其難民，使退竢安插，指定猛喇一帶曠地，給與耕牛籽種。有魏名高者，黑旗餘黨也，所部多亡命，詭稱赴營點驗，襲攻猛喇。公飭總兵楊發貴、馬柱會剿，破其衆，魏名高走法國。公執通商條約檄取之，法人縛名高以獻，亂乃定。滇之東川、昭通兩府，壤接川西，以金沙江爲界。披沙一隅，孤懸江外，爲兩省甌脱。滇蠻祿汶仁據有之，糾合蠻衆，其勢頗張。公飭東川府、昭通鎮就近攻剿，又諮川督，嚴飭邊吏堵禦。及滇軍攻克蠻巢，而祿汶仁果逃走入川，川人協擒，卒致之法。至十七年，武定州亂民戕元謀縣知縣於途，襲破富民縣。公派兵收復富民，即令迅赴武定，賊果謀襲武定，有備，不克，攻破祿勸縣。武定之兵，聞警即往，賊遁而城復，省防綏、靖兩營隨後往，以收復告。公笑曰：『武定軍已來告矣。爾曹是時尚在羅家莊，安得會同收復祿勸乎？』蓋冒功爲滇營積習，公深惡之，故隨事誡飭如此也。開化歸仁里，故越南北圻地，隸滇久矣。及中法定界，仍以其地歸法，而法兵未至，姦民乘間竊發，據黄樹皮爲巢，分犯大牛、安梘諸處。公命嚴守都竜，時我與法國畫紅線爲界，此紅線界内第一要地也。賊黄樹皮碉樓爲官軍所毀，攻都竜，又不克，失巢四走，沿黑河三百餘里，同時震動。公飭力扼黄樹皮、都竜兩隘，抽勁旅爲游擊之師，賊不能支，黑河畍内，賊蹤乃絶。明年，法兵至，防事竣，撤前敵各營進紅線畍，而仍以都竜爲滙總之地，責成開化鎮以時巡閲。是役，叛人皆死黨，慣戰，又值與法人交替，稍失機宜，事涉中外邊患，不勝言矣。滇之軍政有四，曰省標，曰粵勇，曰猓勇，曰土勇，共一百二十餘營，營百餘人或二百餘人，數目奇零，員弁繁冗。而防軍月餉十餘萬，部撥鄰協，不以時至。公裁撤防營三成，以償積欠之餉，并三營爲一營，月省武員薪水銀十九萬，兵勇餉糈銀二十八萬，而選壯汰弱，軍制以新，分布要害，無不得力，所向有功，凡以此也。永北廳屬多客民，奏設客籍學額，以廣登進，又設經正書院，課滇士以經史古學，及充鄉試監臨，其精勤與在江南無異，而以士子三場供給，不沾實惠，請折給銀兩，聽其自備，則用意視在蘇更周矣。又以滇無積穀，倣江蘇成法，按糧一升，捐錢二文，就地買穀，存積備荒，由是倉儲充實。滇故產銅，而鼓鑄久停，制錢缺乏。公酌定新章，開鑪鑄錢，錢質堅好，市肆流通。滇〔二〕中無歲不用兵，部曲中得保武職者，驕悍難制。有某弁，奪民妻，公詢得實，立正軍法，於是人人股弁曰：『毋犯諱，公令也。』文員亦習於疲玩，設月課，以考其優劣，其瘠苦之缺，每案招解，酌予津貼，凡遇水旱偏災，蠲兑之。疏歲或數上，或謂：『不宜屢瀆。』公曰：『朝廷仁厚，直省以災告，無不立沛恩膏，吾儕乃匿不上聞乎？』蒙、自等屬多疫，疫死者又不卽葬，停柩山野，其氣外洩，疫乃滋甚，公嚴禁絶之。省城西山有龍神祠，旁塑女像，頗著靈異，祟人輒死。公率標兵毀其祠，碎其像，投之滇池，竟無他異。二十年冬，總督王公文韶内召，公兼攝督事。時東事方棘，積勞之後，忠憤鬱結，遂以成疾。先是，城外西山無故崩摧，蓋公薨之兆也。年六十有六。妻李氏，繼配劉，又繼配戴。子啓宇，候選道員，遺疏入，詔以道員卽選；啓緒，光緒五年恩科舉人，道銜，湖北候補知府；啓瑞，光緒十一年舉人，十八年進士，翰林院編修。女子二，長適同邑候選訓導李灝，次適荔波縣舉人楊元麟。孫家楝，二品蔭生。孫女五。以光緒二十一年十一月辛酉，葬鎮遠城東蟠龍砦，樹石勒銘，銘曰：

公始仕吳，繼乃莅滇。吳俗靡靡，公繩其愆。迄今父老，猶誦公賢。至於滇池，西南極邊。懸絶萬里，亂離廿年。財力支絀，盜賊蔓延。是宜生養，以拯顛連。是宜撻伐，以靖戈鋋。惟公治滇，智勇俱全。廩有餘粟，庫有餘錢。野無壁壘，境無烽烟。方今之世，君議喧闐。議強議富，厥效茫然。安得公等，復起九泉。蟠龍之原，宰樹芊芊。千載而下，拜公之阡。

【校記】

〔一〕滇，原作『傎』，據文意改。

誥封中議大夫武君墓誌銘

君諱日中，字正南，別字德政，武氏。其先世爲山西平陽府洪洞縣人，自元時遷汾州府平遙縣，遂爲平遙人。曾祖治國，祖明典，皆有潛德。父開勝，奎文閣典籍，君其長子也。自幼穎悟，讀書通大義，不屑屑章句之學，棄儒而商，游歷秦、隴、鄂、豫、齊、魯間，備嘗險阻，而材識益進。有某氏者，設一巨肆，分設於各直省者十餘所，皆曰莊。莊中之友百餘輩，而典籍君實總其成。至是，典籍君老而病，君歸，乃以君繼之，剖豪晰芒，動中契要，同事歎服。俄而法越事起，東南騷動，某氏謀撤各莊。君曰：『甚善，予存此心久矣。』函致諸友，咸撤而歸，一無逋累，君之力也。先是，典籍君以母雷太孺人年高，而己又不能日侍左右，有從子婦閻，孀居守節，侍太孺人，得其歡，乃語君曰：『此爾從兄嫂，猶嫂也，奉祖母數十年，無稍懈，吾如有餘貲，當以四之一予之。』及典籍君卒，君分家貲而四之，己與二弟各得其一，以其一予其子。君仲弟前卒，遺三子一女一孫，皆幼，君卵翼之，所有逋負，悉代之償。叔弟卒，亦爲之經理其家。有從弟二人，皆早世，子女亦俱幼，君教養之，以至於成立，悉反其貲，無私焉。典籍君與配馬孺人初葬邑東門外後，以水患，謀改葬。或曰：『是吉壤，不可動。』君曰：『陷吾親遺魂於水，而爲子孫謀富貴，可乎？』竟遷之高地。每見先世所遺書籍、器皿，愴然不怡者累日。以宗族繁衍，懼久而莫考，命其子同文等創修族譜，手定義例，皆有條理。平居手不釋卷，每閲邸報，有關世道人心者，輒手錄之，蓋雖不出而用世，而其志固已遠矣。語其四子曰：『吾少時以治生爲急，不克遂顯揚之志，至今憾焉。今與爾兄弟約，家事悉歸爾兄，諸子讀書，苟能日啜半椀粥，毋廢讀。』光緒七年，子同文、丕文同入縣學，十三年，並以高等補餼額，是年秋，丕文舉於鄉，十九年，子緒文亦入縣學，二十年恩科會試，丕文成進士，以知縣分發四川，而同文亦於是歲舉於鄉，孫鼎銘又入郡學。一年之内，父子、叔姪、兄弟，自小試以至鄉會皆捷，洵士林佳話也。丕文由京師赴川，便道歸省，戚友咸集，爭爲君賀。君亦喜見於色，丕文將行，戒之曰：『州縣官造福易，造孽亦易，宜好爲之。有汝兄弟在，汝勿以吾爲念。』君廣顙豐頤，素康強無疾。每日要前卽起，飲啖步履，少壯者弗如。二十三年二月，偶感微疾，遂卒。卒之前十日，出游於廛，與親故談笑甚懽，晚歸，又與家人輩聚談如常，及臥，甚畏冷。次日延醫治之，醫曰：『小有感冒，無他也。』一夕，同文侍疾，忽見閽者引道服者三人來，言『由青陽洞至此，三日將迎吾師歸』。同文惝怳間向三人求禱，三人云：『師來時與榮光師有約，不能爽也。』長子宏文聞之亦出，而三人已不見，閽者亦失所在，前後院門皆閉，呼問閽者，則正酣睡，不知也。次日，君卽招集家人諭以身後事，并使發電報告丕文於川。又次日，晨起危坐，呼刀鑷工修鬚髮，取水盥漱，招館師高君桂生入内室，語之曰：『君精堪輿學，幸爲我卜窀穸之地。』至晚顔色益紅潤，命以朝服加身。又次日癸卯，天遲明遂怡然而逝。君嘗言人生須來清去白，生有自來，死有所歸，其允蹈斯言者歟！君重然諾，喜施與，族姻以緩急告，無不應。有素不相識者，貿然來告，君察其言實，予錢數十千，亦不問其姓名。居鄉黨，貧富無異視，雖敝衣草履而來，必延之坐，必送之門。而其人偶有過，則面數之，不少假借。鄉人咸愛而敬之。卒年六十有八，以長子官，加六級，封中議大夫。妻閻氏，封淑人。生丈夫子四：長宏文，光禄寺署正，卽君命之主家政者，後君四十七日而卒毁也；同文，舉人；丕文，進士，四川卽用知縣；緒文，平遥縣學附生。女子子一，光緒十九年恩科舉人郭騰鮫，其壻也。孫鼎銘，汾州府學附生。孫女一。同文等遵君遺命，請高君卜吉壤於邑西門外北青陽之原，將於二十五年七月壬子營宅兆焉，而乞余一言以銘之。余雖與君不相識，而丕文則余門下士徐花農太史典試所得士也，數千里貽書，拳拳相屬，義不可以辭，爰論譔而爲之銘。銘曰：

君生何來，青陽之洞。黄冠相迎，驂鸞駕鳳。君葬何所，青陽之原。宰樹鬱鬱，佳氣軒軒。烏呼，青陽之洞不可到，青陽之原曠且奥。惟君幽宫宅此隩，願君令德遠有曜。

贈太僕寺卿銜福建基隆廳撫民同知汪君墓誌銘

光緒十有六年某月日，淡水舉人陳登元等以原任淡水縣知縣汪君居官廉正、遺愛在民，狀其事實，上於臺司，於是福建巡撫壯肅劉公據以入告，有詔贈君太僕寺卿銜，異數也。蓋君累以勞績加鹽運使銜，以知府補用，故得視知府例賜卹。朝廷褒崇循吏，風勵來茲，意深遠矣。其孤培棟，既奉君之喪，葬於涇縣南鄉五貴墩之陽，又懼年月久長，事蹟淹没，乃具行狀，并錄臺人稟牘，寄示舊史氏俞樾而乞銘焉。按狀，君諱興褘，字冕齋，安徽旌德縣人，汪氏。唐越國公之裔，世居縣之西鄉曰孫村，支屬蕃衍，計户盈萬，世有聞人。公少而孤，自力於學，弱冠能文，應童試，入縣學，然素有大志，以時方多故，不屑爲舉子業。聞左文襄公在閩中，方羅致賢豪，慨然曰：『此公一代名臣也，盍往從之？』無何，文襄奉詔西征，君卽偕往，時年甫二十餘耳。自秦入隴，出玉門關，轉戰萬里，崎嶇戎馬，備嘗險阻。而論功亦最多，遂由諸生保舉知縣，加同知銜，分發福建候補。蓋君一生宦蹟，自此皆在七閩矣。君至閩未久，卽奉檄權知長樂縣，年甫二十有五。塗人聚觀，僉曰：『美哉，少年令尹也！』君講求吏治，輿論翕服，俄補授松溪縣。其俗習於呰窳，不事耕織，君創設書院，教其秀艾，勸課農桑，使民知本務，樂事勸功，弊俗丕變。大吏知其才，調署侯官，首縣也，繁劇，號難治，而君處之裕如。又調霞浦，亦以廉能稱。已而又調晉江。閩省民風雕悍，泉州一府尤甚，晉江爲附郭首縣，民好勇鬬狠，米鹽細故，輒聚而鬨，應輸錢漕抗不納，官徵之急，亦聚而鬨，先後宰是縣者，往往受其累，甚者且得咎。君先示以威，申之以大義，結之以忠信，終君之任，四境帖然，無敢鬨而賦畢輸。方伯張公歎曰：『閩中州縣，如汪令者，可多得哉？』久之，仍回松溪本任，治之如前。及自松溪調補晉江，松人泣曰：『奈何奪我公？』送者塞途。時則法國搆釁於我，沿海州縣皆戒嚴，晉江固瀕海，防務尤急。君内撫其民，外御其侮，嘗通夕不寐。官軍集泉州者不下萬餘人，與民不相得，民聚與爲難，其數倍官軍，統兵者出而諭解之，民不聽益囂。統兵者君聞之，馳赴其所，民望見輿蓋，皆曰：『清官來，清官來，吾屬是非立判矣，毋多事。』遂散去。

恧焉，以蜚語聞於省中，君不知也。俄而調署澎湖通判，始知爲所傷矣。君至省謁巡撫劉公，語良久，劉公驚曰：『良吏也，亦能吏也，奈何投之閑散乎？』未數月，調署淡水縣。淡水則臺灣府之首縣也，臺灣時新設行省，大吏言於朝，清丈全臺田畝，自首縣始。君巡行郊野，進父老子弟，教以孝弟力田之義，民皆樂從，户籍田結，無匿無漏，先諸邑而畢，全臺皆以爲法。淡水之壤，與諸番錯，番性嗜殺，時出爲害。君奉檄撫番，親入其界，善爲化導，番黎悦服，民賴以安。君敏於吏事，條教簡牒，手自屬稿，遇有爭訟，判決如流，多年積讞，爲之一空。浮浪子弟爲摴蒱博塞之戲則痛治之，勿使復犯。要束胥徒，尤極周密，持牌下鄉，偶有誅求必臺之。法商船納稅，隨納卽放，嚴禁吏役留滯，曰：『毋失其風潮之便也。』城鄉皆設義塾，塾皆有課，課皆有獎，獎無所出，捐奉錢予之，士皆感奮，文風大振。君又以移易風俗爲己任，謂：『民俗寡廉鮮恥，皆長吏之責也。』頒布教令，至再至三。淡水舊俗，有所謂苗媳者，君曰：『是誨淫之尤甚者也。』力禁絶之，至今愚夫愚婦皆知自愛，君之教也。君所至卓犖有聲，閩中大吏，如李公鶴年、何公璟、勒公方琦、邵公友濂、沈公保靖、張公夢元、沈公應奎，皆重君之才，嘉君之守，羅其治績，登之薦牘，而其事不盡宣布，惟臺民稟牘至今具在，皆可覆按，故敘淡水事加詳焉。君旋擢基隆廳同知，之官未兩月而卒，淡水民聞之，曰：『嘻，是在吾邑積勞使然也。』君生於道光二十七年十月己未，卒於光緒十五年十月丙申，年四十有三。天不假年，未竟其用，論者惜之。君篤於天性，每以祿不逮親爲恨。撫孤姪二人，皆至於成立。族黨以緩急告，無不應。如宗祠支祠，如義倉義學，皆力贊其成。身殁之後，家無餘財，惟遠近慕義之聲如出一口而已。性喜吟詠，亦頗善飲，政事之暇，與朋儕飲酒賦詩爲樂。書法尤工，得者寶之。夫人潘氏，原任南河總督諱錫恩謚文慎公之第五女。生丈夫子一，培棟也，五品銜，候選鹽場大使。女子子一，尚幼。余旣諾培棟之請，綜觀其事略，合乎銘例，不敢以辭。銘曰：

君昔從戎，功在甘涼。曾屬櫜鞬，以事文襄。君後爲吏，蹟在閩嶠。所至有聲，洊登上考。飛帛淡水，淡水思之。條其政教，上於臺司。天子曰俞，是惟循吏。錫之卿銜，以風有位。紅毛樓下，赤嵌城旁。雖棄珠厓，猶戀桐鄉。神游海外，歸葬茲土。我作銘詞，用示千古。

章君子三墓誌銘

自古有潛德不耀之祖父，必有大顯於世之子若孫，有隱居教授之楊寶，而後有楊氏之四世太尉，有蘇杲、蘇序之輕財好施與，而後有『三蘇』之以文章雄百世。吾屢徵之古矣，今又驗之寧海章氏。章氏子梫，余門下士也，狀其父事實，乞銘於余。按狀，其父章君諱思培，又諱槐，字本值，別字子三。自幼爲父所憐愛，家故有田，然不多，乃爲君別購濱海地千餘畝，築以爲田，屢築屢圮，君跽而請曰：『是兒薄福，不能任也，請罷之。』而貨他田，償所費，遂大困。與其妻每日食粥，而爲親則必具飯，及梫稍長，誨之曰：『吾自幼習舉業，遭兵亂遂廢，負吾父期望，汝不能讀書成名，是重吾罪也。』出少時所習四書文，盈尺許，皆自鈔寫，無一筆苟，曰：『此先正文也，讀此足矣。』梫學成，就書院試，得膏火資頗優。君顧不樂，曰：『吾望汝讀書，徒餔餟乎？』已而梫學益進，名益盛。朝廷每三歲簡詞臣督學校，聞梫名，爭延致，助校閱。梫西至巴蜀，北登太行，南游長沙，所至有聲。君猶寓書嚴誡之：『毋心粗氣浮，誤人進取。誤人卽自誤也，非特誤爾身，且誤爾子孫。』又曰：『吾於經但通其五，吾於史但能讀朱子《綱目》，烏足言學？然吾舉念必求合於古書，此卽吾之學也。』又曰：『處貧最難，吾雖以貧死，不敢言一貧字以冀人之憐。』其生平舉止，皆有常度，終年不一入城市，鄉里有小爭閱，君一言，無不解。光緒二十五年十二月丁亥，無疾卒於家，年六十四。娶林氏，有賢行，其初來歸也，有小姑將嫁，所裝遣者皆具，而盜劫之盡，舅姑無以爲計，乃盡以已嫁時所齎者與之。熟於史事，聞人談《三國演義》中事，必以史正之。善占驗，鄰比來問者踵於門，又善相人，棂五六歲時卽曰：『此兒當食於千里外。』及今果驗。先君十二年卒。子一人，棂也，光緒二十三年選拔貢生。女三人，歸於王，於陳，於梅。孫一人，以續，以綍，綍尤慧，讀書三月，能說千餘字。余故以漢楊氏、宋蘇氏爲比，君之隱德，必昌其後，其在棂與其子乎？某年月日，葬丹山之原。銘曰：

其位不顯道則尊，其人已逝澤則存。天其將昌章氏乎，吾俟之其子若孫。

沈母童太孺人墓誌銘

有年家子沈光訓，奉其母及妻死難事實，踵吾門而請曰：『吾母死四十年矣，深懼久而湮没，卽吾婦慷慨從姑而死，亦有不容泯滅者，敢乞公一言，光泉壤而示子孫乎！』余受而讀之，喟然曰：此吾簪園同年妻童孺人及其子婦卞也。其死甚烈，而旌表不及於門，銘志不施於墓，非所以表彰逝者，風勵來茲也。余，舊史氏，其奚以辭？謹按，童孺人，歸安縣善連村人。父某，字逸亭，母吴，並以子官膺四品封。孺人在室時，勤女工，善會計，父母奇愛之。及笄，歸簪園君。簪園居縣之菱湖鎮，雅負文望，以教授生徒自給，族中子若弟，多從之學，著弟子籍者數十人。孺人躬操井臼，手治烹爨，計一歲所入而出之，故常有餘。族黨中束脩壺酒之餽，無不豐腆。簪園又篤於昆弟，撫昆弟之子女猶子女也。而孺人亦愛之如己出，衣服飲食必均。其舅恆顧而樂之曰：『興吾家者，其在七房乎？』以簪園在兄弟行居七也。道光二十四年應鄉試，中式副榜，以後屢試不售，恆鬱鬱。孺人每慰解之，無何，粵寇起，擾及浙中。咸豐十一年，由澉山而至菱湖。菱湖故水鄉，知賊且至，皆艤舟以待。簪園與長子光謙至菱防局偵探未回，而賊驟至，孺人偕其子若婦皆登舟，舟多港隘，不能施篙楫，光訓立船脣，爲賊所得，數日始跳而歸，則知孺人與妻卞皆投水死矣。敻求數日，得其屍於東柵外，距死所五里，而姑婦二人手猶相挽不釋。嗚呼，可哀也夫，可敬也夫。卞頗讀書，善筆札，歿後於胷前得一小囊，囊中有上其母孫太宜人遺書，言幼年孤苦，母女相依爲命，不幸逢此大難，誓不偷生，惟已嫁從夫，不獲與母生死同在一處，抱恨何極。又有七絶四首，雖爲水所漬，而字跡猶未漫漶，讀者悲之。然則志孺人者，不可不兼志其婦也。孺人有二子：光謙，縣學生，先卒；光訓，以道庫大使試用於江西。女子二，長適陸，次適姚。孫二，紹濂，紹洙，皆光訓繼妻孫氏出。卞無子，然其遺書言，壻他日續娶，得子卽其子，則卞固無憾也。卞亦菱湖人，故光祿寺少卿雅堂先生之從孫女，其父某，字襄哉，以同知注選籍。余重卞之烈且孝，又能文辭，故志孺人之墓而附書之。銘曰：

寇氛所及，萬指爭舟。姑婦二人，同死中流。死猶執手，誓共沈浮。面不變色，遺墨猶留。是姑是婦，俱足千秋。正氣焱焱，悲風颼颼。欲後有式，敬銘其幽。

福建布政使吴君墓誌銘

君諱承潞〔一〕，字廣盦，吴氏。其家居太湖之濱，曰錢漊，實隸烏程，而自先世以來，皆籍歸安，故君爲浙江歸安人。曾祖世傑，祖鼇，咸富而好義，爲鄉黨矜式。父雲，字愉庭，江蘇補用道，歷署鎮江、蘇州府知府，有聞於時。三代以君貴，贈封皆一品。君自幼沈静好學，寡言笑。年十八，充縣學生，未幾補餼廩之額。咸豐九年舉於鄉，同治四年成進士，覆試、朝考皆一等，殿試二甲，亦在前列。同鄉諸先達謂君必得館選矣，君具呈吏部，請歸原班，蓋君固江蘇試用直隸州知州也。及引見，遂以原班歸原省，而君乃仍以直隸州牧需次江蘇。諸先達皆咎君，君曰：『吾父年高，倦吏事，吾苟求得禄以養耳，遑計其他。』六年，江南舉行丁卯科，並補行辛酉科鄉試，君奉檄充簾官，遵故事考試。曾文正時督兩江，見其文，大賞之，受知於文正自此始。以後請補太倉，部議難之，疆臣三請乃得，文正力也。是科入闈分校，所取多知名士，其房首徐君兆豐，今已以名翰林爲福建興泉永道矣。八年，權知長洲縣，十年，補太倉直隸州知州。君以爲民生本計，惟在農桑，而農田興廢，全視水利，境中枝幹各河，因潮汐挾沙往來，大半淤塞，乃揆度緩急，浚治大小河五十餘道，以灌溉民田。又刱立課桑公所，於浙西購買桑秧，課民栽種，募湖人之老於蠶事者，周歷四鄉，教之育蠶，由是蠶事大興，四竟蒙利焉。君又以牧民者宜兼籌教養，言於大〔二〕府，以陸桴亭先生從祀大成殿兩廡，用以表正學術，風勵士林。州故有安道、婁東兩書院，君手定其甲乙，進諸生而與之討論，去非存是，若師弟子然，歲捐錢九千八百餘緡，存其母於質肆，而取其子以佽寒士鄉會試舟車之費，婁之人士，至今感之。於各鄉設社學，令塾師於常課外講説淺近故事一二則，勸誘童蒙，數年來，民風爲之一變。君牧太倉，一十有二年，其善舉不勝書，辜較其大者如此。光緒八年開缺，以道員候補，大府使筦松滬釐捐，旋改省城牙釐，兼筦善後局。君以釐捐爲朝廷不得已之舉，故其爲政，務持大體，其用人專取寬厚長者，不以苛刻病民，而於其中利病得失，無不周知，整紛剔蠹，動中肎綮。任事六七年，商民不擾，而市估津税，無不充裕。十九年九月，補授蘇松常鎮太糧儲道，是歲運米六十五萬八千石有奇。其明年，朝鮮事起，海道幾梗，而運數亦鋭減，廑輸二十萬石，而沙船遇風，失米無算。君宦吴數十年，無所贏，有所累，坐此也。二十一年，遷江蘇按察使，蘇省八府三州，刑獄總滙乎是，而江北民風剽悍，尤多訟。君每讞一獄，必反復研究，與承審之員往返詰難，先後平反冤獄數十起。念大江上下，姦宄充斥，嚴檄所屬，力行保甲，以清盜源。蓋君起家牧令，踌陟外臺，皆不出江蘇，蘇事尤所諳習也。然君素弱，又積勞，其受病固非一日矣。二十四年六月，遷福建布政使，而君已病，竟不克赴，於是年七月庚申卒於江蘇臬使之署，年六十有四。君性孝友，撫養叔子及姑子，恩義兼盡。家無中人貲，且逋負甚鉅，而施與不倦，親族待以舉火者，無慮數十家。其居官也，和易近人，而所守介然不可敓。沈文肅、曾忠襄諸名臣，皆深倚之，交章論薦，行且大用，未竟而卒，中外惜焉。妻龐氏，繼娶趙氏，皆封夫人。側室俞氏。子四人：家棠，廩貢生，候選員外郎，後君三十九日以毁卒；家楣，附貢生；家楝，附貢生，江蘇試用府經歷；家樞，尚幼。一女，許嫁彭氏，未行卒。孫五人，惟壽，惟朮，惟勳，惟燕，惟熊。孫女一。光緒二十六年十一月庚寅，葬君吴縣湯字圩之原，家楣等以狀乞銘。余嘗爲味琴吴公傳，卽君祖也，又嘗銘愉庭君之墓，而今又銘君。昌黎云：『人欲久不死，而觀居此世者何也。』是可慨矣。銘曰：

以君之學，而不登於玉堂；以君之才，而不至於封疆；人咸爲君惜，而三吳之民被澤孔長。官斯土，葬斯土，其猶朱邑之桐鄉邪！

【校記】

〔一〕潞，原作『璐』。《春在堂襍文四編》卷三有俞樾爲吳承潞之父吳雲所撰墓志銘，其中作『承潞』。另據其子與孫行輩字看，亦當以作『潞』爲是。其名《清德宗實錄》四見，均作『吳承潞』。

〔二〕大，原作『太』，據文意及下文改。

莪軒區君墓誌銘

君諱錫朋，字劭忠，别字莪軒，區氏。先世居廣東，唐時有諱册者，見於韓昌黎之文，則其遠祖也。君之曾祖始遷廣西，遂爲梧州府蒼梧縣人。祖諱博，縣學增生，能詩，有《紫藤花館吟草》。父諱連瑜，縣學廩生，生子二，君其長也。幼而慧，爲父所奇愛，曰：『是兒必興吾宗。』以兵亂，故壯歲始入縣學，旋餼焉。光緒元年舉於鄉，年三十四矣。入都會試，道出肇慶時，封川民有甘某者，爲盜所誣，論死繫獄。會舊縣令去官，君與新令有故，知其誣，力言而出之。某不知也，後知因君而免，至梧餽兼金爲謝，君曰：『吾無其事，若誤矣。』卻之去。君居鄉，惟課授生徒，不與外事。梧守秦公煥，延主經古書院。君以院中諸生廩給微薄，言於秦公而增之，乃勉諸生以實學，翕然信從，文學一振。歷來郡守皆重之，遇事必諮，然君自守甚介，不可干以私。十二年，歲大饑，市賈居奇，米價翔貴，郡民兇懼。君言於郡守何公，買米平糶，民情始定。時部議創辦牙帖之捐，姦商挾以欺罔愚民，民受其累。君白郡守，嚴禁之。或納賄，請勿言，峻拒不受。姦商計窮，愚民蒙惠。君與人交，無疾言厲色，而義所當爲，則毅然自任，百計尼之不可得，類如是也。天性孝友，有姑適馮氏，貧且寡，迎之至家，養之三十年，以成其節，其殁也，請於朝而旌其門。浙人涂君者，君之父執也，貧無子，客死於粤。君治其喪，祭掃其墓，終君之身不輟。君無他嗜好，惟喜讀書，諸子家塾夜讀既罷，君一鐙一卷猶未休也。其長子領鄉薦歸，親朋皆賀，君愀然曰：『程子有云：「少年登科，大不幸也。」願吾子更期遠大，勿以一第爲榮。』諸子聞之皆悚然若失。光緒十九年三月乙未，以疾卒於家，年五十有二。妻梁氏。子四：家偉，光緒十五年舉人，二十四年進士，禮部儀制司主事；家彬，縣學生；家達，府學生；家培，尚幼。君殁逾月，家偉等奉君之喪，於五月甲寅葬於火山之陽，銘幽之文，猶有待焉。至今年，而家偉與吾孫陛雲同成進士，乃使陛雲言於余，請爲銘。銘曰：

韓送區生，高其文義。不壓賤貧，遺外聲利。區生去君，不知幾世。觀君之行，無愧其裔。君之先德，遺言猶記。必昌吾宗，如操左契。子子孫孫，引之勿替。謂余不信，銘此墓隧。

詹事府詹事桐生丁君墓碑

君諱立幹，字桐生，一字質夫，丁氏。其先世居河南祥符，宋時有諱煜者，以太府寺少卿知鎮江府事，因家焉，遂世爲鎮江丹徒人。曾祖蔭浩，祖兆熊，本生祖兆勳，父紹德。曾祖及本生祖，均以君從父紹周官，贈資政大夫。祖及父以君官，贈封亦如之。曾祖妣王，祖妣佘，本生祖妣兩顧氏，妣兩鄒氏，均夫人。君父資政公，以教諭遷知縣，官浙江，歷署富陽、秀水、海鹽、嘉善諸縣，君皆從焉。同治三年，應順天鄉試，中式舉人。七年成進士，十年補殿試，改庶吉士。十三年散館，授編修，歷充國史館、武英殿協修。光緒五年，順天鄉試，充同考官。八年簡放雲南學政。滇於各行省最遠，又累經兵燹，故文風稍遜，而積弊生焉。外來訾讏之徒，遇學政莅試，則麏集其間，膏其脣吻，熒惑人聽。或闌入試場，呼甲而乙應，至於聯坐鋪席，傳送文字，尤其恆技。君耳治目治，脈摘無餘，其姦宄之尤者，名捕數人，發提調治如律。又書賈牟利，文籍鋪中所鬻，皆永嘉八面鋒之類，士子挾以就試，剿説雷同，不復講求實義。君嚴禁之，火其書，選明代至國朝諸大家所作《四書》文，鏤版摹印，試畢，發落之日，人予一册，使爲楷式。新進童生，舊有覆試之例，然既如額取進，卽文字小有不符，亦皆容忍，不復黜落。君疏請先提若干名覆試，然後再取進如額，其提覆被斥者，頗有怨謗。君不爲動，其後士皆悦服。君防弊嚴，而遇士寬。澂江考棚，制度苟且，考生絫土爲坐具。君易以木，試者便之。省城學使署旁，故有義學，久廢不舉。君修復之，有加於舊。十一年，歲在乙酉，爲考選拔貢之年，君決擇謹嚴，麗江、蒙化、羅次、馬龍、元謀、廣通、大姚各學，不得其人則缺，上届缺新平學一名，則補取之，榜發翕然，士無間言。滇民瘠苦，困於差徭，中丞岑公議裁夫馬費，惟總督巡邊、學使按臨事不容已，別籌公費給之，然費實不足，仍責之州縣。君出廉俸裨益之，使官民均無累，尤人所難云。俄擢授國子監司業，是歲學政任滿，既受代，請假回籍省親，言於資政公，將謀歸養。資政公曰：『吾年未耄，汝受恩深。』執不可。十二年秋，入都覆命，明年，遷司經局洗馬，充日講起居注官，累遷翰林院侍講、侍讀、詹事府右春坊、右庶子、左庶子、翰林院侍講學士、侍讀學士。十八年，武會試，充副總裁。十九年正月，與慈寧宫筵宴，賜福字及珍物八件。其年二月，遷詹事府詹事。君以詞臣，跻陟宫端，然以久違資政公色笑，晨夕思慕，又以在滇積勞，恆有心悸之疾，恐爲資政公憂，祕不使聞。端尹一官，雖號清簡，而君奉職謹，每入直，必爲同列先，嚴寒酷暑，無一日以病在告。二十年，大考翰詹，循故事點名給卷，及帶領引見，連日黎明入直，感寒遘疾。其子傳福曰：『曷請休沐？』君言：『如是必見邸鈔，將使吾父知之矣。』四月二十八日，上書房考試試差，力疾而往，又諫不聽。五月二日辛巳，卒於官，年五十有八。君氣宇和平，自奉儉約，服官二十年，沈默自守，内行尤篤。處伯叔昆弟間，恩禮周浹，以母鄒夫人早卒，官京師，又不克迎養資政公，以爲大憾，竟鬱鬱以終，時論惜焉。娶同里陳氏，封夫人，恭儉勤慎，尤善治家。及君卒，即矢志殉夫，家人無知者。其年七月，君之喪南歸，既至鎮江，是月十二日丙戌，乘間仰藥卒，一時皆大驚歎，聞於有司，旌如律。子四人：長傳庚，次即傳福也，縣學生；又次傳靖，光緒二十三年副榜貢生，爲君從兄立中後；均陳夫人出；又次傳宗，妾孫氏出。女子子四，已嫁者二，翰林院編修崇仁華煇、刑部主事江夏張季煜，其壻也。孫三，家駒、家驥、家駿。孫女二。傳庚等既葬君於丹徒城西之東獲村，以墓宜有碑，碑宜有銘，具狀來請。余與君從父紹周字濂甫者爲同年生，濂甫嘗視學吾浙，至今祀名宦祠。君視滇學，允與匹休，是宜有銘。銘曰：

君以詞臣，敭歷清華。廿年芸館，萬里輶車。如何不淑，鬱此晨葩。舉朝悲歎，滇士諮嗟。君年未耆，其澤孔遐。惟忠惟孝，必昌其家。昭示來祼，德音不瑕。

蓴齋陳君墓志銘

自古盛德之士，經明行修，不自表襮於世者，往往大顯於其子。東坡謂李郃『博學隱德之報，在其子固』。今吾於蓴齋陳君徵之矣。陳君諱烈新，蓴齋其字也，浙江諸暨縣人。陳故鉅族，元末有名玭者，始建日新樓以藏書。其子翕又建樓曰寶書。翕之六世孫曰性學、曰心學，七世孫曰于朝、曰于京，代有增益。于朝之子洪綬，裒其先世所藏，建七章庵以庋之。七章庵陳氏藏書，遂爲越中冠。及君之生，稍稍散佚矣，然七章庵故物猶有存者。君孳孳於學，寢饋其中，弱冠入縣學，歲科試，居高等，補增廣之額。咸豐元年，由增貢生入貲，以教諭注選籍。同治二年，奉省符，署嘉興縣學訓導。其俗貧窶之家，多停喪不葬，久則火之，名曰火葬。君白太守，嚴禁之，弊俗遂革。學有朱、許兩生者，君一見而才之，命之來學，言於縣令，與以膏火之資。後兩生皆貴，咸稱君爲知人。又請於學使者，修復曝書亭，取竹垞先生裔孫一人爲諸生。其時粤寇初平，故家零落，倦圃、曝書亭所藏書籍，流散人間。君以先世本藏書家，篤好尤甚，暇日游書肆，偶得一二，輒以重價購之，若獲異寶。六年，署長興縣訓導，君曰：『湖州爲安定先生舊治，敢不勉乎？』分齋課士，悉依安定遺規。十年，選授鎮海縣學教諭，課諸生亦如之。有貧民以操舟爲業，貧不能娶，所聘之妻守貞，誓不他適。君曰：『是可風也。』予以貲，使之娶。十二年，子遹聲舉於鄉，君曰：『吾可歸而老矣。』即引疾歸，所居曰楓橋鎮，故有見大亭，乃明給諫纘亭駱公講學處也，時已毁於火。君慕駱之爲人，醵資興築，以公所著《萬一樓集》藏其中，使邑之後進讀其遺書，有以興起。君歷任所餘奉錢，悉以購書，元明槧本，往往存焉，於宅西建授經堂，藏所得書。其後遹聲成進士，官翰林，每至琉璃廠書肆，遇有精槧舊鈔，必購以奉君。君手爲讐校，詳告以版本之良楛，諸家之源流，孜孜焉以爲頤老之一樂。於是陳氏藏書又富，雖不能復七章庵之舊，然已逾二萬卷矣。楓橋鎮爲婺越通衢，倡修五顯橋，以便行旅。又以兵燹，時白骨徧野，聚而瘞之鳳山之陽。光緒二十四年，遹聲權知松江府，君一往視之，見其治尚覈實，歎曰：『汝欲爲鄭子產及諸葛孔明乎？如無其位何？雖然，汝志則尚矣。』居數月而歸。光緒二十五年十月壬寅，以疾卒於家，年八十有三。以子貴，封通奉大夫。娶樓氏，有賢行，能成君之賢。長子舜發，死寇難；次卽遹聲也，光緒十二年進士，翰林院編修，署松江府知府，升用道員；三子沆，四子遹成，皆太學生。女子子四，歸於葛氏、駱氏、陶氏、趙氏。孫七，殤其二，存者遹聲之子，訥、詵、誾，皆縣學生；遹成之子，寶鈿、寶善。某年某月某甲子，遹聲等葬君於某山之原，書來乞銘其墓。余與遹聲交，知其賢且才，今乃知其來之有自也。故不辭而爲之銘。銘曰：

於鑠陳君，積德在躬。名利雖淡，圖史甚豐。築堂授經，棟爲之充。曹倉杜庫，津逮無窮。衍茲遺澤，景彼高風。方之古人，其陳仲弓。必有興者，由卿而公。謂余不信，銘此幽宮。

祿庭杭君墓志銘

往年，吳中有九老會，主之者潘順之先生。會卽在潘氏之西圃，圃中娑羅樹花盛開，諸老飲酒簪花，談笑竟日，一時贊歎，望若神仙。余齒未七十，未預斯會，然聞而豔之。問九老中年齒孰高，則曰祿庭杭君，余固已心識其人。今年春，杭君卒，余歎曰：『吳中老輩，又弱一个矣。』已而其孤具年譜請銘其墓。按譜，君諱安福，祿庭其字，杭其氏也，江蘇長洲人。譜牒散失，曾祖以上無考。祖思尚，父瑞林，並以君貴，贈朝議大夫。祖妣施，妣朱，並贈恭人。公幼讀書，通大義，喜讀先儒語錄，講正心誠意之學。其師黃君海帆甚器之，而父南山君以家貧，不令卒業，師深惜焉。吳中以紗緞名天下，執是業者頗衆，君亦從事於此，竟以起其家。南山君與朱恭人皆享高壽，方八十歲時，白髮齊眉，諸孫繞膝，親黨美之。然南山君晚年多病，矢溺皆在牀笫，君親自滌濯，晝夜奉侍，終無倦色。未幾，與朱恭人同時殂逝，時君年已四十有九矣。雞斯徒跣，若孺子然，乃卜吉壤，將營大葬。至庚申之歲，始克築塋於虎阜，而是歲大營潰，常州陷，粵寇大至，蘇垣失守。君倉卒移家泗塘，夫人陳氏及長子元揆卒，兄子輩物故者亦甚衆，衣衾棺槥，手自經理，歎曰：『亂離如此，生復何味？然吾父母窀穸未安，未可死也。』乃間關出入賊中，卒成葬事，知其事者，皆以爲難。事畢，遷居上海，寇氛稍遠，復理舊業。時兄蓉亭君已前卒，與弟松亭君擘搊共事，二人同心，稍稍振起。同治三年，蘇城克復，復歸於蘇。至十有二年，君年六十有六，謂松亭君曰：『自先兄見背，歷三十年，兩姪云亡，亦十四年，幸長房有孫，今已長成，而吾與弟亦且老矣，宜析薄產而三之，仍使三房鼎立，慰我先人。然人稠屋隘，聚居於此，實非所宜。汝曹安居，吾將他徙。』乃卜宅於古市巷而移居焉。光緒七年，建家祠，置義莊，都凡義田五百畝，以贍宗族。事聞於朝，以『樂善好施』四字建坊，旌其門。已而元孫生，大史又以聞，五世同堂，熙朝盛事，旌表如律。且以君及事祖父母，所見凡七世，又頒賜『七葉衍祥』之額。雲章爛然，照耀通衢，吳人聚觀，交口歎誦，視曩時九老之會奚啻什倍過之矣。二十年，恭逢皇太后六旬萬壽，頒賜粟帛，君得與焉。時君年已八十有七，隨班祝嘏，拜跪如儀。二十六年，以助餉輸金千，又助秦、晉振，亦如之，詔賜二品封典。先是，君以子元勳官封朝議大夫，又以曾孫錫綸官貤封通奉大夫，至是遂晉封資政大夫，其遭遇盛矣哉！君天性敦厚，其伯兄卒，二子皆幼，教之養之，一如己子。當避亂泗塘時，親族從之如市，親者與同爨，疏者計口而授之米，所活甚衆。德厚信矼，老而彌篤，故能白手起家，自致通顯，亦其素行有以致之矣。光緒二十七年正月己巳，以疾卒於家，年九十有四。娶卞氏，繼娶陳氏，並先君卒，贈夫人。子元揆、元祥、元勳。揆妻沈，以節孝旌，祥爲松亭君後。女一，歸於邱。孫祖良、祖庚、祖瑩、祖炯。曾孫錫綸、錫綬、錫熙。元孫仁毅、仁頣。是年冬，葬君横塘嚴家灣，卽君所自營生壙也。兩夫人祔焉，禮也。銘曰：

自高祖至曾元，羅五世於一門。自富壽至考終，備五福於一身。吾求之於海内，蓋未有其等倫。故於其葬也，刻此貞珉，使百世之下慕君之福者，師君之人。

彭副郎墓誌銘

嗚呼，剛直之亡也，有孫四人，皆天材亮拔，器宇不凡。余謂：老其才以爲世用，必有繼剛直而起者，乃至今而一个弱矣。世家喬木，與國盛衰，此吾所以太息而銘補勤君之墓也。補勤君者，剛直第三孫也。父諱永釗，以廕生内用主事，早卒。母常恭人，賢明有識鑒，且精相人術，常歎曰：『吾長女及三兒皆不得過三十歲。』長女乃吾孫陛雲元配婦，三兒即君也。君諱見綬，字如莽，別字補勤，近年又自號鈍廬。然君實幼慧，五歲讀書，日逾千字，年十有五，剛直攜之至西湖退省庵，沿途徧謁諸鉅公，長者皆歎爲圭璋之器。無何，剛直薨，常恭人亦繼逝，家事兩昆主之，或有事遠出，則委之君。君年未弱冠，措置秩然。服闋，以助順、直振，議敘國子監典籍。光緒十九年，應童子試，入郡學。先是，剛直遺疏聞，兄見紳由員外郎蒙恩擢郎中，而君與弟見綷均奉及歲引見之命，至是年秋，君從伯兄入都，遂由吏部引見。天子眷念舊勳，特賞主事。其時倭患方亟，君慨然有請纓之志，和議成，遂不果，乞假歸，顏所居曰『運甓』，其志猶甚鋭也。二十四年，送季弟見綷入都引見，初意欲留京供職，乃見異説蠭起，朝論紛更，歎曰：『吾位卑，無尺寸柄，豈足挽此狂瀾！徒尸禄位，毋乃負天恩而棄先德乎？』挈弟南回，遂不復出。旋以助淮、徐、海振，加員外郎銜，賞戴孔雀翎，而君已淡然無仕進之志矣。性好潔，掃除一室，書畫碑帖，羅列其間，觀書習字，不問外事。摹趙承旨書酷肖，尤工篆隸，能刻印，得古法。頻年往來江浙，所經大都會，珍奇滿市，勿顧也，惟見舊碑帖、佳印譜，不惜以重金購之。所作詩詞有秀句，然多散失，存者殊尠。能畫蘭，亦不輕爲人作也。二十六年秋，偶患咯血之疾，或勸靜攝勿服藥，君曰：『不服藥，安望速愈？吾將爲廢人矣。』然卒爲藥所誤，病中起居仍如常，有問疾者，必正襟而見之，神識猶湛然也。至二十七年六月，病甚，是月癸卯，啓手足於正寢，年二十有七。回憶吾孫婦之卒年，二十有九，是二人者，果皆不至三十，常恭人洵有先見矣。君性孝友，處昆弟間無違言，與人交無少機械，遇人緩急，佽助無吝色，宜非不永年者，即吾孫婦之賢，亦三黨所共稱，而皆不壽，何也？修短之數，其果不可知邪。君娶程氏。子二，溥，殤；濼，幼。女子子亦二。某年月日，葬某原。其昆弟具狀乞銘。

銘曰：

玉也碎，蘭也摧，鸞鵠鎩其翮，梗〔一〕柟夭其材。吾爲剛直悼此孫，吾爲當世惜此才。何天道之茫茫，蓋不獨爲斯人哀。

【校記】

〔一〕梗，原作『梗』，據文義改。

兵部尚書徐公墓誌銘

光緒二十有六年十二月，故兵部尚書徐公、故吏部侍郎許公、故太常寺卿袁公同日被恩命，復原官。於是薄海内外，咸知三公之死，果非上意也，又知三公皆爲國而死，非其罪也，一時翕然有三忠之目。靈輿南返，士大夫無識不識，皆往助執紼，祭奠相望，哀輓盈塗。時未一稘，事已大白，固由天子聖明，而三公之精誠，亦自不可磨滅者矣。余與三公皆相識，而尤於徐公有連，故徐公之葬也，其孤具狀，請銘其墓。按狀，公諱用儀，字吉甫，別字筱雲，浙江海鹽人。其先世有諱應奎者，冬日父病，思食瓜，泣禱而得瓜，故世稱孝瓜徐氏。曾祖錫命，國學生。祖養惠，歲貢生。父槐廷，道光十五年舉人，廣東潮州府同知。三代以公官，並贈光禄大夫。公自幼外順而内剛，遇事有不可，必委曲自申其所見，人始或不信，後皆服焉。年十七入縣學，道光二十六年應鄉試，登副榜，遂入都，納貲爲主事，分刑部。咸豐九年，順天府鄉試，中式舉人。未幾，考充軍機章京，兼總理各國事務衙門行走，補雲南司主事，再遷湖廣司郎中，保送御史。廷試第一，恭惠親王器之，曰：『棟梁才也。』公於同治初入軍機，其時軍書旁午，而公綜事精良，從容裁決，擬詔旨動中契要，樞廷諸公，咸引重焉。遷四五品京堂，補鴻臚寺少卿，浸大用矣。俄以憂歸，服滿還朝，累遷至工部右侍郎，充總理各國事務大臣，又由吏部左侍郎充軍機大臣。公居官廉儉，處事勤慎，爲朝廷所信任。太后見公風度端凝，書『蹈規履矩』四大字賜之。其間屢以疾請開缺，未允也。及日本搆釁，舉朝爭和戰，公以東人之勢方熾，未可輕戰，與朝論齟齬，後從衆議，竟以僨事。公歎曰：『此後事愈難爲矣。』面求退出樞廷譯署。公自充總理大臣十有三載，遇事彌縫匡救，心力交瘁，至是自幸息肩。而德索膠州，俄索旅順、大連灣，英索威海衛、九龍島，法索廣州灣，外侮狎至，公雖不與其事，心竊憤之。光緒二十四年，皇太后訓政，仍以公爲總理各國大臣。公以譯署之事難於樞府，乃引太常寺卿袁公入署共事，而侍郎許公奉使海外歸，亦與焉。公喜曰：『吾得朋矣。』未幾，由左都御史授兵部尚書，於西苑門内賞騎馬、賞乘船、賞用拖牀，異數也。又以萬壽慶典賜蟒衣一襲，天眷優隆，有加於昔，而拳匪事起矣。拳匪起於山東，巡撫毓賢實袒護之，公力請勦治，乃以袁公世凱代毓賢撫山東。時廷議固主勦也，毓賢入朝，力言拳民激於義憤，與西人爲難，兵力既不足恃，正宜借用民力。王公大臣，多所眩惑，拳匪遂益煽熾侵尋，闌入京都，以『扶清滅洋』爲名，號召徒類，横行市廛，謀殺西國使臣，毁西國使館。公會同列入告，請嚴行禁遏，又擬按公法請各國使臣出京。於是德使臣克林德親赴總署會商，中途爲官兵所戕，公歎曰：『禍始此矣。』言於管理總署之慶親王，棺斂從厚。而忌公者遂日夜媒蘖其間矣。時各國兵輪麕集津沽，屢召廷臣，與決大計。公與許、袁二公及尚書立山、内閣學士聯元二公皆極言民團不可深恃，外釁不可輕啓，凡召見四次，所言益切。太后猶命公至使館議之，美國使臣猶允爲調停，乃當國者力主用兵，謂不殺議和諸臣則士氣不振，而許、袁二公遂朝衣東市矣。公自知不免，而意氣如常，不稍貶損。七月十六日，步軍衙門率拳匪擁公至莊王府，公不置辨，但曰：『天降奇禍，死固分也。』越日戊辰，遂與立山、聯元二公同及於難。是日，陰霾蔽天，日色無光，嗚呼慘矣！公死後三日，兩宮出狩，各國兵入城，見德使館棺斂豐厚，乃稍稍禁戢其兵，勿多殺戮，猶公之隱賜也。公平時巽順，與物無忤，而事關君國安危，至以死爭之，乃歎其幼時外順内剛，固天性然矣。公有丈夫子二，士鍾、士恆。某年某月某甲子，士鍾等葬公於某原，余特書其大節，刻石而納諸壙。銘曰：

以公之忠而不能勝羣小之私，以公之信而不能破羣情之疑，國事乃瀕於顛危，而臣力遂窮於扶持。苟一言之有裨，雖九死其無辭，公之苦心人所悲，公之精誠天所知。果天鑒之昭垂，不逾年而雪之。千載而下，觀此刻辭，請勿以公爲龍、比也，而乃以公爲皋、夔。

蒔茗陳君墓誌銘

君諱光照，字蒔茗，錢唐陳氏。曾祖有尚，祖圻，父以晉，皆封通奉大夫。世居蕭山，雄於貲，勇於義，鄉里有善舉，必爲之先。所居曰澇湖，蕭山之人無不藉藉稱澇湖陳氏也。自其曾祖，始籍錢唐，然仍居蕭山，卜宅城中西河沿，至君四世矣。君父字秋畬，初娶於周，無子，繼室以金氏，生一子，曰光涵，其篚康氏生子，卽君也。君幼慧，秋畬君課之嚴，稍長，習舉子業，所爲文皆有法度。受知於學使者儀徽陳公，入錢唐學，乃益自力於學。家多藏書，發而讀之，不足，距所居數十武有王氏者，書尤多，其庋書之所曰十萬卷樓，君又假而讀之，書或殘缺，率爲補綴之。時祖母徐太夫人猶在堂，出則鍵一室讀書，入則侍祖母及嫡母、生母愉如也。無何，徐太夫人卒，秋畬君、金夫人繼之，而兄嫂亦同時殂謝。君疊遭大故，焦肝灼肺，遂得歐血疾。君母康夫人曰：『汝曷遊於杭，藉湖山之勝，瘵汝幽憂之疾乎？』君乃時來杭州。錢唐丁君松生，故與秋畬君善，越中多久櫕之柩，丁君曾與秋畬君共瘞埋之，甚相得也。見君而才之，女以女，遂就昏於丁氏，與丁氏諸子相切礲，又得讀其嘉惠堂藏書，學益進。咸謂澇湖陳氏之興，必在君矣。丁酉鄉試，薦而不售，結轖不舒，宿疴大作，就醫於吳淞，由蘇而歸於杭，道中猶縱覽其形勢，訪求其掌故，意趣浩然，然病竟不起矣。以君之才，承先世之澤，又能以好善世其家，嘗興蕭山水利，以溉農田，葺西興塘路數百丈，以利行旅，其他善舉甚夥，天胡不永其年邪？君以資援例，得授部郎，加四品銜。卒於光緒二十四年十一月癸亥，年二十四。初娶汪氏，繼卽丁也。生子榮，殤，君殁後八月而遺腹孿生二子，曰念祖，曰述祖，未幾，述祖又殤。澇湖陳氏，世德所鍾，必在念祖矣。某年月日，葬君山陰之櫋里村，其妻兄丁和甫立中以狀乞銘。銘曰：

德則修，齡則嗇，才則通，遇則塞。伊櫋里之新阡，維澇湖之舊德。必有興者，請視此刻。

吳縣主簿葉君墓誌銘

有東瀛客村山君曰正隆節南者，踵吾門而問曰：『君知有松石葉君乎？』曰：『不知也。』乃歎息而言曰：『其人死矣。是嘗再游於吾國，其初至也，膺吾國之聘爲大學漢文教授者三年，其再至也，買書畫以自給，吾國名人魁士，皆喜與之游，如中田君敬義、二口君美九、石原君昌雄、加藤君榎本，皆從之學詩者也。哀其隱於下位，齎志以歿，乞君一言以志其墓。欲知其詳，則有其友魯君賓清所爲事略在。』余受而讀之，歎曰：余與同爲浙西人，而不知焉，余滋愧矣。余不能知而異邦人轉能知之，爲乞銘於余，則君之賢且才，又何可没哉？君諱煒，松石其字也，嘉興人，姓葉氏。自曾祖以下，皆官守備，兄樫淩，亦金山衛守備。君六歲喪父，十二歲喪母，依兄以居，雖家世習武，而獨能自力於學，且好爲詩，嘗一入淮軍，非其志也。其膺日本之聘，卽在此時，及游倦而歸，年亦垂垂老矣，乃援例以從九品需次江南，襄治江寧布政司文案凡十年，署秣陵司巡檢，尋以主簿之蘇州。蘇人無知君者，君亦不自炫，偶出手校書籍貸米，杜雲秋觀察見而賞之。時濮子泉廉訪方守蘇州，一日晉謁，偶言及詩，君於詩學源流言之甚悉，廉訪動容曰：『詩人也。』已而，方伯陸公亦知君賢，檄署昭文縣主簿，旋授吴縣主簿。君年逾六十，始得一官，光緒二十八年四月受事，二十九年二月丙申以疾卒，年六十有五。貧無以爲斂，時二口君適以領事官駐蘇，乃與吴縣知縣林君丙修謀，各出巨貲以斂之，又爲卜地於胥門外横塘而葬焉。嗚呼，可謂生死之交矣。村山君之以墓銘請，蓋亦二口君之意也。娶吴氏，先卒，附葬如禮。繼室以趙。子二，均幼。女二，山陰王鈺，其長女壻也。所著有《井窗襍著》及詩鈔、詩話若干卷，均藏於家。銘曰：

騏驥有足，羈於戢摵。鸞鵠有翼，幽於樊籠。乃其生也，壓於百僚之底，其殁也，聞於大海之東。蓋其數有限，而其名無窮，吾以是銘其幽宫。

前湖南巡撫吳君墓誌銘〔一〕

君諱大澂，字清卿，號恆軒，吳氏。明成化間有諱敏學者，自歙縣來官蘇州府教授，遂家焉，其後乃世爲吳縣人。曾祖傳烈，祖經堃，父立綱，皆以君官贈光禄大夫。妣皆一品夫人。君幼慧，年十三能文，十七入縣學，卽慨然有經世之志。嘗入都〔二〕應順天試，條陳時政，呈請都察院代奏，其志固已遠矣。同治三年舉於鄉，七年成進士，改庶吉士，散館授編修。時海内猶無事，翰苑諸人皆以文采風流相尚。君在鄉時遇水旱偏災，輒與里中諸父老籌備振恤〔三〕。既官京師，辛未、壬申之間，直隸水旱頻仍，君募資助振，又請假往勘災區。永定河決，以先所集倡辦〔四〕慈幼堂經費移撥二千金，馳往頒賦，同官咸以爲難。同治十二年，簡放陝甘學政，時朝廷方議修理〔五〕圓明園，君疏請停止。先時，穆宗毅皇帝大婚，典禮繁縟，君亦疏請裁減。以一詞臣，言人所不敢言，風采震動朝右。光緒三年，山西大無，詔下翰林院，傳知君前往襄助振務，往返年餘，全活無算。已而左文襄、曾忠襄〔六〕交章薦君之才，先〔七〕有旨發往甘肅，又有旨發往山西，未幾，補〔八〕授河南河北道。豫省荐饑，貧民無食，輒賤售其田，及年豐，往贖不得，以此成訟者累累，州縣不勝其〔九〕擾，置不理。君親鞫之，當堂〔一〇〕繳價領回原田者無慮數十起。豫省又苦於徭役，所屬武陟縣尤甚，縣吏按畝科派，一畝錢三百，供車馬之費。君裁定其費，畝五十文，設局由紳士經理，歲入有餘而民不困。在任止一年，民間歌頌焉。光緒六年，詔賞給三品卿銜〔一一〕，赴吉林，隨同將軍銘安訓練營兵，召募屯墾。君既至，請於省城設立〔一二〕機器製造局，於三姓、琿春各處興〔一三〕築礮臺。有韓效忠者，金匪也，金匪者，盜開金礦，徒黨繁多，而韓爲之魁，有司名捕之，不能得。君單騎入山，至其巢穴，韓見君不帶一兵，出謁道左。君諭以朝廷德意，有撫而用之之語，宜及時投效，毋自誤。是夕遂止宿其家，韓乃從君歸。君奏請賞給五品頂戴，韓就撫後頗得其力〔一四〕，金匪以清〔一五〕。法越事起，請抽馬步兵三營及新練礮隊水雷勇赴津聽候調遣。報可，旋命會辦北洋事宜，駐樂亭、昌黎，以固京東門户。時君已由太僕寺卿遷太常寺卿。光緒十年，升都察院左〔一六〕都御史。是年冬，朝鮮内亂，日本因而搆釁，命君往平之。明年，又命赴吉林，會同琿春都統依克唐阿與俄使勘界。乃與俄使巴拉諾伏〔一七〕往返商榷，爰立土字界碑於沙草峯南十八里，離海口二十四五里，又以土字碑與怕字碑相距太遠，於蒙古往來之道補立啦字碑，於阿濟密往來之道補立薩字碑，又移三岔口小孤山倭字碑於瑚布圖河口，由倭字碑北至那字碑，由那字碑北至東大川，準南北直線畫定小溝，以清疆界〔一八〕，而〔一九〕俄舊所占黑頂子地乃復〔二〇〕歸於我。君又欲以圖們江出口之地作中俄公共海口，事雖未行，而中國船出入圖們江者，不必復向俄官領照矣。是役也，君頗自喜〔二一〕，立銅柱於中俄交界之地，自以大篆勒銘其上，曰：『疆域有表國有維，此柱可立不可移。』壯哉，亦青史一美談矣。事畢還朝，拜廣東巡撫。適葡萄牙人侵占香山民地，朝議方欲與葡人立約通商，君以畫界〔二二〕未清，力持不可。親往履勘，有原定之界，有侵占之界，有將占未占之界，請飭總理大臣〔二三〕，與葡使逐條研論，暫緩議約，從之。十四年，惠州大水，親往振撫，蓋君自諸生至翰林，皆從事於此，至是而振務益周密矣。會河決鄭州，命君署理河東河道總督，至則躬駐工次，鉤稽稭科，巡閲壩埽，懸搆重賞，日夜督催，兵役感奮，人人用命，甫四閲月，大功告成，支用省約，餘原估銀六十餘萬，朝廷嘉焉。實授河督，賜頭品頂戴。十六年，母韓太夫人卒於家，回籍守制。服闋，授湖南巡撫。君設課吏館，以課屬員，設求賢館，以招致高才生，設蠶桑局，以興民利，設保節堂、百善堂，以惠養窮黎，百廢俱興，楚人大悅。二十年，日人內犯，君疏請統率湘軍北上，優詔俞焉。蓋君雖文臣，而曉暢戎機，嫻習武事，每值操練，擊槍打靶，率以身先之，三軍環觀，咸共詫歎。至是，憤外侮之侵淩，感中國之積弱，撫膺太息，毅然請纓，誠古人臣急病讓夷之義也。既至，命駐山海關幫辦軍務。明年春〔二四〕，督師出關，將圖收復海城。而日人從間道犯牛莊〔二五〕。牛莊兵敗，君退入關〔二六〕，自請嚴譴。有詔革職回任。君還湖南，方將竟前所設施，旋奉開缺來京之命，未幾，又奉卽行回籍之命。君自是不復出矣。君少時曾從陳碩父〔二七〕先生學〔二八〕篆書，中年以後又參以古籀文，書法益進。兼長丹青，喜收藏古金石，得宋微子鼎，有『爲周客』之文，『客』字作『愙』，因自號愙齋，海內稱愙齋先生，得其字畫，珍若〔二九〕珙璧。蓋君雖以勳業著，而翰墨之長固不爲所掩也。當事諸公，慕君之學，聘爲上海龍門書院山長。然君自歸里，卽得風疾，久而不瘳，光緒二十八年正月戊子，卒於里第，年六十有八。最君一生，孝於親，友於兄弟，忠於君國。遵先贈君遺意〔三〇〕，創立義莊。與兄澹人君、弟運齋君，白首無間言。敭歷中外，皆有表見。所保薦如李君文田〔三一〕、裴君蔭森〔三二〕、陳君彝、陶君模、吳君承潞〔三三〕、陸君襄鉞，皆爲時名臣〔三四〕，以人事君，君無愧矣。所著有《愙齋詩文集》若干卷，《古籀補》六〔三五〕卷，《古玉圖考》一〔三六〕卷，《權衡度量考》一卷，《恒軒吉金錄》二卷，〔三七〕其餘考定鐘鼎文及手書大篆《論語》、《孝經》，皆爲學者所珍云。妻陸氏，封夫人，先君卒。子本孝，亦早卒。嗣澹人君之孫以爲孫，曰翼燕。〔三八〕女六人，長者未嫁殤〔三九〕，嘉定廖世蔭、同郡潘睦先、南皮張仁頲、項城袁克定、吳江費樹蔚〔四〇〕，皆其壻也。君卒之明年十月乙卯，翼燕奉君之喪，葬吳縣支硎山之原，以狀乞銘。余從前主講蘇州紫陽書院，君來肄業，至今垂四十年。余雖老猶在，而君古人矣，感念今昔，不辭而爲之銘。銘曰：

君起詞苑，功在邊陲。練兵吉林，闢其汙萊。單騎入穴，戎首來歸。畫界於俄，銅柱巍巍。撫粵撫楚，並著德威。隅夷入寇，抗表督師。功雖未竟，海內壯之。歸卧一室，羅列鼎彝。人得片楮，珍若冰斯。內行尤篤，兄弟怡怡。仁民愛物，措之咸宜。卓哉斯人，當代所希。支硎之原，宰樹參差。千載而下，誦此刻辭。

【校記】

〔一〕此文又見於《澹人自怡草》卷前（以下簡稱『《澹》本』），題作『皇清誥授光祿大夫頭品頂戴兵部尚書前湖南巡撫吳君墓志銘』，用作校本。

〔二〕入都，《澹》本無。

〔三〕備，《澹》本無。恤，原誤作『洫』，據《澹》本改。

〔四〕倡辦，《澹》本無。

〔五〕理，《澹》本無。

〔六〕『襄』下，《澹》本多『李文忠』。

〔七〕先，《澹》本無。

〔八〕補，《澹》本無。

〔九〕其，《澹》本無。

〔一〇〕當堂，《澹》本無。

〔一一〕銜，《澹》本無。

〔一二〕立，《澹》本無。

〔一三〕興，《澹》本無。

〔一四〕頗得其力，《澹》本無。

〔一五〕『清』下，《澹》本多『朝廷嘉獎，遂拜督辦屯防之命』。

〔一六〕『左』下，《澹》本多『副』字。

〔一七〕『會同』至『諸伏』，《澹》本作『與俄使巴拉諾伏勘界』。

〔一八〕『爰立』至『疆界』，《澹》本作『補立界碑，以清疆域』。

〔一九〕而，《澹》本無。

〔二〇〕乃復，《澹》本作『皆』。

〔二一〕『是役』至『自喜』，《澹》本作『君乃』。

〔二二〕畫界，《澹》本互乙。

〔二三〕總理大臣，《澹》本作『譯署』。

〔二四〕春，《澹》本作『元旦』。

〔二五〕『而日』至『牛莊』，《澹》本作『時黑龍江將軍依克唐阿軍於耿莊，爲合圍計。旋依軍潛師退駐遼陽，比聞報，未及抽調填紮，而日人已先從耿莊間道來襲牛莊』。

〔二六〕『牛莊』至『入關』，《澹》本作『牛莊，我軍之後路也。前敵遂不支，君退守十三站』。

〔二七〕父，《澹》本作『甫』。

〔二八〕『學』下，《澹》本多『精』字。
〔二九〕若，《澹》本作『逾』。
〔三〇〕贈君遺意，《澹》本作『志』。
〔三一〕文田，《澹》本作『用清』。
〔三二〕森，《澹》本作『孫』。
〔三三〕璐，原本作『璐』，據《澹》本改。
〔三四〕皆爲時名臣，《澹》本作『時稱有知人鑑』。
〔三五〕六，《澹》本作『十六』。
〔三六〕一，《澹》本作『二』。
〔三七〕『卷』下，《澹》本多『《集古録》十四卷』。
〔三八〕『燕』下，《澹》本多『箳室陳氏』。
〔三九〕長者未嫁殤，《澹》本作『同邑王沂』。
〔四〇〕吳江費樹蔚，《澹》本無。

春在堂襍文六編卷六

浙江補用道陸君墓誌銘

君諱同壽，字敏貽，號介眉，姓陸氏，吳巨族也。在前明有諱雄者，始卜居吳江之東門，爲吳江人，國朝分吳江地，置震澤縣，遂爲震澤人。乾隆時，有以博學鴻詞徵者，諱桂馨，君之五世祖也。高祖昌言，縣學生；曾祖泰增，乾隆四十二年舉人，安徽廣德州學正；祖鋆，縣學生。三代並以君父官，贈榮祿大夫。高祖妣張氏、金氏，曾祖妣陳，祖妣張，皆一品夫人。父諱迺普，國學生，以軍功起家，歷署河南懷慶府知府、陝州直隸州知州，兩署安徽安廬滁和道，以道員記名簡放，加布政使銜，賞戴花翎，附祀英果敏公祠，誥授榮祿大夫。母張氏，封一品夫人。君生而嚴重，不苟言笑，年十三，能爲文，里中文課，輒冠其曹，尤工爲五、七言詩，在京師時，頗爲諸名士所推服。時粵寇已起，海内多故，君自惟少時應府試，曾取第二，咸豐十一年應京兆試，亦曾取謄錄，使吾命應以科第進，詎不能游於庠、舉於鄉乎？中原俶擾之秋，正丈夫激發之日，勉盡忠孝而已，何藉科第爲？遂投效河南軍營，以異常出力奏保，以知州發浙江補用。尋又赴安徽大營，從攻張寨、瓦店，克之，有詔賜戴花翎。巡撫喬勤恪公語之曰：『昔史遷言，留侯狀貌不稱其志氣，今子一文弱書生，而曉暢戎機，諸宿將皆不能及，然則以貌取人，不又將失子乎？』軍務平，始赴浙，浙中大吏咸知其才，有事必以屬君，如解餉，如發審，如保甲，如釐捐。君任其事，事無不舉，於時盜賊潛蹤，商民稱便焉。其在讞局也，手決獄，大小數百事，不刑一人，案情悉得，尤人所難云。秦隴軍興，以君素知兵，提督金公調赴前敵。秦中磽瘠之區，徑路崎嶇，冰雪凝沍，君不敢自逸，匹馬往來黃沙白草之間，雖勞苦成疾，而意氣彌奮。從大軍蕩平金積堡老巢，追剿烏拉特旗逸寇，君功居多。又兼理糈臺，千緒萬端，豪釐無爽，脂膏之中，不以自潤，古稱廉能，君兼之矣。事平，敘功先保知府，仍留原省，洊保道員，賜二品頂戴。光緒七年春，浙江金衢嚴道缺員，君以次應補是缺，而母張夫人卒，遂以憂歸。其時榮祿公先已謝病里居，以震澤舊廬毀於兵火，僑寓郡城，君隨侍焉。君閱歷仕途，垂二十年，中興諸名臣，如左文襄、李文忠、喬勤恪、英果敏諸公，皆以君年富才優，處事明決，交章論薦。使君得盡其才，則節鉞封疆，指顧間耳，而君以榮祿公年高，壹意以色養爲事，凡修祖墓、建義莊、立宗祠、刊族譜，榮祿公所欲爲者，咸贊成之。又於宅之東偏闢一小圃，疊石蒔花，奉榮祿公游息其中。是名半園，君晚年號半園灌叟，以此也。榮祿公卒，君年已五十一，哀毀若孺子，然於所常居之書室，每逢朔望，焚香展謁，摩娑遺物，泣下沾襟。皖省以榮祿公政績上聞，詔附祀英果敏公祠。君手奉栗主，躬送入祠，其容蹙蹙，感動行路，蓋天性純孝有如此，而仕進之意則自此絕矣。君投筆從戎，其勞勩有非人所能堪者，事後絕口不言。後陳舫仙方伯爲蘇臬使，與君共事軍中者也，每至君家，輒追話金積堡舊事，其危險萬狀，家人乃始稍稍聞之，然所不聞者多矣。居鄉，不謁達官，不預公事，惟以文史自娛，每招致名流，集爲文社，以勸課其諸子，編刻八世祖諱文衡歿祀鄉賢祠者所著《嗇庵隨筆》及《先德錄》、《傳家集》諸書，以授其子，曰：『守此足矣。』君以積勞之身，又素有欬疾，年逾六十，繼以喘疾，時劇時瘥，浸至不起。疾篤，語諸子曰：『吾生平無疾言厲色，從不以意氣淩人，雖臧獲輩，不輕呵斥。自奉不敢奢，待人不敢嗇，此吾以汝祖爲法也，願汝曹亦法吾而已。』光緒二十七年二月甲辰，啓手足於正寢，年六十有四。君天性和易，好善不倦，值國事多艱，前後輸助，無慮數萬，易簀之前，猶念秦隴奇荒，曰：『此吾從軍故地，今又行在也，敢秦越視乎？』命其子集巨貲振之，由浙彙解，浙撫疏聞，詔以『樂善好施』旌其門。至其平時周恤鄉里，贍養親族，待以舉火者數十家，病施藥，暑施茶，歲以爲常，猶其小節矣。妻元聘費，元配沈，均贈一品夫人，再娶丁，封一品夫人。側室三，方氏以子官封恭人。子四：懷鼎、鼎奎、鼎華、廷鼎，存者二，鼎奎，丁夫人出，增貢生，浙江候補知府，特旨以道員用，賞戴花翎；鼎華，方恭人出，附貢生，安徽候補直隸州，捐加三品銜，分省試用道。女五，殤者一，常熟曾愷章、元和潘誦鎮、長洲彭疇士，其壻也，順天大興陳鹿儕，則其第三女許嫁之壻，未及嫁而女卒者也。孫，增培，孫女三。某年月某甲子，鼎奎、鼎華敬營窀穸於某原，礱石乞銘。銘曰：

君承門蔭，起家戎馬。轉戰皖豫，依然儒雅。秦隴之間，道路孔艱。匹馬而去，凱歌而還。峩峩廉車，莅臨浙水。折獄理財，政聲大起。俄拋仕版，歸奉高堂。半園風月，終身徜徉。耆壽甫臻，春輝頓逝。君子之澤，長流百世。我銘其墓，我言有徵。佳城蔥鬱，子孫其興。

江蘇候補道馮君墓誌銘

君諱邦棟，字杰卿，馮氏，湖南衡陽人。祖杏圃，父升漳，以名諸生久困場屋，齎志以終。君少有大志，喜讀經世書，不屑爲舉子業。又鑒於其父，遂不應有司試。咸豐四年，曾文正公義師起，君稟命於母黄太夫人，投筆從戎，以從九品赴江西幫辦營務，統帶礮船，克吉安縣，保升縣丞。旋奉調入曾忠襄公幕中，克景德鎮，克浮梁縣，皆有功，詔以通判遇缺即選，賜戴藍翎。又敘收復黟縣諸城功，加五品銜，及安慶省城復，詔以同知直隸州留安徽補用。文正奏設大勝關釐局，以君主其事，官軍解雨花臺圍，君與有力焉，升知府。金陵平，大功成，詔以道員交軍機處記名，遇缺簡放。時有旨祭明陵，君以道員陪祭焉。自從曾文正東征，十年以來，崎嶇戎馬，不遑將母，至是始乞假歸，拜黄太夫人於堂下，戚黨榮之。會曾文襄公撫鄂，奏請以君辦營務及一切善後事。捻寇南犯，是防是剿，雲夢、應城、天門諸縣，次第收復。文襄疏言，君屢著戰功，謀勇兼裕，請給予二品封典。從之。俄左文襄公經略陜甘，亦以君久經戰事，調營差遣。君至未及一年，黄太夫人卒於家，君方總理營務，請歸守制，文襄以邊事孔亟，諷以古人金革毋避之義，乃勉以墨絰從事。時花門一種，已就撫於河洲，餘衆猶持兩端。君單騎渡河，賊皆下馬羅拜，惟僞總兵馬本源、僞知府馬桂源仍擁衆不降。君恩威並用，數月之内，往返數次，卒帖服之。回事大定，請建設州縣，創立學校，增置參游，以經久遠。文襄韙之，乃言於朝，謂君辦理妥協，請加按察使銜，并準其回籍葬親，以符定制。君先曾平反噶爾廳及青海巨案，回民皆稱活佛，故啓行之日，僧番土回，皆爇香跪送，數千里不絶，私設長生之位，奉之於家。君葬親事竣，家居不出，光緒九年，詔下湘撫，問君行止。彭剛直公力勸入都，適左忠襄復出，督兩江，乃奏調南洋差委，并請留江蘇補用。君至江寧，凡要事，悉以委之，以一身任數事，在君固應之有餘，而忌者側目矣。文襄薨，繼之者興化劉公，給諮送部引見，朝廷眷念前勞，諭樞臣仍遇缺簡放。君方擬具摺謝恩，而鐫級之命下矣，一時愕眙，莫測所由，不知興化公彈章已先日至也。聞者咸爲不平，君夷然曰：『吾以布衣，遭時竊位，得至監司，分已極矣，復何求乎？』即日南歸，遂不復出。君事親孝，處宗族以敦睦，待親友以謙厚，訓子姪以嚴正。鄉里鬩爭，一言立解，水旱偏災，無不力振，施衣施粥，歲以爲常。若蓮湖書院，若花藥寺，若楊泗廟，凡有工作，莫不佽之使成，蓋好義樂善，其天性也。積勞軍旅，元氣大虧，光緒二十八年五月十日己巳，卒於家，年七十有七。妻蔣夫人，先卒。子：灼孝，縣學生，同知銜，廣東候補知縣，歷署儋州、連平州、化州知州，臨高縣、始興縣知縣，先君一月卒；燇孝，縣學生，同知銜，分省補用知縣；雍臣，縣學生，五品銜，湖北補用府經歷，亦於七年前先君卒。孫四，長者筠，五品銜，廣東補用鹽經歷；次友垚，友坻，友堅。光緒二十九年二月丙申，卜葬金鳳山之陽，幽宅既窆，貞石斯刊。君家在衡州府江東岸，彭剛直公其比鄰也，故其孤介彭氏寓書乞銘。余惜君之才，未竟其用，又念與剛直有袍澤之義，故不以衰病辭，比其事，綴以銘。銘曰：

崎嶇戎馬，轉戰南北。斬將搴旗，元戎動色。飛書敘功，優詔進秩。蠢茲回民，亦感其德。不呼以官，尊之曰佛。以君之才，宜拜節鉞。眾嫉蛾眉，誰憐駿骨。歸來故鄉，蕭然巾幘。未竟其才，千秋太息。鬱鬱佳城，我銘其穴。勒鼎銘鐘，請俟異日。

故泰興縣知縣張君墓誌銘

君諱興詩，字子持，一字恕齋，張氏。本横渠先生之後，世居關中，宋寶祐間有諱曰明者，以討賊死吴越間，遂家餘杭。其子和又自餘杭遷歸安，遂爲浙江歸安人。曾祖諱春苞，以子師誠官福建巡撫，封榮禄大夫。祖諱彲，候選鹽大使。父諱應恆，直隸候補知縣，平泉州州判，並以君官，累贈通奉大夫。曾祖妣沈氏、王氏，皆封一品夫人，祖妣趙，妣吴，皆累贈夫人。君四歲而孤，昆弟五人，自奮於學。道光二十四年入邑庠，咸豐元年與其兄憨齋君同舉於鄉，公車入京，居其從兄愓齋君所。愓齋由詞林官臺諫，所與游皆魁士名人，而沈文節公爲君座師，又延君館其家，一時鉅公如文文端、彭文敬、羅椒生、趙蓉舫尚書、殷譜經侍郎，皆折行輩交於君，以經世之學相礱礪。咸豐三年，考取景山官學教習，期滿，選授泰興縣知縣，同治元年七月之官。是時粤寇方踞金陵，東南糜爛，泰興地濱大江，其南岸武進、丹陽諸縣，寇蹤出没靡常，鹽梟劇盜，所在充斥。君設廠以撫難民，練團以遏賊北竄，緝獲梟盜首領，悉置之法，境内乂安。俄而有齋匪之獄，株連甚衆，君察其人皆愚夫婦，惑於禍福，無逆謀，言於漕帥吴公，誅其渠三人，餘悉縱去，又親至鄉閭勸誡解散，民皆感泣。明年以病乞歸，旋丁吴太夫人憂，服闋到省，歷主釐局。東捻肅清，李文忠公敍君籌餉功，奏保以直隸州在任候補。十二年，坐補泰興縣。民聞君至，歡迎於塗，乃舉曩所未及設施者，次第行之。繕城垣，樹敵樓，濬濠河，葺公廨，治囹圄，以農爲生民之本，增建先農祠，凡名宦、鄉賢、忠義、孝弟各祠，咸修復如功令。創設泰義倉，創設接嬰、保嬰、清節諸局，創設義塚，推廣養濟院屋宇，置洲田六百畝，歲入其租，充諸善舉經費。境内河道、橋梁，一律修治，加築西江隄岸，於江口置救生船。不及一朞，百廢咸舉。又以泰邑文風之未盛也，爲濬泮池，廓書院號舍，豐生徒膏火，而邑士巍科相望矣。以泰民之不知蠶事也，歲購湖桑數萬株，教民樹桑，教民育蠶，而邑人始有繭絲之利矣。以泰民之多逋賦也，爲詳免二洲圮毀田糧，又代償夙逋，數至巨萬，而民始樂其生矣。以泰民愚而未知教也，徧保甲，立鄉約，刊《孝經》、小學各書，頒行鄉塾，而民始烝烝向善矣。光緒二年，有姦人翦紙焚符，煽誘愚民，民受其愚，從者[illegible]。事聞於朝，命窮治之，所在郡縣，承受風旨，疑似之間，舉家駢首。君惻然曰：『吾不忍也。』分别懲治，全活無算。民間詞訟，到卽判決，日坐堂皇，丙夜方退，案無留牘，獄無稽囚。每屏騶從，私行所部，夜止破廟，民不知爲官也，閭閻利病，咸記録之，發摘奸宄，百不失一，咸驚爲神。光緒四五年，連歲大旱，禱雨得雨，旱不爲災。在任六年，蝗集者四，捕治收買，田禾不傷。沈文肅録其功，請加二級。六年八月，奉調署江浦縣，而巡撫某公挾私意，不慊於君，奏褫君職。君兩宰泰興，有惠政，歷充光緒元年恩科及五年正科江南鄉試同考官，稱得士。大府如曾文正、曾忠襄、沈文肅、李文忠，皆極賞之。沈文定公嘗謂今仁和相國王公曰：『張某猶是書生本色，不可多得也。』乃以無罪去官，聞者咸爲不平，君夷然曰：『吾勞於官亦久矣，今得休息，是促我居官之年，而益我處世之年也，其爲賜不亦多乎？』去任之日，祖帳自牙前至於郊外，民皆焚香，夾道羅拜。既行百餘里，猶有白鬚者三人，具酒果，拜舟次，自稱鄰縣人，莫知爲誰何也。君兄憨齋及希齋君，皆官縣令，與君並稱張氏三循吏，是亦可以無憾矣。君初寓金陵，至是遷寓姑蘇，所居在城西，頗偏僻，杜門課子，謝絕人事。儲書萬卷，手自校讎，遇先賢事實可爲軌範者，甄録之，下逮閭巷細事，閨襜潛德，積成十餘帙。嘗以張清恪公《正誼堂全書》授其子，曰：『誠正之學盡此矣。』十六年，湖州大水，曰：『吾鄉里也。』捐助棉衣千襲，浙撫以聞，詔復原銜。又因助山西振，賞二品封。君持身甚儉，食喜蔬食，出喜徒步，凡先世遺產，悉謝不受，曰：『吾有餘俸，差足自給，留此葺祠宇，供粢盛可也。』族有孤寡，必收養之，子弟才俊，必獎成之，任卹施舍，不遺餘力。年逾七十，精力不衰，每步至余寓，杯茗清談，未嘗一見其肩輿而來也。庚子年秋，微疾旋愈，十二月二十日日加午，尚據案作小楷書，又出門散步，歸而燈下讀書，丑初就枕，忽中風痰，自丑逮卯，不可救癥。光緒二十六年十二月戊午，卒於蘇寓，年七十有四。元配吴，繼配倪，皆先君卒。子四人：宗勳，宗儒，附貢生，候選通政司知事；宗煇，宗㯳，幼未仕。女七人，已嫁者六，其壻曰朱之模，曰邵霖，曰惲炳孫，曰王夢魁，曰沈錦榮，曰周紹乾。君卒三年，歸葬歸安縣菱湖鎮東横路之原，吴、倪兩夫人及側室孫皆祔焉，禮也。宗儒等以狀乞銘。銘曰：

漢重循良，世以大治。君之政績，召杜之比。宜膺上考，詎限百里。驥足未舒，一蹶不起。位禄則減，名壽則增。乃來吴下，卜居城隈。蔬食徒步，白髮青燈。爲善最樂，子孫其興。年越古稀，無疾而逝。靈輀既歸，幽隧斯啓。我作銘詞，敬告來世。天祚善人，觀其後嗣。

雲溪和尚塔銘

雲溪和尚與余同於十二月二日生，往年五十生日，余壽之以文，謂：『余與和尚，或空王坐上曾有香火因緣也。』歲月如流，尺波電謝，余行年八十有二，障深根鈍，尚浮沈於迷塗俗劫之中，而和尚已偶凡成聖，往生彌陀淨域矣。眷懷大德，感念浮生，昔從何來，今從何往，讚歎之次，不能無言。按，和尚姓湯氏，錢唐人，父母皆長齋事佛，稟受胎教，宿種善根。自免乳以後，腥血不一入口，幼遭閔凶，父母殂謝，又值兵亂，道塗流離，世故糾紛，道心激發。謁悉本中禪師於靈峯，遵依佛典，染薙如儀，旋投蕭山祇園遠萃禪師，受其記莂，又得雲林智海禪師授以衣法，於是登天目，泛補陀，與諸高僧内外印證，遂得無上妙諦。杭州西湖，海内所稱佛地也，雲林、昭慶兩寺，尤湖上大叢林也。和尚受法於智公，雲林固其初地，而昭慶羽高律師，重和尚道行，延至寺中，屬以大事，故兩寺講席，和尚兼焉。願力宏深，聲氣廣遠，善信景從，檀那雲集。兩寺亂後，頗有頹廢，修而復之，咸與鼎新，碧瓦赬廊，有加於舊。乃爲悉本師建塔靈峯，爲羽高師建塔昭慶，又爲父母卜靈峯吉壤而營窀穸，佛法世法，兼盡之矣。晚年喜靜，辭雲林而專主昭慶，梵筵所啓，喧靜皆禪，曰開詡，曰開慧，其法嗣也，曰心如，其再傳也。所薙染者，二十餘人，如曉恒、曉裕、曉盦、曉參，尤其龍象也。法器有傳，俗塵皆幻，爰於光緒二十八年某月某日，示疾而終，世壽五十有五，僧壽□十有□〔一〕。其徒某某等，於某年某月某日，敬奉色身，營建窣堵，勝幡既建，貞石斯刊。銘曰：

佛曰西流，法雲東被。不有大師，誰傳妙諦。猗歟和尚，微妙圓通。兼主兩寺，大啓宗風。俄厭世塵，長辭禪榻。昔祝其齡，今銘其塔。靈山會上，儻有因緣。送公淨土，感我暮年。

【校記】

〔一〕 原本『十』上『有』下各空一格。

費編修女潤華壙銘

屺懷太史既殤其愛子文，越八年，而其所奇女又隕焉。女名潤華，字瑤芬，武進人，費氏太史第二女也。其生也，歲在己卯，而其曾祖母、祖母及其母皆以卯年生，女與同物，故一家珍愛之。眉目如畫，性尤明慧，八九歲時，見其姊瑞華刺繡，效爲之，輒工。母以其弱也，女紅中饋之事，一不使爲，惟從其父讀書。然太史官京師時，女佐母筦内政，米鹽芻豆，悉有條理。後太史因父幼亭君病，歸省之，幼亭君尋愈，或勸太史還朝供職，女每以微言諷止焉。太史喜金石之學，得一金一石，女必手拓其文，其母能畫，女縮其稿而繡之，與畫無別。又能出新意，以彩線結成花果禽魚之狀，以娱其重親。又喜觀稗史、野記，語人曰：『一部二十四史，大半顔天蹠壽，讀之如食蝤蛑，使人發風動氣，不如且食蛤蜊耳。』居恒與姊同臥起，及姊嫁，則大感歎曰：『人不幸作女子，一嫁之後，與死何殊？』自是遂有出世之志。俄夢人語之曰：『汝明年七月當死。』及是年春，果日益羸削，至七月朔而病，病亟，母問所欲，言曰：『萬念皆空矣。』又曰：『有媪來迎我，當於二十六日去。』果如其言，乃光緒二十三年七月癸丑也，年十有九。太史求其平日所摹拓、所繡繪諸手蹟，則已預戒其姊焚之矣。往歲，文之卒也，太史自銘其壙，及女之卒，太史傳之而不銘，以傳乞余銘。銘曰：

瑤臺月，嵰山雪，雪易銷，月易缺。此一抔，瘞瑤碧，千萬齡，永不滅。

候選道葉君墓誌銘

自世爵世祿之制廢，士或有起於徒步之中，操三寸之管，就一日之試，幸而得之，不數年間，坐致公卿，世所謂朝白屋而暮青雲者，吾屢見其人矣。若以赤貧無藉之人，攟摭數載，遂成素封，其始也，不名一錢，其繼也，高貲巨萬，則吾未之見也。今乃見之葉君。君諱成忠，字澄衷，其先由慈谿遷鎮海，遂爲鎮海人。曾祖紹基，祖啓芳，父志禹，皆務農，家貧甚。君生六歲而孤，有兄一弟一女兄弟二。母洪太夫人，躬執耰鋤，種祭田八畝，日則耕，夜則織，僅乃得活。君年九歲，始挾村書就村塾，而無以具脩脯，不果讀。比鄰有開設油坊者，君往傭焉，時年十一歲矣。歲終計值，惟錢一緡，薪一束，負而歸，積三年，忽爲其主婦所窘辱，謝不往，仍從母兄耕。則有倪翁者，見而憐之，謂太夫人曰：『盍以此子付我，挈之如上海乎？』太夫人曰諾，然苦無資，指田中青苗質於人，得錢二千，始克至滬。既至，倪翁薦入某襍貨肆，其時上海已爲互市之地，黄浦江中，輪舶帆船，相屬不絶。君遲明駕小舟，齎肆中襍貨，衒鬻於舳頭艫尾間，晚歸則執糞除爨烹之役，雖勞苦不卹。居久之，覺肆主非可以有爲者，曰：『是何足溷我？』舍之去，自賃一舟，稍稍置什物，貿易如故，歷數年，遂與西人習，且通其語言，而操贏制餘，亦頗有所蓄。乃於同治元年自闢一肆於裏虹口，是年冬，又移其肆於外虹口。君自奉儉，而與人厚，已諾必誠，人皆樂就之。故所業日益擴大，南販北賈，貨別隧分，初止一肆，以次開廠，凡西人通商所在，無不有君之分肆，而君固已擁貲億萬矣。近年又於上海、漢口創設繅絲、火柴公司，其心計之精，規度之大，雖西商謝不及也。君奉洪太夫人居滬者六年，後歸里而病，君刲股，羹以進，及卒，痛哭曰：『吾得有今日，皆吾母厚德所致也。』兄若弟皆先卒，後之以己子女，兄弟殁，爲置墓田。其族素無譜牒，無宗祠，君皆創爲之，且置田四百餘畝，供祭祀牲醴粢盛，又以三萬金建義莊，贍族之貧者，皆曰：『吾母之志也。』里中善舉，無弗與，在滬亦然。念設肆既多，肆中友多有物故者，出二萬金建懷德堂，歲時存問其家。晉豫饑，以鉅貲振，厥後如齊兗，如燕冀，如淮徐，近而新昌、嵊縣，水旱偏災，無不振，振必鉅。大吏以聞，賜『樂善好施』額。光緒十四年，助奉天振尤鉅，詔曰：『葉成忠勇於爲善，傳旨獎焉。』君徒手至滬，名動九重，以道員注選籍，三代皆請一品封，視世俗之士所謂朝白屋而暮青雲者，難易何如也？晚年乃有澄衷蒙學堂之設，蓋感少時以貧廢讀，而爲此舉也。病中手書致堂中董理其事者，使延聘名師，教授中國經書，俾寓滬孤寒子弟皆得來學，出十萬金爲經費。君殁，而其長子貽鑑復以十萬金益之，今澄衷蒙學堂，規模大備，君可無憾九泉矣。君卒於光緒二十五年十月丁丑，年六十。元配湯，繼配夏，並封夫人。其長子貽鑑也，次貽釗、貽銘、貽銓、貽錡。又側室蘇，生子貽鏞、貽鈺。諸子長者列仕籍，幼者習儒業，克紹其家，鑑爲兄也後，銘爲弟也後。女七人，並適名族。於其葬也，請銘於余。余高其義，爲之銘。銘曰：

《貨殖》有傳，列於《史記》。販脂雍伯，賣漿張氏。得與端木，並垂青史。此中有人，烏容蔑視。君起寒微，困於鄉里。一朝來游，其家大起。陶白程羅，蓋未足擬。樹樂善坊，班觀察使。大啓學堂，教爾童穉。微時一念，成於暮齒。我欽其人，莫測其涘。何以銘之，豪傑之士。

浙江巡撫廖公墓誌銘

光緒二十七年三月乙酉，前浙江巡撫廖公薨於里第，時公去浙二年矣。公之在浙也，時和而歲稔，四境晏然，及公去而衢州之變作，中外交鬩，幾釀釁端，於是浙人愈思公不衰，僉曰：『公在當不至此。』已而，公葬有日矣，其孤具狀乞銘其墓。余以部民，粗知公治蹟，而又辱與有連，義不得而辭。按狀，公諱壽豐，字穀似，又字闇齋，晚年自號止齋，江蘇嘉定人也。其先世居福建永定縣青谿村，高祖諱王臣，始遷江蘇，爲嘉定縣學生。本生高祖諱鴻章，翰林院檢討，曾祖諱景，國學生，祖諱文錦，翰林院編修，河南衛輝府知府，父諱惟勳，翰林院編修，貴州貴陽府知府。自高祖以下，皆以公及公仲弟禮部尚書壽恆官，累贈至光祿大夫。妣皆一品夫人。公自幼不苟言笑，喜讀濂洛關閩諸子之書，尤熟於史事，凡名臣言行，及古今政治興廢，疆域沿革，罔弗甄錄。又通句股算經，於《曆象考成》、《開元占經》、《梅氏叢書》，並窮其奧。咸豐八年，應順天鄉試，中式，入貲爲内閣中書，每儤直，輒早往，票籤已隨，錄其要，積成巨册。時從倭文端公游，又與吳竹如、何子永諸君晨夕研貫，學益進。同治十年成進士，改庶吉士，充國史館協修。以《平定粵捻方略》告成，加五品銜，散館授編修。光緒元年，大考二等，賜綢緞。公以國史《儒林》、《文苑》、《循吏》三傳自道光以來僅十餘人，而《孝友傳》則二百餘年未之有，具疏稿，上總裁，請於朝，而續修焉。又請仿歷代史例，增《隱逸傳》，識者韙之。六年，充會試同考官。是時俄乘我亂，竊據伊黎，命廷臣會議。公具疏，由掌院封上四事，一請堅持改約之議，一請固天津及東三省之防，一請留意邊材，一請汰無益之兵、節無益之費，又請召提督鮑超之師扼守津西，聯絡聲勢，使和戰兩有所恃。朝議頗采用焉。公時已以京察一等記名，以道府用，又以《穆宗毅皇帝本紀》告成，奉旨專以道員用。七年十月，授浙江糧道，越二年，法越事起，南北洋戒嚴。公慮海運有梗，至滬上謀借洋輪，議兩旬始定，南漕得以無誤。然公終以海道通塞無常，議令折漕之省，歲就畿輔購米穀運通倉，冀以鼓舞北民，使知水田之利，愈推愈廣，而南漕可以純歸折色。議雖未行，實至計也。先後督運凡六次，手訂章程，考核功過，弊竇一清。又以浙西水利，全在苕溪一水，苕出餘杭，分南北兩湖，歲久積淤，水溢爲患，乃以道庫節省銀一萬兩，並捐廉俸銀五千兩，相度形勢，次第開濬，先北後南。有曰小草蕩者，沙積丈餘，袤廣七十餘畝，悉剗除之。他如鼓牛墩、斜浦灘諸處，一例疏通，浙西蒙利。十三年九月，遷貴州按察使，未之任，調浙江。公在浙久，諳其土俗，通行保甲，以空盜藪，嚴懲滑吏莠民，以清訟源。臨安有游僧，造訛言，謀不軌，捕治之，其黨遂以無事。十六年正月，遷福建布政使，陳明祖籍，改授河南。時河南頻有水患，黄河上游，分溜北趨，孟縣小金隄告警。公請改建石壩，以爲永久之計，鄭工之決也，黄水入賈魯河，決口既合，而汎濫在鄭州、中牟、祥符縣境者，不能復歸故道，爰導自鄭州馬志莊達祥符之楊岡。又濬省城宋門外之口濟河，使水有所歸而不爲害。錢敏肅撫豫時，通省積穀至九十餘萬石，歷遇祲歲，散放逾半。公購補九萬餘石，又飭所屬，量力籌補，冀復其舊。水患除而倉廥實，此公之大有造於中州也。十九年，授浙江巡撫。浙固舊治，浙人聞之咸喜，而是時適有日本之釁。公慮其踵前明故智俶擾，浙中兵力單薄，募勇又易聚難散，乃寓團練於保甲，酌給軍火，以爲防軍之助，編沿海五郡漁團，以遏内地奸民潛通外寇之萌。畫寧、台、溫爲南北中三路，歸併各營，分置此三路，以水師兵輪援應之，以小輪四艘巡哨之。親歷海口，指授機宜，築土隄於乍浦，造礮臺於鎮海營，立堅壘於澉浦、尖山適中之地，布置既定，敵不敢犯，不輕議召募而兩浙敉安，公之力也。及和議成，上力圖補救之疏，曰端政本，曰節財用，曰修武備，曰整吏治。所謂節財用者，意在罷織造；所謂整吏治者，意在停捐納，尤爲獨見其大矣。日本據和約開商埠於杭，公寸土隻字，齗齗辨論，筆舌交敝，於原議外續定章程六條，以保國家利權，而全商民生計。其時士大夫方爭言西學，公以時局所趨，西學自不可廢，乃亦開繭紗之廠，設蠶學之館，頒示培茶新法，試行內河小輪，奏設求是書院，兼課中西之學，並設工藝廠及武備學堂。而其大旨謂西學固講武、訓農、通商、惠工之要務，而近人規摹其形似，剽竊其緒餘，借以行其罔上梯榮之故習，不特西學無成，而我中國聖人之教且變而愈亡。其本應屏一切模糊影響之談，而課其實事，肄習之暇，仍流覽經史語錄及國朝掌故，一以孔、孟、程、朱爲宗。蓋公之所學，本從宋儒入，故雖變而通之，而仍不詭乎正也。時議欲以官設製造局改歸商辦，公則謂：『槍礮利器，不可漫無限制。』又於變通武科之奏，請仍嚴私蓄火器之禁。維彼老成，瞻言百里，非時流所及見矣。又以南洋各島，流寓華人無慮四五百萬，疏請飭出使大臣督領事，廣建學堂，拔其尤者爲商籍生員，諮回應試，此尤其運量之遠也。嘉、湖諸郡，土客尋仇，公任按察使時已妥爲安插，立客董以要束其衆，至是復籌發章程六條，以弭土客之變。太湖之濱，梟散之徒所麕聚也，諮會江蘇，協力禽翦，以安良懦之民。又設銀元局，以濟民用，購補省倉積穀，以資民食。有事則修戰守之備，無事則講教養之方，公之爲浙計周矣，宜浙民之至今不忘哉。公又善於知人，所舉文武之材，如惲公祖翼、于公蔭霖，凡二十餘人，皆偉器也。勞於疆事，積久成疴，累疏乞骸，優詔弗許。恭逢皇太后六旬萬壽，頒賜御筆『壽』字、『大壽』字、

『福壽』字及如意蟒袍諸件，眷注優隆。而公屢以疾請，至二十四年冬，始得請而歸。將受代，猶酌改營制，奏建武備新軍，報國之忱，不以去位而弛也。歸甫一年，庚子變作，公驟聞神京淪陷，乘輿播遷，朝夕涕泣，寢食俱廢，宿疴遂篤，浸至不起。其弟尚書公，時以老病乞歸，公易簀之日，顧尚書公曰：「吾無他苦，惟念國事，心搖搖耳。」年六十有六，老成殂謝，海内惜之，非獨吾浙人之惓惓於公矣。公篤於天性，與尚書公始終無異財。有從嫂嫠也，迎之歸，養之終其身，余與有連，故得聞焉。夫人王氏，先公十有一年卒。子世蔭，蓋尚書公子而嗣於公者，正二品蔭生，工部候補主事，分發試用道。女一，適兵部郎中嘉興錢熊祥。孫家駒，二品蔭生。孫女三。是年十二月乙卯，世蔭奉公葬於本縣羽字圩之原，夫人祔焉。余既諾世蔭之請，乃撰次其事，而系以銘。銘曰：

公起詞館，疥歷封疆。材兼文武，器備圓方。時而有事，鴥然鷹揚。搏合民力，厲飭戎行。不動聲色，不糜餱糧。兩浙千里，固於金湯。及其無事，視民如傷。謂吾民饑，積粟滿倉。謂吾民愚，設教有堂。務農講武，惠工通商。亦從時尚，無佹經常。歧趨非正，詭遇非良。士從其教，民樂且康。公身雖退，公澤孔長。我式其墓，我銘其藏。公不可作，民不能忘。非浙之私，公論斯彰。

誥封通議大夫丁君與妻汪淑人墓誌銘

古凡夫婦合葬，書夫不書婦，金石例然也。然例以義起，則文亦隨事變，如鮑宣之與少君，袁隗之與馬倫，其夫既有盛名，其妻亦有高行，則史家亦並書之，以爲美談。此吾所以志丁君與汪淑人也。丁君諱有珩，字瑲如，元和縣人。父諱士瀛，生二子，長子有孚早卒，君其次也。七歲而孤，有從叔祖授之書，能自力於學。未幾，吳中亂，君奉母挈諸姊妹出走鄉間，由澱涇而至上海，遷流無定，不克卒所業，拾橡掘茈，聊以自活。蘇城既復，歸理故業，應童試，入邑庠。然君自經兵亂，淡於仕進，納貲爲光禄寺署正，亦未嘗入都供職也。光緒六年，直隸大無，君輸白金千兩助振，詔以『樂善好施』四字旌其門。其爲人也，持身合榘度，治家有程式，識亮而慮密，氣剛而辭順，一鄉之人，皆翕然曰君子人也。光緒十一年四月庚寅，以疾卒於家，年三十有九。葬吳縣二都五圖之南岡圩。

妻汪淑人，同縣人，父諱文棟，有以進士官安徽知府名麟昌者，其弟也。幼敏慧且好善，既歸丁君，佐理家事，皆有條理。侍夫疾甚謹，臥不安枕，食不甘味。夫没，年僅四十一，所生子相繼而亡，嗣從昆弟子爲子，雖甚憐愛，不少寬假，課以詩書，曉以大義。姑卒，喪葬以禮。嫁其三女，昏其一子，處置秩然。置田若干畝，爲修治墳塋及春秋祭掃之資。俄聞山左荒，捐助寒衣一千襲，有詔旌焉，可謂能成其夫志者矣。其爲人也，待人極慈惠，處事有決斷，一生不喜華飾，雖至暮年，猶守閨戒，不出中門，不入寺觀，一鄉之人亦翕然稱之。光緒二十八年七月癸酉，以肝氣舊疾卒，年五十有八。合葬南岡圩之墓，禮也。子三人：懷均，爲伯兄後；懷仁、懷駿，皆早卒。所嗣子曰懷棨，廩貢生，援例爲縣丞，娶汪氏。女五人，長者以孝旌，先卒；次殤；三適元和蔣棠，四適吳縣潘利穀，五適□□程椿。孫二人，祖冕，祖英。孫女一，殤。余因懷棨之請，合銘其墓。銘曰：

夫既名賢，婦亦名媛。揆之史家，是宜合傳。梁孟陶翟，穆如清風。百世而下，式此幽宮。

楊母張太恭人墓表

光緒二十五年，吾友古醞楊君年七十矣，詩人也，在吾浙又良吏也，奉大府檄，權知龍游縣。余自吳下馳書賀其行且祝其壽。君復書曰：『吾自五十歲後，不以生日受友朋餽贈，以先母故時葆光正及五十歲也。念吾母一生行事，有古女士風，若得君一言表襮之，使修女憲傳者有可考焉，勝於壽我多矣。』余曰：敬諾。未幾，君以所撰太恭人行述來。太恭人姓張氏，華亭人。父諱堂，字厚齋，教子女嚴，以太恭人生有異稟，且喜讀書，故課之如男子。年十三，始出塾，則四子書及五經皆卒業矣，誦《文選》亦將及半。而其先世有號也倩先生者，精於音學，著有《切法辨疑》諸書，太恭人習聞其説，故於五音九弄皆有神悟。既長，歸婁縣筠湄楊君，時舅及繼姑皆在。繼姑性嚴急，太恭人善事之，無忤也。家故不豐，乃屏簪珥，執箕帚，爨烹煩攛，皆躬親之。及舅姑殁，家益落，因設塾於家，里中未冠笄之子女，咸來受經，束脩壺酒之餽，藉以佐其夫。所生子既就外傅，夕歸必問所業，督使温燖之，其嚴過於師。咸豐十年，粤寇大至，筠湄君被傷，隕焉。太恭人自投於水，救而免。時古醞已需次浙江，聞變遄歸，奉太恭人走通州，流離轉徙於溧陽、於丹陽，賣文以養母。同治十一年，入京師，謀應京兆試，格於例，不果。會直隸修《通志》，招天下通儒共纂輯之，古醞與焉。居二年，以遠離太恭人，力請歸省。又感毛生捧檄之意，仍還浙候闕，兩預海運之役，過里門，問起居，太恭人固無恙也。光緒三年，太恭人病瘧，古醞歸，瘧已愈，奉迎至浙，行次蘇州，又病，古醞赴丹陽問醫未返，病益甚，其長孫女嫁於蘇者奉之歸，其時葆光竟無家，卒於千山張氏，卽太恭人母家也，時光緒三年十二月辛丑，年六十有九。古醞自丹陽返，已越兩日矣，終身憾焉。太恭人能爲詩，書法亦甚工，古醞嘗請寫一小册，終亦不作，曰：『非婦事也。』所存手蹟惟韓昌黎《佛骨表》一篇，蓋太恭人不喜浮屠家言，故寫此示意。不拜佛誦經，不布施，不祈禱，曰：『非儒者家風也。』自奉極儉約，罕御肥甘，寸絲尺布，未嘗輕棄，遇耕奴織婢，與之談，娓娓不倦。卒之日，村童鄰嫗，咸來哭拜，可知其平日之賢，信有古女士風矣〔一〕。生丈夫子二，長曰葆光，卽古醞也，浙江候補知縣，加四品銜，故太恭人得四品封；次曰奇光，從九職銜。孫四人：昌麟，昌文，昌運，昌滬。孫女六。曾孫一。光緒四年祔葬於婁縣集賢鄉杌子涇祖墓，距今二十二年矣。余雖諸古醞之請，銘幽之文無及焉，然念後之過墓而式者，既欽筠湄君之名德，必欲聞太恭人之懿行，故次第其大略，表於其阡，而係以銘。銘曰：

懿與恭人，女中之英。選理既熟，音學亦精。傳經韋母，執節陶嬰。七旬將屆，有子知名。宜徯後福，常被光榮。如何不淑，俄返瑤京。集賢之鄉，夫子之塋。遺魄是祔，式此佳城。

【校記】

〔一〕矣，原作『矣矣』，據文意删一『矣』字。

㐫生沈君墓表

沈君㐫生既謝賓客，越三年，其孤廷鏞等就舊史氏俞樾而求表其墓，乃舉其大者，書於墓道之碑。

君姓沈氏，諱中堅，其生也，瓜生於廷，故字甝生。先世自浙江歸安縣竹墩遷江蘇吳江縣雪巷。高祖錫命，以節儉起家，雄於貲。曾祖宗元，祖楙悳，喜刻書籍，世所盛行之歙縣張氏《昭代叢書》、涇縣朱氏《國朝古文彙鈔》諸鉅編，皆所刻也。父宸鳳，本生父人杰。三代以君官，贈通奉大夫。妣皆夫人。君性豪邁，生十八歲，即逢粵賊之亂，佐祖若父治鄉兵擊賊。不喜章句帖括之學，無意仕進，雖以郎中注選籍，不赴也。亂後田園蕪廢，擷揭規復之。幼爲大父所奇愛，以大父好賓客，輕財重氣誼，一意踵其所爲。海内名流有來過者，款留信宿，游讌談諧，曲當其意。所居臨水門前有巨漾，放白鳧千百，游泳其中，友人邱子久爲繪《白鳧烟水圖》，晚年喜種松，築室曰『聽松山館』。聞君之風者，以爲陸魯望、張志和一流人，而不知君固奇士也。一生以濟物爲志，設藥局於家，推廣其法，行之於省城及附近之同里鎮，有病者予之醫，貧無力者兼予之藥。其他諸善舉，皆循其祖慶善堂之舊章而力行之。憫行路之苦，建無錫至嘉興塘路凉亭四十餘所；患行舟之險，築平望楊家蕩隄三十餘里。光緒初，河南饑，江南義振起。君割膏腴三十頃，易貲往振。既至天津，知山西災尤甚，先撥巨款助晉捐，又獨任安平縣冬振之事，嚴寒風雪中，徧歷山谷，不避艱苦。既蕆事，使相合肥李公言於朝，有詔加三品銜，以『樂善好施』四字旌其門。或言宜謁謝李公，君曰：『吾振畢即歸耳，豈以此爲終南捷徑乎？』竟不往。居鄉，喜勸人爲善，歲時社會，男婦麕至，爲演説《聖諭廣訓》及諸勸善之書，信從者頗衆。修家譜，設義莊，置祭田，以敬宗收族。精刻家塾本《四書》，以教子弟讀書。喜陽明良知之説，又精於鑒別書畫，習技擊，善騎射〔一〕，可謂奇士矣。自奉極嗇，或彌月不肉食，一裘且二十年。然不善治生，人有所負，輒置不問，值其急，又周給之，自鬻田助振，家日以落。妻彭淑人，賢婦也，治家事有條理，又能以寬和勤儉爲一家先，内政咸理。至是又先君而卒，君益不自得，恆棄家而舟居，不遠千里，流連山水。光緒二十一年冬，家中不戒於火，書畫皆燬，所存者，惟君舟中所齎矣。君常言，家有大災，宜遷避之，豈有所見歟？明年十二月丙子，以疾終於正寢，年五十有五。妻彭氏，妾王氏、黄氏、張氏。子廷鏞，廷鐘，廷銑，廷錫，廷鏘，廷鎬，廷銘，廷鑽，廷鑒，廷鎰。銑、銘皆前卒，錫後君一年卒。孫潤身、澤民、流芳，殤者一，涣文。

銘曰：其學儒，其性俠。佛之心，仙之骨。千載下，欲知其人視此石。

【校記】

〔一〕射，原作『財』，據文意改。

程碩甫墓表

余自道光乙巳歲以後館於休寧汪氏者五年，時以文字來質正者甚衆，程生碩甫，其一也。年少而才美，且有志於學，以其時余喜爲駢麗之文，亦效爲之，余甚嘉焉。及余去新安，碩甫不久下世，今五十餘年。有程氏子祚昌者來謁余於吳下寓廬，則碩甫之子也，樸茂而好學，有其父風。請於余曰：『吾父生值亂離，藴其所學，不得顯於世，又不及中壽而卒。然其至性有不可泯没者，欲乞先生一言以表於其阡，可乎？』余曰：『諾。』因按所撰行略，碩甫其字也，亦曰芍圃，諱令儀，程氏。世居歙縣西鄉之葆村。祖春生，中書科中書，父樹本，太常寺博士，皆不之官，以行誼稱於鄉。碩甫自幼不苟言笑，喜讀書，工爲詩文。年十五即出應童子試，歙爲徽郡大縣，應試者常八九百人，試頗不易。碩甫試府縣，屢列高第，而不得志於院試。一歲，縣試取第二，比將院試，又以寇警停，碩甫歎曰：『區區一博士弟子員，亦有命存邪？』自是棄舉子業，究心經世之學，旋以謄錄議敘鹽大使。因仲、叔兩弟皆早卒，季弟又幼，父老，不可遠離，乃居家事父，課子弟讀。或諷使入都謁選，不赴也。時粤寇踞金陵，張文毅公督理皖南軍務，諭各鄉鎮皆以團練自衛。碩甫亦與其事，頗爲文毅所倚任。咸豐十年，徽郡陷於賊，賊氛四出，雖深崖邃谷無不到。時母汪孺人臥病，乃留其婦汪氏侍疾，奉父乘間夜出，途遇賊，泣而請，始得免。由黟、祁走鄱陽，僑居十月，賊退復還，未至家，聞母與婦皆病歿。初，碩甫之奉父出也，非其本意，乃父命也，猶冀得有善地即歸迎其母，而道路梗塞，事與願違，乃大慟曰：『吾不可爲人矣。』念母未有葬地，裹糧走山中，覓吉壤，雨淋日炙，風饕雪虐，雖幸得地，然病始此矣。又以父病，晨夕侍湯藥，不解衣而寢者數旬。父病愈，而碩甫竟不起，卒於同治二年十一月壬申，年三十有六。嗚呼，積哀之後，加以勞苦，其能久乎？雖謂之以毁卒可也。碩甫喜爲人排難解紛，豪強之徒，或以力欺淩鄉里，一言折之，無不服。又精於醫，兵後多疫，以藥藥之，無不愈。所著詩曰《知稼軒集》，皆毁於兵火，有五言絶句一首示祚昌者，祚昌猶能誦之。娶於汪氏，即余館休寧時居停主人汪君樵鄰女也。姑歿，獨力治喪，心力交瘁，未幾卒，年亦三十六。生子三，長壽昌，次即祚昌也，幼子代昌，先卒。女四人，其次女年十三哭母而死，是不愧其父矣。余既諾祚昌之請，因爲之銘。銘曰：

亂離之際不可論，母雖不幸父則存。吾持此意慰九原，吾徵其祚流後昆，吾書兹石表墓門。

誥封一品夫人徐母王太夫人墓表〔一〕

武林徐氏，鉅族也。自元季有諱湘字克敬者，始自蘭溪縣樟林鎮遷於杭，其墓在馬鞍山。六傳而至思槐公，實爲文敬公曾祖，其墓在三台山。是二處，皆徐氏發祥之地，堪輿家以爲美談。乃其尤著者〔二〕，則爲留下鎮之小和山。小和山之塋，自王太夫人始，萬山環抱，雙泉夾流，松聲雲氣，迥非恆境。蓋自思槐公至其孫翼鄰公，皆葬三台山，翼鄰公之配王太夫人殁，距翼鄰公之葬〔三〕二十七年，兆域久安，不敢輕動，乃卜葬於小和山，而其子文敬公亦祔焉。文敬公之墓，穹碑巋立，而王太夫人之墓缺焉，無以昭示來茲。其八世孫琪，乃具事實，求余文以表其墓。謹按，王太夫人之歸翼鄰公，年甫十有七。翼鄰公爲明諸生，明亡不仕，教授生徒，以給甘旨。太夫人持家以儉，而奉姑饌必豐。姑費太夫人得以安神閨房，頤性養壽，歷三十七年，而及見孫文敬公之貴。文敬公之生也，費太夫人夢一鶴行於庭，喜曰：『此子必興吾家。』及文敬弟粤翰公生，費太夫人曰：『此子亦貴。』已而又生涵三公，費太夫人曰：『此子秀矣，如秉質稍弱何？』其後文敬公官至吏部尚書，爲時名臣，粤翰公以知縣官廣東、四川，亦稱循吏，而涵三公則十六〔四〕歲而殤。太夫人歎曰：『吾姑之所見遠矣。』翼鄰公之殁也，太夫人以姑在堂，茹痛承歡，惟以養姑教子爲事。康熙十一年，文敬公登賢書，其明年，成進士，入翰林。徐氏自克敬公遷杭，以家世仕元，不樂仕進。四傳至龍山公諱顥者，始以進士官禮部員外郎，議大禮，與張桂牴牾，出知江西臨江府，戒子孫，毋阿世干進，故終有明一代，武林徐氏迄未大顯。及文敬崛興，費太夫人及太夫人皆大喜，曰：『可以慰先人於地下矣。』費太夫人旋卒，文敬公服闋，入都散館〔五〕，授檢討，俄〔六〕遷贊善，典試江南。有以蜚語聞京師者，太夫人憂之，文敬繼配殳夫人曰：『吾夫子以公慎自矢，必無他。』榜發，所取皆寒士素有文望者，時論釋然。太夫人撫殳夫人背曰：『爾可謂靜而慧矣。』文敬公嘗被召至乾清門講《易》、《論語》，稱旨。太夫人戒之曰：『勿謂爾學既優，當更求經世之學也。』未幾，以工部右侍郎督理錢局，太夫人勉以清介，事有不可，毋徇衆署名。異日冒濫事發，株連甚衆，文敬公獨無所染。三十三年，充會試副考官。太夫人勗以當如典試江南時，勿負初心。於是焚香誓天，所得亦多知名士。文敬弟粵翰公有吏才，太夫人命納貲爲縣令，康熙八年，選授廣東長樂縣。太夫人曰：『此雖小邑，然深篁叢箐，盜賊淵藪，汝爲政宜寬猛相濟。』粵翰公謹受命，既下車，以計禽翦其渠魁，盜風衰息。設義塾，興文教，邑中大治。後調四川中江縣，治亦如之。蓋二公皆稟太夫人之教也。太夫人卒於康熙三十四年五月十四日，年七十有三。子：潮，文敬〔七〕公也，相，粵翰公也，浙，涵三公也。其長孫本，歷官至東閣大學士，是爲文穆公；次孫林，臺灣海防同知；又次杞，以翰林起家，官至西安巡撫，升宗人府府丞；又次立〔八〕時，江西吉安府知府；又次柄，淮安府海防河務同知。曾孫二十四人，以烜其長也，由翰林官至内閣學士，兼禮部侍郎銜，餘皆以科第、仕宦世其家。女一人，孫女八人，曾孫女十二人，並歸良奧之族，東閣大學士錢唐梁文莊公、禮部尚書高郵王文肅公，皆其曾孫壻也。太夫人性好施與，方明季之亂，避兵者由浙東西渡，無慮千萬人，舟人昂其值，或不克濟。太夫人佐翼鄰公創設義渡，全活無算，至今錢江義渡猶其遺意，宜其子孫繁衍，蔚爲鼎門。而小和山，鍾毓之盛，遂與馬鞍、三台之先兆鼎足而三。嗚呼，盛矣！琪以名翰林，今官内閣學士，署兵部右侍郎，文敬、文穆兩公後，繼起又有人矣。余以琪之請，舉太夫人懿行之大者，表於其阡，至其餘，詳〔九〕琪所著《誦芬詠烈編》，不具書。

【校記】

〔一〕《褉文六編補遺》卷四有《翼鄰徐公配王太夫人墓表》，與此篇内容相同，用以參校。

〔二〕者，《褉文六編補遺》卷四無。

〔三〕『葬』下，《褉文六編補遺》卷四多『已』。

〔四〕六，《褉文六編補遺》卷四作『八』。

〔五〕散館，《褉文六編補遺》卷四作『供職』。

〔六〕授檢討俄，《褉文六編補遺》卷四作『尋由檢討』。

〔七〕敬，原作『毅』，據《褉文六編補遺》卷四及上下文改。

〔八〕立，《褉文六編補遺》卷四作『亨』。

〔九〕『詳』下，《褉文六編補遺》卷四有『府縣誌及』。

上海吳公祠碑

故署江蘇布政使、原任蘇松太道吳公既捐館舍，越一歲，而吳中士大夫環而言於大學士、直隸總督李公，以公在滬時籌備軍饟，聯合洋兵，保此一隅，挽回大局，厥功甚鉅，民不能忘，請言於朝，籲求優卹，并於上海建立專祠。李公以聞，天子俞焉。於是卜地揆日，鳩工庀材，是斷是度，經之營之，而祠以成。疏房邃宇，足以依神，前堂後室，足以成禮，蓋至今二十餘年矣。祠宜有記，而顧闕焉。光緒二十三年，其文孫壽昌至滬行秋祭之禮，凡宗祊之窳楛者易之，丹漆之黖昧者新之，土事木事，有加於舊，乃始請於余，而以文文其麗牲之碑。公諱煦，字曉帆，浙江錢唐人也。幼有異稟，讀書十行俱下，試於有司，不得志，乃挾其學，歷游金、衢、嚴、紹、嘉、湖，佐郡縣，治財賦，知名於時，咸曰可以仕矣。乃援例納貲，以知縣分發江蘇，累權荆溪、宜興、震澤、吳江諸縣，題補嘉定縣，所至皆治。咸豐三年，亂民劉麗川據上海以叛，西人陰助之，屢攻不下。按察使吉公率師討賊，命公治文案，兼供支應。公建議於洋涇橋築牆，斷西人接濟，遂於五年元旦收復縣城。敘功，以知府用，賜孔雀翎。六年，護理蘇松太道，九年即真，自是而公之政績皆在滬矣。公之在滬也，振興學校，整治洋稅，勸導釐捐，歲益銀六百萬，以佐軍糈。又隨時購備槍礮、火藥，解赴金陵，以供大營之用。凡此皆公之功也，而其大者則有二事。金陵大營之潰也，列城望風瓦解，僅存上海一隅。賊迭次圍撲，勢且岌岌矣。公用美利堅廢將曰華爾者以爲統領，説西人以利害，括其捕役數百人盡以爲兵，命之曰常勝軍。是時賊犯上海，號稱十萬，而城中兵止千人，賊謂唾手可得。西人用測量法察知賊渠魁所在，發開花礮擊之，六發皆中，賊乃遁回青浦，而上海獲全。此一事也。公既兼署布政使，上海倚公爲重，獨爲完善，江浙避寇者咸趨之，商賈輻臻，釐稅益饒，得以招募勇丁，數至五萬，視昔不侔矣。公曰：『此皆市井無賴，不足恃，常勝軍雖可用，爲數不能多，亦未足恃。』而其時曾文正之師已克安慶，軍勢大盛，於是前湖北鹽法道顧公文彬、刑部郎中潘公曾瑋有迎師之議。公大喜，力贊成之，惟賃洋船、具軍鑲，所需二十餘萬，僉謂無所出。公一力籌畫，以成其行，公乃聯絡西人，設會防局，固守上海，以待楚軍之來，楚軍至，而東南大局定。此又一事也。

嗚呼，非前一事，則不能保上海；非後一事，則上海雖獲全，必不能由是而規復蘇州，蘇州不復，而金陵賊燄亦未易熸也，豈非事在一隅，而功關全局者歟？公旋以督軍赴鎮江，後隊不遵調度，以至僨事，牽連及公。然所得處分不久開復，仍以道員留蘇補用，蓋朝廷知公深，眷注固未衰也。而公積勞成疾，固請回籍就醫，自是不復出矣。公孝於親，睦於族，篤於鄉里。設義塾以課後進，設善堂以惠窮民。性喜藏書，又喜刊刻書籍，此則家傳、墓碑當具載之，在滬言滬，非所及也。因書其大略而係以銘。銘曰：

咸豐之初，羣盜蝟起。徧地瘡痍，不二十載。龕靖神縣，春臺熙熙。乾旋坤轉，實維滬上，爲之樞機。滬上一隅，渺若黑子。何以克支，爰有數公，左提右挈，以濟危時。如劉如應，皆公後起。而公先之，功成不居。長揖歸去，丹鉛忘疲。公歿在杭，公功在滬，百世之思。彊臣上言，朝廷下詔，爰建專祠。拜公祠宇，求公行事，視此刻辭。

王君笑山墓碑

余既以文表黄巖王氏耕雲君之墓，而耕雲君有令子曰笑山君，亦以高誼聞於鄉，余因歎：『黄巖之多隱君子，而王氏世澤之孔長也。』其孫舟瑶又以墓碑請，乃撰次其事而銘之。君諱華，字曉鐘，笑山其别字。曾祖萬選，祖修椿，父景生，卽耕雲君也。耕雲君嘗集同志，醵巨貲爲貧不能葬者助藁梩之費，至君益擴大之，數十年不倦。耕雲君又嘗承其父介溪君遺命，建立宗祠，遭亂毁焉，君創議重新，或尼之不顧，卒底於成，吾所以歎王氏世德之長也。君少時慕古任俠者所爲，遇不平事，面熱髮豎，氣蠭然不能平，雖貴有力者不爲屈。聞有尚意氣、重然諾者，輒曰：『是好男子。』必求與之交，或結爲異姓兄弟。朋輩有小過失，面斥其非，不少假借，人多敬而憚之。及六十歲後，則又抑然自下，與人言，溫溫然，鄉里或以是非求決，謝遣之，不與聞，蓋年愈高而學愈進矣。至其好施與，不治家人生產，雖暮年不稍改，家本不豐，坐是益落。長孫舟瑤既就外傅〔一〕，或諷君使學賈，君泫然曰：『吾父十試秋闈，一衿終老，吾又自幼失學，今惟望吾孫繼吾父之志而補吾生平之憾，雖貧也，其忍廢諸！』舟瑤年十五出應童試，君喜曰：『吾儻及見吾孫之成名乎！』然次年君卽卒，竟不及見也。後舟瑤於光緒十四年以優行貢成均，其明年舉於鄉，以文行知名於時，庶不負君所望矣。妻程氏。子二人，士春，士均。孫七人，存者五，長卽舟瑤也，其次爲鏘瑤、振瑤、佩瑤、鳴瑤。女孫五。曾孫三，敬禮、敬賓、敬誼。曾孫女四。君卒於光緒二年八月丙申，年六十二，葬於黃巖縣南永寧山之麓。窀穸已安，銘志無及，輒刊貞石，表之墓門。銘曰：

黃巖王氏，世有令德，以昌其家。上承其祖，下啓其孫，令聞孔嘉。永寧之麓，佳城鬱鬱，松邪柏邪。我銘其碣，垂示百世，惟德之華。

【校記】

〔一〕傅，原誤作『傳』，據文意改。

布政使銜候補道魏君神道碑

昔道光、咸豐間，楚南人材極盛，吾師曾文正出而號召，一時才智之士，如雲而起，余雖跧伏田間，亦頗識其一二，而尤契者則爲彭剛直。與剛直同起諸公，任封疆，寄專閫，指不勝屈，而剛直素所心折，頻爲余稱道者，則爲魏君。君諱楝，字召亭，衡陽人也。曾祖徽祿，縣學生；祖瓊，歲貢生；父瀛，嘉慶十二年舉人，並以君貴，贈榮祿大夫。曾祖母王，祖母周，母周，及生母侯，並贈夫人。道光十五年，君父攝鳳山縣令，歲大旱，饑民數十萬，無以振之。鳳山君先發常平倉穀萬石，然後申臺司，坐擅發且獲咎，罄家以償，始免，由是家益落。君乃援例納貲，以縣丞赴閩。二十一年，賊陳冲竄閩中，君從官軍轉戰，擒其渠，功最多。制府劉公奏保，以知縣歸部選用。俄，湖北請揀發，君與焉。鄂省前臨大江，爲出粵入淮之要道，咸豐三年，賊勢益盛，制府張公欲使人之九江偵賊，而其塗必由賊中，相顧愕眙，莫敢應命。君毅然請往，單騎摩賊壘而行，星夜奔馳，不旬日而返，盡得賊情，鄂中得以有備無患。旋奉檄署興國州州判，制府以軍務需人，不宜置君閑地，命帶印赴田家鎮大營，督率人夫築圩鑿池，兼筦支應局。時軍糧皆儲積於蘄，君以蘄難守，獻移糧之議，大吏韙之，即命君往移。及賊犯蘄，而糧已移，無所獲，皆歎君有先見云。是年九月，與賊戰蘆溪口，燔燒賊艘，奪獲旗礮無算。十月，賊猝犯田家鎮，官軍失利，君墜馬傷足，幾爲賊所得，匿蘆葦中七日，賊去，乃躄而行村聚間，一老嫗日食以豆鬻，月餘創始平，然左足自此不良能行矣。四年，曾文正調赴大營，治糧饟及軍械。五年，從攻義寧州，克之，又攻湖口，戰皆捷。七年，官軍進取蘄、黄，而賊堅壁與我持，攻之不克。君請舍堅攻瑕，潛師夜擣，從之，一鼓而破其城。曾文正進軍豫章，資糧屝屨，皆仰給於君。九年，母周太夫人卒，君乞歸，文正以儲糈重任，慰而留之，不可。窀穸既畢，固請終五五之制，文正敦促再三，始出，治内江水師之饟。同治二年，彭剛直率師攻九洑洲，時江面港汊多爲賊藪，賊擬於險要之處絶我饟道。君偵知之，每解軍儲，迂道以行，賊不能測，不得行其計，而九洑洲破矣。九洑洲與金陵犄角，前督師和公、向公皆以攻洲不克，故無成功，非彭剛直不能破此洲，而非君之饟饋不絶，則亦不能成剛直之功。剛直自是深重君，與君交若昆弟然，雖家事亦與之謀焉。君前以功累保至知府，賜孔雀翎，至是詔以道員用，金陵平，賞加按察使銜。文正又使君兼船廠事，所製造皆精良利用，文正嘉焉，又請加布政使銜。君以縣佐起家，洊登二品，崎嶇戎馬，無一日休息。軍事告竣，以生母年高，陳情終養，及生母卒，君亦年近七旬矣。君輕財重義，捐田租七百餘石，置同仁義學二，以教族中子弟貧不能讀者，彭剛直倡建衡清試院，君亦捐巨貲贊成之。生平不輕與人交，而一與相結，終身以之，然諾必踐，緩急必赴。有故人張剛勇公，殁於王事，夫人欲奉其喪歸葬，而制於悍妾。君力爲歸之，贈以白金三千兩，而親送之歸，至新隄，颶風碎舟，忽回風吹送抵岸，論者謂有神佑焉。所任用之友，皆信而不疑，有漁其貲以自利者，君曰：『是其命也。』或請稍鉤稽之，君曰：『吾交友惟一誠字，何知其他？』故君之友，每有富過於君者，君亦不問也。光緒十四年正月辛酉卒於家，年七十有四。子二人，長者縉，縣學生，候選道，先卒；次敏修，議敘郎中。孫二人，長者嘉齡，江蘇候補道，次業筠。曾孫五人，詩郘、詩郕、詩鄘、詩郜、詩邶。君葬於演陂礄金星嶺之原。故事，階在三品以上，墓道宜有碑，碑宜有銘。敏修以爲請，而剛直諸孫又代之請，余不得而辭焉，乃撰次其事，繫於銘。銘曰：

君之從軍，有力孔武。斬將搴旗，桓桓貔虎。君之治餉，無缺於供。馬騰士飽，克奏膚功。君之事親，七十猶慕。君之交友，白首如故。我聞剛直，讚歎其賢。昔仰其風，今表其阡。金嶺之原，巖巖華表。千載而下，式君墓道。

錢敏肅公神道碑

昔在咸豐時，粤寇僞擾東南，據金陵爲窟穴，江浙諸行省，相繼淪没，財賦之地，陷爲賊區，中原大勢，岌岌振動，惟上海一隅，完然獨存，而五方襍居，百貨駢集，爲賊所涎，勢亦不可以久。時曾文正公已克安慶，駐軍上游，議者皆謂：『欲挽大局，先保上海，欲保上海，必乞皖軍。然沿江賊壘如林，何塗而達？』公時以紳士襄辦團練，慨然請行，乃乘輪舟摩賊壘而過，謁見曾文正，力陳江南危迫，不可不救。又言：『上海爲中外互市地，一年榷税，足餉數萬人，棄之於賊，是資盜糧。』又口講手畫，指示形勢，由滬進兵，蘇、常可復，協攻金陵，規復浙右，次第舉行，若示諸掌。意氣奮發，涕淚交頤，曾文正爲之感動，命按察使李公移師援滬，卽大學士李文忠公也。公馳回上海，言於諸當事，籌銀十八萬兩，雇洋船五艘，以迎文忠之師。文忠既至，軍威大振，蘇州、常州及浙江嘉興、湖州以次克復，而金陵大功，亦遂以告成。天下奠安，中外交慶，皆以公此舉爲旋乾轉坤之樞紐。公自是從事行間，深受主知，洊膺疆寄，及薨於位，恩諭褒卹，以其事實，宣付史館，又敘其安慶乞援之功，命於原籍建立專祠，賜謚敏肅。

烏乎，此一事也，事在偏隅，而功歸全局，亦我朝二百餘年來非常之人、非常之事矣。準功令，大員之墓，必有神道，神道必有碑，碑必有文。其孤溯耆等不余鄙棄，徵文於余。余惟碑與傳異，傳則纖悉必具焉，碑則宜舉其犖犖大者表示後人，故先舉公乞援之事，襮諸其端，而其餘亦可得而詳焉。公諱鼎銘，字調甫，姓錢氏，江蘇太倉州人。父諱寶琛，官至湖北巡撫，國史有傳。公於道光二十六年中式舉人，咸豐三年，大挑二等，以教職用，選授贛榆縣學訓導，捐升主事，籤分户部。公少有大略，隨其父中丞公辦本籍團練，屢著功績。方其乞援安慶也，蘇省先遣人入楚募兵，兵在途矣。曾文正曰：『此皆吾各營所沙汰者，不可用。』命公散遣之，公卽追及之，於漢口簡其精壯者九百人餘，皆麾使歸去，無一敢譁者，於是曾營中皆奇其才。李文忠奏調公隨營差委，公隨大軍克嘉定、金山、奉賢、川沙、南滙、江陰諸城，遂復蘇州，又克浙江之嘉善、平湖、乍浦、海鹽諸城，積功由直隸州知州保至道員。又克常州，克嘉興，疊加按察使銜、布政使銜。粤寇平，李文忠移師剿捻，捻蹤飄忽靡常，官軍追逐，日或數百里。公奉檄轉運，每覘賊所嚮，先期儲備，糧饟無缺，軍械咸具，文忠得以蕩平諸捻，公功爲多。會有詔，命各督撫察訪盡心民事、功績可紀者，文忠以公應詔書，漕運總督張文達公亦言公識量淵懿，議論宏通，司道中不可多得，李文忠又錄其轉運之勞，謂：『性情忠懇，經理密實，請擢用之，必於地方有益。』乃命以道員發直隸。同治八年，授大順廣道，俄升按察使，逾年升布政使。適永定河決，公請截留南漕辦振，手定章程十條，官無虚費，民不知災。十年，補授河南巡撫，於是公之政績皆在豫矣。以豫之人文日盛也，請鄉試增同考官二員。以豫之民情強悍而捻之餘黨尚多也，請禽獲渠魁，仍就地正法。以兵燹之後，累年荒歉，州縣不能起運新漕也，請仍折銀解部。以豫省歲入二百餘萬，歲出四百餘萬，不敷者過半也，請將歷年積欠漕折分别解留。以豫省三鎮兵額一萬三千餘名，分塘坐汛，有事徵調，未能應時而集也，請每鎮抽練步兵一營，營五百人，馬兵一管，營二百五十人，擇要屯駐，逐日訓練，以成勁旅。又以豫省之户鮮蓋藏也，飭所屬牧令勸民按地出穀，就鄉分倉，董以紳耆，不經胥吏，於是通省積穀遂至九十三萬石有奇，而水旱有備矣。又以豫省水利歲久失修也，賈魯河發源滎陽、密縣之間，本不甚旺，又爲游沙所淤，其最甚者曰十八里橋，公疏濬之，於兩岸改用極坦之坡，使不至旋挑旋圮，並濬勺金河、丈八溝等處，於是南至周家口，北至朱仙鎮，西北至鄭州之京水寨，一律流通矣。光緒元年，上疏言：『河南居天下之中，大河環其西北，實爲京師藩離，自張曜、宋慶兩軍奉命西征，遂無大兵屯守，今關外兵力已足，請調回宋慶，駐紮潼關，庶西可以顧秦、隴，北可以蔽晉、燕。』疏入，從之，尤其所見者遠也。最公一生，始則崎嶇戎馬，繼則經畫封疆，處境極囏，用心尤瘁，思慮内傷，風熱外襲，鬱而成瘍，浸至不起。光緒元年五月丁巳公卒，年五十有二。遺疏聞，天子震悼，疊降詔書，一曰『辦事實心，克稱厥職』；再曰『於吏治民生，均能盡心籌辦』；又曰『由上海前赴安慶請援，籌餉濟師，功績尤著』。蓋知公者深，而褒公者至矣。公娶某氏。生子二，溯耆，三品銜，前直隸深州直隸州知州，候補知府；朔時，鹽運使銜，浙江嚴州府知府，在任，候補道。孫某某。溯耆等於光緒某年某月某甲子葬公於某原，遵故事，刊貞石，撮其要，繫以銘。銘曰：

英英錢公，帝褒忠藎。於河發端，乞援安慶。賊壘峩峩，摩之而進。抵掌高談，元戎動聽。上海一隅，大局存焉。援師既至，坤轉乾旋。肅清東南，若反掌然。移師北征，公任轉運。扉屨資糧，靡有不應。捻寇乃平，戎事乃定。干戈既戢，政績斯彰。畿南告災，振以南糧。十條既立，萬户咸康。惟彼中州，藩蔽京國。往撫是邦，克盡厥職。曰民宜綏，曰寇宜戢。曰川宜濬，曰軍宜飭。宏圖未竟，遺表俄聞。建祠予謚，帝嘉乃勳。賜祭賜葬，華表淩雲。千秋萬載，下馬斯墳。

贈通奉大夫蔡君墓碑

君諱煌，字景和，別字樵坡，蔡氏。其先世於宋南渡時由河南遷浙西，遂爲今石門縣人，所居在縣之東鄉，至今猶以蔡家壩名其地焉。曾祖瑞庭，本生曾祖雲豪，祖令昭，父品三，並以君子國熊官，贈通奉大夫。曾祖妣朱，本生曾祖妣方，祖妣何，妣陳，並贈夫人。自祖以來，皆籍庠序。君父字春泉，生二子，長卽君也。年十三應童子試，縣府錄取甚高，俄而疾作，不克赴院試，乃歎曰：『一衿得失，亦有命邪？』時春泉君方客授於杭，母陳夫人語之曰：『兒毋鬱鬱，盍從爾父游於杭乎？』君内顧家寒，脩脯不足自給，又陰有服賈意，乃從母命至杭，旋於杭闢一肆焉，徵貴徵賤，動合事宜，久之其業日盛。而家猶在蔡壩，地遠且僻，爰遷居城中，卜爽塏而居焉。君性孝友，弟備五君弱而善病，未三十而卒，君哭之慟，語人曰：『吾雖服賈，未忘儒業，今吾弟歿，吾不敢一日離吾親，從此名心盡洗矣。』因援例以同知注選籍，無復進取之意。俄陳太夫人卒，春泉君繼之，君每撫遺物，涕泗滂沱，孺慕之忱，久而不替。爲人尚風義，重然諾，常以魯仲連、孔文舉自命，故四方士大夫皆樂與之交。貴州楊方伯裕深，時以縣令仕浙，將受代，而所虧公款甚鉅，省符嚴催，行登白簡，君出己貲償之，事乃解。後楊公官至浙藩，悉歸君貲，時論兩稱焉。鄰里鄉黨以緩急告，無不應。民間漕米多折以錢，米一石，錢五六千，道光季年，加至十有餘千，窮黎大困。君憐而請於縣令，改折色爲本色，各户感泣，君無德色。咸豐六年，邑荒以旱，君有田數頃，每歲收租以納糧，是歲普免田租，而自買米以完官課，邑之富而好義者咸踵行之，由是積嫌於有司，尤不便於藉漕爲利之市儈。未幾，邑宰欲強借君銀如干數，君素伉直，以宰無理見淩，鬱結不樂，遂大歐血。咸豐七年閏五月壬午，卒於家，年五十有四。君之初生也，猶在蔡壩，故居其西有景家廟焉，廟僧曰樵雲，苦行僧也，春泉君及陳夫人時以錢米施之，後樵雲將入天台山，語春泉君曰：『受公厚恩，必有以報。』越數年，有鄉人遇之山中，問春泉公無恙否，喟然曰：『善人之後，必有興者，老僧行將化去矣。』陳夫人中年無子，禱於觀世音而有身，將產，夢一僧入，遂生君。春泉君曰：『豈樵雲後身邪？』故景和之字，樵坡之號，皆所以誌也。自昔所傳，如瑯玡僧後身爲張方平，五臺僧後身爲馮京，記載炳然，當非誣罔。如君者，蓋從華嚴法界中來者乎？娶沈氏，舉一子而卒。繼娶竇氏，以產難亡。又繼娶陳氏，有賢行，生一子，國熊也。治家儉且勤，事鉅細必親之，積勞成疾，道光三十年卒。又繼娶楊氏。君與四夫人以子國熊官，封贈皆二品。子二人，長之楨，縣學生，候選訓導，咸豐十一年死寇難，賜雲騎尉世職，以國熊之子熙光兼祧焉；國熊，曾任蘇常鎮三府通判，以海運功疊保至道員，仍歸江蘇候補，賜孔雀翎，加按察使銜。女子子六，殤者二，同邑沈顧坤、張汝欽，海寧許誦康，陽湖惲炳孫，其壻也。孫四，伯仲皆殤，季亦前卒，今存者熙光也，縣學生。曾孫女一。咸豐十一年，國熊奉君與沈、竇、陳三夫人合葬石門東鄉之北訂墩，同治十一年，又以楊夫人祔焉。君膺二品封，墓道宜有碑，碑宜有銘。銘曰：

前生五戒今坡公，生有自來非凡庸，粹然道氣盈其躬。其位不顯名則崇，其年不永澤則豐，宜有賢子昌其宗。墓門青石新磨礱，我作銘詞垂無窮。

原任兵部右侍郎孫文節公繼配趙夫人墓誌銘

吾師孫文節公繼室曰趙夫人，於光緒二十八年二月癸巳卒於里第，年七十有七。樾既出文節之門，得與聞夫人之賢且才，而竊不能無慨於其遇也。昔晉司徒魏舒，年八十二，一子一孫皆先逝，煢然獨處，天子至下詔以慰安之。又宋平章喬行簡，晚年乞歸田里，其表文云：『少壯老百年，已逾八袠；祖子孫三世，僅存一身。』聞者咸爲太息。嗚呼，夫人近之矣。夫人爲故刑部侍郎趙公諱盛奎之女，及笄，歸孫文節公爲繼室。孫氏爲江蘇通州右族，文節父鼎庵公，於道光十四年與文節同舉於鄉，其明年，文節成進士，入詞林，而鼎庵公不以子貴隳厥志，道光二十四年亦成進士，海内傳爲美談。及咸豐二年，文節元配陳夫人所生子登瀛字濟亭，亦膺館選，十八年中，祖孫父子，三成進士，亦衣冠之盛事矣。無何，濟亭散館，改官吏部，而文節亦旋奉視學安徽之命，是時賊踞金陵，皖學駐太平府，固賊衝也。文節嘗與樾書云：『衽席之上，時聞礮聲，而此心夷然不動。』蓋公之死志久定矣。及文節致命金陵，夫人時猶在京師，慟欲絶，然以鼎庵公在堂，而已所生子女皆幼，不敢死。間關南下，事鼎庵公甚謹，雖甚悲痛，於公之前怡怡也。夫人所生子澄瀛，字小蘭，尚在襁褓，恆夜啼，非抱之行，啼不止。夫人懼驚鼎庵公，每抱之膝行於牀。俄鼎庵公卒，濟亭亦旋卒，小蘭有足疾，不良能行，事無大小，夫人任之。同治三年，王師克復金陵，夫人親挈小蘭至金陵，訪求文節遺骸，崩榛荒葛間，夐求幾徧，卒不可得。曾文公以賊初復，懼復熸，力勸之返。乃始招魂而歸葬焉。歸未久，小蘭又卒。先是，文節有兄銘悳字芝檢，無子，文節以濟亭爲之子，是以小蘭雖次子，而爲文節後，承襲騎都尉世職。小蘭無子，僉曰：『是宜嗣。』乃於族中求支派最近、行輩相當者一人，曰紹祖，字繩武，爲小蘭後，襲世職如例，未幾又卒。自文節之薨，夫人先喪其子，又喪其嗣孫，惟所生二女，長者歸山東杜氏，杜文正之孫也，壻早卒，女時在山東，或在京師，不常來；次適陳氏，通州人，得朝暮見，壻亦早卒，而女又得心疾，幸有外孫啓謙，字琴南，美秀有文，常在側者，惟此而已。夫人議欲立一曾孫，亦未果也。嗚呼，如夫人者，封至一品，壽近八旬，而煢獨如是，其視魏、喬二公，相去幾何哉？樾所以竊爲夫人慨也。夫人卒，乃又擇二人者爲曾孫，一曰鴻熙，爲小蘭之孫，一曰鴻楨，爲濟亭之孫，而皆爲繩武之子兼祧焉，禮也。孫氏之興，其在此二人乎！夫人自幼讀書，通大義，處事明決，有丈夫之概。里鄗生無以養，死無以葬者，籲於夫人，無不應。族某家貧，妻死子幼，夫人卹其子於家，至於成立。戚某貧不聊生，歲除將自縊，夫人招之至，醵金助之，得不死，且稍裕焉。文節有乳媪顧氏，養之終其身，媪有孫甚愚，亦善視之。每文節忌辰，必躬詣廚下治饌，曰：『此文節所嗜也。』雖衰老猶扶掖而往。當文節之薨，夫人年止二十九，守節垂五十年，以命婦，故旌表不及焉，功令然也。晚年寄情於酒，以自排解，又好釋典，手一卷不釋。然臨終遺命，勿用僧道，固與世俗佞佛者殊矣。卽於是年十有二月乙卯祔葬文節公之塋。考金石家例，婦人祔葬夫墓，得自爲銘，況夫人之賢且才，固合銘例乎！樾門下士也，其奚辭。銘曰：

懿夫人之令德兮，又高朗而多才。始摩笄而一慟兮，誓相從於泉臺。念君舅之垂暮兮，又藐孤之始孩。抱苦節而不死兮，慨祚薄而門衰。造物延之以歲月兮，已八袠之久開。何子孫之零落兮，玉既隕而蘭又摧。緬文節之遺澤兮，卜後裔之恢台。有門下之下士兮，望蟆陵而徘徊。爰埋石於幽宫兮，勒斯銘以驗將來。

春在堂襍文六編卷七

《詁經精舍四集》序[一]

昔阮文達公之撫浙也，憫俗學之苟且，慨古訓之失傳，爰於西湖孤山之麓剏建詁經精舍，俾兩浙之士，挾册負素，諷誦其中，沿流以溯原，因文以見道。而又懼流傳既久，失其初意，或且以世俗之學，羼竝柗軀，特奉許、鄭兩先師栗主於精舍之堂，用示凱式，使學者知爲學之要，在乎研求經義，而不在乎明心見性之空談，月露風雲之浮藻，斯精舍之舊章，文達之雅意也。文達去浙，興廢不常，庚申、辛酉之亂，鞠爲邱虛。大亂既定，復又建立齋舍，召集生徒，而余忝主講席者，十有二年矣。學術龘犻，記聞鱻少，曾不足窺許、鄭之藩籬。然十餘年來，與諸生所昕夕講求者，則猶之乎文達之志也。先是，每歲之終，錄課藝之佳者而刻之，其後生徒日衆，經費絀焉，庚午以後，遂不復刻。梅小巖[二]中丞慮其久而散佚，出鉅資付監院，爲剞劂費。余乃合辛未至戊寅八年中之課藝而簡擇之，得經解如干篇、詩賦襍作如干篇，與監院兩校官及門下諸大生校而付之梓。自文達刻《詁經精舍文集》後，繼之者有《二集》、《三集》之刻，故茲編謂之《四集》。説經之文，多宗古義，卽詩賦亦古體居多，非欲求異時流，蓋不敢失許、鄭兩先師之家法，而盭文達建立精舍之本心也。刻成因書數語於目錄之前，用示精舍之士，且以自勉焉〔三〕。

【校記】

〔一〕此序又見於《詁經精舍四集》(以下簡稱「《四集》」)書前，用作校本。

〔二〕梅小巖，《四集》作「小巖梅大」。

〔三〕「焉」下，《四集》多「光緒五年青龍在蟬焉霜月德清俞樾序」。

《詁經課藝五集》序〔一〕

余忝主詁經講席，十有六年矣，往者，精舍課藝，歲一刻之，後以肄業者日衆，經費絀焉，乃閲數歲而一刻。自己卯以來，及今四年，官師課藝，戢戢如束筍，不付剞劂，將遂散佚。於是監院官乃請於大中丞雋丞陳公，發資〔二〕刻之，而余選擇其佳者，經解、詩賦，得如干篇，刻既成，序其端，曰：吾浙素稱人文淵藪，而書院之設，亦視他省爲多。其以場屋應舉文詩〔三〕課士者，則有敷文、崇文、紫陽三書院在，至詁經精舍，則專課經義，即旁及詞章，亦多收古體，不涉時趨。余頻年執此以定月旦之評，選刻課藝，亦存此意，非敢愛古而薄今，蓋精舍體例然也。或曰：「詩賦古今異體，是固然矣，經解豈有異歟？」余曰：有場屋中之經解，有著述家之經解。句梳字櫛，旁徵博引，羅列前人成説以眩閲者之目，而在己實未始有獨得之見，此場屋中之經解也。著述家則不然，每遇一題，必有獨得之見，其引前人成説，或數百言，或千餘言，要皆以證成吾説。合吾説者我從之，不合吾説者吾辯之駁之，而非徒襲前人之説以爲説也。吾意既明，吾説亦盡，其餘一字一句，注疏具在，吾無異同之見，則固不必及之也。古人云『探驪得珠，餘皆鱗爪』，詞章且然，經解何獨不然乎？此著述家之經解也。精舍中多高才〔四〕生，頗有能發揮經義、自抒心得者，從此相與研求，經術文章，蒸蒸日上，爲異日儒林、文苑中人，不亦懿歟！余衰且病，數年中又頻有天倫之戚，意興衰頹，學問荒落，恐不獲久與諸君子相從於壇坫矣。此余所以讀斯集而不能不爲之憮然也〔五〕。

【校記】

〔一〕此序又見於《詁經精舍課藝五集》（以下簡稱『《五集》』）書前，用作校本。

〔二〕資，《五集》本作『貲』。

〔三〕文詩，《五集》本作『詩文』。

〔四〕才，《五集》本作『材』。

〔五〕『也』下，《五集》本多『光緒八年十二月曲園居士俞樾書於吳中春在堂』。

《詁經精舍六集》序〔一〕

癸未之秋，刻《詁經精舍五集》成，余既序其端矣。至今歲，而王同伯、許子原兩監院又循故事以請，大中丞仲良劉公從之，於是復有《詁經精舍六集》之刻，而余又職其選事。夫詁經精舍所課者，古學也，余所選經解、詩賦，皆求合乎古而不求合乎今，余於《五集序》已具言之，可不贅矣。惟自同治間重建詁經精舍，至今二十餘年，而余主講最久，其與諸生朝夕所講求，尚不背阮文達公創建精舍之初意。然念文達當日大開壇坫，宏奬風流，四方秀艾，挾册負素，諷誦乎其中者，彬彬乎極一時之盛，未嘗不惜我生之晚，而不得與之揖讓於其間也。乃今歲，瞿子玖學使甫下車即訪余於湖樓，拳拳以精舍人材爲問，又博訪周諮，得高才生如干人，送〔二〕精舍肄業，而别籌經費，以供膏火之資，子玖學使，其繼文達而興者乎？諸生之從事於此者，宜如何孿求經訓，講明古義，以期無負其美意哉？余衰且病，學問之事，日以荒落，曩作《五集序》，已有不得長與諸君子相從之歎，乃星霜再易，而頽唐病叟，猶擁皋比，老眼麻茶，又有此選。昌黎云：『方今向泰平，元凱承華勳。吾徒幸無事，庶以窮朝曛。』此又余與諸君所宜共勉者也〔三〕。

【校記】

〔一〕此序又見於《詁經精舍六集》（以下簡稱『《六集》』）書前，用作校本。

〔二〕送，《六集》作『選』。

〔三〕『也』下，《六集》多『光緒十一年則涂月歲除日曲園居士書於春在堂』。

《詁經精舍七集》序〔一〕

自光緒乙酉刻詁經精舍第六集，至於今十載矣，精舍課藝，因循未刻，歲月寖久，散失遂多，及今不刻，將有淪玉沈珠之歎。會中丞廖公新下車，勤求庶政，詁經監院孫和叔、吴璡軒乃以刻課藝請，而仍以選政見屬焉。惟此十年以來，監院更易，已非一人，課卷叢殘，僅存大半，余即其中選得經解、詩賦各如干篇，付兩監院校而刊之，剞劂既竟，監院請序。余〔二〕戊辰之歲忝主斯席，迄今二十八年，區區之愚，與精舍諸生所忞慔者，務在不囿時趨，力追古始，已於《五集序》中詳言之矣，茲又何言哉？然念自阮文達公刻《詁經文集》後，至今刻至《七集》，文達原版久已無存，而同治以來續刻各集之版亦毁於丙戌年湖樓之火，余方擬俟軍務粗定，言於當路諸公，將從前諸集精選其十之五六，彙刻一編，以存其崖略，然則此集雖居第七，而亦或藉此爲先路之導也。時事艱難，余年又衰老，未識能副此願否。時廣東學使徐花農太史報滿將歸，以白金二千諮送中丞，裨益精舍膏火。太史舊嘗肄業於是者也，近來精舍人材輩出，異日踵花農而起〔三〕，必大有人，吾知精舍之規模日擴矣。刻此集成，又深爲諸君望也〔四〕。

【校記】

〔一〕此序又見於《詁經精舍七集》（以下簡稱『《七集》』）書前，用作校本。

〔二〕『余』下，《七集》多『自』字。

〔三〕『起』下，《七集》多『者』字。

〔四〕『也』下，《七集》多『光緒二十年季冬曲園俞樾序』。

《詁經精舍八集》序〔一〕

吾浙書院課藝，〔二〕三年一刻。前刻《詁經第七集》，以癸巳年爲止，自甲至丙，又歷三年，監院乃請於大中丞廖公，有〔三〕《詁經八集》之刻，而余仍〔四〕職其選事。選既定，監院請序。嗟乎，此三年中，時局一變，風會大開，人人爭言西學矣。而余與精舍諸生〔五〕，猶硜硜焉抱遺經而究終始，此叔孫通所謂『鄙儒不知〔六〕時變』者也。雖然，當今之世，雖使〔七〕孟子復生無他説焉，爲當世計，不過曰『盍亦反其本矣』，爲吾黨計，不過曰『守先王之道，以待後之學者』。戰國時，有孟子，又有荀子，孟子法先王，而荀子法後王，無荀子不能開三代以後之風氣，無孟子而先王之道幾乎熄〔八〕矣。今將爲荀氏之徒歟？西學具在，請就而學焉。將爲孟氏之徒歟？則此區區者，雖不足以言道，要是〔九〕三代上之禮樂文章，七十子後、漢唐學者之緒言，而本朝〔一〇〕二百數〔一一〕十年來諸老先生所孜孜〔一二〕講求者也。精舍〔一三〕奉許、鄭先師栗主，家法所在，其敢豰諸！風雨雞鳴，願與諸君子共勉也〔一四〕。

【校記】

〔一〕此序又見於《詁經精舍八集》（以下簡稱『《八集》』）書前，用作校本。
〔二〕『三』上，《八集》多『率』字。
〔三〕『有』上，《八集》多『於是』。
〔四〕仍，《八集》作『又』。
〔五〕生，《八集》作『君子』。
〔六〕知，《八集》作『通』。
〔七〕使，《八集》無。
〔八〕熄，《八集》作『息』。
〔九〕是，《八集》作『自』。

〔一〇〕本，《八集》作「我」。

〔一一〕數，《八集》作「四」。

〔一二〕「孜孜」下，《八集》多「焉」。

〔一三〕「舍」下，《八集》多「向」。

〔一四〕「也」下，《八集》多「光緒丁酉八月曲園俞樾」。

孫仲容《墨子閒詁》序〔一〕

孟子以楊、墨並言，辭而闢之，然楊非墨匹也。楊子之書不傳，略見於《列子》之書，不過〔二〕自適其適而已。墨子則達於天人之理，熟於事物之情，又深察春秋、戰國百餘年間時勢之變，欲補弊扶偏，以復之於古，鄭重其意，反復其言，以冀世主之一聽。雖若有稍詭於正者，而實千古之有心人也。尸佼謂：孔子貴公，墨子貴兼，其實則一。韓非以儒、墨並爲世之顯學。至漢世，猶以孔、墨並稱，尼山而外，莫〔三〕尚於此老乎！墨子死而墨分爲三，有相里氏之墨，有相夫氏之墨，有鄧陵氏之墨。今觀《尚賢》、《尚同》、《兼愛》、《非攻》、《節用》、《節葬》、《天志》、《明鬼》、《非樂》、《非命》，皆分上、中、下三篇，字句小異，而大旨無殊。意者此乃相里、相夫、鄧陵三家相傳之本不同，後人合以成書，故一篇而有三乎？墨氏弟子，網羅放失，參考異同，具有條理，較之儒分爲八，至今遂無可考者，轉似過之。乃自〔四〕唐以來，韓昌黎外無一人能知墨子者，傳誦既少，注釋亦稀。樂臺舊本，久絶流傳，闕文錯簡，無可校正，古言古字，更不可曉，而墨學塵薶終古矣。國朝鎮洋畢氏始爲之注，嗣是以來，諸儒益加讎校，塗徑既闢，奥窔粗窺，墨子之書，稍稍可讀。於是瑞安孫詒讓仲容乃集諸説之大成，著《墨子閒詁》。凡諸家之説，是者從之，非者正之，闕略者補之。至《經説》及《備城門》以下諸篇，尤不易讀，整紛剔蠹，衇摘無遺，旁行之文，盡還舊觀，訛奪之處，咸秩無紊，蓋自有《墨子》以來未有此書也。以余亦嘗從事於此，問序於余，余何足序此書哉？竊嘗推而論之，墨子惟兼愛是以尚同，惟尚同是以非攻，惟非攻是以講求備御之法。近世西學中光學、重學，或言皆出於《墨子》，然則其備梯、備突、備穴諸法，或即泰西機器之權輿乎？嗟乎，今天下一大戰國也，以孟子『反本』一言爲主，而以墨子之書輔之，儻足以安内而攘外乎？勿謂仲容之爲此書，窮年兀兀，徒敝精神於無用也〔五〕。

【校記】

〔一〕此文又見於光緒二十一年蘇州聚珍版印本《墨子閒詁》卷前（以下簡稱『《墨》本』），用作校本。

〔二〕不過，《墨》本無。

〔三〕『莫』上，《墨》本多『其』字。

〔四〕自，《墨》本無。

〔五〕『也』下，《墨》本多『光緒二十一年夏德清俞樾』。

孫仲容《札迻》序〔一〕

昔人有謂盧紹弓學士者曰：『他人讀書，受書之益；子讀書，則書受子之益。』盧爲憮然，蓋其言固有諷焉。余喜讀古書，每讀一書，必有校正，所著《諸子平議》，凡十五種，而其散見於曲園、俞樓兩《襍纂》者，又不下四十種。前輩何子貞先生謂余曰：『甚乎哉，子之好治閑事也。』余亦無以解也。今年夏，瑞安孫詒讓仲容以所著《札迻》十一〔二〕卷見示，讎校古書，共七十有七種，其好治閑事，蓋有甚於余矣。至其精孰訓詁，通達叚借，援據古籍以補正訛奪，根柢經義以詮釋古言，每下一說，輒使前後文皆怡然理順。阮文達序王伯申先生《經義述聞》云：『使古聖賢見之，必解頤曰「吾言固如是」。數千年誤解，今得明矣。』仲容所爲《札迻》，大率同此，然則書之受益於仲容者，亦自不淺矣。余嘗謂，校讎之法，出於孔氏，子貢讀晉史，知『三豕』爲『己亥』之誤，即其一事也。昭十二年《公羊傳》『伯于陽者何？公子陽生也。子曰：「我乃知之矣。」』何劭公謂：『知「公」誤爲「伯」，「子」誤爲「于」，「陽」在，「生」刊滅，闕。』是則讀書必逐字校對，亦孔氏之家法也。漢儒本以説經蓋自杜子春始，杜子春治《周禮》，每曰『字當爲某』，卽校字之權輿也。自是以後，是正文字，遂爲治經之要。至後人又以治經者治羣書，而筆鍼墨炙之功徧及四部矣。夫欲使我受書之益，必先使書受我之益，不然，『割申勸』爲『周由觀』，『而肆赦』爲『內長文』，且不能得其句讀，又烏能得其旨趣乎？余老矣，未必更能從事於此，仲容學過於余，而年不及余，好學深思，以日思誤書爲一適，吾知經疾史恙之待治於仲容者，正無窮也〔三〕。

【校記】

〔一〕此文又見於光緒二十年刻本《札迻》卷前（以下簡稱『《札》本』），用作校本。

〔二〕十一，《札》本作『十二』。

〔三〕『也』下，《札》本多『光緒二十一年夏德清俞樾』。

《後知不足齋叢書》序

乾隆間，歙縣鮑君廷博纂輯《知不足齋叢書》，經始於乾隆丙申，至道光癸未而後成其書，凡三十集，士林爭購，以爲鉅觀，洵自左禹圭以來一不朽盛業也。今其書版尚在廣東，頗有殘缺，坊肆修補復完，以行於世。然載籍極博，史公已云然矣，況至於今，人握蛇珠，家抱荆玉，掇芳儒素，豈有涯歟？常熟鮑君叔衡，雖家虞山，而其先故歙產，知不足齋主人實其宗英也。於是有《後知不足齋叢書》之刻，其書始刻於光緒甲申，書凡四函，共二十三種，至辛卯之春，續刻四函，又得書三十一種。今年四月，余與相見於西湖，辱以全書見贈。余讀之，自經學、史學、小學，以及官儀、禮器、防海籌邊，無所不具，可謂採珠寶窟，閲石瑤林者矣。顧氏千里有言，自有彙刻一途，然後各書之勢，常居於聚，儲藏之家，但費收一書之勞，卽有累若干書之獲，此彙刻之書所以日盛一日乎！然如王文祿之爲《丘陵學山》，以敵左禹圭之《百川學海》則有之矣，又如吳有蘭之爲《藝海珠塵》，以配張海鵬之《墨海金壺》則亦有之矣，其前後紹述，以成一家之言者，未之聞也。叔衡此書出，而前後兩知不足齋龍奴鳳諾，照耀藝林。昌黎云：『固宜長有人，文章紹編劃。』此之謂歟！前知不足齋，積四十餘年，始有成書，今叔衡自甲申至辛卯，春秋八閲，得書四函，然則自茲以往，豪編觚絡，日益增多，必與前書相埒矣。余聞道光間，渤海高氏有《續知不足齋叢書》，其書止二集一十七種，蓋苟合苟完，有志未逮。叔衡此書，吾知其必駕而上之也。

《谷水口碑錄》序

古之君子，未有不仕學皆優者也。後之君子，學其所學，而不足以仕其所學，非學也；仕則別有以爲仕，而不由於學，亦不復言學，是其爲仕，可知矣。米孫大令，吾黨之高才生也，讀書通曉大義，熟於古今時勢之變，爲古文辭，簡明有法度。往年，肄業於上海龍門書院，爲院長劉融齋先生所器，同院諸生推都講焉。余與其先德嘯泉先生同歲入縣學，與有世講之誼，而米孫又辱從余游，未幾以拔貢生就直隸州判，筮仕江蘇。每月應官課，輒居高等上游，皆知其才，試以吏治，如海運、釐捐、洋務、籌賑、積穀，無不侃侃辦舉。前方伯貴築黃公、今方伯順德鄧公，命之綜理文案，身兼數器，部分如流，咸歎曰：『佳乎吏也！』會松江華亭縣缺官，命往權之，甫受事，即禮接士大夫，訪求利弊，凡農田、水利、學校、禮教、鄉約、義塾、團防、保甲諸政，次第舉行。修建二陸及顧黄門祠，俾民有所觀感。又擇其士之秀者，每月會課於署中，切劘以有本有用之學。雖甫滿一載，即受代以去，未克竟其所施，然峯泖之間，頌聲滿矣。《谷水口碑錄》一卷，乃華亭士大夫所爲詩文，以贈其行者也。嗟乎，如米孫者，非仕學兼優之君子歟？方今内憂外患，猶未盡敉，有志之士，爭言富強，或且謂宜變中國之法，改從西國之法，余謂無益也。朝廷擇賢督撫，督撫擇賢守令，安内攘外，有餘矣。米孫本所學以仕，即以仕行其所學，華亭一年，牛刀小試而已，他日所至，未可限量，吾即於是編徵之也。

魯卓叟觀察《重游泮水紀盛錄》序

重游泮水之説，何自昉乎？博考國初人詩文集，皆無其事，是未有此説也。高宗純皇帝於重熙累洽之朝，極壽考作人之盛，加惠耆儒，凡中式舉人，歷六十年再遇是科，準其重赴鹿鳴筵宴。稽之《會典》，蓋自乾隆三十九年始，此歷代未有之曠典也。於是海内士大夫遭逢盛事，推廣皇仁，入學六十年後，有『重游泮水』之説，其事實始於隨園先生。按《隨園集》，有《重赴泮宫》詩，其序曰：『余以丁未年入泮，今又丁未矣，仿重宴鹿鳴故事作歌。』使當時早有重游泮水之説，則自有故事可循，何必仿重宴鹿鳴故事乎？其詩云：『特設隨園酒一卮，强顔首唱泮宫詩。』則其由隨園倡始可知矣。丁未爲乾隆五十二年，重宴鹿鳴之例已遵行十有餘年，故隨園仿之而爲此舉也。嘉興錢文端公於康熙四十年辛巳入學，先乎隨園者二十七年，至乾隆二十六年辛巳，文端年七十六歲，距入學六十年，其時猶未有重宴鹿鳴之典，故亦未有重游泮水之説。考《文端年譜》，是年入都，祝皇太后七旬萬壽，與九老會，恩禮優隆，賡和稠疊，使有重游泮水之説，則高廟必有恩賚，且必有詩以寵之，至今爲美談矣。以文端尚無其事，故知此事實倡於隨園也。余按，前明閻牛叟先生有《入泮圖》，方巾襴衫，樹二金花於首，前導彩旌，後張黄蓋。先生乃閻百詩徵君之父，以初入泮之博士弟子員，而彩旗黄蓋，諠赫如此，足徵學校之重，況乎入泮逾六十年，一襲青衿，倍晏子狐裘之歲，桑榆雖暮，芹藻猶新，豈非人世所稀逢，士林所豔羨乎？蕭山魯卓叟觀察，裒集國初以來齯齒鮐背之士入學以後逾六十年者，得若干人，合爲一編，題曰

《重游泮水紀盛録》，此亦前人未有之創作也。夫重赴鹿鳴，爲本朝曠典，重游泮水，事亦相符。國家久道化成，安知將來不垂爲令甲，載入容臺乎？觀察此編，卽爲之兆也。余於道光丙申入泮，今又丙申矣，自惟殘年待盡，一事無成，雅不欲以衰朽姓名煩瀆官師。而吾邑大令張漢章司馬，年家子也，必欲以聞於學使，力辭不獲，深以爲愧。聞觀察今年八十有一，越二年亦届重游泮水之期，可以補入此編矣。昔阮文達重游泮水，以《會典》不載禮節爲疑，命門人議之，乃以兩校官前導，自下馬碑步至檽星門外，升階，上第九級，行禮。附書及之，豫爲觀察重游泮水告也。

王喬雲女史《冬青館集》序〔一〕

皇太后既歸大政，其時朝野清平，宫府靜謐，娥臺姒幄之中，端居無事，惟以翰墨自怡。密詔〔二〕近習之臣居東織西織之任者，訪求天下才女，以名聞，備徵召〔三〕。而杭州織造乃以二女史進，其一則王喬雲夫人也。夫人浙江錢塘〔四〕人，乃詩人棣香司馬之愛女，而富崇軒觀察之德〔五〕配也。觀察守福寧，居官廉潔，殁無遺貲。夫人歸杭，藉筆墨供饔飧，紙閣蘆簾〔六〕，澹如也。及應詔書，入直長春宫，賜名玉芳，所進詩畫，無不稱旨。讀《扈駕靜宜園》、《扈駕同豫軒》及《石丈亭》、《盤雲殿應制》諸作，雍容華貴中有亭亭物表、皎皎霞外之概，雖館閣諸臣，無以過之。會將爲其子納婦，乞假還杭〔七〕，皇太后優詔許焉，恩禮周洽，賜予便蕃，極一時之榮遇。余門下六橋都尉與夫人有世講之誼，乃以其所著《冬青館集》示余。集中古今體詩皆備，附以賦數篇、詞數闋。余讀其詩，深歎其詠物之工，寫景之妙，而其詠古之作，尤意義正大，寄託高深，非尋常銘椒頌菊者所能辨〔八〕，蓋亦漢之班昭、唐之宋若莘矣。明初萬載縣民婦易淵碧舉女秀才，入尚功局；又有黄阿妹者，大學士梁儲母之祖姑也，洪武初入宫，賜名惟德，宣德中乞骸南歸，皇〔九〕太后爲詩賜之。今夫人榮遇，更在易淵碧、黄阿妹之上，此《冬青館集》，異時必爲國史《藝文志》所收，宜及時刊布，以行於世，庶〔一〇〕爲笄珈生色，而亦以見吾浙之多才也〔一一〕。

【校記】

〔一〕此文稿本見於南京大學圖書館藏《冬青館吟草》書前（以下簡稱『稿本』），用作校本。

〔二〕『密』上，稿本多『爰』字。『詔』下，稿本多『左右』二字。

〔三〕『以名』至『徵召』，稿本無。

〔四〕塘，稿本作『唐』。

〔五〕德，稿本作『淑』。

〔六〕紙閣蘆簾，稿本作『蘆簾紙閣』。

〔七〕杭，稿本作『杭州』。

〔八〕辨，稿本作『及』。

〔九〕皇，稿本無。

〔一〇〕庶，稿本作『庶足』。

〔一一〕『也』下，稿本多『光緒二十一年夏五月曲園居士俞樾書於春在堂南軒』。

《全唐文續拾》序

存齋陸君輯《全唐文拾遺》七十二卷，余爲製序，其書久行於世矣。君篤好唐文，至老不衰，凡所瞥見，靡不纂錄，於是又續得三百數十篇，釐爲十六卷，題曰《唐文續拾》。鏤版，與前書並行，剞劂未竟，君捐館舍，至今年秋，手民以蕆事告，而君不及見矣。其長君誠伯孝廉以印本寄示，并述遺命，仍請爲序。余讀其書，上自朝廷誥敕，以及碑銘序記之文，下逮方外之讚頌，外國之表狀，無所不備，雖年代久遠，文字剝落，而洋洋數百言完善無缺者，亦多有之。嗚呼，搜羅之富，采輯之勤，可謂至矣。自嘉慶間頒行《全唐文》之後，烏程嚴鐵橋輯《全上古三代秦漢三國六朝文》七百四十七卷，使與《全唐文》相接；而君又於《全唐文》一千卷外成《拾遺》及《續拾》，共八十八卷，然則自上古至唐，幾於無一字一句之或遺矣，豈非藝林盛事哉？鐵橋烏程人，而君歸安人，是名山之大業，實吾郡之美談。鐵橋身後，遺書散佚，賴其從弟秋樵稍稍編校。而君有令子，克承先志，寶守遺書，不敢失墜，是又鐵橋所不及者也。余老矣，不克於前序之外更贊一言，姑述其世濟之美，以慰君遺意，并爲誠伯昆仲望也。

《玉蘭堂文氏題跋》序

明代吳中文氏，世擅著述。衡山之祖洪，長子彭，次子嘉，彭之子肇祉，自高祖至元孫五代，其詩合爲一集，曰《文氏五家詩》，視宋劉氏之合祖孫三代爲一集題《三劉家乘》者更過之矣。余猶惜衡山之父林，衡山之兄奎，皆無遺集傳後，亦美中之不足也。今年夏，隨庵包子以其大父子莊先生所輯《玉蘭堂文氏題跋》見示，衡山二卷，壽承、休承各一卷，而附以文震孟以下七人，則更過於《文氏五家詩》矣。其品題書畫，語意雋永，見解超絶，非祖孫、父子、兄弟耳目濡染，不能至此。余非賞鑒家，無從贊一詞，惟略爲次第其前後而歸之。隨庵寶守其祖之遺書，擬刻以行世，是亦能以文字世其家者。異日，吳興包氏安知不與前明吳中文氏比隆乎？

文伯仁，乃衡山從子也。衡山卒於嘉靖三十八年己未，年九十，而伯靖於嘉靖丙辰三十五年已稱攝山老農，則其齒必與衡山相等，不當置之衡山二子之後。

文文肅卽元發之子，乃衡山曾孫也，不應列於元發之前，宜改列於後。

文震亨卽文肅之弟，宜更列於後。

于香草所校書序

香草于君，余畏友也。好學深思，讀書每有心得，尤長於《禮》。乙未夏，寄我所校書四卷，皆說《小戴禮》者也，多剖晰入微。如謂：《禮》稱夫婦之別，非必謂夫妻；《禮》稱三年之喪，非必謂父母；《檀弓》『遠兄弟』，是謂昏姻；《冠義》『見於兄弟』，是謂主人之兄弟。又謂：投壺，賓主各一壺，故有壺間之言；夏殷之世，前後皆有韠，故有前後方、前後挫角之制。證據分明，皆有可取。又謂：

《禮器》篇亡，後人分《禮運》下半篇補之，則鄭君解『禮器是故大備』，本連《禮運》篇爲説，疑鄭君已見及此矣；《曾子問》篇稱魯昭公、孝公，非孔子語，是《記》人之語，則《管子》稱齊桓公，鬻子書稱魯周公，皆此類矣。又謂：《王制》之『上大夫卿』，此『卿』字是古禮家注語，卽所以解上大夫，謂此上大夫，其實卿也。此類諸條，皆可補拙著《古書疑義舉例》所未備。余讀《尚書》，嘗謂『日宣三德，浚明有家，日嚴六德，亮采有邦』，與『愼徽五典，五典克從，納于百揆，百揆時敘』，同爲四字句之儷語，『夙夜』二字在『日宣三德』句下，乃『日』字之注語也，『祗敬』二字在『日嚴』二字下，乃『嚴』字之注語也。雖有此説，以臆説無徵，不敢筆之於書。今得尊説，聊復出之，勿笑其點竄二典也。

翁少畦《醫時六言》序

《醫時六言》者，翁子少畦感甲午、乙未間韓倭之事，發憤而作者也。嘗讀呂不韋之書，有曰『治國譬若良醫，病萬變，藥亦萬變，病變而藥不變，向之壽民，今爲殤子』。當今之世，殆亦世運一大變局也。然則言醫者，其不可以不變乎？余獨以爲不然。泥古法而言醫，固不可；舍古法而言醫，亦不可。善爲醫者，在神明乎古法而已。少畦此書，皆本國朝姚憂庵尚書所手鈔之《帷幄全書》，其書凡十四種，而一經少畦刺取，則非猶是十四家之書，亦非猶是姚氏之書，而成其少畦之書。何也？有神而明之者在也。每一條之下，略綴數語，使古人之言皆爲我言，古人之法皆爲我法，而施之於今，皆良藥矣。李鑑堂中丞深喜其書，覆書謂：『如秦越人飲上池水，見垣一方。』誠哉，是言！少畦求序於余，余不知兵，亦不知醫，何以序爲？因思黄黎洲先生《明夷待訪録》卷首刻顧亭林書，少畦何不即用此例，刻鑑堂中丞書於卷首，即以爲序，可也。余言瑣瑣，固不足爲此書作玄晏先生矣。

汪穉泉詩序

余自十五始學爲詩，至今歲行年七十有五，則雕琢肝腎六十年矣，詩格不高，終其身不能出香山、劍南兩家門徑之中，深用自愧。而海内諸君子癖嗜余詩者，則頗有之，豈以詩主性情？言情之作，入人尤易，固不必以『遲遲春日』擬《歸藏》，『湛湛江水』摹《大誥》乎！鎮洋汪君穉泉，詩人也。嘗自言：『平生無嗜好，所嗜惟詩，而近人之能詩者，亦落落無當意。所嗜惟曲園之詩，每讀至夜深，雖倦極而不忍寐，惜不得一見其人，以詩相質也。』臨歿前數日，以詩稿授其二子曾懷、曾蔭，曰：『如我死，必以此質之曲園，且爲我乞序，得曲園一言，吾九原瞑目矣。』今年秋，其女孫壻王玢如孝廉見我於春在堂，以君遺詩見示，并以君遺言來告。余讀其詩，沛然從肺腑流出，不見斧鑿之痕，誠亦香山一派。然如《到家》五首，頗近陶詩；《申江春感》、《袁江褉感》諸篇，又參杜律；《傳味琴招飲》、《雪中集普應寺》等作，妙得韓豪；《塀字十疊韻》，巧奪蘇家行市；而《别緒》四首，又居然溫、李矣。是君之詩，各體咸工，諸家畢備，豈余所能望哉？君應省試，副賢書，嘗以國子博士參錢敏肅公軍幕，事平敘功，堅謝不受，乃奏加五品銜，賜翠羽以飾其冠。晚年主學海講席，錢薌園中丞修葺南園，與諸老輩觴詠其中，君亦與焉。朝鮮使者入都，索君《滄江樂府》以去。生平嚴於去取，勇於施舍，粹然有古君子之風，蓋有餘於詩之外者，宜其詩之工也。余感其知己，重違其意，輒書數言而歸之於玢如。深惟伯牙絶弦、郢人輟斤之義，能無爲之泫然流涕乎？

朱午橋《漢碑徵經》序

昔阮文達著《詩書古訓》，以《論語》、《孝經》、《孟子》、《禮記》、《大戴記》、《春秋》三《傳》、《國語》、《爾雅》十經中引《詩》、《書》者爲主，而凡子史所引則附錄焉，以晉爲斷，蓋因晉以前說，尚未爲二氏所汩亂也。其意甚善，惜其止在發明義理，而文字異同，未遑論說。及高郵王氏說經，則每以《藝文類聚》、《北堂書鈔》、《羣書治要》所引考訂經文，多所改正。然類書所引，不甚可據，《北堂書鈔》，世無善本；《羣書治要》，來自東洋，此豈足以爲典要乎？夫漢世去古未遠，當時碑版文字，皆出文人學士之手，則其援引經文，實與見於子史者無異，而視類書所引，必當過之。阮、王兩家，皆未之及，何歟？寶應朱君午橋著《漢碑徵經》一書，其刻於粵東廣雅書局者，止《周易》一卷，所引漢碑凡一百餘條，推尋古義，校訂異文，洵爲治經者別開塗徑矣。余從前亦嘗流覽漢碑，於諸經間有發明。竊謂：《開母廟石闕碑》有『飴格』字，卽《商頌·烈祖》篇之『來假』，飴來、格假，古字通也；《尉氏令鄭季宣碑》有『放鴋』字，卽《虞書·堯典》篇之『方鳩』，放方、鴋鳩，古字通也；又據《泰山都尉孔宙碑》『東嶽黔首猾夏』之文，謂：東嶽黔首，亦是華夏之人，知《虞書》『猾夏』不作『華夏』解也；《博陵太守孔彪碑》有云『龍德而隱，不至於穀』，以不至穀爲隱德，知此『穀』字當從鄭訓『祿』，不當從孔訓『善』，孔注不足信，亦一證也。異日君書盡出，余得受而讀之，采獲之富，必當不止於此，余日望之矣。

王幹臣《格致古微》序

自泰西諸國交乎中夏，而西學興焉，趨時者喜其創獲，泥古者惡其奇衺，而不知西學亦吾道之所有也。何以徵之？曰：吾人束髮讀書，不先受《小戴記·中庸、大學》兩篇乎？《大學》曰：『致知在格物。』《中庸》曰：『惟天下之至誠，爲能盡其性，能盡其性，則能盡人之性，能盡人之性，則能盡物之性，能盡物之性，則可以贊天地之化育。』是《大學》原致知之始事，必以格物爲基，而《中庸》推盡性之全功，必以盡物性爲極，盡其性矣，未足也，必繼之以盡人性，盡人性矣，未足也，必繼之以盡物性，至盡物性，而後可以贊化育，而後可以與天地參。嗚呼，西人之學，其出於此乎？西人所言化學、光學、重學、力學，蓋由格物而至於盡物之性者也。惟古之聖人皆以人道爲重，故曰：『聖人，人倫之至也。』自堯舜三代以來，吾人皆奉聖人之教以爲教，專致力於人道，而於物或不屑措意焉。是以禮樂文章，高出乎萬國之上，而技巧則稍遜矣。彼西人之學，務在窮盡物理，而人道往往缺而不修，君臣、父子、夫婦、昆弟之間，每多遺憾，而奇技淫巧則日出而不窮。蓋中國所重者本也，而西人所逐者末也，逐末則遺本，而重本則末亦未始不在其中，苟取吾儒書而熟復之，則所謂光學、化學、重學、力學固已無所不該矣。宋元儒者所見皆不及此，恭讀我聖祖仁皇帝《御製三角形論》，曰：『論者謂今法古法不同，殊不知原自中國，流傳西土。』大哉，言乎！足以會中外之通，而被古今之蔀矣。自是以來，學者始知西法卽出於中法，震而矜之者俗士也，鄙而夷之者陋儒也。吳下王君榦臣，以名進士入詞林，改官吏部，始讀中祕書，卽思發古書之義藴，窮西學之根株，創爲一書，曰《格致古微》。不我鄙棄，就而質焉，余力贊成之。至今歲仲春，見我於春在堂，則其書成矣。自《九經》、二十四史以及諸子之書、百家之集，凡有涉於西學者，博采而詳論之，使人知西法之新奇可喜者，無一不在吾儒包孕之中。方今經術昌明，四部之書，犁然俱在，士苟通經學古，心知其意，神而明之，則雖駕而上之不難。此可爲震矜西法者告，亦可爲鄙夷西法者進也。余章句陋儒，於西人新法一無所解，承君問序於余，姑引《大學》、《中庸》之言以應之。《中庸》不云乎『致廣大而盡精微』，如君所論，廣矣，大矣，精矣，微矣。又云『溫故而知新』，天下之人，但喜西法之新，而不知皆本吾儒之故，溫故知新，願以告天下好學深思之士。

《西湖照膽臺志》序

光緒辛卯，重修西湖照膽臺關廟成，而鄒君典三爲之志。志成，問序於余。余謂：關廟之名照膽臺，不知始於何人，亦不知所取何義，殆謂神之威靈，有以照人肝膽歟？姑從俗名之，可以勿論。惟廟藏帝印，乾隆間上塵御覽，賜題三十四字，恭鐫其上，今此印雖移藏文瀾閣，而推原其始，實廟中物。高廟賜題有云『俾永藏焉』，則藏於閣，亦卽藏於廟也，豈他廟所能望哉？信爲西湖一名蹟矣。余戊辰歲初來湖上，值蔣果敏公重建之後，廟貌焕然，未及十載，又將撓傾。余偶啜茗水閣，住持導至大殿，則柱與礎離，以扇入之，納者逾寸。余因言於方伯、今陝督楊公而葺治之，乃至今而又修焉。三十年中，余三見其新，然則土木之工雖極堅固，必不能久，非有記述，奚以垂示將來，鄒君之爲此志，洵善矣哉！杭州神廟，如伍如岳，舊皆有志，吾知鄒君此志必與俱傳矣。

《杭州坊巷志》序

昔人稱宋敏求《長安志》，凡城郭、官府、宫室、寺院，纖悉畢具，其坊市曲折，及唐盛時士大夫第宅所在，一一能舉其處，粲然如指諸掌，精博宏贍，非他地志所能及。然程大昌《雍録》猶譏其時有踳舛：若長門宫誤列長信宫内，曲臺既入未央，又入三雍，且有空存其名不著事迹者，蓋網羅散佚，訪求故實，若是之難也。自來帝王都會，莫古於長安，而洛陽，而汴梁，而金陵，而臨安，亦皆建都之所。余從前奉使中州，及年來寄寓吴下，於成周舊址、汴宋故墟，及六朝遺蹟，皆有意尋求，而苦於無可諮訪。及主西湖講席，垂三十年，歲必再至杭州，每念杭自唐以來即稱最勝之區，南宋偏安於此，尤極湖山歌舞之盛，城中坊市，半猶其舊，而闤城溢郭，廛合雲連，新術故蹊，輒不可辨。聞老輩朱朗齋先生曾輯《杭州坊巷志》，未成，胡君次瑶又踵爲之，迄無成書，其稿亦不得而見。丁君松生，博學多聞，家中藏書爲吾浙冠。尤留心杭郡掌故，所著《武林叢書》，余已爲之序矣。久知其有《杭州坊巷志》之作，每見必慫慂其速成，而載籍極博，編劖爲難，丁君謙挹，未敢遽出其書。又以屬之孫康侯茂才，使卒其業。今年，余來湖上，康侯抱書來見，則裒然成編矣。其書以太平坊建首，蓋以南巡行宫在焉，尊尊之義也；次之自西璧坊以下，鱗羅布列，若網在綱，博考羣書，參稽志乘，無一事不登，無一文一詩不録，城郭、官府、宫室、寺院、坊市曲折，及士大夫第宅，無不備載，視宋敏求《長安志》無多讓矣，而如宋《志》曲臺、長門之踣舛則無有焉。雖空存其名者，間亦有之，然文獻無徵，付之蓋闕，正其著書之慎也。宋《志》本於唐韋述《西京志》，是猶前有所因者，若此書，則朱、胡舊稿已付劫灰，非丁君之博洽不能創於前，非康侯之精心鋭力不能成於後。余衰且老，得及見其成，幸矣，尚冀其由城内而推之域外，以廣《西湖志》之未備，則余之湖樓、山館或亦幸而羼入其中，藉以不朽，是尤余所深望者也。

徐花農學使《芹池疊喜詩》序

功令：凡中式舉人，歷六十年重屆是科，準其重赴鹿鳴筵宴。而生員入學六十年後，再遇是年，功令不及焉，俗例則有『重游泮水』之説。甲子一周，藻芹無恙，亦士林中佳話乎！花農太史視學廣東，得重游泮水之士，歲科兩試，共二十一人，爲詩以張之，得七律一十九首，七絶四首，合而刻之，曰《芹池疊喜詩》。余今歲亦届重游泮水之年，賦七言古詩一章，又取當時院試文、詩題重作之，刻《重游泮水試草》，分貽朋好。意謂此事即此了之矣，雅不欲以衰朽姓名煩瀆官師，而邑大夫張漢章司馬必欲以聞於學使，錫以四字額，非吾意也。然聞紹興有重游泮水者曰俞兆福，湖州有重游泮水者曰俞光曾，與余而三，未知他郡尚有否？此三人者，皆俞姓也，是亦一奇。因花農此刻而書以報之，花農又將矜其奇而侈其盛也。

錢瑑初《近許齋印譜》序

錢子瑑初以所著《近許齋印譜》見示，曰：『近許者，以篆體宗《説文》也。』雷甘杞翁跋語詳矣。然曰『近許』，則亦近之而已。余觀其譜，『藉讀』、『藉觀』，不作『借』，洵如甘杞翁説；而『鬻及借人爲不孝』，則仍作『借』字。他如『壽』字、『書』字，亦有不盡如《説文》者。昔張有著《復古篇》極爲精審，其爲林攄母撰碑，書『魏』字作『巍』，終不肯去『山』字，可謂篤信許書；及爲《楊時踵息庵記》，以小篆無『庵』字，竟作隸體書之，似乎太泥。況刻印，本非作書乎？古有六書，三曰篆書，即小篆，五曰繆篆，所以摹印。然則摹印之篆，自與篆書不同，此錢子所以宗許而不泥許也。不然，以錢子之深於許學，豈惟『近』之云乎哉？

陳耐庵所著書序

陳君耐庵，越中知名士也，往年曾肄業於詁經精舍，余深賞之，歎爲經明行修之士。乃十餘年不相見，至今歲而其子以其所著書求序，則君已古人矣。余讀其書，皆孷求經義者也。所著《愚慮錄》五卷，説經甚精，如辨『三老五更』之非三人，非五人，辨《論語》『過位』『升堂』之非治朝之位，非燕朝之堂。又如説《冕服》十二章，辨鄭注『周制九章』之誤，説《呂刑》『其罰倍差』，辨孔《傳》『五百鍰』之非，皆詳明有據。其《食古録》一卷，亦多可采，中有《論火龜》一條，因郭注『火鼠』而及火浣布。余昔年曾得火浣布少許，試之良墕，惜未得與君共證之也。其《待質録》中《論四岳》、《論大雅抑篇》，皆疑而未決，余皆有説，又惜未得與君共質之也。至於《居求録》、《誨爾録》，頗似宋人語録，然語皆質直有味。讀《愚慮》諸録，見其經之明，讀《居求》諸録，見其行之修，余曩以經明行修相許，洵不虚也。三十年來，詁經精舍人才頗盛，黄君元同、馮君夢香，皆擁皋比，稱耆宿，君雖早世，然頡頏其間，固無媿色矣。

《鰈硯廬聯吟集》序

自古伉儷之賢，首推梁、孟，然伯鸞《五噫》之歌、適吴之作、懷友之詩，具載范《書》，而舉案之餘，寂無嗣響，意者孟氏女固優於德而絀於才乎？乃本傳稱『共入霸陵山，詠詩書彈琴以自娱』，則安知其妻不亦有唱和之辭？傳世既遠，記載缺如，甚可惜也。秦嘉、徐淑，世稱嘉耦，然所傳者止是贈别之詩，至於長吟永歎，淚下沾衣，恨無羽翼，高飛相追，令人誦寶釵之篇以爲太息。然則唱妍酬麗，福慧雙脩，固無如趙松雪與管仲姬矣。乃今觀於沈中丞之與嚴夫人，其殆近追趙管而遠軼梁孟、秦徐者乎？夫人在室時，詩筆高出流輩，其哲兄緇生太史，每有『吾家不櫛進士』之稱。今所傳《紉蘭室詩》，其時作也，詩凡三卷。及歸中丞，詩學益進。先是，中丞在京師，得汧陽石，剖之，有魚形，製爲兩硯，名曰『鰈硯』。至是因以鰈硯名其廬，而夫人之詩亦遂以名焉。詩凡二卷，南皮相國既有序以冠其端，而緇生太史又歷言：『夫人之詩學得於天，詩境得於地，詩緣成於人，而總歸之於有詩福。』其言備矣，余又何言？惟《全集》之後又附刻《鰈硯廬聯吟集》一卷，皆中丞與夫人倡和之作，余歎曰：此一卷詩，乃列代《藝文志》中所罕見者也。余聞中丞之學甚深，嘗作《夏小正注》，補近時孔氏、洪氏所未備。其爲詩，高者追攀老杜，下之亦方駕右丞。然一出承明，即膺方面，其後敭歷中外，洊至封圻。自念時事方艱，受恩至重，力圖報稱，不復留意於文章。故所作詩隨手散去，不自存稿，今遺篋中竟無篇什之存，即《夏小正注》亦無寫定本矣。獨此卷所載，猶存詩若干首。明代孫文恪公繼室楊夫人詩稿附《文恪集》以傳，《四庫全書》著録焉。今中丞之詩乃附見於夫人集中，夫人之詩傳，而中丞之詩亦傳，雖非全豹，亦見一斑，天下有道，我佩子轂，此余所謂近追趙、管而遠軼梁、孟，秦、徐者也。異時采入四庫，使人知中丞於勳業外尚有詩存，則此編之所繫重矣。余既志中丞之墓，而於此集又爲之序。蓋存夫人之詩，即以存中丞之詩也。

邵楚白《擊壤摘聯》序

康節先生之詩，質而不俚，真而不率，在宋詩中自成一家，實亦從白香山門徑中來。世以寒山子詩擬之，非其倫也。余所見《擊壤集》凡三本，一本二十卷，編年者也，《四庫全書》著録焉。一本八卷，分體者也。是二本皆善。又一本十卷，乃前明兩吳氏所注，注皆淺陋，康節詩本不腐，自有此注，則真腐矣。其詩分五類，亦殊可怪，此不足存也。邵楚白大令以康節先生之裔筮仕吾浙，長於吏才，通知醫學，大府引重，同僚推服，樂易和厚，有康節風。最喜讀《擊壤集》，摘録集中佳句，爲人書楹聯，五言、七言共得二百聯，又五言、七言、八言集句二百二十五聯，集句補遺一百聯，手自寫定，分爲六卷，出以示余。余不工書，而常以筆墨爲人役，一歲所書，輒數百聯，每遇佳箋，苦無佳句，今得此編，臨池揮灑，不愁擱筆矣。《擊壤集》世間罕見，往年，余門下士宋伯言大令欲假活字板排印而未果，楚白誠能以二十卷本重付剞劂，以行於世，余尤願先睹以爲快也。

周存伯《范湖草堂遺稿》序

同治初，余自津門還寓姑蘇時，則猶及見存伯周君。君權知新陽縣，不得於大吏，劾去官。時潘文恭公季子季玉觀察方家居，爭之曰：『奈何劾吾好官？』又語余及馮敬亭先生，曰：『兩君皆主書院皋比，居賓師之位，公論所在，不當一言邪？』余與敬亭雖皆謝不能，亦未嘗不爲君太息也。而君則漠然若無其事者，仍居吳下，以翰墨自娱。所爲詩古文詞，皆有法度，尤工丹青，人得其片紙寸縑，寶如拱璧。蓋君自幼以奇童聞，及長，游歷名山大川，又以書生佐戎幕，所見所聞，皆足以發其胷中之奇，故隨筆所至，無不入妙，有存乎筆墨之外者也。所著《兵源》十六卷，《日食表》六卷，《讀書襍識》八卷，詩六卷，詞八卷，古文、駢文共四卷，庚辛之難，皆毁於兵火。令子祖撰，字同倩，搜輯於倦編刓筆之中，得文一卷，詩一卷，詞三卷，題畫詩一卷，乃合而刻之爲《范湖草堂遺稿》，而首卷《武功將軍詩》七首，銘一首，則君先德諱萬清字春園者所爲也。昔《黄山谷集》後附其父《伐檀集》，戴復古《石屏集》則於卷首載其父東皋子詩，論者以戴集爲得體。今同倩編君詩而以武功詩冠其首，用石屏例也，卽此一事，可見其編次之善。君詩文雖散佚，幸有此數卷之存，又有賢子以紹其家學，則君固可以無憾矣。余從前與潘、馮兩公沾沾爲君歎惜者，蓋猶未免乎一時得失之見，未足以知君也。

厲駭谷《白華山人詩集》序

定海孤懸海外，金雞、招寶兩山，對峙若門户，入其中，則羣山重疊，一水縈洄，又兼曠如奥如之勝，民居次坒，風氣樸茂。余於其中得一經生焉，曰黄君薇香，所論夏后氏世室之制，與余有暗合者。同年吴和甫學使以語余，余深以未見其人爲憾。乃今又得一詩人焉，曰厲君駭谷，余亦未識其人而得見其詩，曰《白華山人詩集》，都凡一十六卷，意義深厚，氣體高華，蓋集唐宋諸詩人之長而鑪冶之，以自成其詩。何子貞前輩稱之爲李謫仙，宜興吴仲倫又稱之爲元遺山，乃余讀其詩，如《西溪紀游》篇，則謝康樂游山之作也；如《知音》篇，則阮嗣宗《詠懷》之遺也；如《還家》諸篇，則意思蕭閑，絶似陶公；如《歲暮東甌襍詠》，則音律悲涼，又若杜老；此外則又有若白香山者，有若杜牧之者，有若東坡、若山谷者，君之詩，豈可以一家概之歟？蓋君少負異才，以目疾，故不一應有司之試，其所藴蓄，悉發之於詩，觀其集末附《詩説》一百五則，知其於此事三折肱矣。余故謂：黄君之經學與君之詩學，乃翁州近代兩傳人也。黄君之子元同孝廉，以經學世其家，曾肄業於詁經精舍，余得識之。君之子慕園，三吴循吏也，余寓吴下，杜門謝客，未及一見。君之孫三人，又皆鵲然而起，視黄氏之世守一經者殆有過之，詩人之遺澤遠矣。其諸孫以遺集乞序於余。余昔年以避兵至定海，不旬日而去，未及游覽其山川。君《詩說》云：『凡作詩，須山水靈秀之氣淪浹肌骨，始能窮盡真趣。』然則定海所有西霍、東霍、大茆、小茆諸勝，具在君詩矣，讀君之詩，即謂之補理舊游可也。

張韻舫《眠琴館詞》序〔一〕

昔人論詩，謂顔之鏤金錯彩不如謝，謝之初日芙蓉不如陶。余謂詩固有然，詞則尤甚。爲詞者，以流離渾脱之辭，運纏綿悱惻之意，宜空靈，不宜版實。吴夢窗七寶樓臺，眩人耳目，豈如姜白石之野雲孤飛，去留無迹乎？余每讀白石《疏影》、《暗香》、《揚〔二〕州漫》、《一萼紅》等詞，未嘗不曼聲歌之，飄飄然有九天珠玉之想。光緒丁酉春，余在吴下，陰雨連緜，杜門不出。適張韻舫太守以所著《眠琴館詞》自閩中寄示，余讀一過，圓美流轉如彈丸，珠零錦燦中，有流風回雪，落花依草之致，麗而不至於褻，新而不至於纖，洵白石、玉田之繼響矣。其中如《越王臺秋感》及《臺島感事》詞，慷慨高歌，唾壺欲碎。而如《蝶戀花》四闋，自謂旰衡時事，萬感填膺，乃讀之，則惟是春愁釀病，長日困人，無一劍拔弩張語也。昔劉後村跋劉叔安《感秋詞》云『借花卉以發騷人墨客之豪，託閨怨以寓憂時感事之意』，烏呼，此詞之所以爲詞歟？君先德中丞公以郎官出守，守岐之績，海内盛稱之，後以閩撫終。君，名父子，亦筮仕七閩，起家五馬，他日勳名，自當繼中丞公而起，豈僅以香徑春風、紅樓夜月諸雋語傳播旗亭哉？然以詞論，亦不下君家三影矣〔三〕。

【校記】

〔一〕此文又見民國四年石印本《眠琴閣詞》卷前(以下簡稱「《眠》本」),用作校本。

〔二〕揚,原本作「楊」,據《眠》本改。

〔三〕「矣」下,《眠》本多「光緒丁酉仲春曲園俞樾」。

江建霞《靈鶼閣叢書》序

叢書,古有之乎?吾徵之《漢藝文志》矣,小説家有《百家》百三十九篇,夫合百家爲一書,至百三十九篇之多,則其家自爲篇可知矣,是卽叢書也,其體例實近於襍家。《漢志》所謂襍家者,乃一人之書,旨趣不純,故謂之襍,非合眾書爲一書也。然我朝《四庫全書》子部襍家類中《説郛》、《説海》諸書皆入焉,是可知叢書卽爲襍家,而《漢志》小説家之《百家》,卽今《説郛》、《説海》之類矣。班氏稱:「襍家者流,出於議官,見王治之無不貫。」師古曰:「王者之治,於百家之道無不貫綜。」然則爲叢書者宜乎如入五都之肆,南金北毳,無物不備,又如入大官之庖,山之珍,海之鱻,陸之毛,無不羅列於鼎俎間,始不媿叢書之名。若馬總《意林》所集,百有七家,皆是子書,陸澄《地理書》所集,百六十家,止於地理一類,皆未極叢書之大觀矣。江建霞太史以名翰林視學湖南,其時西學大興,異論蠭起,太史寓余書,言:「自來湘中,惟確守『經學詞章』四字以爲根柢,不敢忘家法。」烏呼,其所見正矣。校士之餘,輯刻叢書,先成三集,郵寄吳下,乞序於余。余觀其第一集,如臧氏之《韓詩遺説》、王氏之《大傳補注》，則經學也；其第三集，如譚氏之《漢鐃歌解》、陳氏之《碧城仙館詩》，則詞章也；知君之教楚士，真能確守家法矣。至其第二集，如《諸家藏器目録》以及《士禮居題跋》，亦於經史有資考證。而如《中西度量權衡表》、《新嘉坡風俗記》，則又近乎今之新學，得無與家法小有出入乎？曰：非然也。此叢書之所以爲叢也，使爲叢書而沾沾於一家之言、一隅之見，譬猶入五都之肆，而惟是布帛菽粟之儲，入大官之庖，而惟是雞豚魚鼈之味，豈足動觀者之目而饜讀者之心哉？方今聖謨桄被，萬國同文，師古所謂『王者之治，於百家之道無不貫綜』者。今之視昔，蓋有加矣，此等書，庸非議官所宜備者乎？異時天子重開四庫館，博蒐載籍，以備天禄石渠之藏，而君所輯叢書，自三集以上，日新月盛，無美不臻，吾知其必采入襍家、著録四庫無疑矣。

陸詩城所著書序

光緒丁酉之春，先上巳二日，余自西湖寓樓遷於右台山館，則有自滬瀆走數百里、執贄具束而來見者，陸子名獻字詩城者也。余駭不敢當，力卻其摯，一辭再辭，至於固辭，終不獲命，不得已而受其束。陸子乃以所著書進，其第一册曰《太極綜正》。余矍然曰：此余所不能知也。自來言太極者多矣，夫使《易傳》之文止曰『太極生兩儀，兩儀生四象，四象生八卦』，則太極之説，一任諸儒之各爲創論而無不可通。今曰『易有太極』，則是太極乃易中所有之義，先有易，後有太極也。諸儒不求之《易》中，而求之《易》外，是道家之太極，非儒家之太極也。余所不知也，故於太極未嘗有言也。然即陸子之説觀之，剖晰微茫，實有鑿破混沌之妙。附《西銘補正》一篇，不爲乾父坤母之空談，而有欲立立人、欲達達人之實際，陸子於學，信有所得矣。其第四册曰《爲人後正義》。嗟乎，爲人後之義，失之久矣。古者不獨親其親，不獨子其子，堯以天下予舜，舜卽爲堯之後也；舜以天下予禹，禹卽爲舜之後也。舜爲堯服三年喪，禹爲舜服三年喪，此爲人後之服也。《儀禮》「斬衰」章曰『爲人後者』是也。舜、禹爲堯、舜服三年喪，而舜自父瞽瞍不父堯也，禹自父鯀不父舜也，父母之名，不可得而易也，《儀禮》『不杖期』章曰『爲人後者爲其父母』是也。推此義，則上而爲祖後、爲曾高祖後，下而爲兄弟後、爲兄弟之子後，無所不可。自後世各私其親，各子其子，於是爲後者必同宗，與堯、舜異，且爲之後者必爲之子，於是爲後者必昭穆相當，與周公制禮時又異，而人倫之變，家國之亂，從此多矣。陸子則執《喪服傳》『若子』二字力闢公羊『爲人後者爲之子』之説，是其説之與吾合也。其他論宗法、論廟制，皆能推闡精微，曲盡事理，發諸家之蔀，而成一家之言。蓋陸子會通漢、宋諸儒之學，而又熟於諸史之事實，故言皆有物，而不爲空談，且推之於世而可行，而不苟爲高論，其才其學，不可及矣。余老矣，自去冬兩病後，精力益以不支，略覽一過，書數語而歸之，未足副其拳拳之來意也。

劉古香女史詩序

余比年以來讀閨閣之詩多矣，卽爲閨閣之詩作序亦多矣，約略計之，有若曾氏季碩之《虔共室集》、潘氏雲仙之《倚紅樓集》、沈氏粟香之《半灣秋水草堂集》、謝氏韻仙之《蘭風館集》、王氏喬雲之《冬青館集》、嚴氏少藍之《紉蘭室集》及《鰈硯廬集》，類皆氣高致遠，體潤詞清，未嘗不歎閨閣之多才也。乃今又得讀劉古香女史小蓬萊仙館之詩。古香生有雋才，四歲時，父抱置膝上，適寒梅初開，口占曰『梅爲花，第一古香』，卽應聲曰『人是玉，無雙不特』，屬對工穩，而其瑤情玉想，品格非凡，固不問而知爲神仙中人矣。及笄，歸錢君梅坡，亦風雅士也，一時唱妍酬麗，有管、趙之風。所爲詩詞，於花紅玉白之中有風逸烟高之致，『池塘生春草』、『明月照積雪』，自然妍美，殆所謂綜採繁縟、杼柚清英者乎？惜不自收拾，錄而存之者，僅如干篇，詞則倍之，又附以南北曲一卷，不遠千里，輾轉相託，求序於余，乃書數語而歸之。聞古香尚有傳奇數種，絕妙好詞，可與洪、蔣伯仲。余於是益歎閨閣之多才也。

《五周先生集》序〔一〕

夫弟兄競爽，自古難之，郊祁、軾轍，世所豔稱。至於花萼之集，合爲一編，同傳千古，則尤其難者也。稽之前代〔二〕，有兄弟三人爲一集者，如宋孔文仲、孔武仲、孔平仲《清江三孔集》是也；有兄弟四人爲一集者，如宋柴望及其從弟隨亨、元亨、元彪《四隱集》是也；有兄弟五人爲一集者，如宋竇常、竇牟〔三〕、竇羣、竇庠、竇鞏《聯珠集》是也。乃今又得之於祥符周氏。周本吾浙山陰人，寄籍祥符，遂爲汴中著姓。其兄弟八人，知名者五。余庚戌成進士，與畇叔都轉爲同年生，則其於兄弟行居七者也。余留京師日淺，故雖與畇叔同年，且同官翰林，又知其能詩，然未得與之𢌿唱〔四〕也。同治之元，余至京師，與畇叔相見，始稍論及詩，旋卽別去。其後與畇叔同寓姑蘇，時相過從，然畇叔又不久下世矣。其弟季貺太守，宦游閩中。余有表姪戴子高茂才，主其家，極相得。與余書，屢言季貺負才名，有奇氣，所爲詩詞，高出儕輩。又喜收藏金石書籍字畫，手自理董〔五〕，精審絕倫。子高落落少許可，而心折季貺如此，余又知季貺之才也。比年以來，季貺亦與余同寓姑蘇，竟末一謀面〔六〕，韋李艮坤，渺若楚越，吾兩人之衰老亦可見矣。今年春，有〔七〕冒鶴亭孝廉見余於春在堂，乃季貺之外孫也。以《五周先生集》見示，則自其長兄柯亭太守至季貺之詩皆在。詩皆不多，蓋掇〔八〕拾於蟫斷蠹朽之中，非其全者。涑人刺史止有文而無詩，惟昀叔存詩一卷、詞二卷，於昆弟中爲稍多矣。嗟乎，五先生皆曠代逸才，而所存止此，亦可悲也。然詩文皆自能成家，不染近代浮靡之習，則此一集也，亦如精金美玉，其光氣固不可埋没，竇氏《聯珠》，不得專美於前矣。五先生中，惟季貺如魯靈光，巋然獨存。余雖衰老，幸相距不過數里，尚願介鶴亭而與之游也〔九〕。

【校記】

〔一〕此序又見於光緒刻本《五周先生集》書前（簡稱《五》本），用作校本。

〔二〕『代』下，《五》本多『有兄弟二人爲一集者，如唐皇甫冉、皇甫曾《二皇甫集》是也』。

〔三〕牟，原誤作『年』，據《五》本改。

〔四〕醻唱，《五》本作『唱酬』。

〔五〕理董，《五》本作『校閱』。

〔六〕謀面，《五》本作『見』。

〔七〕有，《五》本無。

〔八〕掇，《五》本作『撮』。

〔九〕『也』下，《五》本多『光緒丁酉仲春年愚弟俞樾書於西湖寓樓』。

春在堂襍文六編卷八

吴伯華觀察《也是園詩鈔》序

自道光之季，大盜起，軍務興，百戰而名將出。於是乎有湘軍，又有淮軍，凡出於此二軍者，類皆龍驤麟振，大顯於世，節旄相望，紱冕如雲。而吾於伯華吴君則有異焉。君亦淮軍中一宿將也，與合肥相國同鄉里，甚相得。相國之起也，君亦投筆而起，助官軍剿賊含山，屢戰皆捷。在壽州招撫亂民談家寶，在潁川收復沈邱集，皆以一人一騎，馳入賊壘，忼慨而去，談笑而還。及相國以淮軍下江南，君亦參預其事，率舟師，出吴淞，剿福山，剿白茅，解常熟之圍，受嘉善之降，破泗安之壘，復嘉興之城。方相國之蹙僞王譚紹洸於蘇州也，賊自浙以十餘萬來援之。君率所部雲南營三千人，扼之於吴江，相持月餘，幾陷者屢矣，卒會程忠烈之師，内外夾擊，大破賊於垂虹橋，乘勝收復平望鎮，而賊援始絶。微君之力，則蘇城不可下，而東南之肅清亦未知何日矣。其攻溧陽也，以八百人乘風雨，夜襲南渡賊營，斬僞直王，殲其衆，尤爲奇捷。露布上聞，溫綸褒獎，謂：『各路官軍均能如此剿除，則賊數日減，何至殘寇復張？』然則如君者，豈非淮軍中之合肥韋武哉？君顧落落，不爲苟合。方皖中大吏議招撫苗霈霖，力持不可，賦詩云：『鹿馬是非終有定，沙蟲劫數恐無邊。』後果如其言。及在江南，又有詩云：『狂言我欲芻蕘獻，危地何能用客兵。』蓋爲常勝軍而發，此則非有深識遠慮、見及數十年後者不能爲此言也。同時並起之人，皆領鉅封劇鎮，卽隸君雲字營者、同產弟毓蘭至津海關道，族子育仁亦官正定鎮總兵，而君以道員候闕，卒未真除。年甫及艾，長揖而歸，築也是園，家居奉母，艸堂竹屋，桐帽椶鞋。客或過之，止談詩文，不談軍事，與曩時詩所謂『偵賊一舟浮大海，受降單騎入巖城』若兩世事。嗚呼，其人異，宜其詩異矣。詩凡五卷，曰《燼餘吟》，曰《載途吟》，曰《磨盾吟》，曰《歸田吟》，曰《循陔吟》。時而鐵馬金戈，時而幽居種菜，詩境變而詩格固不變也。集中有句云『發揮自根柢，流露乃性情』，殆自道其詩乎？君長子兆楣，字葆之，以知縣官江蘇。次子次符，光緒乙酉拔貢，余孫同年也。君歿七年，而葆之刻其詩，求序於余。方今時事多艱，湘淮宿將，落落如晨星，君子聞鼓鼙而思將帥，讀君之詩，慨然有不忘鉅鹿之思矣。

任硯雲詩序

道光癸卯歲，吾兄壬甫舉於鄉，至於今五十五年矣。是科吾邑南北榜獲售者三人，今皆下世矣，卽吾浙九十四人中，亦未知尚有幾人零落琴星，可爲太息。乃近者，嘉興任君方珩來爲吾邑訓導，出其先祖硯雲先生《雙桂軒詩》，求序於余，則固吾兄癸卯同年也。嗚呼，五十五年前與吾兄掎裳連襼之友，余雖不及見其人，而猶得讀其詩，豈非幸歟？先生鄉舉後卽於次年捷南宮，以知縣官直隸。先宰高陽，後調成安，所至以廉惠稱，未久卒於官，感動婦豎，有輟耒捐珮之慕。如先生者，亦吾浙癸卯榜中魁士名人也。未達時，教授生徒，從者甚衆，舉業外，兼工古文、駢體文及古今體詩。兵燹之後，散佚無存，僅存此詩二卷，亦從蟫斷𡿨朽中收輯而得者也。先生登賢書，年已五十有三，故通籍以後，存詩不多。讀其《敝裘》詩云『冰霜不改舊時心』，足以知其爲人矣。惟癸卯秋有《游西湖登孤山》詩，是時余與壬甫兄亦徜徉湖光山色間，惜未得與先生一把袂也。

石印《春在堂全書》自序

余自河南罷歸，即專事著述，不知而作，已四百餘卷矣。世間老師宿儒，白首著書，身後徒飽鼠蠹者，何可勝數。而余每著一書，書成之後，即付剞劂，刻成之後，即行於人間，傍及海外，殆亦所謂適有天幸者乎？然卷袠煩重，舟車攜挈，亦頗不易。繆小珊太史言，蜀士欲購余書，必求之販買南貨之客，而一客所齎，不過四五部，聞之稍後，往則無矣。雲南去中原絕遠，得之尤艱，馬星五觀察攜一部去，借鈔者踵於門。余因以一部寄譚敘初中丞，請置之書院中，而途次爲雨水所濡，不可啓視，中丞書來，屬再寄一部，然無便人，因循未果也。汴梁與江浙相距非遠，然輪舶不通，故得之亦不易。年家子暴方子言，其鄉知有余書者，十而八九，得見余書者，百不一二。門下諸君子以余書行遠之難，創爲石印全書之議。有姜子仁茂才者，用西人石印法設肆於杭，乃就而謀焉。子仁亦好事者，從臾以成其事，并出貲以助之，不數月而書成。自此流播四方，輕而易致，海内人士得見吾書者益衆矣。其有發明吾義者，固余所望焉，苟有評駁吾誤者，亦余所樂也。因書數語，以識緣起。

黄愚初算學序

六書九數，周司徒教民之遺法也。本朝經學昌明，書、數二學，超逾前代。乾嘉以來，士大夫皆喜言六書，咸同以來，又厭六書而喜言九數，亦風會使然哉？自泰西之學行於中國，而言算學者，有中法，又有西法。《易》曰：『殊塗而同歸。』今之學者，或宗中法，或尚西法，此不知其歸之同也。又或謂：『西法皆出於中法。』此不知其塗之殊也。黄君愚初，孽精算學，於中西之法皆能會而通之。病昔之著書者言其數不言其理，承學之士，讀之茫然。又或推論精微，而無裨實用，則亦非古者以九數教民之本意也。糾合同志，剏爲《算學報》，月出一編，流布海内，每設一題，必繪圖以明之，使讀者曉然於其理如是，又皆切於實用，不爲曼衍之談，附和於河圖、洛書之説。學者由此而熟之，引鎩量用，庶不至望洋而歎乎？今年秋，見我於春在堂，乞爲之序。余不知算，何足序君之書？然與君談，則於天地陰陽之原，與夫醫卜星命諸術家説，無不通曉，蓋亦當代一振奇人也，因書數語歸之。聞尚有《格致蒐奇》一書，惜未知何時卒業，老夫尚及一讀否也？

乙垣禮部《鑄廬詩賸》序

國初，以八旗勁旅分駐各行省形勝之地，是曰駐防。年代緜遠，遂如土著於此行省之人，卽有同鄉之誼。余從前官京師，凡杭州駐防，皆鄉人也。而其時有乙垣禮部，以詩鳴公卿間，余同年孫琴西太僕方官編修，亦與往來唱和，而余竟未得見，何其失之交臂也。今年秋，余來西湖，先生之外孫六橋都尉以先生所著《鑄廬詩賸》見示，則先生已早歸道山矣。先生爲嘉慶戊寅恩榜舉人，官至禮部員外郎，而不攜眷屬，賃居蕭寺中，以吟詠自娛，所作詩甚多，易簀之日，命納之棺中，故傳者甚少。此卷僅詩六十餘首，詞六首，蓋道光戊戌年入京後所作，至光緒丁酉，六十年矣。余讀其詩，格高意遠，味淡神清，有蕭然自得之致，似不在九衢車馬中者。而其中往往有追憶西湖之作，信乎先生之爲杭人矣。六橋年少美才，傳香山詩學者，其在談氏玉童乎？余因六橋得讀先生之詩，深歎其詩集之散佚，而又惜當日在京師時未得介琴西以交於先生也。

王同伯比部《唐棲志》序

古無所謂鎮也，鎮之名，實起於古之鎮將。宋談鑰《吳興志》曰：鎮戍置將，起於後魏。唐制，每五百人爲上鎮，三百人爲中，不及三百人爲下。自藩鎮勢強，鎮將之權日重，縣官雖掌民事，束手委聽。國朝收藩鎮權，諸鎮省罷略盡，所存者，特曰監鎮，離縣稍遠者，則有巡檢寨。以是言之，今以巡檢司所駐之處爲鎮，本於宋之監鎮，而宋之監鎮，實元魏鎮將之遺，談《志》此條至詳悉矣。唐棲乃浙西一大鎮也，其地分屬仁和、德清兩邑，則於余實爲桑梓之鄉。而余又與鎮之姚氏有連，每歲蘇杭往返，必由唐棲，至則維舟長橋河下，往往越宿乃去。見其民居鱗次，市廛闐溢，歎曰：『此在唐時，得不謂之上鎮乎？』嘗游於水南廟，又嘗泛舟丁山湖，觀梅於超山，飯於報福寺，老梅數株，猶宋時舊植，而壁間有石刻觀世音像，相傳吴道子所畫也。登樓遠覽，欲訪求其故實，而從游者皆莫能言，慨然有遺老無存之歎。已而得讀武林丁氏所刻何春渚《唐棲志略》，語焉不詳，意未饜也。門下士王同伯比部，意趣高邁，博學而好古。歲戊子，主講棲溪書院，因縱覽國初張半庵之《棲里景物略》、曹菽園之《棲水文乘》及何氏之《志略》。病張、曹之太繁而何氏之太簡，因諮訪通人，稽考羣籍，紀事纂言，正訛補缺，成《唐棲志》若干卷。既成，問序於余，余歎曰：『吾主講西湖詁經精舍二十餘年，波訪雲諏，一無所得。吾子主講棲溪十三歲耳，而徵文考獻，裒然成書，弁言其端，得無滋余之愧乎？』然比部之意拳拳，固不可以卻，因書此以報之。其時仁和令君爲高君積勳，字卓如，講求利弊，好尚風雅，實主持其事。里人有夏君同聲，字容伯，助之采輯，與有力焉。是書也成，洵足備棲溪之掌故，而爲仁和、德清兩縣志乘之所取材矣。余嗣後再過其地，攜此志，於舟中讀之，其流連而不能置者，豈獨宋梅唐畫已乎？

陸存齋《儀顧堂集》序

有明一代，學術衰息，不如唐宋遠甚。及其季也，亭林先生崛起，本經術，而發爲經世之學，遂卓然爲一大儒。近世學者，徒見其《杜解補正》諸書，爲阮文達采列《皇清經解》之首，遂奉亭林爲我朝治漢學之先河，而不知此未足以盡亭林也。吾郡存齋陸君，所學以朱子爲宗，而又深病世之稗販《語録》、掇拾《大全》者，號爲宗朱，而適以叛朱，因於國初諸大儒中，獨於亭林先生有深契焉。其言曰：『學者也，上究今古興衰之故，中通宇宙利病之情，下嚴身心義利之界，在本朝，則亭林、稼書是也。』又曰：『亭林之學，一本朱子而痛斥陽明，其才足以撥亂而反正，其行足以廉頑而立懦，至其教人，以「博我以文，行己有恥」二句爲準，尤足以持時局而正人心。』君所言如是，其所宗尚可知，故以『儀顧』名其堂，而即以名其集。今讀其集，議論純正，根柢淵深，信有如潘次耕敍亭林先生書，所謂『綜貫百家，上下千載，詳考得失，斷之於心，學博而識精，理到而辭達』者。至於一名一物，考訂精詳，亡簡逸句，蒐輯無漏，則又亭林先生所以開漢學先河者也。宜先生以『儀顧』名堂，而即以名集矣。君之殁也，余爲志其墓，言：『君既優於學，又優於仕，仕學兼優，斯爲古之君子。』一時頗以爲知言。越數歲，而君之子誠伯昆仲又以《儀顧堂集》求序。余惟君往年曾蒙天語褒嘉，有『著作甚多，學問甚好』之諭，然則異時重開四庫館，此集必在甄録之列，豈待余言爲重？惟表君學術所從出，使讀是集者相與講求經世之學，勿使外人駕其異説，反笑我經術之迂疏，此則吾道之光，亦世道之幸也。君此外所著書，尚有九百二十餘卷，備載墓志，兹不論云。

董伯騤《擬補經部提要》序〔一〕

自劉編《七略》，荀敘《中經》，累朝著録，日益繁富。乃鄭漁仲轉以《崇文總目》爲繁而無用〔二〕，後之紀録者，或徒記書名，不存崖略，如明臣楊士奇等之《文淵閣書目》，陋矣。國朝《四庫全書提要》，大都出紀文達之手，最爲精覈。讀其目，不啻讀其書，洵千秋之巨製也。往年，詞臣請重開四庫館，詔待

《會典》之成。今《會典》已將告成，則四庫館行當復啓，而君適有此作，殆非偶然。所録雖止經學〔三〕一門，未及其餘〔四〕，然本朝著作如林，實以經學爲極盛。自乾隆以後，諸老先生，發明〔五〕古義，所得益多，異日重開四庫館，非得博學如君、卓識如君者，於此一類〔六〕，必望洋而歎，不能得其要領。余於君，雖不敢徇世俗之見，但以科第相期，然實願君從科第起家，登承明著作之庭，以膺此巨〔七〕任，庶幾斯文不墜，而〔八〕吾道有光。余老矣，計其時墓草已宿〔九〕，所著之書，或有一二種蒙君存録，竊〔一〇〕不禁諄諄焉如邵康節之於歐陽叔弼也〔一一〕。

【校記】

〔一〕此文稿本藏浙江省圖書館（以下簡稱『稿本』），用作校本。

〔二〕用，稿本作『當』。

〔三〕學，稿本作『部』。

〔四〕未及其餘，稿本無。

〔五〕發明，稿本作『掔求』。

〔六〕於此一類，稿本作『恐於此類』。

〔七〕巨，稿本作『重』。

〔八〕而，稿本無。

〔九〕草、宿，稿本作『木』、『拱』。

〔一〇〕竊，稿本無。

〔一一〕『也』下，稿本多『光緒二十四年正月，曲園俞樾書，時年七十八』。

《九峯精舍文集》序

余往年至福寧奉迎太夫人，道出黄巖。適孫君歡伯宰是邑，爲具車徒，留余兩日，因得至九峯書院謁院長王子莊先生。書院爲歡伯所創建，而子莊先生首主斯席，老經師也。余周覽其林壑之勝，又得觀書院規條，喟然曰：『地與人兩勝矣。』嗣後，余不再至黄巖，而子莊先生門下士有至杭州者，余必敬問先生起居。前年，先生至杭修府志，主錢唐丁氏，余又與先生見。曾以所著《中外和戰議》見示，余僭爲之序。今年秋，先生又自黄巖寄《九峯精舍文集》示余，乃精舍諸生課藝，辛卯五卷，壬辰一卷，皆説經之作，而首卷則先生擬作十五篇，以示諸生程式者也。嗟乎，方今學術亦少歧矣，士大夫喜談新法，譯喇第諸之書，奉歐羅巴之教，而七十子之緒言，兩漢經師之家法，付之於𩝐朽蟫斷之中，不復顧問。先生乃與門下大生，硜硜焉抱遺經而究終始，《詩》不云乎，『風雨如晦，雞鳴不已』，先生之謂矣。余自主講西湖詁經精舍，三十一年，所手編《詁經文集》共五集，而余所擬作有《詁經精舍自課文》二卷、《經課續編》八卷，亦云多矣。今老且病，已一再致書中丞謝去，病而求息，亦固其所，然念斯道絶續，正在斯時，若竟聽其銷歇，數十年後，安得有濟南伏生其人乎？『守先待後』，孟氏遺規，余病喙矣，敬爲先生望也。

江孔德孝廉《穀梁條例》序

《春秋》自鄒氏無師、夾氏無書，於是傳《春秋》者惟左、公、穀。而漢博士有左氏不傳《春秋》之説，然則傳《春秋》者，惟公、穀二家矣。本朝經學昌明，超逾前代，而治《春秋》者，喜言《公羊》，謂：『孔子立素王之制，託王於魯，變文從質，新周故宋。』陳義甚高，立説甚辨。余初亦喜之，孰知數十年來，學術之大變即伏於此，然則經術不可不慎也。何劭公序云：『其中多非常異義可怪之論。』夫經者，常也，非常異義，則非常也。漢宣帝時，丞相韋賢、長信少府夏侯勝、侍中史高等皆言：《公羊》齊學，《穀梁》魯學，宜興《穀梁》。而鄭君論三《傳》，亦曰『《穀梁》善於經』，蓋其體例甚精，而義理甚正，無非常異義可怪之論。故《公羊》有弊，而《穀梁》無弊。然其辭句簡古，語意深奧，又自漢以來，一奪於《公羊》，再奪於《左氏》。入國朝，又奪於《公羊》，而《穀梁》幾成絶學。百餘年來，溧水王氏、鎮江柳氏、海州許氏稍知治《穀梁》，而嘉善鍾氏之書最後出，而所得爲最多。鍾氏子勤，余舊友也，書成，以槀本寄示，亦采鄙説一二事，余深愧無以副其下問之意。今年，孫兒陛雲自京師還，又奉其師楊蓉圃先生之命，以其同鄉石城江孝廉慎中所著《穀梁傳條例》見示。余讀之，其書十卷，爲條例者凡三十，每例各引傳文若干條，而自爲説即附其下。其説始隱、桓，終獲麟。余十六歲時作《春秋絶筆獲麟説》，即同此意，深喜其不謀而合。又説尊周、親魯、故宋，獨得大義，《公羊》之非常異義，一掃而空。若本此條例，刺取范注、楊疏及國朝諸家之説，去非存是，彙爲巨編，安知不駕鍾氏而上之哉？余衰且老，學術荒落，往年於鍾氏書尚不能有所匡助，於此書又何裨焉。惟念方今學術之弊，皆誤治《公羊》者積而成之，欲救其弊，非治《穀梁》不可，故深望江君之俛焉致力於是書而卒成之也。

附商二事

《莊十一年》：『宋大水。外災不書，此何以書？王者之後也。』與故宋之義不合。尊著謂是《公羊》家言羼入此傳者。然以不合己説，卽謂是後人附益，此最説經者之强辭。愚素不以爲然。然則此説何以通之？曰：《公羊》家以故宋對新周言，則故宋之義極重。《穀梁》家以故宋繼親魯言，故較親爲殺，則故宋之義稍輕矣。《桓〔二〕二年》《傳》曰：『孔氏父字，謚也。或曰：其不稱名，蓋爲祖諱也。孔子故宋也。』故宋一義，歸之或説，正與《隱二年》兩『或曰』、《八年》『或説曰』同。尊著歸之傳疑者也。孔子故宋，雖非傳疑，要亦不過或之一説。是以《莊十一年》《傳》『宋大水。外災不書，此何以書？王者之後也』；《襄九年》《傳》『宋災。外災不志，此其志，何也？故宋也』。一火一水，天然對偶，聖經卽藉以互文見義。王者之後是一義，故宋又一義，使足其文，於《莊十一年》《傳》加『或曰故宋也』，於《襄九年》《傳》加『或曰王者之後也』，則其義了然矣。穀梁子之文簡奥而不易通，正在此等處。若以言『書』『不書』與《穀梁》言『志』『不志』有異，謂是《公羊》文法，此亦不足據。《穀梁》亦自有言『書』者，《隱九年》、《桓元年》並云『無事焉，何以書？』『書』與『志』，一而已矣。

惲氏敬以衛靈公卒年四十七，蒯聵爲其子，而其前尚有姊。輒又蒯聵之子，則其卽位十歲左右耳。以此明輒之拒父非其罪，所論甚入細。然愚謂，此等議論不必引也。《春秋》於衛蒯聵父子，只是就事論事，輒可以卽位爲君，以有王父命也；輒不可以帥師圍戚，以子不可圍父也。就事論事，大義分明，以此治衛事可，以此治天下萬世亦可。《春秋》之書，固所以治天下萬世，非治一人一事也。使因衛輒年幼而免其拒父之罪，則《春秋》之衛輒年幼，天下萬世之爲衛輒者未必皆年幼，而《春秋》之義有所不可通矣。然則《論語》何以有『不爲衛君』之説？曰：《春秋》之義，如朝廷之立法，法止於是，則如是足矣。若君子立身處事，則固有朝廷法之所不禁而吾人義之所不容爲者矣。《論語》此章，自來未得其解，問『爲衛君』，兼問蒯聵與輒也，不爲衛君，明不爲蒯聵，亦不爲輒也。故子貢以伯夷、叔齊爲問。伯夷仁，則蒯聵不仁矣，何也？伯夷知有父命，蒯聵不知有父命也。叔齊仁，則輒不仁矣，何也？叔齊知有天倫，輒不知有天倫也。必也以伯夷處蒯聵，以叔齊處輒，則皆古之賢人矣。此正尊説所謂『充類至義之盡』。《春秋》就事論事，固不必推極至此也。

【校記】

〔一〕桓，原作『莊』。按，引文出《穀梁傳·桓公二年》，故改。

徐花農《粤東葺勝記》序

國家設立學政之官，督天下之學校，非獨使之以文藝校士而已。恭讀雍正元年詔書，知學政一官，爲人倫風化所繫，自先聖先賢，以逮山村隱逸，名蹟藏書，皆宜加意表章，以激揚風俗，磨礪人心。歷考前史，如明戴〔一〕珊於天順末督南畿學政，成化中遷陝西副使，仍督學政，所至修古聖賢祠墓，增設祀典；又金賁亨於嘉靖中歷福建、江西副使，皆督學校，所至崇獎實行，表章先賢。並稱述士林，流傳史策。夫明之提學，不過按察使之副，猶知以此爲職，況學政之官，至我朝而愈重，大者卿貳，小者亦文學侍從之臣，銜命而出，敢不謹遵世廟聖諭，以端人倫而興風化乎？花農太史於光緒十七年奉命視學廣東，其衡鑒之公，關防之密，余聞之而心折久矣。乃又自都門寄示《粤東葺勝記》一書，所葺諸名勝三十有二，皆繪圖而繫以説，凡奏疏、公牘、碑記、詩文，次第編纂，而成是書。如花農者，洵能謹遵世廟聖諭而以人倫風化爲先者矣。且如辨張越公之墓在陽江縣，趙古則之墓在瓊山縣，皆塙有依據，可以垂信於古。而庾嶺補梅，則主於振起人文，溫泉建亭，則意在維持風化，皆非徒爲游觀計。至連州燕喜亭之築，并以其地山川奇突，士以風骨相尚，爲創建書院，使一變而至於道，尤見用心之深遠矣。花農還朝後未久，卽入直南齋，恩遇愈隆，異時或仍出衡文，或受特達之知，洊歷封圻之任，吾知所至之處，表章名蹟，必更有夥於是者，此特其嚆矢也。然則如明臣金、戴二公，固不足爲花農道矣。

【校記】

〔一〕戴，原作『載』，據下文及《明史》本傳（見卷一八三）改。

丁潛生廉訪詩序

往年，歲在丙申，潛生丁君奉天子命陳臬於吾浙。余聞之而喜，曰：『浙臬得人矣。』先是，彭剛直公曾爲余言，君忠孝本於天性，而又具文武才，有節操，多技能，工詩畫，精拳勇，同時將佐中未有如君者也。及丁酉之春，余來杭州，與君相見，一見如舊相識。君枉車騎過余右台仙館，促膝草堂，語移晷，以其祖母方太夫人、生母劉太夫人事實見示，乞爲之傳，并揎臂示我劉太夫人所刺八字，曰『忠心報國，致身事君』，涅文爛然，明白可讀。又自言，前在營中，嘗自練一軍，凡二千五百人，皆能舞藤牌，藤牌所至，如旋風，如轉丸，捷而且猛，無能當者。余因歎曰：『國初曾以滚牌破外國火器，見《平定羅刹方略》，滚牌卽藤牌也。方今外國恃其火器之利，憑陵我中國，得如君者數人，庶足制勝於疆埸乎？』君曾寫剛直公像，甚肖，且許爲余寫之。其寫照神妙獨得，一揖之後，卽能摹寫其容，剛直公言君多技能，洵不虛矣，然未始得見其詩。今歲初冬，余來湖上，君至俞樓見訪，袖中出詩一卷，曰《盾墨餘香》。君詩不自收拾，此數十篇，乃諸公子於敝簏中得之者。余讀之，如《當馬》、《典劍》諸篇，皆盤鬱有奇氣，肖其爲人，《詠肥瘦兩馬》，寓意深遠，爲之三歎息。而《羨漁》絶句二十二首，又宛然皮、陸風流，至《擬寒山詩》十五首，則居然寒、拾矣。君爲余言，昔者曾文正駐軍南康，君奉急檄，往返三百餘里，短衣草屩，行匡廬山中，昏暮失道，迷不得歸。聞前途窸窸有聲，厲聲曰：『人歟？妖歟？吾有劍在。』則應曰：『吾僧也。』卽之，則一僧曳柴而行，欣然問途，曰：『前有茅庵，曷往小憩？』至則煮糜鬻爲食，出詩一卷示之，其詩頗類寒山。食畢，導之出山，俄頃之間，大營旗幟在望，詑曰：『已至乎？何速也！』僧曰：『君既識塗，吾不復導。』一轉瞬而僧不見矣。異哉！此僧其卽寒山子乎？君與有緣，宜其詩之肖寒山矣。君近來精究内典，讀其《寄園》一記，頗得西來大意。然則剛直公言君工詩畫，精拳勇，猶不足以盡君也，然而君已老矣。

黄母范太夫人《焚餘草》序

余長子婦，咸寧樊氏女。樊氏與武昌黄氏有連，丙申之春，武昌黄君菊友來宰吾邑，兒婦曰：『是吾家姻亞，知其家世，且知其人，蓋得之母教者也。』及戊戌初冬，余自吳下寓廬至德清省視先塋，遂入城修相見禮。承以其母范太夫人《焚餘草》見示。焚餘云者，蓋夫人自失所天，卽取所著詩文盡焚之，此一卷，特其餘也。余受而讀之，歎曰：『吾兒婦之言不虛矣。』夫人爲四川梓潼縣知縣范公諱陳鯉之第四女，幼慧，授以經史輒成誦。及笄，歸黄君。黄君諱孚敬，字仲方，名諸生也，不幸早卒。夫人時年二十九，以親老子幼，忍不死。家貧，恃鍼黹以養其姑。姑病，奉事惟謹，姑卒，喪葬以禮。子稍長，親教之，每至丙夜，讀猶未輟。菊友亦克自磨淬，以經學及詩、古文應學使試，列第一。是歲遂入邑庠，夫人猶及見之也。庚辰之夏，忽謂菊友曰：『吾未老而神衰，殆不復永年。吾詩雖已焚稟，而能記憶者猶若干篇，今口授汝，汝錄而存之，他日見詩如見我矣。』此焚餘之草所以存也。其詩自丙午至乙卯，凡十年，得詩五十餘篇，蓋什百之一耳。清詞麗句，不事雕琢，讀其與仲方君唱和詩，工力悉敵，亦庶幾今之管、趙矣。已而菊友又於敝匧中得《翔鶴樓賦》一篇、《擬黄叔度碑文》一篇，碑文工雅，賦則洋洋九百餘言，尤爲傑搆，雖求之館閣諸公，猶或難之，而乃得之巾幗哉！然則菊友之學，信乎得於母氏者多矣。使夫人尚在魚軒，與琴鶴同莅清溪，吾邑雖僻小，山水之勝，亦足流連。惜乎夫人之不及待也。

《樂善録》序

我朝列聖相承，重仁襲義，凡所以子惠元元者，無所不用其極。自世宗憲皇帝創設普濟堂於京師，而又下其法於各直省，於是吾浙於省會亦建有普濟堂。嘉慶十八年，頒賜『樂善好施』四字，恭縣聽事，士大夫仰瞻宸翰，無不歡忻歌舞，推廣皇仁。於是其制益以美備，曰普濟堂者，固諸堂之冠也，其踵事而增者，曰同善堂，曰清節堂，曰育嬰堂，曰宗文義塾，曰永濟倉，曰錢江救生局，曰保甲局，曰濬湖局，曰棲流所，曰遷善公所，曰粥廠，曰丐廠，以至病者予之藥，死者施之棺，有卹災所，以卹火災，有放生池，以全物命，世間善舉，無一不備，名目繁多，不可以悉數。百年以來，中經兵亂，而杭人敬遵仁廟『樂善好施』之意，有舉無廢，不敢失墜。始隸於官，今則主於賢士大夫，實事求是，盡善盡美，古所謂『一夫不獲，時予之辜』者，庶幾近之矣。光緒十六年，巡撫崧公又録同善堂紳士籌振之功，籲請賜額，詔予『樂善不倦』四字，恭懸於堂，與仁廟賜額後先輝映，盛乎哉！夫作而不記，後無述焉。余讀先哲諸君碑記之文，其宏綱細目，固已畢備。而近時袁京卿昶善舉二十八事，碑記尤羅列無遺，然散見諸家文集，而無一編以會萃之，則其建置本末，終莫得而詳焉。丁君松生，負一鄉重望，經理兹事，歷數十年，可謂盡心焉耳矣。今年，余來西湖，示我《樂善録》十卷，首列恩綸，次詳建置，以及古蹟之宜考、公牘之宜存，規約若干條，捐輸若干數，無不謹書而備隸之，附其末者，曰襍綴，曰藝文，此一録也，居然郡邑志之體例矣。余曾作《重建普濟堂記》，今采入藝文中，故此録告成，丁君亦問序於余。余幼時讀吴穀人先生《募建普濟堂疏》，愛其文辭之工，每喜誦之。然先生此文，作於締造之初，而余乃得綴一言於大備之後，何其幸歟！方今朝廷勤求上治，每降詔書，無不以民間疾苦爲念。然則樂善好施之舉，自當愈推愈廣，吾知載入此錄，必更有夥於是者。傳記類中，別成一類，此錄其嚆矢矣。

程少周觀察《日本變法次第類考》序

余讀《周官·太宰》之職，曰『乃施典於邦國』，『乃施則於都鄙』，『乃施法於官府』，又讀《小司徒》之職，曰『乃均土地，以稽其人民』，『乃經土地，而井牧其田野』，『乃分地域〔一〕，而辨其守，施其職』諸條，皆以『乃』字發端。竊謂乃者，繼事之詞，明其欲爲彼，必先爲此，治一事，然後又治一事，凡事皆有先後而不可紊也。《大學》首章，羅陳條目，曰先，曰而後，反復申明。《管子》雖霸者之書，其言曰：『有身不治，奚待於人？有人不治，奚待於家？有家不治，奚待於鄉？有鄉不治，奚待於國？有國不治，奚待於天下？』亦隱然與《大學》相合，是知古之治國平天下者，必知所先後，而後可以從事。《學記》曰『不陵節而施之謂遜』，又曰『褻施而不遜，則壞亂而不脩』，豈惟爲學，爲治亦然。自泰西諸邦交乎中國，而中國之學者乃爭言西法，及見日本自明治以來講求新政，日致富強，儼然爲東方一大國，於是言新法者，又不求之西而求之東。嗚呼，是誠然矣。抑思日本之變法，非一朝夕事乎，自維新以至今日，歷三十餘年，有始終不易者矣，有稍稍變易者矣，亦有全廢不用者矣，計其頒行新政，無慮九千餘條，各有年月，歷歷可考，是其先後之間，必自有道矣。若不審其何者宜先，何者宜後，而但曰變法，吾懼其倒行而逆施，不特爲西人笑，且爲東人笑也。程少周觀察長於吏治，又諳習中外之故，其介弟游歷東瀛，數易寒暑，於日本變法始末覼縷言之，如示之掌，乃參互考訂，成《日本變法次第類考》一書。其全書余未之見，而得見其凡例及書之第一卷，每條皆注明年月，使人得考見其施行之次第，求治者循是而求焉，如問塗者由郊而牧、而野、而林以達於坰，如導水者由遂而溝、而洫、而澮以達於川，庶幾事半而功倍乎！抑余觀其首卷，第一條曰『憲法大旨，在歸重君權』。嗟乎，自西學入中國，人人皆曰均權曰自由，推其弊之所極，不至於無父無君不止。此書乃首重君權，是不特知先後，且知本末矣。今國家鋭意自強，創設政務處，冀與天下更始，而海内才智之士，亦爭獻其説以自奮於功名。雖然，治絲而棼之，無當也。振裘者挈其領，舉綱者提其綱，其在此書乎？僭書其端，敬爲當世言新法者告也。

【校記】

〔一〕域，原作『城』，據《周禮》改。

徐淡仙《百蘭稾》序

古人書『木』字作『𣎳』，其上之歧出者枝葉也，其下之歧出者乃其根也。至作『草』字，則止作『艸』，但有其上之枝葉，而無下之根矣。以木大而草小，故字體有詳略，且以爲草木之别。然草木一也，木有根，草豈可無根乎？況蘭爲香草，草之尤貴者乎！今人畫蘭，但畫其葉，綴數花於上，便謂神似，正似春初早韭蒻以入饌者。然唐詩人薛能《詠蘭》云『蘭芽負土肥』，然則古人畫蘭恐不如是。富陽徐淡仙，名諸生也。尤工畫蘭，謂：『蘭之花葉，都從根發，有根則聚，無根則散，非梅竹之類，一枝數節，亦自可觀也。』因費數十年之力，於根株之盤曲，莖跗之高下，洗剔泥土，細玩其肥瘦老嫩，得其自然之理，寫蘭百幅，盡態極妍。其首六幅，則用余《墨戲》之法，以字爲畫，畫則蘭也，字則『徐淡仙百蘭稾』六字，可謂『神妙欲到秋豪顛』，視余所作，何啻青藍。至蘭蕙之分，則黄山谷『一幹一花爲蘭，一幹數花爲蕙』兩語已爲定論。種類紛繁，小有出入，不必屑屑分别。總之，今之蘭，非古之蘭，猶今之桂，非古之桂也。君有《蘭蕙考》，一〔一〕問及之，故附此以報。時余在右〔二〕台山館，卽將還蘇州，悤悤點筆，不足副來意也。

【校記】

〔一〕『一』下，原本空三格。

〔二〕右，原作『有』，據文義改。

寶積寺傳戒録序

自優波離尊者口傳律藏，而戒律興焉。自是厥後，海内大叢林，皆以傳戒爲一大事。顔魯公有《撫州戒壇記》、陸長源有《會善寺戒壇記》，誠重之也。蘇州長洲縣之有寶積寺，創始於蕭梁，亦一古刹矣。衡峯和尚於道光間議修復之，堂構粗定，大亂洊至，化爲邱墟。至同治間，三吳底定，又次第修理，復其舊觀。衡峯一身，兩興此寺，其願力宏大，不可思議。光緒三年，歲在丁丑，開壇傳戒，善信景從，一時稱盛。其《同戒錄序》，老友吴平齋筆也，次年至京師，拜請龍藏歸寺，議於明年再有傳戒之舉，而衡峯旋入涅槃，事遂不果。繼之者爲從原、爲道成，咸有此志而未逮也。今密德和尚主持講席，慨然曰：『前人未竟〔一〕之志，何敢不力？』乃於光緒二十九年春又開壇傳戒，而乞余一言以張之，則距衡公傳戒已二十六年，不特衡公久證菩提，卽老友平齋，墓草宿矣。余以八十餘歲老翁，獲睹斯盛，何敢無言？或述《元史》廉希憲語，『受孔子戒，不受佛戒』。乃余嘗聞尤西堂老人之説矣，孔子有三戒，天氏亦有三戒，戒癡卽戒色也，戒嗔卽戒鬭也，戒貪卽戒得也。然則，教異而戒同矣。方今海内，猶紛紜多事，倘得一二高僧，修明戒律，於以靖人心而回劫運，或亦不爲無補歟？至於佛家戒律，有三分宗，有南山宗，余門外漢，固不能言也，惟受戒者自領之而已。

【校記】

〔一〕竟，原作『意』，據文義改。

孫田卿《菱湖詩存》序

湖州府城東南四十二里，有地曰菱湖，屬歸安縣，唐崔元亮所開淩波塘卽其地也。志書稱其地產菱，故得是名。蓋吾湖本水鄉也，白蘋紅蓼，皆以名其汀洲，菱湖之名，亦猶是矣。其地風物清華，人民繁衍，亦吾湖一鉅鎮也。有龍湖書院，余主其講席二十餘年，舉業之外，間課以詩賦，其在高等者，孫氏子弟爲多。孫爲菱湖右族，往年有孫翰卿茂才志熊，以所輯《菱湖鎮志》見示，余爲序而行之。今年又有孫田卿茂才志瀛，以所輯《菱湖詩存》見示，蓋其昆弟行也。詩凡八卷，起自宋代，以至本朝，凡百數十家，蒐羅甚富，而體例謹嚴，用《昭明文選》不録何遜之例，同時之人，其見存者，概置不録。所録之詩，意在以詩存人，甄别從寬，然亦皆清雅可誦，而孫氏之詩，幾居其大半。讀此編也，足見吾湖山水清遠，人文薈萃，一鎮之地，其盛如此。而孫氏多才，世有著述，亦可見矣。

黄小宋太守《壯游圖》序

顧亭林言：古畫皆有事實。自白描山水興，而古意淹矣。然古圖畫之流傳者，如老子出關、漢祖過沛、二疏祖道、葛洪移居，不過偶舉其人一事而圖之耳。宋皇祐初，敕待詔高克明等圖畫三朝盛事，凡一百事，爲十卷，鏤版印染，頒賜大臣。此等印本，未知尚有流傳否，如果得之，真希世珍矣。然事閲三朝，而爲圖止百，盛事之入丹青者，洵不可多得哉！道光間，麟見亭河帥爲《鴻雪因緣圖》，盛行於時。余與公子樸山、地山兩君皆同年也，故曾得其初印本，極精，然畫手非出一人，亦不能無所出入。乃今觀南海黄君小宋《壯游圖》，圖凡一百有二十，皆君所自繪，非獨可與《鴻雪》並傳，行且駕而上之矣。君自少有奇氣，以羽林孤兒起家，今官陜州直隸州知州。嘗自溯其生平，馳驅萬里，足跡半天下，多可喜可愕之境，或干戈兵火，或裙屐風流，或冠蓋行春，或舟車走險，或家庭雍穆，或堂陛森嚴。每一事爲一圖，可以觀忠孝之性焉，可以觀智勇之略焉，可以觀吏治之精詳焉，可以觀友誼之切摯焉。蓋君長於畫，故所繪諸圖皆歷歷在目，非他人爲之，徒得其仿佛而已。昔人譏畫明妃出塞而有帷帽之飾，畫梁武南郊而有騎馬之人，皆不合當時體式，君自爲圖，必無此弊矣。惟吾浙山水，頗極東南之勝，而君壯游則未及焉。異時陳臬開藩，來游兩浙，鋪張盛事，見於丹青，余儻得追陪游宴，或亦砮於其間，是又所深爲君望者也。

黄小宋太守《四百三十六峯草堂詩》序

小宋黄君，有《壯游圖》，每圖爲一事，凡百有二十事。余既爲之序矣，乃又以《四百三十六峯草堂詩》見示。余讀之，有曰《宛社吟》者，則其少作也；有曰《燕游集》者，則以縣令引見，由汴赴都時作也；有曰《歸粤集》者，則其回籍修墓時作也；有曰《黎陽集》者，則其令濬縣時所作也；有曰《彝山集》者，則其令祥符時所作也；有曰《召南集》者，則其權陜州刺史時所作也；有曰《潁川集》者，則其權禹州牧時所作也；有曰《召南續集》者，則其真除陜州刺史後所作，乃近作也。蓋君所至之處必有圖，亦必有詩，觀君之圖，如讀君之詩，讀君之詩，如觀君之圖。昔人稱王摩詰『畫中有詩，詩中有畫』，猶虚語耳，若君之圖，則真畫中詩，君之詩，則真詩中畫矣。君所爲詩，如香山，如劍南，不以襞積爲古，不以馳騁爲豪，而格律謹嚴，神味雋永。余雖不與君相見，而讀其詩如見其人，凡同人倡和之作，用謝朓集附王融詩、杜集附嚴武詩、李集附崔宗之詩例，盡行編録，唱妍酬麗，極一時之盛。余兄壬甫，與令兄寅卿先生同登道光癸卯賢書，則余與君，有昆弟同年之誼，既序君之圖，固宜更序君之詩。惜余衰老，回憶中州游跡，恍如隔世，不得與君同探伊闕、龍門之勝，附一二小詩於大集中也。

《雙溪唱和集》序

東苕、西苕二水，一出天目山之陽，一出天目山之陰，至湖州城中而二水合流，同入於太湖。故湖之爲郡，固澤國也，烟波浩渺，羣山環之，漁村蟹舍，點綴於晨烟夕照中，如前溪，如竹溪，皆山水最勝處也。景物清幽，風氣樸茂，士大夫之宦成而歸者，芒鞵竹杖，倘佯其間，觴詠間作，笙磬同音。康熙中遂有《雙溪唱和詩》之作，吾邑徐蕒村宗伯序而行之，百餘年來，久已流播藝林矣。歷年既久，原版毁焉。有沈子祖疇字壽田者，明敏好學，年十五，畢《九經》，於舉業外尤喜爲詩。其家藏有《雙溪唱和集》，自兒時即吟諷不倦，每惜原版不存，謀重刻之。乃年未二十，即赴玉樓之召。尊甫小屏先生憫其志之不遂，爲付手民，償其夙願，刻成問序於余。余惟此集初刻，有吾邑蕒村宗伯一序以冠其端，越一百七十五年，而余又得挂名於其末，豈非幸歟？若其詩之各體咸備，一以唐人爲宗，無摹擬之迹，無纖豔之辭，則宗伯已言之，余可勿論矣。

《溪上王氏族譜》序

天下惟王姓最盛，支派亦最繁。有姬姓之王，有子姓之王，而姬姓之王又分爲二，有王子晉之後，有畢公高之後，太原、琅邪兩派，皆出於王子喬。有曰三槐王氏者，又琅邪之分派也。往年有爲《王氏通譜》者，敘述甚詳，余爲敘而行之矣。今年春，又有王君潤之以其家譜求序。自言系出太原，祖居新安，遷於吳中，所居曰溪上，此譜乃爲溪上一支而作，蓋太原之分派耳。然自其伯□〔一〕古愚公始創此譜，及其先德鑑庭公欲踵成之而未就，君繼承先志，乃始葺有成書，蓋歷數十年之久矣。纂述之難如是，昌黎云『固宜長有人，文章紹編剗』，豈易言哉？古愚公《自序》，深歎世人之以非族爲族，轉棄其族而不族，故其爲譜，體例嚴謹，采輯詳明，非吾族者，勿攀附以爲榮，是吾族者，雖疏遠而必錄，鮮羅布列，若綱在綱，可謂譜之善者矣。君又言，其高祖光裕公生一子，早世，子婦陳孺人力勸其君舅納妾孫孺人，是生曾高祖怙亭公。其後兩孺人以煢煢孤寡，支持外侮，撫育遺孤，克縣此一線之緒。及至鑑庭公，宏才博識，有聞於時，尤熟於鹺務，曾文正公督兩江，深倚任之，淮鹽章程，皆其手定，至今循焉。用能昌大其門户而啓佑其後人，溪上王氏，遂隱爲吳中望族。爲子孫者，念堂構締造之艱難，而光大顯榮之有自，撫斯譜也，可以油然而思，奮然而起矣。君亦博學能文，富而好禮，吾知王氏之興，正未有艾，太原别派之有溪上，亦如琅邪别派之有三槐乎？沈隱侯言，文才相繼，未有如王氏之盛者。吾竊爲溪上王氏期之矣。

【校記】

〔一〕『伯』下，原本空一格。

鄭元直《古今人物論》序

論者，文章之一體也。《昭明文選序》云『論則晰理精微』，陸士衡《文賦》云『論精微而朗暢』，劉彦和《文心雕龍》云『論也者，彌綸羣言而研精一理者也』。在戰國時，荀子有《禮論》、《樂論》，呂不韋有《開春論》至《士容論》六篇，始立『論』名。漢初，賈誼作《過秦論》，實爲作論者之祖。然皆衍説事理，而未嘗衡量人物。謝萬石嘗敘漁父、屈原、季主、賈誼、楚老、龔勝、孫登、嵇康、『四隱』、『四顯』而論之，則爲品題人物之濫觴。自唐宋以後，作者益多矣，語不云乎，『前事之不忘，後事之師也』。士君子伏處牖下，無所設施，卽無所表見其材與不材，人莫能知也。惟取古人之事而論之，觀其所論於古者不謬，則知其所施於今者亦必不妄矣。唐制，省試有論，今所傳韓昌黎《顔子不貳過論》是也。自宋至今，皆因之，論雖文章之一體，而可以驗人之材識，以之取士，洵較詩賦爲優哉。明代莆田鄭元直先生曾輯《古今人物論》三十六卷，世無傳本。余門下士韓子庚得而喜之，與其師葉君又加蒐輯，補其未備，得十二卷，合而刻之，以行於世，而問序於余。余讀其論，皆有合乎昭明所謂『晰理精微』、陸士衡所謂『精微朗暢』者，學者苟得其書而熟復之，必能自抒所見以尚論古人。卽其論古之言，以覘其人之才識，異時乘朝車、論國事，崇論宏議，超越凡庸，皆自此出也。若徒執《東萊博議》之例，謂有裨於舉業，未免淺視此書矣。

李如真《篆體偏旁正譌歌》序

執今人之字與古人讀，猶操今人之音與古人言，今音非古人所能解，今字亦非古人所能識。蓋小篆破而八分生，八分散而隸書出，其創造非一人，其變遷非一世矣。許君作《説文解字》，敘篆文，合以籀古，籀古之得存十一者，賴有許氏之書。若在今世，則又宜敘隸書，合以小篆，使篆體不至泯滅，而古人製字之精意，猶有什一之存。此其功，不在許氏下。如真老人李君之爲《篆體偏旁正譌歌》，其卽此意乎？學者得此歌而熟復之，曉然於奉、奏、春、秦、泰五字之各異其頭，長、辰、喪、畏、展五字之各異其足，不至如王伯厚之混孝、𡥈爲一字，其有功於小學豈小哉？古小學書皆韻語，《倉頡》至《彦均》皆四言，《凡將》七言，《急就》前多三言，後多七言。此歌皆以七言爲句，句讀諧和，便於誦習，宜付梨棗，以廣流傳，庶使承學之士得家置一編也。

《晉史異詞》序

自唐貞觀中詔房喬等修《晉書》，而前此《晉史》十八家，如王隱、何法盛諸書皆廢，至今列入正史者，惟貞觀所修之一百三十卷矣。然其書蕪穢，且多疏舛，爲讀史者所不滿。國朝諸老輩，如錢氏大昕、王氏鳴盛、盧氏文弨、洪氏頤煊，皆有糾正。而近時又有常熟丁君國鈞字秉衡者，著《晉書校文》五卷，全書罅隙，亦略盡矣。先兄壬甫太守喜鈔書，尤喜校書，往年曾手寫荀悦、袁宏兩《漢紀》，屬余校之。余爲據兩《漢書》校正數十事而歸之，『杜陵陳遂』一條，駁《日知録》誤從荀《紀》之非，尤爲兄所喜，惜此書雖存，而余所校者已軼，余亦漫不記憶矣。兄晚年官福寧太守，地僻而事簡，暇則仍以校書爲事。所著有《晉書異詞》四卷，當時衙齋書籍無多，不能博采徐氏《初學記》、白《六帖》、李《文選注》所引王隱諸家之書考證得失，但就紀、傳、表、志中鉤稽排比，以成此書，故題曰《異詞》，言惟於本書中別其文字之異而已。然異同之處，以意審定，決其是非，無不精審。余案頭適有丁氏校文，取而按之，同者無多，蓋各就所見而校之耳，亦可見此書之罅隙甚多，不可勝校，而愈不可以不校矣。從孫侃，乃吾兄長孫也，頗知寶守其先人之手澤，故書數語於卷端，仍歸之侃。異時有餘力，刻以行世，亦讀晉史者之一助也。

丁松生《菊邊吟》序

余年十四侍先大夫讀書於南蘭陵，主人汪樵鄰明經風雅好客，每至秋日，陳菊花數百盆，與客飲酒賦詩，有《蘭陵菊社詩》，頗行於時。其詩初惟《訪菊》、《種菊》諸題，後乃推及於菊之名類，菊之故事，又因菊而推之於松，於竹，於蘭，於芙蓉，其後又用香山勸飲之體，曰『何處難忘菊』，曰『不如來賞菊』，而意境益無涯涘矣。余時年幼，亦間有所作，然皆不存於集，今詩集第一卷第一篇曰《蘭陵菊社歌》，猶記曩時事也。歲月如流，忽忽六十餘年，社中之人，無一在者，即其時印存之詩本，亦無片紙之留遺，而余亦老矣。乃又得讀丁君松生之《菊邊吟》，其詩一百篇，每篇五言四韻，始於種菊、分菊，終於收菊、存菊，其中或以色別，或以種別，或以時，或以地，或以人事而別，不誼褉主賓，不攻襲旁側，而菊之中無不訪，菊之外無所溢，詩格亦清老，無一凡俗語，使蘭陵菊社諸君見此，宜何如欣賞哉？丁君爲杭郡老名士，比年以來，常示維摩之疾。其子和甫孝廉，擲杯珓禱於神，得句云『天朗氣清行樂處，攜壺閑向菊邊吟』。君爲此吟署曰『菊邊』，用神語也。其首篇《種菊》曰：『莫言鞠則窮，乾坤含芬芳。』末篇《存菊》曰：『伴他後雕松，三徑常存存。』君之福壽，正未可量，神固知之而豫以告也。惟余衰且老，讀君此吟，使我回憶兒時之味，不禁感慨繫之矣。

陳少鹿《百蝶圖》序

昔謝逸賦《蝴蝶詩》至三百首，遂以『謝蝴蝶』得名，可謂多矣。然作詩者，以空言摹寫，或託物以言情，或叩虛而責有，雖多至三百，敷衍猶易也，若不以詩而以畫，則必實徵其象，而非如空言摹寫之易矣。世傳滕王《蝶圖》，有江夏斑、大海眼、小海眼、村裏來、採花子諸名目，足徵其品類之繁。然王建《宮詞》但言，『內中數日無宣喚，摹得滕王蛺蝶圖』，未聞其數之盈百也。陳君少鹿，爲鹿笙觀察第四子，以所繪《百蝶圖》刻石行世，而屬余以一言張之。余觀其圖，或反或正，或飛或止，曲盡其理，而無一重復者，較謝莊蝶詩更爲不易矣。抑又思之，蝶古作『蜨』，以六書論之，與『捷』同音，然則百蜨者，百捷也。君以臨淄侯之才捷，兼謝元暉之文捷，年少美才，筮仕吾浙，名噪一時，異時五馬八騶，繼鹿笙君而起。秦韜玉詩云，『百捷常輕在掌中』，吾知君掌中百捷，即於圖中百蜨兆之矣。

《寄影軒詩鈔》序

國家肇興東土，從龍入關，諸大族文通武達，類多蕭、曹、衛、霍之流，然巫閭之雄秀，渤海之壯闊，靈氣所鍾，人文斯啓。嘉慶中，鐵冶亭先生選八旗之詩，自崇德至乾隆，得數百家。仁廟嘉之，賜名曰《熙朝雅頌集》。滿州多詩人，由來舊矣。余生也晚，又居京師日淺，長白能詩者，殊不多見。惟往年竹樵方伯恩錫開藩吳會，大以詩鳴，余與倡和，詩筒往返，幾無虛日。每謂竹樵曰：『異時編《雅頌續集》，必以君爲一大家矣。』乃今又得讀寄影軒主人伯時君之詩。君諱志潤，字伯時，原任陝甘總督、太子太傅莊毅公冢孫也。貴介子弟，宜乎以裘馬相尚，以肥酒大肉相徵逐，與五陵年少往來於金、張、許、史之門。而君獨屏棄聲色，惟與山水爲緣，自幼癖好吟詠，弱冠就姻川中，自京師首塗，而豫、而秦、而蜀，讀其途次所爲，如《函谷關》、《朝天關》諸詩，不讓柳子厚『城上高樓接大荒』之作，其意境固已遠矣。後以禮曹官奉天，覽陪都之形勝，觀邊郵之風物，詩境益進。又官京曹者數年，與諸名流更唱迭和，風流自賞，不自知其名在朝籍也。其後一出爲綏定守，再出爲慶遠守。蜀故舊游地，而廣西山水亦甲於天下，君宦境不甚達，而以模山範水之筆，寫芳芬悱惻之思。縋幽鑿險，而無聱牙之句；倡妍酬麗，而無冶蕩之辭；感懷身世，而無拔劍斫地、抑塞磊落之狂態；摹寫景物，而無霜白月赤、龍褒才子之俚語。行間字裏，皆有清氣盤旋其中。『池塘生春草』、『明月照積雪』，不假雕琢，自然妍妙，洵可謂綜採繁縟，杼柚清英者矣。古云：『詩如其人，人如其詩。』余雖不及與君交，然讀其詩，知其人殆如李元禮之謖謖若松下風者乎？抑如謝仁祖之企腳北窗，令人作天際真人想者乎？君少時夢游廣平之聰明山，見一老僧，謂君是呂公堂弟子。然則，君固生有自來者，宜其如秋月晴雲之一塵不染矣。君歿數年，而令弟秋宸太守來守吳興。余，部民也，又辱有世講之誼，得修士相見禮。太守將刻君詩，而問序於余。君詩甚多，所刻者，《寄影軒詩》六卷，《詞》一卷，止十之六七耳，別裁嚴謹，故存者皆卓然可傳。因不辭而序之，爲讀《寄影軒集》者告，并爲續輯《熙朝雅頌集》者告也。

《崧城俞氏譜》序

俞氏，世傳出於黄帝之臣俞跗，遐哉難言之矣。以余考之，俞氏實爲姬姓，出於鄭穆公之子俞彌，俞彌之後爲俞氏，其别爲喻氏，俞、喻一姓。《晉書·張重華傳》之『俞歸』，《隋書·經籍志》作『喻歸』，是其證也。余作《俞樓襍纂》有《説俞》一卷，詳言之矣。魏晉以前，俞氏非無聞人，而世系莫考。天下之俞，皆出於山東，所謂江南無二俞也。唐時，有諱莊者，居山東之青州青社里，實爲吾俞氏之鼻祖，傳十八世，而至吾德清之始遷祖希賢公。家世務農，既無宗祠，又無譜牒，希賢公以下，莫得而詳焉。去年，有新昌俞氏，以譜見示，希賢公以上乃粗可敘述。今年又有崧城俞氏以譜求序。余考其世系，自始祖諱莊者以下，皆與新昌同，而譜所載至十三世諱偁者而止，其下以派别不復載，自偁以下，至希賢公，尚有五世不見於譜，然與吾德清俞氏同祖則固可信也。嗟乎，以一父母之子，而支分派别，遂至曠若塗人，然則家可以無譜乎？譜可以不修乎？崧城者，晉袁山崧所築壘也，今屬紹興府上虞縣。其有俞氏，則自第十五世之諱夔字良甫者始，蓋自第六世諱稠者官睦州刺史，避黄巢亂，居剡，是爲吾俞氏南遷之始。第十三世諱仕者，始徙上虞之百官，至諱夔者，又由百官而徙崧城，崧城俞氏遂爲望族。其以世系準之，其諱仕者，與吾派之諱偁者行輩相當，其諱夔者，則尚長於吾希賢公二輩矣。當時枝派未遠，希賢公與其十八世之諱松年、諱椿年諸公猶兄弟行，安知不書問往來、冠娶相告乎？吾得以塗人視之乎？崧城俞氏之譜，創始於前明，至國朝順治間，續修於天赤、嗣祺二公，康熙間，又續於叔祥、友金二公。自道光二十年赤文公增修之後，六十年來，莫之編輯。於是有東生、郁齋、謌廷諸君，聚而謀曰：『是不可緩。』徧告族人，設局采訪，期以必成，而乞余一言爲之先馬。嗟乎，余方自愧家世寒微，譜牒缺如，有藉談數典忘祖之懼，惡足序此譜哉？惟念吾高祖明遠公生康熙初，有丈夫子六，其第六子，吾曾祖也，明遠公極愛之，曰：『此兒之後，必興吾宗。』乃遲至二百年之後，始稍稍有聞於世，感祖德之深遠，惜吾之德薄，不足以承之。今崧城俞氏，積厚流光，遠出衰宗之上。此譜也成，人人緬懷遺澤，景仰先型，爭自磨勵，以自顯榮，崧城俞氏之興，未有艾矣。吾以此譜卜之也。

江叔海徵君《北游草》序〔一〕

光緒二十七年四月壬子，朝廷以爲政首在得人，倣博學宏詞科例開經濟特科，命中外大臣各舉所知。於是海内人士得與薦舉者三百餘人，而叔海江君〔二〕與焉。今年四月，來見我於春在堂，告將入都恭應特科之試。余歎曰：『是科得人矣。』君既入都，徘徊久之，意有所不慊，竟不待試，翩然南歸，復見我於春在堂。余笑曰：『徵士公車，豈〔三〕亦如剡溪訪戴，興盡而反乎？』未幾，君以詩一卷見示，題曰《北游草》，則皆此行所作也。其卷首有《發蘇州》詩云『此去不關廷試事，重尋舊夢十三年』，然〔四〕則是行也，君固意不在此矣。在都下〔五〕與都人士往復唱酬，多憂時感事之作，及五月出都，又賦詩云：『三宿意空厚，五噫歌且休。算來廷試日，應早到蘇州。』然則君於出處之際，審之又審，非徒乘興而來，興盡而反也。讀《褋詩》二十首，統籌大局，衡量古今，真詔書所謂『學問淹通，洞達中外時務』者。乃高尚其志，拂衣而歸，吾不爲君惜，深爲朝廷惜矣。考康熙、乾隆，兩舉宏博，其不與試者，康熙時若應撝齋，若黄梨洲，若李二曲，若魏叔子，志趣皆别有在，不可以爲例〔六〕。乾隆時，徵而不到者止二十五人，而方恪敏公在焉，巍然一代名臣，官至總督，歿祀賢良，視當時取列一二等之一十五人殆遠過之。其餘若顧玉停之精於音律，朝廷開設樂部，特旨宣〔七〕召；若馬半槎之以小玲瓏館藏書富甲東南，四方名士過邗上者必從之游，亦不失爲一時之彦。以君之才，達則爲方恪敏，窮則爲抱桐、爲南齋，即以此一卷詩徵之矣。若胡天游爲周白民賦《明妃曲》〔八〕，吾可不必也〔九〕。

【校記】

〔一〕此文見於《北游草》（以下簡稱『《北》本』）卷首，用作校本。
〔二〕叔海江君，《北》本作『江君叔海』。
〔三〕豈，《北》本無。
〔四〕然，《北》本無。
〔五〕下，《北》本作『中』。
〔六〕『例』下，《北》本多『若』字。
〔七〕宣，《北》本作『徵』。
〔八〕明妃曲，《北》本作『明河篇』，誤。
〔九〕『也』下，《北》本多『光緒癸卯秋七月曲園俞樾』。

春在堂襍文六編卷九

《一笠山人詩》序

太史公言：『富貴而名磨滅，不可勝數，惟倜儻非常之人稱焉。』然倜儻非常之人世不恆有，苟有其人，則必有奇才、有奇遇、有奇跡、有奇藝，然後可稱倜儻非常之人。吾今於一笠山人見之矣。山人皖人也，姓趙氏，名光祖，字紫瑜。其官定陽時，於陽春市上得一笠，形製奇古，喜之，遂以自號。後失官，流浪江湖間，遂以一笠山人名天下。山人生有夙慧，學拳勇於劉慕韓，學術數於龔少蓮。少蓮名應禮，世稱震陽子，注《道德經》八十一卷，從征黔中，功成仙去。山人盡得其傳，凡京房、翼奉之《易》，風后、孤虛之書，五將三門之式，羅計炁孛之氣，無不洞曉，是其才奇也。山人父官蜀中，故居蜀最久，旋由滇而仕於蜀，又由蜀而移於粵。其官粵也，宰定陽，有惠政，無何失職家居，又罹家難，至陷於獄，獄成遣戍，行有日矣，俄奉恩旨，無庸發遣，是其遇奇也。山人既失官，乃挾其術游人間。所至以一笠山人署其門，趨之者如市。山人焚香占卦，與尋常揲蓍搖錢者迥異，蓋參用壬遁星禽之術也。日賣數卦爲率，有嚴君平之風。兒童走卒，皆知其爲一笠山人，不知其曾爲宰官也，是其跡奇也。山人所作詩文高尺許，以其餘智爲酒令，亦有別趣。又精於音韻之學，創爲四十字母，起『壯日蹉跎過』，訖『慨我鬢霜生』，五言詩四句。按，明人蘭廷秀創字母『東風破早梅』四句，桑紹良創字母『國開王向德』四句，皆於三十六字母外自我作古。今得山人此母，又一切字之新例矣。蘇蕙《璿璣圖》，前人以意推求，得詩七千九百五十八首，《四庫全書》著録，以爲絶作。今山人又推得五萬七千四百二首，不特起宗道人及康萬民所不及知，即蘇氏復生，亦必歎爲非始意所及。是其藝奇也。嗚呼，多奇如是，信所謂倜儻非常者矣。余與山人初不相識，承其惠顧草堂，以詩求序，并屬爲删定付梓。余烏能删山人之詩哉？往年，李憲之方伯曾以詩屬余删定，余報書云：『模範山水，吟弄風月，衆人所同；抒寫性情，流連今昔，一人所獨，非他人所能代謀也。』今亦以此復山人，而僭序其端，以副其意。山人鬚眉甚偉，足跡徧天下，所未至者，獨盛京及浙江、福建、廣西。聞明年又將有羊城之游，余誦歐陽公語以送之，曰：『足以知其老而志在也。』

楊枌園《東城記餘》序〔一〕

自來游武林者，輒曰西湖西湖。然城外以西湖爲勝，而城内則以東城爲勝，閑坊曲巷，僧廬道觀，多南宋以來舊蹟，名人韻士，游屐所經，寓廬所寄，往往在焉。經臨其地，令人悠然有懷古之思。厲樊榭先生所著《東城襍記》二卷，《四庫全書》箸録，敘述典雅，考核詳明，雖偏隅小識，言武林掌故者不能廢也。然先生《自序》謙言：見聞陋隘，推廣成書，尚將有待。況自先生至今，百有餘年，遺聞軼事，可采録者又豈少哉？枌園楊君，自少刻苦自厲，博通羣籍，曾以優行貢成均，光緒初，又以孝廉方正徵，亦武林一耆宿也。所著書甚多，而《東城記餘》二卷，則繼樊榭而作者。原書凡八十五條，而《記餘》得九十五條，視原書贏其十，記地記事，并記其人，一如原書體例。丁修甫季廉以鈔本寄示，擬刻入《武林叢書》，而乞余爲之序。余讀其中『大普興寺』一條，稱其奉乃也里可溫之教，有十字者，乃其祖師麻兒也里牙之靈迹，上下四方，以是爲準，與《景教流行中國碑》所云『判十字以定四方』者，其説相合，惟所敘源流不同。而稱其地薛迷思賢，在中原西北十萬餘里，則與今歐羅巴道路遠近正復相合，豈利瑪竇之徒果出於此歟？若《景教碑》言〔二〕『興於大秦』，大秦國，古謂之犁軒，本朝《職方會覽》名如德亞，去歐羅巴絶遠，轉與利瑪竇蹤跡不甚合矣。異説支離，不可究詰，然寺建於元至元十八年，亦杭郡一大古蹟，鑒古者所宜知焉〔三〕。而樊榭之書竟未之及，此亦見楊君拾遺補缺之功矣〔四〕。余未得與君相見，而君之子曰泳生，則詁經精舍高材生也。余忝主講席三十一年，幸有一日之知，茲因修甫之請，序君此書，并勸早刻之，與樊榭書並行於世，異日國家重開四庫館，亦必有取於是書矣〔五〕。

【校記】

〔一〕此序又見於《東城記餘》（以下簡稱『《東》本』）書前，用作校本。

〔二〕碑言，《東》本作『流行』。

〔三〕焉，《東》本作『矣』。

〔四〕矣，《東》本作『焉』。

〔五〕『矣』下，《東》本多『曲園俞樾序』。

湯蟄仙庶常《四通考輯要》序〔一〕

同治以來，各行省皆設局刊刻書籍，而吾浙局所刻大部書爲多，自《九通》告成，遂爲書局一鉅觀，流布海内，嘉惠藝林，誠盛舉也。然《通典》二百卷、《通志》二百卷、《通考》三百四十八卷，已極夥夠，況益以本朝所續及《皇朝三通》而爲《九通》乎？況又附以明人王圻所續者而爲十二通乎〔二〕？寒士力不能購，卽有之，亦莫能卒讀，有望洋向若而歎斯已矣。昌黎不云乎，『紀事者必提其要，纂言者必鉤其玄』。然則博學詳説，以反於説約，必有道矣。湯蟄仙庶常讀而深思之，曰：『馬氏《通考》踵杜、鄭而成書，杜、鄭之書，《通考》得而包之，推之十二通〔三〕，無不皆然。是故讀一通可包三通，讀四通〔四〕可包十二通，吾但取之四《通考》，事半而功倍矣。』前人亦頗有見及此者，然四《通考》，體大物博，制取精蘊，芟薙繁辭，頗非易易。蟄仙由翰林改官知縣，未數月〔五〕輒棄官而歸，窮年矻矻，致力此書，成《四通考輯要統編》，凡如干卷，求〔六〕序於余。余雖未見其書，然觀其自序，則其書之精審可知也。齊孫搴語邢邵云：『我有精騎三千，足敵君羸卒數萬。』秦少游取其語，采經傳子史事，鈔撮成書，曰《精騎集》。後呂東萊亦有此作，朱子不以爲然，然載籍極博，自昔病之，以十二通之浩無津厓，得此書爲之精騎，宏通之士，必從此出矣。余衰且老，不能讀十二通，或猶能讀君此書。故書此語，以慫臾其成，庶幾老眼猶及見之也〔七〕。

【校記】

〔一〕此序又見於《三通考輯要》書前（以下簡稱『《三通》本』），用作校本。四，《三通》本作『三』。

〔二〕『況又』至『十二通矣』，《三通》本無。
〔三〕十二通，《三通》本作『九通』，下同。
〔四〕四通，《三通》本作『三通』，下同。
〔五〕『月』下，《三通》本多『以迎養不便』。
〔六〕『窮年』至『求』，《三通》本作『以所成《三通考輯要》付鑄印，乞』。
〔七〕『也』下，《三通》本多『德清俞樾』。

《蔣岳莊遺書》序

《周官》『六藝』，殿以書、數，六書九數，古所重也。我朝正學昌明，人材蔚起，書、數兩學，超逾前代。乾嘉以來，士大夫喜言六書，幾乎家郎亭而人汶長矣。近今數十年，則又爭言九數。自宋以來，所謂『立天元一』及『大衍求一』之術，明代視爲絶學。近人如焦理堂之於『立天元一』、張古餘之於『大衍求一』，皆能歷歷言之，如示諸掌，數學可云盛矣。然愚謂，書、數兩學，亦微有異。六書有一定之形聲，九數無一定之數，故六書必守古義，苟嚮壁虛造，『馬頭人爲長』、『人持十爲斗』，必爲識者所譏。若數學，則宜依據古法，推闡新意。善乎陳氏際新之言，曰：『凡解有因法而得者，有不因法而得者，因法而得者，法如是，解如是也，不因法而得者，法如是止，解不如是止也。』然則數學無窮，在好學深思者自得之耳。武進蔣君岳莊，自幼卽好爲深沈之思，及得數學之書，則大喜曰：『人以爲艱深，予以爲平易；人以爲幽眇，予以爲明快。予必學之。』父兄以其體弱，咸勸勿習，不聽，竟以此夭其年，所業亦未竟。然其所著《曲線新説》，因新化黄玉屏《容員七術》，而悟雙曲線能分兩不等員，外相切之角與相交之内外角，橢圓能分兩不等員，内相切之角與相交之月牙角，各以圖説明之，亦可謂推陳出新者矣。乃近人有議改孔槑軒《少廣正負術》築隄積法者，則又力攻其誤，撰《隄積術辨》一卷，是亦非苟爲異者。嗚呼，其業雖未竟，其學固有成矣。夫壽夭，天也，我朝精數學者，黄宗羲年八十九，閻百詩年六十九，張古漁年八十一，錢竹汀年七十七，孰謂疇人子弟皆不永年哉？其弟竹莊哀其早逝，以其遺書乞序於余。余粗習六書，不通九數，何足序君之書？姑書數言，塞竹莊之悲而已。

孫丱盦《試帖詩》序

武林孫氏，鉅族也。乾隆間，詔求遺書，而孫氏所進特多，遂拜内府書籍之賜，至今猶以文學世其家。余識一人焉，爲康侯茂才。乃今年夏，康侯又以其弟丱盦所著《慈園試帖詩》見示。余讀而歎曰：『是一詩人也。』嘗謂能爲試帖詩者，未必能爲詩，而能爲詩者，不爲試帖則已，苟爲試帖，則無有不工。請以文譬之，以時文爲古文，其古文必不佳，以古文爲時文，其時文必佳矣。近時杭人之工爲試帖者，莫如吳穀人先生，蓋先生固詩人也。今丱盦之試帖，神氣飛動，意味深長，爲試帖而有不試帖者存，故吾知其爲詩人也。悠悠時論，方欲廢時文，且廢試帖。而孫氏昆仲猶孜孜乎此，烏呼，孫氏之澤遠矣。

鮑竹生《丸散錄要》序

竹生鮑君，吳下高才生也。余從前主講紫陽書院，深賞其文，謂必當破壁飛去，孰知荏苒數十年，竟以一衿老，不以文名，而大以醫名也。蓋君既不得志於有司，則以其深沈之思，精鋭之力，一用之於醫。醫書自《素問》、《靈樞》以下，遠而張仲景、孫思邈，近而喻嘉言、徐靈胎諸家之書，無不博觀而精取之，集其長而去其偏，出而治人疾，動中肯綮，故有疾者爭就之，户外屨〔一〕滿。吳中雖婦人豎子，無不知有鮑竹生也。余與君同居馬醫科巷，衡相望也，日者過我春在堂，爲余言，年來參酌古法，運以己意，製成丸散數十種，凡求藥者予以藥，并告以製方之意，然人人而語之，雖舌敝而不能給，擬刻爲一編，以行於世。余因取而觀之，簡而明，約而精，每一條不過數十字，而病原醫理，皆括於其中，不獨見君之精於醫，并足見君之精於文。余因笑謂君曰：『君真吳下高才生也。』

【校記】

〔一〕 屨，原作『屢』，據文意改。

《如皋冒氏叢書》序

冒氏，不詳所出。或云殷王子期封於滎陽郡，有冒鄉，因氏焉。然考之史傳無所見，殷時亦未有滎陽郡也。韓慕廬先生爲《潛孝先生墓誌》，但云：『始祖致中，爲元兩淮鹽運司丞。』是運丞卽爲冒氏始祖。愚按《元史・小雲石海涯傳》，父名貫只哥，海涯遂以貫爲氏，世所稱貫酸齋也。又元《戴〔一〕良集》有《高士鶴年傳》，言其曾祖阿老丁，祖苦思丁，父職馬祿丁，而《元・藝文志》有丁鶴年《海巢集》，是卽以丁爲鶴年之姓矣。疑元人自有此得姓之一法，冒氏蓋亦此類，慕廬先生所言當得其實。自冒氏興，遂爲如皋望族，代有聞人。世徒知巢民先生爲明季四公子之一，以文章氣節負海內重名，而不知其一門鼎盛，簪笏傳家，著述壽世，數百年來，後先輝映，雖王、謝、崔、盧，固無以逾之矣。顧惟巢民先生所著述詩文，世間尚有傳本，此外多湮没於兔朽之中，零珠碎玉，不可收拾。嗟乎，記人有言，『先祖有善而不知，是不明也，知而弗傳，是不仁也』。爲子孫者，其可蹈此不明不仁之咎乎？鶴亭孝廉乃冒氏後來之秀也，其曾王父伯蘭先生，知廣東乳源縣，戕於賊，厥子筱珊先生，復宰乳源，竟得賊而置之法，一時士大夫歌詠其事，以爲美談。是又冒氏一盛事也。鶴亭躬承其後，不敢遏佚前人之光，乃裒集冒氏遺書，凡若干種，將彙刻以行於世，而乞余一言序之。聞巢民先生生於明萬曆三十九年三月十一日，而鶴亭亦以三月十一日生，似非偶然。此書也成，吾知冒氏之族日以昌，冒氏之名亦日以著，非酸齋貫氏、海巢丁氏所得而望矣。

【校記】

〔一〕戴，原作『載』，據本卷《丁杜兩集合刻序》改。

徐君葆三《花樹軒吟草》序

徐氏爲吾邑著姓，自蘋村宗伯提唱風雅，以後代有詩人，若《根味齋集》、若《綠衫野屋集》、若《天藻樓集》、若《苔雲草堂集》，皆卓然成家，不愧古之作者。余生也晚，於諸老輩不獲親炙，而猶及見葆三先生，亦徐氏一詩人也。先生諱鑑春，字雲麓，葆三其別字。生平最喜爲詩，清微淡遠，望而知爲王、孟門徑中人；及其晚年，詩格又一變，於北宋喜東坡，於南宋喜楊誠齋，才思健拔，又非王、孟兩家所能盡矣。每歲於臘鼓初鳴，卽將一切俗事摒擋務盡，曰：『吾將留臘尾年頭數日爲銷寒餞歲之計，勿使催租人敗吾清興也。』其風趣如此，覺晉賢餘韻，去人未遠矣。當粵賊之難，挈家辟地，數百里内，不遑啓處。然寇至則一舸浮家，寇去則閉門覓句，葦簾土銼間，未嘗一日廢吟也。所著曰《花樹軒吟草》，卷袠甚富，未及壽之梨棗。其嗣君藻生，以名孝廉秉鐸松陽，亦頽然老矣，懼遺詩之不能大顯於世，屬余以一言張之。憶從前與君酬唱諸君，如王誠齋，如陳香巖，墓木已拱，余亦老病，入此歲來，年登八十，讀君遺稾，追念舊游，不勝黄壚之感矣。

丁杜兩集合刻序

汪君寶齋過我春在堂，以書一袠見示，曰：『此忠臣孝子之作，皆吾鄉人也，合而刻之可乎？』余發而視之，一爲《丁鶴年集》，一爲《杜茶村集》，君蓋以丁爲孝而杜爲忠也。余案，丁鶴年附見《明史·戴良傳》，母死，鹽酪不入口者五年，又嚙血沁骨，以求其生母之遺骸，誠孝子矣。然以家世仕元，有舊都舊國之思，讀集中《自詠》十律，其志可見，安得謂非元之忠臣哉？杜茶村以前明副貢入國朝，隱居不出，揆之周頑、殷義之例，謂之曰忠，亦無不可。然《變雅堂集》第一篇即《題白雲圖文》，以母無遺像，終身痛恨，亦何嘗非孝子哉？蓋忠孝皆人之大節，而本於人之至性，正不必歧而二之也。兩先生原本忠孝，發爲詩文，自有不可磨滅者，宜寶齋欲合而刻之歟！君曰：『是固然矣。而吾拳拳於此兩集，則固承先志也。』先是，寶齋之先德秀民先生嘗於武昌寒溪寺後得一墓碑，題曰『明孝子丁鶴年之墓』，喟然曰：『鶴年誠孝子，然其忠不可没也。雖卒於明代，然實元之遺民也。』乃言於有司，改題其墓曰『元忠臣孝子丁鶴年之墓』。嗚呼，先生之見，與余所論，若不謀而合矣。先生欲訪求鶴年詩集而刻之，而竟不可得，晚年謂寶齋曰：『汝必成吾志。』此汪氏刻丁集之權輿也。秀民先生之兄彝仲先生，則又深敬杜茶村之爲人，而酷嗜其詩與文，以《變雅堂集》世鮮傳本，乃重刻之，而後人所輯《茶村詩鈔》亦附其後，此汪氏刻杜集之權輿也。歲月既久，又經兵燹，不特丁集未刻，即杜集之已刻者，版亦煨燼。於是寶齋又謀重刻之，且合而一之，曰《丁鶴年杜茶村兩先生集合刻》。夫表揚前哲，仁也，紹述先志，孝也，寶齋此舉，誠善矣。《丁鶴年集》一卷，《四庫》著録。是本分四集，曰《海巢》、曰《哀思》、曰《方外》、曰《續集》，與閣本異，而附載其兄、其表兄詩若干首，與閣本同，未知爲一爲二。末又曰《詩續》、《詩補》及《集外詩》名目，則未知閣本有無，惜未得一校也。《杜茶村集》，《四庫》不録。此刻《變雅堂集》六卷，皆有圈點，其首有茶村自題數語，殆本其原刻然也。《茶村詩鈔》六卷，則陳道川、彭棟亭兩君刻於乾隆年者。末又附有《補遺》及諸家評記及附録，亦可云備矣。然丁鶴年之墓得秀民先生表章之，既已大顯於世，而茶村之墓在江寧梅花村者，猶湮泯於崩榛荒葛之中。今年，王鹿苹太守權知江寧，夐求得之，立碑以表其阡，捐錢以供其祭。賓齋與鹿苹，鄉人也，亦世好也，聞之而喜曰：『是可慰吾伯父於泉下矣。』於是亟欲刻此兩集，而問序於余。余因敍其崖略如此，使人讀之知兩先生皆忠臣孝子，其清風高節，足以興起百世者有如此。而汪氏以兩世之力，積數十年之久，刻成此兩集，合而行世，其堂構菑穫之美又如此。嗚呼，是藝林一盛事矣。

《虎跑定慧寺志》序

嘗考虎跑之泉，所在有之。代州五臺山太平興國寺，一僧誦經，患無水，有虎跑地出水，因名虎跑泉，宋朱弁《曲洧舊聞》載其事。吾浙寧波天童寺亦有之。此外如滁州城南及瑞州新昌縣北，皆有此名，而廣州東莞縣又有虎跑井。蓋緇流聖跡，往往相同。而杭州定慧寺之虎跑泉獨著，豈非以東坡先生之詩乎？我朝康熙、乾隆間，翠華南幸，屢次經臨，錫賚便蕃，天章照耀，不獨山水有光，并坡詩亦爲之生色，而定慧寺遂爲湖上一名刹。康熙中葉，有本然禪師著《定慧寺志》，曾刊版，以州亂後版毁，印本亦希。丁君松生歷年搜訪，僅得其半。近者品照上人住持斯寺，懼名蹟之就淹，惜遺聞之莫紹，搜遺補缺，成《定慧寺志》八卷。上述宸恩，下逮寺產，其中如建置、山水、藝文、金石，志書所應有者，無一不備。本然舊志四卷，今乃倍之，其用力勤矣，其用心遠矣。本然之志有毛西河爲之序，品照上人乃介孫康侯茂才問序於余，重違其意，書此應之。此志固不讓本然，此序恐不逮西河矣。

孫惕庵詩序

余兄壬甫太守娶於臨平孫氏，卽相國文靖公之從曾孫，故余家與孫氏有連。文靖公之孫爲古雲襲伯，古雲之嗣子長齡，字壽伯，曾官順天府治中，後改官兩淮，余自幼與相習也。今年夏，有王君菉君來見，乃吾孫陛雲同年之兄，其續娶婦孫氏，云去文靖公五世，而其世系則未能詳也。以其兄惕庵詩求序。惕庵名存祐，廩貢生，入貲以鹽場大使候選。屢應鄉試，抱才不遇，而卒年止三十有九。其所娶婦許氏，則吾孫婦之從姪孫女也，名蘭貞，號九畹，所作詩一卷，亦附焉。九畹致書於吾孫婦，云：『先夫病卒時，泣而言曰，吾家自文靖公有《百一山房集》，嗣是以來，相承不替。吾自幼卽喜爲詩，與吾姊吾妻時相唱和，倘得俞曲園一序以表襮之，庶幾不泯於世。今吾夫亡，而遺言猶在，敢求吾祖姑於問膳之下爲代乞一言乎？』余因讀惕庵詩，古體詩似從魏晉入手，近體詩中有極雄渾者，卽纖悉小題，亦有寓意，不涉佻巧。九畹之詩，神韻俱清，無塵坌語溷其筆端。此兩伉儷者，皆不媿今之詩人矣。又附其姊孫存英及侍姬丁鳳儀詩，詩雖不多，清詞逸韻，亦復可誦。而又言其翁、其太翁之詩亦附焉。則不知用《黄山谷集》之例，附其父《伐檀集》於後乎？抑用戴復古之例，載其父東皋子詩於前乎？余固未之見也。余從孫婦之請，書數語以弁之，仍交菉君，歸之孫氏，存其詩，並存其人。

黄菊友《歷代帝王年表》序

年表之興尚矣。三代表系，旁行斜上，卽年表之權輿。太史公因之而作十表，嗣後史家亦多循用。然代自爲史，亦代自爲表，與《史記》上及三代者不同，體固宜然也。惟三代以下，事變益繁，或南北區分，或正閏迭起，視太史公書爲十二諸侯、爲六國者，更不易稽考，則尤不可以無表。余幼時見楊州阮氏刻有《歷代年表》一書，兵燹之後，未知尚有存焉者否。余史學粗疏，乙部之書，亦多未備，案頭所有惟長沙黄氏本騏《歷代紀元表》一卷，粗具年歲而已。秀水葉氏維庚《紀元通考》内有《分霸時紀元年表》一卷，曰『三國年表』，曰『十六國迄南北朝年表』，曰『十國迄遼金元年表』，蓋所表者，皆分霸時之國，而正統之朝固不表也。乃今讀黄菊友大令所著《歷代帝王年表》，則自唐堯以來，三千餘年，鱗羅布列，燦然在目，正統霸統，南朝北朝，若網在綱，若示諸掌。讀史得此，洵提要鉤玄之捷法，知人論世之南鍼矣。余流覽一通，如宋武帝有大寧之號，周太祖有天和、建德之號，網羅放失，爲他家所未及。僭竊之國，其有世系可考者，備載於紀元之下，而其所據之地爲今某郡某縣亦詳識之，於此見君史學之甚深也。惟於夏后杼十六年附載《竹書紀年》，以是年爲虞舜元載，此所未詳，恐是讐校之偶疏。又如燕慕容詳建始元年，據《本紀》乃晉安帝之隆安元年，慕容垂建興元年，據《本紀》及載記乃孝武帝之太元十一年，而此兩號，今皆系之太元元年，亦似小誤。蓋十六國棼如亂絲，而燕尤甚，不足爲全書之累也。君宰吾邑有年，邑之人無不稱爲循良之吏，乃史學之深又如此，知君不獨以吏治見長矣。末附《紀元目錄歌》，合計正統、偏安、割據、僭竊諸年號六百零五，以首一字爲綱，得一百四十五字，編成五言詩一首，聲調諧和，詞意明鬯，如『得麟同鳳至』、『鳴燕致鴻翔』，竟是絶妙好詞，《凡將》、《急就》諸家，無此雋永。余晚年得見此書，爲之歎絶，率書數語而歸之，適見余史學之粗疏矣。

《海寧鄉賢錄》序

嘗讀《禮記・文王世子》之篇，曰：『凡釋奠者，必有合焉，有國故則否。』鄭康成釋之曰：『國無先聖先師，則當與鄰國合，若唐虞有夔龍、伯夷，周有周公，魯有孔子，則各自奠之，不合也。』然則今之所謂鄉賢，卽古之所謂國故，其得祀於學，古禮固有然矣。國朝典制詳明，尤重祀典，鄉賢之祀，至詳至慎，屢降詔書，必實係品行端方，學問純粹者，方準題奏。光緒五年，又經禮部奏準，各省鄉賢，須俟其人已殁至三十年後，蓋例彌嚴，典彌重矣。杭州府海寧州，古鹽官縣，元升爲州，本朝因之。其地有文堂、硤石對峙之雄，黄灣、石墩連綿之勝，濱海奥區，人文蔚起，自漢以來，代有聞人。嘉慶、道光間，有許珊林先生者，州人也，其居家以孝友稱，其居官以廉能著，其一生精研典籍，癖嗜金石，尤以文學擅名於時。嘗官平度州，由山東巡撫請入名宦祠，而浙江巡撫又以入祀鄉賢祠爲請，同時俞允，海内榮之。其弟六子湝祥字子頌者，乃編纂海寧鄉賢，自南齊顧歡至先生，四十八人，考其爵里事實，都爲一編，名曰《海寧鄉賢錄》，問序於余。余與先生長子少珊都轉爲丁酉同年，及見其爲人。而子頌又與余孫陛雲爲乙酉同年，且嘗從余游，余不得而辭。爰受而讀之，歎曰：《詩》不云乎，『孝子不匱，永錫爾類』。

子頌以先德崇祀鄉賢，臚舉本邑先賢，詳加稽考，以成此書，豈非錫類之孝乎？其中如顧公歡、褚公無量、許公遠、顔公真卿諸人，固昭昭在人耳目，此外名迹稍晦者，非有此書，則雖俎豆不祧，亦若存而若亡矣。其書根據史傳，博采志乘，傍及傳記，網羅放失，鉅細不遺，用力之劬，尤不可及，吾知子頌於趨庭之日得力於先生家學者甚深也。顧余嘗讀《大清一統志》，見《杭州人物傳》所載〔一〕，若顧黯，若顧越，若王稾，若葉文榮，若蘇平，若蘇正，若唐明德，若祝淵，若蔣心赤，若劉璿璣，若蕭文璽，皆海寧人之著名前代者。《一統志》爲乾隆間欽定之書，既列其名，且詳其事，自可依據，而海寧鄉賢祠中佚焉，豈歷年既久，有所遺漏歟？子頌〔二〕從政之暇，如能補輯一編，使後人得據以增入，則以徵文考獻之中，有興滅繼絶之意，吾見許氏之澤，從此益永矣。

【校記】

〔一〕 載，原作『戴』，據文意改。

〔二〕 頌，原作『誦』，據上下文改。

《竹居先德録》序

余嘗讀《漢蕩陰令張遷表》，叙其先世，出自有周，爲周宣王時張仲，至漢而有張良，文景間有張釋之，孝武時有張騫。其文凡數百言，蓋古人欲稱述其人之有德善勳勞，必詳叙其先世，以明淵源之有自，固漢以來金石家舊例也。余嘗爲又堂張公作《神道碑》文，止載其三代名諱，與其妣之姓氏，而其先世之令德不及詳，嘗以爲憾。乃今得讀其季子楚寶觀察所輯《竹居先德録》，於是喟然歎曰：『張氏之所積厚矣。』莊子不云乎，『水之積也不厚，則其負大舟也無力，風之積也不厚，則其負大翼也無力』。以張氏所積之厚，宜其篤生又堂先生爲一代偉人也。按，此録所載，又堂先生父諱純，字誠齋，咸豐初元以孝廉方正徵，未及召試而卒。先生在時，粤寇未起，卽命其次子廢儒書，習韜略，曰：『天下將亂，非此無以報國。』嗚呼，所見遠矣。次子卽又堂先生也。先生母吳夫人，勤〔一〕於婦職。入廚下執役，久立足痺，至不能行，冬日，指皹瘃流血，口不言疲。奉堂上必以精鑿，已則磑麧屑菽以爲食。衣袽敝敗，補綴幾滿。而惟好施與，遇災必振。光緒十年，順直水災，輸白金千，詔以『樂善好施』旌其門。夫以誠齋先生爲之父，以吳太夫人爲之母，則有又堂先生以爲其子，又何異焉？又附載先生妻李夫人家傳、墓表諸篇，蓋李夫人卽合肥李文忠之妹，賢婦也，此又先生所相與有成者也。楚寶哀集而成斯録，亦可爲善述善繼者矣。或曰：『既以先德名録，而所録者止其祖若父，無乃略歟？』余謂：不然。孔子曰：『聽遠者聞其疾，不聞其舒，望遠者察其貌，不察其形。』蓋遠而無徵，不如近之有據也。余嘗笑明宋景濂爲《張氏譜圖序》，既明其爲晉大夫張老之後，且力斥譜牒家少昊第五子賜姓爲張之不足信，而其作《戴亭張氏譜圖記》則又云『青陽氏第五子揮爲弓正，賜姓張氏』，何其説之矛盾歟！蓋世遠無稽，固不足爲定論也。卽如《張遷表》所載，張良則韓人也，張釋之則南陽堵陽人也，張騫則漢中人也，宗系不同，而牽合爲一，又詎可信歟？子思子曰：『上焉者，雖善無徵，無徵不信。』楚寶此録，善而有徵，余故樂爲序之，且撮舉大略著於篇。異日刻入《春在堂襍文第六編》，亦所以補又堂先生神道碑之未備也。

【校記】

〔一〕 勤，原作『動』，據文意改。

《賢母録》序〔一〕

昔在光緒八年，合肥相國文忠公之母李太夫人卒於兩湖節署，特頒〔二〕諭旨，有賢母之褒，誠一朝之隆遇，千古之美談也。乃賢母又生賢女，而賢女又克成爲賢母，則尤可傳矣。所謂賢母者，都督又堂〔三〕張公之德配李夫人也。夫人爲侍御文安公長女，相國文忠公女弟也。方在室時，侍御公官京師，諸子或隨侍，或遠官，獨夫人以長女居家，治家事，撫視其三弟一妹，使父母不知有弱小之累，可謂賢女矣。及歸張氏，君舅有疾，不能食，夫人已產長男，挏乳汁，溫燖以進，蓋視唐夫人升堂乳姑爲尤難焉。其後都督公出從軍旅，夫人主持門户，節縮衣食，延館耆宿，教督諸子。嘗曰：『婦人以教子爲第一義。』嗚呼，可不謂賢母乎？都督在軍中，有部將餽千金，不受，其人不自安，餽之夫人，亦不受，請至再辭益峻。文忠公聞之，歎曰：『吾妹信有丈夫風概矣。』故吾謂李太夫人以賢母生賢女，而女又爲賢母，非獨尋常閨閫所難，蓋亦中興盛事也。夫人有令子楚寶觀察，既爲《竹居先德録》，而又裒集夫人家傳、墓表等，綴以自撰行略一篇，題曰〔四〕《賢母録》，與〔五〕《先德録》並傳。余既爲《先德録序》，故於此録，亦不辭而序之〔六〕。使夫人賢行信於今而傳於後，異時，國史《列女傳》中於李太夫人後并〔七〕傳李夫人無疑矣。

【校記】

〔一〕此篇又見於《春在堂襍文六編補遺》卷四，用以參校。
〔二〕頒，《襍文六編補遺》卷四作『降』。
〔三〕又堂，《襍文六編補遺》卷四無。
〔四〕『題曰』上，《襍文六編補遺》卷四多『屬題余因』。
〔五〕『與』上，《襍文六編補遺》卷四多『俾』。
〔六〕『余既』至『序之』，《襍文六編補遺》卷四作『且爲序之』。
〔七〕『并』上，《襍文六編補遺》卷四多『必』。

程一夔孝廉《選雅》序〔一〕

李善之注《文選》也，所采用之書，自經史以下，及乎諸子百家，都凡千有餘種。求之馬氏《經籍考》，存者已不過十之二三，至於今日，崇山墜簡矣。又其所載舊注，遠則服子慎、蔡伯喈，近則郭璞、韋昭，皆兩漢緒言，經師舊詁〔二〕，片言隻字，珍逾球璧。余嘗謂：《文選》一書，不過總集之權輿，詞章之輨轄，而李注則包羅羣籍，羽翼六藝，言經學者取焉，言小學者取焉，非徒詞章家視爲潭奧而已。近代諸公，喜求古言古義，如慧琳、玄應《一切經音義》，皆梵氏之書，而寸珍尺寶，往往有得，況李氏此注乎？程君一夔，從事選學，歷有歲年，剌取李注，用《爾雅》十九篇之例，以類比附，成《選雅》一書，其用力勤矣。讀其《自序》，一以存古義，一以資譯學。譯學非余所敢知，古義則余所篤好，近者，陳碩甫氏本《毛傳》作《毛雅》，朱豐芑氏本許氏《説文》作《説雅》，然皆限於一家之學，未若此書之皋牢萬有也。余從前曾擬博采鄭君箋《詩》注《禮》之説，仿《爾雅》體例，輯《鄭雅》十九篇，因循未果。今老耄廢學，不能卒成，讀君此書，良自恧矣〔三〕。

【校記】

〔一〕此文又見於《選雅》卷首（以下簡稱『《選》本』），用作校本。

〔二〕舊詁，《選》本作『詁訓』。

〔三〕『矣』下，《選》本多『光緒二十有八年春二月丁巳曲園居士俞樾序』。

許豫生觀察《遙集集》序

余讀《小雅·楚茨》、《信南山》、《甫田》諸篇，其序皆曰：『君子思古焉。』此卽詠古之權輿。至昭明選詩，而『詠史』遂自爲一體，詠史卽詠古也。然六朝以前，未有近體，故曹子建之《詠三良》，謝宣遠之《詠張子房》，皆五言古體。自唐以後，人文益盛，作者代興，於是詠懷古蹟、憑弔興亡，浸浸乎近體多而古體少矣。詩之工拙，原不係乎體之今古，然使人讀之，回腸動氣，曼聲長吟，不能自已，則近體實較古體爲優。昔元方回著《瀛奎律髓》，於唐宋人詩選五七言近體若干篇，此選近體不選古體者也。金元好問著《唐詩鼓吹》，所錄皆唐人七言律詩，凡九十六家，得五百九十六首，此又於近體中專選七言者也。許豫生觀察以名進士不入翰林，而外膺方面之寄，宦游吾浙，歷有年所，文通武達，爲時所重，簿領餘暇，不廢嘯歌，用遺山之例，選唐以來至於明代諸家詠古七言律，得五百九十一首，釐爲六册，取顔延之《望古遙集》之義，命之曰《遙集集》，問序於余。余讀而喜之，憶童時侍先大夫，夏日納涼，先大夫每爲誦前人詠古詩佳句，如《詠秦始皇》云『焚書早種阿房火，收鐵徧遺博浪椎』；《詠漢武帝》云『求仙下策成巫蠱，開塞荒兵到子孫』；《詠朱翁子》云『是非不脱三長史，富貴徒誇一婦人』；《詠謝大傅》云『花下殘棋兒破敵，燈前老淚客彈箏』；《詠梁孝王》云『禁網初寬到賓客，人材一變起詞章』；《詠姚少師》云『空登北郭詩人社，難上西山老佛墳』；《詠嚴東樓》云『黄閣階前跨竈子，青詞燈下捉刀人』；《詠吴梅村》云『搜才林下程文海，作賦江南庾子山』：諸如此類，凡數十聯，皆七言律詩也。讀觀察此集，回憶青燈舊味，彌覺津津矣。抑又思之，《詩》可以觀，前事之不忘，後事之師也，然則此一集也，謂之發思古之幽情也可，謂之觀象古人，貽則來葉也，亦無不可。『感不絶於余心，泝回風而獨寫』，是在善讀者。

過玉書《治疔彙要》序

古無『疔』字，《集韻》始有之。古字止作『丁』也。《素問·生氣通天論》曰：『高粱變，足生大丁。』王冰注曰：『所以丁生於足者，四支爲諸陽之本也。』斯文也，余嘗讀而疑之。疔之名至多，其所生之處亦不一，如其説，則手亦四支也，何獨生於足乎？竊疑此『足』字，爲『是』字之誤。『是生大丁』，猶上文云『乃生痤疿』，下文云『乃生大僂』耳，説詳余所著《讀書餘録》。王注云：『膏粱之人，内多滯熱，皮厚肉密，内變爲丁。』斯言頗簡而明，蓋諸疔之生，皆由於是，故曰『是生大丁』，明乎此，可以治疔矣。過君玉書，宦游吾浙多年，余夙與有周旋之雅，初未知其能醫也。今年，君來權知吾邑，辱以書問訊，且以所著《治疔彙要》求序。蓋君嘗於右食指生疔，就醫治之，疔雖愈而疔腳不可拔，此指竟廢。已而中指復生疔，懼其指之又廢也，博考故籍，徧求祕方，治之而效，以治他人亦效，遂以善治疔聞於時。三折肱爲良醫，信夫！其論疔曰：『人受不正之氣，或恣食煎炙，或誤中諸食物毒，則生疔。』蓋即《素問》所云『高粱之變，是生大丁』，而亦王注所謂『内多滯熱』者也。其著此書，於辨症用藥，外敷内治，無不曲盡其旨，視《永樂大典》中所載《救急仙方》什百過之矣。且不獨治疔，并癰疽亦治焉，蓋君固精於外科者。所著尚有《外科一得錄》，因疔之爲患尤險且速，故先出此編以行於世。江西嘗來印數千部以去，而楚中并有翻刻之本，惠之所及遠矣。君宰吾邑雖不久，然邑人皆稱其賢，君不獨以醫傳，而醫亦足以傳君。《史記》太倉長臣意，但傳其方伎，而不傳其爲令長時有無治蹟。君則兼而有之，異日方伎、循良並有專傳，即於此編徵之矣。

陳子宣《佐寧聞見錄》序

《周禮》土訓掌道地慝，誦訓掌道方慝，鄭君所説地慝是，説方慝非。愚謂：地慝者，土地之厲氣；方慝者，四方之惡俗也。蓋雖古昔盛時，不能使天下風俗有美而無惡，故有殷頫以除天下之慝，其在小行人之職，曰『禮俗政治刑禁之順逆爲一書』，又曰『悖逆暴亂作慝猶犯令爲一書，康樂和親安平爲一書』。可知風俗美惡，皆有記載，古人固著爲令甲矣。吾浙東西，爲郡者十一，台州距省絶遠，所屬寧海縣，又距府遠。寧海有縣丞，同治初移駐亭頭，其地距縣又遠，僻處海濱，隔絶聲教，民俗之陋，有自來矣。光緒二十七年，吾黨陳子子宣奉檄攝寧海丞，至二十九年，始受代而歸，紀其耳目所及，曰《佐寧見聞錄》，寄以示余。其《序》有曰：『以備鑄鼎神禹之采擇。』余曰：如其言，則以魑魅罔兩待其民矣，毋乃太過。及觀其書，惟首五條略載物產、工藝，然亦未見有康樂安平之美，自落亮以下二十餘條，則聚衆鬭鬨，擄人勒贖，庇護凶頑，欺淩孤寡，甚至典賃妻妾，不知媿恥，皆非人理所宜有，與古所謂『悖逆暴亂作慝猶犯令』者，有過之無不及，比之鑄鼎象物，殆不爲過。陳子此編，其殆古者道方慝之遺意乎？陳子雅負吏才，丞哉丞哉，噤無所施，徒爲之太息而已。瀕海小縣，固不足與於殷頫之禮，然勸課農桑，講明禮教，舉此方之慝掃而除之，以臻於康樂和親安平之盛，而不致長爲悖逆暴亂作慝猶犯令之民，是所望於後之官斯土者。

《寶文靖公詩集》序

道光十七年，歲在丁酉，余初應鄉試，廁名副榜，於是與丁酉中式諸公例得稱同年生。是科人材頗盛，龍驤鳳舉，外任封圻，内登臺閣者，指不勝屈。而吉林相國文靖公，則尤同年之人傑也。余初不與公識，至庚戌歲，余成進士，始見公京師。未幾，而公之名位隆隆日上，馴至秉國鈞而正揆席。余則自中州罷歸，杜門不出，樗櫟不材，自甘廢棄，雖有琴星之誼，已隔雲泥之分，固未敢以尺書投光範門也。

乃公則猶念及之，故其《題趙忠節遺墨》引余言爲證。猶子月汀官江蘇，又寄聲存問，命作詩序。嗟乎，霄漢鳳鸞，猶未忘雞鶴同羣之舊乎！然月汀不久遷去，而公亦旋歸道山，序固未及作，詩亦未之見。光緒丙申歲，公子東甫侍郎裒集公詩爲十一卷，又補遺一卷，共得詩一千五十餘篇，刻板京師。又七年，而月汀自福州將軍引疾告歸，就醫吳下，與余時相過從，遂出示公詩，追述公意，仍命弁言於其端。余與公既忝附同年，而余孫陛雲與公孫笛樓庶常又於戊戌年同成進士，同入翰林，兩家世契，亦云厚矣，余又何辭焉？夫公生唐虞之盛世，爲皋夔之良佐，其發爲詩歌，固宜如昌黎所謂『和聲鳴盛』者。然余竊謂：詩有詩心，亦有詩骨，詩之清在心，清者不得而濁之也，詩之秀在骨，秀者不得而俗之也。人徒見公之詩，皆與恭邸、醇邸相倡和之作，彈豪落紙，錦粲珠零，繩以司空《詩品》，疑若綺麗有餘，疏野不足；而不知其清在心，其秀在骨，鏤金錯采之中，初日芙蓉，天然妍美，絳雲在霄，舒卷自如。正如謝太傅，蕭然有淩霞之致，又如李鄴侯，披一品衣，抱九仙骨。讀公之詩，見公之人也。公嘗服膺耶律文正之言，以儒治世，以佛治心，五六歲時，其先德口授以《金剛經》，背諷不遺一字，少時往往夢游異境，而箕仙降筆，又謂公自衡山修行，降生塵世，語雖無稽，而公之生有自來，則固可信。然則，公固真靈位業中人，宜其詩之心清骨秀，非郊寒島瘦之比，亦非唐之上官體、宋之西崑體所可同日而語矣。請舉此爲後世讀公詩者告，并質之東甫侍郎、月汀將軍，未識以爲知言否也。

劉古香女史《十種傳奇》序

丁酉之春，余在西湖，海州張西渠大令以其同鄉劉古香女史所著詩詞見示，余爲序而歸之。聞女史尚有傳奇廿四種，余請觀焉，則以十種來，問其餘，曰：『在家中。』女史，海州人，而所適錢君梅坡，沭陽人，距浙絶遠，致之固非易也。是年秋，天大霖雨，洪澤湖溢，女史所居圮於水，於是傳奇稿本皆沈霾於泥淖瓦礫中，不可復得，其存者，止此十種矣。余就此十種觀之，雖傳述舊事，而時出新意，關目節拍，皆極靈動，至其詞，則不以塗澤爲工，而以自然爲美，頗得元人三昧，視李笠翁《十種曲》才氣不及而雅潔轉若過之。此外十四種既不可見，則此十種之幸存者，可不爲之流播乎？杭州吴君季英，風雅好事，新得石印機器，願摹印以廣其傳。婁縣楊古醞大令又願任校讐之役，時古醞方權知龍游，簿書旁午，丹鉛無廢，亦可見其游刃之有餘。惜西渠已作古人，不及見其成矣。女史胷中如有記事珠，能將湮没之十四種重寫清本，以成全璧，尤余與吴、楊兩君所欣望也。

日本橋口誠軒詩序

余往年曾應東瀛詩人之請，博選其國人之詩，自林羅山以下，凡百數十家，名《東瀛詩選》，得詩五千餘首，釐爲四十卷，而同時之人之詩亦入選焉，蓋用令狐楚元和詩例，不用昭明《文選》例也。嗣是以後，凡東國之能詩者，來游禹域，往往見我於春在堂。己亥之秋，有本田種竹者，以所著《戊戌游草》見示，余讀之，欣然曰：『得一詩人矣。』未幾，又有橋口誠軒以《山青花紅書屋詩》六卷見示，余讀之，又欣然曰：『得一詩人矣。』其詩不紀年而分體，絶句兩卷，律詩兩卷，古詩兩卷。余考古人詩集，如杜如蘇，始皆依類編纂，及施武子注蘇詩，極詆永嘉王氏分門别類之失，而改用編年，其實非古也。誠軒編詩，合乎古例，而其詩又各體皆工，清而腴，質而雅，近體無骫骳之音，古體無聱牙之語，信乎其爲東國詩人也。誠軒嘗用西法照其小像，與余及吾孫陛雲同立山石間，容貌清臞，被服儒雅，蓋人如其詩，詩如其人者。余以虚名流播海外，東瀛諸君子，不我鄙棄，使他日有以續選爲請者，誠軒之詩，必與本田種竹同入選中矣。

鄭夢白先生《小谷口紀事畫引》跋

鄭夢白先生爲吾鄉先達，以牧令起家，官至開府。先君子及先兄皆嘗主於其家，而余又與先生猶子吟梅大令、聽篁侍御爲同年生，論世講之誼，先生固居丈人行矣。余從孫箴璽娶先生之從曾孫女，則又與先生有連。然余惟以甲辰之秋一見先生於武林行館，此後未得繼見，先生之政事文章，固無以測其涯涘也。乙未孟夏，先生之從孫肖軒少府，攜示《小谷口紀事畫引》一册，蓋先生於道光乙巳歲歷敘自幼至老事蹟，各爲小引，而張君竹筠爲之作圖者也。當時蓋嘗刻於桂林使署，兵燹之後，圖不復存，而幸存其引，自『湖舫燭緣』迄『西園寫照』，凡六十事，中間如治河、治漕、防海、防江，以及武陵仙蹟、匡廬神鐙，時有險夷，事有巨細，無不備見於此編。讀其引，如見其圖矣，夫圖之存不存，固可勿論也。宋皇祐間，曾命待詔高克明等圖畫宋興以來盛事爲十卷，山川、宫殿、人物，細入豪髮，至今亦無尺幅之存矣。先生政蹟、文章所不朽者，固自有在，畫雖不存，亦復何憾？吾願肖軒刻此《畫引》，以行於世，異時著録藝文，亦如《漢志》所載《齊孫子圖》四卷、《魏公子圖》十卷，佚其圖，存其書可也，豈必原圖具在，然後可與同時麟見山先生之《鴻雪因緣圖》並壽名山哉？

王漱馥《文章釋》序

昔劉歆奏《七略》，班固删其要入《藝文志》，有儒家者流，道家者流，陰陽家者流，法家者流，名家者流，墨家者流，從横家者流，襍家者流，農家者流，小説家者流。謂之曰『流』，明其有所原也，故自『儒家者流，出於司徒之官』，至『小説家者流，出於稗官』，皆因流而究其原，推其所自出，詳哉言之矣。後之學者，又推其例於文章，於是晉摯虞有《文章流别》之作，史稱其『類聚區分，辭理愜當，爲世所重』，而書已亡失，後人纂輯，未睹其全。近世存者，則有梁任昉《文章緣起》一卷，《四庫》著録焉，《提要》譏其『表與讓表分爲二類，騷與反騷別立兩體』，則其書殆出依託，非其舊矣。於是乎王子漱馥又有《文章釋》之作，備列文章一百四十有二體，而一一推其所始，蓋亦摯虞、任昉之遺意也。然其書則甚精審，無如《提要》所譏者。剞劂既成，寄以示余，乞爲之序。余受而讀之，竊歎其用力之勤，與其考古之詳而且當也。君與余素不相識，而數百里詒書相屬，所望於鄙人者綦厚，則凡意有未合者，亦不能不爲君陳之，以效古人盍各之義。孔子《春秋》，絶筆獲麟，自此以下，至『孔某卒』，皆弟子所續，『續』之一體，宜託始於是，不得謂源出晉司馬彪《續漢書》也。楊雄以經莫大於《易》，故作《太玄》； 傳莫大於《論語》，故作《法言》； 史篇莫善於《倉頡》，故作《訓纂》； 箴莫善於《虞箴》，故作《州箴》，『擬』之一體，宜託始於是，不得謂源出漢班固《擬連珠》也。至於『七』、『九』兩體，但云『陽數不鑿求』，其説視明陳懋仁以爲源出《孟子》、《莊子》之七篇者較爲有見。然竊嘗推其所出，以爲源於古之恆言，古人之詞少則曰一，多則曰九，半則曰五，小半曰三，大半曰七，是以枚乘《七發》，至七而止，屈原《九歌》，至九而終，不然《七發》何以不六，《九歌》何以不八乎？ 若欲舉其實，則《管子》有《七臣七主》篇，可以釋七，而《大禹謨》、《九歌》更可以釋九。率爾及之，以補尊説所未備，或亦喜鄙人之舉一而能反三乎！

日本大賀旭川詩鈔序

日本與我爲同文之國，其聲教相通，蓋自唐以來有然矣。近者其國變易舊章，更用新法，發憤自強，駸駸乎與泰西諸大邦爭雄海上。於是我國亦從而效之，士大夫言新法，往往不求之西而求之東，蓋亦以同文之國，濡染較易也。余謂： 法有新舊，道無新舊，無論新舊，道則一也，故萬變者法，不變者道。大賀氏旭川先生，其知道者歟？ 先生之學，出入儒釋間，蓋亦其國舊俗然也。日本自保平以降，文藝一道，委之緇流，雖講濂洛之學者，亦以僧元惠爲宗，國有大著作，皆僧主之，士大夫游於方外，不以爲異。先生少時住持淨圓寺，退院後以儒學教授，明治五年，奉教歷試通國僧侶於東京本願寺，五月而畢，仍以講學自娱。而其時新説盛行，横經訪道者，晨星寥落，於是著《三條述義》，冀存墜緒之一線。既而信從者衆，青衿雲集，溥及三越，至武羽三十三國，弟子著録者，千數百人，可謂盛矣。嗚呼，先生殆有見於道之不可變，而不欲以變法者兼變道歟？嘗私論之，形而上者謂之道，形而下者謂之器。以形而上者言之，則惟吾中國聖人之道爲備，自堯舜至孔子而集大成，漢宋儒者，講明其義，各有所得。即貴國如惺窩、如蘿山之講宋學，如仁齋、如茂卿之講漢學，亦皆有得於此道者也，不必舍而他求也。以形而下者言之，則惟泰西人爲最精矣，泰西之强，强於此也，苟慕其强，亦學其藝而已，若曰道在是，則非吾所知也。先生所著《三條述義》，余未得見，不知與吾説同否。惟念先生今年八十有五，余今年八十有三，蓋小於先生者兩歲。海天寥闊〔一〕，二老存焉，以風馬牛不相及之人而所見略同，既以自慰，亦以自壯，故書此於其詩鈔之首。《詩》不云乎，『風雨如晦，雞鳴不已』，願吾兩老人共勉之也。

【校記】

〔一〕闊，原作『闊』，據文義改。

書徐養資宗伯恭進賦稿後

花農太史輯《誦芬詠烈編》，自文敬以下諸公詩若文，上稽史牒，傍詢故老，徵文考獻，蒐輯無遺，可云備矣。乃越數年，又得其先世養資宗伯官順天學政時進呈《聖駕東巡恭謁祖陵禮成賦》一篇，蓋乾隆十九年所作者。其文二千餘言，照燭三才，暉麗萬有，昌黎所謂『春容乎大篇』也。洪惟本朝朱果，發祥白山，毓秀振長，策執大象，奄有諸部，耆定中原，遂開億萬年有道之基。宗伯此賦，聲調諧乎金石，詞采炳乎丹青，洵足以窺見本原，潤色洪業。蓋我國家文德武功，超逾萬代，而高宗純皇帝，敬天法祖，參乾兩離，紀綱八極，經緯六合，實爲千古未有之盛軌。宗伯金相玉潤，大放厥辭，亦唐宋以來未有之傑作。嘗讀明臣魏學禮《大祀山陵賦》，寂寥短章，索然意盡，豈前朝德薄，不足以發之乎？抑其人才力之不逮也？方今皇上，恭承祖舊，率由典章，異時遵循故事，奉皇太后鑾輅東巡，敬謁三陵。花農列載筆之班，備扈從之役，再以一篇奏御。宗伯激清風於前，花農陳麗藻於後，昔人云『文體翩翩，無忝爾祖』，吾於花農望之矣。

彭剛直公墨蹟跋

彭剛直公，篤於風義，以曾受高螺洲先生國士之知，故於高氏尤篤。先生第四女嫁李氏，李故皖人，而寓於杭，嘗往來於公之西湖退省庵，若兄妹然，余兒婦輩皆得見之。其子少介司馬，余亦相識也。今年春，有嚴子湛毓尹以公墨蹟長卷見示，乃公與其先德蘭史太守書，太守固螺洲先生長女壻也。書不署年，以事實推之，始同治十一年，迄光緒十三年，共十有六年。書凡十六通，末附三紙，字蹟潦草，初疑公病中作，讀其語，則猶在廣東軍營中，蓋公在粵固已病也。稱太守爲弟，蓋於太守有異姓昆弟之誼。書中亦嘗及李氏事，公於兩家，恩義無異，其拳拳於嚴氏，固不下於李氏也。而憂時感事之深心，死而後已之素志，無不流露於言外。公固百代偉人，此卷亦千秋名蹟，子湛寶之哉！余家藏剛直手書，無慮百十通，亦擬排比次第，標飾成册，俾子孫世守之，與嚴氏此卷長留天地間也。

《汪氏四節圖説》序

四節皆出於新安汪氏，其《圖説》，皆汪君定執字允中者所爲，蓋四節者，三其姑也，一其姊也，姑及姊，皆與允中同祖。一姑行四，適方氏，未兩載而夫亡，遺孤殤焉，嗣族人子爲子，以存先祀，三代未葬之柩，悉爲營葬，是節而兼孝者，四姑也，爲圖曰《祀先》。五姑適許氏，夫臨卒，執其手，以父老爲託，謹識之，不敢忘。翁疾，刲臂以療之，又籲天請以身代。其節孝與四姑同，爲圖曰《療翁》。六姑適楊氏，夫病且死，六姑語家人曰：『治斂具必二。』衆知其意，備之嚴，乘間自墜樓死。蓋其志趣與四姑、五姑異矣，爲圖曰《殉夫》。姊適程氏，夫亡，撫遺孤成立，承襲其先世所得世職。子亦能稟母訓，不墜其家聲。因附圖於三姑之後，曰《課子》。余觀其圖，讀其所爲説，歎曰：四節萃於一門，可爲盛矣。或謂六姑殉夫而死，當謂之烈，不當謂之節。余謂：節、烈一也。原節之名義，起於古之符節，使人持守而勿失者也。節之所在，生死以之，期於不失而已。生守謂之節，死守謂之烈，烈亦節也。不讀文信國《正氣歌》乎：『天地有正氣，襍然付流形。』『時窮節乃見，一一垂丹青。』其下所羅列，如嵇侍中，如顔平原，斯其人，皆所謂斷脰決腹，一暝而萬世不視者也，而皆歸之『時窮節見』，何嘗以生死而異視之乎？在國家表揚風化，自有節婦、烈婦之分，若垂之家乘，則有不必盡拘者。節有三，而烈則一，以一從三可，以三從一不可，斯圖斯説，請大書特書，牽連而書之，曰『四節』。

《募刻石屋洞五百羅漢像》啓

光緒辛丑，西湖虎跑寺品照上人有募刻石屋洞五百羅漢之舉，盛舉也。先是，丙申之秋，余游石屋洞，於其左得一小洞，石刻『乾坤洞』三字，入之，則一僧在焉，問何名，曰開量。問何爲居此，曰愛其幽僻耳。余因周覽其旁，得明人題名者四，最著者霍文敏，而查應兆、李元陽、林雲同，亦非碌碌者，乃歎曰：『此亦西湖一勝地也。』因言於丁君松生。松生卽爲建屋三間，俾開量居之。今年春，余在吳下，松生之猶子修甫孝廉書來，乃知開量上人已入涅盤。修甫商於虎跑寺品照上人，命其徒曰增暉者來主其地。品照功行堅苦，願力宏大，謂：『乾坤洞不見志乘，不過石屋之附庸耳。石屋洞舊有石屋寺，建於吳越時，宋宣和間改名大仁禪寺，明成化間重修。讀丘文莊《記》，有殿有閣，有塔有橋，極莊嚴之盛，故蹟雖淹，名勝具在。乾隆間，高宗南巡，御題六言詩一首，奎壁天章，照耀巖壑。乃百餘年來，崩榛荒葛，游屐罕至，非特象教不光，抑亦名山減色矣。』乃議將乾坤洞歸并石屋洞，廣築垣墉，以定界埒，爲將來修復大仁寺張本。石屋洞舊刻五百羅漢像，歲久漫漶。會其時有以常州所刻五百羅漢像撫拓至杭者，品照因謀刻之此洞，以仍舊貫，介修甫而商於余。余按，五百羅漢，其説有二。佛經説：五百羅漢，本五百商人，佛爲説法，證阿羅漢，分形顯化，作福人間。是羅漢本止五百也。據《阿闍世王經》，阿闍世問舍利佛、文殊師利等輩幾人，曰五百人，則此説可信。佛經又説：佛以無上法授迦葉，命十六大阿羅漢，各率其徒，行化四方。而弟五尊者諾矩羅與其徒八百人往南贍部洲，三百人居雁蕩，五百人居天台。是羅漢本八百，而此五百，則居天台者也。據《傳燈録》，文殊問無著，南方佛法多少。無著曰，或三百，或五百。則此説亦可信。宋梁文靖《三山志》言，大中寺有八百羅漢像，未知今閩中尚有之否？杭州淨慈寺五百羅漢則始於宋紹興時，諸像爲一異僧所手塑，塑成而異僧化去，乃聖蹟也。嘉慶三年，常州知府胡公使人至淨慈依塑像圖繪，刻石常州。今又以其拓本還刻之杭州，是亦佛家一重公案。杭州既有塑像，不可無刻像，塑像不能保其千年不壞，石墨具在，則聖蹟長存矣。品照發此願，或諸佛菩薩有以啓牖其心乎？惟買石匄工，又須築立垣牆，所費甚鉅。願君子各發菩提心，量輸王面錢，助成此舉，其功德無量，當更在宋時塑像之上。余六年前偶然蠟屐獲游此洞，不可謂無緣，故不避饒舌之嫌，敬爲集腋之請。方今北方烽火頻仍，而南中安堵無恙，吾儕共履佛地，宜結福緣，想四方善信，具有同心也。

《虎邱陳氏清節堂章程》序

國家旌别淑慝，降德於衆庶兆民，雖閭閻匹婦，亦知名節之重，每歲以節孝旌者，無慮數百人，可謂久道化成矣。於是士大夫亦知仰體朝廷德意，加惠窮嫠，清節堂之設，所在多有，而吴郡陳氏所創建者尤可風焉。陳故吴中名族，嘉慶中有諱道修字禮堂者，性喜施濟。見吴郡善堂林立，而清節堂尚缺而未備，乃度地於閶門外虎阜之陽，出其家財，創建房屋數百椽，收養本城及外府縣及外省之青年節婦孤苦無依者，衣之食之，病者藥之，物故者葬埋之。或有母若姑，子若女者，亦準其攜挈入堂，子長則設義塾以教之，女長嫁之。經始於嘉慶十七年，至道光三年，歲大無，經費不支，爰將自建别墅、自營生壙出售於人，以濟其不足。嗚呼，難矣。既殁，而其子諱榮桂字薌林者，克承父志，不替舊規。庚申、辛酉之亂，蘇城淪陷，率諸嫠婦，避地江北，僨屋泰興，堂規肅然，仍如其舊，偵探四出，有警即遷，不使一日失所。心力交瘁，旋以病卒。其子名德基字子成者，又奉母陶氏之命，起而繼之。亂定復歸，堂屋圮毀，田畝荒蕪，擑搰經營，力圖規復。當道鉅公，鄉里同志，亦共贊助，冀復其初。迄今又三十餘年，而陳氏清節堂一律如前矣。吴郡搢紳先生嘉其先世高義，言於臺司，達於朝廷。詔下，禮部已故五品封職陳道修，其子已故教職陳榮桂，均準建坊，給予『樂善好施』四字。子成乃將歷奉公牘，及其祖若父所定堂規彙刻一編，求序於余。受而讀之，則有陸鳳石尚書碑記冠於其首，建置本末，言之詳矣，余又何言？惟念是堂設立以來，幾及百年，節婦貞女之得邀旌表者，已一百五十人，而孤子入塾讀書、得游庠序者，亦不計其數。方兵亂之時，隨陳君北遷者，皆幸而免，其留堂不去者，若殷氏，若石氏，若王氏，若程氏，若蔣氏，及石氏之女，蔣氏之妹，皆慷慨赴義，自投清流，無一玷辱。乃至堂中司事之友，若門君照亭，若韓君仰峯，皆見危授命，不忍委之而去，下逮閽人之賤，有趙楳堂者，亦死於其職，同日捐軀。諺云：『桂林無裸木。』其弗信矣乎？夫微顯闡幽，《春秋》之志也，問善相告，儒者之事也。陳氏三代，善繼善述，尚矣；而此諸人亦卓卓可傳。余故牽連而書之，以應子成之求，并爲鳳石原記補所未備焉。

春在堂褉文六編卷十

童寄梅六十壽序

慈谿之爲縣，枕高原而面曠野，九峯峙其東，兩江流其北，山水秀麗，人物豐昌，其中多龍蟠鳳逸之士。余識其賢士大夫，蓋非一人矣，乃今而又得一篤行君子焉，曰寄梅童君。童氏自宋時由鄞之建嶴遷慈谿之戌谿，遂爲慈谿人。君父中書君，有聲庠序間，娶陳宜人，生三子，君最少年。十有五，避粤寇之亂，舉家入茅嶺山，恆患乏食。君躡足萬山中，采山薯，釣溪魚，以供甘旨。陳宜人病，躬侍湯藥，不解衣而息者數月。及抱臯魚之痛，佐父兄治喪葬，不以貧而廢禮。五五服終，慨然曰：『瓶之罄矣，惟罍之恥，敢慕仲舒下帷之名，而忘季路負米之義！』於是舍章句之學，而習操贏制餘之術，候時轉物，遠至粤東。每念家貧親老，自甘淡泊，麤袍糲食，衣櫛蕭然，銖金寸錦，悉寄還家，歲月積儲，樂生不窶，昔也壁立，今也素封。古人云『富在儉力趣時，不在歲司羽鳩』，其是之謂乎？君富而好禮，輕財重義，天性之篤，尤倍恆情。先是，中書君既占炊臼之夢，乃合續弦之膠，繼室以沈宜人，生一子二女，恆撫而歎曰：『尺繒升粟，聞之古謠，老夫耆矣，奈若曹何？』然君善視其弟妹，不以異母而有間，養之教之，以娶以嫁，分支裝遣，皆從其厚。曰：『吾不負先人遺意也。』伯、仲兄前卒，自絞紟衾冒，以至楄柎藉幹之具，皆佽助之。推而至於母族，又推而至於妻族，凡窀穸之事，賴君以舉者如干家。遇兄弟之子尤厚，既已別居異爨，又割己產，使均分之，俾無孤寠之歎。高祖以上，祭祀之禮，久闕不修，君買祭田，以供粢盛牲殺之費，追養繼孝，雖遠必虔。又念先世潛德不耀，子孫當有興者，厚摯幣，豐脩脯，延名師，課諸子，買書五六萬卷，縹囊緗帙，充滿軒楹，供其流覽，以資啓發。歲在辛卯，其兄子佐宸孝廉以第十人舉於鄉，君之力也。君雖操計然之術，而喜讀書，遇文士，折節與交。誦紫陽《綱目》，如肉貫弗，摹魯公《爭坐位帖》，見者謂可亂真，非尋常闤闠中人也。鄉里善舉，知無不爲，夏施醫藥，冬施棉衣，歲以爲常，有增無減。橋梁道路，修之平之，寺觀頹廡，繕完葺之，凡有以告，無有不諾。好刻醫書，如《達生編》、《驗方襍編》，摹印萬本，行於人間。吉凶同患，君之願也。其在粵東，如愛育堂、仁濟院、潤身善社及鏡湖、東華諸醫院，皆出巨資，以助經費。而平安堂之設，則尤功德之大者。自泰西通商，輪船暢行，電軫飆輪，瞬息千里，人皆便之。然船中或偶有物故者，則舉而投諸海，夷例然也。君曰：『螻蟻何親，雖莊生之高論，然首邱之義謂何，忍葬之魚腹乎？』乃與同志金君菊存謀建立公所，置備棺槥，分儲自粵至滬之船，以待倉卒之用，美其名曰平安堂。此風既創，各輪船皆踵行之。君又募捐數千金，以期行之久遠，此一舉也，所謂澤及枯骨者矣。宋徐度《卻掃編》稱：漏澤園之設，始於元豐間陳向。余嘗載之《茶香室三鈔》，以爲千古善法之所自始，不可没也。今觀平安堂之設，何減於漏澤園乎？國家以睦婣任卹之意，風示天下士民，義舉有在千金以上者，輒命以『樂善好施』旌其門。君陰德耳鳴，不自表襮，事不達於所由，名不聞於臺司，淡然不以榮利動其懷，余謂之篤行君子，洵不虚矣。每遇人緩急之事，輒陰佽之，不使知其姓名。去歲，直隸荒於水，募千金，助溫振，亦不自以爲功。修德無不報，天殆將昌其家乎！元配鄭，繼配鄧，皆莊姝有禮法。生丈夫子一，已嶄然見頭角。君貌魁岸，而性極慈祥，無疾言，無厲色，雖豪於飲，飲不過量，每遇良友，必盡歡而罷。今年四十有九〔一〕矣，精神興會，與少莊無異，自此由六七十以至期頤，未可量也。佐宸孝廉遠乞鄙言，以爲君壽。余切人不媢，因臚舉其善行而著於篇。宋時慈谿有童君居易，號杜洲先生，流風餘韻，於今未泯，君其有以紹之乎！吾知其名其壽，必與慈湖並永矣。

【校記】

〔一〕四十有九，篇題作『六十壽序』，兩者必有一誤。

方母張恭人六十壽序

柏墅方氏，浙東鉅族也。宋時有以右正言建言左遷爲鄞令者，遂家於慈谿鳴鶴山，實爲四明方氏始遷之祖。其第五子遷鎮海之鳳浦，至明萬曆間，又由鳳浦遷柏墅，至今歷十二傳，世有清德，而柏墅之方，遂爲浙東望。余以舊史氏惇習記載之文，方氏之賢者，屢見於吾文矣，而今又以小文爲張恭人壽。恭人蓋方性齋先生繼配也，始來歸時，年甫十有六。君姑周太夫人在堂，事之惟謹，質明而起，盥漱適寢，饘酏酒醴必親調焉，衣衾簟席必親澣焉，有事則身先之，不待頤指而咄嗟立辦，所謂『婦如影響，焉得不賞』，斯之謂矣，然此猶小節也。其大者，在善相其夫與善教其子。性齋先生以兩昆蚤逝，棄儒而賈，就時於滬。滬爲眾商之淵，通闤帶闠，井竿萬集。先生長於榷會，操贏制餘，法孔氏雍容之風，致樊重君子之富。其時適有軍事，朝廷命重臣總師干，自滬進規江浙。先生捐助軍糈，數逾巨萬，詔以道員用，賜鶡羽以飾其冠，旋易之以孔翠。於是方氏之名益著，其業亦益盛。先生終歲在滬，不皇家食，家中事悉委之恭人。諸昆季皆同居合爨，大小數百指，米鹽靡密，千緒萬端，恭人從容裁決，黑白分明，一歲所入，無銖金寸錦之私。是以人無閒言，家無廢事，先生得以無内顧憂，泉源渾渾，屑然千鎰，富埒陶白，貲鉅程羅。此則恭人之善相其夫也。俄先生寢疾滬上，恭人馳往省視，躬治湯藥，不解衣而息者兩閱月，日夜露禱於庭，籲以身代，而疾竟不瘳。恭人痛不欲生，族姻之在滬者，咸以旅櫬未歸，遺孤猶稚，曲爲譬喻，勉進糜粥。時恭人已舉丈夫子一，又有側室子二，嶄然頭角，皆有可見。先生真泠之言曰：『吾昆弟七人，爨無異烟，世稱高義。然人衆事煩，日不暇給，非可爲常。《易》不云乎，「渙其羣」，亦元吉之道也。』恭人乃屬其族之長老謀之，先生猶子字仰峯者進而言曰：『遵季父遺意，器用財賄，宜析爲七。然吾家成此素封，實藉季父之力，今季父往矣，而諸弟皆幼，以養以教，以至成人，所費不貲，請留其半，餘則六之。』恭人喟然曰：『善哉，爲吾三子謀也！雖然，古人有言，賢而多財，則損其智，愚而多財，則益其禍，焉用多爲？且先夫遺言在耳，墓草未宿，忍背其言以行私乎？』仰峯乃不敢請。自是家事稍簡，屏居一室，足不逾閾，而勤恁精練，仍如平時，督課諸子，有加於昔。晚自塾歸，必問所業，寒暑無閒，應對偶乖，涕泣不食，諸子温燖故業，不敢怠荒，伯霜仲雪，翬然並起。長子覲年，附貢生，賞同知銜；次子崇年，光緒乙酉科舉人，賜花翎，加五品銜；第三子舜年，恭人出也，以高材生餼於庠。孫五人，皆瑤環瑜珥，稱其家兒。昔李景讓母不取藏錢，曰：『天若以先君餘慶憫及未亡人，當令諸孤學問成立。』其後景讓昆弟，並有重名，位至方岳，《金華子》記述，以爲美談。今恭人不從仰峯之請，辭隆從窊，推多取少，而諸子咸克自樹立，益振家聲，賢母所見，大略相同。此則恭人之善教其子也。素性儉約，雖高貲萬萬，而椸無新衣，荆釵布裙，衣櫛蕭然，非有喜慶之事及以事至親串家，未嘗被服羅綺也。居其姑之喪，哀毁成疾，幾至不起。性齋先生之殁也，年甫三十有六，屏棄膏沐，不事華飾，至乙酉歲，次君舉於鄉，始被吉服，出受家人賀，蓋自稱未亡以來，縞素十餘年矣，尤其至性之過人者也。生平無疾言遽色，與先後築里，相得甚歡，下而臧獲侮甬，亦莫不待以恩禮。里中貧不能自存者，計月而賚之錢，皾之粟，或無以爲斂，則棺槥之，或無以爲葬，則虆梩之，三黨之中，有以緩急告者，至再至三，靡不應也。性齋先生嘗有志爲義莊，搆一堂，顔曰師范，其在滬也，創設四明公所，爲鄉人停紼之地，工未竣而殁。恭人命從子輩踵而成之，蓋承其夫之遺意，以下啓其子若孫，所見尤深遠矣。余嘗歎柏墅方氏之多賢，士大夫今乃知又有賢婦也。昔朱考亭之祖所居曰朱村，村多烏柏樹木，葉經霜，紅如渥丹，見羅逸長《青山記》。余未至柏墅，不知風景如何，然方氏多賢，則信而有徵矣。柔兆涒灘之歲正月四日，爲恭人六旬設帨之辰，諸子皆劵韝上壽，而乞余一言以侑之。余惟荀子有言，『樂易常壽』，揚子有言，『人壽以仁』，如恭人之賢，眉梨耈鮐，未可限量。今以周甲稱觴，猶賓之初筵耳，異日由七十、八十而至期頤，諸子皆致身通顯，有位於朝，或如陳叔達之以御前蒲萄遺母，或如崔邠之親導母轝，公卿避路，柱史載筆，侈爲盛事，此則邦家之光，非徒柏墅之慶。余更願得而紀其懿也。

楊石泉制府七十壽序

嘗論天下大勢，自鄭康説《禹貢》，有『陽列』『陰列』之名，而後世遂分爲南北兩條。北條以河爲主，南條以江爲主，西北之地，大河所環抱，故三代建都，皆在河北，東南之地，大江所環抱，故荆楚之强，莫强於天下，而人材之盛，亦莫盛於天下，自殷周以來已然，而當今之世，則尤楚材極盛之時也。洪惟聖清，彌綸天地，籠絡萬品，二百年來，安於磐石。道光之季，極熾而豐，稂莠不薅，蘖芽其間，初發難於粤西，遂蔓延乎東南，飈飈紛紛，爭爲長雄，生民爲之塗炭，朝廷爲之宵旰。惟天篤祐我聖清，爰聚數千載昆侖旁薄之氣，畢鍾於三湘七澤間，而長沙一郡，左抗荆門，右納夏汭，南控五嶺，北扼洞庭，總上游之輨轄，據三江之襟帶，則尤風雨之所會，陰陽之所和也。於是乎惇龐耆艾、表裏文武之材，應運而出，龍驤鳳矯，霆砰電射，左提右挈，旋乾轉坤，以奏中興之績。如曾文正、左文襄、羅忠節諸公，天下仰望，若神人然，而宫保楊公，卽其同時並起者也。同治元年，穆廟以蘇浙糜爛，有詔曾、左兩公，選能戰之文員，補兩省之實缺，又命於平日所知，舉其堪勝大任並嫻軍務者，以備簡用，而左公所保，則公與焉。疏稱：楊某師事羅澤南，又與已故道員王鑫、前任藩司李續賓、見任安徽巡撫李續宜爲友，廉明篤實，曉暢戎機，性情沈静，屢辭保薦。讀此疏，而公之性情學問，以及師友淵源，可概見矣。樾之與公相識也，在同治乙丑之歲，公時方陳臬於吾浙，至今三十一年。辱承不棄，在浙時，每枉車騎，訪我於湖上，又嘗共泛輕舠，徘徊於平湖秋月、三潭印月間，從容談笑，故雖出處殊途，仕隱異軌，而粗識其生平行事之大概。蓋公自幼卽篤志於學，獵書涉史，雪彩螢光，雖簞瓢捽茹，樵蘇弗繼，而掇芳儒素，厥志不渝。試於有司，補博士弟子員，楚地多材，與童試者，一邑或千餘人，青領之生，橫舍推重，咸謂荆玉開瑩，幽蘭扇發，自此科第拾芥矣。而公内審才量，外觀時勢，慨然曰：『天下方將有事，大丈夫遇風塵之會，必有淩霄之志，安能兀兀窮年，作老博士乎？』一赴秋闈，薦而不售，卽吐棄不顧，退而求經世有用之學。歷代之理亂，方輿之形勝，財賦之源流，戎機之利鈍，見始知終，如寘諸掌。粤寇之起也，曾、左諸公知公爲羅忠節高弟，咸勸出山，相助爲理。公遂投筆而起，與李忠武、李勇毅、王壯武、蔣果敏諸公並參戎幕。王師攻武漢，克崇、通、咸寧，皆身在行間，戰功甚著。未幾，左文襄以太常寺卿奉命率師規復浙江，疏請公總理營務。凡攻械守圉之資，舟艫戰馬之用，堅堅瑕瑕、危危窮窮之策，目覽辭牒，手答牋書，心算口占，應時條理，文襄倚之如左右手。故雖已授衢州太守，而文襄以爲，金華初復，軍務益繁，一切進止機宜，非深明方略之員不足以資贊畫，請仍留營中，并開所授缺，擢用道員。優詔俞焉。旋由糧儲道遷按察使，會蔣果敏之兵攻克餘杭，又獨率一軍轉戰而前，連克武康、安吉、孝豐三縣，出境追賊，至寧國縣，禽馘無算，粲散亦無算，戰蹟爲諸將冠。詔加布政使司銜。浙江平，遂遷布政使，自領郡至開藩，相距曾不數稔。古人有『卯年剖符，酉年曲蓋』者，方之猶爲晚矣。時繼文襄而撫浙者，爲馬端敏公、合肥李公，咸倚君爲重。灰燼初收，瘡痍未復，裁減賦額，剔釐漕弊，皆所榷略，允稱石畫。文襄時督閩浙，創議減兵加饟，閩事自任，浙事屬公。自是以往，浙兵動止應規，進退中律，教誨調一，鴻然改觀。朝廷知公可大用，遂有浙江巡撫之命。水大而鱗舒，風高而翼展，輕車熟路，沛然有餘，桴鼓不鳴，衡轡俱息。樾每歲得與公周旋，在是時也。嘗見謂曰：『與君作半日游，如游塵外。』其高曠之懷，不可見乎？餘杭之獄，固疑案也，當時之議，頗有異同，至今亦迄無定論。公之去官也，樾送以詩，云『聖主自因民命重，吾儕深惜使君賢』。時屬而和者數十人，迨後文襄追論前事，謂：『是非無從置喙，然觀浙人追思之切，亦見其無負於浙人也。』斯言當矣。文襄以陝甘總督督師出關，奏請公幫辦軍務，仍得專摺奏事。已而文襄入覲，留參樞密，即以公權督陝甘。時陝甘初定，新疆創設行省，官制、兵制，一無故事可循。三省文書，會萃於制府，千緒萬端，烟霏霧集，視浙事何啻倍蓰。而公用類推迹，白黑分明，身兼數器，衎衎辯舉。『舟大者任重，馬駿者遠馳』，公之謂矣。及文襄出督兩江，公亦移總漕政，仍同官江南。暨法越搆釁，擾及閩疆，馬江一役，師徒撓敗。朝廷以閩中大吏皆不知兵，遂授公閩浙總督。而文襄以大帥至福建視師，公與從容布置，宏謀祕算，以三驚而當一至，敵不敢乘，八閩安堵。而浙中又有招寶山之捷。招寶山者，浙之門户也，山在大海中，四望浩渺，與天無際，視海中諸島，隱約如鳧鷗，日本、琉球，諸番異域，歷歷可數。公撫浙時，親臨其地，歎曰：『此天險也，宜建礮臺。』及是，果由是臺發礮，擊毀敵船，檣摧檝傾，籠東而去。於是咸服公所見之高，而我浙之人則尤歎公有造於兩浙者大也。溯自粤寇敉平以來，三十餘年，曾、左諸公，皆騎箕尾而爲列星。去歲，東夷犯順，奪我藩封，據我邊境，海内震動。天子聽鼓鼙而思將帥之臣，而湘軍宿將，存者無幾，惟公雄鎮西陲，朝廷賴以無西顧之憂，海内莫不倚爲長城之固。而公之年，亦已七十矣，其再莅秦隴，又歷七年，政平訟理，時和年豐，邊陲風景，雖不同内地，而公之所至，和氣成春，士女丰昌，市廛闐溢，亦當不異浙中。諸公子皆克承家學，有官監司者，有舉孝廉者。孫曾輩森然玉立，瑤環瑜珥，蘭茁其芽。公顧而樂之，輕裘緩帶，黄髮皤然，神明不衰，視聽如故。軍府多暇，仍以翰墨自娱，有求書柱銘壁帖者，欣然命筆，龍跳虎臥，鳳翥鸞翔，精神淵著，於此可見。簪菊佩萸之日，爲崧生嶽降之辰。往年六十四歲，天子錫賚便蕃，親灑宸翰，書『巖疆錫羨』四字以賜。今當古稀之慶，必有上尊牛酒之頒。樾以僻遠，未得躬睹其盛，瞻望龍門，如在天上。而公同鄉諸君子，以樾粗識敘述之體，屬爲小文，以介大年。昔歐陽公有言，『元氣融結爲山川，山川秀麗稱衡湘，其蒸爲雲霓，其生爲杞梓，人居其間爲俊傑』。謹以此意發端，而舉公一生事實有關中興大局者著於篇。至樾之於公，雖雲泥隔絶，鵬鷃分飛，辱公折節下交，得自託於交游之末者，亦附見焉。書之屏幛，張之坐隅，公命侍者，誦而聽之，或猶憶及湖舲共泛時乎！

朱茗笙侍郎七十有二壽序

昔在閼逢敦牂之歲，爲少司馬茗笙朱公七十貳膳之年。凡與公游者，咸願酌大斗、祈黄耇，而山澤之農，適以旱告。公曰：『嘻，旱既太甚，歲且不登，敢以此自鳴其豫乎？』越二年，歲陽在丙，陰在申，而公之年則七十有二矣。氣晼而時和，年豐而人樂，於是又合而謀曰：『已開八袠，未進一觴，禮則有闕，盍於今歲補行之乎？』則又有獻疑者曰：『準諸《禮經》，自十年曰幼，至百歲期頤，每越十載，始易一名，今茲稱慶，於禮或有未合焉。』舊史氏俞樾適主西湖詁經講席，聽而笑曰：『諸君不聞鄭康成之説乎？鄭注《周易》曰：「年餘七十曰耋。」然則七十以後，八十以前，禮又特設耋之一名，豈必以十年爲限也。古人上壽，非有常期，況七十二者，天之大數也。是以天有七十二風，歲有七十二候，封禪有七十二家，明堂有七十二牖，孔門有七十二賢，列仙傳有七十二人，然則於七十二歲補行七十之慶，奚不可哉？』聞者皆曰：『辯哉吾子之言，盍出一言以爲公壽？』樾辭不獲，乃綜公大略，揚扢而陳之。公始離阿保，卽篤嗜詩書，昧旦而興，入塾自課。十八歲補博士弟子員，二十歲餼於庠，二十五歲以優行貢成均，明年，充八旗官學教習。咸豐二年應京兆試，中式，旋以主事簽分工部。明贍精練，見重於時。前大學士全公奉命驗收南漕，派公至通州驗米，卯而出，酉而歸，整紛剔蠹，剖豪晰芒，老於漕務者咸謝不及焉。國家設立軍機處，以總天下之庶政，大臣親承密勿，襄贊機宜。又設章京若干員，以爲之屬，視唐宋知制誥尤爲清要。公以端貳之才，入膺是選，盈廷讚歎，以爲得人。故自咸豐二年傳補軍機之後，雖在部中，仍循資敘進，由虞衡司主事遷都水司員外、屯田司郎中。而公之文武幹用，經國體儀，所以上結主知，下孚廷論，爲異日大用之地者，則固不在水部，而在政府。當是時，大盜方蔓延於東南，朝廷命將出師，以靖潢池之亂，六百里羽書，時至於闕下，贏縮轉化，千緒萬端。公身兼數器，黑白分明，遽書警奏，從容裁決，廷無稽牒，神無滯用，指景取辦，應機立成。皇太后念軍機章京晝夜勤勞，各賜白金五十兩，公得與焉，異數也。江南平，軍務蕆，敘功賜孔雀翎。公時已以御史待補，特旨改以五品京堂用，蓋朝廷深知公才，而欲大用之矣。俄授鴻臚寺少卿，累遷至太僕寺卿。其時以粵寇捻寇次第削平，詔開方略館，宣示廟謨，垂信國史。公與朱修伯廷尉及許恭慎公充提調，兼纂修，成《剿平粵匪方略》四百二十卷、《剿平捻匪方略》三百二十卷，其稿本皆公與朱、許二公手定也。全書告備，例應刊布，參稽故事，所費不貲，會總理各國事務衙門有購自外洋之鉛字活版，公與許恭慎公創議備用之，事繁而法簡，功捷而費省，書成嘉獎，升賞有差，旋授大理寺卿。故事，凡軍機章京，官至右副都御史卽應出直。公爲政府所重，故雖屢攝禮部、工部侍郎，仍以本職入直，及遷兵部右侍郎，始出軍機，一時榮之，蓋以侍郎出軍機，公以前未有也。疊承恩命，兼權刑部、工部左、右侍郎，朝廷倚畀之隆，有加無已。而公素淡於榮利，每念故鄉湖山之勝，浩然有歸志。然以爲大臣之義，務在以人事君。時事方艱，得人尤急，内而樞臣卿貳，外而將軍督撫司道，或聲名已著，而其行允符，或聞望未隆，而其才可用。如今禮部侍郎剛公剛毅、内閣學士陳公彝，以及廣西巡撫張公聯桂、新疆巡撫陶公謨，中外翕然稱賢者，皆公所舉也。潘文勤公贈别詩云：『獨有丹心常戀闕，臨行猶上薦賢書。』蓋知公之深矣。年甫及艾，引疾歸田。處鄉黨中，見義必爲，光緒九年，歲不順成，輸鉅資以振之。有餘則以濬諸暨白塔湖，創建石閘，以時蓄洩，閘内農田，永無旱澇。至十五年，浙東大水，公與同人又集資以振，無遺無濫，實惠及民。疆吏以聞，璽書獎焉。十八年，京師亦大水，公念畿輔重地，勸振尤鉅，并施棉衣，以助溫振。公先在京師，念杭士之來都下者，惟仁、錢及海昌各有會館，而其餘六縣之士，蹻屩擔簦，息肩無所，乃倡議設杭州會館於虎坊橋，堂廡崇宏，庖湢咸備，杭人感焉。及是又以錢塘縣范村以下江潮衝擊，田廬被淹，修築江隄。久而未就，稽文考獻，知六和塔所以鎮潮也，塔毁且五十年。恭讀高宗純皇帝《六和塔記》曰『燬則有驚浪之虞，復則有安瀾之慶』，天語昭然，允宜遵守。乃議修隄，兼修塔，鳩工庀材，獨任其事。事聞，御書『功資築捍』匾額以賜。蓋公之望重朝廷而功在桑梓者，固宜與之江並永矣。公少游吴下，慕獅子林之勝，及返里門，乃於私第疊石爲山，枝峯蔓壑，碧側青斜，入之，儼然獅子林也。登樓一望，則巖巒千萬，湧見庭間，取其先文公詩意，名其樓曰『湧巒』，角巾野服，逍遥其中，見者驚爲神仙中人。昔宋王君玉七十二歲，以禮部侍郎樞密直學士致仕，公名位與埒，而早享林泉之福者二十餘年，古人所不及矣。以七十二歲，補行七十之觴，不亦宜乎？抑又思之，《韓詩外傳》稱太公遇文王，年七十二，東方朔之説亦然，則七十二者，正太公鷹揚之年。今天子方勤求上理，信任老成，異日者，公東山復出，再陟台衡，以竟前此未竟之志，而贊成我聖清無疆之休，則所以銘昆吾之冶，勒景襄之鐘者，當更有進，非此區區邱里之言所能盡矣。

王筤圃六十壽序

自來著述家皆以壽文爲不古。余謂：不然。古之君子，愛敬其人，則作爲詩歌，以寓永錫難老之祝，卽壽文之權輿。南宋時，有《名臣獻壽集》十二卷，皆當時祝壽之文，則由來久矣。明《歸震川先生集》有壽文四卷，世以爲多，然余讀其文，如程白庵、戴素庵、張曾庵、陸侗庵、周秋汀、丘前山、陸思軒、孫東莊諸君，名位皆不甚顯，而行誼甚著，懷文抱質，有古君子風，故雖循世俗之例，不損其文格之高。余生平喜以文章爲羔雁，往年於曾文正及南皮、合肥兩相國，皆嘗以文壽之，讀者或頗以爲工。凡巻韝鞠膪以壽其親者，往往乞余一言以爲侑，而余所作，亦日以多，刻入《春在堂襍文》以行於世者，幾與歸太僕埒。然多以瓌瑋連犿之辭，寓眉黎臺駘之祝，比物荃蓀，連類龍鸞，麗則麗矣，求如歸太僕所作程白庵、戴素庵諸君者，殆未得其人也。今乃得之於王筤圃先生。先生原籍蕭山，僑居於杭，余主西湖詁經講席，垂三十年，故得備聞先生之風。年甫十二，其先封翁得危疾，躬奉湯藥，不解衣而息者累月，雖成人有不及焉。及病篤，羣醫束手，先生潛刲股肉，羹之以進，家人無知者，雖卒不效，然其誠至矣。夫人肉補虚之説，出於陳藏器，古方書所不載，及韓昌黎《鄠人對》出，儒者尤以爲口實。然十二齡童子，豈知好名，智窮慮竭，倖求一當，則雖請以身代，古人優爲之，況區區一臠肉乎？先生至性過人，蓋超越尋常萬萬矣。束髮受書，過目成誦，涉獵百家，無所不通，雖以家貧，兼習廢著之業，以供旨甘之奉，而執卷吚唔，寒暑不輟。咸豐甲寅之歲，以性理之學受知於學使者萬文清公，拔入邑庠。學中諸老輩皆深器之，以爲芥視青紫矣。俄而粤寇鴟張，擾及浙中，庚申、辛酉間，杭城再陷於賊。先生處危城中，以奇計得出，遂轉徙而至於滬。時永康應敏齋方伯方駐滬，籌辦中外會防之策，聞先生至，大喜，延之幕中，倚之如左右手。當是時，賊踞金陵爲巢穴，而自江南以至浙東西，徧地賊蹤。曾文正之師猶在皖北，沿江而下，頗需時日。滬上士大夫，乃倡迎師之議，謀用洋人輪船，請文正分兵，由江入海以至滬，由滬而進規蘇杭，此實東南一大轉機也。敏齋方伯主其事，然以款無所籌，遲疑未決。先生謂之曰：『此議不行，東南無望矣。君慮無款乎？某款可支也，某款可措也，某款可移借也。』鱗羅布列，如示諸掌。方伯韙之，其議遂決。於是今相國李公以淮師至，從此霆砰電掃，底定蘇常，而金陵賊孤，旋即授首。至今談者皆以迎師一舉爲旋乾轉坤之樞紐，當時曾與此議者，生則珪組，殁而俎豆，凡數輩矣。孰知運籌於帷幄之中，宿辦於掌握之内，使資糧屝屨無缺於供，楨幹芻蕘不匱於用，得成此中興之大業者，實由先生一人哉？江南平，敘功，以訓導用，錫鶡羽以飾其冠，旋加五品銜，易之以翠羽。同治十有三年，選授嘉興縣訓導。光緒元年，又兼攝秀水縣訓導。大府以先生賢且才，欲以卓異聞。先生曰：『俎豆之事則嘗學之，州郡之職，徒勞人耳。』固辭而止。或謂：『先生以入粗入細之材，可方可圓之略，使得展其驥足，豈不大顯於世？而廣文一氈，闌干苜蓿，若將終身，未免可惜。』是固不然。蓋又嘗讀歸震川《送青田教諭狄君之序》矣，其言曰：『天下承平日久，士大夫不知兵，一旦邊圉有警，束手無策，徒望之勇猛強力之人，古所謂合射獻馘於學宫者，何事耶？宜以先王之道、六經孔孟之語訓迪之，必有文武忠孝之士出，而爲國家之用。』以是言之，天下治亂，係於人材，而人材盛衰，由於學校，君之在官也，以敦品勵學課學中弟子員，其監甄陶、鴛湖兩書院，嚴立規條，優加獎勸，使肄業諸生人人自勉於學，造就愈廣，則先生之克舉其職可知也。先生又精於幾何、代數之術，讀泰西諸書，沈思鉤索，曲盡其原委而後已，雖自謂通格致之學者，莫之能先也。方今士大夫爭言西學，學使者歲科兩試，必以算學命題，而封疆大吏，至請變通書院章程，以爲自強之計。然則學校之官，苟能皆如先生，士子從其游，其獲益豈淺鮮哉？造物者獨任先生以儒官，其位置爲不苟矣。若修復明倫堂、魁星閣，雖至今嘖嘖人口，乃職分之所應爲，不足爲先生重也。歲在庚辰，順直以偏災告。應方伯時寓杭州，主持振務，招先生相助爲理，鳩貲萬萬，全活無數。己丑之秋，淫霖帀月，江浙皆荒，而杭尤甚。大府謂先生：『雖有官守，而振務至重，非先生不可。』檄令往來其間，官振、義振，皆其經理，饑而不害，先生之力也。又以餘款濬餘杭之南湖，建唐西之跨塘、松老二橋及隄塘數百丈，凡有利於民者，莫不盡心力以成之，浙西之人咸蒙其利。大吏以聞，傳諭嘉獎，横舍閒曹，恩綸下逮，異數也。又謂：甘雨之潤，自葉流根，故里宗祠，久未修葺，捐千金爲之倡，輪奐一新。並置祀田，以供牲醴之費，敦本睦族之意，頎乎至矣。先生又精於醫，切脈處方，悉中肎綮，一歲之中，藥之而愈者，不下數百人。揚子不云乎，『物壽以性，人壽以仁』，宜先生之不待將迎而壽矣。德配吳宜人，長於先生一歲，事姑以孝聞。庚申之難，宜人奉其姑間關跋涉，險阻備嘗，以至江北，始克與先生會。事平之後，先生夕饍晨羞，得以盡白華之養者，宜人之力也。去歲爲宜人六十生辰，親串交游議并爲先生壽，則力辭之。且曰：『諸君愛我，曷移此酌大斗、祈黄耇者助餘杭未竟之塘工乎？』皆曰諾。及今歲，先生正六十矣，其長君容甫已舉孝廉，諸子森然秀立，膝下四孫，蘭茁其芽，一堂之上，融融洩洩，望若神仙。若再不舉一觴，禮則有闕。余既不辭以文爲壽，請援歸太僕壽周秋汀之言，曰：『壽於人爲彭祖，壽於物爲大椿，達者得之，君其人也，今而後，呼君爲逍遥公矣。』余卽以此言爲先生進，其亦囅然而釂一觥乎！

嚴〔二〕筱舫觀察六十壽序

余讀《周易》，而知古之重商也。日中爲市，始於包犧，其時海外大九州皆通於中國，則所謂致天下之民、聚天下之貨者，必不域於中國之小九州而已。萬國通商之法，在上古固已有之，故既創佃漁之利，卽興商賈之利，非此不能合大九州而一之也。黄帝以來，德不及遠，海外九州，隔閡不通，但就一州之中畫而爲九，自爲疆域，乃始重農桑而抑商賈，蓋幅員既小，根本宜堅，亦理勢然也。然以《周禮》考之，質劑掌於官，度量純制掌於官，貨賄璽節掌於官，是猶古者重商之遺意矣。天下大勢，合久必分，分久必合，方今之世，天意殆將復黄帝以前之舊，合海外大九州而爲一乎！自泰西諸邦交乎中夏，而商務大興。朝廷既注意於此，搢紳大夫皆孜孜講求，不遺餘力，而士之負異材藴奇智者，亦遂有以自顯於世。以余所聞，則筱舫觀察嚴君，固一時之巨擘矣。君浙之慈谿人，漢子陵先生之裔也。尊甫笠舫先生有巧思，本宋人《燕几圖》遺意，衍世俗七巧牌新法，成五百七十二字，人爭傳寫之。方先生之葬其親也，於壙中得芝草數莖，識者知其後之必大。君自幼喜讀書，以寇亂未竟其業，去而習賈，候時轉物，雖老於榷會者謝弗如。然有大志，販脂賣漿，弗屑也。同治五年，以州同注選籍，以軍功擢知州，賜翠羽以飾其冠。旋以鹽運使同知分發長蘆，奉檄督銷河南官運，整飭沈邱、項城、扶溝、太康等七州縣廢岸，疏銷積引三十餘萬，課額全完，爲歷年所罕有。又以長蘆、淮北引畍佤邪相錯，履行其地，形束壤制，無使侵越，商民頌德，上游引重。積優成陟，超擢觀察，由是凡遇盤根錯節，人所束手者，悉以屬君。順直饑，則勸集振銀二十餘萬，以活窮黎；倭事起，則籌解餉銀一百六十餘萬，又借商款一百二十餘萬，以佐軍需。至於堵塞河決，抽收紗捐，凡所石畫，動中肎綮。其時滬上一隅爲天下之樞，月窟日際，水浮陸行，襍沓從萃，咸集於斯，商賈駢坒，闤城溢郭，儸譶舉䝯，交貿相競。南洋大臣劉公以爲非有行能高妙、身兼數器者，不能整紛剔蠹，董而理之，以君開達理榦，綜事精良，爰以爲滬局商務總董事。嗟乎，自通商以來，天下咸知商務之重矣，然中國三千年來風氣未開，凡爲商者，不過如《易林》所謂『東市齊魯，南市荆楚』而已，若夫察六合之盈虛，通萬國之有無，此豈尋常操贏制餘、通財鬻貨者所能五而六之、九而十之哉？然則，天生此才於當今之世，非偶然矣。會太常寺卿盛公奏請開設中國通商銀行，遂亦以君總其成焉。《管子》曰：『分地若一，彊〔二〕者能取，分財若一，知者能收。』國家此舉，可謂得人矣。君天性過人，篤於一本，姊妹之子，視如己子，族人以緩急告，無不應者。葺宗祠，置祭田，脩宗譜，建義學，苟有益於族黨，知無不爲。又以慈邑水利，關係民田，濬縣東河道三十里，築縣北之燕浦，修縣南之大隱洞橋，以備旱潦而利行旅。光緒十六年，浙中大無，捐助尤鉅。此外如寧波之清節堂、仁安公所，上海之仁濟、廣益、元濟諸善堂，皆廣爲捐募，以助其成。所謂『一葉之影，卽是濃陰，數滴之泉，便爲膏澤』，在他人見爲難，在君則轉爲餘事。至於工書法，得晉人筆意，善畫蘆鴈，曲盡其態，更其餘之餘者矣。德配童夫人，有婦德，事重親甚謹。生丈夫子一，今官兩淮運判。彊梧〔三〕作噩之歲，橘余之月，師六四爻值日之日，乃君六十攬揆之辰也。諸與君游者，皆爲詩文以壽之。余切人不媚，不敢爲支離曼衍之辭，惟期君以大者遠者。異時，朝廷復黄帝以前之舊，臣服大九州，而仿古三官之制，建立商官，使君領之。君由七八十以至期頤，齒德愈高，才識益茂，必能爲國家盧牟六合，致海外之民，聚海外之貨，以追神農之盛軌。吾請以斯言爲左券也。

【校記】

〔一〕嚴，原作『劉』，正文曰『筱舫觀察嚴君』，『漢子陵先生之裔也』，因改。

〔二〕彊，原作『疆』，據文義改。

〔三〕彊梧，原作『疆梧』，據文義改。

劉吉園總戎七十壽序

光緒紀元之二十有三年，乾亨坤慶，中外禔福，均禧於九垓，天子將爲皇太后補行六旬萬壽之慶。敬稽乾隆間故事，有三九老焉，曰文九老，曰武九老，曰在籍九老，皆以鶴髮龐眉之叟，賜宴龍樓鳳閣之間，天下仰望若神僊。然今不知遵行是典否？一時佽飛射士，期門羽林，咸引領而望曰：『如果率循成憲，舉行盛典，則吉園軍門劉公，其必在武九老之列乎！』蓋公於今歲行年六十有九矣。兩湖舊俗，用絳縣老人例，滿一歲始紀一齡，往往於七十一歲稱七十之觴；而吴越間則用大衍數例，遇九而稱慶，是二者，皆有説焉。而遐稽本朝引年之典，則有計閏之例，蓋三十年閏十二月，即爲一歲，故九十七歲可稱百歲。然則公年六十九，計閏年則七十一矣，用吴越慶九之俗，而仍合乎兩湖之舊俗，豈不可以晉一觥乎？兩湖士大夫聞是説也，咸欣然曰：『是宜有以爲公壽。』以樾素習於公，授簡而徵文。謹按，公於咸豐之初以武童投效軍門，猛鋭善戰，有鶻入鴉羣之概。破瀏陽之賊，毁小池口之壘，軍中咸稱健將。其後克復九江府、建德縣及江西省城與沿江諸要隘，公皆親履行間，身先士卒。曾忠襄之圍攻安慶也，悍賊死守。公冒矢石，布軟梯，焚其東門，一鼓而下之。劉忠介之被圍於草鞋嶺也，絶樵采者十日，以血書乞援。公由蕪湖馳赴，連戰皆捷，重圍立解，羣賊竄東，不敢復犯江北。及彭剛直進攻高淳，賊酋乞降，而衆尚數萬，其勢甚張，莫敢往撫。公單騎徑詣其營，賊皆羅拜馬首。論者謂：『郭汾陽之退回紇，不是過也。』高淳、溧水、溧陽、東壩各城隘，次第收復，諸大帥敘功，稱其有勇有謀，爲諸將冠，朝廷計功行賞，累遷至總兵，交軍機處存記，由藍翎賞换花翎，并賜迺勇巴圖魯名號。公以宿將，爲國爪牙，光輔中興，垂名史策，自此遠矣。楊勇慤公由陝入廿，公統吉字馬步軍從之，馳驅秦隴。又越二年，以舉發舊傷乞假而歸。至楊石泉宫保之撫我浙也，招公來浙，統領水陸防軍，訓練精詳，紀律嚴肅，在浙二十餘年，草竊姦宄，無不搔除。省城内外城河，一律開濬。又以火藥儲積，爲數過多，慮或有失，貽禍閭閻，築大垣以圍之，深溝固壘，崇墉屹然，軍無缺用之虞，民無不戢之懼，其有功於杭人甚鉅。撫浙諸公，薦舉將才，必以公居首。壬辰之秋，制府譚公奏請署定海鎮總兵。公以其地斗絶海外，爲羣盜出没之區，整飭師船，周巡洋面，禽戔渠魁張文亨等十數人，盜風爲之衰息。受代之日，士民感戀，送者盈塗。明年，又攝溫州鎮總兵，甫下車，即拜真除之命。溫郡濱海，浙東重鎮也，公既膺師干之任，又統領駐溫親兵。其時適有東洋之警，公謂：『攘外以治内爲先，欲固海防，先除海盜。』名捕張道地等，竿首海濱，於是兵氣奮揚，人心静謐。東南沿海七千里，風鶴頻驚，而溫郡帖然，公之力也。竊惟三楚之域，襟帶江湖，形勢最勝。咸豐、同治以來，文武榦材，皆出於楚，自曾文正奮袂一呼，而熊羆之士，如虎如螭之衆，投戈躍馬，扶義而興，老謀壯事，無所不備，受茅土之封而畫烟閣雲臺之像者，指不勝屈，可謂盛矣。然中興以來，垂三十年，嘆喟宿將，落落晨星。天子聽鼓鼙而思將帥，有每飯不忘鉅鹿之思，如公者，豈非甘露之良佐、竇應之功臣乎？公性忼爽好施，與三黨緩急，無不竭力，恆產所入，以惠窮黎。與人交，始終如一。余每至西湖，公輒命健兒數輩來執扞掫之役，湖樓山館，高枕安眠，至今感焉。夫人邱氏，性情賢淑，以公御下嚴，隨事婉解之。今歲行年五十。若合梁孟而論年，則甲子再周矣。哲嗣梁澄太守，仕浙有聲，因遵功令，改官於閩。閩浙接壤，其福寧一郡，與溫毘連，異時或以五馬臨莅福寧，橋梓連疆，亦佳話也。文孫以任子待年於家，嶄然見頭角。羣從子弟，皆英英露爽，一門鼎盛，傒福貞貞。往年，恭逢皇太后六旬萬壽，恩賜『壽』字及帽緯緞匹，今茲補行慶典，雖未必修三九老故事，然上尊牛酒之賜，必視昔有加，可知也。自茲以往，由八九十而至期頤，銘昆吾而勒景鐘，長爲國家柱石之臣，以承聖世福緒祥源之盛。余長於公者八歲，精力早衰，未必能登公之堂，祝無量壽。然《鶴南飛》一曲，猶願歲歲爲公奏之，細柳營中，蟠桃宴上，想必掀髯而爲我一笑也。

費幼亭觀察七十壽序

往年，余與壬甫先兄至湖州，兄詣歸安縣署，謁其房師惺予盛公，余坐書肆待之。未幾兄還，余問見乎，曰：『見，并見其壻費君。』余時不知費君何人也。及庚申、辛酉之亂，余避地至天津，居久之。握手而費君來守津郡，余以旅人修相見禮，乃知卽往年壬甫兄見於歸安縣署者也，相距十七八年矣。握手道故，歡若平生，蓋君亦因鄉邦離亂，黌校輟業，轉展遷徙，躡屩游燕，乃以州倅候闕於畿輔。未幾，奉諱南歸，而向忠武公適建大將旗鼓，駐軍白下，龍驤麟振，東南倚若長城。慕君之賢，招至軍中，使筦領儲糈。千緒萬端，指景取辨，行裝就隊，咸取給焉。及忠武薨，君歎曰：『東南不可爲矣。』拂衣而去。咸豐九年，授直隸懷來令，甫履任，改南皮，又以報最移攝宛平。穆廟勤求上理，不次用人，天津知府闕員，詔以君補之，以宰官超擢郡守，異數也。余既得交於君，見其爲政清平，治行長者，宣風展義，甄善疾非，津人謳歌，比之召杜。余歎曰：『吾幼時曾讀耕亭先生之文，卽君之先德也，重光累徽，風氣日上。昔人稱越公兒郎，故有家風，其君之謂歟！』俄而調知保定府，旋聞其擢清河道，權按察使。而余亦以亂定還南，寓居姑蘇，與君不相聞者久之。越數年而見君於吳中，則以清河道謝病歸矣。余曰：『以君之盛年，又具此偉略，何遽高蹈若斯歟？』方咸豐辛酉之秋，英人入犯天津，獲其酋，送京師。君時自懷來受代，從事津營，與斯役焉。俄而寇氛益熾，烽火達於甘泉，回祿降於聆遂，文廟用故事，狩於木蘭，恭親王以介弟留守，與二三大臣駐城外天寧寺，劃安全之策，求尊攘之方，三表五餌，虛與委蛇，和議成矣。時敵人駐安定門外，重陽前一日，忽列陣而出，羣公駭顧，不知所爲。文文忠忼慷語曰：『吾死此矣。』恭邸乃與衆謀，宜遣一人赴敵營詰問，而左右無可使者。恭邸僚壻欒初將軍長善，時方爲郎，趨前曰：『有所識費某可。』卽命偕來，曰：『能爲我一行歟？』君曰：『險難不敢辭，願得空白照會，便宜行事。』又請一人爲介，以崇國體。皆從之。兩人兩騎，馳而去，有津勇一人從，乃裂白布，建諸矛端，以爲幟，使執之以先。敵人望見白幟，知爲議和來也，許之入。君詰其酋曰：『欲戰，宜先示期，背盟襲我，無乃爲天下笑歟？』酋改容，止其軍不進，延君上坐。君先使其介侍衛君益謙歸報而坐，與酋議定條約，卽取空白書之，要其酋署諾，遂從容談笑，痛飲數巨觥。酋歎曰：『好官，好官，惜知縣耳。』君歸，恭邸迎於門，曰：『吾幾失子。』當是時事孔亟矣，惟君有石不奪堅、丹不奪赤之節，有一龍一蛇一日五化之才，視漢時竇憲遣吳汜〔二〕、梁諷説北單于修呼韓邪故事，保國安人，其難倍蓰過之，卒使敵情翕伏，和議有成，郊遂無壘，市廛安堵，君之功，其亦偉矣。及其分巡清河也，時則有羣盜盤互，自爲團結，徒衆萬億，不招而集，其名曰捻。閼逢困敦之歲，驫駥颿喬，北犯畿疆。君慮萌氓之不安其生也，又慮楨榦芻茭、資糧扉屨久而不給於供也，旿夕碩畫，不敢告勞，遽書警奏，從容裁決，符教朝發，部勒夕濟，爲戰計，則用越王搏力句卒之法，爲守計，則用墨子備梯突蛾附之法，猰窳鑿齒之徒，咸禽僵而獸斃，其一二之存者，亦龍東隴種，癸瞿奔觸而去。農夫抃於野，行旅歌於塗，此一役也，非所謂功在一方、事關全局者歟？於是天子嘉之，晉秩二品，賜孔雀翎以飾其冠。論者謂：弱翁治行久已聞於朝廷，而又以文武幹用，匡濟時艱，超棘之徵，在指顧間矣。且夫盤根錯節，所以試利器也，舟大者任重，馬駿者馳遠，又物理所宜然也。方今時事多艱，需材孔亟，如君者，固宜一日九遷，隆隆日上，如馬燧之總十連，陶侃之督八州，爲國家宣力四方，安内靖外，龕定神縣，宏濟艱虞。乃甫逾強仕，引退歸田，得無自爲者多而爲人者少歟？然而，君則自此不出矣。蘇城西北隅，介閶、齊兩門之間，爲漢時張長史植桑地，宋章楶於其地築桃花隖，至今猶沿其名，有梅隖、柳隄、小桃源、雙荷池諸勝，雖皆湮没，而范石湖詩所謂『西城如西塞，桃花古來多』，猶約略可以想見，固城中勝地也。君卜築於其地，館宇清華，花木掩映，風臺月榭，丹雘一新，書庫粟廩，無不肸飾。君與賓客觴詠其中，緑野平泉，黄髮兒齒，人之見者，皆以爲神仙中人。濱江之地，沙漲成田，積數萬頃，皆君産也。其時王益吾祭酒視學江蘇，於江陰建設南菁書院，以經史實學勸課多士。君曰：『此誠國家樂育人材之一助也。』盡以沙田助之，又慮理而董之者不得其方，躬自區畫，無逋租，無隱課，倉箱千萬，以供諸生膏火，一時負素挾策而來，無不黎收而拜仁人之賜。今年正月，君過我春在堂，縱談及之，以爲歸田以來，第一快意之舉也。積善之家，必有餘慶，君子有穀，以詒孫子。哲嗣屺懷太史，以金馬玉堂之彦，負三君八顧之望，海内清流，咸奉爲敦槃之長。往者鶩軺傳、秉英簜，典試於吾浙，所取多閎通之士，浙東西才儁，半出其門。以君年高，請假而歸，撰杖奉几，日在左右。性喜藏書，宋元舊籍，插架將滿，丹黄鉛槧，校勘精詳。君每顧之，爲啓顔一笑，可謂養志者矣。今歲斗柄建午之月，爲君七十覽揆之辰，吳中得交於君者，皆欲以詩文爲壽，飛翰騁藻，富於萬言，而使余以一言爲之先。念自壬甫兄見君於苕上，始知有君，日月如流，至今五十年矣。論海内交游，殆未必有先於余者，諸君子欲賦《南山有臺》之篇，而使鄙人爲東方啓明之倡，亦義之所不得辭者。余曾爲君書『傳易堂』額，費氏固《易》祖師也，請爲君讀《易》，『大有』上九曰『自天祐之，吉，無不利』，敢以爲君壽；『中孚』九二曰『鳴鶴在陰，其子和之』，并以爲屺懷慶也。

【校記】

〔一〕 汜，原作『氾』，據《後漢書》改。

余端卿六十壽序

越中山水之勝甲天下，風氣樸茂，人物豐昌，其中多龍蟠鳳逸之士。余識其賢士大夫蓋非一人矣，乃今又得一篤行君子焉，曰端卿余君。余氏世以儒素相傳，至君之大父，以民生本務，衣食爲先，布帛之功，等於菽粟，啓肆於廛，香荃白疊，充牣其間，孫被劉衣，咸所取給，與喜爲市，遂昌其家。及君之先德，慨然有用世之志，以郡丞需次吴中，懷抱利器，未得一試，旋以微疾拂袖而歸。身後，以叔子觀察君貴，拜一品之封，蓄厚流光，徵於此矣。君自幼工爲舉子業，每遇郡縣試，深叢孤羆，兀傲自喜，及圓榜出，往往裒然列於高等，或試於書院亦然。及學使者來，進郡縣所取士而試之，君坐鋪席，含豪邈然，非不竭盡其長，而試輒不利，歷數載不能青其衿。君啞然笑曰：『豈吾遇小敵勇，遇大敵怯歟？殆造物所位置我者不在是也。人生貴適意耳，遇合命也，富貴時也，南山之南，北山之北，何所不可徜徉，豈必服方領、習矩步，執一卷書當手版，曲跽雅拜於學官僮子間哉？鄭昌圖書舉子案曰：人試出試，千春萬春，吾竊恥之，行且焚筆墨矣。』會其叔弟就婚遼左，君慨然曰：『長白之山，鴨緑之江，乃我朝發祥之地，固周之豐鎬、漢之豐沛也，曷往游乎？』治行李，具舟車，載書策，戒僮僕，束囊晨征，脱鞍夜宿，水行則極眠桅拽簽之勞，陸行則備鞿馬鈴騾之瘁，而君出門四顧，意氣浩然，壯哉此行乎！既至其地，滄海南迴，混同東注，登醫無閭而左右望，高句麗之故城，阿保機之舊樓，黃龍之府，鳳皇之城，歷歷在几席間。君訪僊人煉丹之臺，探羅陀修真之洞，天山渤海，昆侖磅礴，雄冠九州，喜曰：『吾不虛此游矣。』於是有爲君謀者，曰：『唐世幕僚，亦爲清職，《漢志》名法，列爲專家，君既不得志於有司，曷去而習申、韓家言？高可爲督撫戟門上客，次之亦可挾其技游歷郡縣間，不亦勝於荒江老屋中執卷伊吾乎？』君歎曰：『曾子有言，上失其道，民散久矣，自漢以來，吏治皆以武健嚴酷爲能，南鷂北鷹，相望史策，食艾服蔥，謗騰道路。吾性仁恕，不忍爲此，平生讀書不讀律，先世鑿楹而藏者，固無司空城旦書也。』居久之，以北方風氣燥烈，冬日嚴寒，重裘不煖，自顧體質不與相宜，乃羸驂單僕，改乘轅而南。及至浙中，度錢唐之江，望會稽之山，歎曰：『故山風景，殊勝天涯，屈子遠游，徒豪舉耳，吾終老是鄉矣。』自此里居，不復外出。時伯兄早世，叔、季兩弟皆服官於外，太夫人在堂，春秋已高，晨羞夕膳，冬溫夏清，君獨任之。太夫人安神高堂之上，優游細旃廣廈之間，康強逢吉，富壽宜家，年逾大董，而後歸真。君奉侍之勤，調護之謹，雖樂正子春復加一飯、復加一衣，蔑以過之矣。君至性過人，有妹適李氏，早卒，所遺子女，君撫而卵翼之，且爲經理其家。李故郡中巨族也，或諷君不宜越俎，君曰：『吾不忍負吾妹遺意也。程子不云乎，凡人避嫌者，内不足也，吾無愧心，何畏人言？』凡李氏銖金寸錦、斗米尺布皆簿而藉之，雖數年之久，可覆視也。身處脂膏，不以自潤，鼎鐺有耳，咸無間言，向之擬議其旁者，皆歎服焉。君制行既高，人己一律，每當州里醵會，親戚聚談，或有一言及於非義，一舉涉於非禮，必面斥之，議論剴切，丰采嚴厲，人皆望而生畏。《後漢·王烈傳》稱，鄉里有盜牛者，曰：勿使王彥方知之。《唐·陽城傳》，閭里有爭訟者，不詣官而詣城〔一〕；有盜樹者，城遇之，退而自匿。君之所爲，有二子之風矣。然事過輒忘，不稍芥蔕，仍與握手言笑，歡若平生。又尚信義，重然諾，凡親故間以事諉諈，雖極難不避，雖極猥瑣不辭，視人之事，如己之事，和易近人，不立崖岸。喜蓄魚，凡金鞍、錦被、瑪瑙眼、琥珀眼、十二紅、十二白之類，無不按譜搜羅，次第陳列。又喜蒔花，收紅拾紫，散碧分黄，鋤烟滌雨，不辭其瘁。春秋佳日，百花齊開，椶鞋桐帽，游覽其中，見者詫爲神仙中人。自以束髮讀書，未得挂名黌舍，望其昆弟之子，讀書成名，晨燈夜燭，輒自課之，課程緜密，視程敬叔讀書章程殆有過焉。叔弟以道員候缺於奉天，賜二品冠服，季弟向在吉林、黑龍江宣力有年，今已選授四川新繁縣知縣，一門鼎盛，三黨榮之。漢時許晏、許普成名，論者謂：『其兄許武之教。』君亦然矣。以季弟官，貤〔一〕封君爲中憲大夫，國之恩也，家之慶也，亦鄉里之榮也。君雖無子，然有女子子，適同邑孫氏。有外孫一人，外孫女二人，亦足當含飴之樂矣。今年爲君六十生辰，哲配許恭人六旬晉一，君生於十月，而恭人生於八月，方擬並陳弧帨，以祝期頤，而叔、季兩弟適於春間同時旋里，乃諏四月二十五日酌春酒，介眉壽，而乞余一言以爲之侑。余惟古之君子，愛敬其人，則作爲詩文，以寓眉梨之祝，自來名家集中，以壽文入集者，惟前明《歸太僕集》有壽文四卷，爲最多。余讀其文，如程白庵、戴素庵、周秋汀、孫東莊諸君，名位雖不甚顯，而行誼甚著，懷文抱質，彬彬然古之君子也。余生平喜以文字爲羔雁，往年如南豐、南皮、合肥諸相國，皆嘗壽之以文。而余之意，則尤願得如《歸太僕集》中白庵、東莊諸君而壽之，庶沿世俗之例，而不損吾文格之高。今於君得之矣，故不辭鄙陋，願進一言。余每年必至杭州湖樓、山館小作句留，距會稽止一江之隔，雖老矣，而游興未衰，或於六橋三竺游覽之餘，度西興，登南鎮，距君所居咸歡河，不知凡幾里。望通德之門，式孝行之里，或猶可從君於千巖萬壑間乎！

【校記】

〔一〕 城，原作『誠』，據上下文改。

〔二〕 貤，原作『馳』，據文意改。

連穆軒七十壽序

上虞之西鄉，有地曰松夏，以晉袁山松故壘得名，亦越中一勝地也。連氏家於此數百年，世有隱德，所謂敦善行而不怠者，代有其人，見於余文集者屢矣。乃今又得一君子人焉，則穆軒是也。君之先德樂川先生，器識宏遠，勇於爲善，生平尤致力於江海兩塘。蓋其地面曹娥江而負海，一邑之民，依兩塘爲命，而兩塘又恃先生以爲固。余嘗銘先生之墓，言之詳矣。其晚年議建義莊，牉具規模，遽謝賓客，於是穆軒君偕其弟卒成之。余又爲著《連氏義莊記》，比之宋鉛山劉氏之義榮莊。嗟夫，善作者不必善成，自古歎之，如君者，豈非所謂善繼善述者乎？最君一生行事，其善事夥夥不勝書，而其大者，則仍在塘工與義莊二事。光緒九、十年間，兩遇風潮，駭浪暴瀧，驚波飛薄，相澳相沏，而海塘日益圮毀。君獨任捐修，用錢至三千九百八十餘緡，功乃告成，民用安堵，大府嘉焉。倣古署書之體，以『惠周桑梓』四字爲户册，以表異之。至江塘，則光緒以來歷年培葺，方幸無事。乃二十五年六月，上游鮫水大發，水高於塘，決大口七處，田廬沉淺，婦豎流離。君出而任其事，於官款外捐己資一萬餘緡以益之，視海塘之工，所費尤鉅。虞人誦君高義，至今不衰。若義莊，固創始於樂川先生，然爲田僅百數十畝，大輅椎輪，以爲喤引而已。君踵成之，乃得田一千五百餘畝，而義莊之制大備，不惟舉族賴之，雖鄰近異姓者，鰥寡孤獨有養焉，喪葬婚嫁有助焉，營義冢，以免暴露，置水龍，以救焚燎，自來義莊未有如連氏之美之備者也。事聞於朝，璽書褒奬，樹綽楔於門，大書『樂善好施』四字，天章爛然，輝映雲日，連氏義莊，遂聞天下，盛矣哉。至其他寒施衣，暑施藥，某村大火則户振之，以錢以米，鮫水之後，饑黎無食，則設廠二所，以饘以鬻。凡佃君田者，雖豐歲不取盈，又用古社倉法，創借米之舉，春貸秋還，俾貧民無青黄不給之歎。山陰沈君寶森，爲作小樂府十章，歌君之事，傳唱閭閻，余可無贅焉。君承累世之祥源福緒，又重之以令德，宜乎受祿於天，克昌厥後。有子三人，孫六人，長君爲安吉校官，餘亦有聲庠序間。君年且七十，精神強固，視聽不衰，期頤之壽，殆可操券。余耄矣，不能度江至越，爲君進一觴，輒貢此文，以博听然一笑。世稱連氏爲齊連稱之後，余疑不然，果出於齊，何唐宋間連氏皆閩人乎？余疑連氏出於大連、少連，賢者之後，宜有達人。宋有連舜賓，字輔之，舉《毛詩》，不仕。其家多貲，悉散以賙鄉里，而教其二子曰：『此吾貲也。』二子曰庶、曰庠，後並知名，《宋史》有傳。君之盛德，何媿舜賓，君之子若孫，必有如庶、如庠者出而昌大其家。在《周易》曰：『鶴鳴在陰，其子和之。』在《太玄》曰：『鮫潛於淵，陵卵化之。』吾爲君壽，吾更爲連氏望矣。

沈協軒七十壽序

昔神農氏既以耒耜之利利天下，而即定日中爲市之制，以通天下之財，古之神聖，蓋甚重商哉。自周以穡事開國，乃始重農而抑商，漢唐儒者，咸遵其説，實非通論也。我朝規模宏遠，經營八荒，而商務乃以大起，於是倜儻非常之人，亦多出於其中，今於吾湖得一人焉，則協〔一〕軒沈君是矣。君世居烏程之西，南潯望族也。其封君可齋先生，於道光庚子舉於鄉，以名孝廉官部曹，有聞於時。君承其家學而不屑爲章句儒，落落有大志。以母老弟幼，棄儒而賈，不十年，以貲雄於鄉，鄉人賴以舉火者數十家。咸豐初，粤寇起，君輸財助饟，議敘主事，又改外爲郡丞。俄而寇警益急，浙西戒嚴，湖城設團練總局，而設分局於城外，總局則趙忠節主之，分局以北防爲尤重，未得其人，忠節識君於髫年，即曰是奇材也，至是言於巡撫王壯愍公，俾主北防。君以未嫻軍旅辭，而省符下矣。君親赴各鄉，挑選壯丁，得二千五百人，編爲五營，軍威大振，五戰皆捷。君又以籌防必先籌餉，謀於忠節，設局收漕。忠節難之，事亟，始從其言。君履行鄉間，勸以大義，甫及旬日，得糧數萬，運儲郡城，郡城賴以楮柱年餘，君之功也。俄而，南路之防潰，君專力北防，賊屢攻不克，四鄉避寇者走而歸，君悉收養之。是歲大寒，太湖冰合，賊履冰偷渡，君勢既孤，糧亦垂盡，度不復能守，乃率親故突圍而出。賊尾之急，君僞若將遵陸者，而輕舠小艓，徑投滬上，謁今相國、肅毅伯李公於軍中。時湖已陷，請兵規復。李公曰：『盈江浙皆賊也，孤軍深入，雖得之，不能守之，姑少待乎。』君見事機尚緩，而相從者衆，不能坐食以待，乃散遣其曹，奉母走江淮。慨然曰：『投筆封侯，吾志不逮矣。猗頓以鹽盬起家，亦足比於封君，吾少習賈事，天其以此昌吾家乎！』乃營禺筴之業，逐什一之利，既以自資，亦以濟衆，而所得輒倍他商，蓋君熟悉情僞，耐習艱苦。一日在維揚宴客，風雨大至，水深盈尺，有鹽船以遭風將没，來告。君飛輿秉炬往視，坐客尼之，不聽，至則僅艙面稍有沾濡，言於官，量予津貼而已。船户固讋言，不圖君之冒險往劾也，同人皆服君之識。乃建議設厫收囤，鹽無飄没之虞，船無停待之苦，至今循焉。湖城收復，奉母而歸，清釐遺產，墾辟荒田，佃其田者咸優卹之，流民之失業者，設局養之，病者藥之，又資而歸之。大亂之後，地方安堵，則君之大有造於桑梓也。當是時，吾浙軍務肅清，以整頓鹽綱、規復引地爲善後要策。同鄉張君築齋承辦浙西鹺，招君爲助。君方講習農桑，謝不出，張君固請，乃出，而爲之規畫，張氏之業，勃然而興。大府知君才，即以君爲嘉所甲商。蓋兩浙鹽務，舊分四所，曰杭，曰嘉，曰松，曰紹，甲商則總一所之事者也。時引地疲病，而餘姚、岱山兩處，曬鹽日盛。浙撫譚公令各商集貲，就其地定價收買，以余古香觀察總其事，而輔之以杭、嘉兩甲商。岱山孤懸海中，風濤不測，君不避險阻，以岱事自任，設商厫，定收數，稽鹽版，議鹽價，向之私鹽悉化爲公。又設幼塾，課沙民子弟，化其頑梗；設米市，平價出糶，備版户青黄不給之需；更設水師巡船，使扼要口，以緝外江之私販，而杜内河之灌注。大府亦深倚君，遇事必諮之，兩浙鹽務，日有起色矣。嗟乎，如君者，豈獨《貨殖傳》中人哉？蓋抱經世之才、匡時之略而小用之者也。吾言：商務盛，而倜儻非常之人出其中，觀於君，益信矣。君喜施與，勇爲善，省城文廟，歲需修葺，君酌提瀏河掣費如干，爲經久之計。同善堂經費不足，前此，丁君松生筦其事，恆以私財濟之，丁君卒，無繼者。君勸各商按歲捐輸，爲他業倡，維持善舉，賴以不廢。至於水旱偏災，則有振捐，地方不靖，則有防餉，無不仰給於君。合肥相國欲以君總理上海招商局事，浙撫劉仲良中丞以鹽務爲重，固留不遣，其見重上游如此。至其行義之高，有非嵬瑣之儒所能望者。方其行鹽於楚北也，與某太守俱遭風失鹽，虧公帑無算。君謂某太守曰：『君以官爲家，不可一日失官，我請任其咎。』乃獨任之。歷十許年，展轉乞貸，始償公款，而某太守竟不復問，君亦竟不言也。維揚某氏女，自幼許嫁沈氏子，亂後，父母兄弟皆歿，沈氏音耗亦絶，女守貞不嫁，削髮爲比邱尼。君聞而憐之，爲覓求沈氏子，得之於粵東，俾完聚焉。又嘗行於塗，遇一婦攜幼女求售，問之，則故家也，有二女，其長女許嫁某氏，則亦君葭莩之親也，乃歸長女於其夫家，而擇壻嫁其幼女。夫以君之才，而重之以盛德，宜其受祿於天，擁萬鍾之富，而拜三品之封。有丈夫子五人，有孫三人，家門鼎盛，戚黨豔稱。歲在辛丑莫春三月，先上巳一日，爲七十生辰。若姻亞，若交友，咸願爲君進一觴。余幸列鄉人之末，忝有世講之誼，忘其不文，貢此言以爲之侑，自今以往，由八九十而至期頤，年益高，德益劭，業亦恢之而益廣。天子用漢卜式故事，璽書褒〔二〕美，賜爵關内侯，豈不盛歟？《太玄·傒》次六曰『傒福貞貞』，竊爲君傒之矣。

【校記】

〔一〕 協，原作『約』，據題名改。

〔二〕 褒，原作『哀』，據文意改。

麋母馮太恭人七十壽序

光緒二十有六年，恭逢皇上三旬萬壽，湛恩汪濊，布告天下，舉行引年之典，自七十歲始。而其年九月七日，適值麋母馮太恭人七十生辰，於是其族姻諸君子咸願以一尊爲壽，而屬余以一言爲之先。謹按，太恭人乃上虞人也，其先德馮立峯先生，鄉里稱長者。太恭人居室時，已有姝姝之度，年十七，歸同縣麋君。君字琅山，官守備，不樂仕進，角巾野服，優游泉石。太恭人與有同志，布衣椎髻，躬自操作，愉如也。會有寇警，琅山君用古摶力句卒之法，保衛桑梓，鴆然成軍，資糧屝屨，則太恭人實佐理之，衎衎辦舉，四境晏然。兵亂之後，田蕪不治，歲乃洊饑。琅山君又倣齊黔敖之意，設廠煮糜，以飤餓者。又以流民麕集，市米翔貴，建局糶米，以平市價，命其局曰平米。蒙袂之民，咸果其腹，藉藉稱麋君之德，太恭人皆與有力焉。光緒十年，琅山君謝賓客，於是家事無鉅細，咸取決於太恭人。一以勤儉爲主，織紝組紃，口不言勞，竹笥布裙，無改其舊。有以緩急告，應之如響，夏月施藥，以活暍人，冬月施衣，以蘇皸瘃，歲以爲常，數十年無變也。往者，太歲在著雍閹茂，穡事不登，民食告匱，青錢數百，不能易斗粟。太恭人語諸子曰：『民病矣，爾父有平米局遺法，盍踵而行之？』局既設，米乃平，市儈無可居奇，饑黎得以存活。上虞者，山縣也，境多山，山有鮫，鮫出而水從之，陪窟湍渤，吳人所謂發洪也。設局之明年，鮫水大發，田疇汙萊，簞瓢捽茹，又以饑告。太恭人曰：『汝父尚有鬻廠之法，宜兼行之。』於是以錢易米，無儓估之憂，就廠啜鬻，無褐父睍之歎。是歲也，饑而不害，姚墟舜井間，又藉藉稱麋氏之德，則皆太恭人所爲也。孔子曰『仁者壽』，荀子曰『美意延年』，楊子曰『人壽以仁』，如太恭人之樂善不倦，宜有眉黎耋鮐之福。行年七十，神明不衰，安神閨房之內，逍遙高堂之上。有丈夫子五，余識其一，則蓉甫茂才也。女子子二，孫九，孫女七，曾孫女一。瑤環瑜珥，森立於旁，太恭人顧而樂之，以設帨之辰，行稱觴之禮，亦可欣然而進一爵矣。然而太恭人顧匑匑乎不自安也，曰：『今何時乎？今何勢乎？法駕西巡，邅迴未返，天步艱難之日，非家庭衎樂之時，老婦何人，其敢言慶？』於是帣韝鞠曆而前者，皆逡巡而不敢進。余曰：『無傷也。夫河陽一狩，固無損乎周室靈長之運，況今雖海内多故，而吾浙固安堵也。至麋氏則家門雍睦，子孫鼎盛，福緒祥源，殆未有艾。又重以太恭人之盛德，溪盎不苛，而與物爲春，昔人所謂「一國太平，一家太平，一心太平」者，皆萃於兹矣。何不可以稱慶乎？』諸君子皆以鄙言爲然，乃撰次其言，書而張之於堂。是日也，先重陽二日，泛茱簪菊，沽酒買餻，一年好景，正在斯時。惜余年耄，未克渡江而來，一拜麋亭之下也。

雲溪和尚五十壽序

雲溪和尚以大德高行爲禪林所推重，光緒二十三年，强梧作噩之歲，行年五十矣。一時善信景從，緇素雲集，若苾蒭，若優婆塞，無不合掌恭敬，以諸華香散其處，爲和尚祝無量壽，而乞余以一言爲之先。余年來倦於筆墨，凡以壽乞言者，雖名公鉅卿，亦謝不爲，而和尚有上坐弟子曰定能上人者，固以爲請。余問和尚之生何月何日，曰十二月二日也，余因笑曰：『上人不讀我《小蓬萊謠》之卒章乎，「年年臘月逢初二，一會青童句曲山」，今爲爾師誦之矣。按，陶貞白先生《真誥》，十二月二日，東卿司命與總真王君、太虚真人、東海青童會於句曲山。諸好道者，於是日齋戒登山，三君可見。余之生也，以十二月二日，故喜言此事。今和尚亦於十二月二日生，然則是日也，不獨句曲仙蹤令人想見，或者舍衛國祇樹林亦有靈山法會乎？余生與和尚同日，如來坐上，未必與和尚無香火因緣矣，又何惜一言，讚揚無上妙諦乎？』和尚姓湯氏，錢唐人，父母皆長齋事佛，宿種善根。和尚稟受胎教，自免乳以至成人，腥血不一入口，蓋入道之器，生而已具矣。父母早喪，又經兵亂，流離辛苦，道念益堅。謁本中禪師於靈峯，遵依佛典，薙染如儀。又得雲林智海禪師授以衣法，於是登天目、泛補陀，與雲水高僧内外印證，而所學益進矣。吾浙西湖山水爲天下最，而象教亦最盛，本朝康熙、乾隆間，六飛南幸，湖山生色，大啓宗風。雲林、昭慶兩寺，尤湖上大叢林也。雲林舊名靈隱寺，晉咸和中創建，玉林紫竹之勝，至今猶在，康熙二十八年，始錫今名，宸翰留題，有鷲嶺龍宮之目。昭慶舊名菩提院，吳越時建，昭慶之名，始於宋太平興國間，本朝乾隆十六年有御題『深入定慧』之額。此兩寺，代有名僧，世傳靈蹟，而和尚則兩寺皆其駐錫之所也。蓋和尚受法於智公，雲林固其初地，而昭慶羽高律師，亦以和尚爲佛門龍象，延請至寺，以大事相屬，故和尚遂兼主雲林、昭慶兩講席。道行既高，聲氣又廣，兩寺勃然皆有興起之象。雲林法堂、禪堂，皆修建如舊，又建罊雷亭，與冷泉相望，游者稱勝。昭慶則赬垣碧瓦，堂構如雲，萬壽戒壇，亦巋然復其舊觀。和尚於兩寺，均可謂具足檀那矣。今以百年過半，宜修淨業，憚兼顧之勞，辭雲林而專主昭慶，吾知昭慶律宗之蒸蒸日上也。余雖與和尚同日生，犬馬之齒，長於和尚者二十有七歲，主西湖詁經精舍者三十年，視和尚更久，而精力衰頽，學業荒廢，安能如和尚之大振法門乎？往年，戒壇成，余爲之記，且係以銘，有『正法昌明』之語，今即以爲和尚壽，更爲吾道望也。

王爵棠中丞六十壽序

皇帝御宇之二十有七年，正月戊辰朔，四始令辰，正旦大節，三陽圜煦，萬物棣通，而中丞爵棠王公，適於是日爲周甲攬揆之辰。於是凡服官於皖南北者，咸謀所以壽公，將饌肥鱻以甘之，鏗金絲以樂之，而公峻拒勿受也。於是有權和州牧童君寶善者，余門下士也，寓書於余，曰：『寶善事公未久，而受知最深，受恩亦最渥。公懸弧大慶，曾不得效其區區之忱，此心欿然，不能釋之於懷。先生不云乎，「酒醴之苾芬，不如君子之文，金石之鏗鏘，不如君子之章」。願得先生一言，爲公臺萊之頌，而慰寶善芹曝之私，可乎？』余聞而欣然曰：余之知公有年矣。憶疇昔庚辰之冬，余始見公於彭剛直坐上，剛直指以語余，曰：『此當今一奇才也，子不可以不識。』余固已心識之矣。顧余山林中人，雖與剛直游，不過笑傲湖山，縱談風月，而不及世事，故於公之雄才偉略，未能詳也。至光緒九年，法越搆釁，擾及廣東。天子命剛直酌帶舊部，赴粤防守，而剛直治水師三十餘年，有水師舊部，無陸師舊部，海上有警，則江防亦重，長江將弁，不便調赴陸路，故所調遣隨營者，惟公與淮揚鎮章君而已。剛直既至廣東，倚公如左右手〔一〕。時法人有先取瓊州之説，剛直卽議親率所部湘軍至瓊扼守，而粤人以省城重地，未可輕離，環而請留，不可以拒。剛直曰：『我不往，必得代我往者。』顧瞻〔二〕左右，非公不可。卽言於朝，使公率所部毅字二營以往。公既至瓊，卽周歷察核所屬十縣三州，除安定一縣外，無不瀕海，港口紛歧，大兵輪之可下椗者、小兵輪之可登岸者，無地無之，萬無處處設防之理。乃就郡城擇要布置，添募紅單船，水師二營，分泊港口，以備其來，多設水雷，以遏小輪舢版登岸之路。是時，越南北寧等省皆已淪陷，瓊州孤懸巨浸，相距僅六百餘里，彼族垂涎，謂唾手可得。而公受命於患難之時，成軍於倉卒之際，既無大枝海軍雄視海上，惟恃有截之海口扼其登岸之一法，相持日久，法人竟不敢窺伺瓊州一步。是役也，論者以剛直在廣東，故鄰省皆受其害，而廣東宴然，不知剛直之守廣東，亦公有以助之也。和議成，兵事竣，有詔保舉人才。剛直保文員十六人，而公與焉，其考語曰『誠正篤實，辦事認真，爲守兼優』，亦可謂知公之深矣。由是受主知，膺殊遇，由監司而陳臬開藩，洊歷封疆之任，蓋天子之倚畀日以隆，而公之爲朝廷宣力者，恢恢乎其益遠矣。其由晉撫而移節於皖也，爲光緒二十六年，上章困敦之歲，夏秋之間。有羣不逞之徒，惑於邪説，胥動以浮言，剏立名目，號召徒黨，人予一紙，若授傳別，曰富有，曰貴爲，立名不經，蓄謀叵測，沿江五千里內，翕然從之，甲與乙受，總一散百，家奉其符，人習其説，若苗人之傳木契，若黎人之剖竹鐖，趁譚猓玀，不可億計。皖居其中，爲上下游之要區，尤姦宄之淵藪。公禽翦其魁，繫殺其黨，斷截其根株，椿定其波蕩，亂謀既折，逆焰遂衰，江介安然，得以無事。所謂事在一隅，功關全局者歟！是歲也，北方以民教相仇，揭竿起事，肇亂於山東，蔓延於畿輔。海外興繻葛之師，乘輿有河陽之狩，六合之內，爲之震動。東南諸大吏，遵奉詔書，乂安疆土，烽燧不興，閭閻無擾，朝廷亦倚若長城。而公周旋其間，心力交瘁矣。余既欽公謀國之忠，任事之智且勇，而又歎剛直真有知人之明。當此六十曰耆之歲，雖微童君之請，固將有以壽公，況童君又以請歟？余切人不媚，惟犓舉二十年來窺測所及者，代《南山有臺》三章。又年老腕弱，病不能書，乃命孫兒陛雲書以獻焉。憶公曾著《國朝柔遠記》一十八卷，余不辭譾陋而爲之序，其書已風行海內矣。今年歲陽在辛，辛者新也，聖天子懲前毖後，舉朝章國典、吏治民生諸大政，疇諮各督撫。公承明詔，陳訏謨，必有教養之宏規，富強之實政，便於今不戾於古，利於國無損於民者，爲皇上陳之，異時疏草流傳，中外雒誦，視《柔遠》一編，當更有進。余雖豎儒，不達時變，亦願受而讀之矣。

【校記】

〔一〕手，原作『年』，據文意改。

〔二〕　瞻，原作『瞻』，據文意改。

李湘亭副將六十壽序

昔在咸豐之初，大盜爲封狐雄虺，以薦食我黎萌，起於粵西，竄於金陵，以延易乎常羊之維，若苗若回，同時並起，海内爲之繹騷。卒藉師武臣力，丹溟投鋒，青徼釋警，乾亨坤慶，定三革而偃五兵，則湘沅之士，厥功尤多。余出曾文正門下，又與彭剛直有婚媾之誼，故湘軍中魁士名人，往往不我鄙棄，而與我周旋，若湘亭李君，尤推久要者也。余主西湖詁經講席三十有一年，故雖僑寄姑蘇，而每歲必再至湖上。其時統領杭州省城防軍者，爲今溫州鎮總兵吉園劉公，杭州大難初夷，百廢未舉，劉公能戢其軍，與闤闠相安，如濬河、築垣諸大役，凡有工作，擨捐從事，罔不帖妥，民皆頌之。及劉公秉節建旄而去，杭人皆喈曰：『劉公去矣！』孰知繼之者卽君也，率由其舊，而濟之以勤慎，加之以明敏，於是始之歌詠劉公者，又環而頌君。嗟乎，蕭規曹隨，史册所美，況李臨淮之舊部，馬伏波之故事，後先濟美，造福閭閻，詎非杭人之幸歟？余每至杭，湖樓山館，隔越城市，劉公必遣健兒數輩，爲余司扞掫之役。君繼統其軍，循其成例，時或輕輿匹馬，來一省視，其意勤勤，尤可感也。余與啜茗清談，詢其生平大略，乃知君生而英武，自少慷慨有大志。咸豐八年，始隸湘軍，每戰必先，歷克池州、大通、銅陵諸名城，曾忠襄公奇賞之，給與五品翎頂。君益自奮發，攻高淳，攻溧水，攻東壩，皆執戈荷畝，蹋壁而先登，由是注名兵部之籍。同治三年，金陵平，大功成，君以累戰積功，歷遷至都司。四年，從剿陝甘叛回，大戰於靖遠，掃蕩其餘寇，總督石泉楊公以聞於朝，由都司遷游擊，以孔雀翎易其鶡羽翎。六年，從征張家川、華亭縣，大股悍賊，投石超距，所向無前。大帥撫髀而歎，諸將擐甲而觀，咸曰：『真壯士。』奏保參將，加副將銜。五年，又擊賊於洮河東西，毁其壘，凡五處。璽書褒獎，賜捷勇巴圖魯名號。九年，官軍收復肅州省城，君豫行間，搴旗斬將，無役不從，無戰不捷，詔以副將儘先補用。光緒元年，新疆南北路一律肅清，朝廷西顧無鹿駭狼顧之憂，策勳告成，論功行賞，而君晉加總兵銜矣。君之戰功，始於江淮，迄於秦隴，身經數百戰，攻下數十城，雖古人所稱一日破十二壘、一月克十二城無以加也。余觀《史記·樊酈滕灌列傳》，太史公敘諸將戰功，如斬若干人，捕若干人，降若干人，敘述簡古，纖悉不遺。使君之功得太史公爲之次第，其事傳之後世，亦豈下於樊、酈之倫哉？君之來浙也，實始於光緒四年，撫浙使者如靜瀾衛公、鎮青崧公、穀士廖公，皆深賞君才，倚之如左右手，命之統帶親軍，兼領中營，士卒有皃藻之歡，閭里無雞鳴之盜。而挑濬北湖一役，尤浙西水利所關，灌溉田疇，流通舟楫，裨益甚鉅。蓋君生平善拊循士卒，與之同甘苦，故有所指揮，其下咸爲之盡力，功無巨細，罔不工緻。大府倚其才，小民蒙其福，雖婦人豎子，皆以君與劉公並推。一時賢將所至，刁斗森嚴，無一卒一騎譁於市者，李廣、程不識合而爲一人矣。是時天下雖號無事，而戎伏於莽，所在皆有，海外各國又環而伺隙，朝廷整軍蒐乘，日不暇給，聞鼓鼙而思將帥，有每飯不忘鉅鹿之意。於是巡撫廖公歷舉將才，以備折衝，君得與焉，詔以副將儘先補用。而君恂恂儒雅，有雅歌投壺之風，無豨突狶勇之態，與人交，出肺肝相示，無一事欺罔。營中積習，多以侵蝕自肥其家，君統諸軍，不扣一餉，不缺一額，每曰：『吾受督撫知遇，膺朝廷爵賞，天良具在，其忍昧諸。』余接其言論風采，未嘗不歎其有古名將風也。又喜施與，勇於爲善。於杭州城外創設楚南義園，凡同鄉旅櫬之不歸者，於是乎反虆梩焉。有以緩急告，無不應，同袍同襗之士，有所告貸，無難色。積善餘慶，和氣致祥，天錫以丈夫子二，皆嶄然見頭角。今年九月十有八日，爲君覽揆之辰，蓋行年六十矣。其同鄉諸君子皆欲以一觴爲壽，并欲以一言爲侑。君以時事孔艱，防務方亟，辭讓再三，遷延未果。時序如流，又背秋而涉冬矣，諸君子再申前請，以余之與君習也，乃就余而謀焉。余曰：及今爲之，未晚也。古人稱觴上壽，非有常期，況紀年之法，古今不一，今人歷一歲即爲一歲，古人必滿一歲始爲一歲，絳縣老人歷七十四年而云七十三年者，未滿其歲也。余聞之彭剛直，湖南人紀年頗用古法，然則自今年九月至明年九月，無一日不可進臺萊之頌，況猶在今年乎？往歲，吉園劉公七十懸孤，余曾以文壽之，故於君之生日，援劉公之例，應諸君之請，進切人不媚之言，爲六十曰者之慶。異時年齒益高，勳名益重，爲國家建正正之旗，布堂堂之陣，鸞舉麟振，鳳飛龍騰，奮揚朝廷威命，西蕩河源，東澹海澨，刊跡狼山，銘功瀚海，豈不盛歟？《詩》不云乎，『方叔元老，克壯其猷』，竊願君之老而彌壯也。

竇母張太恭人七十晉九壽序

甸膏大令，余中州舊友也，曾以文字受余一日之知，至今相見吳中，猶執門下士之禮。余因得詢悉其家事。蓋竇氏自英烈公以來，家承忠孝，世兼文武。其父贈朝議公，從王師轉戰粵西，克成大節，太恭人守節撫孤，歷三十餘年，往歲六十曰者，已以節孝旌於朝，及年七十時，甸膏適權知上海縣事，奉觴上壽，乞余文侑之，其文已刻入《春在堂襍文五編》矣。至今歲，而太恭人行年七十有九，齒益高，德益劭，甸膏治蹟循聲亦日益盛，其僚友親戚，爭願酌大斗、介黄耇，而援七十歲之例，再乞余一言。余前文固云：八十、九十以至期頤，當更以壽言進。斯言也，余無得而辭焉。雖然，太恭人珍禕〔一〕懿鑠之行，已具於前文矣，若襲前日之言，以應今日之請，豈所以增榮益譽乎？讀《易》者如無《書》，讀《書》者如無《易》，然則今日之言，固宜更端以進，凡前文所已及者，兹可略焉，請舉前文所未及者，爲後之修女憲傳者告。太恭人之始來歸也，其舅姊妹行有適徐氏者，精相人術，一見卽歎曰：『新婦性情堅定，動止必循禮法，他日吾家有事，此人當之矣。』太恭人一生允蹈兹言，能使人乍見而知之，可知其樹立之有素矣。姑張太安人，性嚴毅，太恭人委曲隨順，得其歡心，相依既久，而張太安人亦爲之感化，喁喁情話，若母女然。子思子曰『悦乎親有道』，其弗信矣乎？朝議公歿，太恭人以姑老子幼不敢徇，仰事俯蓄，取辦十指。及寇至，渴葬其舅，而後命其子奉姑出走，已則與幼子弱女處危城中，指庭前井曰：『如城破，吾母子三人了此矣。』此尤其節概之落落大者，余前文未及焉，疏矣。太恭人有三子，其長子曰鎮山，卽甸膏也，自幼不凡，太恭人奇愛之，而督責之亦最嚴。讀書塾中，適鄰近有優戲，同學者從臾往觀。太恭人聞之怒，爲不食者終日，甸膏跽而請罪，乃曰：『汝父捐軀報國，吾不相從地下者，冀爾成立，光大門閭耳。今荒嬉若此，吾何望？』甸膏叩頭謝，誓不再與羣兒游，始爲舉箸。每自塾歸，必使背諷日間所讀書，如不能，則使補讀，爲講解大義，而已則仍事紡績，機聲書聲常相間也。及甸膏補博士弟子員，太恭人曰：『一衿何足喜，所喜者，先世書香未絶耳。昔范文正公爲秀才時，便以天下自任，汝雖不敢望范文正，然亦不可不存此志。』甸膏謹奉教，不沾沾於帖括之業，慷慨有大志，以書生崎嶇戎馬間，屢著戰功，有聞於時。已而以知縣官江蘇，太恭人勖之曰：『人患不自立耳。一命之士，亦足以建樹功業，汝其勉之。兩漢《循吏傳》中人，豈皆由賢良對策而來哉？』方七十歲時，甸膏雖宰上海，而太夫人尚在中州，但嚴戒甸膏，勿以南中一珍物寄家。余深美之，以爲有陶母封鮓之風。甸膏屢筦榷局，身處脂膏，不以自潤，母教也。未幾，權知崇明縣，今又知武進縣。而太恭人德車結旌，亦遂翩然南來，河陽之花，足以悦目，單父之琴，足以娱耳，蓋緘恨含顰者數十寒暑，而後有此伸眉之一笑。天之報之者，亦云優矣。甸膏每視事，太恭人必問所折何獄，所治何事，聞處置平允，則欣然喜，漢時雋不疑每有平反，母爲喜笑，昔聞其語，今見其人。惟於雕悍之徒，彊獷之俗，則又勸甸膏嚴治，勿稍寬縱，曰：『吾往者居鄉，深知此曹之爲民害也。』若太恭人者，可謂賢明有識，非徒婦人煦煦之仁矣。又謂甸膏曰：『吾懷郡有某某二公，汝知之乎？某公以廉直著稱，今其後人簪纓勿替，某公以貪墨起家，今靡有孑遺，此兩家，皆吾所親見，汝宜何從？』嗟乎，嬰母知廢，陵母知興，所見遠矣。史稱崔實善績，母有其助，余於甸膏亦云。孟秋之月，下澣之吉，爲太恭人設帨之辰。太恭人方以時事艱難，戒勿稱慶，然八袠將開，一堂聚順，驥子龍孫，森列乎側，鸞章鳳誥，疊降自天，亦笄珈之至榮，閫門之大慶矣。甸膏於是鏗金絲以娱之，饌甘膬以奉之，固禮之所不可缺也。而余附通家之誼，進女師窈窕德象之篇，頌履戩祓禧禠祜之福，亦情之所不容已也。謹舉前文所未及者，揚扢而陳之，請以前文爲《南山有臺》之首章，而以此爲次章，自九十以至期頤，越十年必有一文，則三章、四章又將踵此而作矣。

【校記】

〔一〕 禕，原作『褘』，據文義改。

高觀察妻李夫人六十壽序

往者高與卿觀察之宰龍游也，將受代以去，而龍游人思之不能忘，羅列其實政以告於余，使爲文而刻之石，今《春在堂襍文四編》有《龍游縣高君實政記》一篇，爲此作也。記中備言其治龍游之善政，若興水利以開農田，若建浮橋以便行李，若禁花會以除民害，若廓書院以養人才，若創嬰堂以活童稚，詳哉言之矣。既而思之，男正位乎外，女正位乎内，見於《易·象》。男稱男君，女稱女君，著在《禮經》，《管子》不云乎，『爲人夫者敦懞以固，爲人妻者勸勉以貞』。昔《周南》，大夫行役勞苦，其妻則以王室艱難勉以大義，《汝墳》之詩所以作也，孔子删《詩》，列於『二南』，劉向作《傳》，發明其義。然則觀察之善政，或亦爲之配者有以陰相之乎！婦道無成，内言不出，當時龍游之人固不得而言，而余之文亦不得而記也。乃今年之秋，余以病謝客，杜門吳下，而有以李夫人壽言見屬者，謹謝不爲。及讀其事略，憬然曰：『此即與卿觀察之德配也。余向所不得見者，今得見之矣，其又奚辭？』夫人姓李氏，與觀察皆江寧人也。其父始無子，嗣其兄弟之子晴巖君爲子。晴巖愛厥妹，授以經書大義，不數年，均能通曉。已而，其父晚年得子，老不能教，夫人以向所受於晴巖者轉授其弟，年未弱冠，即隸邑庠，夫人之教也。蓋其在室時，已非尋常之婉娩矣。年十八，歸於高，其家方避亂於蘇，時既多故，家又貧也，未逾一月，觀察出投戎幕，君姑在堂，修髓旨甘，惟鍼黹是賴。未幾，大營潰，常州陷，觀察與夫人奉其母由蘇州走崑山、太倉、瀏河，以達於上海。負擔初弛，槖筆而出，其時家中什物，蕩然俱盡，簞瓢捽茹，皆夫人任之。江安糧道許君櫞仲，知高君之才也，以運河轉漕，路遠事繁，簿書期會，千緒萬端，命觀察綜理其事。蓋從事河運，自此始矣。其後糧道屢易人，若衛公榮光，若杜公文瀾，若薛公書常，若張公富年，若劉公傳祺，若松公椿，前後六七人，不常厥任，而文案一事，則皆委之於觀察。於是觀察柳往雪來，南船北馬，家居之日，歲不數旬，而家中之事，則皆委之於夫人。迨至觀察以知縣官吾浙，爲臺司所器重，命筦湖州新市釐局，長目飛耳，心算口占，人莫能欺，不但稅課培增，合於監稅得籌之例，即應得給薪之數，亦視曩時館俸有加。於是家用亦稍優衍，始有便了之奴，阿陽之婢，爲之給使令、供奔走，前乎此者，廚下之爨烹，堂前之灑掃，裳衣之煩撋，襌𧝓之曬晾，皆夫人躬親之也。觀察旋攝蕭山縣事，補龍游縣，調署臨海縣。適台州有土寇倡亂，震於其鄰，警報狎至，内守外剿，不遑寢處。夫人則謂之曰：『家事有我在，毋以爲念。』觀察得以專力於外，風鶴不作，四竟帖然，夫人與有力焉。吾前謂，龍游善政，夫人有以陰相之，觀於此益信。明年，奉檄赴龍游本任，興利除弊，勸學務農，有造於龍游者甚鉅，已具於《實政記》，茲可無述矣。台、嚴者，浙東之劇郡也，嚴州以教案告，命觀察權知嚴州，及嚴事竣，台州亦以教案告，又命觀察權知台州。蓋觀察以入粗入細之才，可方可圓之略，上游深倚之，錯節盤根，非利器不可也。方守台日，民間謂，寇且至，一日數驚。夫人戒署中人：『慎毋動，果有變，則死此耳，何憧憧爲？』其深識定力，不可及也。觀察撫循其良善，褩散其凶頑，無一日安坐。於是家事仍委之夫人，綜計十許年來，爲長子伯徇刺史娶於鄭，爲次子仲銘司馬娶於張，爲三子叔儀大令娶於陳，又歸其長女於績溪胡氏，歸其次女於錢唐許氏，凡婚嫁之事，固人之所恆有，惟觀察公而忘私，不問家事，幾有還家犬吠之風，撚搰經營，皆出壼内，是以難也。今觀察以寧波知府署寧紹台道，大計以卓異聞，中丞任公，明保人材，奉送部引見之諭。自此陳臬開藩，薦登八坐，觀察之勳業日隆，而夫人之相助爲理者，亦正不可限量矣。今歲仲冬之望，爲夫人六旬設帨之辰，諸子以余曾爲《龍游實政記》，故又欲得一文爲兕觥之侑。余向者但知觀察之賢，不知夫人之賢，今幸而知之，安得不揚扢而陳之乎？嘗謂世之善頌善禱者，必舉郭汾陽之富貴壽考爲辭，孰知汾陽之富貴壽考，亦其夫人有以成之乎？考汾陽王妻，霍國夫人王氏，以名家女歸於汾陽，祗事舅姑，恪恭朝夕，睦娣姒以仁，接中表以義，閨房肅穆，婦道有聞，故其封霍國夫人制曰：『作賓君子，宜爾室家，克著艱難之勳，實由輔助之力。』然則汾陽之得力於内助，當日固見之王言，垂於方册矣。乃千載之下，人人知有郭汾陽，而不知有霍國夫人，余深爲霍國惜也。故於《實政記》後，又爲夫人作壽言，其意非徒酌太斗、祈黄耇而已，亦使異日修女憲書者有所考也。

山東候補道洪君七十壽序

余從孫女歸華陽洪氏，故於洪氏相習也。今年夏，從孫壻鷺汀直刺以書來告，曰：『吾從祖年七十矣，鞠有黄華之月，其生日也，敢乞一言以爲壽。』余憬然曰：若從祖，非蘭楫先生乎？余雖未與相識，然以昏姻之故，曾有尺素往還。至其天才宏贍，學識淵通，余固所心折也；其居官臨民，政績爛然，又余所耳熟也。雖微子請，固將有以壽之，況又諉諈及焉，其烏能無言。洪氏自雍正中由皖遷蜀，遂爲望族，世有聞人。君濡染家學，自其少時，已嶄然異矣。經史外，喜讀韓非子之書，曰：『世儒擯斥是書，非通論也。必從其言，方可振頹而起靡。』又喜讀孫武書，曰：『方今天下，殆將有事，徒知呫嗶，庸有濟乎？』少時懷抱如此，宜其後之卓犖不凡矣。甫弱冠，入邑庠，咸豐十一年辛酉，登拔萃科，入都朝考，才名滿都下。時甘肅叛回不靖，欽差大臣楊公能格奉命防禦西垂，營求奇士，與之偕往，得君大喜，曰：『吾得人矣。』而是時賊氛徧地，人情危懼，爭尼君行。君素有請纓之志，又感楊公之知，登車攬轡，意氣浩然。既至，則勷贊戎機，動中肯綮，又陳朝廷恩德，以激發忠義，登壇誓衆，聲情慷慨，驕將惰卒，環聽其旁，無不感泣。以故人皆用命，蹈厲無前，遂以掃蕩寇蹤，肅清黔境。敘功，以知縣發往山東，並賞戴花翎，自是以往，君之政績東矣。歷任臨清直隸州、樂陵、德平、荷澤、滕縣、陽穀、歷城諸縣，所至清勤自矢，德威交濟，發姦摘伏，民稱神君。牒訴倥傯，片言立決，南山可移，此案不動，一經明斷，咸曰無冤。北俗雕悍，盜賊滋多，君訪得渠魁，不惜鉅貲懸賞購緝，萑蒲之藪，爲之一空。姦吏蠹役，狼狽爲姦，繩之以法，有犯無赦。一時有『吏行冰上，人在鏡中』之頌。六治繁區，頌聲洋溢，積優成陟，疊晉黃堂。時大河北徙，運河淤墊，舟楫不通。君奉檄勘治，履行其紆直，測量其淺深，磬折參伍，因地制宜，不數月而積淤盡去，漕運無滯，君之功也。又嘗充振撫局提調，不務苛察，以實心行實政，飢民億萬，賴以保全，用帑亦數百萬，無一虛糜。於是上游咸知君能，奏補東昌府知府。君由知縣起家，嫻習吏治，洞達民情，宣化承流，若駕輕車而就熟路。在任十年，中間調守兗州者一年，政平訟理，四境晏然，山左大吏，如丁文誠公、張勤果公，咸稱君爲良二千石，敘其事蹟，累疏上聞，天子嘉焉，溫語褒獎，賞二品冠服，以道員補用，交軍機處存記。方庚子之亂，人心蠢〔一〕動，君作勸民歌，反復告誡，傳播閭閻，趁譚狉獉之衆，爲之大定，乂安齊魯，屏蔽江淮，事在一隅，功歸全局矣。今直隸總督袁公方撫山東，夙稔其才，奏派總辦濰縣鐵路礦務。事涉中外，羣知其難，而君措置得宜，侃侃舉辦，中外翕然。使君得大展其才，則柔遠能邇，以匡濟時艱，維持大體，豈止於此而已哉？君宦山左三十餘年，由牧令而至觀察，屢任繁缺，疊膺要差，身處脂膏，不以自潤。又好施與，以緩急告，應之惟恐不足，故至今宦橐蕭然，仍如寒素，君固不以措意也。爲人豁達大度，意趣豪邁，老而不衰。性耽吟詠，兼善丹青，公事之暇，揮灑淋灕，神氣飛動，與少年筆墨無異，大壽之徵，卽此見之矣。余既諾鷺汀之請，自惟鄙文不足以壽君，憶辛稼軒有《最高樓》一闋，爲洪内翰七十壽，固君家故事也，請爲君曼聲歌之。其上闋曰：『金閨老，眉壽正如川。七十且華筵。樂天詩句香山裏，杜陵酒價曲江邊。問何如，歌窈窕，舞嬋娟。』其下闋曰：『更十歲，太公方出將。又十歲，武公方入相。留盛事，看明年。直須腰下添金印，并教頭上戴貂蟬。向人間，常富貴，地行仙。』

【校記】

〔一〕 蠢，原作『蠹』，據文義改。

陶君馥堂八十壽序

余本農家也，先世自新昌遷德清東門外，居烏巾山之陽，薄田數畝，世爲恆產。自先祖始以文學起家，然與吾同曾祖者，猶無一人舍其耒耜也。每歎農爲本務，自古懷文抱質之士，往往隱於田畝之間，沮溺丈人，列名《魯論》，戰國時齊楚間有野老者，著書十七篇，應劭謂是年老居田野者，後世安得復有其人乎？乃今得之馥堂陶君，君蓋隱於農而又兼通乎商者也。君幼穎悟，昆弟四人，君實居三，偕其伯兄入塾讀書，自七歲至十二歲，已粗通章句大義。乃厥考彙征君謂之曰：『讀書固佳，然衣食之資，必出於農，汝兄弟並讀，如家計何？』君乃讓其兄讀，而自退歸農。道光三十年，其兄以第一人入縣學，歸而謝君曰：『非吾弟力耕，吾不能專於讀，今日忝冠邑庠，皆弟賜也。』君雖耕，而仍不忍廢學，每執書卷就伯兄質所疑，久之，所學亦有進。彙征君以君賢且才也，以家事屬之，是時伯兄已有名庠序間，仲兄操計然術，亦能自給，君則課耕耘，罔間寒暑，三人皆有業，惟季弟體弱，雖已冠，無所事，幾失彙征君歡，君委曲解之，始已。而家中食指日繁，生計亦日窘，承彙征君命，始異爨。君以逋負累千餘緡，不欲爲昆弟累，乃獨任之。即堂上甘旨之奉，不以分任，而諸昆弟或有緩急，罔弗兼顧，於是耕田所入，時或不給，乃販運竹木，營什一之利，稍稍自贍。君母宋太宜人卒，生前醫藥，殁後衣衾棺椁，皆出於君，曰：『吾兄弟皆貧乏，吾力稍優也。』咸豐十一年，粤賊寇浙，越郡淪陷，君所居燬於兵。父奉彙征君，倉卒出走，遇賊於石浦村。彙征君性嚴急，抗聲大駡，寇臠集，知不免，赴水死。君趨救無及矣，抱父屍而哭，感動二人，無不下淚。寇平返里，復治舊業，經營既久，益善居積，擻掮數年，業復大起，重建舊居，俾子姓輩各有安宅。先是，君長兄及嫂相繼卒，君治其後事，償其逋負，撫養其二子；仲兄仲嫂卒，亦如之；弟及弟婦卒，無子，嗣以己子，有一女，視如己女。光緒十二年，君年逾六十，始輟竹木之業，謂諸子曰：『吾曾祖始遷湯浦鎮，門户衰薄。吾賴餘蔭，畢生勤儉，始獲小康。弟兄四人，今惟吾在，吾弟無子，已爲立嗣，兩兄雖有後，然未有祭産。宜置田若干畝，俾其後人世守之，爲春秋祭祀之資，其親戚朋友，貧不自存者，亦宜體吾意，以時周卹。』諸子皆敬諾。性嗜酒，然未嘗狂飲。又喜竹，種植數萬竿，暇則與友人竹下圍棋，以爲樂。好直言，人有過，面數之，然不蓄怒。與人交，無所忤。料事往往有先見，鄰村董君初闢茶棧，君曰：『是必得利。』已而果然。人問其故，曰：『方今朝廷重商務，擴利源，絲茶兩者，固吾中國之大利也。』蓋君雖伏處牖下，而洞達時變有如此。其長君曰天祐，乃亦設茶棧，又於上海設繅絲局，至於今，獲利數倍，君之教也。君以家祠未建，於前歲搆成之，鳩工庀材，身親其役。諸子勸其少休，亦笑而諾之，旋卽治事如初，蓋其精力有大過人者也。德配吳宜人，長於君三歲，年二十一始來歸。其時舅姑俱在堂，舅健飯，好食肉，姑則喜淡泊，厭葷腥，宜人每進饌，悉當其意。君於昆弟間多所分潤，以爲坤性吝嗇，往往秘不使宜人知，而不知宜人已先之矣。今年五月，爲君八十生辰，而宜人則年八十有三，諸子請余以文壽之。顧余本農家子，而君又以農事興，請爲農歌以侑之，以自別於世俗鞶帨之文。君或亦讀之而一笑乎？其歌曰：若農力穡，歲其康兮。君子有穀，家其昌兮。皤皤二老，樂未央兮。子孫濟濟，列冠裳兮。必有興者，登巖廊兮。百歲期頤，長無疆兮。我歌且謠，侑一觴兮。

溥玉岑尚書五十壽序

粵在成鳩泰上之朝，必有神化丹青之佐，内持維，外紐綱。而《春秋》貴世臣，《詩》美宗子，於以奠維城之基，膺栐附之寄，則尤以宗英爲重。是故軒轅二十五宗，高陽一十六族，炳然前牒，傳爲盛事。所謂天族多奇，玉林皆實，其在茲歟！今於大宗伯溥公見之矣。公乃和碩和恭親王之四世孫也，幼居王邸，而被服儒素，枕藉經書，執贄於胡效山先生門下，距其所居殆十餘里，而徒步往來，不假輿馬，其意趣固已遠矣。閉廬精誦，以墳典爲琴箏，以講肄爲鐘鼓，齠年丱日，畢覽羣書，一時名重公卿間。或以爲蕭子顯宗中佳器，或以爲李暠帝宗千里駒，而寶文靖公尤奇賞之，延主其家，俾課其孫，今笛樓太史，卽其時祛衣受業者也。《管子》有云：『無翼而飛者，聲也』，以公之學之才，固宜龍躍雲津而鳳鳴朝陽矣。洪維我國家，本支百世，涵和染教，其居敦宗之院，處親賢之宅者，固不乏龍文虎武之材。而每屆三年，開文詞雅麗之科，羅海内俊逸之士，雖白屋寒儒，簞瓢捽茹者，皆得抽豪授簡，試於文石之陛。而凡在宗枝，不得與焉。嘉慶間，始詔閑散宗室，得與寒畯並升，而分屬近支，受有封爵者，猶無一人預南宫之試，登東堂之榜。公以名王之孫，爵爲奉國將軍，應光緒元年恩科鄉試，中式舉人，六年成進士，改庶常，授編修，異數也。公既由翰林起家，遂以承明著作之選，負大雅宏達之望，下孚眾論，上契主知，雖古所稱『吾家任城』、『吾家豐城』無以逾之矣。歇歷清華，翱翔霄漢，遂登綸閣，薦涉貳卿，由理藩院轉户部，累權吏、兵、刑三部侍郎，今又遷禮部尚書。六官之中，未歷者一而已。我朝用人，不别文武，況公連萼宸輝，分支若木，文通武達，兼而有之，非如潁胄好文、潁基好武，兄文弟武，分爲二人，稱宗室美談也。故以文事論，則充順天鄉試同考官者一，充順天鄉試副考官者二，充殿試讀卷大臣者二，充優貢、拔貢、朝考閱卷大臣者各一，充江蘇、廣東提督學政者各一，其外如教習庶吉士，及閱看各省繙譯試卷諸事，不可勝舉，高鵬低鷃，各得其平；黄尾裴頭，無不悦服。此公之優於文事也。以武事論，則歷任鑲白旗漢軍副都統，鑲紅旗、正黄旗滿洲副都統，正紅旗、鑲黄旗護軍統領，正黄旗、蒙古都統，鑲黄旗漢軍都統，類能簡士厲兵，蒐乘補卒，人徒知公爲東馬嚴徐，而不知固禁中之頗牧、軍中之韓范也。此公之長於武事也。歲在戊戌，山左大無，公奉命往稽振務。陛辭之日，親承天語，振務之外，兼審河患之緩急，廉官吏之賢否。公於是屏絶輿從，不由驛傳，冰雪之中，匹馬馳驅，州縣官吏有迎送者，輒改從他道，津吏候人，莫知旌旆所在，道塗僕僕，凡四閲月，吏治勤惰，民情疾苦，無不周知。此一役也，公實大有造於山左矣。余伏處林下，於公之政事，未得其詳。惟公親學江蘇，適余僑居吳下，聞公試士，終日危坐堂皇，無片刻退息。吏役皆扃閉一室，不使外出，場屋積弊，一掃而空。披閲試卷，恆至丙夜，所取皆知名之士。大江南北，翕然稱之。鎮江文宗閣，乃乾隆中敕建，與揚之文滙、杭之文瀾，稱江浙三閣。亂後毁焉。公按臨京口，見傑構頃頹，遺書散佚，灊焉傷之，力謀脩復。規模甫定，與總督劉忠誠公連章入告，優詔報可，一時承學之士，無不翹首企踵，以待其成。及公受代去，事又不果，士林至今惜之。公生而天性肫誠，事父侍郎公至孝，就寢之後，聞疾風甚雨，輒曰：『吾父當趨朝，奈何？』旁皇竟夕，爲之不寐。與兄小峯侍郎、弟倬雲尚書尤極友愛，至今白首怡怡，同居無間。夫人章佳氏，有淑德。公少時誦讀，夫人必以鍼黹佐之，漏三下，或未休也。丈夫子四人，長君紹岑學士，今權國子監祭酒，餘三子並官郎署。一門鼎盛，可入《仙源積慶圖》矣。余孫陛雲，戊戌會試，出紹岑學士之門。往年公嘗小住姑胥，訪我於春在堂，余亦報謁於拙政園寓廬，歡然敘同館之誼。及公航海入都，鰲抃鯨飛，風景自異。而公抵都後寓余書，發而讀之，知公在舟中固鎮定自如也。公之所養爲不可及矣。十月小春之候，爲公五十大慶之辰，余無以壽公，憶陸平原《百年歌》云：『五十時，荷旄杖節鎮邦家，言笑雅舞相經過』，敬以此爲公祝。自此以往，眉梨鮐耋，爲日正長，福緒祥源，與年俱進，然則此一篇也，其猶《南山有臺》之首章乎？

孫女慶曾傳〔一〕

【校記】

〔一〕此篇已見於《春在堂襍文六編》卷二，此處僅存目，正文從略。

序目

余往年編次《賓萌集》，其《襍篇》一卷，皆襍文也。同年王文勤公方爲廣東方伯，已取而刻之矣。然其時編葺亦間有遺漏，而嗣後又歲有所作，同治辛未歲，命人寫錄之，得如干首。吳下有潘氏昆弟，曰祖謙，字濟之，曰祖均，字和甫，乃相國文恭公之孫，皆曾從余學詩賦者也，請以此編付之剞劂，即題曰《春在堂襍文》，然止二卷耳。是歲余行年五十有一，至於今八十五歲矣，此數十年中，謬以虛名流播海內，來求余文者，無月無之，積久遂多，不忍竟棄，絡續付刻，以前所刻，余爲《初編》，續刻者《春在堂續編》凡五卷，《三編》凡四卷，《四編》凡八卷，《五編》凡八卷，《六編》凡十卷，合之《初編》二卷，凡三十七卷。烏乎，余所作不爲不多矣，其文多碑、傳、序、記之文，文體卑弱，無當於古之作者。又性好徇人之求，苟有子孫羅列其祖父事實以告，輒曰：是仁人孝子，求顯其親者也，義不忍割，於是失之煩冗者往往有焉。然當代名公鉅卿之行事，所謂磊落軒天地者，亦多見於吾文，豈以吾文之鄙陋而遂土苴視之哉？《六編》之刻，成於癸卯，此刻之後，又得文數十篇矣。余年齡衰暮，未必能刻《七編》，或即附之六編之後，曰《六編補遺》可也。光緒三十一年冬十月，曲園記。

褉文六編補遺卷一

江蘇候補道錢君家傳

君諱志澄，字伊甫，亦字清士，浙江嘉興人，錢氏。其先世則海鹽何氏也，明初有諱裕者，以家難，自幼育於錢氏，於是遂氏錢。其後又自海鹽而遷居嘉興，於是遂籍嘉興。嘉興錢氏，自明以來，世有聞人。乾隆間，以刑部侍郎予告歸，特晉尚書，贈太傅，謚文端，祀賢良祠者，君之五世祖也。曾祖復以縣令歷官福建及直隸，終順天府大興縣知縣。祖友泗，天文生。本生祖泰吉，廩膳生，海寧州學訓導，自號甘泉鄉人，博學，工古文詞，知名當世。父炳森，道光二十四年舉人，景山官學教習。三世皆以君叔父諱應溥者官工部尚書，而君又以道員得加級請封，故皆贈一品。曾祖妣陳、沈，本生祖妣胡，妣蒯，皆一品夫人。蒯夫人有賢行，《嘉興縣志》有傳。君六七歲時卽能書，嘗臨寫趙文敏《千字文》，酷肖，甘泉公異焉，爲跋其尾。君至晚歲，每臨摹法帖，追念甘泉公遺訓，往往流涕。錢氏，禾中望族，科第世家，景山君雖舉於鄉，齎志早殁，僉謂：『成景山君未竟之志者，必君也。』卽司空君亦謂：『此子有翰院才，當昌吾家。』而是時江浙大亂，家室流離，司空公以養親居家，佐曾文正公幕府，族黨賴以舉火者數十家。君應省試，連不得志，乃歎曰：『瓶之罄矣，惟罍之耻。吾忍獨爲叔父累乎？』光緒元年，以縣令需次江蘇，先後委辦洋務局及上海糖捐局局務，皆治，而君猶請於司空公，郵書訓誡，縣之坐右，以自警省，蓋其意量遠矣。七年，補授荆溪縣。縣多山，故多盜，君嚴捕之，盜藪爲空。兵亂之後，又多曠土，兩楚之人，爭來墾治，主客齟齬，鬭鬨疊見。君爲土民定租額，爲客民編門牌，土民悦，客民畏，遂以無事。九年，奉檄代理鎮洋縣。鎮洋每歲徵收有溢於定額之外者，蓋亂後倉卒起征，科則未定也。君悉照《賦役全書》頒示定額，民無浮輸，吏無濫取，至今循之。十年，補授青浦縣，會所屬唐家浜大火。君聞報，襆被往視，齎帶錢物，按户撫恤，不假手胥吏。及省中大吏委員振撫，而君已先之矣。已而又患大水，青浦地卑，君相度地勢，築圩隄，疏溝洫，因勢利導之，是歲也，災而不害。君又因其地與太湖鄰，太湖之盜，時時闌入，雖有額設捕役，爲數無多，力實不敵，言於中丞崧公，請兵助捕，不許，面言之，亦不許，君曰：『民患盜，不安枕，豈忍坐視？』請自劾去，拂衣竟出。崧公大怒，咸爲君危，君不顧也。明日，崧公使人召君來，語之曰：『昨思君言，大有理，已飭具稿矣。』君之伉直，崧公之受言，皆古之人也。已而胡游擊昌寶實來，君語之曰：『但求多獲盜，費則取之我』。於是盜無不得，民乃大安。有董大洪者，盜魁也，自竄於營籍而求庇焉。君力請而出之，營員怒曰：『君以董爲盜歟？三木之下，何求不得？』乃君初不用刑，婉曲開導，董自吐實。或問其故，曰：『錢公示我以誠，我忍負之歟？』又嘗獲積盜陳逢綬等八人，自言曾於上海、華亭、嘉定、昆山等縣行劫。函問各縣，皆曰：盜已獲，案已定矣，非陳也。君細覈之，則實陳等所爲，乃提各縣所獲之盜來，訊之則皆承，且有女衣一襲，爲失主認領矣。而陳逢綬等所盜之物，尚有茶菊一大簍，各縣所獲盜皆不知也。詰之，但目視捕役，命捕退，而又詰之，哭，請驗其足，解其草履，則足指脱矣。蓋捕欲見功，以私刑脅使誣服，教以供辭，故無不脗合。

茶菊細物，失主漏報，故捕亦不知。至女衣製式，習尚相同，不足據也。於是盡縱諸盜，使去，一縣翕然，稱曰神君。君捕盜嚴而密，治獄速而勤，命案尤極詳慎。梅寧許氏取刊《洗冤錄》，校讀數過，或有心得，寫錄上方，每相驗，不避穢惡，手自檢點。宰荊溪時，陳、殷二姓爭爲客民棚長，殷自殺其族兄，以誣陳君，訊兩造，陳無懼色，殷無戚容，屍體鱗傷，不可逼視。身有佩囊，命殷解取，殷不敢近。君自起，解與之，亦不敢受。君疑焉，詰之曰：『爾兄死處去爾家遠，爾家去城尤遠，乃兄以某時被殺，爾卽以某時來報，相距僅一時耳，何速也？且血肉模糊，面目不可辨，何知死者之爲兄，又何知殺兄者之爲陳？誰語爾者？』殷聞愕然，命褫視其衷衣，則濺血猶新，發其腰橐，血刃存焉。殷大哭，曰：『欲殺陳，故殺兄，今自殺矣。』君治獄類如此。十二年，大計羣吏，司府上計，初無君名，中丞崧公特列諸上考，其考語曰：『勤直明爽，果敢有爲。』且語君曰：『上四字，可爲君小傳矣。』二十一年，過班爲候補道，入都引見。左都御史休寧吳公廷芬及宜興任中丞道鎔先後疏保，有旨交軍機處記名。二十三年，代理蘇關監督。時蘇州甫闢租〔一〕界，有洋商欲於附近界外購地者，君出示嚴禁，洋商大譁。君堅執蘇埠新約與爭，且引《烟台條約》謂：『租界未定之處，尚須審定界址，況明明已有租界乎？若界外襍居，不特領事官照料非易，卽地方官亦保護難周矣。』外人知理不可奪，遂不復言。君又上書兩院，謂：『隄防一決，枝節叢生，蘇州開埠，自日本創始，尚須明定界限。而援例之國，乃欲力爭界外之權，稍予通融，非僅爲日人口實，其流弊何所底止。』嗚呼，交涉事難，雖老於封疆者猶或遷就其間，而君以一道員斷斷與辯，惜乎君之未及大用而遽卒也！君旋奉檄督辦蘇屬沙洲事，有江都奚姓、丹徒姚姓爭田聚鬨，久而未決。君親往履勘，謂：『其地實屬丹徒。惟姚姓雖報承買，而價未繳足，且未升科；

奚姓雖升科完課，然價亦未足，且隔縣串買，有違功令。兩姓應皆不準承買。今既悔過，姑從寬以東西分界，東歸姚而西歸奚。』六七年未定之案，一言而决。其後又代統鹽捕營，督辦松滬釐捐，上顧公家，下恤民力，每言：『與外人交，不外平日推誠，臨時據理，至累年案牘，在乎不執成心，悉心檢閱，自能得其端倪。吾曾祖大興公治縣，人稱錢一堂，吾雖不才，竊有慕焉。』蓋君之治術，悉本家學。敬念祖德，久而彌篤，先世祠墓，悉爲修葺，前人撰述，次弟校刊，惓惓焉未嘗一日忘也。然宰青浦時，有以文端公詩卷獻者，喜甚。後知其方有訟事也，怒而還之，不以私妨公也。君政聲日起，署臬使竹石朱君久筦釐局事，願舉君自代，君謝不受。然君之不久真除，且膺大任，則衆論無異詞矣。乃三十年二月既望，感受風寒，病僅九日，遽捐館舍，年止五十有九。時論惜焉。娶蕭氏，封一品夫人，《縣志》附蒯夫人傳後。子振聲，廪貢生，江蘇試用道。孫七人：倬，候選州同；儁、价，殤；侑、健、侗、儆，幼。孫女三，長者適長洲張氏。君卒後六十日，側室孫淑人賦絶命詩四章，仰藥而死。其時送殯之賓，咸集未散，交口贊歎，咸曰：『真烈婦。』言於臺司，旌表如例。

論曰：君以名家子，位至監司，雖未竟其用，然其治蹟實有可稱者。總憲吳公之疏云：『荆溪客民數萬，與土著交閧，一定租額，至今永賴。青溪大小教堂數十處，而佘山最鉅，光緒十八年，各處焚燬教堂，松江至青浦數十里内，約期起釁，單騎曉諭，立時解散，非素得民心不及此。』中丞任公之疏曰：『荆溪自遭兵燹，民氣凋殘，撫綏彈壓，寬猛兼施，有血性而無僞行，洵爲明體達用之才。』君聞而笑曰：『佘山一事偶然耳，至於有血性無僞行，乃深知我者。』然則，此六字爲君定評。余爲君作家傳，例有論，亦無以易此矣。

【校記】

〔一〕 租，原作『祖』，據下文改。

陳君芳畦傳

君諱英，又諱華林，字芳畦，浙江山陰人，陳氏。其五世祖榮杰，乾隆初以博學鴻詞徵，所稱無波徵君者也。自徵君以來，科第蟬聯，爲越中冠。所居卽明代徐天池先生舊宅，今天池猶存，池上青藤一株，先生所手植也。君祖鴻逵，嘉慶十三年舉人，官廣東大州場大使。父堉庚，鹽課司提舉。君七齡失母，與其兄惺惟父是依。自少好學，工舉子業，數試於有司，不售。咸豐之季，粤寇來犯，避地廣東，雖大川公舊治，然相距稍遠，故舊皆盡，異地僑居，亦頗不易，營謀衣食，遂不得專力於學。亂定復還，而青藤舊宅不可復居，乃遷居魚化橋。俄大川公卒於甬上，君從父提舉公往奉其喪以歸，喪葬大事，皆君襄之。嗣後家口益多，家事益繁，而提舉公年亦愈高，家事乃一委於君。光緒初，兄嫂相繼卒，君撫視兄子，養之教之，俟其免喪，先爲其長子元濬娶婦。而所居隘，不足容，乃修葺青藤舊屋，遷復其舊。名人故屋，先代世居，兵火之中，不得已舍去，今繕完修葺，櫻桃之館，柿葉之居，花木猶存，琴書有託，提舉公於此，當亦顧之而一笑也。未幾，提舉公卒。君天性孝友，感父兄之早逝，念時事之孔艱，自此精力亦日衰矣。君於學雖未卒業，然嗜之，至老不倦。嘗謂：『醫理乃養生之至要。近世儒者，不明醫理，多爲庸醫所誤。』於是參究《素問》、《靈樞》及本草之書，闡發其理，又博采人間經驗之方，手録成書，親友間往往賴之。又憫世人惑於風水之説，遷延不葬，上違功令，下犯清議，乃研求堪輿家言，久之盡得其祕，藹足山林，爲親族相度吉地，有貧不能葬者，并助以資，皆仁者之用心也。自奉極嗇，而歲時祭祀，必豐必潔，鄉里善舉，有聞必行。族黨子弟有流離失所者，善爲區畫，使之成立，嫁女娶婦，惟擇良奧，不論貧富。生平淡於榮利，不樂仕進，雖嘗入貲爲光禄寺署正，不赴也。比年因天下多故，朝廷鋭意求治，變法自強，爰進其子姪輩而語之曰：『時局如斯，從古罕見，非一人一家所能挽回。然汝等總當讀有用之書，勉爲有用之學，稍能有補於時，亦不虚生於世。』嗚呼，所見遠矣。晚年，子姪輩皆游於庠，森然成立，乃以家政分付子姪，優游家衖，以樂餘年。會其長壻及第四女相繼殂謝，君愀然不樂，偶染微疾，遽捐館舍。生於道光十八年十月乙未，卒於光緒二十四年十月癸未，年六十有一。初以署正加級封奉政大夫，後以子慶均官封中議大夫。娶徐氏，封淑人。生女子子五，無子，以兄第三子爲嗣，慶均也，附貢生，候選中書科中書。慶均請於余，爲此傳。傳必有論，余用史公《伯夷傳》例，論即具傳中，不復作矣，故用范史例作贊。贊曰：

躬行君子，修之於身。孝乎惟孝，仁者安仁。兄弟怡怡，鄉黨恂恂。淡於榮利，篤於族姻。昌言訓子，曲藝濟人。大數有盡，令名無垠。青藤舊宅，垂蔭輪囷。先生之風，千載常新。

劉贈君與妻留太淑人合傳

吾孫有同年生劉書圃炳青，撰次其父劉君及母留淑人事略，因吾孫以請於余，曰：『吾家世寒微，父與母撖搰終身。吾今雖倖竊微祿，而吾父已不及見，吾母雖及見，亦不久下世，數十年艱難辛苦，無一日暇豫之樂，於心蠹焉。願乞先生一言以慰先人於地下，可乎？』余取而讀之，歎曰：『劉君篤行君子也，留淑人亦賢婦也，是宜傳。』君諱增貴，字榮之，甘肅隴西縣人。於兄弟行居次，稍長，其兄欲異爨，君曰：『吾兄能自立矣，如吾弟何？』乃分產與其兄，而自奉父母撫幼弟以居。弟長，爲娶婦，而食指益繁。乃學爲賈，闢一坊於市，置磨磑焉，屑麥爲粉，以售於人，人以其誠篤，爭趨其門。里中貧無食者，君輒賖與之，或竟無償，亦不責也。咸豐三年，邑之陽坡寨有土寇爲亂，鄉之多田者，爭輦其麥入城，請糶於君。君以貲不足辭，請先糶後給值，君初不可，繼思四方來避寇者日益多，城且閉，糧且盡，既諸君信我，我何妨盡受其麥，以濟一城之急。於是罄其資以糶焉，不足則書券予之，積麥無算，一城賴焉。事平，宰較之，君亦微有沾益。以義爲利，君之謂矣。已而父母相繼逝，君獨任喪葬之事。或曰：『君尚有兄。』留淑人曰：『伯能助我固善，不然，爲舅姑大事，雖此後衣食不繼，無憾焉。』聞者賢之。同治五年，回民爲亂，君至鄉閭相度，爲避地計。淑人留守家中，俄而城陷，淑人屢求死，或仰藥，或縊，皆幸不死。君之兩弟死焉，子婦樵氏病於牀，寇焚其廬，亦死。淑人避僻處，得免，而家中什物，蕩焉如洗，惟積麥一垜尚存。賊退，官兵至，據食其麥，又使諸老弱婦豎爲執爨。淑人與焉，執役勤，兵喜之。又以麥固其麥也，每賦食，予之倍，淑人私積其所餘，及亂定，族姻來依者，咸取給於此。六年，君而歲又大無，君與淑人益困，至鬻餅餌以糊口，而子姪輩無一流離失所者，皆其卵翼之德也。六年，君以疾卒，淑人教督其子，如君在時。十二年，炳青入邑庠，淑人歎曰：『汝父長者，恆爲人欺。自兵亂來，暗無天日，在官胥吏，擇肥而噬，汝父不免焉。每盼汝得一衿，光門戶，免魚肉，今始得之，惜汝父不及見耳。』光緒十一年，炳青舉於鄉，明年，成進士，用知縣，以親老告近，分發陝西。秦中故瘠苦，薪俸微薄。淑人雖就養，與居家無異，曰：『吾素耐勤苦，衣不必文綺，食不必肥甘，起居不必有婢媼奔走也。』十五年，卒於陝西。炳青既免喪，改官江蘇，補丹陽縣，至是稍優渥矣。念父母一生皆在艱苦困厄之中，每誦歐陽子之言，『祭而豐，不如養之薄』，未嘗不中夜撫膺瘨思而泣血也。余悲其志，從其請，爲之傳，用范史之例，繫以贊曰：

懷瑜握瑾，必有光華。履仁蹈義，必有休嘉。令德有報，天道無差。眷茲梁孟，德音不遐。小隱於市，大昌其家。有子成名，軒軒朝霞。諸孫濟濟，蘭茁其芽。音徽雖遠，報施靡涯。

魯太守妻王恭人傳

孝悌者，人之大本也，然天下有孝子，有悌弟，而天下有孝婦，無悌娣，若是者何也？婦之與夫，其始塗人也，以室家之情聯之，塗人爲一體矣。至於夫之昆弟姊妹，仍塗人也，於夫昆弟之妻，更塗人也，推夫之所親以親之，豈能合塗人爲一體哉？此悌娣所以難也。吾今者以此傳王恭人。王恭人者，安徽懷寧魯君之配也。恭人父曰崑圃，吾浙江歸安之菱湖鎮人，官江西德安尉，無子，惟一女，恭人也。同治五年，贅魯君於德安官舍。君名鵬，字幼峯，固寒士也。既贅於王，及王君謝病歸，遂從之歸菱湖。菱湖故有龍湖書院，往肄業焉，余時適主其講席，故得與君交。無何，君舉於鄉，歲在庚辰，成進士，入翰林。恭人亦從之至京師，不習其水土，病焉。君挈之南歸，會其壻朱君正輝官吳中，乃迎之至吳，居吳年餘，與余寓相近。余家兒婦咸與往來，皆曰：『儉且勤，賢婦也。』光緒二十三年，君翰林奉滿，保送知府，分發江西。恭人又從之至江西，道塗勞苦，飲食鋭減。二十六年，君奉檄榷税吉州，九月甲申，恭人竟以疾卒於吉州榷舍，年五十有八。其明年，君權知撫州府事，而恭人不及見矣。君悼之甚，自撫州乞假歸，謁余於吳寓，乞爲之傳。余曰：『君何以傳恭人乎？』君曰：『其在家也事父孝。』余曰：『焉有賢而不孝者乎？』君曰：『恭人長於我五歲，然既歸於我，則事我甚謹，偶小有疾，終日侍，無須臾離也。』余曰：『此亦恒情耳。』君曰：『余有伯兄，年老矣。恭人曰「老者非帛不煖」，手製緜衣寄之，歲以爲常，無一歲之閒。有伯姊，年亦老矣，而多病，家又甚貧。恭人曰：「是可慮也，一旦不可爲諱，如後事何？」乃爲製襚衣甚周備。伯兄有書，極道其賢，謂可以風世。』余歎曰：『此悌娣也，可以傳恭人矣。』因稍稍比次，附其家乘。傳必有論，余用《伯夷傳》例，論卽在傳中，故不贅焉。恭人生一子，三歲而殤。生四女，其次女適人而死。余爲賦《女蘿》篇。

贈夫人許母李夫人家傳

夫人姓李氏，直隸獻縣人。其祖某，以縣令官浙中。父某，亦諸生也。廉吏之子，貧不能歸，流寓會垣，幾無以自存，故夫人自幼寄育於所親袁氏。時錢唐許季傳贈公方家居，嫡妻盧夫人與袁氏故有連，恒至其家。夫人每見盧夫人，輒匿就之，依依其旁，終日不去。盧夫人亦憐愛之，曰：『是兒與我有緣。』請於袁氏，將以侍贈公。贈公曰：『舊家女也。』執不可。而夫人感盧夫人厚意，誓不他適，乃卒歸於許，年甫十有九。雖爲副室，有加禮焉。而夫人事贈公及盧夫人謹，盧夫人亦妹視之，無間言。贈公由台州府教授升知縣，補授山東掖縣。山東爲捻寇巢窟，渠魁賴文光、張總愚等攻剽郡縣，來去不常，掖縣屢瀕於危。贈公督率士卒，攖城固守，夫人與盧夫人均懷鴆誓死，雖幸而獲全，而贈公積勞成疾，竟以不起。時南中粵賊未平，夫人乃隨盧夫人奉贈公之柩北行，依夫兄文恪公，僦宅京師。及南中平，盡室而南，又依其夫兄中丞公以居。薄宦清貧，屢經遷徙，囊橐蕭然，撐拄榰柱，皆兩夫人力也。俄盧夫人又卒，家計益窘，夫人獨力操持，艱劬萬狀，環瑱之類，典質無餘，稱貸於人，積券盈篋。其長女歸於廖氏，未幾廖壻視學中州，長女出貲爲夫人稍償逋負，然數年來憊亦甚矣。已而夫人次子祺身官山東，以齊魯間爲夫人舊游地，故迎養焉。夫人惓懷陳跡，每舉贈公治行以勖其子。光緒十一年，祺身奉檄權知朝城縣。夫人從之官。二月丙戌，感疾卒於行館，年六十有一。其將卒也，百鵲聚鳴，既卒，室有異香，數日不散，人皆異焉。夫人性恭謹，遇嫡子觀身、祐身，極有恩禮，每拜必答拜。余次女爲祐身婦，與夫人相得，能舉其軼事。夫人以幼違父母，久無音耗，發願誦《白衣觀音呪》，冀得一見。持誦久之，而其父母果來，年雖老，皆無恙，乃僦居於鄰近之地，夫人時往省視。李公亦長者，執禮甚謙，見之者皆知爲方雅舊族也。又有一姊，初不知其所適，命三子夐求之，始知其適吳縣費氏，有女嫁新建程氏，後祐身爲其長子引之娶於程，則卽夫人之姊之外孫女也。骨肉睽離，終通姻好，豈非至誠之所感乎？夫人雖處境不豐，而好施予，或以匱乏告，節口腹以佽之，無難色。卒後二十年，歸陳氏次女遵其遺意，捐貲助振，詔建『樂善好施』坊。又以子台身貴，誥贈夫人，天之報施，洵不爽矣。夫人生丈夫子三：台身，由廕生官雲南元江直隸州知州，特用道四品卿銜出使韓國大臣；祺身，故山東膠州知州；祥身，光緒十一年拔貢生。女子子二，長適嘉定故禮部尚書廖公壽恆，次適貴陽見官河南巡撫陳公夔龍。孫九，孫女六。光緒十二年十二月丁卯，葬錢唐九條沙之原，距今廿年，銘幽之文無及焉。余與許氏既爲世姻，重以台身、祥身之請，而其歸陳氏之次女又以書致吾子婦，使代請焉，其詞切摯，誼不可以辭，乃次第其事，以爲家傳，附其家乘云。

論曰：魏鍾會自爲其生母張夫人傳，稱爲太傅定陵成侯命婦，盛言其修身正行，非禮不動。裴松之采以入注。然則心囑之光，其亦可焜耀青史乎？乃觀魏氏春秋所言，則鍾會之傳其母，疑不無溢美矣。今李夫人之賢，豈止成侯命婦之比哉？余爲此傳，亦質直無溢詞，吾知異時修《列女傳》者，必將有取乎此矣。

陳母孫淑人家傳

淑人姓孫氏，江蘇通州人，吾師文節公仲女也。生二歲而文節公死寇難，母趙夫人以其早孤也，哀憐之。有姊適山東杜氏，道遠，不得時歸省，因歎曰：『此女吾不令遠嫁。』乃適陳氏，陳亦通州人也。淑人生而明慧，讀書通大義，能吟詠。文節公之以衣冠葬也，以生前所墮一齒納棺中，淑人悲痛，賦《齒冢詩》二章，郡人傳誦，詩名大噪。既歸陳氏，陳固通州右族，家資巨萬。陳君諱廣綬，字霈亭，以郎中分部行走，亦方聞士也。淑人與霈亭日取家中所弆藏鐘鼎彝器及漢唐碑帖，辨別款識，審定真贋，以爲娛樂。霈亭喜顔書，而淑人則喜歐書，文窗棐几間，每日各臨摹數十紙以爲常。霈亭性好施與，家因是落，然爲善如故，淑人助成之亦如故，恆輸巨貲佐軍興及振水旱之災。州中大工作，咸有助，宗姻朋舊，歲有常供，月有常餼，霈亭或出游，則淑人代之。筦家事皆有條理，事姑李太淑人甚謹，才而且賢，三族稱焉。一日，不戒於火，火及内寢，淑人奮身投烈焰中，負姑以出，雖幸俱免，然篤悸之餘，精爽飛越，自此遂成心疾。未幾，李太淑人與霈亭相繼殂謝，疊遭〔一〕大故，心疾彌劇。光緒二十八年，母趙夫人又卒，淑人以距母家近，常常歸省，衿纓適寢，如在室時。至是而淑人之疾愈不可爲矣。三十年正月二十日，飲食驟減，問所苦，不言，使醫視之，則脈已閉，越二日辛丑，遂卒，年五十有一。子二人：啓謙，候選知縣；致謙，太學生。女一人，適徐清惠公之孫曰祖培。孫三人，皆幼。往年，淑人常從趙夫人至蘇州，余以門下士謁夫人於舟次，淑人侍母側，亦見焉，并有和余詩一首。余家兒婦輩皆與相習，每共贊歎，以爲范史所稱『端操有蹤，幽閑有容』者，微斯人，其誰與歸？乃以幽憂之疾，中壽而歿，鉛槧縑素，零落無存，僅傳有《未灰閣吟草》一卷而已，是可哀也。余因啓謙之請，輒爲之傳，附其家乘，冀不泯其人爾。

論曰：《元史·趙孝婦傳》以南鄰失火，扶姑出避，遂以孝聞，登之國史。明代有江陰縣許錫組妻曹氏，從烈焰中負其姑出，傳至今日，志乘炳然。然則淑人一節之高，已足千古，況其賢且才歟？淑人二子，余識其長者，即啓謙字南琴者也。好學能文，有子勝斐然之美。瀧岡之表，吾爲南琴昆弟望矣。

【校記】

〔一〕遭，原作『連』，據文意改。

金孔昭傳

君諱炳漢，字孔昭，金氏。其先世爲紹興山陰人，所居曰鮑瀆，有諱國能者，自山陰遷嵊，遂爲嵊縣人，所居曰崇仁。崇仁金氏，以國能君爲始遷祖，傳至君，四世矣。君之父生丈夫子四，而君於兄弟行居三。生八歲而孤，家貧，無以自存，長兄乃別居自謀食，君與仲兄、季弟家居，以耕牧奉母。年十四，慨然曰：『此不可常也，盍去而事賈乎？』其始負販而已，久之闢一肆於市，以糴糶逐什一之利。君精於推算，其業日盛，家乃稍稍起。然君雖爲賈，其操行則有士大夫所不及者。少時逮事曾祖母及祖母，曾祖母史，長齋奉佛，惡囂喜靜；祖母裘，則性峻急，督家事嚴。君事之，皆得其歡心。嘗以家無譜牒，子孫幾不知有鮑瀆，始遷祖國能公墓在崇仁，歲時猶得拜掃，而始祖妣謝夫人墓竟失所在，大以爲憾，躬自覓求，跋涉匝月，無所得。一日，宿於餘姚之西庵，有婦人自言金氏，推其行輩，則姑姊妹也。詢以鮑瀆事，言之甚悉，大喜，亟歸，與仲兄偕至鮑瀆。謝夫人墓碑碣僅存，其遠祖之墓有爲廬舍侵占不可辨識者，謹封植之，每歲率子孫上冢，瞻拜如儀，至今不替。君既以賈起家，以昆弟四人，議四分其產，而伯兄執不受，曰：『吾析居久，不能顧諸弟，今諸弟撠挶以成此業，吾忍有之乎？』又欲以伯所不受者歸之仲，仲亦不受，不得已，三分焉。兩兄之克讓，與君之不私所有，鄉人交稱之。崇仁有憑依所者，蒐取廢祠壞屋無祀之栗主，聚而祀之，亦古人使鬼有所歸之義也。兵亂之後，廢爲榛莽。邑有裘君者，謀復興之，君與其事，醵貲鳩工，卒復其舊。又自買桑田若干畝，歲納其租，供春秋祭祀焉。嘗訓其子曰：『鮑瀆乃吾先世舊居，本原所在焉，宗族雖繁，皆吾一派也。爾曹如有成立，若祀田，若宗祠，皆吾所有志而未就者，尚其爲吾成之。』後諸子果克如其教，君可無憾矣。君性淵靜，寡言笑，寬厚勤儉，與人無忤，與世無爭。年五十五，以疾終其家。子三人：昌運，昌禹，昌言。以昌運官，加級封通奉大夫。

論曰：《漢書》有《貨殖傳》，《後漢書》有《獨行傳》，君託業則商，持躬則士，殆《貨殖傳》中人而兼入《獨行傳》者乎？范史《獨行傳》以王彦方終，稱其以德服人，以行義重於鄉里。君之爲人，近之矣。

王氏三外孫女傳

吾長女歸寶應王氏，生女子三，此其第三女也。名多慶，字倚雲，亦字蓮珊。自其祖文勤公薨，吾壻及女自寶應遷蘇，所居曰幽蘭巷，與余寓相近也，故幼時恆居吾家，一歲之中在吾家者半焉。余嘗攜之至杭州，居右台山館，與之坐姚夫人墓前石上，見林間松鼠甚多，以『松鼠』二字命之屬對，應聲曰『杜鵑』，其慧可見。余二兒婦甚憐愛之，一歲，二兒婦病，爲手書《金剛經》數部，以祈福佑。性和易，又甚明決，其母有事，輒與之議，所言皆中理。有祝韻琴者，才女也，嫠居而貧，與王氏素相習。一日來告，危欲斷炊，卽脱金約指一枚，質錢與之，是亦人所難矣。年二十一，歸仁和許元之。元之字善侯，其父子原，吾壻也，其母吾次女也。長次兩女極相得，故次女以第二女歸於王，長女以第三女歸於許。而善侯自幼爲其伯父後，伯父子衡時爲出使朝鮮大臣，善侯自海外歸，就婚於王氏，未彌月，將挈之回朝鮮，慮其不肯離母遠行。女曰：『既嫁從夫，又何言？』告於母，卽日治裝而海行，頗極艱苦。既下碇，由輪舟下舢版，危梯數丈，小舟一葉，奔騰於驚濤駭浪中，夷然無怖色。居韓垂一載，頗得其嗣舅歡，使署中多用洋油，懼有火患，每夜必周歷諸室，視諸鐙皆滅乃就寢。子衡歎曰：『得新婦若此，吾安枕矣。』其姑，吾姨女也，早卒，有庶姑，與之相處甚得。嘗曰：『處家庭無難事，一忍字足矣。』會吾長女卒於蘇，赴至韓，子衡以未能卽歸，祕不使知。而女已微聞之，出則愉色婉容，入則飮泣，時已有身，其病卽由此起矣。是年冬，還吳下，哭其母，且送葬焉。而子原已由御史出守松江，乃又與壻偕往省視。子原亦甚愛之，與吾書，稱賢婦云。善侯將應鄉試，女勉使習舉業，而以鍼黹自課。然精神日益疲茶，又肢體浮腫，既免身，男也，三日而殤。醫者曰：『是在胎時已受病矣。』女自產後患脾洩，又發疹，竟至不起，時光緒二十九年五月二十五日，年二十有三。未卒前旬日，其兄少侯將如京師，往視之，涕泣與訣。又凡善侯衣履，并考試需用器物，皆一一摒擋，若自知將死者，異矣。性頗好善，臨危時，以暑日多病，出錢買藥，以施病者。生平不輕毁一物，不輕費一錢，與諸姊妹及先後宛若，皆極切摯，雖婢媼輩不忍呼斥。其爲人宜非短命者，而竟不壽，何歟？余内外孫女十人，今已隕其四，亦可歎也。輒書大略，冀不泯其人。其所爲詩，亦有可誦者，自署曰《君子館詩草》，今在善侯處，當不至散佚也。

呂鏡宇〔一〕尚書《奉使金鑑》序

洪惟我國家，内持維，外紐綱，陶天下而爲一。自同治四年，總理各國事務衙門奏派斌椿並同文館學生游歷各國，此爲出使之權輿。越二年，又奏派志剛、孫家穀等出使外洋大臣，銜命出使，蓋自此始矣。至於今日，而輶軒之使交於海外，皇朝特派大臣持節出疆親馳其地者，曰比國，曰義國，曰奥國，曰英國，曰美、日、祕國，曰俄國，曰日本國，曰德國，曰法國，皆受明詔，奉國書，聯絡邦交，布宣德意。於是使職愈隆，使權愈重，而使事亦愈難。或者曰：『方今之世，蓋一大戰國也。當戰國時，七雄並列，日尋干戈，爰有蘇秦、張儀之徒，出於其間，恃其口給，以動時君之聽，往往轉禍而爲福，轉敗而爲成。當今安得復有其人乎？』余謂不然。蓋嘗讀呂東萊先生《左氏博議》矣，其論隱五年宋使告急一事曰：吾讀《戰國策》，見儀、秦、髡、衍諸人，騁其詭辨，反晦明於呼吸，變寒暑於須臾，似可以三寸之舌司百萬生靈之命。及精思而博考之，然後知詭辨初不足恃，戰國策士所以能動時君之聽者，皆出於幸而已。又論陳五父事曰：春秋之公卿大夫，平時未嘗致力於暗室屋漏之學，及盟會聘享之際，雖欲勉強而不可得。嗚呼，盟會聘享之際，而論及暗室屋漏之學，尚何儀、秦之足道乎？大司空鏡宇呂公，以東萊之裔學東萊之學者也，光緒〔二〕二十三年，奉命爲出使德國、和國大臣，未幾，猝遇德使克林德之變，德人洶洶，幾不可測，中外咸爲公危。而公不辭艱險，孚之以誠，鎮之以靜，卒能贊成和議，履險而夷。旋以外務部侍郎召還，晉拜工部尚書，充商約大臣。蓋上契主知，固有在矣。在德國時，曾采輯史傳，著《奉使金鑑》一書，事變繁多，未遑卒業。及以商約駐滬，乃更編纂，以底於成，今年五月，恭繕進呈，溫旨留覽。公乃謀付剞劂，而問序於余。余本迂疏，近又衰朽，罕接人事，何足序公之書哉？惟讀公《自序》，深以戰國策士爲非，而引孔子之言『使於四方，不辱君命』，歸本於『行己有恥』，則與《博議》所言有密合者，信乎公以東萊之裔而學東萊之學者也。余跧伏草茅，與近時出使諸大臣相識者尠，惟曾惠敏公則吾師文正公之子，通家昆弟也。其出使英國、法國，頻有書問往來，及出使俄國，有索還伊犁之舉，海内以爲美談，余亦與聞焉，以前使業已定約之事，毁約力爭，更定界務三端，商務四端，保全甚鉅，余爲惠敏墓志詳言之。苟載入《金鑑》，亦偉人偉事矣。及觀公《自序》，則知公在譯署，曾爲惠敏所知，然後知公之學本於東萊公，之才則與惠敏伯仲者也。余嘗恭讀《欽定圖書集成·官常典·行人司部》，有《行人名臣列傳》四卷，周代二十一人，卽此書所謂古使也。自漢至明代七十五人，則此書所載備矣。《圖書集成》告成於雍正四年，其時海禁未開，使事猶未甚重。至今日，則環地球諸大國，無不交於中邦，弧矢之事窮而壇坫之事起。折衝於尊俎之間，指麾於笑談之頃，使得其人，則弭患無形，彼此受福，不得其人，則一言之失，貽禍無窮。蓋自周官設大小行人以來，使事之重，未有甚於此時者也。諺云『鑑於水者知形容，鑑於古者知吉凶』，又云『前事之不忘，後事之師也』。公裒集古來出使之事，森然起例，薈萃成書，名曰《金鑑》，可謂以古爲鑑者矣。既已恭進於朝，自宜刊行於世，不特出使者宜人置一編，卽承學之士，亦宜誦習焉，紬繹焉，以儲奔走禦侮之才，而備《四牡》、《皇華》之選。異日出而奉使，無失言，無失色，小則收仲連排難之功，大則成向戌弭兵之利，天下萬國，同享升平，無窮利益，皆於此乎出。吾知《奉使金鑑》一書，視東萊先生之《文鑑》，而其功十倍過之也。

【校記】

〔一〕宇，原作『字』，據下文改。

〔二〕光緒，原作『同治』，據《清史稿·德宗本紀二》改。

王仁嗣《倦游草》序

吾郡菱湖鎮舊有龍湖書院，余曾主其講席，詩文並課，而院中諸生率皆致力於文，詩則罕有留意。余主講三十三年，僅得詩一首，則王君紹宗字仁嗣者所爲也。余以唐人孔紹安《榴花詩》『開花不及春』爲題，君感懷遲暮，借題抒寫，語意微婉。余讀之擊節，手錄其稿，藏弆巾箱，賓客傳觀，皆曰：『老名士也。』又以其結句云『端陽方物貢，蒲艾或同收』，僉謂：『吾浙詩人，如朱竹垞、沈歸愚，皆晚達，或此君亦當晚遇？』乃荏苒星霜，閱數寒暑，而君亦垂垂老矣，客大司馬長公幕府有年。今歲，奉諱歸里，道出吳中，訪我春在堂，手一編見示，曰《倦游集》，乃其《秋水讀書齋詩存》之一卷，蓋君昔嘗北度祁連，詩皆其時所作。余讀其《出嘉峪關》詩曰『西面黄沙東面柳，征人回首意如何』，與昔人『馬後桃花馬前雪』情味無異，其境奇，宜其詩之工矣。遇不遇，未可知，而詩亦足以傳君，正不必與三五少年爭東塗西抹之工，如往年龍湖角藝時也。吾湖山水清遠，名於天下，君異時一舟兩屐，逍遥其間，玉湖風月，金蓋烟霞，回憶瑪納斯河、博克達山，得無有今昔之感乎？存此一編，以識雪泥蹤跡，白蘋紅蓼間，與故鄉父老共讀之，吾知老驥伏櫪，其志猶在千里也。

竇甸膏《藕香館文録》序

余去河南，垂五十年矣，舊時文字因緣，漫不復記。而竇君甸膏則來見我於春在堂，其自述淵源，有可異者。君河内縣人也，余按試懷慶，君亦與焉。試卷偶爲墨瀋所沾濡，乃以文稿擲付其友，曰：『以丐汝。』其友果以此青其衿，君笑曰：『吾命不偶耳，吾文未嘗不遇也。』故其來見也，一若躬被甄録者。余謝不敢當，而君顧拳拳不衰。君家世以武顯，至君乃隸學官弟子籍，然勃勃有奇氣。每與余言，聲如洪鐘，於天下事孰得孰失，如指其掌。余歎曰：『奇士也。』已而又出其詩示余，抒寫性情，無婞婀之態。余曰：『詩如其人。』今又以所著《藕香館文録》見示，筆意樸茂，議論激昂。余曰：『文又如其詩矣。』其文敘事有史筆，論事能通達時變，皆不媿古之作者。至其官吳公牘，則剴切詳明，不爲過高之論，不爲過激之談，而言必切中，事必可行，置之古名臣奏議中，幾無以辨。讀君之文，知君之才，宜其歷宰大縣，所至有聲也。劉忠誠督兩江，尤器重君，故保薦人材，君亦預其列。今且入京引覲，不次超遷，於此行決之矣。余老且病，憶汴中舊雨，如李藴齋侍郎已作古人，王介艇方伯又坐廢，此外惟宋伯言恆坊薄官嶺南，鬱不得志，每有窮鳥之歎。然則飛且鳴者，其在君乎！姑書數語，聊以壯君之行，不足以爲序也。

徐賓華《味靜齋詩文》序

嘗謂：有明一代，自中葉以後，詩文兩事，並皆衰息。詩則依傍門户，文則剽竊字句，文運詩運，殆與國運俱衰。有崛起而爲一代之殿者，其亭林先生乎！先生學有本原，其文皆不苟作，詩則格律清整，意義遙深，當時黄梨洲雖與齊名，所著《明夷待訪録》，先生亦頗推許，然以詩文論，固不逮也。國朝文教昌明，鉅儒輩出，論經學，論小學，無不奉先生爲先河。至論詩文，若堯峯，若桐城，若新城，若秀水，皆雄視一代，無愧古之作者，然與先生門徑微有别矣。今歲初冬，有以山陽徐君賓華《顧詩箋注》見示者，不特章箋句釋，且依據正史，旁引明季稗乘小説，以證明事跡，使讀其詩者，有以論其世而知其人，洵亭林功臣也。又以君所著《味靜齋詩文稿》各四大册見示。余讀其文，質直而有味，清疏而有物，紀載時事，敷陳義理，無不曲盡。又讀其詩，聲情之激越，意思之纏綿，非近時作者所能及，殆皆師法亭林者歟？近作有《擬顧亭林海上詩》，或謂：『宜自標題目，不必擬顧。』斯言誠是，然君詩文之脱胎亭林，則居可見矣。亭林以亡國之遺，感懷身世，故《海上詩》有『夷門愁役老侯嬴』之句，君則優游於闌干苜蓿間，且以清才博學，高據講堂一席，名山之福，正未有艾。余蓋深許君之詩若文之能爲亭林先生也，余又深幸君之遭遇之能不爲亭林先生也。君門下士，如有潘次耕其人，儻許我爲知言乎？

徐公龍山暨元配節孝郭淑人簉室節孝王孺人墓表

余自主講詁經精舍，識徐花農侍郎於諸生中，今論交垂四十年矣。每談及先世嘉懿，輒乞余爲文以張之，余既各有所撰述矣。昨花農書來，言武林徐氏之興，至國朝而始盛，而明時之通籍者，則龍山公一人，能正色立朝，爲時所重。今墓木久拱，而表阡之文闕如，且編次事實，乞余一言。余嘗讀《史記·五帝本紀》：『黄帝二十五子，其得姓者十四人。黄帝居軒轅之邱，而娶於西陵之女，是爲嫘祖。嫘祖爲黄帝生二子，其一曰玄囂，是爲青陽，青陽降居江水。其二曰昌意，降居若水，昌意娶蜀山氏女，曰昌僕，生高陽，高陽立，是爲帝顓頊〔一〕。』又曰：『徇顓頊〔二〕高陽者，黄帝之孫而昌意之子也。』又《秦本紀》曰：『秦之先，帝顓頊之苗裔孫曰女修，女修織，玄鳥隕卵，女修吞之，生子大業。』《正義》：『《列女傳》云：「陶子生五歲而佐禹。」曹大家注云：「陶子者，皋陶之子伯益也。」按此，則大業是皋陶。』『大業取少典之子，曰女華，生大費。』《索隱》曰：『此卽秦、趙之祖，嬴姓之先，一名伯翳，《尚書》謂之伯益。』『與禹平水土。已成，帝錫玄圭。禹受曰：「非予能成，亦大費爲輔。」帝舜曰：「諮爾費，贊禹功，其賜爾皁游，爾後嗣〔三〕將大出。」乃妻之姚姓之玉女。大費拜受，佐舜調馴鳥獸，鳥獸多馴服，是爲柏翳。舜賜姓嬴氏。大費生子二人，一曰大廉，實鳥俗氏，二曰若木，實費氏。其玄孫曰費昌，子孫或在中國，或在夷狄。』又《秦本紀贊》曰：『秦之先爲嬴姓〔四〕，其後分封，以國爲姓，有徐氏、郯氏……』《左氏傳·文公十八年》，季文子使太史克對，曰：『昔高陽氏有才子八人，蒼舒、隤敳、檮戭、大臨、尨降、庭堅、仲容、叔達，齊、聖、廣、淵、明、允、篤、誠，天下之民謂之八愷。』按，庭堅，皋陶之字也。《傳·文公四〔五〕年》『臧文仲聞六與蓼滅，曰：「皋陶庭堅不祀忽諸。」』杜預云：『英〔六〕、六皆皋陶後。』《地理志》：『六安，故國，皋陶，偃姓，爲楚所滅。』又《僖公十七年》『齊人、徐人伐英氏』，杜預曰：『英、六皆皋陶後，國名。』故《史記·陳杞世家》云：『皋陶之後，或封英、六。』又《定公四年》子魚曰：『分魯公以大路、大旂，夏后氏之璜，封父之繁弱。殷民六族，條氏、徐氏、蕭氏、索氏、長勺氏、尾勺氏。』《唐書·宰相世系表》：徐氏出自嬴姓。皋陶生伯益，伯益生若木，夏后氏封之於徐，其地下邳僮縣是也。至偃王三十二世，爲周所滅，復封其子宗爲徐子。宗十一世孫章禹，爲吳所滅，子孫以國爲氏。章禹十三世孫詵，爲秦莊王相，生仲。仲子〔七〕景伯，生延，字方遠。延生由，字智卿。由生該，字昌意〔八〕。該生光，字子暉，漢下邳太守。光生大司農靜，字君安。靜生益州刺史萬秋，字蘭卿。萬秋生左曹給事充，字彦通。充生諫議大夫安仁。二子，豐、霸，豐爲北祖，霸爲南祖。北祖上房徐氏：豐字仲都，司空掾〔九〕。十五傳至孝規、孝嗣。孝嗣字始昌，齊太尉、文忠公。六子：況、戩、碏、會、嘉、緄。高平北祖上房徐氏：詵次子矩，矩字宏深。二十六傳至宏師、宏道，世居曹州離狐。隋末徙滑州衛南，至世勣，預屬籍李氏，武后世復舊。陸法言《廣韻》：『徐，顓頊之後。春秋時徐偃王假行仁義，爲楚文王所滅，其後氏焉。出東海、高平、東莞、瑯琊、濮陽五望。』鄭樵《通志》：『徐氏，子爵，嬴姓，皋陶之後也。皋陶生伯益，伯益佐禹有功，封其子若木於徐，在今徐城縣北三十里。徐城并入臨淮，今泗州臨淮爲〔一〇〕徐城。自若木至偃王，三十二世，爲周所滅。復封其子宗爲徐子。宗十一世孫章禹，昭三十年爲吳所滅，子孫以國爲氏。又一族出於嬴氏，十四姓之一也。』徐氏入浙，以三衢爲最著，見於韓昌黎《衢州徐偃王廟碑》。其居龍游者，在南齊則文楚公降伯珍，史稱東陽太末人，卽今龍游縣也。至居蘭溪者，則唐中書侍郎子珍公諱安貞始。子珍公屢應制舉，一歲三擢甲科，神龍六年第進士，開元六年，以武陟尉選入殿判，再遷中書舍人，集賢院學士。上每作文，多令視草，初名楚璧，後賜此名。供奉二十年，累進撿校工部侍郎，遷中書侍郎，封東海縣子。李林甫用事，遂棄官歸，卒贈尚書。見新、舊《唐書》，《雲溪友議》、《唐會要》所載略同。《太平寰宇記》又載：縣南六十里九峯山有子珍公讀書巖。洪遵《東陽志》、《信安志》、《浙江通志》、《金華衢州府志》、《龍游蘭溪邑志》所載皆同。自子珍公又數傳，至趙宋時，有文真公諱時彥，登重和元年王昂榜進士，授觀察使，見康熙《衢州府志》及《西安縣志》、《西安世科錄》。文真公子瑞徵公諱忠，宋贈儒林郎，江西南昌府推官，貤贈朝奉郎，國子監博士。瑞徵公子孔靈公諱佺，南渡時監湖秀州，有惠政，升授南昌府推官。士民懷之，歌曰：『豫章賢裔徐孔靈，惠我惟留去後聲。』歸，設義學，以《禮經》教其子孫及鄉人子弟，一時業於禮者稱盛。宋制誥稱其家有禮書，發千古不傳之祕，户多滿履，爲四方來學之宗。西山真先生作傳，贊曰：秉心塞淵，日則深邃，禮經傳家，孝友鳴世。天台陳質窗先生爲撰墓誌，明冢宰陸莊簡公爲撰家廟記。公始自蘭溪遷至樟林鎮，是爲樟林始祖。公長子利用公諱行成，宋咸淳時以《禮記》領鄉薦，官知丞，宋敕宣教郎。次子于石公諱介，以《戴記》領鄉薦，登宋嘉定辛未趙建夫榜進士，通判太平州，遷太學博士，兼光祿寺丞，宋敕承議郎。三子安常公諱淡，以次子時升貴，宋敕贈朝議大夫。利用公子德齡公，以《周禮》領宋咸淳時鄉薦，管禮、兵架閣文字，任國子監監正，宋敕宣教郎。于石公子宣和公諱堯章，以《禮記》領鄉薦，任袁州學教授，以副院第一，管尚書禮、兵二部架閣文字，宋敕授迪功郎。安常公長子今德公諱時中，未仕；次子志行公諱時升，以《戴記》領鄉薦，登宋紹定己丑黄樸榜進士，宋敕授宣教郎，任無錫縣知縣，調任池州，有治行，升授福建汀州府知府，擢焕章閣奉祠，致仕，宋敕朝議大夫。德齡公次子子材公諱相，潛德不仕，深於《易》學，集諸家之長，著有《易經直説》，以授趙文敏之父與旹昆仲，與旹嘗爲之序，云『佩服師訓，早夜究心，不敢自謂有得。然發蒙開覆，實昉自兹』。宣和公子景星公諱昺獻，以《周禮》領宋淳熙癸卯鄉貢，登景定壬戌方山京榜進士，以子鑑貴，宋贈資善大夫，簽書樞密院副司，賜金紫。志行公長子崇哲公諱銘祖，早卒；次子崇功公諱繩祖，以《戴記》領鄉薦，登宋淳祐庚戌方逢辰榜進士，任湖廣江陵府司户參軍。景星公子定國公諱鑑，以《戴記》領鄉薦，登宋咸淳辛未張鎮孫榜進士，宋敕授資善大夫，簽書樞密院副使，賜金紫。崇功公長子秉國公諱欽，任濠州定遠尉，宋敕授文林郎。平日與仁山金先生有雅，因款致之，以教其子，朝夕惕厲，明修己治人之道，著《史詠》一千五百三十首，許白雲、張子長、黄晉卿諸先生皆爲之序。《元史類編・文翰補遺》皆載公事實。國朝阮文達《揅經室未見書目》亦詳紀公《史詠》。崇功公次子孔阜公諱鐵，治《戴記》，元時任樞密院判，元敕授奉議大夫。定國公長子仲宏公諱沈，次子仲隱公諱潛，俱未仕。秉國公長子民敬公諱溥，治《戴記》，元時官大都護府照磨，元敕授登仕郎。秉國公次子道濟公諱津，治《易》，從學金仁山先生，與張、許、黄三先生皆友善。秉國公三子文靜公諱淵，治《戴記》，元時任潞州教授，元敕授修職郎。四子本深公諱浤，治《戴記》，元時任高郵府興化尉，元敕授文林郎。孔阜公長子改之公諱復，治《易經》，篤志好學，博極羣書，與于介翁友善，所著有《和于介翁等詩》。孔阜公次子永之公諱一清，以《戴記》領鄉薦，登元至治宋大本榜進士，任江浙儒學副提舉，晉江浙行省左右司郎中，元敕授奉議大夫。公爲元大儒，陶九成《輟耕録》并載公事實。蓋自孔靈公遷樟林以來，科第繁盛，故黄文獻有『三世登黄甲，一門無白丁』之語，蓋紀實也。永之公配楊氏，生一子，是爲克敬公諱湘。永之公没，而元社已屋，克敬公不樂仕進，因隨宦居杭州久，愛錢塘山水之勝，遂家焉，是爲遷杭始祖。克敬公子德輿公韓佛護，是爲公曾祖。德輿公生丈夫子四，長孟明公諱誠，是爲公王父。次孟班公諱斌，三孟祥公諱謨，四孟能公諱能。孟明公生丈夫子三，次潛江公諱聰，是爲公考。自克敬公以來四世，皆隱居不仕。公王父孟明公，以公貴，明時貤封中憲大夫，晉封通議大夫。祖妣姚氏，貤封恭人，晉封淑人。考潛江公，以公貴，明封中憲大夫，晉封通議大夫。妣潘氏，明封恭人，晉封淑人。弘治八年，潛江公二十有六，潘淑人始生公於杭之江干。公諱顒，字子純，號龍山，字畿道，杭之仁和縣人也。公生而岐嶷，潛江公親教之讀，屬文閎肆，下筆灑灑數千言立就。治麟經，弱冠卽爲邑諸生，有聲庠序。正德丙子，年二十有二，舉於鄉，時卽負經濟才，高自期許。辛巳，二十有六，遂捷南宮，授南京刑部廣東清吏司主事。卽上疏劾内官驕横，直聲震海内。南畿訟獄號繁劇，公既明察，且究心法家言，所書讞訟，雖老吏不如也。同舍郎有疑獄，多就問公，公咸爲代白，無不允當。由是刑名之譽藉甚，而恥以自居，折節講學，慨然慕程朱之爲人。公素倜儻，高談驚座，至是一變，頓爲沉默簡重，意氣雍雍如也。建澂心閣，暇日卽静養其中。是時蘭溪虞佐唐公龍爲少宰，延訪天下奇士，耳公名，造公驟問，責難於君何以謂之難。對曰：『君所謂可而有否者，臣替其否，以成其可；君所謂否而有可者，臣獻其可，以去其否。兹何容易？而泛泛言之，堯舜之道爲難，此老生常談也。』唐公説，以公爲可大用，薦爲北京禮部員外郎，旋擢儀制司郎中，蓋殊調也。時明世宗方嚮意稽古，禮文之事，札下春官，無虚日。公咸爲草創其儀，屬天下歲貢生候部，至二百人，公爲建白，聽其附試京府，歲貢生預鄉試始此。會議興獻帝禮，正直不阿，與張、桂二相牴牾，出爲江西臨江府知府。公下車時年甫二十有八，庶政修舉，發奸摘伏如神，吏民莫敢欺。郡故多劇盜，公以德招撫者甚衆，桀驁者出奇擒獲之，雖漢之虞詡不是過也。他如去門卒以通塞蔽，刻題名以表官箴，作郡志以記文獻，祀旗纛以修武備，井井畫策，興利除害。暇日尤屬意文教，嘗諷詠以寄志，貴人請託，輒拒之曰：『寧負權臣，不負吾民。』有勢家抵禁，必置之法，坐是，五載不得遷。會潛江公年高，值考績赴京，便道歸省，遂乞休。時潛江公已多病，公朝夕侍湯藥，不離左右，人服其孝。先是，公歸里甫二月，有直指張公，觴公於宋之耤田，酒間言：『張永嘉欲左右公。』公聞之，遽拂衣起，真所謂倔强猶昔者。七年四月，潛江公卒，公一慟幾絶，族黨勸之，始稍進飲。既奉潛江公與妣潘淑人合葬於西湖妙因山，遂廬於墓次三年，服雖闋，而淡於宦情，不復出任，優游林下者又七年，以明嘉靖十五年丙申三月初二日卯時卒於家，春秋四十有二。明邵先生經邦爲撰《家傳》，稱其事親竭力，助弟成名，一家之政，實與致君澤民相表裏云。《杭州府志》、《仁和縣志》並載公事實，後崇祀江西名宦祠，《臨江府志》亦有傳。元配郭氏，江西贛州府通判東川公女。有賢德，助公治内政，得以成其名，明封恭人，晉封淑人。公殁時，淑人年甫二十有九，茹冰矢志，守節五十三年，卒於萬曆十六年戊子七月十九日卯時，春秋八十有二。簉室王氏，亦以賢稱，公殁時，二十有一，與郭淑人並勵松筠，守節四十二年，卒於萬曆五年丁丑六月十六日丑時，春秋六十有二。光緒二十七年，公裔孫花農侍郎琪以郭淑人、王孺人苦節事言於民政部，錢參議能訓具呈禮部，奉旨旌表，入祠建坊，淑人孺人，與公俱祔葬妙因山祖塋。子三：立言，郭出；立德，王出；立宰，郭出。嗣伯父雲山公後。立言字止訓，號沁泉，入杭郡庠，援例入都。公因議禮，與張、桂忤，易簀時戒子孫勿附權貴。後立言鄉試屢躓，張、桂招之，行至彭城，風大作，見公朝服立雲中，有怒色，舟遽覆没焉。時嘉靖四十一年壬戌也，去公之卒已二十六年，其英靈不歿，有如此者。子婦邵氏，亦以節著，立言歿時甫二十九歲，亦矢志如其姑，計守節六十年，歿於明天啓元年四月十二日寅時，春秋七十有七〔二〕。光緒二十七年，花農侍郎亦以事實言於錢參議能訓，具呈禮部，並賜旌表如例。立德、立宰俱不仕。蓋自此徐氏守公遺訓，終明之世無筮仕登科第者。至國朝而冢宰文敬公始大顯，文敬公者，德輿公次子，孟班公八世孫，而公之五世從孫也。乃爲銘曰：

徐氏之系，出自軒轅。五臣佐虞，實其雲昆。舉直錯枉，貴極一門。亦越累禩，枝葉茂繁。遷浙之衢，表彰於韓。自衢而婺，及宋大觀。科第接踵，望族衣冠。元社既屋，遷之江滸。四傳至公，策勳詞壇。觸邪抗疏，卓然不刊。領郡下車，恤民艱難。雖有權貴，莫以私干。庶政方舉，省親南還。欲從猿鶴，逍遥湖山。微痾遺世，烟蘿夕寒。中閨苦志，柏舟汍瀾。代遠輝騰，昭彰里閈。妙因天半，青峯巉岏。如公勁節，百尺琅玕。湖淥西飲，江濤東蟠。迴抱佳城，以開祥源。萬派交滙，如海益寬。慶積流長，請視斯言。

【校記】

〔一〕〔二〕 項，原作「頊」，據下文及《史記》改。

〔三〕 後嗣，原本互乙，據《史記》改。

〔四〕 嬴姓，原作「徐氏」，據《史記》改。

〔五〕 四，此處引文，實出自《左傳》文公五年。

〔六〕　英，《左傳》杜預注作『蓼』。
〔七〕　子，《新唐書》作『字』。
〔八〕　意，《新唐書》作『言』。
〔九〕　掾，原作『椽』，據《新唐書》改。
〔一〇〕　爲，《通志》作『有』。
〔一一〕　上言『立言歿時甫二十九歲』，又言『守節六十年』，此言『春秋七十有七』，疑有誤處。

韓國金于霖詩文集序

乙巳之春，有自韓國執訊而與余書者，則金君于霖也。書意殷拳，推許甚厚，余感其意，賦詩二章贈之。是歲九月，君來見我於春在堂，面貌清臞，鬚髯修美，望而知爲有道之士。出其所著詩文見示。余讀其文，有清剛之氣，而曲折疏爽，無不盡之意，無不達之詞，殆合曾南豐、王半山兩家而一之者。詩則格律嚴整，唐音也，句調清新，宋派也。吾於東國詩文亦略窺一二，如君者，殆東人之超羣絶倫者乎？君自言在本國雖有纂修之職，區區雞肋，固不足戀，已棄家挈眷而來，將於吳中卜一廛而居焉。余承君雅意，不以疏遠而外之，因亦不敢自外，輒以數言效朋友忠告之義。謂：君以異邦之人，航海遠來，衣冠不同，語言不通，寄居吳市，蹤跡孤危，似乎可慮。與其居蘇，不如居滬。滬上多貴國之人，旅居於此，有羣居之樂，無孤立之憂，所謂因不失其親也，勝此多矣。君頗韙〔一〕是言，異時遵黃浦而問焉，儻有先生之寓廬乎？前明時有陳芹者，詩人也。本安南國人，避黎民之亂，客居中土，卜居秦淮邀笛步，一時名士皆從之游。著有《陳子野集》。朱竹垞《靜志居詩話》詳載其出處。君以東國儒官，爲中華寓客，頗與之同。吾知君之詩文，必與《陳子野集》並傳矣。

【校記】

〔一〕 䟦，原作『題』，據文意改。

桐城洪晴川所著書序

晴川洪君，古君子人也。不卑小宦，隱於下位，其行誼足以矜式乎當時，其著述足以傳述乎後世。行年六十有四，亦桐城一耆宿也。不我鄙棄，踵吾門而求見，以所著二書見示，一曰《曾廟從祀彙議》，一曰《孟廟祀位考》。是二書，皆有關典禮之大，崇論閎議，無以逾此。君於光緒三十年稟由兩江總督，諮請山東巡撫，以《曾廟從祀議》奏，下禮部，如所議行。然則此一議也，著令於秩宗，頒行於學校，將來國史禮志必當采入，君之立言，可以不朽。乃又䚢䚢焉求序於余。余讀諸家之序，於君考覈之精，取舍之當，言之詳矣，其又奚言？無已，始舉所疑者以質焉。君意，曾廟從祀宜增入檀弓。竊謂不然。鄭《目錄》云：『名曰檀弓者，以其記人善於禮，故著姓名以顯之。』是鄭君不以檀弓爲曾子弟子。不然，如公明儀、樂正子春，鄭君皆明言爲曾子弟子，何於檀弓不言乎？以檀弓爲曾子門人，此胡致堂之説，豈足爲據？尊意謂：《檀弓》每言禮文之變，有《曾子問》之遺意。夫『檀弓』二字，不過假以題篇，孔疏甚明，非全篇皆檀弓作也。如謂通篇皆檀弓作，則所載如『曾子弔於負夏』一節、『曾子襲裘而弔』一節，皆以子游之知禮，明曾子之不知禮，誰謂出曾子之門者而若是乎？其非曾子弟子益可見矣。故愚謂：檀弓一人，不當列入也。孟廟從祀，有錢唐一人，蓋以明洪武間詔罷孟子配享，錢唐以死力爭，遂得不廢。舊建報德祠以祀之，國朝同治十二年，始列入東廡之末，揆之有舉無廢之義，是固無可議矣。然愚謂：以錢唐之例推之，則尚有宜增入者一人，唐儒皮日休也。按，《北夢瑣言》云：咸通中，進士皮日休上書兩通，其一請以孟子爲學科。略言：聖人之道，不過乎經，子不異道者，孟子也。請廢莊、列之書，以孟子爲主，有能通其義者，科選請同明經。夫《孟子》一書，自漢以後皆儕於諸子，唐初陸德明作《經典釋文》，有《老子》、《莊子》而無《孟子》，是視《孟子》且不如《老》、《莊》矣。皮日休生於唐末，乃發此議，厥後《孟子》遂列於經，而自明以來，用以取士，皆皮氏發之也。其又一議則請以韓愈配享太學，至今亦循用之。其所見卓卓如此，豈僅詩人也哉？《唐書》采錢易《南部新書》，小説家言，謂其降黄巢而見殺。此實不然。《北夢瑣言》稱其官至國子博士，寓蘇州，著《文藪》十卷、《皮子》三卷，人多傳之。後爲錢鏐判官。宋尹師魯作《大理寺丞皮子良墓志》，稱：曾祖日休，避廣明之難，徙籍會稽，依錢氏，官太常博士，贈禮部尚書。則皮日休始仕唐室，終歸吴越，本末具存，子孫顯達，烏有如《唐書》所云乎？以之從祀孟廟，視孔道輔之徒以求得孟墓而從祀者更爲允矣。愚因讀尊著，而獻此二議，不足爲序，亦不敢爲序，姑副來意而已。君所著尚有《澤宫序次舉要》及《聖門名字纂詁》，余無所獻替，故不贅焉。

裸文六編補遺卷二

沈雲翔先生《四書體注評本》序

自朱子《章句》、《集注》出，而有《四書》之名，若宋趙順孫之《四書纂疏》、明蔡清之《四書蒙引》，發揮義藴，代有其書。及功令以《四書》文取士，而坊間所盛行則有若《四書合講》、《四書體注》諸書，與宋元以來諸儒撰述初意微有間矣，然先輩無不奉此爲圭臬，故所作《四書》文，皆與聖賢口吻不差毫末，因文見道，亦可貴也。海寧沈雲翔先生，乾嘉間時文名手也，嘗於《四書體注》本反復尋釋，於事理切當處，用墨筆或硃筆點之，於意義圓足處，用墨筆或硃筆圈之，而其所當發明者，則以墨筆寫注於旁，如《大學》首章注『具衆理』句旁寫『體』字，『應萬物』句旁寫『用』字。老輩人讀書，無一句一字放過如此，觀先生之於《四書》，用力之深，宜其時文之工也。嗟乎，時文之爲世詬病久矣，雖然，時文於何始乎？始於經義也。經義於何始乎？自唐而有之矣。韓文公於貞元十年應博學宏詞科，試題有《不貳過論》，是即經義之權輿。宋王安石廢詩賦用經義，而元初王克耘著《書義矜式》，有破題、接題，有小講、大講、後講，是又八比時文之濫觴。夫自選舉之法廢，不得已而以言取士，取之以詩賦，徒爲風雲月露之詞，取之以策論，不免剿説雷同之弊，然則經義取士，自是良法，其始原不過發揮大義而已，其後乃始有此種種格式，而又必使合於當日語氣，此無他焉，求其精也。蓋既出於聖賢之口，則稍有一字之不安，便如齊高厚之歌詩不類夫人而知之矣。今試取時文而讀之，不必其爲國初以來諸名家傳稿也，即近科庸惡陋劣之墨卷，亦無不説天德、談王道，果如其言，出則人盡名臣，處則士盡純儒矣。惜乎言之而不能行之也，言之而不能行之，而徒以庸惡陋劣之文竊取聖朝科第，宜乎人人之唾棄時文矣。其實取人以言，弊固必至於此，非時文之罪也。夫庸惡陋劣之文，誠不足以供國家之用，然聲光化電之學，異日用之以治國平天下，果有合乎？否乎？毋乃所學非所用乎？吾於是讀先生此書而有歎焉。使作時文者皆能如先生，講求書理，無豪髮出入，則時文之道尊，或者猶可不廢乎？昔先祖南莊府君亦有《四書評本》，余刻以行世，同治間，《湖州府志·藝文志》著録焉。先生此書，則其文孫旭初觀察寶藏之，余願其謹守勿失，將來或當大顯於世。《詩》不云乎，『子子孫孫，勿替引之』，余願與旭初共勉之也。

韓國張浙雲詩文集序

有自古箕子國浮海數千里至於吴下踵吾門而求見者，則張子起文字德軒者也，手一册見示，曰《浙雲集》，則其先德浙雲先生所爲也。余受而讀之，有詩有文，詩皆近體，格律謹嚴，字句鍛錬，唐音也；文則直抒所得，不事修飾，宋派也。雖不多，而皆有可傳。又有《科文經義》一卷，若稍遜焉，蓋應試之作也。宋丘宗卿言：場屋之文，如校人之魚，與濠上異。其勿信矣乎？先生當其國變之初，慨然傳檄於關西六十八州，欲有所爲，竟無所成而卒，蓋亦有志之士。是其人固不必以詩文傳，而詩文亦足以傳先生爲不死矣。雖然，先生韓人也，而以浙雲自號，且以名集，何也？蓋其先世固浙人也，五代之亂，避地而往，往而遂家焉，至於今幾及千年矣，而先生猶惓惓焉有楚奏越吟之意。其子德軒，并欲求吾浙之張氏，冀得其祖宗邱墓之所在及宗族世系之大略。嗚呼，何其思之深也！余亦浙人，獲託於桑梓之誼，輒書數言，以副其舊都舊國之思，不足言序也。

唐峻生墓志銘

仁和縣東北鄉有唐西鎮焉，市廛闤溢，人物豐昌，其中有賢而隱於市者，曰峻生唐君。君諱型，字典修，唐其氏也，峻生其別字。先世皆有隱德，君生而穎秀，入塾讀書，輒倍常兒。稍長，喜縱論詩文，往往屈其長老，皆歎曰：『唐氏有子矣。』是時粤賊踞杭城，唐西爲往來之衝，寇蹤狎至，鋒鏑之餘，食玉炊桂，無以自存活。君慨然曰：『瓶之罄矣，惟罍之恥。今何時也？吾老親在，尚得執卷而吚唔乎？』於是棄儒而賈，以贍其家。君長於榷算，歲有贏餘，及亂平，家乃大起。然有餘閑，仍手一編不釋，曰：『吾悔不十年讀書，故以此補之也。』妻姚氏，亦有賢行，事舅姑孝，事夫敬。持身以儉，待人以寬，處婚喪不奢靡，御奴僕不嚴苛，事無巨細，必躬親之。積勞成疾，先君而卒，遺命戒二子讀書，無自棄。時二子皆幼，君自撫育，守曾子之義，不再娶，人皆義之。光緒十年某月日以疾卒，年四十有八。君素行爲鄉黨所推，卒之日，士夫咸惋悼焉。後以長子貴，贈中憲大夫，事蹟載《杭州府志》。妻姚贈恭人。長子人寅，附貢生，福建候補直隸州知州，今升知府；　次子銑，縣學附生，早卒。孫文源，保舉知縣；　心源，光祿寺典簿。某年月日，人寅等葬君磻陽村之原，具狀乞銘。銘曰：

其業則商，其志則士。其行修於家庭，其名孚於鄉里。其位雖不崇，而名登於志乘；　其壽雖不耆，而澤流於孫子。磻陽之原，營茲幽壇。薶石刻文，傳示千載。

劉母李夫人墓志銘

自泰西之學行於中國，而海内爭言女學矣。雖然，《詩》不云乎，『彼君子女，謂之尹吉』，蓋大家之女，自有軌範，如范史所謂『端操有蹤，幽閑有容』者，不必自女學來也。惟天啓祐我聖清，篤生楚材，以光輔中興大業。而閨闈中亦有珍禕懿鑠之材焉，吾於劉母李夫人見之矣。夫人父李公，湘鄉人，抱道不仕，而其弟忠武、勇毅兩公，皆中興名臣也。夫人年十九，歸同縣兵備劉君。劉君本生父巡撫公諱蓉，事蹟具國史。有兄諱蕃，以鄉團擊賊，戰死。無子，乃以兵備公爲之子。夫人既來歸，姑孔夫人哭夫，失明。夫人事之謹，晝夜扶持，不離跬步。家圃中一蔬茁，一果熟，未進不敢嘗。無何，姑目復明，人以爲孝感焉。有兄公以候選道充神機營翼長，治事嚴，有忌之者，兵備君微諷之，則大怒，久不釋。夫人具禮服，詣姒婦羅夫人，與俱謁兄公，扱地拜謝，罪乃得解。久之，友愛過其初。一日，有告舍旁樹爲人盜斫者，夫人使偵之，則其族子也，歎曰：『豈可以樹木之微而失親親之誼？』置不問，其寬厚有禮，類如此。兵備君慷慨有大志，從左文襄公西征度隴，出玉門關，音問疏闊。夫人獨治家事，綱紀秩然，歲入穀僅三百石，而延師課子，摯幣必豐，與親故周旋必從厚，十餘年中，有無黽勉，雖至親不苟，有借貸，而家用無匱，田日以增，非夫人儉德，何以致此。及兵備君筦上海製造局，兼權蘇松太道事，俸入優裕，而夫人節儉仍如曩時，但益務施與。湘人流寓於滬者，必善爲之所，或厚資之使歸，暑日則豫製綿衣，及祈寒而頒賦之，已則布衣布裳，雖經補綴不易，蓋嗇於躬而厚於人，終身如一日也。訓諸子必依禮法，常曰：『吾不望汝曹綴巍科、躋膴仕，但無失舊家椠籰足矣。』見其子作書，曰：『書美惡，吾不知，惟點畫端整，自始至終無苟筆，吾則以爲善耳。』居家時，嘗使其長子持瓦缶至所識家假鹽少許，子偶折生棘貫缶耳，持以行。夫人訶之曰：『棘斷則缶碎矣，盍持以指？勿謂小事可不慎也。』《書》云：『細行不矜，終累大德。』夫人之意深遠矣。夫人於諸次室皆待之以誠，接之以禮，視庶子若己子，諸庶子亦親暱夫人，不知非所生也。光緒二十二年六月丁丑，以疾卒於上海製造局公廨内室正寢，年五十有一。時方大暑，天忽大雨以風，人皆寒溧，既斂，炎歊如初，人皆異焉。附近編户之民於其喪之歸也，扶老攜幼而哭送之，曰：『吾儕安得復遇此賢夫人？』其歸葬也，里婦村嫗皆哭於其塋，曰：『吾鄉安得復有此賢母？』亦可知其感人之深矣。生丈夫子五：國郁，殤；次亦殤；國郁，江蘇候補道，兼襲雲騎尉；國邠，分部員外郎；國鄂，候選知縣。女子子二：長殤，次適江蘇候補知縣朱匡桓。庶子四：國郅、國邕、國鄞、國邵，於例不書，以夫人無異視，故亦書。孫三：本炎、本旦、本豫，炎也殤。孫女二。光緒二十三年某月日甲子，國郁等奉夫人之喪，葬本縣莧衝山之原。銘曰：

天生楚材，爲杞爲梓。非惟須眉，亦有女士。懿歟夫人，淑慎爾止。以相其夫，以教其子。孝於尊章，友於娣姒。愛均鳲鳩，恩逮葛藟。女學未興，女宗先起。是真凱式，敬告彤史。

胡伯成《守拙齋遺稿》序

余十五歲侍先大夫讀書南蘭陵，即聞有胡友右〔一〕先生者，古所謂倜儻非常人也。自休寧徒步至常州，白手起家，豪飲，能詩畫，且工於弈，善談名理。余舅氏姚平泉先生贈以詩，云：『君雖不呫畢，精理盡通曉。惜此經濟才，乃以布衣老。』可以想見其人。余至常州，已不及見，見其三子焉，皆彬彬儒雅，有聲庠序間。及道光之季，余客新安，館於休寧汪氏，有胡子㮶園來從余游，則友石先生之孫也，未半載，青其衿而去。余曰：『此胡氏佳子弟，先生爲有孫矣。』其後余自中州罷歸，㮶園來見我於毘陵舟次。後余寓蘇，又頻來詢問起居，蓋以余一日之長，甚拳拳也。至甲申冬，聞㮶園之訃，余寄一聯輓之。自是厥後，蹤迹稍疏矣。乃今有胡栻字孟雲者，至吳中求見，則又㮶園之孫也。手一編見示，題曰《守拙齋遺稿》，蓋其父伯成君所作。伯成君名徵，自幼秀慧，十一歲，遇粵寇之亂，自投荷池，一日不死，然自此改其常度，夙慧頓減，後竟偃蹇，不善其終，年僅三十有九。王弇州『文章九命』，七曰夭折，八曰無終，豈果有不可逭者乎？此詩文二卷，皆孟雲掇拾於鼠蠹之餘者，詩雖不多，而清婉有可誦之句，諸論亦皆有所見。其《與弟書》三首，語語真摯，性情學問，可見一斑。嗚呼，是又一胡氏佳子弟也。而孟餘〔二〕能讀父書，且多材多藝，亦一佳子弟。何胡氏之多才乎？友石先生遺澤孔長矣。

【校記】

〔一〕友右，下文兩出，均作『友石』。

〔二〕 孟餘，上文兩出，均作『孟雲』。

馮伯淵《考定文字議疏證》序

元陸友仁《研北襍志》引丹陽葛魯卿之言，曰：晉宋人書法妙絶，未必盡曉字學。蓋字學之失傳久矣。自許君作《説文解字》，百餘年後，至宇文周時，黎景熙之祖名廣者，傳習古學，已與許氏有異。唐代盛行《字林》，許學益衰，宋李從周著《字通》一卷，末附《糾正俗書八十二字》，如『衣常』，『衣裳』必作『衣常』，『添減』必作『沾減』，『規矩』必作『規巨』，『心膂』必作『心吕』，『袒裼』必作『但裼』，『負荷』必作『負何』，『巾帨』必作『巾帥』，『肘腋』必作『肘亦』，斯乃篤守許書者，然當時莫之從也。明季空疏，許學遂絶。國朝經術昌明，大儒輩出，家有洨長之書，人習郎亭之學。然余謂，作正書不必盡依《説文》，唐玄度《九經字樣》所引開成牒文，乃通論也；若作篆文，必以《説文》爲圭臬，宋徐競以篆書名天下，而不本《説文》，至今無一字之傳。可知作篆不依《説文》，所謂背繩墨而改錯也。余自中州罷歸，壹意古學，始學爲篆，研究許書，成《考正文字議》一篇，乃自爲作篆計耳。吴下馮子伯淵見而好之，逐條爲作疏證，根柢既正，援引亦精，蓋伯淵爲景亭先生之孫，淵源固有自也。余從前用錢氏大昕、陳氏壽祺之例，舉《説文》中字人不習見而實爲經典正文者，得百餘字，江君建霞爲作疏證，今馮子又有此作，何吴士之多才乎！余《九九銷夏録》有『文字不必盡依《説文》』一條，與此頗岐，蓋言各有當，後之覽者，勿據彼而疑此也。

《蘇州府長元吳三縣諸生譜》序

唐制，國學置生七十二員，郡縣分三等，有六十、五十、四十、三十、二十之差，至明代而又有廩膳生員、增廣生員、附學生員之别，此今制所從出也。我朝自世祖入關，投戈講藝，重道尊儒，四海之内，學校如林，列聖相承，皆以崇尚儒術、興起人文爲重。其時文體謹嚴，風同道一，凡經天緯地之才，龍蟠鳳逸之士，無不起家學校，雍雍乎盛世之休風也。江蘇爲江南一大都會，而長洲、元和、吳縣爲附郭首邑，尤人文之淵藪。歷數本朝二百餘年來，若名卿相，若賢督撫，若循吏，若儒林，出於長、元、吳三學者，蓋不知凡幾，此皆聖朝德化所涵濡，山水菁華所薈萃。而故家舊俗，耳濡目染，父詔兄勉，所培植而成之者也。惟時代緜遠，人數夥夠，而其人又有顯有晦，其家又有興有替，當時三學之士越至於今，竟有不能舉其名氏者，何以昭菁莪之樂育，而示桑梓之敬恭乎？長、元、吳三縣，舊有《青衿録》，而無刻本，各家鈔録，罕有全者。自經兵燹，册籍無存，搜訪非易。於是有錢乙生孝廉，慨發大願，勼合同人，博求志乘，諮訪父老，凡碑碣之殘銘，詩文之遺集，遠紹旁蒐，不遺餘力，成《國朝蘇州府長元吳三學諸生譜》，凡九卷，蓋自順治至光緒，一代爲一卷，而歷任學政題名則冠之其首，别爲一卷。嗚呼，備矣。嘗考閻百詩先生之父牛叟先生有《游泮圖》，簪金花，乘白馬，前導彩旗，後張黄蓋，是一介之士得游泮林，其重如此。今吳下迎學，尚存其遺意，百年之後，付之飄風，忍乎不忍，宜乙生之拳拳於此編也。今歲，天子下明詔廢科舉，歲科兩考，亦皆停止，然則三學之門，無繼至者矣。《詩》不云乎：『雖無老成，尚有典型。』撫此一編，尤可寶貴。余，七十年前老諸生也，『感不盡於余心，溯回風而獨寫』。姑書此以報乙生，不足以爲序也。

《杭州錢唐仁和三學志》序

學校古無志也。元袁桷《延祐四明志》分十二考，九曰學校，明趙時春《平涼府志》分十七門，十曰學校，後之修志者循用此例，於是學校之制卽附見於郡縣志中，而未有專書。至國朝乾隆間，國子監祭酒陸宗楷等撰《太學志》進呈，高宗純皇帝病其體例未善，重加釐正，爲《欽定國子監志》六十二卷，成均規制，秩然大備。惜當時未援雍正七年命天下普修《通志》之例，俾海内學校皆有專書也。杭之爲郡，乃東南一大都會，舊止錢唐一縣，吳越時分錢唐、錢江二縣，宋太平興國四年，改錢江爲仁和，於是錢唐、仁和皆爲杭州首縣。功令，郡縣皆建立學宮，於是有杭州府學，又有錢唐、仁和兩縣學。國朝二百數十年來，此三學中人材輩出，極東南之盛，而建置本末及一切典章文物，惟略見郡縣志書，缺焉未備。丁君松生於咸豐四年應童試、入郡庠，遵例行釋菜之禮，瞻拜先聖，以次徧謁名宦、鄉賢、忠孝諸祠，卽慨然有徵文考獻之思。君家藏書又爲浙西冠，博采旁搜，綿歷歲月，謹遵《欽定國子監志》體例，成《杭州錢唐仁和三學志》，手自屬稿，未及寫定，遽歸道山，猶子立誠修甫及令子立中和甫克成厥志，豪編觚錄，遂有成書。都凡若干卷，聖諭天章，恭錄卷首，次則爲廟志，爲學志，爲禮志、樂志，爲官師志，爲選舉志，爲金石志，爲經籍志，爲藝文志，爲祠祀志，而凡掌故之有關學校者爲襍志。余甚欽丁君用力之勤，而又嘉修甫、和甫之能成先志也，善作善成，丁氏有焉。此書一出，宜必有踵其後者，異時天下郡縣學校皆有志書，於史部志書中别成一例，上以副朝廷化民成俗之意，下以堅多士守先待後之心，學術正而人材出，文治盛而國運强，嗚呼，此志之爲功大矣。

何梅叟詩序

古大夫有九能焉，其四曰使能造命，五曰升高能賦，七曰山川能説。余謂，此三者可兼也。世未有使能造命而升高不能賦者，亦未有升高能賦而山川不能説者。《詩》三百篇，多大夫行役之作，《昭明文選》，厥體尤多，賦立紀行之目，詩標行旅之名，雖未必皆出於使軺，要皆風雅之遺響，輶軒之外篇矣。梅叟何君，詩人也，光緒甲申，奉使山左，得詩一卷，曰《齊軺集》，庚寅，又奉使吉林，得詩一卷，曰《雞林集》，余皆得而讀之。其詩抒寫性情，臚陳風土，無體不工，而《雞林》一集，尤沈雄博厚，爲識者所推服。其《秋邊感興》十八首，直逼少陵，餘手不能辨也。如君者，非所謂升高能賦，山川能説者乎？余跧伏林下，於時事罕聞見，君之使齊，余未有聞焉。若吉林之役，君實輔止齋、郎亭兩侍郎以行，郎亭罷歸，寓居吳下，與余時相過從，曩時使事亦嘗約略言之。案牘紛紜，議論龐褷，董而理之，整而剔之，君力爲多，君之長於使命可見矣。吾故曰：讀此二集，而大夫九能得其三焉。君近者所學益高，長安人海中，蕭然物外，與花農輩唱和爲樂，更有出於古大夫能事之外者。惜余老矣，未得相從於壇坫間，他日《靈樵仙館全集》刊成，鯨跳鶴立之奇，玉白花紅之麗，必將百倍乎是。余雖老且病，竊願更受而讀之也。

譚中丞奏稿序

序初譚公，以名翰林内歷諫垣，外由府道，起家而至開府，敭歷中外，勳高望重，生平事蹟，宣付史館，卓然爲一代名臣。其歿也，余既以文文其墓道之碑，又越十年，而公弟三子啓瑞官湖南衡永郴桂道，刻公奏議八卷，寄余吳下，請爲之序。余行年八十有四，又自仲春一病，迄今不瘳，筆墨頹唐，懼不稱斯任。且余所爲碑文，垂四千言，公之事蹟備矣，兹又奚言？惟念公之以蘇藩入覲也，兩宫召對，有『辦事認真』之奬，及遺疏入，又有『克勤厥職』之褒。公之簡在帝心，實在乎此。今讀公奏議，竊有以仰窺皇太后、皇上知人之明，而又歎公之克副斯言，以不負兩宫之意也。公一生治蹟，先在蘇，後在滇。蘇以財賦甲東南，部撥鄰協，皆倍他省，而兵亂以來，民力疲焉。公上籌國計，下顧民生，如請減嘉定、寶山二縣額米，請減金壇縣抵徵漕米，皆於減賦奏定之後推廣皇仁，他人處此，無此膽識矣。至於禁淫祠，禁烟館，尤於吳俗有裨。湯文正公之後繼之者，其惟公乎？滇則地本瘠苦，財賦奇絀，而控御戎蠻，保障黔蜀，西南要區也。公以一書生，崎嶇戎馬之間，如剿辦猓匪，剿辦古黑夷匪諸疏，皆足見公之方略。又如奏定鹽課，比較分數，嚴禁交私、緬私，以興滇利，籌建經正書院，增廣客民進額，以興滇學。通省田畝，向來列入暫荒者，仍請暫緩升科，水災旱災蟲災，地震兵擾，各屬錢糧，隨時請免，以蘇滇困。嚴禁牛巢惡習，查辦臘撒妖僧，以挽回滇俗。凡此皆公之大有造於滇者也。公所至之處，察吏安民，整紛剔蠹，莅一郡則一郡治，莅一省則一省治，此公之克勤厥職也。地方之利病，吏治之得失，僚屬之賢否，將士之功罪，侃侃言之，無所隱飾，此公之辦事認真也。公出承明而典郡，不及十年，即膺節鉞，天下皆歎其知遇之隆，而不知其上契於聖心者固有素矣。余讀《中庸》一篇，其前半重在知、仁、勇，其後半重在一誠字。公之克勤厥職，由知、仁而生大勇也；公之辦事認真，誠也，然則公之所學可知矣。方今皇太后、皇上撫中原之多故，憫時事之艱難，旰食宵衣，勤求上理。倘得如公者數人，布列周行，將見封疆之臣，不文飾於章奏；州縣之吏，不推諉於簿書；將帥之官，殺敵致果，而不以冒濫爲功；學校文師，敦品勵行，而不以奇衺爲炫，安見不蒸蒸日上，胥天下而復見乾嘉之盛乎？公諸子皆賢，必能讀公之書，成公之志。余則衰病有加，行且就木，回憶公撫蘇時常相過從，而吾孫陛雲又與公子有同歲生之誼，遺編展對，謦欬如新，竊不禁慨然有九京隨會之思也。

陸存齋先生《宋史翼》序

往者，國子監行文各直省，徵求書籍，君以家藏舊本善者五十種進，天子嘉焉，有『校刊古籍，潛心著述』之諭，海内傳播，以爲美談。越數載，余以例得重宴鹿鳴，疆吏上聞，奉有『覃心著述』恩旨。先後十許年，吾吳興一郡乃有兩家皆以著述蒙朝廷嘉獎，亦云幸矣。然余呫嗶陋儒，章句末學，平生於經子兩部粗有所得，史部則涉獵殊淺，集部則家無藏書，雖欲覃心，其道無繇。君則自爲諸生時藏庋已萬餘卷矣，及官成而歸，藏書之富，遂爲兩浙冠。君潛心其中，日以著述爲事，嘗於本朝欽定《全唐文》外網羅放失，成《全唐文拾遺》八十卷、《續拾》十六卷，余讀之，已望洋向若而歎矣。今哲嗣純伯觀察又出君遺書《宋史翼》四十卷見示，則較《全唐文拾遺》用力尤勤，而其功亦愈大。考《宋史》，卷帙最繁，而遺漏仍復不少，尤可異者，《張昷之傳》謂其父泌自有傳，而徧檢《宋史》，竟無張泌傳，疑當時或實已具稿而編纂時失之也。君所補列傳多至十七卷，得百三十餘人，其中多有昭昭在人耳目而《宋史》顧無傳，非君蒐補，無乃闕如歟？《宋史·循吏傳》，寥寥十二人，而程師孟已見列傳，則實止十一人，君所補五卷，凡一百二十八人，何其多也。《方技傳》亦倍於原書，然如徐神翁之類仍不羼入，亦見其采擇之精矣。其有《儒林傳》而無《道學傳》，自有微意，有《隱逸傳》而又有《遺獻傳》，使王炎午、鄭思肖之徒皆炳然史策，表彰風義，尤深遠矣。惟楊朴實佐太祖開基，《宋史》無傳，而茲亦闕焉，殆以其紀見《遼史》歟？余謂，是書也，以微顯闡幽之意，爲徵文考獻之資，非徒如《唐文拾遺》，掇拾一字一句於〔一〕炱朽蟫斷之中而已。余於《唐文拾遺》已爲之序，則於此書，其又奚辭？昔厲樊榭徵君著《遼史拾遺》二十四卷，《四庫》著録焉。君此書踵之而作，而精博過之，惜王文敏後無請開四庫館者，不得與厲書同備天祿之藏，是則余所撫書三歎也。

【校記】

〔一〕『於』下，原衍一『於』字。

許子頌大令《狷叟詩録》序

《狷叟詩録》一卷，乃許君子頌罷官後所作也。君宰無錫，勤於政事，嚴於捕務，在任七閱月，獲盜十五人，逮治賭犯十九人，又無賴流氓十一人，分別懲處如律。自謂無負厥職，邑人亦無間言，忽登白簡以去。莫之爲而爲者，天也；莫之致而致者，命也。讀君之詩，怨而不怒，和平溫厚，有風人之遺。其《悲秋》八首，《卽事》八首，憂時感事，慨乎言之，而筆意沖淡，寄託遙深，有屈子行吟憔悴之意，無王郎拔劍斫地之音，知其所養者深也。詩皆近體，無古體，而近體亦多七言，人或疑之。余謂，詩之工拙，不係乎體之今古，古體誠古矣，然使人讀之回腸動氣，曼聲長吟，不能自已，則近體實較古體爲優。金元好問著《唐詩歌吹》，所選皆唐人七言律詩，凡九十六家，得五百九十六首，使後之好事君子有選國朝詩鼓吹者，君詩之入選必多矣。狷叟者，君罷官後自號也。昔吾鄉楊見山太守自常州守罷歸，自號藐叟，君自無錫令罷歸，自號狷叟，此二叟者，可與唐時嫠叟並傳矣。而皆以罷官後得之，叟乎叟乎，尚無負造物者之玉成此叟乎？

江叔海《東游草》序〔一〕

江君叔海今春有粤西之行，不得志〔二〕而歸，復鼓興而游於東瀛，壯哉游乎！是行得絶句一百首，於日本之〔三〕風土人情，及其山川名〔四〕勝，與凡賢士大夫，〔五〕皆見於詩。古〔六〕云：『誦詩聞國政。』誦此一篇〔七〕，而日本維新諸政，十〔八〕得八九矣。日本自唐以來，與我爲同文之國，其文學皆得於我者也。及明治改元，壹意變〔九〕其舊俗，效法西洋，船堅礮利，幾有過之而無不及，遂爲東方莫強之國。雖然，竊以爲此皆其標也，若其本，則在〔一〇〕上下一心，君臣同德，故能所向無前，戰必勝而攻必克。世之君子，以〔一一〕西學之未易，幾及〔一二〕就東人而謀焉，盍亦反其本乎〔一三〕？ 君以不習東人語言，自笑爲啞旅行，『啞旅行』者，東洋小説書名也〔一四〕。 余於東國賢士大夫略識一二，而風土人情及山川名勝，皆未之詳，非〔一五〕特啞也，抑〔一六〕且盲矣，何以序君之詩？ 雖然，盲子夏不嘗爲《詩序》乎？《詩》有列國之風，子夏雖盲，能爲之序，使君他日鼓東游之餘興，展輪而西，徧歷英、美、俄、法諸國〔一七〕，得詩千餘篇，余雖盲旅行，仍請濡筆而爲之序也〔一八〕。

【校記】

〔一〕 此文見於《東游草》（以下簡稱『《東》本』）卷首，用作校本。
〔二〕 得志，《東》本作『半歲』。
〔三〕 之，《東》本無。
〔四〕 名，《東》本作『形』。
〔五〕 『皆』上，《東》本多『約略』二字。
〔六〕 古，《東》本作『古人』。
〔七〕 篇，《東》本作『編』。
〔八〕 十，《東》本作『什』。
〔九〕 壹意變，《東》本『盡棄』。
〔一〇〕 在，《東》本作『在乎』。
〔一一〕 以，《東》本作『苦』。
〔一二〕 及，《東》本無。

〔一三〕『乎』下，《東》本多『宜君之慨然以自治爲先也』。
〔一四〕下『啞旅行』之『名也』，《東》本無。
〔一五〕詳非，《東》本作『見是不』。
〔一六〕抑，《東》本作『而』。
〔一七〕英美俄法諸國，《東》本作『俄法英美諸邦』。
〔一八〕也，《東》本無，下多『光緒甲辰十月俞樾』。

日本竹添井井《左傳會箋》序

余獲交於東瀛諸君子，蓋自竹添君始。丁丑之歲，君來見我於春在堂，以詩爲摯，余以君爲詩人也。見而與之言，始知君與安井平仲先生有師友淵源之舊。平仲先生著有《管子纂詁》，余讀而慕之。君言：『先生於去歲亡矣。先生亡，而吾國治古學者絶矣。』余乃知君非徒詩人，而又學人也。及讀君《棧雲峽雨日記》，於吾中國山川向背、物產盈虛，歷歷言之，如示諸掌，又知君負經世才，非徒沾沾於章句者。既而，君仕不得志，引疾歸田，蹤跡遂亦疏濶。至去歲癸卯，有嘉納君來見，則君之快壻也。言君自罷官以後，覃心著述，致力於《左傳》一書，今年夏，由領事白須君以君所著《左傳會箋》寄示，蓋以其國金澤文庫舊鈔卷子本，參以石經及宋本而精刻之，其所爲《會箋》，則博采諸家，斷以己意，仿朱子《集注》之體，而用鄭氏箋《詩》之名。觀其所采輯，在其本國者七家，曰中井氏，增島氏，太田氏，古賀氏，龜井氏，安井氏，海保氏，皆吾中國所未見之書。而其采自中國者，則自顧氏炎武以下，凡二十九家，而余之譾陋亦預焉。嗚呼，其所采博矣，合眾説而折其衷，務去其非，以成其是，體大物博，其猶在安井先生《管子纂詁》之上乎？然則君真學人矣。是年秋，君以書來求序，其書洋洋千餘言，大意謂：學孔子之道，不當求之空言，而當求之實事。左氏因《春秋經》而爲《傳》，二百四十年事實備焉，故將出其所著《論語會箋》，而先出此《左氏會箋》，以左氏乃洙泗之津梁也。味君之言，蓋欲以經術治世，其所見有在訓詁名物之外者，而學人又不足盡君矣。余長於君者，二十有一歲，君自言扶杖乃能行，余則雖扶杖亦不能行，每日坐籃輿，使二人舁至外齋小坐而已，衰頹如此，奚足序君之書？然念往者，余曾序君《棧雲峽雨日記》矣，今又何辭焉？姑書此以副君來意。異日，《論語會箋》出，或亦當采及鄙言，能再寄我一讀乎？

胡效山觀察《西湖詩録》序

海内士大夫至杭州者，未有不游西湖，而游西湖者，大率皆有詩。然則西湖詩之多，宜爲天下名勝之冠矣，惟皆散見於諸家之集，未有彙萃而爲一集者。明徐懋升著《湖山詩選》六卷，選古今詩家，得四百六十八人，可謂富矣。然其書今罕傳本，未知藏書家尚有之否。國朝雍正間，李敏達公修《西湖志》，采詩甚多，然志書自有體例，不能備載，而自敏達修志以來，垂二百年，湖光山色，風月常新，士大夫游覽其間，興往情來，唱妍酬麗，謝朝華而啓夕秀，爲《西湖志》所未收者，何可勝數？散玉零珠，莫爲收拾，甚可惜也。胡效山觀察生長日下，游宦秦中，雅慕西湖之勝，比年以來，安車就養，往來江浙，嘗再至西湖，晴好雨奇，已得其大概，而猶以未得徧探南北諸山爲憾。每讀前人西湖詩，低徊吟諷，不能自已，遇有佳者，輒手錄之，積久益多，遂成《西湖詩錄》如干卷。所錄皆國朝人詩，而其已見《西湖志》者即不復錄，故乾嘉以後諸人所作爲多。又用唐令狐楚《元和御覽詩》例，同時之人，亦皆入選，故雖余之作，得濫列焉，是又於明徐氏《湖山詩選》之後森然起例者也。君自少以詩鳴，京師貴游子弟多從學詩，今年逾七十，吟興不衰，黄涪翁所謂『翰墨場中老伏波』也。自功令廢詩賦，而雅坫騷壇，日就零落，西湖花柳，亦稍稍減色。有君此録，猶想見乾嘉盛時湖山歌舞、文酒讌游之樂。余自同治戊辰主講詁經精舍，凡三十一年，歲必再至西湖，而不能小有纂輯。君游履偶至，裒然成書，余深以爲愧。乃承不棄，每一卷成，必先以示余，俾得預參校之役，又深以爲幸。僭書數語，以慶其成，異日復有李敏達出，重修《西湖志》，吾知必以君此錄爲金玉淵海矣。

羅陶龕先生語錄序

陶龕先生乃羅忠節公族昆弟也，與忠節同起諸生，募勇殺賊。及從曾文正公以師援江西，忠節統中營，先生統右營，同解南昌之圍。後因其弟信東先生死於戰，告歸奉母，遂不復出。使先生終身從事行間，則其功績當不在忠節下，乃忠節赫然爲中興名臣，卒成大節，而先生竟以角巾布衣老。使後人徒讀其陶龕先生傳，則幾以先生爲晉之五柳先生，或唐之醉吟先生矣。先生有令子申田觀察，以名翰林宦游吴中，出先生遺書《語録》一卷見示，屬爲之序。余受而讀之，歎曰：應仲遠不云乎，儒者區也，有通儒，有俗儒，如先生者，古之所謂通儒也。先生之言曰：『孔子以容納衆學爲聖。』竊因先生之言而推之，楊、墨之説，孔子時已有，而孔子不與辨也，至老子，則且尊之爲師，晏子爲墨子之學者，則且與之爲友，此外若接輿，若荷蕢，若荷蓧丈人，若長沮、桀溺，無不惓惓有汲引之意。孔子之道大，故無所不容也。孟子則不然，與楊、墨辨，與告子辨；陳仲子，一世高士，亦必與之辨，此孟子所以爲孟子也。先生有見於此，故容納衆學，以成其學。宋之陸象山，明之王文成，談理學者無不痛斥之，幾比之龍蛇洪水。先生則於陸氏、王氏之學皆有取焉，豈獨如此而已？其《廣喻》一篇，引《楞嚴經》，引《般若心經》，引《金剛經》，雖佛氏之書，亦取以證古學，使先生至今猶在，讀泰西儒者之書，於其所謂哲學，亦必有取無疑焉。嗚呼，先生惟容納衆學，故無所不通，先生惟無所不通，故處則可以爲儒，出則可以爲將。乃吾讀其《體道》篇，則又有説焉。其第一則曰：『天以大而覆人，地以大而載人，聖以大而化人，賢以大而容人。』慨然曰：先生之通，先生之大也。其第二則曰：『莫一於天道，而四時百物以呈，莫一於性體，而千變萬化以出。』又憬然曰：先生之通，先生之一也。夫道一而已矣，而事物之變，則雖萬而未已也，以道之一貫事物之萬，此孔子所謂『吾道一以貫之』也。今之學者，徧讀夫萬國之書，博考乎四民之業，而於吾儒所童而習之之四子書，則曰姑舍是，姑舍是。嗚呼，徒求之於萬，而轉失吾所謂一，是又不足以讀先生之書矣。

《涇縣朱氏張香支譜》序

朱姓之始，蓋有二說。《蔡中郎集》有《朱公叔鼎銘》，云：「微子啓以殷王元子封宋，啓生公子朱，其後氏焉。」則以朱姓爲殷之後。此漢以前之舊説，故《後漢書》朱暉然注引《東觀記》亦云：「宋微子之後也。」《唐書·宰相世系表》則言：「朱氏出自曹姓，顓頊之後。武王封其苗裔於邾，後爲楚所滅，子孫去邑爲朱氏。」考《廣韻》一書，本於隋之陸法言，而十虞部「朱」字下亦云：「邾亡之後，子孫去邑氏朱。」則亦隋以前舊説矣。六朝最重譜諜，必有依據，未可執中郎《鼎銘》而疑之也。自《唐世系表》專主邾國之説，鄭樵《通志》亦復同之。朱子大儒，豈不能自考其所出者？而其作《世譜》，但自茶院君始，爲顓頊後，爲殷商後，不置一詞。蓋流傳既遠，莫得而詳矣。《廣韻》言朱氏有四望，沛國、義陽、吳郡、河南。朱子自言望出吳郡，此必有本，故朱氏之譜但當言吳郡舊望，茶院後裔，此外可無及焉。然自茶院以下，支派亦極紛繁，未易董理。今年夏，涇縣朱念陶觀察自滬上來書，其〔二〕族人新修家譜，求爲之序。問其譜，曰張香派也。蓋自茶院君傳至蘆村君，而生四子，曰緯者，其長子也，實始遷涇，居張香都而爲張香派之祖。緯之孫曰旺者，遷青陽爲青陽派，曰榮者，遷花林爲花林派，是又張香之别派矣。然張香一派，又各自爲派，若李村，若姚村，若徐村，若謝塘，若杜城，悉數之而不能終。嗟乎，瓜緜椒衍，一至於斯，然則修譜難矣。道光初，朱蘭坡前輩修《張香支譜》，託始於第二十世成叔公，而以前略焉，慎之也。今譜主筆者爲定遠教諭君彝，託始於二十六世鄉賢公，而以前略焉，尤慎之也，與朱子之託始茶院君，其意正同。朱子雖非張香一派，實同出於蘆村，蘆村之次子曰絢者，遷於建陽，爲建陽派，而朱子出焉。躬膺道統，名躋十哲，今婺源朱氏，猶有五經博士，與曾、冉諸氏同垂罔替，何其盛歟！《詩》不云乎，『教誨爾子，式穀似之』。此譜雖止託始鄉賢公，然鄉賢公以下已十一世，其子孫衆矣。譜成之後，吾知父詔其子，兄勉其弟，皆油油然有『式相好兮，無相尤兮』之意，且孳孳然有『夙興夜寐，無忝所生』之思。雖中下之材，咸克樹立，而俊偉高明之士，亦必出乎其中。以道德文章，爭自磨礪，安知涇縣之朱，不與婺源之朱前輝而後光乎？故不必問其爲高陽後，爲殷商後，即此可以深長思矣。此吾序朱氏譜，而重爲朱氏望者也。

【校記】

〔一〕『其』下，原衍一『其』字。

外弟姚少泉所著書序

余讀《漢書·藝文志》，道家、兵家、醫家皆有黃帝之書，何漢時黃帝遺書之多也？既再思之，萬物萬事，同出一源。一者何，道而已矣。黃帝既爲道家之祖，則即爲兵家之祖，亦即爲醫家之祖，夫固一以貫之者也。余外弟姚少泉，自號遁天子，喜談道。與余同寓吳下，時相過從，每見必談道。此一卷，皆談道之作也，其中所論，如天體陰，地體陽，天藏氣，其性寒，地抱火，其性熱，命由天賦，性由地生，皆前人所未發，而言之歷歷，實有所見。余每歎：自漢以來，談道之書，無慮千百種，而自《參同契》以下，無不寓意鉛汞，駕説龍虎，如晉人清談，如楚〔一〕客廋語，令人誦之茫然不解。君之書，明白曉暢，不爲虚誕之詞，不爲艱深之語，幾於白太傅〔二〕詩老嫗能解矣。惜余鈍根人，仍茫乎未得其門徑耳。此外尚有兵家言若干篇，醫家言若干篇。余與君論兵，最喜其『兵貴藏鋒』一語，有合乎孫子所謂『藏乎九地之下，動乎九天之上』者。至其論醫，亦多心得。余固執廢醫之論者，姑勿論也。君自幼好奇，不屑爲章句之學，嘗一入袁端敏幕中，亦旋卽棄去不顧。今寓吴下，老而且窮，又無子，與妻沈宜人白首相莊，怡然自得。少於余八歲，而耳目聰明，手足便利，其壽殆可至百歲，所謂得道者歟？兵也，醫也，皆道也。君之談兵也，談醫也，皆其談道也。余故書此數語，以弁其全書，君得無笑余之強作解事乎！

【校記】

〔一〕楚，疑誤。《國語·晉語》有『秦客廋辭於朝』之説，疑卽俞氏所本。

〔二〕傅，原作『傳』，據文意改。

《聽香吟草》序

蕊仙女史偕其夫自南昌出鄱陽湖，沿江而下，道滬上，以達杭州，訪我於俞樓，而余不在，又由杭而蘇，訪我於春在堂，先呈詩四首，及見，又呈詩六首，自稱女弟子，願居曲園門下。余笑曰：吾非隨園，不敢受也。顧其詩，皆清新可誦，因受其詩而返其柬。女史乃以所著《聽香吟草》求序，詩皆近體，然詞意深穩，句調輕圓，如初寫《黄庭》，恰到好處，無骫骳之音，無聱牙之句。詩主溫柔，固宜如是，就閨閣中論詩，尤宜如是，若必襲漢魏以爲古，摹韓蘇以爲豪，轉非閨人本色也。女史父靜薌先生，宦吾浙，宰永嘉，有政聲。女史生於浙，長於浙，父殁始還江右。及笄，歸遜梅何君。何君蜀人，亦雅士也，合巹之夕，卽以詩篇贈答，唱妍酬麗，笙磬同音，自趙、管以後，七百年來，無此韻事矣。女史在浙卽耳余名，慨然有一見韓荆州之意，乃求見而不可得，欲購余《春在堂全書》又不可得，積想之深，已逾十稔。何君曲成其志，不遠千里，江𣘺海𣚪，坦率偕來，踵門求見，一見之外，無他求焉，古之人，古之人，未可望於近世矣。余喜女史之能詩，又嘉其志，故如其請而爲之序，且以余詩二十卷贈焉。女史年方三十有一，苟能自得師，異日，詩學必有更進於是者。余雖耄老，當猶及見之也。

《二蘭吟》序

天下物必有偶，晉國之環則有兩焉，豐城之劍則有二焉。惟人亦然，二鮑，二龔，二陸，二謝，見於前史，指不勝屈矣，乃吾讀《二蘭吟》而有異焉。《二蘭吟》者，二女史之詩也。江西有張蕊仙女史，才女也，其名曰佩蘭；廣西有張梅痕女史，亦才女也，其名曰貞蘭。此二女史者，姓則皆張也，名則皆蘭也。嘻，異矣！夫張姓連天，同姓張不異，異乎其同名蘭也。蘭有國香，人服媚之，同名蘭不異，異乎其同姓張也。其姓同，其名同，或亦如橄欖、木威柯分而條合者乎？一在江西，一在廣西，地之相去，千有餘里，乃梅痕適從其大父游宦豫章，得與蕊仙相見，而二蘭於是乎始合。此酬彼唱，異曲同工，爰有《二蘭吟》之刻。今年春，蕊仙見我於蘇州，出《二蘭吟》求序，并言梅痕亦雅慕余名，嘗言『一見曲園，雖死不恨』。何二女史皆惓惓於余如此？ 余取而讀之，二女史詩功力悉敵，可爲今之兩美，且蕊仙《聽香吟草》詩皆近體，而此編則頗有歌行，睢涣合而成文，固勝於獨絃之歌乎！ 唐詩有光威裒聯句一首，『光威裒』者，三姊妹名也，失其姓，故以名傳。彼同姓姊妹，三人三名，此二姓姊妹，二人一名，傳至千秋，尤爲韻事。余得挂名其間，亦自幸焉。

修月女史遺稿序

《修月遺稿》一卷，乃汪君允中元配吴孺人所作，而汪君以此稿寄示，且求一言以張之，則又本其繼室張孺人之意也。余讀其詩，首篇云：『古來女子工吟詠，也冠周南第一篇。』則其懷抱不凡可見矣。詩多與汪君唱和之作，或傷離惜别，或促坐聯吟，殆所謂『樂而不淫，哀而不傷』者乎？ 是固得性情之正矣。余既美吴孺人之詩，而又歎張孺人之賢，夫二女同居，其卦爲《睽》，況不同居，睽當益甚。乃張與吴後先相嬗，不爲更弦之琴瑟，而爲同音之笙磬，惓惓焉以其遺稿介其夫子以求序於余，不賢而能如是乎？ 張孺人名慶雲，歙人，自幼能詩，喜讀余書，有句云：『何日西湖同泛棹，擔簦負笈侍俞樓。』其意趣可想。余嘗爲《汪氏四節圖記》，四節者，汪君之姑三人姊一人也。一門節烈，焜耀千秋，今又讀修月遺書，而并得以見慶雲女史之賢而且才，何汪氏閨闈之盛也！ 余素不以袁隨園廣收女弟子爲然，凡以金釵作贄者，皆謝不受。張孺人雅意所不敢當，然人才實難，況在巾幗，苟得其人，又未嘗不臨風而三歎也。故序《修月遺稿》而牽連及之，不自知其言之璅璅矣。

俞湖隱《封神詮解》序

邱長春《西游記》乃記西域地理者，故錢竹汀《補元史藝文志》入之地理類，世俗所傳《西游記衍義》，非邱作也。乃有悟一子者，不知何人，爲作《西游真詮》，而此書居然談道之書矣。《封神傳》荒誕不經，更甚於《西游》，士大夫不屑寓目。然《夷堅志》載程法師能持那吒火毬呪，則那吒風火輪事亦必有本。陶宏景《真誥》載建冢埋圓石，文云『五方諸神趙公明等』，余考之《左傳疏》，知卽晉侯之夢所大厲也，則趙公明亦實有其人。作此書者，殆亦博覽古書者歟？仁和有俞君者，名景，自號湖隱。仿悟一子評《西游記》之例，作《封神傳詮解》，其設想之奇，會意之巧，與悟一子異曲同工，而此書亦居然談道之書矣。夫道無所不在也，《莊子》不云乎，『道在螻蟻，在稊稗，在瓦甓，在屎溺』。夫至屎溺猶可以見道，況此洋洋數十萬言之文字乎？推而言之，《西廂記》『臨去秋波』一語，可以悟禪；『上大人孔一己』，童子習書倣本也，而白雲禪師以舉示郭功甫；『雲淡風輕近午天』，兒童所讀《千家詩》首篇也，而張界軒謂：『此詩備陰陽四時之氣。』然則吾人苟於道有得，隨所見而皆有合焉，豈必《參同契》、《陰符經》而後可以談甲邊庚内之功，見虎存龍想之妙哉？俞君與余同姓，同爲浙人，而余不之知。鄒儷笙先生得此書於蟫斷皃朽之中，而塗乙幾不可辨識。乃以數年之功董而理之，手自繕寫，遂成定本。其哲嗣景叔大令，余門下士也，出以示余。余讀一過而歸之景叔，俾珍藏焉。方今卮言日出，東西洋新小説風行一時，而頗多離經背道之言，固不如讀先生此書，使人悠悠然而有會矣。

日本島田君《古文舊書考》跋〔一〕

右島田先生〔二〕《古文舊書考》四卷。先生乃篁村先生之子，而其母又宕陰鹽谷先生之孫，名家女也。先生耳目濡染，學有本源〔三〕，自少癖嗜古書，而〔四〕又以其師井井先生之薦，得窺中祕之〔五〕書，故所見舊書極夥。每得一書，紀其每葉幾行、每行幾字及其篇幅之廣狹，參〔六〕考其異同得失，以成此書。舊鈔本爲一類，宋槧本爲一類，其本國刊本爲一類，中國自元明以來及高句驪所刊本爲一〔七〕類，都凡五十有七種。余略一流覽，既歎其讐校〔八〕之精，又歎其所見舊書〔九〕之富也。如舊鈔本《春秋集解》，所標識經傳字皆在欄上，乃初合經傳〔一〇〕之本；《文選·神女賦》『王』字『玉』字猶未互誤，〔一一〕與《西溪叢語》之説符合之本，皆吾人所未克目睹〔一二〕者也。先生博考之，而〔一三〕加以慎思、詳〔一四〕辨之功，宜其爲自來校勘家所不〔一五〕及矣。余見聞〔一六〕淺陋，精力衰頽〔一七〕，烏能〔一八〕贊一詞。惟念往者，曾文正公嘗許余爲『真讀書人』。余何人斯，足〔一九〕當斯語？請移此四〔二〇〕字爲先生贈〔二一〕。

【校記】

〔一〕　此文又見於明治三十七年刊本《古文舊書考》卷末，爲據俞樾手寫本上版（以下簡稱『稿本』），用作校本。

〔二〕　『先生』下，稿本多『所著』二字。

〔三〕　源，稿本作『原』。

〔四〕　『自少』至『而』，稿本無。

〔五〕之，稿本無。
〔六〕『參』上，稿本多『而』字。
〔七〕所、一，稿本無。
〔八〕校，原誤作『枝』，據稿本改。
〔九〕舊書，稿本無。
〔一〇〕乃初合經傳，稿本作『爲經傳初合』。
〔一一〕『與』上，稿本多『適』字。
〔一二〕目睹，稿本作『寓目』。
〔一三〕『而』下，稿本多『又』字。
〔一四〕詳，稿本作『明』。
〔一五〕不，稿本作『莫能』。
〔一六〕見聞，稿本互乙。
〔一七〕『頽』下，稿本多『讀先生書惟有望洋向若而歎已矣』。
〔一八〕能，稿本作『足』。
〔一九〕足，稿本作『敢』。
〔二〇〕四，稿本無。
〔二一〕『贈』下，稿本多篆書『真讀書人』四字，及『曲園俞樾并題』落款。

書王文成公書札後

王文成公書札，共五通，皆與士潔者。士潔，不知何人，前數通稱士潔『侍御』，後一通稱士潔『謝明府』，稱謂不同，然其人爲謝姓則無可疑矣。《明史》王文成本傳：『宸濠反，守仁急趨吉安，傳檄勤王。御史謝源、伍希儒自廣東還，守仁留之，紀功。』此士潔，疑卽謝源。名源，字士潔，義正相應。書中又與伍廉使並言，蓋卽謝源、伍希儒也。此二人，文成固使之紀功者，而功册乃以倡義起兵歸之二人，故文成譏其自相標揭，情事正合。其前稱『侍御』，後稱『明府』，則不可解。按，本傳稱『諸同事有功者，廢斥無存』。或謝源卽以此貶謫改外乎？書中言：『吾子屈志未伸，表揚宣白，所不容已。若致書當道，則恐不能有益於吾子，而適以自點。』於情事亦甚合也。此册今藏瑞安蓉樓葉君家，其令子仲詵大令出以見示，率據所見書數語而歸之。葉君父子皆精於鑒别，不知以吾言爲然否也。

書日本人《日新學報》後

《大學》一篇，發端卽云：『在明德，在新民。』是大人之學，固以新民爲主。乃《中庸》又云『溫故而知新』，似乎新卽在故之中。不善會之，所見皆故也；苟善會之，無故非新也。能於故中求新，斯日日新矣。日本鈴木君以其國人葛岡君所出《日新學報》見示。余觀其首載長岡君之言，『建新國易，修舊國難』。竊以爲建新國者，新之而已，修舊國者，不能盡舍其舊而謀其新，則宜卽故以求新。是故周之徹法，因《公劉》之『徹田爲糧』而新之也；周之軍制，因《公劉》之『其軍三單』而新之也。此所以周雖舊邦，而其命維新也。長岡君與嘉納君爲贊助此報之人，皆與吾有周旋之雅，篇首卽摹刻其像，每一展對，如對故人。請以吾言質之兩公，或笑曰：曲園猶故吾乎！

徐母費太夫人墓表

光緒己卯，余既葬内子姚夫人於右台山，時往來於注相寺前，見去寺半里而遙有馬鬣隆然而高者，詢之土人，云：『此冢宰錢塘徐文敬公先世發祥之祖塋也。』時余主講詁經精舍，公裔孫花農侍郎方爲孝廉，日就余請業，因從而詢之，則知爲文敬公之大母費太夫人之墓。蓋文敬公大父新甫公自明時已葬三台山，費太夫人至國朝康熙時始卒，後人以兆域久安，不欲震驚，因卜地於此，其祔葬者，則太夫人之第三孫，文敬公同懷弟涵三公也。當時，花農乞余爲太夫人墓表，日久未就，今忽忽二十餘年矣。花農方直南齋，署兵部右侍郎，公暇則手輯《誦芬詠烈後編》，以述先世之懿美，因以太夫人事實寄余，重申前請。余與花農交既深，且兩家松楸之地又相望，則表太夫人之阡者，固知非余莫屬也。謹按，太夫人姓費氏，浙之錢塘人，杭郡庠生安所公女也。性至孝，有賢德，且工書善畫。同里徐思槐公諱守桂，在明時隱居錢塘江滸，聞太夫人賢，乃爲其子新甫公委禽焉。新甫公諱日隆。以先世龍山公在明正德時通籍，忤權貴，出知江西臨江府，自此戒子孫勿輕仕進，故思槐公父子猶守祖訓，皆戢影家衖。新甫公生五歲，爲明萬曆己亥，母屠太夫人卒。其三年辛丑，繼母童太夫人來歸，又十四年乙卯，太夫人年十七，歸於新甫公，蓋萬曆四十三年也。新甫公事繼母，曲盡孝養，太夫人體公意，奉侍惟謹。時思槐公設帳授徒，門外踵相接，有業成而貧不能歸者，思槐公輒還其修脯，并助資斧而遣之。或有時不繼，謀之童太夫人，童太夫人必與太夫人商榷，皆悉力籌畫，以贊其〔　〕成。新甫公性仁厚，而慷慨有氣節。值歲暮，有鬻女於門者，公問故，曰：『無以償官錢也。』公曰：『是不可。』問所短幾何，曰二十千，卽返身至内，謀於太夫人，取錢與之，命攜女去。曰：『吾以貸汝，可攜以償官逋，勿再售女。』又一日，聞鄰舍某妻虐撻其婢，幾死。公與太夫人又憫焉，令僕媪往説曰：『爾買婢之值幾何？與其撻而死，曷若賣之，尚可得金歟？』其妻曰：『此等人，尚誰欲乎？』媪紿之曰：『吾主翁將置妾，吾若先容，可得厚值也。』其人喜可獲利，遂釋之。媪具以告，太夫人急質簪珥，購之歸，爲擇良奥而壻焉。後此婢生子，往來不絶，太夫人往視之，有若己女。新甫公在日，有舊友缺乏，向公稱貸。後其友死，遺孤不能歸，新甫公欲送其櫬還鄉，太夫人亦出資助之，且請公焚其券。其厚德類如此，人多不及知也。己未冬，童太夫人卒，新甫公泣曰：『吾大父見槐公生五歲而喪母，繼曾祖母潘太夫人撫之，見槐公侍左右者三十年。吾母之慈愛，無異潘太夫人，而吾得侍膝下者又少十年，天胡不使吾母亦享大齡，如潘太夫人壽至八十外耶？』於是日夕啜泣，每上食時，必跪苫次，親諷《金剛經》數卷。太夫人以思槐公在堂，恐傷厥考心，勸公節哀，以和顔事父。時思槐公已五十有二，不再娶。新甫公與其弟正隆奉盤匜而潔滫瀡，其飲饌多太夫人親製，未嘗假手童僕。時有聞新甫公名，欲辟爲臯掾。公將辭，問於太夫人，太夫人曰：『吾家自龍山公後，久不樂挂仕籍矣。有田數畝，足與夫子偕隱也。』公遂謝所辟，時當崇禎末，天下大亂，新甫公深以爲憂。十三年庚辰閏正月，思槐公卒，新甫公號慟日甚，幾不能起。曰：『曩有父在，是以母喪，吾尚偷生。今父已亡矣，國事又岌岌，吾生亦何樂乎？』於是毀瘠益不可支。太夫人雖並在哀痛，恆以窀穸未安慰公。因思槐公元配屠太夫人已先葬婁家山，至是新甫公乃奉思槐公、童太夫人合葬三台公山，蓋其地爲思槐公手定也。新甫公既丁父憂，不茹葷，不飲酒，以悲鬱所致，得喘疾，至次年辛巳六月遽卒。太夫人悲痛，不能進飲者數日，子翼鄰公欽安素賢孝，既慟嚴親，又慮慈闈年高，日夕勸慰。太夫人乃命翼鄰公奉公喪，祔葬三台山思槐公之次。是時正屬明季，翼鄰公雖已游庠，而無志進取，及服闋而明已亡，惟藉授學，以供甘旨。我朝順治四年八月二十有二日，翼鄰公長子冢宰文敬公生。是日，太夫人方假寐，夢一鶴行於庭，既而飛之閫内，欲視之而醒。比試啼，太夫人喜曰：『此子相，殊不凡，或大興吾宗乎！』未幾，文敬公弟粵翰公生，太夫人曰：『此子亦貴。』至涵三公生，太夫人曰：『此子秀矣，如秉質稍弱乎？』後文敬官吏部尚書，爲時名臣，粵翰公以知縣官廣東、四川，亦稱循吏，涵三公則太夫人没後以悲亡，甫十有八歲也。翼鄰公配王太夫人嘗歎曰：『吾姑之所見真遠矣。』當康熙六年，太夫人壽登七秩，翼鄰公率三子承歡，荀龍賈虎，聚於一堂，人皆羡焉。又二年，翼鄰公卒，太夫人心焉傷之。幸文敬公已成立，而子婦王太夫人茹痛事姑，奉饌必豐，而持家以儉，太夫人因得安神閨房，頤性養壽。十一年壬子，文敬公服闋，舉於鄉。明年成進士，入翰林。太夫人始喜動於色，語粵翰、涵三兩公曰：『爾兄今入詞館，足繼龍山公而起，且可慰爾祖、爾父於地下矣。』文敬公以散館入都，太夫人春秋高，未敢迎養。王太夫人亦以姑慈不可遠行，遂率粵翰、涵三兩公俱留杭侍奉。王太夫人日不離左右，而粵翰、涵三兩公朝夕侍謦欬，奉湯藥，間入子舍，竊問侍者，取親巾幂廁牏，身自澣濯，復與侍者，不敢令王太夫人知。而王太夫人夜禱於天，願以身代。涵三公聞之，跪而請曰：『吾母支持家政，所繫者大，何可減萱齡乎？無已，不如減孫齡以益祖母之壽也。』王太夫人曰：『爾年幼不知，吾自有吾志。』涵三公曰：『兒亦有兒志也。』遂焚香默禱，請以己算益祖母。及太夫人疾革，文敬公以承重奔喪歸，一慟幾絶，水漿不入公口者七日。涵三公曰：『吾兄經濟正遠，當爲國惜身，以顯揚爲孝。弟已告天，將往事祖母矣。』乃舉平日詩文授文敬、粤翰二公，握王太夫人手，趺坐而化，蓋距太夫人之殁，一百有十八日云。文敬、粤翰二公以新甫公葬三台久，乃奉太夫人卜葬於法相寺前，而以涵三公祔焉，從其志也。葬既畢，二公廬於墓次，有芝生廬旁，雙鵲巢於柏上，人以爲孝思所感云。文敬公服闋，入都供職，除諭德，重題墓碣。相國文穆公致政歸，重修之。光緒乙未，花農侍郎自廣東學政報滿，乞假回籍祭埽，又修之，近年又加葺焉。今宰樹蒼然，見者知爲其遺澤〔二〕方長也。太夫人生於明萬曆二十六年戊戌二月十五日戌時，卒於我朝康熙十五年丙辰二月二十日丑時，春秋七十有九。孫文敬公、曾孫文穆公貴，新甫公累封光禄大夫、經筵日〔三〕講起居注官、太子太傅、東閣大學士、吏部尚書、翰林院掌院學士，太夫人累封一品夫人。光緒二十七年，花農侍郎又以太夫人節孝言於錢幹臣比部，具事實，達禮部，賜旌表，入祠建坊。新甫公子一，卽翼鄰公欽安，明邑庠生，累封光禄太夫、經筵日講起居注官、太子太傅、東閣大學士、吏部尚書、翰林院掌院學士。長孫文敬公也，次孫粤翰公也，三孫涵三公也。曾孫文穆公諱本，經筵講官，軍機大臣，南書房行走，太子太傅，東閣大學士，卒贈少傅，賜祭葬，入祀京師、浙省賢良祠。次曾孫林，臺灣海防河務同知，以孝子賜旌。又次杞，以翰林起家，官至西安巡撫，内升宗人府府丞。又次亨時，官江西吉安〔四〕府知府。又次柄，官江南淮安府海防河務同知。元孫二十四人：以烜其長，由翰林官至經筵講官，内閣學士，兼禮部侍郎銜，署禮部左侍郎；景熹，以翰林官福建鹽法道；餘皆以科第仕宦世其家。孫女一人，曾孫女八人，其長以孝女旌，元孫女十二人，東閣大學士錢塘梁文莊公、禮部尚書高郵王文肅公，皆其元孫壻也。今花農又署兵部右侍郎，余贈以楹聯云『四世備歷六官，九代俱封一品』，蓋紀實也。太夫人性仁厚，而雅愛施予。當明社既屋，浙東避亂者紛紛西渡，舟人昂其值，或不得登，至爭舟而溺者甚衆。翼鄰公請於太夫人，具義渡二，泊於西興，有西徙者，皆載之過江，東渡者亦然，如是往復，終日不取一錢。或遇病者，則留而醫藥之，俟病癒，聽其去，皆太夫人出資以成其美，當時全活者不下萬人。至今江上猶有義渡，則太夫人母子之遺也。又以附近荒田甚夥，命翼鄰公導民蓄水以種稻，不數年，綠畦滿野，水旱無虞。其能見其大，類如此。乃爲銘曰：

翳雙高之拱峙兮，接三台之渾淪。問深山於何處兮，有古寺之鐘聞。紓金繩之覺路兮，與鷲竺而並論。惟徐氏之積慶兮，鍾遺澤於雲昆。母賢子孝而孫繩繩兮，荷丹詔之頻溫。昔高躅以偕隱兮，今光大夫朱門。果操何術以致此兮，惟慈惠與寬仁。豈持盈而後保泰兮，實厚德之取法乎坤。況冰霜之勵節兮，樹綽楔於雲根。身没而迹愈顯兮，世雖異而名尊。余家松楸之相望兮，若卜里之有鄰。述熊丸之往烈兮，媲祖硯之貽芬。知明德之濟美兮，固世世有達人。欲昭彤管之煒兮，請先視乎斯文。

【校記】

〔一〕『其』下，原衍一『其』字。

〔二〕澤，原作『釋』，據文意改。

〔三〕日，原缺，據下文補。

〔四〕吉安，原作『安安』，據《春在堂襍文六編》卷六《誥封一品夫人徐母王太夫人墓表》及《襍文六編補遺》卷四《翼鄰徐公配王太夫人墓表》改。

陸母邱太恭人八十壽序

粵在閼逢執徐之歲，皇上御宇三十年，恭逢皇太后七旬萬壽，鉤鈐明，延嘉生，胥天下圓顱方趾，同游於仁壽之宇。而陸母邱太恭人適於是歲稱八袠之觴，蓋亦壽考作人之效，而積善餘慶之徵也。凡在潘楊之戚，孔李之交，咸願奉觴爲太恭人壽，而屬余以一言爲之先。余問其生日，曰六月九日，余因用古卦氣直日法，而以北齊《天保曆》推之，則是日也，直履卦之六二爻，其辭曰：『履道坦坦，幽人貞吉。』憬肰曰：『此良日也。』太恭人生於是日，其有以應是德乎！説此爻者皆曰：履道尚謙，不喜處盈，居内履中，履道之美。以太恭人一生行誼揆之，經説信有合矣。按，太恭人爲横川君第三女，厥考以名進士作牧令，於粵西固名族也。生三齡而失恃，依其姊以長，自垂髫以及於笄，惟姊言其聽，婉娩聽從。所謂『履道尚謙』，基於此矣。及其歸陸君葦笙學博也，年二十有四矣。時君姑在堂，以陶嬰之高節，際桑榆之暮年，太恭人偕娣姒輩奉侍惟謹，出入扶持，不離跬步，疾痛疴癢，抑按搔摩，一臠之旨，一果之甘，從其所嗜而敬進之。曹大家所謂『婦如影響，焉得不賞』者歟？先後宛若，都盧五人。太恭人班於其間，相得甚歡，有愉婉之容，無詬誶之聲，雖臧獲侮甬，不聞其疾言，不睹其厲色，凡此者，皆謙德也。使太恭人而長此居常處順，安神閨房之内，優游細旃廣廈之間，愉愉焉，翯翯焉，詞女師窈窕德象之篇，以見其珍禕〔一〕懿鑠之美，則所謂『履道坦坦』者，可爲太恭人信矣。乃太恭人所履則固不然。咸豐之季，大盜起於粤西，蔓延於常羊之維，而吾杭實終受其毒。庚申、辛酉間，杭城再陷，市廛煨燼，人物流離，衣冠之族，淪於塗炭，不可勝計。太恭人當杭之始陷也，偕學博君，奉其病姑，挈其子女，避居城外，旋由鎮海之定海，由定海之上海，江艬海檥，轉徙靡常。其時輪船猶少，船以帆行，濆淪澎濞之中，沫飛濤起之際，片席高挂，鑿行其間，危險萬狀，六十餘日，始達於滬。俄而蘇臺亦陷，乃又由滬而還寧波，由寧波而還紹興，卜居於陶堰，而上海，而如皋，艱難辛苦，百倍於前。噫，所履若此，烏睹所謂『坦坦』者乎？乃太恭人陽陽如平常，上事衰姑，下撫細弱，雖有播遷，而無隕越。然後知有常而有變者事也，有亨而有屯者時也，善於履道者，雖變猶常也，雖屯猶亨也，不坦坦之中，有坦坦者在斯，真所謂『坦坦』矣。杭城再復，軍事粗定，乃復歸於陶堰。而姑病告亟，遂至不起，喪葬大事，學博君主之，而太恭人佐之也。其明年，始克還杭，蓋勞於外者六年矣。學博君服闋，選授紹興府訓導，太恭人相從之官，摒擋家事，無不肸飾。學博君無内顧之憂，閑官無事，頗足優游，肰亦以積勞而疾作，未幾謝賓客於學舍。於是太恭人自紹歸杭，杭之舊廬，人稠而地隘，蓋學博君昆弟初不異爨，至是實不能容，乃有分居之議。議定，太恭人謂諸子曰：『先人舊居，諸伯叔宜居之，爾曹曷他徙乎？』遂買宅馬市街，屋宇雖寬，敝陋實甚，繕完葺之，塗丹雘之，期年之後，焕然一新，卜日移居，咸曰：『美哉奂乎！』是役也，雖諸公子經營於外，而實太恭人籌度於内，信乎『居内而履中』矣。履外卦爲乾，乾爲良馬，然則卜居馬市，固其宜哉？太恭人有丈夫子一，知名於時，孫七人，曾孫四人，瑤環瑜佩，蘭茁其芽。太恭人顧而樂之，壽觴舉，慈顔和，非所謂『眎履考祥』者乎？行年八十，神明不衰，《彖傳》曰『履柔履剛也』，以柔德而兼剛德，柔則不折，剛則不磷。太恭人之由八十而九十而至於期頤，吾於是卜之矣。再越十年，皇太后八旬萬壽，而太恭人卽於是歲慶九旬、開百袠，國有大慶，湛恩汪濊，引年之典，太恭人必躬被之，上尊之酒，文綺之服，燦列於前，傒福貞貞，豈有量乎？吾請一言以蔽之，曰『履而泰』。

【校記】

〔一〕禕，原作『褘』，據文義改。

日本島田彦楨母大野夫人六十有六壽序

余嘗選東瀛之詩，凡五千餘篇，釐爲四十卷。而閨秀詩得三十四人，除《紅蘭》、《湘夢》兩集外，皆無專集，故往往讀其詩不知其人，如津田桂爲横山致堂之妻，長女瓊翹亦能詩，夫妻母女，一門風雅。又如跡見花蹊，門下弟子甚多，殆亦彼國中一不櫛進士。然求其有禮有法，卓然女宗，如我國所稱曹大家、宣文君、戴良之女、鮑宣之妻者，余固未見其人焉。今乃得之大野夫人矣。夫人爲鹽谷宕陰先生之外孫女。宕陰者，愛宕山之陰，先生廬焉，故以爲號，著《宕陰存稿》十三卷，有《六藝論》三篇，余讀而喜之。夫人受外家之教，性又聰慧，經典大義，無不通曉，和歌漢史，咸所誦習。及笄歸篁村島田君。君系出美濃土岐氏，厥祖食邑島田，因氏焉。敏而好學，性嗜書籍，往往從人借鈔。及入昌平學校，得讀官庫書，學益進。自六經、諸子、九流百家，博覽無遺。慶應紀元，中巍科，拜助教。寬政中，幕府始設科試之制，與選者數十人，君爲之魁。主講席凡二十年，進從四位，升高等，官一等。方其始入昌平學校，宕陰先生適爲昌平校儒官，奇君才，薦於朝，以外孫女大野氏女焉，即夫人也。夫人既歸君，以君劬於學，故家事皆自任之，不以煩君。上以奉蘋蘩，下以治米鹽，事無鉅細，咸有條理。今島田之家，長保先業，不致中替，皆夫人之力也。性又和順，敬於夫子，宜其家人。島田君幼失怙恃，其伯姊實鞠育之，後伯姊老，島田君事之如母，奉養無不至，夫人亦敬事之，至老無違言，即此一事，夫人之才而且賢可以想見，與我中土所謂曹大家、宣文君諸人豈有異乎？余每歎，泰西諸邦，其婦女多軼於禮法之外，若東瀛則不然。余嘗見其國人原善所著《先哲叢談》，載有二山義長之妻垂水氏，及甲斐國田中村農家女栗氏，志節甚高，可以風世，爲采入《茶香室叢鈔》。豈非同文之國，風化固不相遠乎？觀於夫人，益信矣。夫人今年六十有六，生三子，其長子鈞一，爲弟一高等學校教官，余未之識也。其弟三子曰翰，來游吾國，徧歷蘇杭，訪求古籍，蓋有島田君之遺風。敘其母夫人事實，乞余一言爲壽。余爲壽文非古也，前明歸太僕有《壽文》三卷，世病其多，余又倍之，豈宜復作？惟念宕陰先生有賢孫曰鹽谷青山，於夫人乃中表兄弟也，余年七十時，青山曾爲製壽序一篇，盛有所稱許，刻其《青山文鈔》中。然則余雖衰老，何惜一言，不爲夫人侑一觴乎？切人不媚，姑書此贈之，并歎余曩者欲以《紅蘭》、《湘夢》盡東國閨才，未免所見之小也。

褉文六編補遺卷三

任筱沅中丞七十有九壽序

光緒二十有六年，和議成，時事定，天子慨然思振興庶務，宏濟艱難，而於東南諸行省中尤注意於吾浙。蓋吾浙固東南一大都會也，錢唐之江，貫乎其中，界十一郡而東西之，浙西諸郡，美秀而多文，浙東諸郡，質直而好義，故兩浙之民，素稱易治。乃自中外交涉，事變繁多，不逞之徒，交搆其間，遂有往年衢州之事，下爲封疆之累，上爲宵旰之憂，尊俎折衝，幸獲無事。而地大物博，經理爲難，天子以爲非有具文武幹用，綜事精良，如古所稱器能政理、管蕭匹亞者，不足以坐鎮茲土，乃命公移東河之節，來撫浙江。先是，光緒八年，公曾拜浙撫之命，而不果來，浙人失望。至是，士歌於庠，民抃於野，僉曰：『我公來矣。』公既至浙，如張方平之莅益州，毋養亂，毋助變，不以有事急，不以無事弛，兩浙晏然，安於磐石。是歲也，公年七十有九矣，凡有位於浙者，咸願有以壽公，而走謀於樾，乞一言以爲之先。余惟公年七十時曾爲小文以獻，其文已刻入《春在堂褉文五編》矣，今公勳業益高，而余年益衰，學益退，安用此鞶帨爲哉？重違諸公之意，不辭喬野，請更以鄙言進。公以拔萃起家，秉鐸奉賢，即勸集軍餉二十餘萬，其規爲固已宏遠矣。從此由百里宰而爲郡守，爲監司，鋳歷封圻，所至興書院，建社倉，修水利，清訟獄，課農桑，治道路，皆具見前文，今可無述矣。公從甲寅至癸未，宦游三十年，自山東巡撫解組而歸，僑寓蘇垣，角巾野服，與兩三老友銜杯酒，敘殷勤。素工吟詠，尤善翰墨，端居多暇，臨池濡染，以應求者，一時想望，以爲神仙中人，故七十歲時，余爲壽序，以古鄉三老比之，非虚言也。乃未幾而天子眷念老成，降璽書，趨入覲。公稟〔一〕君言不宿之義，束裝北行，敬詣闕下，延英入對，溫語垂詢，所以優待之者，逾乎常格。於頤和園賜宴，賜聽戲，又賜游頤和園，緑水輕舠，往來容與，仙宸禁苑，游覽一周，雖唐臣桃花園之宴，宋臣賞花釣〔二〕魚之樂，未足以方此也。未幾，拜東河總督之命。昔公任開歸陳許道也，以河工靡費過多，辭不肯就。大府知公義不苟取，爲裁減應領之數，乃始受事。至是身任總河，慨然曰：『國家經費，豈可視等泥沙？』於是實力鉤稽，多方撙節，工料必豐於前，費用必減於舊，在任六年，歲修之費，不請益銖錙，支用有餘，返之藩庫，歲必五萬金。公可謂身處脂膏，不以自潤者矣。天子念大河北流，山東一省，遂爲巨壑，野無青草之色，民有其魚之歎，辛苦墊隘，惄焉傷之。乃命大學士李文忠公赴山東，會公同治黄河。公至濟南，與文忠公統籌大局，以爲水有所歸，乃不爲患，徒築堤圩，無益也。爲今之計，莫如開濬鐵門關故道，使疊溜盤渦，從此入海，則數十年内，可無河害。疏入，俞焉。辜較所費，需二百萬，乃議於山東省歲出若干，而各行省又津貼若干，期於兩年，成此大役。夫治河無善策，自古歎之，然掘地注海，固神禹之成法，公爲此計，洵上策也。俄以庚子變興，虚懸其議，未就厥功。顧亭林云：『立言不爲一時。有言在一時，而其效見於數十年之後者。』以我國家萬年有道之長，知公此議必將大效於後矣。庚子之變，實起於山東，其民間有練習拳勇，創立名目，號召徒侶，假託鬼神，謂礮火不能傷，刀矛不能害者，一二大臣，不達時變，頗信其説，遂成大釁。豫撫某公，亦甚信之，召其渠魁，使爲教習，民間大譁，内變且作。公遺書數千言，與之力爭。又於河標召募勁旅千五百人，分爲三營，駐守省會。其黨知有備，乃皆散去，此尤公之有大造於中州者也。吾浙去歲衢州之舋，亦由北方傳習而來，今幸敉平，可無他患矣。然公深思長慮，以爲中外交涉，惟教案爲難，往者撫山東時，有泰西教士欲於濟南城中購地築室者，折以條約，曉以利害，力持不可，竟罷不行。然今昔異時，施於昔者，不可施於今矣。乃謀與外人訂定約章，使地方有司有所依據，而不至爲所挾持。余在蘇，距公遠，不知其説如何，度公必有以俯其背而扼其吭矣。竊謂，聽中外之獄而無可守之定章，出入重輕，勢難平允，民教尋讐，實起於此，使公之法得行，則庚子之變可以不作矣。公前藩浙時，善政不可勝舉，余前序所云：『慮廥積之空虚，則有豐糴儉糶之令；憫棺櫝之暴露，則有掩骼埋胔之政；懲市井之雕悍，則有愿析禁悍之法。』蓋姑舉其大略耳。今者秉使節、撫茲邦，宏規茂矩，必將倍蓰於斯，於以慰兩浙士民之望而紓朝廷南顧之憂，豈但如前序所陳乎？猗歟，盛哉！洵可以歌於衢而舞於巷矣。古者稱觴上壽，非有常期，矧公今年七十有九，爲此春酒，以介眉壽，禮亦宜之。至明年，則朝廷必有靈壽杖之賜，上尊牛酒之頒，恩禮便蕃，錫賚優渥，想諸公又必有以壽之。竊不自揆，當更爲公賦《南山有臺》之三章也。

【校記】

〔一〕 稟，原作『凜』，據文意改。

〔二〕 鈞，原作『鈞』，據文意改。

沈梅孫方伯七十壽序

嘗讀漢人所作《國三老袁良碑》，稱其纘承洪緒，稟承清𠛬，敦詩書，説禮樂，爲廣陵太守，威震徐方。及歸老於家，有司奉詔徵舉三老，以公父子並列三臺，夫人結髮偕老，舉充是選。意古所謂三老者，必其人家世貴顯，勳業清崇，而又夫婦齊眉，子孫鼎盛，然後可以膺几杖之尊，受袒割之養。漢制如此，古制亦必如此也。方今天子以孝治天下，異日或遵循古制，躬詣太學，舉三老五更之盛典，問有如漢袁良其人者乎？今得之於梅孫方伯矣。光緒三十有一年，歲陽在乙，歲陰在巳，七月既望，其日甲戌，爲方伯七十懸弧之慶。德配周夫人，與君同庚，遲君一百二十有八日而生。時仲子期仲方以觀察使候闕江蘇，君與夫人，就養吳中，鸝坊鶴市間，德車衈匆，望若神仙。一時式通德之里，登戲綵之堂者，咸願鏗金絲以娱之，饌肥鱻以奉之，而屬余以一言先壽夢之鼎。余追念道咸之際，余與君先德小梅先生同官京師，忽忽五十餘年，又與君周旋吳會，獲睹斯盛，余之衰朽可知矣，其能妃青儷白，與三五少年爭東塗西抹之工哉？然則余又何言？惟念君之一生，實有合於古之所謂三老者，請以此義爲諸君子揚扢而陳之。夫古之三老，必取之清門貴族，是以《袁良碑》述其系出舜苗，遠祖幹以軍功封侯。然傳至三世卽失侯矣。君則不然，沈氏本吾郡望族，代有聞人，入國朝來，科第蟬嫣不絶。祖巡梅公，乾隆丁酉舉人，庚子進士，官壽州知州，有惠政。余曾載其軼事入《右台仙館筆記》。父小梅先生，道光庚子、辛丑聯捷，成進士，官陝西督糧道。兩代皆以名進士，官至方面，士林榮之。此家世之盛也，可得而言者，此其一。袁良由郎中謁者起家，爲廣陵太守，漢之太守，得專制一方，固與今黄堂五馬不同。然止守廣陵一郡耳。君則以剿捻功，由員外郎改外，分發山西，歷知保德州、絳州及蒲州府、太原府，遷冀寧道，授湖南按察使，卽奉特旨護理湖南巡撫，異數也。久之，遷甘肅布政使。是歲恭逢萬壽盛典，拜御書『福』字及袍料帽緯之賜，又異數也。綜君一生，由州郡而封圻，敭歷晉楚，遠至甘涼，仕宦之隆，過袁良遠矣。可得而言者，又其一。袁良始爲廣陵守，後拜梁相，碑文簡略，治績未詳。君則負文武幹略。方其奉小梅先生自陝歸也，道由商洛，捻寇充斥。君募健卒，聯民團，兵不滿千，破賊數萬，陝防解嚴，君之力也。厥後張勤果剿捻，曾忠襄出關，皆借重君力，實始於此。其在山西讞局，平反巨案者三。及治撫院文案，值晉豫奇災，乞振乞糴，手腕爲疲，集帑鉅萬，全活無算。保德州地丁錢糧，舊例分徵，或阡陌連雲而無征，或貧無立錐而倍納。君力請歸丁於地，至今賴焉。平定州困於差徭，君攝是州，設局給價，以紳士主之，民不知差，差亦無誤。太原府鮫水爲災，汾隄決焉。君以全力督防，而修隄修城，又以精心綜覈之，民無昏墊之虞，國無虚糜之款。其爲湘臬也，積案甚多，勒限審結，遇有疑獄，親提鞫問，數月之久，案牘一清。其爲甘藩也，時新設電局，民愚以旱魃之災皆電杆所致，羣起拆毁。君以片言解之，羣情大定，此一事也，固今之君子所視爲盤根錯節者也，而君恢恢乎游刃其有餘，其才調何如哉！可得而言者，又其一。君自幼嗜學，工詩古文詞，旁通中韓家言，隸篆各體，無不精妙，有《分韻籀篆印譜》行於世。其初至山右也，遵新例考試，冠其曹。蓋君雖不以科第進，然三寸青鏤管，未始不可與天下士爭一日之長也。内行尤篤，小梅先生居官廉，不事家人生産。君一以自任，撧㨊支持，不貽親累，敬事寡嫂，教育遺孤，數十年如一日。有姊適韓氏，遺有弱息，爲擇良奥歸之，資遣一如己女。歸田之後，修家譜，建宗祠，孳孳焉至老不衰。每歎《袁良碑》略言其悦禮敦詩，而門内之行，不載一事。君則文行交修矣。可得而言者，又其一。袁碑雖言及夫人，闔德無聞焉。德配周夫人，仁和人，贈太僕寺卿、直隸臨洺關同知應芝君長女也。應芝君殁於王事，夫人仰藥，遇救得生，於亂軍中敻求，得其二弟，挈之南旋，備嘗艱苦，卒獲安全，有神助焉。既歸君，則孝於舅姑，和於戚黨，米鹽瑣屑，必躬必親，君得以無内顧憂。且工繪事，蓋其母乃嘉興錢文端公外孫，其淵源固有自矣，繪有百花百果長卷，藏於家。豈若袁夫人之一無表見者哉？可得而言者，又其一。袁良三子，長爲博平令，次爲尚書郎，三爲謁者。今君亦三子，長子爲湖北建始縣，三子爲山東利津縣，雖與博平令官秩相同，然其才皆非可以百里限者。一歲三遷，固未可量。次子期仲觀察，亦由縣令起家，薦歷監司，上游引重，不日將陳臬開藩，繼君而起矣。孫六人，曾孫四人，瑤環瑜珥，羅列膝前，子孫麟鳳，何其盛也！可得而言者，又其一。余謂：君之一生，合於古之三老，故引《袁良碑》衡量異同，歷歷言之如此。老更之禮，曠而不修，非一世矣。謹按，本朝康熙癸巳、乾隆乙巳、嘉慶丙辰，曾三舉千叟宴。黄髪鮐背，麕集殿廷，拜舞於松牖雲棟間，洵千載一時之盛君。自此以往，由八九十而至期頤，或恭逢朝廷大慶，再舉千叟宴，而君得預其列，豈不更勝於古之三老乎？鄙人或天假之年，猶及見之，則楓窗百歲老人，當詳載其事入《楓窗小牘》中，其可得而言者，固不盡於此也。

陳鹿笙方伯八十壽序

余於同治癸酉歲有事於福寧，取道於溫、台。君時攝台州守，爲余具舟，待潮未發，留署齋一日，同游東湖，訪東湖樵夫祠，晚飯而後別。君又遣健兒數輩，司扞掫之役，送至天台。此余與君相識之始也。後君調守杭州，余主詁經精舍，歲必再至，相得益歡，湖樓、山館間，時勞車騎，每見必縱論詩文，或出圖書同觀。蓋其時東南底定久矣，諸大吏方投戈講藝，開書局，闢講堂，前此干戈擾攘之事，久已不挂人口，故君之崎嶇戎馬，轉戰行間，君固不自言，余亦不復問也。未幾，君遷湖南岳常澧道以去，蹤跡稍疏。惟念君在杭時，爲政廉明，有古循吏風，而翰墨風流，又非尋常冠蓋中人所能望，龔黃韋白，合爲一人，未嘗不臨風而想望也。及光緒壬寅歲，余孫陛雲奉命副紹岑學士典試四川，君時已爲川藩矣。是歲，川中不軌之民沿襲京師庚子餘波，號召凶頑，練習拳勇，驛騷於錦江玉壘間。八月十四日，監臨使者方闢門，點進三場之士，突有賊數十人闌入南門。先一夕，君已有風聞，亟以函白制府，使爲備。而軍門已闔，函竟不達。至是方共銜參，而警報猝至，一坐皆驚。君曰：『賊未衆，尚可禦，稍緩則内姦響應矣。』趨而出，仍導引如常，時甫出西轅門，遇賊於走馬街。君時所從親兵纔十三人耳，餘則手擎蓋、肩荷旗，皆白徒也。君珊冠花翎，降輿立道旁，大呼殺賊，徒衆威奮，勇氣百倍，斃賊六名，餘黨皆隴種東籠，仍出南門而去。噫嘻乎，危哉！是役也，微君之力，則城外之賊踵至，而城中之賊又從而應之，焚官署，劫獄囚，無所不至。而應試士子，萬有餘人，睽瞿奔觸，自相蹂躪，試事不成，兩使者亦必無幸。省垣一陷，全省震動，遂成朝廷西顧之憂，而復蹈昔日洪、楊之轍，天下事，尚可言哉？曩時曾、左諸公，窮天下之力，積十數年之久，僅乃克之者，君以一人，一日弭之矣。及余孫試畢假旋，與余言其詳。余從前僅知其以循良而兼風雅，所以知君者殊淺也。君自川罷歸，以舊官杭州，樂其風土，僑寓於杭。今年夏六月，爲君八十生辰。有劉君海臣者，君之同鄉、同年，且又姻亞也，述其一生事實，爲乞壽言。余得而讀之，歎曰：『君真古之尹吉甫，具文武才者歟！』余始在杭時，固不足以知君，即僅以川中八月十四日一役而言，亦未足以盡君，請得而詳言之。君爲廣西貴縣人，余嘗銘君先德永明君之墓，其世系具見吾文，可無述焉。君幼能文，且工書。弱冠補縣學生，咸豐十一年充拔貢生，而君之爲諸生也，已以戰績見。道光之季，有土寇自粵東來犯，君乞師於南寧鎮，三復縣城而三失之。寇憚君威名，懸賞購募甚急。君跳而走省垣，勞文毅公方撫桂林，見而奇之，命參蔣果毅公軍事，力勸果毅，固守平樂，以通省垣饟道，省垣以全。自後無役不從，克潯城，禽其魁，克貴縣，君鄉里也，母覃太夫人城陷時殉焉，殺賊以祭。有巨寇王三者，聚徒甚眾，官軍莫敢攖。君馳入其巢，曉以禍福，倮然從君歸。同治元年，從蔣果毅援浙。君建言：『節節進攻，非策也。賊守嚴州，而以湯溪爲犄角，宜先擣湯溪。』左文襄韙之，命蔣軍進屯義橋，然蔣不能盡從君言，迨後亦悔之曰：『君言良是也。』君旋以病乞赴衢州養痾，已而曾忠襄公檄君綜理營務，因謁見曾文正公。文正曰『年少書生，有此才幹』，稱難得者再。君雖以拔貢生注名禮部，然已以積功保至知府，賜戴孔雀翎。及金陵平，同治四年，入京引見，即簡放杭嘉湖道。同時得選拔者，皆驚羨以爲奇遇，然忌君之才而媢嫉之者亦復不少。君既至浙，克勤厥職，忽有朝旨，命巡撫察看。蔣果毅公初甚重君，欲羅致門下，不得，遂銜之。竟登白簡，降爲郡丞。君夷然不以措意，而一時訟君冤者蠭起。吳仲宣制府保留，仍辦海防，楊石泉制君撫浙，保送引見，遂奉旨以知府留浙補用。自是三署台州，一署嘉興，補處州，調杭州，浮沈於郡守者，垂三十年，所至有聲。而其權台州也，聲望尤重。徐筱雲尚書以人材薦，浙撫鎮青崧公、仲良劉公、穀似廖公薦尤力。都凡交軍機處記名五次，引見五次，召見一次，賞賚無算。蓋不獨名動公卿，在朝廷亦知君可大用，乃由杭守升岳常澧道，始還君舊物，而君年已七十矣。旋調衡永郴桂道，升山西按察使，調四川按察使。甫至蜀而蜀亂作，直逼省垣，其地曰元山觀，距省二十八里。制府樂峯奎公集司道會議，君曰：『賊雖衆，烏合耳。而我軍亦無統帥，號令不一，安能破賊？』奎公曰：『君能一行乎？』毅然曰：『可。』率健兒四十人，馳赴龍潭寺，戒諸將曰：『今夜賊必來劫我營。』已而果然，以有備，不得逞，諸將咸服，惟君是聽。一戰克元山寺，再戰克反版灘，由姚家渡進趙家渡，攻蘇家灣老巢。巢甚險固，四面壁立，君以兵由正路仰攻，而分兵循樵徑襲所謂四方碑者。四方碑之賊盡，而巢亦破，禽薙無遺，凡歷三十有一日，而以肅清報。此皆吾所敘八月十四日以前戰績也。觀於此，而知君料敵如神，制勝有素，十四日之役，非僥倖一出以倖勝矣。事聞，賞給威勇巴圖魯名號。曾文正謂『年少書生，有此材幹』，至是驗矣。余獲交於君三十餘年，至今始知君具文武材，而歎曾文正爲知人。然則世之人固不足知君，卽知之，亦不足盡君，宜君之浩然歸老西湖矣。岑雲階制軍之去蜀也，深以蜀事爲憂，君以蜀藩護理蜀督，曰：『公勿憂，公以完善之四川交我，我亦以完善之四川交後任耳。』後果如君言。夫爲人臣者，膺朝廷封疆之寄，亦求無負地方耳，身之去留得失，何足計也？君有丈夫子六，官觀察者三，太守者一，大令者二。女子十人。孫八人。其得天亦云優矣。今歲君年八十，而長公子幼鹿觀察年亦六十，南橋北梓，合成百有四十，海内以爲佳話。君前以蜀事，繪《衣冠巷戰圖》，余題詩云：『祝君富貴又壽考，再畫衣冠盛事圖。』請卽以余此文當衣冠盛事圖觀可也。

浙江巡撫聶公五十壽序

皇帝御極之三十年，吾浙大中丞仲芳聶公行年五十。陸平原《百年歌》曰：『五十時，荷旄仗節鎮邦家。』其公之謂乎！兩浙人士，咸黎收而拜曰：『樂只君子，邦家之光。』而公未撫浙，先撫皖，未撫皖，先撫蘇，且其在蘇也，由蘇松太道，臶歷藩垣，而馴至開府，故論其政蹟，在蘇最多，而播之風謠，亦惟蘇人最切。於是吳中諸君子咸就余而謀，請以一言爲公壽，且曰：『公昔撫蘇，今撫浙，子以浙人寓蘇地，其又奚辭？』余無以距，諾焉。竊惟聖天子以冲齡踐祚，越至於今，三十年矣，聰明英武，中外同欽。而一時爲之輔翼者，除一二耆耇外，率多以壯盛之年，樹俊偉之略，高掌遠蹠，節制封圻。如直隸總督袁公，兩廣總督岑公，湖北巡撫端公，河南巡撫陳公，並以華年，分持蕩節。當代之抗論人材者，每以公與諸公相提並論，有『其位可及，其年不可及』之歎。余與袁、岑二公並有世講之誼，陳公則叨附葭莩，端公則因交於吾孫，時一寄聲存問，然余皆未得躬庇其宇下，目睹其設施也。惟公則自往年筦製造局時卽與相識，邇來垂三十年，雖於其大者未能窺測，而其昭著耳目、人所共聞共見者，則亦可得而言也。夫今之時勢，與昔異矣，自黄帝畫海内爲九州，擯海外大九州不與交通，故自三代以來，皆自治其國，北至幽薊，南至閩粤，東至遼瀋，西至峨岷，謂地之盡、天所覆者，止此矣。至本朝，而東西洋各國交於中夏，胥大地渾圓之體，而皆爲舟車所通。於是强鄰並列，聘使相交，而中外之變繁矣。公之始仕蘇也，實爲蘇松太道。蘇松太道者，轄蘇州、松江、太倉二府一州者也，然於三屬公事，畫諾而已，實專駐松江所屬之上海縣，而爲東西各邦交涉之樞紐，故世俗相呼，輒曰上海道。上海道得人則天下治，不得人則天下不治。公之爲上海道也，不詭隨，不婞訶，既不以撫劍疾視者壞邦交，亦不以隨聲附和者損國體，持之以平，待之以恕，應之以明敏，處之以謹嚴，凡風車火徼之民，梯山棧谷之士，無不遵我範圍，就我要束，不動聲色，而閭里蒙福矣。亨利親王者，德國之親藩也，往時游於禹域者，不過其國之士大夫，然已意氣淩人，莫敖趾高而子疆口大，況以貴介之尊，挾肆姐之意，又無故事可以應之，輕重無可權衡，卑亢皆爲口實。公以蘇藩往迎於滬，奉禮周旋，無不曲當。他省有僭乘黄轎者，脅服蟒袍者，皆不之從，彼亦帖然悦服，相得甚歡。此一役也，公外交才略，足見一斑矣。吾浙之人，行賈於滬者，惟四明爲衆，爰有四明公所之設，所以存寄旅櫬，意至善也。而其地偪近租界，外人覬覦其地，爲日久矣。公之爲蘇藩也，適又有毁公所入租界之議，於是羣情洶洶，攘臂而起，市皆閉户，貿易勿通，牽掣全局，幾釀大變。公奉命往，既告外人以衆怒難犯，專欲難成，俾守舊章，勿侵公地，而四明人猶未喻也。公親往勸導，時則萬目睽睽，萬口呶呶，環公左右，如牆如堵。公大聲曰：『若知我爲聶某乎？』皆曰然。『若知我曾爲上海道乎？』又皆曰然。『我爲上海道如何？』異口而同聲曰：『好官也。』公曰：『既知我爲好官，曷聽我一言？』乃反覆譬諭，曲盡利害，羣情涣然冰釋，登時解散，市廛如故，商旅宴然。此事公嘗親與余言之，故歷歷如繪，至今猶可想見。嗟乎，居官者豈不視乎平日之聲名哉？苟衆望之所孚，又何令之不行，何禁之不止？公遇事皆持大體，務在卹民。任蘇撫時，有議興辦房捐者，計其修廣，以定衆寡。公大以爲不可。嘗坐余春在堂，余問：『此屋應捐幾何？』公笑曰：『余亦不知也，須每問丈量乃定耳。』於是力梗其議，竟不果行。公之善政，余吴下一賓萌，亦躬被之矣。天子以公洞悉民隱，又通達於世務，遇事必諮焉。時方議加洋關之税，免内地之釐，舉朝聚謀，莫之能決。公以蘇藩述職京師，命會議斯事。肌分理晰，動中款綮，雖各國紛耘，未能畫一，然烟酒兩端，有就緒矣。庚子之春，山左亂民闌入都城，恃其拳勇，與各國爲難。畿輔震驚，海内雲擾。公以蘇撫，與東南各督撫定議，保護東南，不增一餉，不募一兵，而境内熙熙，仍如平日，蓋其鎮靜之功深矣。未幾，遷皖撫以去。蘇距皖稍遠，余又杜門不出，皖政之善，無得而言。然皖以彫敝之區，際多事之秋，而公處之裕如。朝廷所創設各事，他省竭蹶不遑者，公侃侃舉辦，若有餘力，學堂軍政，無不肸飾，信才之加人一等也。今又自皖移節於吾浙，嗟乎，浙之吏治亦少弛矣。公既受命，卽爲條教，自皖寄浙，戒其僚屬，毋迎送，毋餽問，毋干求，毋迎合，有以書求遂其私者，嚴劾去之，於是兩浙官吏，望風震慴，浙之吏治，從此有起色乎？夫人曾氏，吾師文正公之女，貴而能勤，富而能儉。諸公子紹承家學，長次兩公子，同游泮水，戚黨豔之。公齒逮知命，太夫人在堂，行且就養來浙，六橋花柳間，躬奉版輿，洵衣冠盛事也。余既諾吴下諸君子之請，因撰此文以獻，從此以往，福緒祥源，隆隆日上，必當步吾師文正公之後塵，受五等之封，膺出將入相之任，豈止如陸平原所謂『荷旄仗節』而已哉？請書吾文，張之坐右，以爲之券。

費毓卿總戎五十壽序

國家以文德治内，必更以武功治外，雖重熙累洽之世，不能無戎昭果毅之臣。是以《風》始『二南』，而『赳赳武夫』，一再唱歎，《小雅》之作，所以歌詠升平，燕饗賓客，而尚父鷹揚，方叔虓虎，發揚蹈厲，想見其人。蓋文武並重，由來久矣。我國家文治武功，超逾前代，至道光之季，海水羣飛，遂有鱗介冠裳之歎。又重以粤寇之亂，東南糜爛，中外震驚，賴師武臣力，次弟削平，中興盛烈，炳然史策。然自海外諸邦交於中夏，雄虺儵忽，飄風蓬蘢，變故之來，每不可測。而草澤之雄，伏於林莽，飍蕩猋冞，待釁而動者，尤不可勝計也。天子乃降璽書，諮疆吏，命禽渠戔滑，無俾遺育，以病我黎苗。於是建高牙、開幕府者，懼無意副朝廷之意，皆務敻求奇士，延攬英雄，歌大風而懷猛士，聽鼓鼙而思將帥，一時縹纓之士，仗劍之夫，執櫜鞬謁棘門者，幾於門左千人，門右千人矣。而求如古之所謂名將者，卒未多見，才難，不其然乎？乃今見之於毓卿費君。君爲江蘇吴縣人，自幼矯健有大略。同治二年，以武童投效，隸水師營，隨同克復蘇州省城，保升外委，此君束髮從戎之始也。嗣是以後，克嘉興，克常州，無役不與，又奉檄援浙、援閩，援皖，克湖州、長興諸城，及晟舍、泗安諸鎮，積功升守備，由鶡羽翎易孔雀翎。又以肅清捻寇功升都司，加游擊銜。復隨李文忠公轉戰陝西，崎嶇萬里，所向無前。諸捻平，戰事蕆，而君亦官至參將矣。光緒二年，浙撫楊石泉中丞檄飭管帶浙西緝私水師，繇是而君之戰功皆在吾浙。浙固東南大都會，自兵亂以來，民力雕攰，元氣未蘇。而民間習俗，又舍本務末，以摴蒱聲色相徵逐，兼之外釁一開，則定海、寧波等處必受其患。當法蘭西之内寇也，兵艦如雲，相望於海上，將窺我鎮海門户。君率一旅扼衙前山，爲防守計。法兵夜至，君於暗中揮衆破浪而出，然發鎗礮隆隆如雷，小艇既沈，巨艦亦退。浙撫劉仲良中丞以聞，遂拜記名鎮兵之命。於是撫浙諸公皆倚重君，命統紅單水師各營及超武兵輪。君不避風濤，躬巡洋面，每遇海盜，俘馘無遺。已而移駐浙西，統内河水師，兼帶綏靖親兵。而君以内河大患，莫大於鹽梟，倚恃徒黨，横行里巷，藐法律如弁髦，虐齊民如魚肉。君每遇梟散之魁，負隅抗拒，縱兵搏擊，必殲之而後已。雖或小過，爲忌者所持，君不顧也。嗟乎，光天化日之中，通都大邑之内，走猰貐而舞鯢鱷，此而可忍，孰不可忍？雖以此得譴，豈有悔乎？然君實居心仁恕，處事公平。往年浙東桐廬、分水諸縣民教爲仇，幾成大釁，實則所謂戎首者，一老諸生耳，爲衆所脅，勢成騎虎，推原本意，實無異圖。君奉誠果泉中丞檄，輕騎而往，解散其衆，敷告其民，不殺戮一人，不焚掠一村，脅從皆散，酋豪自投，此一役也，所全多矣。夫自中外通商以後，凡互市之地，皆傳教之方。朝廷屢下明詔，保護教堂教士，地方官吏，往往因此瞻顧，獄訟聽斷，不得其平。而凡入教者，率非良民，又不免挾其聲勢，恃其奥援，上與官抗，下爲民害，積不能平，鬱而欲發，一夫攘臂，萬衆雲從，天下之大亂將在乎此。每聞君言此事，未嘗不長太息也。君有過人之技三。自少時從邨童學泅水爲戲，其統礮艇也，於長江中，亂流而渡，直達彼岸；其統浙洋軍也，躬潛水底片時許，脱衣韡，手挈之而起，一軍皆驚此一技也。君有從兄若卿，統浙撫標新後營，廐馬成羣，君時尚幼，日夕馳驟，控縱自如。後從軍隴右，師行往來，緜歷十月，寢饋皆於馬上，不以爲苦，此又一技也。里中少年，好以手槍獵禽水上，君亦效爲之，發無不中。嘗令部卒手擎徑寸之鐵，立數丈外，君以槍擊之，鏗然皆著鐵上，部卒無纖芥之傷，此又一技也。三者，人皆豔稱之。然余以名將期君，則此固不足言也。余考費氏爲有虞氏大費之後，在北魏時，費氏最盛，皆以武功顯，費峻拜龍驤將軍，遷征南將軍；其子費于、孫費萬並拜平南將軍，其裔孫費慶遠又拜龍驤將軍，於元魏一代赫然有聲。君年甫及艾，勳名鼎盛，安知不紹述家風，與龍驤、平南同垂千古乎？請以余此言爲他日之券。

潘君桐生八〔一〕十壽序

往年，余親家王文勤公之在翰林也，蘇撫李文忠公奏請來吳，任以捐釐之事。其時蘇城初復，商賈未集，市井荒蕪，而軍府所需，月糜無算，資糧屝屨之供，楨榦版築之用，一無所出，全恃釐捐，千緒萬端，委曲盤互。文勤曰：『非有如鍾繇之開達理榦、蕭濟之精練繁劇者，吾誰與共事？』周爰諮訪，思得其人，既而曰：『吾得之矣。』其人謂誰？乃今桐生潘君也。君至，與文勤商定局事，至今吳中釐務爲海内冠，實文勤始之，而君佐成之也。未幾，余自天津南還，寓居吳下，文勤語余曰：『子欲得友乎？有益友在，不可失也。』因舉君以告。此余獲交於君之始也。潘氏爲三吳大族，其始實自新安來，徙家久之，門楣鼎盛，冠冕蟬聯。而蘇州又自有潘氏，以貲財雄於鄉，故吳諺相傳，有『貴潘』『富潘』之目。君則貴潘也，與文恭相國爲近支。余與相國家累世有通家之誼，如君者，本爲孔李之交，而其後又附於葭莩之末，接芬錯芳，垂五十年。余馬齒加長，已八十有五，而君亦八十矣。凡得交於君者，皆願以一觴爲壽，而乞余一言爲乘韋之先。余何言哉？《莊子》不云乎，『水之積也不厚，則其負大舟也無力，風之積也不厚，則其負大翼也無力』。人徒見君之祥源福緒，曼衍無涯，抑知其所積之厚乎？君幼有至性，事母至孝，太夫人素有貞疾，發則瞑眩，其勢孔篤。君晝夜扶持，中裙廁牏，無弗躬親，有樂正子加減一衣一食而脱然病愈之效，其孝於親如此。與令兄筱涯京卿尤極友愛，白首無間。京卿晚年亦多疾疢，君稱藥量水，曲盡其道，其友於兄又如此。君束髮受書，俱有師法，以諸生游庠序間，卓然爲一黌之俊，至今春秋高矣，猶手一編不輟，所謂自然好學，非君而誰？君又負經世才，瞻顧中原，慨然有澄清之志。其佐文勤公治鼇也，特其小小者耳。方三吳之淪陷於賊也，賊踞金陵爲巢穴，長江千里，爲所阻扼。曾文正之師已至皖江，而不能順流而下，蘇民欲出水火而登衽席，其道無繇。上海諸君，乃倡迎師之議，雇外國輪船，摩賊壘而上，迎李文忠之師，直達吳淞。於是次第進兵，由松江而克復蘇州，傍及浙西，一律砥定，賊勢遂孤，金陵大功亦遂以告蕆。蓋旋乾轉坤，在此役也。於是官其地者，劉公松巖、應公敏齋，以及紳士之從事其間者，馮公林一、顧公子山及君家季玉方伯，皆以此成大名，膺上賞，生有軒冕之榮，殁有俎豆之報，而不知君亦有功於此役者也。戎機密算，無不與聞，借箸而籌，畫灰而議，未嘗不與諸公等。而君不自言，人亦不盡知，蘇東坡之論李郃也，曰：『隱德之報，在其子孫。』然則君之後昆其必有興者，與文恭相國侔盛比隆乎！當其時，侍郎龐公及李文忠公亦嘗以君之才上聞矣。天詔褒揚功懋，懋賞使君，循序而進，則五馬黄堂，固在指顧間，卽進而屏藩節鉞，亦孰非操之左券者哉？而君意甘澹泊，不樂仕進，有官不赴，偃仰邱園，古人所云『功成不受爵，長揖歸田廬』，君殆近之矣。然於鄉間善舉，有聞斯行，親故義助，惟力自視。或以一事諉諈，或以一人屬託，無不殫力經營，悉心規畫，俾臻於成，以副此諾。吾浙美利，無大於鹽，浙鹽之行，行於蘇地，爰設公所，以總其事。而君預焉，出入會計，必周且詳，鼠尾之帳，罔或混淆，踦零之錢，不以自潤，浙鹽銷數，日以增加，浙庫支發，不憂匱乏，僉曰：『非君之才不及此。』余則謂，此與治鼇符耳，知君者，固不以此盡君之才也。近歲以來，年德彌劭，謝絶塵事，頤養性真。獨居一室，圖籍自娱，此外惟襍蒔花木，以觀生意，新紅宿翠，布滿庭階，尤喜種菊。余孫陛雲嘗過君齋，君方督課童僕，分種菊花，即以數盆見贈，蒼顔白髮，指揮於金風玉露間，望之如神仙中人。嘗繪一行看子，踞坐袒腹，意氣浩然。余題其上曰：『願將福壽如山海，裝滿東坡一肚皮。』君亦爲之一笑。未幾來告，曰：『已失之矣，有廋之者，不翼而飛矣。』余笑曰：『空空妙手，攫此奚爲？殆將以爲放翁團扇而珍藏之乎？抑將以爲賈島詩佛而供奉之乎？』此雖戲言，而君之清德碩望，重於一鄉，亦略見一斑矣。令子壁臣部郎，能繼君之志，承君之業，諸孫則瑤環瑜珥，蘭茁其芽，一室咿唔，書聲盈耳。君望之甚切，訓之甚嚴，嘗曰：『吾子孫非得科第，不許爲官。』斯言也，何其所見之大乎！夫科第之重，自唐以來有然矣。雁塔題名，曲江錫宴，人情豔羡，如登仙然。祖父以望其子孫，父兄以期其子弟，國無異教，家無異學，聚天下聰明才辯之士而一出於是塗，此所以道德同而風俗一也。今則不然，仕途既襍，而士氣亦因之不靖，乳臭之子，不識一丁，不辨六甲，入貲納粟，競進而爲官，腳韡手版，曲跽雅拜，自稱下官，胥天下之人，幾於官者多而不官者少，士有倖心，而人無固志，是以天下若此紛紛也。使搢紳之家皆以君此論垂爲家訓，其於國家平治之道，或亦不爲無補乎？歲在旃蒙大荒落，春王正月，爲君八十攬揆之辰。余衰病，不能登君之堂，飲君之酒，惟獻此一言，以爲君壽。昔漢李充行年八十，以中郎將爲國三老，宋大中祥符四年，詔賜八十以上呂繼美等二十九人並爵公士。君以黄散之舊家，爲熙朝之人瑞，公卿想望，鄉里交推，聖天子推錫類之恩，舉引年之典，吳中耆壽，必爲君首屈一指矣。余前詩所云『願將福壽如山海，裝滿東坡一肚皮』，請更爲君誦之也。

【校記】

〔一〕八，原作『七』，據正文改。

陳筱石中丞五十壽序

光緒建元之三十有二年，天子分命大臣，環歷海邦，爰諮爰諏，將大有爲於天下。顧念海内財賦之區，東南爲甲，而東南諸行省，江蘇爲雄，都凡興學、練兵、理財諸大政，非有開達理幹、綜事精良者撫而鎮之，其曷克有乂。於是制詔，命河南巡撫筱石陳公移撫三吳，將以戢睦中外，耆定東南，誠重之也。公既至吳，念朝廷付畀之重，與吳中父老傒治之殷，將舉所謂興學、練兵、理財諸大政，皆次而舉行之。節省廚傳，屏除騶從，日與諸僚屬孜孜講求，溫故而知新，去非而求是，下車未逾月，吳氓額手而相慶曰：『吾吳其有豸乎！』其歲五月初吉，爲公五十覽揆之辰，都人士君子，咸欲鏘金絲以娛之，饌肥鱻以奉之。公曰：『毋。天子猶宵旰憂勤，吾儕疆吏，其曷敢自娛樂？』於是又聚而謀曰：『酒醴之芯芬，不如君子之文，金石之鏗鏘，不如君子之章，曷效詩人《南山有臺》之義，進一言爲公壽乎？』公又曰：『毋。切人不媚，安事此瑣瑣者爲？』聞者悚然，無敢繼進。余乃盱衡而揚言曰：『夫嘈囋妖冶之辭，瓌瑋連犿之説，固不足陳於大君子之前。然余與公，薄有葭莩之戚，於公之出處本末及所以邁辰選時、遭遇明良者，粗能道其所繇。則請無虚語，無溢詞，推本乎先德，而實舉其治功，略其瑣節，而表其大端，以附於揚觶之義，或亦公所不禁乎？』公本廣西崇仁縣人，其先贈公夢石先生，以名進士令黔中，所至有惠政，既捐賓客，貧不能歸，遂留於黔。公昆弟三人，卽以黔籍應試，無攻訐者，皆曰：『故陳府君，吾父母也，何主户、客户之可言乎？』公既成進士，觀政於兵部，屢隨同大學士文忠榮公查辦天津及密雲大淩河要案。充總理各國事務衙門章京，由主事游升郎中，旋升内閣侍讀學士，簡放順天府府丞，署府尹，俄卽真，由府尹補授河南布政使。未之官，署漕運總督，由漕督授豫撫，由豫撫調蘇撫。溯公以光緒十二年成進士，至今垂二十年，已膺封圻重寄。晉謝玄，年四十擁旄杖節，人以爲榮，以公方之，豈有恧乎？光緒庚子之歲，有亂民起於山左，蔓延畿輔，驛騒都門，挑釁外洋，釀成大變。兩宫援秋獮之例，啓蹕西巡，命王大臣留守京城。故事，凡任留守之職者，皆王公親貴及六部尚書、侍郎等官。是時，公以順天府府丞署太僕寺卿，而亦預其列，且同列十餘人皆滿員也，以漢員充留後者，惟公一人。天子知公之深，倚公之重，海内驚歎，以爲異數。然而其事則有甚難者。事起倉猝，變故多端，外人爲封狐雄虺，以薦食我黎元，上而鐘簴震驚，下而閭閻塗炭。雖諸大臣中有慶邸爲之領袖，然不過總其大成，其餘各事，細碎則繭絲牛毛也，艱鉅則盤根錯節也。公統籌大局，密運神機，或一飯而投箸再三，或一寢而中夜數起。時吾孫陛雲方以編脩官京師，與公同居順天府廨，實親見之，奔走於兵火之中，周旋於華戎之際，其事有人所不及知，亦有知之而爲今所不可言者。總而言之，有石不奪堅、丹不奪赤之誠，故能奮其精神；有冬日抱冰、夏日握火之勇，故能運之膽氣；有一龍一蛇、一日五化之智，故能行其機變。此一載中，公之力瘁，公之心殫矣。逮既放河南藩司，而仍留京辦理和議，且使承修蹕路。蓋天子固知畿輔重地，非公不可也。其後遂權漕督，大用之基，實始於此。公在河南塗次迎謁鑾輿，特賞内帑銀一千兩，則公之身處脂膏，不以自潤，家無長物，巾櫛蕭然，所謂陸景倩真清者，固已在九重睿鑒之中矣。其任漕督也，以河運久廢，漕艘無存，東南之粟，大率由海檖而達神倉，乃各衞所官弁，猶相沿如故，徒糜禄糈，無關職守，奏請一律裁撤之。厥後，朝廷采古申商家言，罷不急之枝官，内而卿寺，外而封圻，皆有裁汰。公此舉，允與廟謨合矣。其任豫撫也，廣建學堂，振興實業，而又創建尊經學堂，以存舊學而崇國故，士林感之。豫省臬法不修，改之使良，商政不興，擴之使廣，又用新法練陸軍十營，旌旗改觀，壁壘生色。今歲恭遇大操，荼火軍容，風雲陣法，知其必有可觀矣。公之自豫至蘇也，適其時西平、遂平間有歃血會盟，圖謀不軌者，此在中州自道光季年聯莊會以後亦恆有之事，公既受代，可置不問矣。公則曰：『吾不以此貽後人也。』檄調各軍，同時進剿，躬率步隊，由火車馳赴，駐節信陽。羣寇畏威，籠束解散，此公既去汴而猶大有造於中州者也。方今天子既以江蘇重任付之於公，於是先其所急，如興學，如練兵，皆方今之急務而朝廷所尤注意者，必有以握其要矣。江浙之間，梟散之徒，千百爲輩，爲民大患。公履任即嚴飭將弁，以禽渠翦猾爲事，行見比户廱居，野無尨吠，尤吳民之福也。夫憂民之憂者，亦樂民之樂。公年登大衍，風采如少壯時。德配許夫人，賢而且才，能詩工畫。當庚子之變，夫人懷利刃襟袖間，如有急，卽自裁。皇太后亦微聞之，有嘉歎之語。少於公一歲，今歲四十有九，從宦來蘇，兵衞森戟，畫寢凝香，回憶疇曩，風景迥殊矣。則於斯時而進一觴，禮亦宜之，公何辭也？余老矣，不能扶杖登堂，舉兕觴以獻，姑進此一言，以效麥丘之祝。異日刻入《春在堂襍文七編》，海内讀之者，皆曰此文無虚語，無溢詞。則公雖無藉於鄙文，而鄙文乃藉公而增重。此余區區之微意，幸公無以鞶帨浮文一例而屏之也。

裘君淵如八十壽序

昔神農氏以耒耜之利利天下，教民稼穡，是稱神農。然而日中爲市，致天下之民，聚天下之貨，交易而退，各得其所，亦始於神農氏。當其時，宮室未興，舟車未具，而日中爲市，已有定制。古之聖人，其農商並重者乎？蓋嘗論之，閉關自守之國，宜重農務，交互四達之國，宜重商務。周處西陲，與中原隔絶，故以穡事開基；秦人居其故地，故始課民以耕，繼督民以戰，不及商也。鄭居天下之中，則以商務爲國，春秋時，鄭之商人頗有以自見，弦高其一也，在楚謀出荀罃者，亦鄭賈人。而鄭之君相，又頗能保護其商，以盟主之大夫，不能奪其一環，可知鄭之重商矣。中國自漢唐以來，皆閉關自守，不與外通，故重農桑，抑商賈，士大夫沿習，以爲美談。及至我朝，度宏規而大起，合中外而爲家，長駕遠馭，不分畛域。環地球之國，鱗集仰流，咸至於中原，古今風會，爲之一變。重農貴粟之外，遂亦兼重商務，固事變使然哉。而磊落非常，奇材能異之士，乃亦往往出於此塗。以吾所見淵如裘君，卽其一也。君嵊縣人，其先世簪纓相望，固嵊之右族也。幼讀書，應童試，文詞典雅，斐然可觀，而試輒不售。會其兄仙槎君官仙居教諭，以家事付君，君自此遂不得壹志於學。居家奉母以孝聞，咸豐辛酉歲，粵寇大至，避難山中，母老且病，君負之行，犯霜露，披荆榛，躑躅於深林密箐之中，峙踞於迴厓沓嶂之上。或一日數驚，或一夕數徙，如是年餘，乃幸俱免，而心力瘁矣。自奉無鮮衣美食，里有善舉，必身先之。歲在戊戌，嵊縣大無，縣大夫命各鄉設廠，以施糜粥，又設局平糶，以資民食。君出千金爲倡，邑人感之，此皆君之高行也。而君之深識遠見，則更有不可及者。方是時，滬上已爲通商之大口岸，闤闠流溢，商賈駢坒，極天下詭異之觀矣。嵊之爲邑，僻處山中，固無聞無見也。而君素精心計，挾其術，稍稍試行之，薄游吴越，操奇制贏，輒大得利。君讀書既不得志於有司，乃有棄儒而賈之意，會有滬客至嵊采買茶繭，始知此二者爲滬上商務一大宗，乃歎曰：『茶固吾邑所產，陽崕陰嶺，摘鮮焙芳，何減吴興紫筍？至於桑，則童童者徧野皆是也，采以飼蠶，而繭團團矣，而絲皓皓矣。有此大利，乃以讓之外人，豈計之得乎？吾老矣，無能爲矣。』爰與邑中人士謀，擇年壯有材力者十餘人，勼集貲本，歲買茶繭若干，往售於滬，數十年來，風氣大開，邑中業此者數十家，於是四境富庶，百倍於前，而皆以君爲創業之巨擘。君家亦自此大起，高貲萬萬，有陶白程羅之目。而君生平實未一至滬也。古語云：『長袖善舞，多財善賈。』財不多，賈不善，而一人之財，不敵衆人之財，外國所以有公司之設也，中國亦思效爲之，而事權不一，要約不信，俄成俄敗，事同兒戲。君倡爲於一鄉，而一邑靡然從之，遂獲大利，豈非豪傑之士歟？方今朝廷設立商部，又於商部設顧問官，冀集衆思，以成美利。如君之才，苟顧問及之，其爲裨益，必非淺鮮矣。君今年已八十，而神明不衰，風采如昔，一家之内，文質彬彬。令子能文章，有名譽，從子中舉孝廉者三人，官學校者一人。君顧而樂之，亦可掀髯而一笑矣。異日者，君之齒益高，而茶繭之業亦益盛。漢時有班壹者，以財雄，年百餘歲，竊願爲君期之也。

從孫壻洪鷺汀刺史五十壽序

蜀固才藪也。自南皮尚書往視蜀學，而蜀材益以盛，頗有喜讀余《春在堂全書》者，故蜀士游於吳，往往踵吾門而求見。己亥之夏，鷺汀洪君實來，乃南皮尚書所得士也。光緒十五年，應鄉試，副賢書，十七年，試於京兆，舉孝廉，幕游山左，爲張勤果公及福少農中丞所知，佐中丞治河。中丞從其策，事半而功倍，颺言於朝，請以知州分發江蘇，故其來見也，已傳車驂駕而垂赤帷裳矣。余進而與之言，綜事精良，理榦開達，非徒以文學見長，器能政理，管蕭匹亞也。余有從孫女未嫁，遂以妻之。時君從事於讞局，而知府事者，方以強直爲名，謂：『駛黠馬必利其銜策。』君不詭不隨，侃侃辦舉，一經君斷，咸曰無冤，大府嘉焉。其明年，奉檄權溧陽縣事。溧民喜博，君首禁之。其地毘連皖省，土客麕聚，良莠不齊，又值北方大亂，南中亦因之不靖，鄰邑亂民，號召醜類，是曰紅幫，鄉愚無知，爲其煽惑，楊港鎮者，尤其切近之區也。君輕車減從，親至其地，諭令無恐，各安所業。而所謂紅幫者，知君有備，竟不敢犯。地方粗敉，民力猶疲，請於上臺，減徵漕米三十餘萬畝。而省中勸捐助餉，君於縣中倡募，數日之間，集貲巨萬，蓋民皆愛戴，無不樂施，所以感之者有素也。君緣此亦得優敘，補缺後以直隸州用，其受知於大府益深矣。受代未逾年，檄署丹徒縣事，蓋以君治溧陽有聲。而丹徒爲鎮江首邑，南北要衝，華洋襍處，素號難治，盤根錯節，非利器不能勝也。君至，舉命盜重案數十起，分日清釐，案無留牘，獄無滯囚。尤鋭意於捕務，緝獲姦宄，立置重典，情罪較輕者，創建工藝局，使肄業以自贖。其與外洋交涉者，孚之以信，持之以平，據理以爭，不卑不亢，故雖彼族之不法者，亦得以律懲之。中外翕服，邑乃大治。偶值亢暘，蝗蝻萌生，親督捕治，周歷阡陌，暑日鬱蒸，面目黧黑，君不自知其疲也。每屆冬令，慮有穿窬祛篋之盜，令民間十家出一夫，擊檯執梃，宵自爲巡，居民咸得安枕。先後協助鄰邑禽戔巨盜，於是有送部引見之命。而曾國漳一事，尤大有造於東南。曾國漳者，鹽梟之渠魁，横行沿江一帶，立會開堂，廣集黨羽，大江南北，諸質庫被其刼奪者十而八九，歷年購捕，莫之能獲，至是乃包藏禍心，潛圖不軌。君曰：『是東南亂源也。』立發電報，聞於南洋大臣，而以郡城瀕江，尤爲可慮，晝夜巡防，不遑寢處。四月間，江督魏公閲兵京口，君又面陳機宜，并乞任徐都司寶山專力進剿，剿之於張王港、白茅沙，咸有斬馘。天時酷暑，徐軍多疫，君捐廉俸，餽之藥餌，餽之瓜果，軍氣益振，梟勢大衰，不能自存，授首於楚。使非君先發其謀，東南之亂，必肇於此矣。方君之電達南洋也，僚屬盛尼之，君曰：『長江大局所關，何忍坐視？』蓋其所見大矣。魏公奏保，君俟補直隸州，後以知府用，並加三品銜，誠重其事也。今年春，移知丹陽縣。陽邑之盜，知君將至，望風逃匿。君以書役之積玩也，遇事整飭，以挽其習，知民俗之好爭也，嚴究訟師，以清其源。又就舊設之小學堂，加廣學額，增聘教員，别設蒙學堂四所，以預儲小學之才，此尤敬教勸學之要務矣。君所至之處，皆以除莠安良爲主，其爲政也，猛而不苛，其用刑也，威而不濫。民間詞訟，隨到隨訊，隨訊隨結，無積壓之獘，無株累之虞，故每當受代而去，百姓攀送，數十里不絶。其去溧陽也，有鄉人於前一日奔馳而至，呼於署前，曰：『吾趾盡腫矣，願及我公未去，爲我一剖其曲直也。』然則君之爲治可知矣。今歲行年五十，冬十二月，其生日也。自吾從孫女卒，君又續娶嚴淑人，今年亦正三十矣。於是弧帨雙陳，賓僚咸集，而屬余以一言爲稱觴之助。余寓居於吳，吳中諸大吏知君爲余從孫壻也，皆交口稱君之賢，而君亦實有以副之。甫届艾年，光顯如此，再五十年而至期頤，年齒愈劭，名位愈高，由五馬而八騶，陳臬開藩，固計日可待，即節鉞封疆，與南皮尚書牟盛比隆，亦何嘗不在意計中哉？書以爲壽，即書以爲券。

金祿甫五十壽序

自泰西諸國交於中原，而海内外遂成商戰之天下。朝廷設商部，興商會，以振起商業。而中國大利，厥有兩端，曰茶曰絲，絲與茶，固互市之大宗也。於是士之長於操贏制餘者，亦遂能以此起其家。非獨起其家，且以仁其族，且以周濟其鄉里，吾於祿甫金君見之矣。君先世皆隱於耕，至君之父孔炤君始變而爲賈，賈業既成，家遂稍稍起。君承先緒，思擴而大之，謀於兩弟，曰：『方今與西洋各國通商，絲茶兩業，必且大興。吾嵊產茶，又多桑，可育蠶，絲與茶，皆吾嵊產也，以嵊人治嵊產，必大得利。吾兄弟三人，吾與叔經營於外，而仲筦理於内，儻可以擴吾父之業而昌吾家乎！』議既定，闢一棧曰泰昌，運嵊茶而售之上海，又在上海糾合同志，設機器繅絲公司，於是茶利益宏，而絲與繭亦牟利無算。君嘗曰：『凡爲商，宜務其大者，待人宜厚，律己宜嚴，勿爭小利，而損大體。』斯言也，豈尋常候時轉物者所能見及者哉？然而君則淵淵乎更有進焉，曰：『吾承父業服賈，幸不隕越，且加贏焉。然吾父所望於我者，不惟是要射時利，採奇贏而游都市，與崑崙舶營貨而已。易簀之時，實有遺言，曰建宗祠，曰置祭田，言猶在耳，其忍忘諸？』君先世本居會稽，厥地曰鮑瀆，其後由鮑瀆徙於嵊，厥地曰崇仁。君於山陰買田五畝，歸之鮑瀆原籍，又於嵊縣買田五畝，歸之崇仁本支，春秋祭祀取給焉。墓田既定，創建宗祠，買田百畝，以四十畝爲祠產，完租葺屋取於是，以六十畝爲祭產，牲醴粢盛取於是。又買田二百畝，以百畝所入計族中男婦人口而賦予之，以百畝所入養鰥寡孤獨無告之人。而凡昏喪無力者，亦各有所助，是曰義莊。義莊之内，設小學焉，以洋錢二千爲母，入其子，以供學費。凡此，皆以仁其族也。擴而廣之，則有養老堂，老者得就養焉，而仁及黎老矣。又有義冢，爲山爲地，各若干畝，以掩骼埋胔，而澤及枯骨矣。又有士明學堂，捐助經費，釐定章程，呈於有司，達於大府，以垂永久，而惠及士林矣。己亥之歲，紹郡大水，而嵊尤甚。君自捐白金千，又勸募得五萬，以振窮黎。凡此，皆以周濟其鄉里也。上海有善堂曰永錫，紹郡旅櫬之無歸者，於是乎殯焉。資出於紹，而獨不及嵊。君奮然曰：『吾敢自外乎？』助洋錢一千四百，而刻石以告後人。君之勇於爲義，類如此，固其天性然哉，亦稟其父孔炤君遺命也。孔炤君嘗自崇仁至鮑瀆，有地曰茅廟，厥土塗泥，滑不受履，歎曰：『後世子孫，必有畏其難而不至者。』君後親歷其地，平治其塗，以慰先人遺意。是以鄉里稱其仁，亦稱其孝，仁且孝，人道備矣。君雖以助振議敘知縣，分發江蘇，然淡於榮利，不赴也。妻裘氏，有同志，凡有善舉，輒贊成之。每歎世俗婦女恆厚於己女而薄於子婦，獨矯其弊，人尤稱焉。今歲君行年五十，鄉人士皆謀以一尊爲壽，而乞鄙文以爲之先。余觀古名人文集，惟《歸震川集》壽文獨多，其壽東莊孫君曰：君先人以誠篤致富，至君尤甚，故業益大。然則君之善承先業，其今之東莊孫君乎！又壽望湖曹翁曰：予稱翁之善，以祝其壽，使其鄉人子弟，飲酒笑樂，同稱爲善人。余於君亦云。然則，君其今之望湖曹翁乎！君聞之，當亦欣然爲舉一觥也。

裘母李太宜人八十壽序

古婦女有學乎？曰：有。古婦女所學者何也？曰：《禮》言之矣，婦德、婦言、婦容、婦功，皆婦事也，卽婦職也，亦卽古之婦學也。使婦人而亦學丈夫之學，則亦將志丈夫之志而行丈夫之行，異日者，婦人亦丈夫也，各志其志，各行其行，誰歟任婦事而供婦職乎？古昏禮父醮子之辭，曰：往迎而相。鄭注訓『相』爲『助』。助其夫，斯謂之婦；善助其夫，斯謂之賢婦。吾持此論久矣，今觀於裘母李太宜人而益信。太宜人，賢婦也。惡乎賢？曰：善相其夫也。善相其夫奈何？曰：夫在則贊成夫之行，夫殁則繼成夫之志。請得而詳言之。太宜人乃嵊縣裘君亦彦之繼配也，裘君需次江蘇，宜人從焉。當是時，粤賊自武昌順流而下，陷安慶，據金陵，江蘇戒嚴。上游知君之賢且才也，先命籌廬州餉，繼命筦平望軍。君曰：『時事亟矣，吾旣受知大吏，義不容臨難苟免，如細弱何？』趣宜人歸。宜人曰：『婦人從夫者也。君在此，吾何歸？』誓死不去。無何，省城陷，平望潰，君裹創潰圍而出，乞假回籍就醫。而君所傷頗重，昏沈牀第間，僕從星散，干戈雲擾，迂迴取道，綿歷時日。宜人吮創敷藥，調護惟謹，水陸舟車，又從容布置，屢瀕危險，卒履夷庚，旣至家，皆歎曰：『宜人之力也。』嵊令史君聞君歸則大喜，言於浙撫，請諮留在籍，統白楓嶺之軍。君初不欲出，宜人曰：『桑梓之地，君其無辭。』從之。白楓嶺要地，得君坐鎮，四境賴焉。同治元年，江南平，大功蕆，君以平望勞績得優敍，復至江蘇，歷攝鎮江府經歷，吴縣縣丞。時大難之後，民困未蘇，宜人曰：『饑者易爲食，渴者易爲飲，君盍有以飲食之乎？』君從其言，凡所以撫恤其民者，靡不至。鎮江士民於其行也，大書『德被南徐』四字，製扁以獻。而吴縣馮敬亭先生，素負重望，不輕許可，亦爲歌詩，稱君之美。噫，此豈易得也哉？微君之賢，不及此，微宜人之賢以佐君之賢，亦不及此。吾所謂夫在贊成夫之行者，此也。及裘君歿，宜人治家事，一如君之所爲。君嘗建宋王烈婦祠，地瀕江干，大水圮焉。宜人命其子重建之，曰：『吾夫之遺意也。』壬辰之冬，積雪兼旬，宜人命其子勼集巨貲，設廠以施糜鬻，曰：『吾夫之遺教也。』又如葺景嚴公祠與三畏軒，以存祖澤，建聽彝書屋，以教同曾祖之子姓，凡君所欲爲而未逮者，擀摒從事，悉底於成。有三子，長曰佩文，前室子也，幼曰佩蘅，側室子也，自出者居次，曰錫。宜人於三子愛之如一，教之亦如一，故三子皆克成立，以仕學世其家，君可無憾矣。吾所謂夫歿則繼成夫之志者，此也。嗟乎，宜人之賢如此，不學而能之乎！故觀於宜人，而知婦人之不可不學。然宜人出其所學，亦以助其夫而已。故觀於宜人，又知婦人之學在此不在彼也。今歲宜人行年八十矣，三黨之人，咸思以一觴爲壽，而請余以一言先之。余因書此以進，異時修女憲書，其必於宜人有取乎！

李母蔣太夫人八十壽序

自泰西之學盛行於中國，而女學興焉。竊聞西人之言，曰：『中國之人有四百兆之衆，男女各居其半，女學不興，而二百兆人歸於無用。』此説也，余獨以爲不然。夫有二百兆之男經營於外，不可無二百兆之女贊襄於内。相須以有成，非男有用，女無用也。春秋二百四十年，如楚之鄧曼、魯之敬姜，其智識皆尋常男子所不及。漢劉向始創爲《列女傳》，及范蔚宗作《後漢書》，遂立此一門，補遷、固之所未備，以後史家，無不循之。歷數史傳，若嬰母知廢，陵母知興，以及緹縈之救其父，李文姬之保其弟，陶母湛氏之教其子，譙國夫人之善事三朝，建安連氏之力全一城，彪炳史策，後先相望，誰謂中國女子無用哉？吾今觀於李母蔣太夫人而益信矣。太夫人者，贈君瑞徵李公之繼配也。始來歸時，姑高太夫人在堂，前室訾夫人所生子心齋甫在襁褓，太夫人事姑以孝，撫子以慈，戚黨無間言。越數年而子時泉生，高太夫人卒，喪葬大事，皆太夫人助成之，罔不中禮。其時粤寇已據金陵，臨淮苗、李諸賊從而蠢動，滁、和一帶，尤當其衝。李故滁人也，咸豐八年滁陷，贈公挈家避地揚州，時心齋年甫十三，時泉則五齡耳，左提右挈，不遑啓處。俄賊又犯揚，倉黄奔走，行次天長，與贈公及心齋相失。太夫人及時泉跧伏荆棘，跋涉關河，履敝蹠穿，面目黧黑，歷數晝夜，復歸於滁。至則室廬俱燬，什物蕩然，僦屋數椽，倚食十指，亦可謂極人生之至囏矣。又况履望夫之石，登思子之臺，夢卜無靈，音問靡託，未嘗不淚盡而繼以血也。至同治十有一年，心齋始輾轉歸里，自言與父並陷賊中，兩不相聞，已則乘間跳出，投效軍營，轉戰山東、河南、安徽，崎嶇數千里，藉以尋父，而竟不得。太夫人大慟，曰：『吾子歸，吾夫已矣。』招魂哭奠，易服成禮，而心齋既習於軍旅，仍出從戎，剿賊沁陽，防堵連城，扼守潼關，堵築河隄，積功保游擊，賜孔雀翎，寖尊顯矣。時泉則自幼好學，太夫人雖在顛沛流離之日，仍勉以讀書，蓄鍼黹所入，俾出就外傅。不數年間，文采斐然，名譽大起，游於滬上。當事者耳其名，招入製造局。朝廷方整軍經武，修戎器以戒不虞，製造一局，尤所注意，興創鍊鋼，及製新式槍礮子藥，千緒萬端，日不暇給。管庫所儲，歲百數十萬，時泉綜理微密，擘畫周詳，凡有所需，指景取辦，歷保知縣，并補缺後以直隸州用。未幾，以知縣需次浙江，從事海運，保補直隸州，後以知府用。光緒二十八年，補授處州府遂昌縣。太夫人戒之曰：『吾家世貧賤，爾祖爾父皆忠厚長者，遺德於爾，以有今日。爾莅任後，振刷精神，盡心民事，毋鹵莽造孽，貽先人羞也。』時泉以母訓爲官箴，雖地方瘠苦，而創辦學堂，擴充養濟院，振興庶務，百廢俱興。又清理案牘，以銷積訟，調和民教，以弭亂萌，下車未久，頌聲作矣。但以道遠，不能奉母，自請受代而歸。去任之日，送者塞塗，德政牌匾，萬民衣繖，多至五六起。此在通都大邑，習爲故常，山陬僻壤，實數十年來所未見也。太夫人又謂之曰：『吾家本奇窮，此中況味，備嘗之矣。家鄉親友，以貧來投，宜體我心，毋使觖望。』故凡以有無告者，無不如願以去。此又太夫人之推己以及人也。嗟乎，粵寇之亂，綿歷十餘年，蹂躪數千里，寡人之妻，孤人之子，鉅家大族，灰滅無餘者，何可勝數。太夫人乃能收拾於煨燼之中，奮起於覆巢之下，撑持門户，料理米鹽，卒以教成二子，一以武達，一以文通，戢翼之鳥再奮乎天衢，涸轍之鱗重游乎大壑，三黨之人，異口而同辭，曰：『李氏之興，太夫人一人之力也。』使異時采入國史，安知不與桓少君輩同傳乎？吾故曰：西人謂中國二百兆人無用者，非篤論也。觀於太夫人，而吾言益信矣。今歲孟冬之月，爲太夫人八旬設帨之辰，日吉辰良，奉觴上壽。是月也，恭逢皇太后萬壽慶典，里抃塗歡，衢歌巷舞，而士大夫家又有此黄髮兒齒之壽母，非徒〔一〕德門之慶，抑亦盛世之祥也。夫往蹇來碩者，《周易》之微言，前沈後揚者，《越書》之精語，心齋、時泉兩君，既已大顯於時，此後必且隆隆日上。太夫人披一品之衣，登百年之壽，其顯榮光大，必有更進於是者。區區此言，竊願以爲他日券，并願爲當代興起女學者示之凱式也。

【校記】

〔一〕徒，原作『徙』，據文意改。

紹豐張君六十壽序

《孟子》有言，『窮則獨善其身，達則兼善天下』。此分而言之，未合而言之也。夫兼善、獨善，豈有二哉？伊尹、太公，固兼善天下之人，然當其耕於莘、釣於渭，則亦獨善其身而已。未有不善其身，而能兼善天下者也。自古龍蟠鳳逸之士，不得大用於世，乘下澤車，游鄉里間，彈琴詠風，樂先王之道，舍一身獨善，固無他事。然王烈、陽城伊，何人哉？積一身之善，薰一邑之人而共進於善，其獨善其卽其兼善也。《孟子》言：『禹思天下有溺者，由己溺之也，稷思天下有饑者，由己饑之也。』居禹、稷之位，則以天下之饑、溺爲己之饑、溺，不居禹、稷之位，而要亦各有其位，則其在一鄉也，卽以一鄉之饑、溺爲己之饑、溺，其在一邑也，卽以一邑之饑、溺爲己之饑、溺，禹、稷之任重，天之報之者亦重，不得禹、稷之位，則天亦各視其所任以爲之報，《易》曰：『積善之家，必有餘慶。』天之道也。吾今者竊以此義爲紹豐張君壽。張君者，上虞南鄉之章鎮人。其父明經君，幕游於粵，生丈夫子四，而君其季也。自幼遭粵賊之亂，家室流離，資用乏絶。俄而父兄相繼殂謝，君獨力楮柱其間，素負材略，工懋遷念。比歲以來，國家方長駕遠馭，聚天下之民，致天下之貨，而茶繭兩宗，實爲中國之大利，欲致富者，舍此無繇。君乃兼而務之，又持信義以與外人交，緜歷數十年，積勤累儉，大啓其家，高貲巨萬，居然素封矣。君又獨居，深念『吾起寒微，賴天幸，日以昌熾。張子不云乎，「民吾胞也」，凡兄弟之顛連無告者，吾坐而視之，能漠然無動乎？』故君之爲人，輕財而重義，節用而厚施，視人之事，如己之事，視人之急，如己之急。

光緒九年，邑之南境，洪水爲災，室廬蕩析，田畝汙萊，倉廥告空，米穀翔貴。君愀然曰：『廩無粟矣，野有莩矣，吾責不容旁貸也，吾力不能獨振也。』有謝君煦者，與之同志，偕之滬瀆，爲將伯之呼，冀集腋之助，請得籌振公所存款凡如干數，喜曰：『事有濟矣。』饑者食之，寒者衣之，疾病者療治之，死亡者棺槥之，是歲也，災而不害，君之力也。君則曰：『是不可爲常也。吾邑沿江之地，形勢卑下，隄防一決，民且爲魚，非策萬全，奚以善後？』爰創築隄之議，請於邑宰，籌款興工，而君董理其事。隄成之後，水不爲災，僉曰：『偉矣哉，張君之功乎！』乃己亥之夏，紹興一郡，無不被水，而上虞爲尤，就虞而論，南鄉爲最，歲既大無，民乃重困，市井蕭條，盜賊蠭起。君乃預籌巨款，又徧籲諸殷富家出貲助振。先於本鎮設局平糶，施給糜鬻，分賦緜衣，於是老弱免於流亡，工商復其本業，操耒耜者仍得從事於南畝。又懼盜風之未戢也，倣古摶力之法，訓練其民，使之守望相助，一鄉有警，四境奔赴，盜無所得，萑苻爲空。先是，方伯劉公予四字額，曰『急公好義』，至是大中丞余公予四字額，曰『澤溥桑梓』，如君之爲人，豈非吾所謂『居一鄉，則以一鄉之饑、溺爲己之饑、溺，居一邑，則以一邑之饑、溺爲己之饑溺』者乎？其餘修建橋閘，平治道塗，見善必爲，指不勝屈。又如修族譜，建宗祠，此則事在本支，所謂因雲灑潤，自葉流根，在君特餘事耳。君之分，止於獨善，而君之志，存乎兼善，雖不獲大展其志，然規模宏遠矣。德配方，繼配鄭，皆有淑德。君之爲善，鄭與有佽焉。行年六十，精神強固，以中書舍人銜優游家衖。生二子，有元方、季方之目。天之報施善人，正未有艾，自此以往，由七八十而至期頤，君之善量愈宏，而福緒祥源亦因之而益盛。《太玄》傒次六曰：『傒福貞貞。』竊爲君傒之矣。

褋文六編補遺卷四

宋氏宗祠記

宋以國爲氏，自漢壯武侯昌後，代有聞人。唐之璟，宋之郊若祁，其尤著也。元時錢唐有宋杞，字綬之，以書畫聞於時。雖世系無考，然可知杭州之有宋氏，由來舊矣。國朝光緒某年，仁和宋氏有以『樂善好施』旌於門者，則端友先生也。先生自幼嗜學，每夜讀書，以繩繫肘，倦而欲寐，則使司更者掣其繩，以警覺之，其勤如是。及遭粵賊之亂，家業蕩然，始棄儒而賈，與其弟友雲撥蹈經營，家復大振。杭紹兩郡之人，故以織綢爲業，先生爲之董理，百廢俱興，朝紡夜織之户，咸蒙利焉。性又好善，見亂後饑民載道，爲糜粥以飲之。杭州艮山門至慶春橋，大街鮠觚不平，行者趑趄，爲醵錢以平治之。以春夏間之多疫癘也，創立善堂，施醫施藥，兼施棺櫝。以貧窶之家，久而不克葬也，創溥福塲，具槀椑以掩骼埋胔。雖在他省，聞有旱乾水溢，必助之濕振。『樂善好施』之獎，所自來也。每念先世，未有祠宇，春秋霜露，無以奉粢盛。嘗出錢唐門，徘徊於裏外六橋，歎曰：『山水之勝如此，苟能建祠宇，以妥先靈，别構數椽，以爲燕息之地，不亦美乎？』有志未逮，遽歸道山。哲嗣鴻範，字錫九，以明經筮仕江蘇，奉承先志，勿敢失墜，乃買地於臥龍橋之側。臥龍橋者，裏湖第三橋也，其地時有祥光浮於水面，蓋神物之所窟宅也。既得斯地，喜曰：『先人之志可以有成矣。』鳩工庀材，築堂三楹，敬奉栗主，咸秩無紊。其旁隙地，構層樓以望湖山，啓小軒以納風月，栽蓮滿沼，植梅成林，曠如奥如，風景殊勝。經始於光緒某年，至某年而落成，喟然曰：『此皆吾先子之志也。』爰顔其軒曰『端友别墅』，俾後世子孫咸體端友府君之遺意，而勿徒以爲游觀之地。敘其都較，求記於余。余寓湖上久矣，見城中巨家右族，各營别墅於西湖，風亭月榭，花嶼竹齋，極游觀之盛，然不過宴賓朋、娱聲伎而已。若宋氏此舉，則有三善焉：嚴祀事，一也；成先志，二也；垂戒後人，三也。昔方正學先生序《金華宋氏世譜》，謂其美有三，余於此亦云。《詩》不云乎，『子子孫孫，勿替引之』。竊爲宋氏子孫頌也。

蘇州新建李真人祠記

李真人，諱育萬，字子靜，湖南長沙人。於元武宗至大三年七月二十六日生，生三十二歲而得道，坐化至今，其真身猶在鄉里崇奉，歲久益虔，水旱疫癘，禱無不應。前明有護國佑民之封，至本朝道光五年，以祈雨得雨，敕封廣濟真人。其後屢著靈應，疊加封號，曰宣成，曰靈感。同治十一年，頒賜御書匾額，曰『仁德感應』。然後海内咸知真人感應由於真人之仁德，其仁德之廣，故其感應神也。真人生時，以親疾，遂精究醫理，遐舉之後，猶能以醫活人，普錫靈方，救人疾苦，其方不知所自始。一老僧云：『道光初，有人借居真人祠，閉户靜坐二十餘日，出此方，授人卽去，莫知爲何許人，殆卽真人化身也。』都凡七百五十方，分爲九科，科别爲筒，筒中置籤，或百或數十，病者各就其筒，掣得第幾籤，卽爲第幾方，服之甚驗。長沙彭麗崧申甫，吾老友也，有記文一篇，歷敘其母病、姊病、己病、子婦病及里中某某病，皆服真人方而愈。麗崧篤行君子，非妄語者，其言固可信也。光緒二十七年，善化向君子振來守吳郡，見夏秋之交，每多疾疹，而吳中醫價甚昂，貧者無力延醫，束手待斃。君乃謀於諸搢紳，即玄妙觀蓑衣真人殿西偏紫來堂建李真人祠，設像立位，悉如長沙龍潭山舊制，九科七百五十方，亦製筒如式。於是蘇人信從，求者接踵，數月之後，靈驗甚著。考蓑衣真人，世傳謂是宋押衙何立，其真身猶在。而岳珂《桯史》及葉紹翁《四朝聞見錄》但謂之何蓑衣，其蓑衣草可愈人疾。然則此兩真人者，同一肉身，成聖之人，又皆能治病，於蓑衣真人祠西建李真人祠，可謂得其地矣。君前官廣西桂平梧鹽法道，亦嘗奉祀真人，今廣西桂林府真人祠，賜有『澤被邊陲』額，梧州府真人祠，賜有『惠德在民』額，而桂林之祠，並奏準列入祀典。然則，異日蘇州之祠，安知不亦錫宸章而膺秩祀乎？竊尋繹廣西兩額，皆推本於真人之德澤，與湖南龍潭語意相同，非如宋光宗賜何蓑衣額，但曰『通神庵』而已。君因真人祠不可無記，徵文於余，敬闡此意，爲吳中士大夫告，使知君崇建此祠，蓋欲廣真人之德澤，以造福三吳，其意至深且遠也。

錢氏竹蔭義莊記

錢中議君竹卿先生，篤行君子也。生平熟於金布令甲，挾其術爲郡縣上客。晚年家居，遇粵寇之亂，妻唐淑人先投井死，君亦出，投河死。同治二年正月十一日，詔書皆旌如律。已而里人又以君孝行上聞，於是光緒三年十二月十八日，又以孝子旌。君一人之身，先旌忠，後旌孝，海内榮之。乃至光緒二十八年，其令子福年字耕伯者，又承君遺意，建立義莊，於是年三月二十四日事聞於朝，詔下禮部，如所請。嗚呼，忠且孝，又義焉，豈特當世所難，求之古人，亦不可多得矣。蓋君生平自奉極儉，而睦姻任恤，則勇爲之，節衣縮食，積幕府薄俸，將買田立莊，以贍宗族，不幸死難，未竟其志。耕伯以名孝廉仕浙爲縣令，亦不得志，失職而歸。既不爲世用，出其餘智，爲廉賈五之之計，數年之後，物力稍裕，乃買長洲、元和兩縣田，一千一十八畝有奇，歲入其租，除完公賦外，上以供祭祀粢盛，下以佽族中孤寡貧乏，而君未竟之志，於是乎有成。爰於大郎橋巷卜地，爲君建祠，奉君栗主，春秋承祀，唐淑人祔焉，禮也。義莊即設於祠内，命曰『竹蔭義莊』，以君字竹卿也。耕伯述其本末，求記於余。余爲義莊記多矣，斯莊也，以君之忠且孝，淑人之烈，又繼以耕伯之賢且才，合此衆美，萃於一莊，蓋有非他姓之義莊者所可及者。其在《太玄》積之次四曰：『君子積善，至于車耳。』吾知錢氏之澤長矣。

餘杭縣重建文昌閣記

《周官·大宗伯》以槱燎祀司中、司命，即後世祀文昌之始。自宋以來，民間已奉事勿替，明景泰間，始敕建文昌宫，至本朝嘉慶初，列入祀典，咸豐間，又升列中祀。於是自京師至郡縣，咸建立文昌祠，功令然也。又或倣古集神招仙之遺制，建閣以奉之，既肅觀瞻，兼壯形勢，斯尤傑搆矣。餘杭縣故有文昌閣，在城東南隅，形家者言，是爲巽方。《易》云：『帝出乎震，齊乎巽，相見乎離。』出震見離，必由乎巽。巽方建閣，實啓離明。故自前明建立以來，又物繁昌，科名鼎盛，其明驗也。歲月緜邈，重以兵燹，閒架僅存，撓傾日甚，過其地者，躑躅焉，踟躕焉，咸有鼎而新之之意，而力未逮也。光緒二十四年冬，邑人季卿吴君奉天子命，備兵於徽寧池太廣五州郡。乞歸展墓，顧瞻是閣，慨然於文治之攸歸，舊觀之宜復，自捐萬金，力任興作。邑人聞之，皆大和會，鳩工庀材，有期日矣。會邑東樟樹塘決口，洪波齧入，田畝汙萊，於是閣工未興，而塘工又起，邑人聚謀，費無所出。先是，邑侯舒公有羨餘洋錢一萬，交邑人董君鳳翔等，存備一邑善舉。乃議卽以此款築塘，則又有尼之者，曰：『舒公留此，爲合邑計，不可專供東鄉一隅之用。』斯言一出，羣情猶猶與與，莫之能決。吴君聞之，命其子自任所歸，言於衆曰：『請以吾建閣之貲築塘，而以舒公此款築閣，一轉移間，不兩得乎？』僉曰善。又有通濟橋者，邑中要道也，時亦傾圮，議並修之。塘工橋工，次第告成，乃始專力於閣。經始於辛丑某月，落成於癸卯某月，赬壁丹柱，照耀溪流。登是閣者，仰觀攢甍鬬拱之巧，俯覽雕櫳鏤檻之美，喟然歎曰：『材美工巧，是有加於昔矣。』終始其事者，孫君和叔及其從子槐庭，而金君邦杞、王君原崑、李君譜六、顧君少楣，亦與有力焉。越二年，壬寅科鄉試，邑中登賢書者六人，形家之説，信有徵矣。而六人中，孫氏居其二，殆神所以獎其勞歟！夫吴君首輸巨貲，以創此舉，甚盛事也。乃因閒於塘工又藉舒公之款挹注以成之，賢令尹之遺惠，都人士之公義，不有紀載，後無述焉。余既詢悉本末，因敘都較，勒之貞石。方今聖天子垂念人文，講求實學，斯閣之成，適當其時，行見學業盛而科名亦盛，不特餘杭一邑之光，吾浙亦爲之生色矣。余竊於此閣徵之也。

陸幹甫思嗜齋記

陸幹甫大令以思嗜名其齋，余既爲題榜，并略述其所以命名之意矣，乃今又乞余一言以爲之記。余按，《小戴記·祭義》篇曰：『齊之日，思其所嗜。』鄭注曰：『所嗜，素所欲飲食也。』并引『屈到嗜芰』以證之。然下文又云『心志嗜欲，不忘乎心』，《正義》謂：『孝子致其愛親之心，若親之存。』是則嗜之一言，所包者廣，豈獨飲食云乎哉？東坡云：『嵇康之達也，而好鍛淬；阮孚之放也，而好蠟屐。』蓋人之嗜好不同如此。又云：『象犀珠玉珍怪之物，有悦於人之耳目，而不適於用。』悦人耳目而適於用，其惟書乎？以是言之，嗜好無窮，至書而極，所嗜在書，賢於象犀珠玉多矣。大令自述其先德癖好藏書，所藏者不下數萬卷，兵燹之後，所存者猶有萬餘卷。大令悉藏弆齋中，而朝夕坐卧其間，見書如見其親焉，此齋所以名也。若大令者，真可謂思其所嗜者矣。昔鄭樵聚書數千卷，謂其子孫曰：『吾爲汝曹獲良產矣。』大令之先德，能以書籍貽子孫，是有鄭漁仲之風。又陸放翁跋其子所藏圖書補云：『子遹喜畜書，至輟衣食不顧也。吾世其有興者乎！』今大令能守先人遺書，吾知其必有興者矣。

婁君受之生壙記

婁君受之既葬其妻張夫人於宛平縣南岡岣之原，卽自營生壙於其左，於今十有三年矣。其弟緯書以書來，請曰：『嘗讀先生《春在堂襍文第三編》，有《方正甫觀察生壙記》。今吾兄幸獲交於先生，能援方觀察之例錫以一言乎？』余惟君曩游吳下，數與往來，其先德安平君之葬，余曾志其墓。今老且病，君異日銘幽之文，余無及矣，然則以一言記君生壙，其又奚辭？君名烝，受之其字也，浙江山陰人，婁氏。其世系詳安平君之志，可無述矣。君之初生也，安平君夢華山僧擔簦入其室，故自少即嗜內典，好與方外游，於世俗嗜好澹如也。以安平君宦況清貧，因習法家言，以佐菽水資。學成，張靖達公適撫江蘇，即延之入幕。自是，往來燕趙吳豫間三十餘年，聘幣無虛日，所主督撫藩臬道府州縣，皆相倚如左右手。君所規畫，務持大體，不苟爲容悦，而利澤所及，人或不盡知，君亦不自言。今舉其大者數事。光緒三年，君在覃懷，歲大祲。君爲郡守王君上書請振請蠲，牘凡數萬言，上游難之。俄，言官以道府匿災劾奏，朝命重臣按治，得所上牘，歎曰：『早從王守言，河北民蘇矣。』其在開封也，汝陽民有習教者，怨家以謀叛聞，而有司亦欲見功，僉曰叛也。君謂，習教與謀叛迥異，執不可，或愓以危言，不顧也。欽使至，按之，如君言，全活數百家。十三年，河決，鄭州條上救災十二事，並請檄州縣，準其動支庫幣。各州縣正苦無振濟費，檄下，乃同時舉行，災而不害。二十四年，有詔命各省皆治團練，君力言，湖南及直隸、山東民多獷悍，咸同間因團練而成聯莊會之亂，其前鑒也，況今中外相猜，教堂林立，尤不可以不慎。中丞劉公樹堂頗韙其言，入告，不從，未幾，而團民果爲亂，人皆服其先見云。嘗以黔撫黎文肅公奏設候審公所，民頗稱便，豫省外郡，多未遵行。因取原疏著説，備言其利便。又以婦女犯徒流以下罪例得收贖者，應無庸解府司復勘，以免隸役苛辱。當時撫豫者皆採用焉。君勇於爲善，比年以來，大河南北及直、東、晉、皖、江、浙水旱頻仍。君勼合同志，募集巨貲，振鄰省者八次，振豫省者十九次。豫省素無義振，有之自君始也。前後敘助振功，由東河同知加三品銜，一品封典，賜孔雀翎。又以襄辦鄭工，擢知府，大僚皆慕君名，謀薦於朝，而朝廷亦嘗傳旨嘉獎。然君卒不爲出，雖名動公卿，而蕭然物外，襟懷冲淡，内行純篤，友愛諸弟，至老不少。少時喜爲詩，中年以後專治文，有《聽虛館文存》六卷，又選漢魏至元明人詩爲《閑適集》二十卷。蓋君素有逸志，讀古人林泉諸詩，輒爲神往，《閑適》之集，所以見意也。君志趣如此，安平君之夢，洵不虛矣。妻張夫人，有賢行，嘗封臂肉療君疾。子啓衍，花翎同知銜，河南候補知縣。因記君生壙而具書之，異日者，君儻欲如韓昶之自爲墓志乎，則吾言備矣。

德清重建白雲橋記

苕溪之水，出天目而萃臨安，必經由於吾邑。邑之東南有白雲橋焉，其要區也。舊名雲塘，亦名步雲，又改爲白雲，不知始建於何時。一修於明萬曆三十六年，知府陳公再修於國朝雍正八年，知縣錢公有《李敏達公記》，詳言之矣。自雍正至今，又一百七十餘年，歲月緜邈，兼經兵燹，而是橋又圮。由其地者，水陸皆阻，邑人聚謀，議重建之。馮君久成、費君梅春，倡始勸募，有沈氏妙蓮，巾幗好義，亦贊成焉。工鉅費多，尚苦不給，又有施君涵、徐君士駿、徐君肇基、戴君湘、丁君毓瑛、沈君光裕，廣爲勼合，以竟厥功。經始於光緒二十七年九月，至二十九年三月告成，都凡石料工工用錢六千四百餘千，椿木石灰及其餘襍用又一千六百餘千，共用錢八千餘千，修廣高下，一如其舊，直欄橫檻，罔不胕飾。由是高橋巨艑，容與乎其下，躧屩擔簦，逍遙乎其上，咸歎曰：『美哉斯橋也！』舊史氏俞樾樂觀厥成，爰述本末，刻於橋石，用告來者。

《含真仙蹟圖》記

光緒乙巳歲，陳小石中丞喪其愛女，曰昌紋，字繡君。中丞與許夫人慟甚，余既銘其墓矣，已而親黨中往往有傳其仙蹟者，金石例嚴，不能闌入，然志文載中丞一夢，仙蹟已略見矣。其明年，中丞由豫撫調蘇撫，因至余寓相見。而許夫人則余次女絲裳之小姑也，與余兒婦輩素相習，因詳言女身後事。乃知中丞之夢，非止一次，即許夫人亦數數夢之，而凡親戚中婦女，下而至婢媼輩，夢者又不止一人，參而觀之，女真仙矣。許夫人命工就夢中景象各繪爲圖，凡得二十圖。其尤奇者，一人夢女居五色雲中，侍者甚衆，有僧數十，向之膜拜，人皆以爲異。余謂，見女子身，證菩提果，若維摩詰之女，若龐居士之女，梵典多有之，其遠者姑勿論，即如明梓潼人周氏女，年十九跏趺而化，成知慧菩薩；又裴氏女，年十三坐化，邑人建刹奉之。漁洋山人《隴蜀餘聞》詳載其事，今陳女之年，比周不足，比裴有餘，安見其不爲知慧菩薩生善女天而説法乎？又一人夢女在一處，兩旁侍者皆戎服，有女兵兩隊，步伐止齊，女臨視之，容甚威武。余謂，女生前每談及時局艱危，輒慨然太息，今忽示人以戎容暨暨，安知不將有所爲乎？宋慶曆中，寇圍歷陽，有神兵見而圍解，乃漢初范增幼女九娘子之神也。歷千有餘年，靈爽不泯，如此事，固有不可以常理測者。使阮太沖聞之，當載入《女雲臺外錄》矣。又一人夢女攜瓷瓶一具，去其蓋，傾出清水。夢者問故，曰：『得此清氣，可使世間清淨耳！』嗟乎，世溷濁而不清，古騷人所歎也，攬轡登車，慨然有澄清之志，古烈士之風也，今以一弱女子，所言若此，然則挽天河而洗甲兵，奚煩壯士哉？《法苑珠林》稱佛有『萬玉女手，執萬瓶，皆盛香水，行住虛空』。女或即其一也。其他諸圖，大率類此，余不悉載。惟就諸圖中所見景象，或一白玉小橋，橋内有五色蓮花，樓閣玲瓏，隱見雲際。又或一玻璃大室，中設木刻蓮花寶坐，女坐其上。又或見大船一艘，皆玻璃製成，女坐舟中，四面奇花環繞，且隱隱聞仙樂聲，諸仙女駕小船，從其後。凡此之類，杳不測其所在。余憶陶貞白《真誥》言，易遷館、含真臺二處，皆女子得道者所居。趙熙女名素臺，居此已四百年，不肯他徙，謂天下無復樂於此者。竊意女以童貞入道，必當居此，故輒題其端曰『含貞仙蹟』。然而玉佩金璫，左驂飆而右服欻，往來十二碧城間，易遷館乎？含真臺乎？余固不足以知之矣。

故湖南巡撫惲公神道碑

嗚呼，賞功罰罪者，朝廷之大權；是是非非者，天下之公論。世之盛也，功罪與是非合爲一；及其衰也，功罪與是非分爲二。惟我聖清，同民心而出治道，朝廷之賞罰，無不合乎天下之公論。故是非定而功罪亦因之而定，吾於故湘撫惲公見之矣。公之歿也，距今三十三年，墓木拱矣。而神道尚未有碑，碑未有文，惟故協揆叔平翁公爲作墓表一篇。表與碑，體固有别矣。其季子炳孫具狀而請於余，求以文文其墓道之碑。余惟公於國史有專傳，敘次甚詳，而翁公所爲墓表亦頗得大略，余又何加焉？然公受知文宗、穆宗兩朝，由御史出守，不五六年，跻歷封圻，遭遇之盛，一時無偶。而竟爲讒口所鑠，賫志以終，此海内有志之士所爲長太息也。乃日久論定，則其捍禦之功，勤苦之志，卒不可得而掩，光復舊階，榮列祀典，豈非是非定而功罪亦大定歟？是宜表出之，以爲封疆之臣勸。謹按狀，公諱世臨，字李咸，又字次山，江蘇陽湖人。惲氏爲江左望族，其世系具翁公所爲墓表，可無述焉。道光二十三年舉於鄉，二十五年成進士，改庶吉士，散館，以吏部主事用。咸豐三年，補驗封司主事，會辦京城團防，五年，升員外郎，記名以御史用。將補缺，尚書花文定、周文勤以公熟部事，請暫留部，升郎中。八年，京察一等，詔以道府用。是年補山西道監察御史，未幾，授常德府知府。自是，公之政蹟皆在湘矣。粵賊石達開攻寶慶急，常德與寶慶鄰也，公兵餉兼籌，水陸互備，賊不敢犯，城乃獲全。十一年，升岳常澧道。將之官，而大雨浹旬，江水陡長，西門外有大隄，曰花苗，此隄一壞，全城皆魚。公危立隄上，水至不動，萬夫皆奮，合力搶築，遂以無事。同治元年，升布政使。時大軍攻雨花臺，垂克而火藥告匱，公請於巡撫毛公，撥火藥三十萬斤往濟之。其後進攻金陵，接濟如初，遂克金陵，公功多矣。曾文正公將以上聞，公馳函止之，曰：『數年來艱苦支持，爲大局計，非爲今日邀功計也。』文正嘉歎，竟從其志。二年，授湖南巡撫。甫受事，即剿擒蜀賊李幅猷，其後又誘獲通賊之副將曹元興，皆有旨獎焉。公以軍事粗定，則民事爲重，而湘省素無儲積，勸捐義穀，以備凶荒，禁糜穀作酒，以重民食。又以民間錢糧多用制錢折算，今銀價日賤，而折價如舊，書吏又每藉包徵包解以魚肉貧民，爰通飭各屬，將折價報明，核定刊石，永遵一例。官徵官解，無使胥吏得緣以爲利，蓋公之撫湘雖爲時不久，而實惠及民如此，久於其任，則必有卓然可見者。而御史賈鐸已以白簡聞矣，公不自辨，惟辨常德鹽捐一案，略稱：『臣甫履常德府任，石達開圍攻寶慶，經本地紳商公請，辦理鹽捐，爲募勇經費。當經稟督撫，臣批準有案，所捐之錢，收支皆在商手，概不入官。及臣署藩司，紳商等以此項積有盈餘，復稟定收支章程，以杜挪借。此兩次稟請立案之由，督撫司道衙門均有案可稽，非先辦而後稟，以掩飾自私也。』公蓋以此款爲常德水師口糧所仰給，事關大局，不得不言，其餘則付之不論矣。然如違例擅委一事，文明司巡檢勞銘勳，已歷保知縣，且已納捐開缺，以知縣用，則委其代理臨湘，並未違例。又如失察屬員迴避一事，例載應迴避之員，如不呈明，咎在本員，上司官無處分也。至張昆祁，雖係同鄉，絶無委查州縣之札，雖曾委之製造火藥，然在局三年，節省工價錢至一萬餘緡，可謂得人矣，尚得咎其信任同鄉乎？穆廟知公有素，故特派大臣往案其事，而星使暫臨，於地方情事多未諳悉，調查公牘，亦或未盡周詳，率爾一奏，聊以覆命，不違用古使臣周爰諮詢之義。而公遂以降四級調用，歸，不惟湘人惜之，海内惜焉。歸後寓居吴中，食貧自樂。陝甘總督楊公岳斌歷陳公湖南治行，請發往甘肅軍營，大學士官文恭公又言公持躬廉潔，秉性忠誠，力請召用。疏入，皆報可。公以病不果行，然公論在人，具可見矣。同治十年六月庚申朔，以疾終於蘇寓。兩江總督、大學士曾文正公上言：『惲世臨任湖南巡撫，創立東征局，供支湘軍，所接濟者甚鉅。家世廉吏，以操守自勵，亮節清風，皭然不滓。臣知之最深，念其未竟所用，齎志無窮，因將其平生志節略陳一二。』蓋曾公當日雖未上其功，及其歿也，所以表襮之者亦云至矣。同治十二年四月，湖南巡撫王公文韶疏言，已故降調巡撫惲世臨功德在民，懇恩開復處分，俯準，題請入祀名宦祠。詔如所請。於是王公又會同總督、學政，循例具題，事下禮部，部臣核其事實，名實相符，請準其入祀名宦祠。詔曰：依議。其明年，浙撫又以故嘉善縣子寬惲公請祀名宦，卽公之父也。父子同祀名宦，士論榮之。夫有功德於民，列入祀典，古禮也。至於本朝，尤重其事，都凡國初以來崇祀名宦者不知凡幾，然如公之以獲咎之員而仍得崇祀者，能有幾人哉？聖明在上，固無不雪之冤，而公之忠誠亦自有不可磨滅者在矣。人臣事君，亦視其素所樹立者何如耳，一時之榮辱得失，豈足計哉？故曰：『小人計其功，君子道其常。』嗚呼，封疆之臣，可以勸矣。公卒年五十五。初娶梁，繼娶戴，覃恩封贈，皆一品夫人。子桂孫、頌孫、俟孫、炳孫、秀孫，並知名於時。余此文於公之瑣節皆不及焉，惟取其有關懲勸大義者著於碑。銘曰：

公起詞垣，而登臺諫。一麾出守，寄之方面。能文能武，以守以戰。狂寇竄奔，危疆安奠。天子曰諮，惟汝予嘉。汝臬汝藩，汝撫長沙。培民根本，剗盜萌芽。設施未竟，遺澤孔遐。讒口嗷嗷，飛來白簡。公論具存，公不自辨。幅巾歸來，優游吳苑。天日照臨，黑白自見。國有祀典，民有謳思。公之忠誠，有以致之。惟忠無欺，惟誠無私。凡百有位，視此刻辭。

翼鄰徐公配王太夫人墓表〔一〕

【校記】

〔一〕《春在堂襍文六編》卷六有《誥封一品夫人徐母王太夫人墓表》，與此篇内容相同，故此處僅存篇題，正文從略。

戴子開觀察《招隱山房詩》序

往年，戴澗鄰先生宦吾浙有聲，余兄壬甫癸卯同舉於鄉，余有昆弟同年之誼，而彼時客游四方，未得一見。及余主講西湖詁經精舍，歲至杭州，先生有令子，曰啓文，字子開，念先世有孔李通家之舊，不我鄙棄，湖樓山館，時相過從。余不及見先生，而獲交於先生之子，幸矣。子開文章政事，雅有父風，亦官於浙，積勞至觀察使。今歲仲春，子開書來，言生平無他嗜好，惟癖嗜吟詠，四十年來，積詩無算，今删存爲十卷，求序於余。余獲交於子開，因而得讀子開之詩，抑又幸矣。其詩疏淡則韋蘇州，工雅則王摩詰，隱秀則李義山，暢達則白樂天，而歌詠時事，表揚節義，沈鬱蒼涼，又居然杜少陵。卽詠物諸作，亦運筆超妙，寓意遥深，非尋常謝蝴蝶、鄭鷓鴣所能望。蓋子開少承家學，早負時譽，屢試場屋，皆以額溢見遺。然其致力於學，則不以科名得失而有間，溯原經史，推本風騷，宜其詩之遠軼時流也。吾浙山水，爲海内所推，游宦其地者，白、蘇以下，代有聞人。子開他日以觀察使周歷浙東西，吾見詩境與宦蹟，將與澗鄰先生並傳。惜余衰且病，不及共竹馬兒童，從其後而游也。

釋妙濬建立俗家魏氏宗祠記

佛言辭親出家，謂之沙門。然則爲沙門者可無親乎？乃余博觀古金石之文，如《北魏比丘慧暢造像記》稱『爲父母兄弟姊妹一切衆生敬造』，《北齊都邑師道興造像記》云『以此微誠，資益父母，七世歸真，現存獲福』，知雖遁跡空門，而天性之恩，固不可没也。所惜者，徒以造立佛像，謂可資益幽冥，沿襲彼教之言，未合吾儒之義。近時新出《唐處士王君碣》稱，君有子四人，其季子慎貞，依釋爲沙門，而墓碣即其所立。夫既沙門矣，而建塋刻石皆出其一人，雖士大夫何以過之？昌黎所謂『墨名而儒行』者，斯人之謂歟？乃今又見之炯庵上人矣。上人名妙濬，炯庵其號也，浙江黄巖人，姓魏氏。父維堯，母金氏。其始生也，有雁蕩僧過其門，曰：『此子夙具善根，當大興佛門。』六歲母卒，遺命使爲僧。無何，父亦卒，稍長，從蔡孝廉讀書，忽聞鄰寺鐘聲，憬然有悟，遂興出世之思。遵母命，就鄰寺，從松濤上人爲師，鬀染如儀。年十七，詣北嵩岩常寂寺，受具足戒。嗣是，徧游天台、國清、四明、天童諸名刹，一瓶一缽，所至有聲。台山諸長老，延主萬年寺，開堂説法，善信景從。蘇州隆慶寺雨香長老聞而慕焉，遺書招之，惠然而來，事雨香甚謹。及雨香涅槃，如喪所生，亦見其至性之過人矣。光緒十七年入都，敬領藏經而歸。然隆慶寺中素無恆產，上人願力宏深，道行高妙，僧俗雲附，檀施雨集。二十年來傳戒者，三藏經閣、羅漢堂及禪房、寮舍，肸飾一新，置田三百畝，以供常住香燈之費。曩雁蕩僧言當大興佛門，信有徵矣。然落葉糞本，物之理也，追遠繼孝，人之情也，上人曰：『吾誠釋氏子，然豈生於空桑乎？』甲辰之歲，回黄巖故里瞻拜松楸，感懷風木，爰節蔬筍所餘，建小宗祠一區，置祀田十餘畝，春秋祭祀，取給於此。斯舉也，以方外之人，行士大夫之事，非彼以造像爲功德者所能見及也。余從前作《王居士碣歌》，盛稱王氏季子忘世而不忘親，今於上人亦云。彼造像者，動言七世蒙福，然則魏氏可知矣。余寓吴下，去隆慶寺一里而遥。上人具本末，求記於余，因書此遺之，俾刻石祠中，既以美上人之不忘本，又以此卜魏氏之後之必昌也。

故湖南巡撫惲公繼室戴夫人墓志銘

往者惲次山中丞之葬也，余撰次其事實，書於神道之碑，但舉其有關懲勸之大者，而不及瑣節。卽其夫人之賢，亦未之及焉。越二十五年而夫人卒，其孤炳孫等又以志墓之文請。按狀，夫人浙江歸安人，戴氏。生而明慧，讀經史，通大義，喜論史事，詩詞其緒餘也。年二十三，歸中丞公爲繼室。其前室遺有三子，夫人又舉二子，愛之如一，教之亦如一。中丞由翰林改吏部，部事繁，公在部久，事無鉅細，應準應駁，皆決於公，每定一稿，輒磋磨終日，或攜歸私宅，篝燈籠燭，丙夜未休。夫人有時參贊一言，動中肎綮。公既寢，夫人又自坒次其事，使有條理，次日，袖以入署，同官咸服，堂上諸公，亦皆推重，是攝是贊，夫人之力孔多矣。中丞出守常德府，時粵賊石達開自寶慶襲常德，中丞募鎮筸兵六百守城，然饟奇絀，兵且潰。夫人曰：『得三日糧，或猶可爲乎？』脱簪珥，空箱篋，盡出所有以濟之，人心稍定。而賊大至，中丞率師扼之於隘，瀕行，夫人送之曰：『事或不濟，君臨陣捐軀，我登陴死難，吾夫婦兩人千古矣。』中丞壯其言，麾兵而出，誓不反顧，士皆感動，勇氣百倍。論者以夫人之助公守常德，與沈文肅夫人林氏之助守廣信，並爲中興美談。中丞每謂夫人曰：『使卿爲男子，雖曾、胡、彭、左諸公亦無多讓。』此雖戲言，實確論也。中丞尤慎於折獄，每研鞫疑獄，雖至夜漏三四下，夫人必秉燭待之，詳詢顛末，互相辨難，往往有數年未決之獄，夫人一言而定者。中丞因此愈愛敬之，遇事必商，夫人亦知無不言。然自領郡至開府，夫人隨任七年，未嘗置一釵、製一衺也。及中丞以人言罷歸，囊橐蕭然，不異寒素。夫人怡然曰：『吾夫子亮節清風，卽此可以貽子孫矣。』中丞以積勞得歐血之疾，夫人故精醫，壓息處方，服之輒效。及是抱病歸里，一皆夫人主之。以祖居毀於兵火，僑寓吳中，中丞於寓廬西偏築一小園，名曰雲圃，圃有老櫟樹，慨然曰：『吾卽櫟也。』因署曰『櫟存草堂』，又爲夫人築室曰『洗蕉吟館』，夫人晚年自稱洗蕉老人，以此也。花晨月夕，每與中丞唱和其中，不復知有今昔升沈之事矣。中丞旣謝賓客，夫人治家謹，家事咸治，諸子皆成立。雖伯仲叔三子已前卒，而存者炳孫、秀孫，皆以宦學知名於時，夫人所出也。乙未秋，歸林氏長女有疾，夫人躬護治之，感受風濕，大病累月，病愈而脮筋縮朒，不良能行，遂偃臥牀笫。炳孫於是移榻母室，晨夕不離者十有二年，夫人雖病臥，然神明如故，孜孜爲善亦如故。其周濟親故及暑施藥、寒施衣，猶小者也，大者則在濟人之危，成人之美。自言在京師與中丞成就人功名，共四十八人。中丞之撫湖南也，因念洞庭湖之險，增置救生船十六。及罷歸，渡洞庭湖，問之，知已救八百餘人矣。此舉亦夫人成之也。生平於中興將帥，惟推重胡文忠、彭剛直兩公，世好中則惟任潛圃中丞及余二人，嘗以潛圃、曲園並稱，命炳孫師事之。今年春，潛圃以微疾卒，夫人悒悒不樂，曰：『老年人真風中燭也。』是歲行年八十，五月十三日，其生辰也，於閏四月豫舉壽觴，意興猶如平常。俄而示疾，時劇時差，不受藥餌，參苓之屬，亦屏不進，強之，始啜少許，曰：『無益也。』爰於光緒三十二年九月丙申終於正寢。嗚呼，中丞公持躬廉謹，秉性忠貞，卓然爲一代名臣。而夫人之才識又足以配之，斯豈古梁孟、陶翟所能望哉？夫人雖巾幗中人，而豪邁有丈夫氣，每親故求見，輒與縱談事理，品題人物，娓娓不倦。余或在坐，亦與聞焉。余嘗謂《魏書·李孝伯傳》稱其妻崔氏爲高明婦人，今惟夫人足以當之。卽以此意志其墓，繫以銘。銘曰：

女有士行，古稱女士。懿與夫人，洵足當此。秉性高明，宅心粹美。洞燭物情，曲中事理。觀鉅於微，圖終於始。有美必成，見義斯徙。以相其夫，以教其子。晚膺末疾，終年牀笫。親故周旋，仍爲之起。高論滔滔，清談娓娓。昔登其堂，慕其風軌。今銘其墓，用達斯旨。仗茲彤管，光我青史。

《寶山錢氏數典錄》序

昔籍氏以數典忘祖蒙無後之譏，於是後之君子，皆以論譔其先祖之德善勳勞爲事。陸士衡《文賦》發端卽云：『詠世德之駿烈，誦先人之清芬。』然則詠德誦芬，固文章家之先務乎？錢氏在五代時有大功德於東南，自宋以來，世爲著姓。寶山錢子禮南衡璋著《錢氏數典錄》，譔次其先世事蹟，分爲五門而類別之。余甚嘉其表彰前哲之心盛，而網羅放失之力勤也，籍氏之譏，吾知免矣。惟於所著《錢氏源流考》有不能無疑者。考泉氏見於史者二，《周書》有泉企，《唐書》有泉男生，此兩泉氏異派，而皆非中原舊姓，不出於《周官》『泉府』也。《通志》云『以邑爲氏』，錢氏則云『以官爲氏』，是泉、錢異姓。尊説必合而一之。然既云以官爲氏，而推其所自出，仍出於彭祖，然則何以異於彭籛之説乎？彭籛之籛，古有二説，《國語》『大彭』，韋注云『陸終第三子曰籛，爲彭姓，封於大彭』，是籛其名也。然以籛爲名，而以彭爲姓，則恐失之。彭乃其封也，非其姓也，《論語》『老彭』，邢疏引《世本》云『姓籛名鏗』，《楚辭·天問》篇『彭鏗斟雉』，王逸注引《神仙傳》云『彭祖姓籛名鏗』。《廣韻》一先亦曰『籛，彭祖姓』。

是皆以籛爲其姓也。籛爲姓，鏗爲名，彭爲封，殊勝於籛爲名，彭爲姓之說。惟自漢以來，竟無一籛姓者，竊疑皆省而爲錢矣。籛姓省竹爲錢，而卽讀爲錢，猶董姓或省草爲童，而卽讀爲童也。率書所見，與尊說儻可並存乎？

嵊縣金氏養老堂記

天命之窮者有四，而老居其三。是以三代盛時，國老有養，庶老有養，誠重之也。管子治齊，行五惠之政，其一卽老老，凡國都皆有掌老，年七十以上，三月有饋肉，八十以上，月有饋肉，九十以上，日有酒食，死則供其棺椁，其養老之制，周詳如此，齊之所以興也。我國家子惠元元，湛恩汪濊，發政施仁，無或闕遺。士大夫敬體朝廷德意，建設善堂，所在林立。然入境而問焉，有曰清節堂者，則所以矜寡也，有曰育嬰堂者，則所以存孤也，獨於養老之堂，往往闕而未備。夫人當桑榆暮景，百骸俱敝，五官不靈，而或爲飢寒所驅，疾病所困，出入莫爲扶掖，苛癢無與抑搔，天民之窮，孰甚於此。吾所以歎嵊縣金氏養老堂之設，爲善舉之尤也。養老堂者，金君祿甫奉其先德孔昭君之遺命而創建者也。孔昭君之將歿也，語君曰：『吾邑有清節堂，有保嬰局，爲孤寡計，固盡善矣。惟無有計及於老者，余有志焉，而未逮也，爾異日其成吾志。』君泣而識之，不敢忘。君長於榷算，旣以絲茶二業大興其家，於是建宗祠，置祭田，設立義莊，皆稟承厥考之遺意而爲之，而養老之堂，亦於是乎有成矣。其堂在嵊縣城内西街，其地一畝有奇，其屋三十餘楹。堂中養老者一百人，每人每月給錢八百，其初入則給以棉衣棉袴，病則藥之，死亡則棺槥之、葬薶之，招人以補其額。一歲所費，約一千緡，堂中褁用及完納糧錢糧又三百緡，皆出之於田。凡買田五百餘畝，歲入其租，得一千三百六十餘緡。又賣葬山六畝有奇，又存錢五千緡，歲收其息，以供堂中之用。其用洋錢三萬七千有奇，而養老堂規制於是大備。呈報有司，申詳大府，奏諮立案，以垂永久。孟子不云乎，『老吾老以及人之老』，君之建此堂，乃其仁也，君承先命以建此堂，又其孝也，仁且孝，此舉洵美矣。因書其事著於篇，使讀吾之文者美君之所爲，一邑創之，各邑效之，久且推之於海内，而凡眉黎耈駘之老皆得左飦右鬻以盡其天年，則既有合乎孔子『老者安之』之義，而亦可以仰副朝廷存問高年、頒賜粟帛之盛意。漢王充言，『太平之世多長壽』，或卽以此基之乎！吾所以歎金氏養老堂之設爲善舉之尤也。

劉書圃大令六十壽序

往者余嘗爲劉贈君與留太淑人作傳矣，傳之後繫以贊，其辭曰：『令德有報，天道無差。眷兹粱孟，德音不遐。有子成名，軒軒朝霞。』蓋以古盛德之士，砥學礪行，不克自顯於世，則必食報於其子。東坡謂李郃『博學隱德之報，在其子固』，此吾所以卜贈君之必有令子也。及獲與書圃大令游，乃喟然曰：『吾言信矣。』大令自幼稟承贈君之教，舉止有常，言笑不苟，雖在髫齔，與常兒異。及入塾讀書，學爲舉子業，斐然成章，爲之師者咸器重之。應郡縣試，輒在前列，咸謂：『青紫可立致。』會其時回民煽亂，君家居隴西，戎馬滿郊，寇警沓至，時從贈君避匿於深林密箐間，不遑啓處，爲賊所得者數矣。雖幸而獲免，然蝎尾蛇頭，殆非人境。賊退之後，室廬煨燼，什器蕩然，家故貧也，至是益困。君則以贈君及太淑人皆無恙，謂：『兵火餘生，猶得以菽水承歡，爲幸多矣。』垢衣生蟣，布衾似鐵，處之晏如。左文襄西征，見滿目荒蕪，給予牛籽，募民開墾。君亦從老農牧牛隴上，或就樹陰少息，仍手一編不輟，日則從事田畝，夜則篝燈自課，達旦不休。贈君以饔飧不繼，命棄而學賈，君雖唯唯，而意固不屑也。及贈君卒，留太淑人不忍奪其意，君乃益肆於學。同治十二年，補壬戌歲試，君始入縣學，時年二十有七矣，旋以科試高等補餼額。光緒十一年，充拔貢生，即於是歲舉於鄉。明年成進士，釋褐，用知縣，掣籤得江蘇。以留太淑人年高，請改近省，乃得陝西。陝西瘠苦，太淑人雖迎養至秦，君未補官，不能具甘旨，簞瓢捽茹，仍如居家時也。太淑人歿於陝西，君去官還籍，既免喪，遵例還初掣省分，自是遂改官江蘇。適樂峯中丞奎公再撫三吳，知君之才，奏補丹陽縣。丹陽地高，全恃溝澮灌溉田疇，歲久未修，田用不治。君履行阡陌間，相度故蹟，勸民開濬，所出淤泥，即以糞田。民始知其利，子來從事，溝澮皆通，旱潦有備，至今稱道弗衰。邑又有惡俗，凡嫠婦年稚，其族黨中人輒偪令改嫁，甚或糾集多人，篡之以去。君曰：『是可忍也，孰不可忍。』嚴禁絶之，并刊保節護照，徧發城鄉父老，轉給諸嫠，遇有此事，執以赴官，即爲逮治如律。行之歲餘，此弊遂革，風俗爲之丕變。歲在庚子，北方姦民恃其拳勇，號召醜類，幾成大變，南中亦爲蠢動。丹陽故四達之邑，有所謂青幫者，有所謂〔二〕紅幫者，皆踴躍思逞，邑中莠民又從而羽翼之，一邑大聳。君不動聲色，密捕通賊者若而人，賊失奥援，無可棲託，籠東粲散，不復爲患。於是鄰境驛騷，而丹陽安堵，君之力也。是歲也，霪雨爲災，沿江太平洲，地勢卑下，異於他處，故被災尤重。君請於臺司，截留漕米，以濟民食，又自捐廉俸，以倡勸募於良奥之家，躬歷窮鄉，稽考夫家之數，自冬及春，錢米並放，雖在災年，民無捐瘠。北鄉有曰陳家衖者，災稍輕，或議以平糶代振，時郡守亦頗以爲然。君博訪輿論，詳察民情，以爲平糶虛糜公款，不如散振實惠，貧民卒從振議。君之卓有獨見，不阿羣議，類如此。君尤精於折獄，命盜諸案，隨審隨結，從不遷延，以資民累。已結之案，其重大者彙爲一編，置諸坐右，晨夕披覽，誠重之也。至於中外交涉，必持其平，朝廷新政，如學堂之類，皆實行之，不以虛文粉飾。君於丹陽，可謂無負矣。俄奉省符，開缺另補，一時咸莫測其故。嗟夫，仕路險巇，由來久矣。北齊李繪有言，『不能逐飛追走，以事佞人』，宋李垂有言，『焉能看人眉睫，以冀推挽』。君直道而行，嶽嶽然以杜陵男子自命，亦如唐沈傳師不以書賄入權家，拂袖而歸，儻亦坐此乎？國家以民命寄有司，得一賢令尹，而不能久於其職，亦可慨也。君輕財重義，急人之急。其初至丹陽也，前任某君至官未一月，即以憂去，君助三千金以成其行，同官皆稱其高義。君雖在官數年，無中人之產，以甘肅遠，不能歸，仍居吳下，買宅一區，屋雖不豐，而鏤檻雕櫳，亦自修潔，襍蒔花木，聊以自娛。又雅喜臨池，摹孫過庭書譜，得其筆妙。去年曾書屏聯百數十事，以潤筆所入振崇明、南滙水災，亦可見其素抱也。君領鄉薦，與余孫陛雲爲同年生，故余雖衰老，亦與有世講之誼。今歲仲冬，爲君六十生日。其繼配陳淑人，杭人也，賢明有識鑒，與余兒婦輩皆相善，小於君十有九歲。一堂之上，黃髮齊眉，膝前有丈夫子二，皆不媿名父之子，扶牀一孫，亦嶄然見頭角。然則君之後福正未有艾矣。君微時牧牛讀書，有公孫宏牧豕之風。考公孫宏年六十始舉賢良，爲博士，然則君入仕途已爲早矣。過此以往，安知不如應璩之六十一而爲侍中乎？安知不如張衡之六十二而爲河間王相乎？即不然，不於其身，而於其子若孫，則吾前所爲贈君傳贊者，未始不可爲君誦之。切人不媚，姑書此爲壽，君或爲欣然而一笑也。

【校記】

〔一〕謂，原本無，據文意補。

《賢母錄》序〔一〕

【校記】

〔一〕此篇已見於《春在堂襍文六編》卷九，此處僅存目，正文從略。

月樵徐公暨元配朱夫人繼配王夫人墓表

武林徐氏，其先居金華之蘭溪，蓋唐中書侍郎徐子珍公諱安貞之後。至趙宋而文真公諱時彦，登重和元年王昂榜進士，授觀察使。公孫孔靈公諱佺，在南宋時監湖秀州烏青鎮，遷南昌府推官，授朝奉郎，晉贈朝議大夫，始自蘭邑遷之距城三十里之樟林鎮，是爲樟林始祖。其後子孫在宋元間迭登科第，故黄文獻公有『三世登黄甲，一門無白丁』之譽。至元末永之公諱一清，以至治辛酉宋大本榜進士，官江浙儒學副提舉，進階江浙行省左右司郎中，元敕授奉議大夫。公既殁，而元亡。公子克敬公諱湘，以隨宦居杭久，愛錢塘山水之勝，遂卜居錢塘江滸而隱焉，是爲遷杭始祖。四傳至龍山公諱顥，登明正德辛巳進士，授南京刑部主事，擢北京禮部員外郎，以議大禮，與張桂牴牾，出知江西臨江府知府。自此戒子孫，勿輕仕進，故終明世，無再通籍者。至國朝龍興，而冢宰文敬公、相國文穆公、宗丞靜谷公、宗伯潤亭公、觀察駿兩公，祖孫父子，叔姪兄弟，俱以翰林起家，敭歷中外，遂爲浙右望族。文敬公兄弟三人，其季涵三公以諸生早卒，其次粵翰公官止縣令。然公子藥圃公林、敬亭公亨時、八馭公柄，亦皆外任煩劇，且躋方面。獨藥圃公次子昌也公，及孫用平公，雖皆有聲膠庠，而俱不永其年，至兩世遺腹，始生中丞月樵公，而藥圃公以下三代，亦皆封一品。迹其登進，似難於文穆、宗丞諸公，而其卒顯於時，則又復相同也。余自主講詁經精舍，識文敬六世孫花農侍郎於諸生中，因得備悉家世。凡其先芬嘉懿，余所撰述者尤多，近又以月樵公表墓之文見屬。余惟古來名臣，半本於賢母之教，況月樵公先世處家門貴盛之日，而王母與母夫人並以未亡人撫孤成立，在月樵公之致身通顯爲極難，而天之報施兩太夫人者，則有獨厚焉。此又不可以不紀也。按所撰狀，公諱承恩，字天錫，號月樵，浙之錢塘人也。高祖粵翰公諱相，爲冢宰，文敬公同懷弟，官廣東長樂縣知縣，調四川中江縣知縣，以循吏著聞，見志乘名宦傳。曾祖藥圃公諱林，官福建臺灣府海防河務同知，卓異，候升知府，以事親至孝，欽旌孝子。祖昌也公諱爾熾，邑庠生，父用平公諱維康，杭郡廩生，俱早卒。以公貴，三代俱誥封光禄大夫、建威將軍、護理安徽巡撫、兼理提督。曾祖妣吴氏、祖妣汪氏、妣藍氏，俱誥封一品太夫人，汪氏、藍氏又以節孝賜旌。公考用平公，於乾隆己卯三月十六日卒，公尚在遺腹。母藍太夫人將身殉，大母汪太夫人慰之曰：『吾以遺腹舉一男。爾今有娠，若果雄也，可爲徐氏後。』藍太夫人遂節哀矢志，至閏六月朔而公生，蓋去用平公之殁一百有六日也。公既生，汪太夫人睹之喜，語藍太夫人曰：『爾善視此子，其骨相不凡，他日或大吾宗也。』是時，宗伯潤亭公方丁曹太夫人憂，居里閈，見兩太夫人苦節，尤加禮敬。八馭公方官淮安府海防河務同知，知兩太夫人持家不易，歲時各有資助。而兩太夫人從不製一衣飾，惟以供塾師修脯，餘則悉購書籍，以勖公讀。公旣承兩太夫人之教，雖在齠齔，卽異常兒。藍太夫人授以《毛詩》，過目輒成誦。辛巳秋，宗伯公服闋，將入都，與兩太夫人别。公方三齡，牽衣孺戀，有若成童。宗伯公睹之嗚咽，且謂兩太夫人曰：『今有此子，必能食熊丸之報也。』及公五齡，而八馭公卒於淮上，兩太夫人慟甚。公曲意慰藉，兩太夫人始爲收涕，比八馭公喪歸，隨從兄在喪次，從容盡禮，見者皆奇之。是年，宗伯公署禮部侍郎，以書寄公，曰：『吾以漸老，不日將歸，告爾英姿卓犖，當克承先人之志，宜多讀有用之書，以慰高堂也。』公得書感奮，卽請於兩太夫人，乞塾師教以韻語，運筆立就，有若宿搆者，塾師大驚異。越三年丙戌，宗伯公予告歸，公已八歲矣，能習帖括，作文字數行，宗伯公輒稱善。又四年庚寅，母藍太夫人病，公時十二齡，衣不解帶，晨夕侍湯藥，至冬益劇，親禱於神，願以身代。汪太夫人聞之曰：『爾事母孝矣，若以身代，爾父將無後，又何以慰我？』乃奪其疏，使勿焚。公見母病日亟，中夜起，刲臂以進，果稍愈。然藍太夫人憂瘁所致，乃瘵疾也，卒不可治，遽以是年十月十四日卒。公擗踴號痛，幾不欲生。宗伯公時年已六十有九，親撫其背曰：『爾祖母年高，當以生者爲重，爾卽殉母，恐爾母轉不以爾爲孝也。』公始稍稍節哀，承汪太夫人與宗伯公之命，經理喪葬，罔弗如禮。次年辛卯二月，宗伯公壽登七秩，族人方擬爲介兕，而正月二十八日忽以微疾薨。汪太夫人泣曰：『吾平日所以不憂者，賴有爾伯祖在也，今已矣。爾煢煢復何依耶？』太夫人泣，公亦泣，時宗伯公子稽田公紹堂自安徽涇縣任歸，次子石船公紹基自淮安海防同知歸，見公劬學，孝事大母，皆各出俸資以助。

甲午正月，公服闋，年已十六矣。以習五經應童子試，府縣俱前列。及學使按臨，而汪太夫人遘疾，公不忍暫離，遂不與試。時汪太夫人已六十有五，左右須人扶持，公尚未授室，凡親之中裠廁牏，無不手自浣濯。自五月疾作，至於次年三月，幾一年之久，頃刻未離親側。汪太夫人稍進飲，則色爲之喜，及疾加劇，心雖摧慟，初不敢以憂形，使太夫人知，及太夫人彌留，語公曰：『吾撫爾十七年，望爾得一第，以慰先人，今不及見矣。』是時，稽田、石船諸公皆以服闋之官，獨樂圃公次子念之公、八馭公長子渌雪公、敬亭公長子銘竹公、次子二瞿公皆居杭，於公爲伯叔祖，力勸公節順，如宗伯公之慰丁母憂也，公乃杖而治喪。先是，用平公與昌也公卜地未得，至是，公欲覓佳城，忽一老僧至，謂横山有吉壤。公隨之往，至其地，見林木暢茂，大江出其下，羣山高處，直入雲表，驚曰：『此殆天賜，以酬兩太夫人苦節也。』遂購之，奉昌也、用平二公與兩太夫人，俱葬焉。葬之日，見溪上有虎迹過，若爲公守墓然者，蓋孝思之所感也。丁酉夏，承重服闋，時年十有九。是冬，元配朱太夫人來歸，時家道中落。公童試既失利，乃以太學生應鄉試，又屢薦不售，遂棄去，習申韓家言。出游三吴及江淮間，爲諸侯座上客，所至爭相延行。己酉，公三十有一，是年里人以兩太夫人節孝聞於疆吏，並題請，得賜旌表。公焚黄墓次，涕下如雨，行路爲之感動。至嘉慶三年，公年四十，謂家人曰：『古人四十强仕。吾承先人苦志撫育，當思所以顯揚者。』乃援例以通判需次南河。徐氏自八馭公、石船公皆官淮安海防河務同知，治譜可尋。公又屢游其地，於治河情形殊熟，上游交章屢薦，不數年，擢道員，旋奉命補授淮揚兵備道。是時公從弟南滙公令銅山，有惠政，卽花農侍郎之大父也。以兄弟例迴避，乃調任上元，語見南滙公家傳。公既下車，宣防擘畫，無不洞中肯綮。而平日轍迹所至，河輒順軌，所司皆以福星目之。宣廟在潛邸，久知公名，二十五年十二月甲辰，遂奉旨擢公爲甘肅按察使。是年，公已六十有二矣。當雍正時，宗丞公曾任甘肅布政使，公以先芬宦績所在，益思有以紹述。且法家言爲素所講求，遇有疑讞，手自批判，一時有刑措之風，皋、涼之間，交口頌之。先是，陶文毅爲皖藩，至三年正月，晉擢巡撫。而皖中頻年水患，繼文毅而爲屏翰者，難得其人。朝廷顧各行省監司中無有居公右者，正月癸酉，乃調公爲安徽布政使。文毅旬宣時，整飭不遺餘力，公承流宣化，蕭規曹隨，文毅倚之如左右手。當公未至皖時，文毅已請展賑宿州等十二州縣衛水旱災一月口糧，得旨，報可。公慮災區至廣，或有遺漏，而澤不及遍，或有侵蝕，而款歸中飽，俱非上體皇仁也。於是督飭所屬，清查户口，分上中下三等，又集紳耆出資爲助，兼首捐廉俸，以爲之創。復虞米石不敷，稟商督撫，乞奏請采買他省，以資挹注。於是大學士、江督孫公玉庭奉命采買四川、江西米石，以備平糶，一時災黎，歡呼盈路。又以無爲等十六州情形最重，牒大吏，奏請施賑，既俞允矣。又奉命撥安徽關税及捐監銀十萬兩，並本省耗羨銀，備無爲等三十三州縣振需。四年，又申請免無爲等十一州上年被災學田租銀。旋又言『宿州、靈壁及屯坐各衛，被災情重』，十一月得旨，並賞給口糧。又以天長、泗州衛水旱災祲並見，均剴切申詳，乞督撫入告。五年正月，奉旨賞給天長縣、泗州衛軍民口糧。又請緩徵二屬新舊額賦，亦得旨允行。雖優渥之恩出之自上，然非公以實情詳請上達，恐所被不能如是之廣也。當文毅藩皖時，欲損益官制，未定，公之任數月即議妥。移安徽潁州府驛口橋捕盜同知駐艾亭集，爲撫民總捕同知，並增把總一；改前裁之鳳陽府司獄爲巡檢，並增外委一，均駐宿州。時村集增潁州營方家集、亳州營張村鋪、宿州營夾溝驛，外委各一，均經部議允行。次年五月，奉命編查棚民保甲。公居甘臬久，於保甲尤所素嫻，規畫井井，一里之中，人執何業，皆按圖可稽，一時奸宄爲之斂迹。又以志書爲文獻所繫，年久失修，詳請重加編輯，並經大府奏準。五年六月，以江督魏公元煜等奏請，添撥南河大汛工需，奉旨撥安徽藩庫存户部項下銀三十萬兩，解交河庫，以備支放。時皖省當被災之後，羅掘頗空。公念河工所以衛民，款不可緩，晝夜籌維，如數批解。要工得以告成，民公力也。當四年五月，調陶文毅爲江蘇巡撫，張公師誠爲安徽巡撫，張未至而文毅先入吳，遂命公護理撫篆，兼理提督。公於是請三代一品封，曰：『昔文穆公居此席，今幸克繼先人，且累世俱蒙恩封，吾祖母與吾母之苦節，或庶幾少慰乎？』色雖喜甚，而言之轉泣下。六年，上以湖北江陵、當陽二縣水災，念振撫非公莫屬，二月癸亥，乃調公爲湖北布政使。公以文穆公於雍正時曾任鄂藩，乃喜曰：『吾生平所到，皆有先世遺澤，父老當猶有諗余者，此不難治也。』及往振水災，一如治皖之無爲等處，仍牒大吏，不時上聞，故是年六月，遂有賜振之諭，亦公力也。鄂之人感公既無異於皖。而是時總督嵩公孚兼署湖北巡撫，軍書旁午，知公在外任久，遇事皆雅意諮商。公知無不言，言必爲地方興利除弊，其德澤之深，且有人不及知者。屬回疆及各路數用兵，公報解餉需，剋期無悮，皆不勞民力，而從容就理。公以明年正七十，合古人懸車之例，屢申所司，乞奏請開缺。大府雅重公，拒不允，而鄂省瀕江，水氣濕蒸，偶感痰疾，遂於是年九月卒於官。公生於乾隆己卯閏六月初一日寅時，卒於道光丁亥九月十五日申時，春秋六十有九。公性至孝，以生不見父爲憾，遇用平公家忌日，必茹素竟日，有時並餐亦廢。又承祖母與母夫人之教，故遇人極謙謹，後雖貴顯，一飯脱粟而已，無兼味也。顧雅愛士林，官淮〔一〕揚道日，江浙名流，如高星儕、郭頻伽諸老輩，皆下榻汪氏題襟館，公輒招至署齋，相與吟嘯，一時雅坫騷壇，推公爲牛耳。公喜爲古近體詩，每出一篇，衆皆斂手。然多不存稿，傳於世轉罕焉。娶朱氏，遂安樵侶公女，有賢德。公幕游江南北，或旅資不給，必脱簪珥以助。又以生平不逮事舅姑，遇春秋祀事，及生辰忌日，蘋蘩之供，務極豐潔。雖後貴盛，而俎豆之陳，恆出手製，人頌其賢。以乾隆丁丑六月初二日未時生，嘉慶辛未十二月十二日丑時卒，春秋五十有五。朱夫人無所出，初以族子乃溥爲嗣。繼娶於王，生二子，乃純、乃瀛，並候選通判。公以護理安徽巡撫兼理提督，誥封光禄大夫、建威將軍，元配朱氏，繼配王氏，俱誥封一品夫人。鄂中喪歸，諸子遵遺命，祔葬横山許家埭祖塋之次。乃爲銘曰：

皋陶之後，累世忠貞。舉直錯枉，明允篤誠。公以母教，周知民情。雙節表勁，鞠育有成。初習申韓，讞必持平。不疑決獄，後堂聞聲。慈萱雖萎，語不及聽，公秉懿訓，甘涼遠征。政美刑措，訟庭草生。天子曰諮，其善宜旌。顧瞻皖水，哀鴻夜鳴。疇其撫之，命公南行。計口授食，勿罄其缾。民氣大蘇，易歉爲盈。襄樊諸水，滙於洞庭。江陵滔滔，濁浪拍城。天子曰諮，尒秉至誠。勞來安集，扶危定傾。聞命入鄂，舟不少停。時方多事，西陲用兵。轉輸千里，七鬯不驚。公力已殫，勿露於形。方將解組，往尋西泠。鶴巢結隱，烟水怡情。天不慭遺，二竪是嬰。未及杖朝，遽聞騎鯨。漢陽月黑，烟樹冥冥。王笛罷吹，落梅飄零。素旐歸來，錢江隕星。牛眠所卜，横山青青。追隨先德，如公事生。綽楔輝煌，恩綸交并。疊壤山崇，揚波澤清。積厚流光，世貽令名。請刊此石，爲公定評。千百年後，頑廉懦興。

【校記】

〔一〕 淮，原誤作『洼』，據文意改。

襍文六編補遺卷五

吏部左侍郎許公墓志銘[一]

光緒二十有六年十二月，天子下明詔，雪三大臣冤，復其官。三大臣者，故兵部尚書徐公，故吏部侍郎許公，故太常寺卿袁公也。三公皆蒙難於生前，而得直於身後，於是天下之人皆頌天子明聖，而交口稱三公之賢，曰：忠臣！忠臣！無異辭。徐公之葬也，余[二]既銘其墓矣，今年夏，許公之子鼎鈞又具狀以墓銘請。余[三]舊史氏也，將上以宣布朝廷盛德，而下使爲人臣者知事久論定，屈於一時者必申於萬世，而士大夫之氣將爲之一振。然則斯銘也，誼固不[四]得而辭。按狀，公諱景澄，字竹筠，浙江嘉興人，許氏。曾祖溶，祖國楨，本生祖廷梧，父丙熺，皆贈如公官。公自幼敏達，年十五入縣學，粵賊之亂，奉祖父母及父母避難鄉閒，卒不廢學。亂定復歸，應歲科試，補廩膳額。同治六年舉於鄉，明年成進士，改庶吉士。十年，散館，授編修。光緒元年，充順天鄉試同考官。五年，充四川鄉試副考官。公初工爲駢儷之文，及既入翰林，以時事方艱，詞臣清要，非可徒以詞章塞責，乃究心朝章國故及時政利弊[五]，冀有用於當世。長白相國文文忠公器之，以使才薦，遂有出使日本之命。丁父艱，未赴。服闋，升侍講。十年，充出使法、德、義、和、奧各國大臣。時國家方創興海軍，前使者於德國訂購鐵甲船二，穹甲快船一，皆未就。公與譯員等歷游船廠，講求船制，又增購穹甲快船一，船之精良勝於舊制者，十有五事。又上疏言：大沽口宜設鐵甲礮船，膠州灣宜定爲海軍屯埠，皆海防要策也。俄丁母憂歸，歸而粤督南皮張公，公之座師也，招至粤，與商榷時政。後張公奏定蘆漢鐵路章程，皆公所參定也。十六年，又充出使俄、德、奥、和各國大臣。俄兵游獵，每涉我國所屬帕米耳之界。公爭之俄外部，始已。又議定界，執舊議，以烏什别里山爲界，從此而南屬中國，從此而西南屬俄國。俄人則欲以薩雷闊勒爲界。相持三載，公堅執不撓。俄外部乃爲調停之説，帕界未定以前，兩國各不得進兵，以保和好。雖界議猶懸，而俄害稍戢，公之力也。時公已由太僕寺少卿、通政司副使、光禄寺少卿迭遷至内閣學士，擢補工部右侍郎，駐俄六載矣。會俄國與日本開戰，及事定，而俄、德、法三國出面，預謀使日人歸遼東於我，人皆以爲喜。公曰：『俄人懷自便之謀，德人挾責報之意。自此以往，事故滋多矣，吾懼不勝任。』力求代。又言：『俄、德兩大國交涉事繁，一使不能兼顧，宜分爲兩使。』二十二年十一月，命公爲德國使臣，蓋不允其求退之請，而從其分使之議也。未受代以前，有鐵路公司之役。俄國悉畢里鐵路欲與海參崴連，謀取道黑龍江、吉林，朝議拒之，因改爲商辦，設立公司，而使中國亦入股銀五百萬，乃又命公總辦黑龍江、吉林鐵路公司〔六〕。公力阻其路線南侵，且與訂約，稽查運料之船，勿使漏税。而公司〔七〕例支之公費，悉數諮存總署，銖錙勿受。二十三年，至德國甫數月，而俄人租我旅順口。命公以頭等欽差，會同駐俄使臣侍郎楊公就俄都定議。事竣，公請病假回嘉興原籍，溯自光緒十六年使俄，至是年，八閲春秋〔八〕，鬢髮蒼然白矣。時事日非，一身將老，每一念之，悽然泣下。故鄉親故，皆勸公可勿出。然公自以受恩身重，以身許國，不爲身謀。適奉樞電促行，慨然就道，此行也，固已置死生於度外矣。既至京師，命在總理衙門行走，兼署禮部右侍郎，調吏部左侍郎。時意大利要索我三門灣，政府趦趄未決。公抗言駁之，事乃寢。外國公使駐我京城者，率驕不可制，自〔九〕公入譯署，稍稍斂戢。羣公皆倚爲重，然亦有忌且忮者。無何，而拳匪之禍起。拳匪者，起自山東，蔓延畿輔，朝廷始議剿之，而東撫毓賢言其可用，諸勳貴皆爲煽惑，招之入京，以扶清滅洋爲名，殺使臣，攻使館。公力言拳匪不足恃，外釁不可啓，與太常袁公聯名入諫。諸首禍者深嫉之。七月朔，各國聯軍逼近都門，而李秉衡又倡言非殺主和者將何以戰。越二日壬寅，公與袁公遂同及於難。天下冤之。是月十七日，兵部尚書徐公亦就西市。未幾而聯軍入京，乘輿出狩。嗚呼，言之痛矣！今雖是非大定，沈冤昭雪，然使當日早從公言，何至於此。此海内忠義之士所以太〔一〇〕息痛恨於端、剛諸人也。公所著有《奏議》及《外國師船表》、《德國陸軍紀略》，餘皆燬於兵火，其《出使函稿》則有石印本行於世。公初娶沈，繼配高，並封夫人。子嗣仲、維源、維品、維良，皆早殤，以從子嗣，即鼎鈞也。朝廷旌公之忠，加恩其孤，特用直隸州知州，今官湖北。余既諾鼎鈞之請，乃撰次其事，而繫以銘。銘曰：

維三忠之同盡，實千古所深悲。賴聖明之昭雪，身雖死而名垂。公久勞於域外，周四國而咸知。當事變之猝發，宜於公乎諏諮。衆昏昏而醉矣，公侃侃而爭之。既枘鑿之不合，甘九死其如飴。慨劫運之莫挽，幸天鑒之無私。爰光復其名位，更盪滌其瑕疵。播榮名於史策，垂福祚於鍾虡。既表揚乎既往，亦風勵乎來茲。苟無虧乎堅白，夫何慮乎磷〔一一〕淄？願百爾之君子，其三復此銘詞〔一二〕。

【校記】

〔一〕此文又見於《許文肅公外集》卷首（以下簡稱『《許》本』），用作校本。

〔二〕余,《許》本作『予』。
〔三〕余,《許》本作『予』。
〔四〕不,《許》本作『不可』。
〔五〕利弊,《許》本作『得失利弊』。
〔六〕司,《許》本作『使』。
〔七〕司,《許》本作『使』。
〔八〕『秋』下,《許》本多『公』字。
〔九〕制自,《許》本互乙。
〔一〇〕太,《許》本作『歎』。
〔一一〕磷,《許》本作『涅』。
〔一二〕『詞』下,《許》本多『光緒三十二年太歲在丙午六月之望,德清俞樾撰文』。

都察院左副都御史薛公墓志銘

公諱福辰,字振美,號撫屏,薛氏。其始祖皞,宋翰林承旨,世居江陰。傳七世而徙無錫賓雁里,遂爲江蘇無錫縣人。曾祖葆光,早卒。祖錦堂,常州府學生。父湘,道光二十五年進士,有文名,其會試卷,海内傳誦焉,官至廣西潯州府知府。三代皆以公貴,贈光禄大夫。曾祖妣許,祖妣顧,妣顧,皆贈一品夫人。公昆弟六人,仲弟福同,同治六年舉人。次福成,同治六年副貢生,官至都察院左副都御史。

次福保，以奇才徵，官至四川知府。次福祁，由恩貢生官至湖北沔陽州知州。次福庚，光緒元年舉人。一門之内，翬然騫舉，有荀龍賈虎之目。而公最居長，童稚時即孝於親，睦於羣弟，潯州君奇愛之。既長，遂博覽經史，旁通諸子百家，兼習《素問》、《靈樞》之説，蓋公一生學業，源於此矣。咸豐五年，應順天鄉試，中式第二名。故事，順天試必以北人爲元，其第二必南人，所謂南元也。公以南元應禮部試，文名滿都下，僉謂：『潯州君之子，家學固宜爾也。』榜發不與，乃以議敘員外郎，掣籤分工部，在營繕司行走。雖循分供職，不自表襮，而風采隱然，羣公皆器重之。是時潯州君方官湖南安福縣，而母顧太夫人猶家居，公時以爲念，爰以八年春乞假歸省，既至，又至楚省其父，而潯州君適由安福移知新寧，以守城禦賊功，超遷知府，俄拜潯州之命。未及之官，積勞成疾，謝賓客於新寧。公扶柩歸，而兵戈載道，間關繞越，九年五月，始至於無錫，無錫亦孔道也。其明年，卜地仁村，將營窀穸而大營潰，常州陷。顧太夫人率家人輩倉卒避寇，命君與副憲君留治葬事，出入賊中，危險萬狀。葬畢，偵知太夫人在寶應，將往從之，北行至寺頭鎮，猝爲賊所得。公神氣不變，談吐甚豪，詭詞謾語，賊不能測，竟縱之去，得免於難。既至寶應，又偕副憲君謁曾文正公於皖省，陳規復江左之策，文正偉之。而公自以家督，宜在家奉母、教諸弟，乃留副憲君於營中，而自乞歸。歸則謹視太夫人寢饋，又課諸弟讀書，無復出之意。李文忠之剿捻也，曾聘之入幕，捻平，又乞還。蓋公篤於孝弟，而澹於榮利，天性然也。及丁文誠公撫山東，以山東吏治積不修，河患尤亟，非公不能佐理，手書敦請，至再至三，公感其知遇，勉爲一行。既至，先治河決，躬駐侯家林，日夜履行河干，相度機宜。未及浹旬，決口告合，節省帑金百數十萬文，誠嘉焉。飛章入告，詔授山東濟東泰武臨道，異數也。東省當兵燹之後，又困於水患，公專務休養生息，在任四年，困者以蘇，瘠者以肥，是大有造於海岱間矣。光緒二年，太夫人卒於署，諸大吏知義不可留，相與太息，而父老之攀轅臥轍者以數千百計，則公之爲政可知也。五年，服闋，將赴闕，謂諸弟曰：『吾自此以身許國矣。』明年，行至天津，會慈禧皇太后以宵旰憂勤，起居弗怡，詔徵天下通知醫理者，李文忠公、曾忠襄公交章薦公。公入，請脈處方，語皆稱旨，故雖簡放廣東雷瓊遺缺道，又調督糧道，均留内廷，未赴也。皇太后嘗面諭諸醫曰：『汝謂予可安養乎？治天下誠不易，任大責重，曷敢稍自暇逸？惟薛福辰，讀書人，當能體此意。』公聞之悚然，蓋君之素行，固已默契聖心矣。九年春，皇太后大安，諸醫皆退，公亦調授直隸通永道，賞加頭品頂戴，優之也。公治畿南，如治山左，會越南用兵，兵差不絕，特設官車局，以紓民力，民尤便之。通永道駐通州，距京師近，時蒙徵召，恩賚優渥。十二年，遷順天府府尹，謝恩之日，召對便殿，諭曰：『卿非但能醫病，實醫國之才也。』賜御筆『職業脩明』匾額，又賜御製一聯，云『敬謹身修葵向日，光明心事月當天』，舉朝贊歎，以爲榮遇。十三年冬，調宗人府府丞，十四年冬，授都察院左副都御史。而公忽得半身不仁之病，疏請開缺，不許，十五年夏，三疏乞退，於是優詔俞焉，遣御醫視疾，并賜葠苓，瀕行，賜御書『福壽』字及『歲歲平安』四字，皇太后又賜一聯，曰『人游霽月光風表，家在廉泉讓水間』，恩禮始終，海内榮之。是年七月戊寅，卒於里第。遺疏聞，諭：照一品例賜卹。又賚帑金治其喪。年五十有八。所著有《青萍閣文集》，又有風、勞、膨、膈四種醫經未及寫定，世以爲惜。元配王，繼配樊，又繼配竇，並封一品夫人。子邦彥，出爲從兄後，襲雲騎尉世職；邦襄，廕生，安徽合肥縣知縣；邦龢，由刑部主事官浙江知府；邦藩，三品銜候選知府。女子子三，次女殤，長適何剛德，三適李經湘。孫八人：育麒、育麟、育虎、育龍、育驥、育彪、育楚、育藍。孫女四。

光緒十五年某月某甲子，葬於漆塘之原，王、樊兩夫人祔焉，禮也。其孤具狀乞銘，銘曰：

公篤於行，顏閔之倫。公長於政，龔黃其人。又精於醫，爲軒岐之功臣。上以契乎聖，下以孚乎民。宜其位躋槐列，而名動楓宸。惟漆塘之新阡，君於此乎歸真。地開吉壤，天錫恩綸。賜祭賜葬，世戴皇仁。閟佳城其永固，刊貞石以常新。

江蘇候補道錢君墓志銘

光緒三十年二月甲戌，江蘇補用道錢君卒。余於其先德子方先生同歲生也，故習於君，知君最詳，謹循舊史氏之職，爲君作家傳一篇。未幾，而其孤振聲又來，告曰：『日月有時，將葬矣，請志其墓。』余謂傳體宜載其詳，志體宜舉其大，乃譜其世系，敘其出處，綜其行誼，考其政績，紀其生卒年月，附及妻妾子女，而繫以銘。其世系曰：君諱志澄，字伊甫，亦字清士，浙江嘉興人，錢氏。其先海鹽何氏也，明初有諱裕者，育於錢，故氏錢，後由海鹽徙嘉興，故籍嘉興。乾隆名臣有謚文端者，其五世祖也。曾祖復，歷官福建、直隸知縣，終順天府大興縣。祖友泗，天文生，本生祖泰吉，廩膳生，海寧州學訓導。父炳森，道光二十四年舉人，景山官學教習。三世皆以叔父諱應溥者官工部尚書，而君又以道員，例得加級請封，故皆贈一品。曾祖妣陳、沈，本生祖妣胡，妣蒯，皆一品夫人。其出處曰：君屢應省試，不得意。時方多故，慨然有用世之志，乃納貲，以知縣分發江蘇。歷充洋務局、上海糖捐局員，歷宰荆溪、鎮洋、青浦各縣，所至皆治。光緒二十一年，過班爲候補道，仍發江蘇。有旨，交軍機處記名，遇缺請旨簡放。旋代理蘇州關監，督代統鹽捕營，督辦蘇屬沙洲事，督辦松滬鳌捐。其行誼曰：君少有至性，父教習君患寒疾，君旦夕叩禱，時方九歲耳。嘗讀書於叔父司空公京師邸第，病痢，日數百次，恐貽蒯夫人憂，戒諸昆弟，勿以函告。蒯夫人病歿江西，兵火倉皇，棺衾菲薄，後雖遷葬，而此莫能補，晚歲言及，猶隕涕焉。幼弟鼎甫，遺腹而生，故友愛尤篤。臨歿前一年，指巨屋一區贈之。先代祠墓，無不修理，前人著述，手自校定。《文端公年譜》及十世祖《太常公年譜》，皆校刻行世。與人交，有終始。有杭君者，爲君司會計，後雖别去，歲致修脯如初。有一至戚，以貧告貸，君時猶貧，僅一羔裘，解以予之，無難色焉。其政績曰：荆溪多客民，土客常械鬬。君爲土民定租額，爲客民編户籍，客民畏而土民悦，遂以無事。鎮洋每歲征收，輒溢定額，君悉照《賦役全書》頒示科則，至今循之。青浦所屬唐家浜大火，君聞報馳往，按户振恤，不假手胥吏。其地卑下，恆苦水災，君爲築圩隄，疏溝洫，自是水不爲災。長又地近太湖，太湖之盜，時時闌入。君力請上游撥兵助捕，請而未允，以去就爭之，自是境内無盜。長於折獄，嘗言：『吾曾祖大興公有錢一堂之稱，謂其無留獄也。吾雖不才，竊慕之矣。』嘗獲積盜陳逢綬等八人，盜自言曾行劫於某縣某縣，移問知縣，皆曰盜已獲，案已定。公細覈之，實陳等所爲也，乃提各縣所獲之盜來，訊之，則皆承，再三詰之，惟目視諸捕，麾諸捕去，乃泣請驗其足，蓋足指皆脱矣。始知諸捕貪賞，刑逼教供，非真盜也。使非君平反，不皆無罪而就死乎？荆溪有客民，陳、殷二姓，爭爲棚長。殷自殺其族兄，以誣陳。君察陳無懼色，殷無戚容，細鞫之，殷詞窮，發其槀，而血刃見，案遂定。江都民奚姓，丹徒姚姓，爭沙田，聚而鬨。君躬自履勘，曰：『其地實屬丹徒。然姚姓雖具稟承買，而價未繳足，且未升科完賦；奚雖升科完賦，而價亦未足，且買在姚後。又地非江都，隔縣串買，有違功令，兩姓皆有罪，姑從寬勿究。』以東西分界，東歸姚而西歸奚，六七年未決之案，一言而決。君之精敏，類如此。至論與外人交涉，則有二言，曰：『平日推誠，臨時據理。』代理關督時，有洋商欲於租界外購地者，君據新約以爭，執不可。且上書兩院，曰：『蘇州開埠，自日本創始，尚須明定界限。而援例之國，乃欲旁爭界外之權，非特無以對日本，且隄防一決，枝節叢生，流弊何所底止？』書上，總督劉忠誠公深韙其言。任公道鎔曾疏言，君有血性，而無僞行。光緒十二年大計，中丞崧公以君勤直明爽，果敢有爲，列君上考，皆可謂深知君者矣。其生卒年月曰：君生於道光二十六年二月二十一日，卒於光緒三十年二月二十五日，年五十有九。妻蕭氏，封一品夫人，簉室孫氏，貤封淑人。君歿之三日，賦絶命詩四章，仰藥以殉，旌如例。子一人，振聲也，嘉興縣學廩貢生，江蘇試用道。孫七人：倬，太學生，候選州同；儁、價、殤；侑、健、侗、儆，幼。孫女三人，其長者適長洲張氏。君嘗卜吉壤於海鹽祖瑩之鄰，地曰風聲巷。至是，振聲奉而葬也，遵遺命也。其銘曰：

禾中望族〔一〕，實惟錢氏。英英錢君，乃杞乃梓。負翰苑才，以貲郎仕。宦游三吳，歷宰百里。一片赤誠，愛民如子。羣公交薦，循聲大起。天子曰才，汝觀察使。乃駕廉車，重游吳市。整軍軍整，理財財理。遠人來游，距我尺咫。據理不阿，推誠毋詭。經界一定，狡謀自弭。以君之才，以才之美。如日方升，未見其止。如何不弔，一朝逝水。璺我圭璋，凋我蘭芷。我作銘詞，千載斯視。下奠幽宮，上告良史。

【校記】

〔一〕族，原作『旌』，據文意改。

游擊張君墓碑

往者大盜起於粤西，蔓延於東南各行省，而江蘇、浙江實終受其毒，蘇則江南北郡縣皆陷，惟存上海一縣，浙則浙東西郡縣皆陷，惟存衢州一郡。厥後李文忠之師自上海入，左文襄之師自衢州入，而蘇與浙先後克復，天若留此一州一縣，爲克復江浙之始基，而遂爲中興一大關鍵，碩果不食，豈偶然哉？上海爲通商口岸，江艤海艘，南北往來，衣冠駢集，守滬之功，人人樂道之。當時有功於滬者，生享榮名而殁膺崇祀，蓋非一人矣。衢州僻處浙東，游其地者尟，知其事者希，其事同也，其功同也，數十年來，若有顯晦之殊，此吾所以大書張君之碑也。君諱培基，字厚甫，雲南呈貢縣人。以武生應道光二十四年恩科武鄉試，中式舉人。三十年，兵部掣籤，以衛千總發南漕，又由漕督籤分浙江海寧所，此君仕浙之始。咸豐六年會試，成進士，奉旨以衛守備歸部銓選。請假回籍，繞道浙中，衢嚴鎮饒公留君辦衢防營務，自是君之戰績皆在浙矣。積功以衛守備擢營守備，由守備擢都司，賞藍翎，旋换花翎，累保至參將，疊次署理處州中營游擊、湖州協副將、寧海營參將、撫標中軍參將、代理鎮海營參將，又屢奉檄管帶湖屬泗安鎮駐防，管帶湘軍水師左營，一時動望翕然，僉謂：『建牙專閫，指顧間矣。』乃因保奬游擊時漏敘銜名，奉部文，改以游擊留浙補用。而君之官階，乃止於游擊，知君者咸以爲惜，君不計也。最君一生戰績，在衢爲多。衢之爲郡，居浙上流，安徽、江西、福建、廣東皆取道乎此，固浙東一門户也。賊窺浙東久，故攻衢尤力。君之仕浙也，本以留辦衢防營務，故賊三攻衢，君三守之。在城文武，如李公定太、饒公定選、吳公艾生、吳公來鴻，皆與有勞績，而始終其事、心力交瘁，君一人也。其時兵力單薄，糧饟支絀，君惟以忠義激勵將士。賊於西門外饅頭山隧地攻城，君倣古甕聽之法，穴地丈餘，坐瞽者於大瓨，使之諦聽，審定所在，掘濠引水，灌注其中，賊謀遂敗。金衢嚴道胡公命公統全勝營水師，駐衢西門外。賊自常山擄民船百餘，順流而下。君逆擊之，賊大敗，棄船走。是時援衢諸軍雲集，而城西南隅則惟倚君水師爲重，湘軍至衢，圍解，君又隨同克復嚴州、金華、淳安、蘭溪、湯溪、龍游、常山諸郡縣。其戰於威坪也，以師船六艘，擊退悍賊二萬，尤爲軍中所慴服。使當日非君與衢城文武同心固守，則衢城必陷，衢陷則浙東糜爛，湘軍轉戰而下，非旦夕可期，而肅清全浙，不知何日矣。事在一隅，功關大局，守衢守滬，伐閱惟均，而守滬猶借重洋兵，守衢則惟資血戰，其功雖等，其事尤難也。軍事甫定，君乃捐廉俸，施醫藥，物故者棺之槥之，嬰倪者飧之乳之，於崎嶇百戰之餘，爲休養生息之計。君其材兼文武者歟？光緒十七年，歿於烏鎮水師營次，詔視副將及三四品官出征病故例賜卹，予一子八品蔭生，異數也。嗣由衢郡紳民歷陳其守衢之功，請附祀左文襄專祠，由浙撫入告，從之。百戰之功，千秋俎豆，公論也，亦異數也。公長子某，早卒；次子善友，余門下士也，以君之墓宜有碑，碑宜有銘，具狀而請於余。余惟君之一生，莫大於守衢，故舉此以𥪡示後人，餘從略焉，碑例然也。銘曰：

盜起桂嶺，東南爲墟。旋乾轉坤，孰爲之樞。在蘇惟滬，在浙惟衢。衢城巖巖，浙東門户。三攻三守，臣力師武。厥功孰多，張君厚甫。滇雲㳽㳽，是生將材。滇士如林，君爲之魁。仗劍從戎，萬里而來。我舉於鄉，與君同歲。我游於杭，與君把臂。大樹俄摧，長城焉寄。俎豆百世，窀穸千年。祁連高冢〔一〕，鬱鬱芊芊。舉其大者，銘勒其阡。

【校記】

〔一〕 冢，原作『冢』，據文意改。

贈光禄大夫候選道朱君墓碑

故三品銜、一品封、候選道朱君，德立於身，行修於家，利澤及乎鄉里，名譽達於朝廷，殁已三十年，而父老謳思，士林稱道，至今不衰。爰有搢紳先生潘君學祖等百有餘人，臚舉君一生事實，呈學牒縣，達於臺司，安徽巡撫聶公乃會同總督、學政合言於朝，請以故紳朱某入祀鄉賢祠。天子下其事於禮部，部議上，如所請，而君俎豆千秋矣。君有賢孫念陶觀察，宦游江蘇，言於余曰：『故事，三品以上墓必有碑，今吾祖葬久矣，而墓碑未具，禮則有闕，用敢具狀有請。』余受而讀之，歎曰：『斯人也，古所謂鄉先生，殁而可祀於社者也。』謹按狀，君諱宗溱，字虞廷，别字雅庵，安徽涇縣人，朱氏。曾祖安池，祖萃，父鏊，皆以商業世其家。君幼失母，父奇愛之，謂非常兒也。年十五即服賈於外，遂精於廢舉之術。曾文正公方整頓淮鹽，以裕軍食，君承辦西鄂兩岸鹽引。是時，江漢間寇亂未平，傾側擾攘，棘荆徧地。而君舟車四出，履險如夷，其材智過人，亦可見矣。江西以軍饟奇絀，議倡辦鹽捐，未有端緒，乃以屬君。君之治鹽也，無擾於商，而捐則大集，涓滴不以自私，雖薪水之資亦謝不受，人皆稱焉。金陵平，敘功由候選同知升知府，加道銜，賜孔雀翎。然君無意仕進，旋入貲，以雙月道候選，加三品銜。曰：

『吾以布衣起家，官四品，銜三品，是亦足矣，尚何求乎？』君居家以孝友聞，因幼失母，育於庶母，聞人言亡母事輒涕泣。事父與庶母，咸竭力，逢忌日，終日不食，與兩弟友愛無間，人莫知其爲異母昆弟也。君既淡於榮利，又篤於天性，故一生無他務，一以濟人利物爲事。族中故有師范堂義倉，兵亂毁焉。君捐貲設繼范堂，以周濟貧苦，歲費銀千兩有奇，三十年來，不下四萬兩。其後，君之諸子臧成等遵其遺命，買南陵縣田一千六百餘畝，創建義莊，成君志也。族中又有義學，乃其五世祖諱武勳者所創，亂後亦廢。君復設之，又出鉅貲生息，自應童試以至鄉、會試，咸有助，一時造就甚衆。邑中文廟毁於兵火，以四千餘金助修，又獨修鄉賢祠，今崇祀鄉賢，亦其報也。同治三年，江南補行鄉試，上江假江寧察院爲公所，君助以經費，每語諸子，凡事關庠序，必宜贊成。其後邑人議建復考棚，臧成等獨任其事，糜白金至二萬有奇，及奉旨設學堂，又捐三千金爲倡，皆所以成君志也。君自奉甚儉，每歲所入，悉以施舍，修葺橋梁，平治道塗，收育嬰倪，撫卹孤寡，寒則施衣，病則施藥，見義必爲，不分畛域。嘗〔一〕於江西省城進賢門外買地，以瘞旅櫬，命之曰同義堂，又於湖北漢陽城外添置救生紅船一艘，行旅感焉。而君猶以力薄不能博施，易簣之日，猶語及之，故諸子莫不感奮。光緒十二年，遵遺命，捐振直隸水災一千兩，詔爲該故紳建『樂善好施』坊。十八年，又捐振直隸七千兩，詔將該故紳善行列入原籍省府縣志。君先以燿成官，請從一品封，及考棚成，撫臣以聞，言本其父遺意，詔賜正一品封，至是，又崇祀鄉賢。嗚呼，是足以表示乎後世，而庇蔭其子孫矣。君生於道光二年某月某甲子，卒於同治十三年十二月某甲子，年五十有三。娶唐氏，贈一品夫人；側室熊，封夫人；章，封宜人。子八人：瑞元，同治六年副榜貢生，湖北候補同知；蔚成，殤；燿成，浙江候補道；麟成，江蘇候補道；臧成，候選道；陽生、庚年，均早卒；震，江西候補道。孫二十二人，曾孫十一人，元孫一人。余於諸孫中識其一，曰錕，光緒十四年舉人，江蘇候補道，即念陶觀察也。余既諾其請，乃文其碑，乃繫以銘。銘曰：

君之內行，粹然君子。孝乎惟孝，友於兄弟。君之外才，靡任弗勝。出其餘技，用佐中興。君之天性，澹於利祿。我行我素，爲善最樂。橋傾我建，塗圮我修。孰饑我饘，孰病我瘳。乃興義學，義學有塾。乃立義倉，義倉有穀。君願孔巨，君志不隳。力或未逮，有子成之。疆吏上言，凡茲義舉。父命子承，承其先緒。天子曰諮，宜旌其門。樂善好施，垂裕後昆。天子曰諮，晉爾一品。錫之章服，服我休命。君之遠祖，實祀鄉賢。五世之後，而君繼焉。令聞令望，世世無斁。我作銘詞，刻君墓石。

【校記】

〔一〕嘗，原作『常』，據文意改。

嘉興移建節孝祠碑

國家旌别淑慝，風示天下，匹夫匹婦，一節之善，咸予褒揚。故凡婦女之青年守志，白首完貞者，生則有綽楔之榮，殁則有俎豆之奉，此郡縣節孝祠所由立也。浙江嘉興縣，故有節孝祠，在郡城東門外角里街，亂後毁焉。擑撝經營，粗復其舊。然其地舊爲通衢，今爲曠野，彌望荆榛，四無鄰比，守者無可棲止，宵人得以潛藏，門牖窗櫺，任意毁折，祠中栗主，斧以爲薪，佳節春秋，無以奉祀，行路見者，咸爲盡傷。於是邑人聚謀，僉曰：『是宜徙於城内。』乃卜吉地，得於分府公廨之東，蓋關廟之故址也。則有尼之者，曰：『是地也，屬於秀水。今以嘉興貞孝祠移建於秀水之地，無乃不可乎？』然考嘉興爲孫吴古縣，至明代始分置秀水，是嘉興、秀水，古本不分，況嘉邑之壇廟祠宇在秀水境内者甚多，何獨於節孝祠而疑之？紳士大夫合詞請於嘉興縣吴公、秀水縣程公，皆以爲然，嚴禁沮撓，獎成其事，然後遷祠之議乃克有成。匃工庀材，將謀經始，而又有難者。此一舉也，非白金三千兩不辦，嘉邑雖號富衍，而生齒日繁，生計日絀，集貲於人，銖累而寸積，殊非易易。爰有故布政司銜記名道訪梅姚公文枏之箮室、誥封宜人、劉宜人者，巾幗中樂善好義者也，慨然曰：『節孝祠之建，所以慰既逝之窮嫠，而資將來之觀感，此亦邑中一大事，奈何猶猶與與，不速圖其成乎？費無所出，吾請獨任之。』乃捐金三千兩，卜日興工，邑人皆大感奮，踴躍從事，始某年月日，訖某年月日〔一〕，祠工一律告成，木事土事，無不肸飾，雕櫳鏤檻，有加於前，孫桷母榱，悉中程度。落成之日，式其祠下者咸歎曰：『劉宜人之力也。』余與聞其事，樂觀其成，用述本末，紀之於碑。古碑必有銘，銘曰：

惟嘉興縣，有節孝祠。祠毁復建，厥地非宜。移建城中，關廟古基。集腋匪易，鳩工無期。有命婦劉，巾幗鬚眉。白金三千，談笑出之。成此美舉，仗此鉅貲。落成之日，萬口嗟諮。宜有記載，傳示來茲。舊史俞樾，作此銘詞。

【校記】

〔一〕月日，原本互乙，據上文改。

贈太傅封一等男文華殿大學士瓜爾佳文忠公墓志銘

光緒二十九年三月庚子，文華殿大學士榮公薨於位。是時，天子方奉皇太后展謁西陵，還駐保定。遺疏聞，兩宮震悼，贈太傅，封一等男，予謚文忠，賜祭一壇，入祀賢良祠。越日，又賜祭一壇，命以生平事蹟宣付史館。疊奉詔書，一則曰：盡心竭力，調和中外；再則曰：獻納周詳，爲中外所不及。知天語褒揚，舉朝讚歎。嗚呼，公不死矣。日月有時，將舉大葬，公子席卿介河南巡撫陳君乞余銘其幽宮。余名微位卑，不稱盛德，辭焉。辭不獲命，乃譜其世系，敘其出處，綜其行誼，紀其生卒，及其所生而後，舉其卓卓大者，著於篇，繫以銘。其世系曰：公諱榮祿，字仲華，別字略園，姓瓜爾佳氏，滿州正黃旗人。其先世有諱費英東者，實佐太祖高皇帝締造丕基。順治初，封直義信勇公，所謂『四字公』也。元勳懿戚，代有聞人。祖莊毅公，諱塔斯哈，以幫辦大臣歿於喀什噶爾之役。詔視都統例賜卹。父勤勇公，諱長壽，涼州鎮總兵。咸豐初，與兄天津鎮總兵武壯公諱長瑞者同日戰歿於廣西，詔有『忠貞世篤』之褒。均贈提督，卹如例。而其季弟諱長泰者，又以游擊隨科爾沁忠親王轉戰畿輔，歿於陣。公官工部員外郎，時曾被命，至軍機處問祖父死事狀，公具以對，文宗顯皇帝動容久之。公後著有《忠貞世篤錄》，紀此事也。其出處曰：公以門蔭起家，觀政工部，擢員外郎，筦銀庫事。俄請以道員候選。及顯廟狩木蘭，恭忠親王設立巡防處，檄公總其事。同治元年，醇賢親王又調公充神機營翼長。奉天馬賊逼近東陵，公統健鋭營追賊鐵門關，賊遁，加副都統銜。七年，復設巡防處，公亦與焉。捻平論功，加頭品頂戴，擢左翼總兵，授總管內務府大臣、工部、户部侍郎。光緒四年，授步軍統領、工部尚書，未幾謝病歸。病起，授都統，簡放西安將軍。二十年，海疆事起，復授步軍統領，會辦軍務。和議定，授總理各國事務大臣。二十二年，以兵部尚書協辦大學士。二十四年四月，授直隸總督。八月，特授軍機大臣。是年始設武衛五軍，以公總中軍，兼節制各軍，晉文淵閣大學士。二十六年，轉文華殿大學士，以終。其行誼曰：公生有至性，少孤，孝於繼母，友於昆弟。及壯，長身玉立，儀狀偉然。官部曹時，每常朝儤直，顯廟於班中遙望之，輒指問樞臣曰：『此榮祿耶？』是時，當國者權勢熏炙，欲羅致門下，公不爲屈，其請改道員緣此也。今上登極，敘定策功，以執金吾拜大司空，浸大用矣，而引疾乞身，優游家衖者十餘年，海内高之。公爲西安將軍，以駐防軍生計奇絀，孤寡者，名糧之外，月給錢千，一軍歡抃。乃使練習洋槍，以佐騎射，軍容爲之一振。及任兵部尚書，遂疏請武科改試槍礮，又請設武備學堂，以畜將材。其時朝廷方病八股取士不足得實學，公乃建言：『非設學堂不可。』於是京師設立大學堂，又推其法行於各直省，皆由公始也。兩宫之西狩也，各國索戎首甚亟，公力陳安危所繫，請早定大計，以安宗社。罪人既得，外論始平，公與兩全權大臣往復函商，以定和議，人知慶邸與李文忠之楮柱於外，不知由公之斡旋於内也。公在行在卽議立政務處，凡因革損益之事，取裁於此，至今循之，規模遠矣。少負文武才，書畫劍槊，皆極其妙。及歇歷中外，與文文忠、寶文靖、李文正、左文襄、李文忠諸公互相砥礪，不立崖岸，而外省情獘，無不周知，與各疆臣推誠告誡，人人樂其寬易，而又畏其嚴明，誠一代名臣也。其生卒曰：公生於道光二十三年某月某日，薨年六十有一。當疾革時，問以家事，不答，喃喃囈語，皆國大事也。睠懷君國，始終不渝，謚之曰忠，允矣。元配某氏，繼配宗室氏故大學士諱靈桂之女，有賢行，庚子歲，從公西行，以疾卒於河南彰德府。側室某氏，以女貴，奉懿旨封一品夫人。子綸厚，字少華，亦從公西行，時年甫十四。事起倉卒，衆皆惶遽，摒擋衣物，綸厚獨奉持先世遺像及世傳寶刀以行，公聞而嘉之，俄亦以疾卒。乃以昆弟之子良揆爲嗣，卽席卿也，公歿後，詔以四品京堂候補。女子子二：一適禮親王世子，一爲醇親王福晉。最公一生，起家郎署，洊登揆席，持危扶顛，功在宗社。恭譯聖諭有云：獻納周詳，中外不及知。然則可得而言者，固已僅矣。況余之跧伏草莽，於外事罕聞見，又烏乎測之哉？然而其卓卓大者，則亦可得而言，謹列其數事。曰：方穆宗毅皇帝之升遐也，公以內務府大臣，與御前軍機王大臣同被顧命，公獨籲請，俟今上生有皇子卽承嗣，穆宗感動，兩宮爲之揮涕。未幾而果有吳可讀之疏，疏入，嘉許，蓋公言已先之矣。此一大事也。南海有不逞之徒，挾其邪說，煽惑人心，朝野上下，聳然動聽。公獨不爲之惑，擯斥姦回，和調宮府，不動聲色，措天下於泰山之安。又一大事也。本朝鑒於前朝，不立儲貳，歷聖相傳，從無異論。往者諸臣創議建嗣，名爲固本，實則行私。公力爭之，雖不能得，然所立不久而廢，廢後不復更立，從公言也。又一大事也。山左亂民，恃其拳勇，闌入京師，啓釁外邦，焚殺平民，攻圍使館。公屢言於朝，請剿亂黨，勿替邦交。而一時強宗悍將，橫行恣睢，幾使公無從置喙。公亦數瀕於危，卒賴公言，稍全大局。又一大事也。和約旣定，大駕東回，行至汴梁，暫休徒御。而羣情與與猶猶，僉謀留蹕。公毅然請行，百端譬解，於是乘輿遂發，復入都門，萬衆瞻仰，歡聲如雷，遂以成萬億年無疆之休。又一大事也。嗚呼，昔郭沖於武侯記其五事，公亦當代之諸葛也。存此數端，以見崖略。若夫次弟其事，始終本末，巨細畢登，則有國史在。其銘曰：

三台上相，一代偉人。雲漢黼黻，雷雨經綸。道臻其盛，運當其屯。沐日浴月，旋乾轉坤。忠愛結主，樂易宜民。三軍慕義，四裔歸仁。愛善如渴，燭姦若神。大憝斯拔，片長必甄。力扶地柱，默運天輪。聲色不動，光被無垠。有始有卒，不淄不磷。帝懷柱石，士感陶鈞。我作銘詞，刻此貞珉。何以銘之，曰社稷臣。

長蘆鹽運使汪君墓志銘

君諱某，字君牧，安徽盱眙人，汪氏。曾祖云任，嘉慶十二年舉人，二十二年進士，陝西按察使。祖根恕，道光十七年舉人，以候補道署蘇州織造。父祖綬，咸豐五年舉人，六年進士，由翰林院庶吉士改知縣，官江蘇，歷宰新陽、金山、青浦、吳縣。君其仲子也。幼讀書，日百行，數過卽背諷如流。工詩文，精行楷，繪畫篆刻，無不入妙。同治四年補行咸豐十一年拔萃科，君中其選，逾年以朝考第一授小京官，分吏部。一時耆宿咸推大器，而君意殊未慊，益自攻苦，屢應京兆試，不售。光緒九年，君父大令公以疾去官，僑居吳中。君以官京師，去親遠，伯兄某已以大挑知縣分發江蘇，君因亦以知府指分浙江，蘇浙毘連，便存省也。時撫浙者爲仲良劉公，知君才，卽委辦廣信督銷局，又調辦嘉興鹽釐局，局事皆治。俄以憂去，服闋，李文忠公奏調直隸，自是而君之治蹟皆在畿輔矣。直隸重海防，特設支應局，李公以君充提調，君整紛剔蠹，剖豪晰釐，人莫能欺，而事無不舉。時總持局務者，瀏陽李勤恪公也，歎曰：『得汪君佐我，我無憂矣。』分雖僚屬，而親若袍襗。蓋局事皆取辦於君焉。二十一年，權知易州直隸州。州故多盜，君不惜重貲，廣設捕役，捕其魁，殺之，盜無所容，民用安枕。其明年，過班以道員候補，今仁和相國暨榮文忠公先後督畿輔，皆倚如左右手。壽山制軍裕公疏薦君才，蒙召見二次，命遇缺即補，並交軍機處存記。二十六年，姦民倡亂，千百成羣，號曰義和團，圻内震動。君力言於裕公，謂：『宜痛勦之。』公未能用，而語聞於外，亂民遂與君爲讐，猝率數十人，闌入君寓，聲勢洶洶。君挺身出，嚴詞詰責，膚色不撓，衆皆隴種散去。及事平，項城袁公總督直隸，亦器重君，先後委辦支應、籌款、善後局務。時兵燹之後，文卷蕩然，諸事草創，棼如亂絲。君在直久，性又強識，故能舉其都較，一時有今事不知問崔琳之歎。各局生息之款，無慮三百萬，券據燬失過半。君逐一考核，罔有遺漏。袁公嘉其力任勞怨，公家之利，知無不爲，密陳於朝，謂可大用。二十八年九月，簡授通永兵備道，甫四日，升補長蘆鹽運使。君以亂後商力凋敝，非恤商無以裕課，請免宿課，又籌借巨款，以資轉濟。有議加竈鹽之價者，君曰：『損下益上，非所以培養元氣也。』力持不可。然其時百廢待舉，無不取給於鹽，君參定新章，埽除積弊，商不困而課日增，一年之後，綜計庫儲，贏於曩昔，然後歎君以恤商爲裕課之原，洵知本矣。直隸永平、宣化兩屬，產鹽極饒，而除灤州外，向無官引，聽民私販。君曰：『是非政也。』鋭意釐治，量地制宜，或歸官辦，或由商運，無病於民，有裨於國。君之克舉其職，此一端也。二十九年，兩宮展謁西陵，君隨辦大差，夙夜不懈，詔以應升之缺用，恩賞『福』、『壽』字兩方，緞匹兩端，異數也。海内歎美，僉謂：『封疆節鉞，計日可待。』明年夏，忽奉解任之命，僚友莫知其故。君無一言，惟自引咎而已。袁公仍留君，使駐德州，辦北洋機器局。締造之初，規模未定，君訂章程，籌經費，講求製造之法，實事求是，一如平時，不以身退而稍懈。然積勞數十年，至是日益不支，忽得類中之疾，遂上

書大府，求交卸局務，并奏請開缺。既得請，由潞河南歸，竟於光緒三十一年八月丁卯卒於蘇寓，年五十有七。未竟其用，海内惜焉。君性孝友，篤於天倫，父歿時，有弱弟尚幼，君撫育之，以至於成，光緒二十三年，弟登賢書，距君大父鄉舉之歲適甲子一周，士林豔之。又有從子數輩，皆卵翼於君，今學成而仕者二人焉。君嘗曰：『此皆吾生平快意事。』及臨歿，猶言之，其孝友可見矣。夫人陳氏，先君一年卒。子二人：駿孫，三品蔭生；士元，光緒二十八年舉人，三十年進士，江蘇補用道。孫二人：毓崧、毓良，皆幼。駿孫等卜於光緒三十二年四月辛亥，奉君與夫人合葬於蘇州胥門外米斗山之麓礲石，乞銘。余與君大父爲同歲生，有累世通家之誼，不敢以老病辭，因撰次其事，而繫以銘。銘曰：

奂矣汪君，杞梓圭璋。始仕於浙，處事精祥。五五既闋，改筮畿疆。畿疆峩峩，實惟北洋。幕府大啓，治具畢張。君負長才，可圓可方。三刀小試，盜賊潛藏。羣公贊歎，交馳薦章。書名御扆，奏對明光。乃乘廉車，乃總鹾綱。鳳鸞翔翥，騏驥驤驤。道無顯晦，時有行藏。位不副才，海内悲傷。遠而有耀，久而彌芳。千載之下，令名孔彰。

贈光禄大夫清溪縣知縣陳公墓志銘〔一〕

公諱炘煜，字夢石，一字葵鄉，江西崇仁人，陳氏。元時有諱泳之者，學於吳草廬、虞道園兩先生，時稱鉅儒。其先所居曰東耆，後遷北耆，北耆陳氏，遂爲著姓。曾祖恩餘〔二〕，祖光宙，父萬劫，三代皆以公貴，贈如其官。公六歲而孤，少有遠志，克自勵於學。既壯，以縣學生補餼額，應道光十一年鄉試，

中式舉人。七試於禮部，不得志，至道光二十四年年且四十九〔三〕矣，始以大挑一等得知縣，分發貴州。貴州邊省，吏治疲敝。既至，上游以公老成諳達，頗器重之。歷知龍里、普安、安平、安南、普定、天柱諸縣，補授清溪縣令，〔四〕署黔西州牧。其爲政以扶植士類，康濟民生爲主，於書院諸生，遇之至厚，優其膏火之資，教以讀書作文之法，黔省人文，爲之一振。尤注意蒙學，所至必廣設義塾，每逢朔望，傳集塾中子弟，親爲講習，以《少儀》、《弟子職》諸書相勖勉，造就甚多。道光二十九年，咸豐二年，兩充鄉試同考官，所識拔皆耆宿。其聽訟，用古色聽、氣聽之法，不事鞭朴〔五〕，悉得其情，爲牧令垂二十年，未嘗妄笞一人也。然察來占隱，雖武健嚴酷之吏，長目飛耳者遜謝不如，故吏人皆敬而畏之。公固敦厚長者，而一時稱廉能者必推君。先後撫黔者，如善化賀公長齡、孝感喬公用遷、侯官何公冠英，皆極重其才，引以商榷政治，往往呼爲『夢石先生』而不稱其官。益陽胡文忠公方守鎮遠、安順諸郡，每與論立身本末及治盜安民方法，書函往復，輒數千言，見公所刊《寡過篇》及《防邊纂要》，歎曰：『吾安得如斯人者相助爲理乎？』其爲諸鉅公見重如此。然公直而不阿，不能逐飛追走，改雅入鄭，故不諧於俗。咸豐中葉，苗教交鬨，黔中大亂，幾無完郛。而當事者輒以多殺邀功，無辜小民，橫被翦屠，原野流血。公喟然曰：『如若所爲，豈不立致通顯？然朝廷設官本爲民也，不撫綏之，乃荼毒之，吾能與共事乎？』會有腹〔六〕疾，遂以疾乞歸。而是時南中猶未平，烽火滿天，欲歸不得，故仍寓貴陽。每念金陵未復，粵賊未滅，雖在病中，未嘗不太息泣下也。同治三年六月乙卯，王師克金陵，巨憝殲，南方定，而公卽於是日啓手足於黔寓之正寢，不及聞矣，年六十有五。公宦黔雖久，廉吏也，没無餘資，黔去江西又遠，公子等竟不能歸，卽以貴陽籍應試，及以舉人入都，功令，必得同鄉官印結方許覆試，而黔省諸京官無有以

異籍爲難者，皆曰『陳君之子也』，親愛之反過於鄉人。公長子嘗以事至龍里，投宿逆旅，適大兵過境，室廬皆滿，及問知爲公之子，爭挽留之，且爲言公治縣事，稱道不衰。嗚呼，公之歿也，諸子皆幼，故公之治績，莫得而詳，然觀其遺愛之在民，則其治績可知矣。娶楊氏，廉靜，善治家，公七赴公車無室家累，二十年牧令無内顧憂，皆其力也。無子。側室姜生子二，王生子一，皆愛之如所生，可謂賢矣。卒於同治四年十月己亥，年七十。子夔麟，光緒六年進士，改翰林院庶吉士，今官直隸永定河道〔七〕；夔麒，光緒十一年拔貢生，十七年舉人，今官四川榮昌縣知縣； 夔龍，光緒十二年進士，今官河南巡撫。麟與龍，姜出也，麒，王出也。女子子若而人，孫及孫女若而人，不具書。公以夔龍官贈光禄大夫、振威將軍。楊及姜皆贈一品夫人。某年月〔八〕，諸子葬公於貴陽東門外，厥地曰黄家井，以狀乞銘。銘曰：

天下治平，在得循吏。一吏循良，四封安敉。惟公宰黔，黔人咸喜。大啓弦歌，罕聞鞭箠。吏拜神君，民歌樂只。逝水不留，清風未已。一葬桐鄉，便成梓里。公之治行，宜登國史。天之報施，觀其後起。我爲公銘，未盡公美。安得斯人，與謀上理。寬征宜民，正業造士。内治克修，外憂斯弭。四海永清，以報天子。

【校記】

〔一〕此文有單行刻本（下稱《陳》本），用作校本。

〔二〕餘，《陳》本作『大』。

〔三〕九，《陳》本作『五』。

〔四〕『令』下，《陳》本多『加知州銜』。
〔五〕朴，《陳》本作『撲』。
〔六〕脮，《陳》本作『骽』。
〔七〕『今官』句，《陳》本作『今官湖北荆宜兵備道』。
〔八〕『月』下，《陳》本多『日』字。

襲一等肅毅侯李君墓志銘

相國李文忠公之薨於位也，越五月，而襲一等肅毅侯仲彭君以毁卒。事聞，天子憫焉，璽書褒美，嘉其至行，命以事實付國史館，列入孝友傳。而君之孝於是千古矣。烏呼，相國文忠之謚，上所特予也，仲彭君孝子之名，亦上所親定也，父子忠孝，焜燿史策，此昭代二百年來之盛事，非李氏一家之私榮也。既殁逾年，其孤國烋等奉其喪，葬於茅岡，以狀乞銘。按狀，君諱經述，仲彭其字也，安徽合肥人。其先本許氏，自江西來徙，家傳十世，始從外家之姓而爲李氏。曾祖諱殿華，祖諱文安。曾祖妣李，皆以文忠貴，贈如其官。父即文忠公也。公初娶於周，早卒，繼配趙氏，生君，於兄弟行居次，然文忠嫡子也，故卒爲文忠後云。李氏先世業農，君之祖始以進士起家，官刑部郎中，時粤寇已曼衍東南，居鄉，創辦團練，以備戰守。文忠之治淮軍，由此肇之也。嗣後削平禍亂，光輔中興，勳業之盛，海内户知之，可無述矣。君生有一齒，祖母李夫人喜曰：『其父固亦如此，此子必肖其父。』稍長，目炯炯

有光，曾文正公見之，語文忠曰：『公輔器也。』五歲就傅，聰穎異常兒。十二歲能爲擘窠大字〔一〕，於舉子業不甚措意，而爲之輒工，尤工爲詩，有晚唐人筆意。母趙夫人以文忠勤勞王事，無暇課子，故課之甚嚴，有小過，訶責不稍貸。君亦自刻勵於學，讀書日盡數卷，強識之功，人不能及。又以世受國恩，而時方多故，益勉爲有用之學，於歷代史事興衰治亂之源無不窮究，本朝掌故，尤所講求，雖稗官野史，有裨實用者，亦參考無遺。每論政治得失，動中肎窾，識者偉焉。年二十二，於光緒十一年應江南鄉試，中式舉人，明年，以蔭生應廷試，内用刑部員外郎。二十一年，禮部會試，君已取中，且在前列，及發彌封，主試者見君名，輒易去之。蓋其時中東之釁已起，朝議多與文忠齟齬也。君固不以爲意，然以文忠權重中外，恆以爲憂，平時隨侍津門，深自韜晦，未嘗有所干預。及東事之殷，文忠日在危疑中，言路沸騰，參預帷幄者率遭抉擊，而君超然無累。及文忠使日本，於馬關中刺客，君卽擬奔赴，而文忠旋定約而歸，故不果。二十二年，文忠奉命歷聘歐亞諸邦，朝廷念高年遠役，有詔加君三品銜，充參贊官，俾得隨侍左右。君膺茲異數，適符素願，相從數萬里，寒燠食飲，調護惟謹。文忠得以一意折衝尊俎間，君之力也。二十六年，山左亂民練習拳勇，嘯聚醜類，闌入都城，馴至聯軍入寇，兩聖蒙塵，而文忠又拜全權之命，入京師，與各國議和。文忠久勞於外，年垂八十，當智勇俱困之時，爲君國兩全之計，雖以平時威望，卒使遠人帖然咸服，然臣力盡矣，其年秋，臥病於京師。君天性至孝，當十一歲時，母趙夫人病肝甚劇，君與歸張氏之妹各翦指肉，和藥以進，服之果瘳。後趙夫人知，而切戒之，始不敢復爲。及趙夫人歿，君每哭必眩仆，文忠撫之曰：『汝忘老父乎？』乃稍自抑制。至是，聞文忠病，時方在金陵，趨入侍。既至，文忠病甚，侍湯藥者五十餘日，晝不甘食，夜不交睫。文忠薨，君欲以身殉，家人環勸之始已。然每哭必喘，每喘必汗，焦肝灼肺，形在神亡。光緒二十八年二月己未，竟以毀卒，天下惜之。君性嚴重，寡言笑，慎交游，尤好施與。初，趙夫人自奉極儉，而二黨貧乏，周卹甚至，遇水旱偏災，必力勸文忠廣籌溫拯之方，天津城内外，善堂如林，咸佽以巨貲。君幼承母教，周急濟無，惟力是視。光緒二十二年，廬州與太湖均大水，以三千金振。二十三年，湖北水災，又本母遺命，以千金振。二十七年，安徽水災，請於文忠，撥銀十萬兩以振，又自出萬金爲倡，募集二萬餘金，修築無爲州隄，至今父老猶稱道勿置，曰：『使吾儕生死而肉骨者，李侯也。』論者謂：『以君之才之德，天子已使君襲文忠之爵，異日以通侯襄贊國事，必能宏濟艱難，恢張先業。何造物者予之材而不使竟其用歟！』君娶朱氏，封一品侯夫人。生丈夫子四：國烋，正一品陰生，户部郎中；國燕，員外郎；國煦、國熊，並舉人。往者，趙夫人之葬也，君卜地於合肥縣東鄉，曰夏小影，其西二里許有吉壤，曰茅岡。君曰：『我死即葬耳。』今諸子葬君茅岡，遵遺命也。銘曰：

惟忠惟孝，同出一源。天生孝子，忠臣之門。文忠之忠，人無間言。乃有令子，孝哉閔騫。生從萬里，歿從九原。帝嘉乃孝，載錫之恩。宣布史館，表示黎元。君雖逝矣，名則長存。君才孔碩，君德溫溫。舉其大者，餘弗其論。茅岡之阡，宰樹軒軒。刻此斯銘，垂裕後昆。

【校記】

〔一〕字，原作『事』，據文義改。

都察院左副都御史薛公神道碑

故都察院左副都御史薛公之葬也，余既爲文以志之，刻石而薶其幽宫矣。故事，三品以上大員之墓，其墓道必有碑，碑必有文。於是其孤又以爲請，余曰：『唐宋以來，志文、碑文同出一手者殊不多見，盍他求乎？』而其孤固以爲請，余不獲辭，因思墓志藏於幽者也，墓碑表於外者也，是宜舉其大者，以昭示來兹，與墓志體例固自有別，乃爲譜其世系，稽其出處，敘其政績及其恩遇，述其行誼與其學術，紀其生卒，下逮其所生，而係以銘。其世系曰：公姓薛氏，諱福辰，字振美，號撫屏，江蘇無錫人。其始祖皞，仕宋爲翰林承旨，世居江陰，傳七世而徙無錫賓雁里，遂家焉。曾祖世球早卒，祖錦堂，常州府學生，父湘，道光二十五年進士，官至廣西潯州府知府。三代皆以公貴，贈光禄大夫。曾祖妣許，祖妣顧，妣顧，皆贈一品夫人。公於兄弟行居長，弟福同，同治六年舉人；次福成，同治六年副貢生，官至都察院左副都御史；次福保，以奇材徵，官四川知府；次福祁，由恩貢生官湖北沔陽州知州；次福庚，光緒元年舉人。兄弟六人並知名，而一門兩副憲，尤世所豔稱焉。其出處曰：公於咸豐五年應順天鄉試，中式第二名，會試不第，遂以議敘員外郎掣籤分工部，在營繕司行走。及丁文誠公之撫山東也，以山東難治，且有河患，非公莫可佐理，敦勸公行。河工告蕆，丁公專摺保薦，特授山東濟東泰武臨道。丁内艱歸，服闋入都，會慈禧皇太后不豫，有詔徵醫。李文忠公、曾忠襄公交章薦公，召入，稱旨，簡放廣東雷瓊遺缺道，又調督糧道，皆以供奉内廷不赴。及皇太后大安，調補直隸通永道，賜頭品頂戴。光緒十二年，遷順天府府尹，十三年，調宗人府府丞，十四年，補都察院左副都御史，引疾歸。其政績曰：公之佐丁文誠治河也，親駐侯家林工次，晝夜履行河干，指示機宜，未及浹旬，大工告蕆，節省帑金百數十萬。其官山東也，當兵燹之後，又因河患，民不聊生。公務休養生息，在任四年，困者以蘇，瘠者以腴。及官畿輔，如在山東時，以歲之薦饑也，爲籌振捐，以海之多盜也，爲嚴緝捕。法越搆釁，軍務方殷，畿南之地，兵差絡繹，創設官車局，以紓民力，士卒飽騰，閭閻安堵，尤善政也。其恩遇曰：公在内廷，請脈處方，悉稱上意，皇太后嘗諭諸醫曰：『汝等謂予可安養乎？治天下誠不易，任大責重，曷敢少自暇逸？薛福辰讀書人，當知此意。』蓋知公深矣。通永道駐通州，距京師近，時蒙徵召，恩賚優渥。拜大京兆，召對便殿，諭曰：『卿非但能醫病，實醫國之才也。』賜御筆『職業脩明』匾額，又賜御製一聯云『敬謹身修葵向日，光明心事月當天』。及以副憲告歸，諭令盡心調養，並賜蕿苓，命御醫診視，瀕行，上賜御筆『福壽』字及『歲歲平安』四字直幅。皇太后又賜一聯，云『人游霽月光風表，家在廉泉讓水間』。公敬謹奉歸，天章爛然，照耀鄉里。逮遺疏入，照一品例賜卹，賚帑金治其喪，皆異數也。其行誼曰：公自幼孝於親，友於羣弟。及官工部，聲望大起，而公以遠離二親，思慕不已，乞假歸省。既省太夫人於里中，又至湖南省其父。其父潯州君由安福移新寧，以守城功擢知府，拜潯州之命。未赴而卒，公奉喪由賊中歸，將謀窀穸，而江南大營潰，常州陷。顧太夫人率家人北渡江，而留公與弟副憲君治葬事，亂離之中，治葬如禮。後偕弟副憲君謁曾文正公於皖，陳恢復江南之策，文正大悦。然公以老母在，且諸弟未成立，乃留弟副憲君於營，而自歸養母、教諸弟。李文忠剿捻賊，強公以俱，捻平卽歸。後感丁文誠知遇始出，而用世非其初意矣。其學術曰：公七歲時下筆爲文，已驚其長老，父潯州君故雄於文，其會試行卷，海內傳誦焉。君承其家學，故一出試，即以第二人舉京兆，京兆弟二人，世所謂南元也。公不以科名自滿，致力經世之學，博習經史，旁通諸子百家，又兼究《素問》、《靈樞》之說，其精醫由此也，後遂蒙『非僅醫病，實能醫國』之褒，可謂不負所學矣。公雖文臣，少負膽略，當葬父之後，將赴江北，猝爲賊所得。公膚色不撓，侃侃辨論，賊不能測，竟縱之去。嗚呼，亦奇士哉！所著有《青萍閣文集》，又有風、勞、臌、膈四種醫書。官宗人府府丞時，以宗卿事簡，擬寫定成書，而竟不果，世以爲惜。其生卒曰：公生於道光十二年三月九日，卒於光緒十五年七月二日，年五十有八。是年冬某月某甲子，葬漆塘之新阡。元配王，繼配樊，又繼配竇，並封一品夫人。丈夫子四：邦彥，出爲從兄後，襲雲騎尉世職；邦襄，蔭生，官安徽合肥縣知縣；邦龢，由刑部主事官浙江知府；邦藩，三品銜候選知府。女子子三：次女早卒，長適何剛德，三適李經湘。孫八人：育麒、育麟、育虎、育龍、育驥、育彪、育楚、育藍。孫女四。其銘曰：

仕有內外，輕重分焉。時而重外，則詞臣請郡；時而重內，則班生登仙。既區分乎內外，遂互視若天淵。公則不然，合而爲一。在外則坐擁乎旌麾，在內〔一〕則周旋乎溫室。故輿前有洋溢之民謠，而室內有輝煌之御筆。以外臣而內直，惟公才之孔長。在聖門爲政事，在漢代爲循良。又不遺乎曲藝，擅妙技於岐黃。通醫病於醫國，荷天語之褒揚。千載而下，想其風度。漆塘之阡，拜公之墓。宰樹猶新，邱壟如故。讀我銘詞，尚有餘慕。

【校記】

〔一〕內，原作『外』，據文意改。

故吏部左侍郎許公神道碑〔一〕

故吏部左侍郎許公之葬也，余既以文銘其幽宫矣。功令，三品以上大員，墓必有碑，碑必有文，其孤又以爲請。夫墓銘藏於幽者也，而墓碑則表於顯者也，將使後之人過其墓、讀其碑有以考見其人，則宜書其大者。君之大節，卓卓可傳，請舉其〔二〕崖略，以昭示來兹。公諱景澄，字竹筠，浙江嘉興人，許氏。曾祖溶，祖國楨，本生祖廷梧，父丙熺，皆以公官贈資政大夫。公年十五入縣學，同治六年中式舉人。七年成進士，改庶吉士，散館授編修。充光緒元年順天鄉試同考官，五年四川鄉試副考官，九年升侍講。十年，充出使法、德、義、和、奥等國大臣。十六年，又充出使俄、德、奥、和等國大臣。十七年，升太僕寺少卿，轉通政司副使。十八年，升光禄寺卿，十九年，升内閣學士，二十二年，升工部右侍郎，二十三年，署禮部右侍郎，充總理各國事務大臣，調補吏部右侍郎，轉左侍郎。此公出處之大略也。公之使法、德、義、和、奥也，訂購鐵甲船二，穹甲快船三，親詣船廠，考求船制，公著有《外國師船表》十二卷，其時作也。又上言：大沽口宜設鐵甲礮船，膠州灣宜爲海軍屯埠。時論韙之。其使俄、德、奥、和也，以俄之獵騎時闌入我帕米〔三〕耳界，移書禁絶之。又議定帕界，援舊議，以烏仔别里山爲界，俄則欲以薩雷闊勒爲界，相持三載〔四〕，公不爲奪，界雖未定，然俄謀息矣。公駐俄垂六年，請受代，不許，又以俄、德兩大國交涉事繁，宜分兩使，二十二年，即以公出使德國，從公議也。適俄人欲開通黑龍江、吉林火車鐵路，以直達海參崴，託爲商辦，設立公司，並請中國亦以銀五百萬入股。爰命公爲公司總辦，凡公司例得之費，公悉諮存總理衙門，不以入己。而路線所經，有溢而南者，必力阻之。且與俄約，運料之船，彼此稽查，毋使漏稅，俄人皆曲從焉。事竣赴德。又因俄人租我〔五〕旅順口，命公仍還俄〔六〕定議。議定，而公請病假還原籍。溯公自出使以來，前後十餘年，奔走於火車汽船之上，折衝於電傳筆譯之中，不辭勞勩，不避艱險，内以崇國體，外以輯邦交，古稱膚使，公無愧矣。此公奉使之大略也。既還朝，入譯署，天下想望風采，謂久勞於外，行且大用。而庚子之變作。庚子爲光緒二十六年，先是，山東有亂民千百爲輩，練習拳勇，假託鬼神，以扶清滅洋爲名。東撫毓賢信之，言於朝貴，皆爲熒惑，而端邸及剛毅崇奉尤甚，招入京師，設立壇場，横行廛市，狙擊使臣，環攻使館。公知大禍將作，力言邪術不可恃，外釁不可啓，不聽。已而兵輪集於大沽，聯軍逼於近郊。事益急，言益切。端、剛等嫉之，乃用李秉衡言，非殺主和者不可以戰，公遂於是年七月壬寅與太常寺卿袁公同及於難。越十七日丙辰，兵部尚書徐公亦不免焉。袁與徐，皆公同志也，半月之間，駢戮大臣，悉出權姦，不由廷議。天地晦冥，人情恇懼，而禍亂成矣。及至和議告成，大駕回鑾，當時首禍之人皆膺顯戮。乃始追念公等，詔雪其冤，復還原職。於是三公之名洋溢於天下，翕然有三忠之目。靈輿南還，士大夫無識不識，皆往助執紼，祭奠成市，哀輓盈途，所謂『萬代瞻仰，在此一舉』者。此公之大節也。嗚呼，偉矣！公卒年五十有六。元〔七〕配沈，繼配高，先公卒。生四子，皆殤，以從子鼎鈞嗣，特用直隸州知州，以公故也。公事蹟在史館，聲名動蠻貊，所著《奏議》等風行海内〔八〕，無俟贅言。謹舉其大者文於石，繫以銘。銘曰：

公起詞苑，雅擅使才。手持英蕩，足徧埏垓。昔公孫揮，周知四國。公久駐俄，而再至德。萬國情實，公具知之。虞虢脣齒，齊秦雄雌。亂之初萌，公曰大誤。誰秉國成，迷而不悟。亂之既成，歸咎於公。謂是和議，梗我戰功。曾幾何時，是非大白。三忠之名，赫然史策。復爾朱紱，焚爾丹書。彼哉戎首，今竟何如？一日千秋，死而不死。帝憫尸臣，人尊膚使。主聖臣直，身没名存。敬以此義，表示墓門。

【校記】

〔一〕此文又見於《許文肅公外集》卷首（以下簡稱『《許》本』），用作校本。
〔二〕其，《許》本無。
〔三〕米，原作『木』，據《許》本改。
〔四〕載，《許》本作『年』。
〔五〕我，《許》本無。
〔六〕俄，《許》本作『俄都』。
〔七〕元，《許》本作『原』。
〔八〕海内，《許》本作『天下』。

褉文六編補遺卷六

故四川總督劉公墓志銘

光緒三十二年秋七月壬戌，故四州總督劉公卒於家。兩江總督、安徽巡撫合詞以聞，天子憫焉，以公學問優長，戰功卓著，任事勇直，持躬廉介，命復公故官，視總督例賜卹，生平功績，宣付史館。嗚呼，公以罷歸林下之人飾終，恩禮優渥至此，其所以上契聖心者必有在矣。余固不足以知公，然故部民也，又以同館之誼相交者三十餘年，於其葬也，諸子具狀請銘，余奚辭焉？按狀，公諱秉璋，字仲良，劉氏。明初自江西遷安徽廬江，遂爲廬江人。明季又避寇亂，遷居三河鎮。曾祖光，祖大德，本生祖大綵，父世家，並以公貴，贈如其官。公自少卽潛究古今盛衰治亂之原，弱冠，徒步游京師，所過山川形勢，津梁險易，皆心識之。李文忠父侍御君見而歎曰：『命世才也。』文忠亦深交於公。咸豐元年，中式順天恩科舉人，出參張文毅軍，論功，議敘知縣。十年成進士，改庶吉士，散館授編修，時曾文正開府安慶，一見公，大器之，識其名於《求闕齋日記》。李文忠將之滬，創設淮軍，公實贊成之。同治元年，文忠至滬，奏調公來軍，疏言：『劉某沈毅明決，器識宏深，與臣爲道義交。請飭赴臣軍。』報可。時文忠用洋將戈登治常勝軍，而洋軍剽悍，不可制。公善馭之，故所至輒有功，攻克福山，解常熟圍，進駐太倉，於是大軍無後顧憂，專注蘇州。蘇平規浙，公募六千人，自爲一軍，轉戰而前，大破賊於嘉善。賊來援者數萬，又大破之，進攻張涇滙，其地爲要衝，賊守甚嚴。公督戰，礮子中股，裹創力戰，卒毁其壘。他處守賊皆不戰而降。乃會同程忠烈之兵，直薄嘉興城。公率所部登東門，焚其火藥庫，諸軍乘之，遂克嘉興。有詔賞戴花翎。公先已由編修遷侍講，至是累遷至侍講學士。當時以詞臣從事戎行，李文忠外，公一人而已。東南肅清，曾文正、李文忠先後奉旨剿捻，公皆從焉。捻流竄無定，公先倡扼河而守之議，及賊渡河，又倡反守運河之議，賊勢遂日以蹙然。數年間，與賊馳逐於鄒魯皖豫淮徐湘楚間，大小凡數十戰。捻首任柱、賴文洸、張總愚會於豫之石固寨，公敗之禹城，敗之灣店，敗之呂城，賊不得復合。張走秦，是爲西捻，任及賴回走山東，是爲東捻，兩捻驛騷者數載，而東捻卒滅於公。當東捻之走皖也，皖境空虛，公疾馳百數十里，繞出賊前，扼之宿松，捻患不及皖者，公之力也。賊自維河復入山東，公追擊之於肥城，賊沿運河南下，犯清淮，公追擊之於張橋，又及之於揚州之東北灣，擒賴文洸。時任柱已前死，而東捻平矣。公在軍，累授江蘇按察使，山東布政使，皆未赴。及捻平，丁外艱。十一年，服闋入覲，授江西布政使。光緒元年，升江西巡撫，以母年高，請終養，不允。四年再請，從之。以母胡太夫人五世同堂，賜御書匾額。六年，上欲破例用公，詔陛見，有『時事艱難，毋稍拘泥』之諭。公力辭不起，其疏稿天下傳誦焉。是歲，敘江西籌辦甘餉功，賞頭品頂戴。八年，養親事畢，拜浙江巡撫之命。十年，法人入寇，公於海岸築長牆，緜亘二三十里，時張旗鼓，以爲疑兵，於海口釘樁木，又買海船數十，載石沈之，以彌其隙，其外則置水雷，瀕海口岸亦埋地雷。及法船入鮫門，守將吳杰發鉅礮擊沈其二船，又駛入虎蹲山，一礮中其烟筒，一礮中其桅，又以小船潛犯南岸，連擊之，所傷甚多，遂敗去不復至，後閩諜偵知法大將孤拔、將軍迷祿皆死於是役云。當是時，各行省皆戒嚴，如奉天，如直隸，如閩，如粵，如滇，如臺灣，並有督辦之重臣，部撥之巨餉，浙江無之，而守禦完固，敵不能乘，論者謂：『中外交涉以來所未有也。』及事平，部議加八旗兵餉，公疏言：『今海患方殷，而海軍未立，宜竭天下之力，先治海軍，以禦外侮，俟海軍既立，然後徐圖八旗生計應如何安插疏通。請飭王大臣，從長計議。』疏入，未及行。及中日之戰，海軍不足於用，論者皆服公先見焉。十二年，升四川總督。川境遼闊，内多亂黨，外接番夷，素稱難治。公督蜀八年，不輕發大衆，如萬縣，如茂州，如秀山，皆有叛者，厥勢甚張。公處置得宜，不勞而定，如大、小涼山，如拉布浪，如瞻對各夷，越界來犯，公檄諸鎮以趙營平屯田法困之，皆俯首聽命。十一年，恭逢皇太后六旬萬壽，加太子少保銜，賜御書『長壽』字、『福壽』字及如意蟒袍等件，上意眷注良厚。而公以老病，已六疏乞休，至是又申前請，上知其誠，允之。未受代，教案起。公治外事，皆務守經。先是，重慶有教民羅元義，殺斃平民十餘人，公捕得，立斬之。英國商輪船欲入川江，公曰：『如民船撞損何？』執不許。稅務司赫德欲加抽土釐，公曰：『釐重價昂，民皆食洋烟矣。』又不許。蜀人㘈洋商請開礦，公曰：『山有礦猶山有木，不得占山採木，豈得越山開礦？』又不許。外人銜公久矣，是歲，成都省城民教大鬨，焚毁教堂十餘所，有司逮問，則皆極口詆毁教堂教士，請削去之。公曰：事虚實誠未可知，覆訊則可，改供則不可。及保甲局道員周某出示安民語，又侵教士，教士益憤，執以達其國公使，欲甘心於公。朝廷知公守正不阿，重開邊釁，遂罷公官。或勸公諉罪於周，公不可，曰：『如國體何？』公既罷歸，不事生產，惟嗜讀書，手不釋卷，暇則與友人歌詠爲樂。所著自《奏議》、《尺牘》、《詩文集》各如干卷外，尤長於方輿之學，舉平時所經歷者，證以古事，筆之於書。又以廬江亂後，學務荒廢，與同志創建三樂堂，以興起後進。家居十餘年，孜孜於此，幾自忘其身經戎馬，位至封疆矣。然朝廷念公不衰，二十七年，有詔起公，以舊傷發，不能赴。蓋自張涇滙受傷後，時劇時差。又以歷膺艱巨，心力交困，已非一日，幸善自調攝，故未爲害。今年四月十八日，爲公八十生辰，猶讌飲如常。俄患脾泄，變而成痢，醫藥罔效，遂至不起。嗚呼，方今内憂外患，猶未敉平，天子方聽鼓鼙而思將帥，而舊臣宿將，凋零殆盡，宜朝廷之眷念勳臣，有加無已也。最公一生，治兵不欲敺吾兵臨危地，故無赫赫功，而乘機進取，恆在諸將先。公居官，以安民爲主，不便於民者，雖内違廷議，外犯敵怒，不爲也。嘗謂：『欲利國，必無損民。』在江西，追出積欠百餘萬，皆州縣交代未清者，非取於民也。在浙江，廉得州縣因豁免恩旨將征而未解者，混入民欠項内，稽核得數十萬，亦非取於民也。浙中防務急，不能不籌餉，事平，則一切權宜之法立罷。川省有因江防海防而增加鹽釐者，亦議停止。

卽部臣倡息借民財之策，公亦疏言其不可。又因蜀人開礦事，詳陳礦弊，嚴定礦律，所言雖不盡用，老成之見，夐乎遠矣。其所識拔者，如吳杰、錢玉興，後皆知名。吳武壯公長慶，尤其著者，在四川參革道員何應鐘，後應鐘入都，見李文忠，極言公治蜀之善，文忠比之奪駢邑無怨言，非公之盛德，能如是乎？公娶程氏，贈夫人。側室黃，以子貴，封太夫人。初無子，以弟之子爲子，曰貽孫，同治十二年拔貢生。後舉丈夫子五：體乾，江蘇補用道；體仁，光緒二十三年舉人，分省補用知府；體信，亦分省補用知府；體智，户部郎中；體道，分部行走郎中，出爲公叔父諱友家者後。女子子二：合肥李經方、嘉定徐廸祥，其壻也。孫十：寅生、潤生、濟生、滋生、樾生、灝生、賨生、俊生、宸生、漢生。孫女十有二。某年月甲子，諸子奉公之喪，葬於某原。銘曰：

起家詞苑，投筆從戎。李文忠外，惟公與同。東南大定，戰事未終。皖豫湘楚，屢奏膚功。始撫豫章，繼臨浙水。軍府甫開，海氛斯起。環顧鄰疆，波盪未已。吾浙晏然，惟公是倚。由浙而蜀，雄鎮三巴。微盧彭濮，至於流沙。撫綏雕苭，蕩滌回邪。民之父母，國之爪牙。中朝有人，外人所忌。簪紱抛榮，林泉怡志。疆事是非，付之公議。帝眷公忠，始終勿替。電波已謝，雨露仍濃。璽書褒美，卹典優崇。大命有止，令名無窮。刻銘示後，用勵匪躬。

孫君妻汪宜人墓志銘

宜人姓汪氏，浙江秀水人，乾隆四十五年一甲一名進士名如洋海内稱雲壑先生者，其曾祖也。十歲喪父，執禮如成人。粵寇陷嘉興，汪氏所居稍僻，寇未至，避寇者麕至。出平時鹹鯗所積錢易粟，佐其母，飤餓者。俄寇入，舉刃斫其母，宜人格以右手，三指皆傷，血漉漉，勿顧也，負母出走，寇追及之，寘母河干，踴而入水，寇遂去。宜人幸不死，若有掖之登岸者，遂與母俱免。然無所得食，賴宜人懷有棗脯，以延數日之命。皆歎宜人之智也。杭州孫君仁甫，亦避亂禾中，適與汪氏同居邸家。同治二年，浙西平，孫君欲歸，而其婦朱宜人先卒。其母朱太宜人曰：『亂定而歸，家室殆如創造，汝内助無人，如中饋何？聞汪氏女賢，吾爲汝聘之。』於是宜人始歸於孫，年二十矣。孫故杭右族，乾隆中開四庫館，浙人進書獨多，頒賜《佩文韻府》者三家，孫氏其一也。杭有大舉，如火藥局築垣牆以備火患，貢院置鉛筧以便水漿，孫君皆躬與其事，而宜人皆陰助之。内言不出，無得而稱焉。惟於同族無後者之墓，悉爲修治，其未窆之柩，一律瘞埋，則實皆宜人撤環瑱助成之。蓋鑒於寇氛所至，邱隴平夷，棺槥煨燼，故力贊孫君成此舉也。此又宜人之仁也。歲時祭祀，備物惟謹，事姑疾，抑按搔摩，夕不交睫。宜人母戴媼，煢獨無依，依孺人以終，事之如在室。孫君初娶朱宜人，其父少廉君猶在，老無子，家中落。宜人曰：『朱宜人猶吾姊也，其父猶吾父也。』迎養於家。少廉君病，湯藥必躬視之，及卒，其家積九棺未葬，所嗣子曰文彬，宜人出資畀文彬，爲營葬，而文彬又卒。宜人歎曰：『又增其一矣。』益其資，使蕆事。文彬之子曰鴻勳，召之來學，越三年，補博士弟子員。宜人喜曰：『可以慰朱氏姊矣。』教其子若女極嚴，故諸女皆嫻翰墨，工刺繡，而其子峻，字康侯，亦以文學有聞於時。孫君有女兄歸朱氏者，夫亡，挈其子來歸。宜人與相處垂三十年，無間言。孫君有族叔母，年逾七十，家貧甚，嘗泣曰：『旦暮就木，誰施吾棺乎？』宜人卽爲市美櫬，俾親見之。性極仁恕，子峻嘗怒責一人，宜人諭止之。峻曰：『其情實難忍也。』宜人曰：『忍人之所不能忍，斯爲能忍耳。』人以爲名言。生平不喜華飾，一器一物，儲以備用，不佞佛，不茹素，遇水旱癘疫，必焚香默禱，語人曰：『吾一婦人，豈足迓天和，特自警省耳。』幼通書史，長益淹貫，有女弟子數人，晚年猶不釋卷。病中命取《魏志》、《晉書·五行志》、《明史·列傳》及《歐陽行周集》，置臥所，時一觀覽，後目力不足，命其女讀而聽之。初病腫，繼以氣促，歸高氏、龐氏兩女，刺血書疏禱於神，願減壽益母算，竟無效。光緒二十九年四月戊申，卒於内寢，年五十九。子一人，峻也，杭州府學附貢生，中書科中書，候選訓導。女三人：新城洪錫承、秀水高全棟、仁和龐世松，其壻也。孫絳年、齊年、和年、引年。女孫四。某年月日[一]某甲子，葬於某原，峻以狀乞銘。銘曰：

媞媞宜人，古之女士。嫻習禮法，貫通經史。以相其夫，以教其子。齒未六旬，美流百世。我銘其幽，亦銘亦誄。傳女憲者，儻取諸此。

【校記】

〔一〕月日，原本互乙，據文義改。

贈一品夫人陳母姜夫人墓志銘

贈光禄大夫陳公暨楊夫人之葬，余既銘其墓矣。而公長子夔麟、三子夔龍又以書來，告曰：『先生妣姜夫人，不附於先公之塋，而别葬貴陽南門外之桃花原。不志不銘，懼無以昭示後世，用敢再具狀以請。』余受而讀之，曰：『賢母也，是宜銘。』按狀，夫人姓姜氏，貴州清鎮縣人。家世務農不仕。夫人年十八，以禮接於贈公，事贈公嚴，事楊夫人謹，無間言。贈公雖歷宰大邑，而門以内仍如寒素。楊夫人持家，一以勤儉爲主，夫人佐之，爨烹焉，煩擱焉，皆躬親之，無難色。及贈公引疾去官，寄居貴陽，橐中裝不及千金。居無何，耗其半，贈公與楊夫人又相繼下世，諸子皆幼。時江南兵亂未已，欲歸不得，欲留無資，夫人慨然曰：『慰亡撫存，余之責也，又何辭？』公之子三人，麟、龍皆夫人出，夔麒則王恭人出，夫人視之如一，延師於家，課之讀書，而家無儲畜，黔中又無可通有無，朝夕饔飱，恆至不給。或勸夫人曰：『盍使諸子棄學就賈乎？』夫人曰：『陳氏固詩禮舊族，今雖棲泊異鄉，然吾已矢之泉下人矣，一息尚存，斷不忍使廉吏子孫淪於駔儈。』課讀如故。而黔亂日益亟，烽火達會垣，城中斗米千錢，魚肉蔬菜稱是。夫人以紡績供先生饌，雞鳴而興，丙夜未息，聞諸子讀書聲則喜，偶輟讀，亦不嗔呵，但泣曰：『爾曹負我。』於是諸子皆勤恁於學，卒以成名。麟也入詞曹，龍也領鄉薦，夫人猶及見之。然一身心力盡此矣。舊患咯血，時劇時瘥，光緒六年十一月癸酉卒，年五十有二。夫人律己嚴，御下寬，遇親故尤厚，故其卒也，三黨内外咸惜焉。溯自贈公之歿，夫人主持家政，教育諸孤，含辛茹苦者十有七年，父道母道，以一人任之。陳氏在元初有諱泳之者，學於吳草廬、虞道園兩先生，稱名儒，嗣後皆潛德不耀。至是而三子鵲然而起，大顯於時，夔麟見官直隸永定河道，夔龍見官河南巡撫，而夔麒亦以舉人官知縣，具見贈公志中。海内士大夫獲交於陳氏者，咸曰：『陳氏之興，姜夫人力也。』夫人生子二，女子子一，有孫八人，孫女六人，曾孫二人，亦云盛矣。夫報施者，天道也，表章者，人事也，夫人之賢，烏可以不銘？銘曰：

有是母，有是子。子也才，學而仕。母也賢，怙而恃。心嘱煌煌，與月齊光。表此令德，永示凱式。

浙江巡撫任公墓志銘

公諱道鎔，字礪甫，别字筱沅，晚號寄鷗，江蘇宜興人。任氏，先賢任子不齊之後，宋建炎初，有諱慶源者，由河南偃師遷宜興，至公二十一傳矣。曾祖元瑋，崇祀孝弟祠，祖樹文，父烜，乾隆五十九年舉人，六十年進士，官至直隸通永道，崇祀鄉賢祠。曾祖妣余，祖妣陳，妣三，皆徐氏，三代並贈如公官，生妣王，封一品太夫人。公少而孤，王太夫人課之嚴，公亦克自刻勵。道光二十九年考取拔貢生，廷試，用教職，選授奉賢縣訓導。蘇撫趙公知公才，檄辦松郡軍需，數月集款六十餘萬，推保，升知縣。咸豐七年，選授湖北當陽縣。其地故好訟，公隨訊隨結，數載之後，訟事遂稀。會以軍興需餉，奉檄就境内勸募，一示出，二萬餘金巨款立至，驚問何速也，父老曰：『公平日無絲粟累民，公有言，敢不奉命？』其得民如此。同治元年，調補江夏縣，旋升補直隸順德府知府。順德連年亢旱，民多思亂，所屬南河縣尤甚。捕其魁，置之法，一郡肅然。七年，捻首張總愚北犯，公扼之沙河，賊十餘萬，夜渡漳河而至。公揮衆邀擊，身受矛傷，不爲卻，士氣益奮，斃賊殆盡，郡境以全。詔以道員用，加鹽運使銜，賞戴花翎。郡有洺河，界連二府一州，歲久淤塞。公牒商鄰郡，同時疏濬，郡北有響水河，亦並瀹焉。履行阡陌，教民浚井區田諸法，使人至山東購買桑秧，導以蠶織，嗣是歲比有秋，有麥秀雙歧之瑞。總督曾文正疏薦，有『通達治體，端謹勤明』之語。及李文忠公繼督直隸，亦薦公才可大用。十年，調知保定府。公在順德八年，郡人勒石以紀功德，並有建立生祠者。既至保定，檢視案牒，積壓甚多，清釐積案，數年不決者，每以一言決之，聞者驚爲神。俄升授開歸陳許道，以兵備兼河務。是年秋汛，中河以險告。公飛騎親臨，督率搶護，風雨中，隄岸岌岌，公兀然不動，竭四晝夜之力，轉險爲夷。往者遇有險工，糜帑動至數十萬，此役才二萬二千餘兩耳。河督喬勤恪公以聞，詔加布政使銜。光緒元年，卓異引見，時恭忠親王及文文忠、沈文定皆在政府，見之歎曰：『名下固無虛也。』及回豫，奏署河南按察使，旋補授江西按察使。入都陛見，蒙召對，賞克食。至江西，卽署布政使，以政事十六條考詢守令，又以吉南諸郡水災捐施錢米，脩築隄埝，民胥賴焉。迨履臬司本任，見積案更甚於直隸，事閱二十年，官更八九任，公詳請寬免限期，刊發《清訟章程》，不數月而舊案三千餘起皆結。四年，遷浙江布政使，嚴覈釐捐，杜絶中飽，又清丈各屬荒田，酌定客民規條，因時制宜，有造於浙者甚巨。五年，移藩直隸，以王太夫人年高，擬請終養，李文忠手書敦勸，乃已。至京召見，敘籌協西餉功，賜頭品頂戴。是時直隸有水災，公拯濟如在江西時。又以《江浙積穀章程》頒行各屬，使遵行焉。直隸州縣，新故交替，公私款項，延不結算。公勒限清結，庫帑驟增二百餘萬。七年，升山東巡撫。公入對時，以母老陳情，聖諭慰留，命奉母赴任。有某鎮乘公初至，以苞苴嘗試，不受。某鎮慙懼，僞求去，卽爲奏請開缺，百吏悚然，莫敢干以私。公裁汰冗兵，撤換統領，向之羸兵，皆爲勁旅。泰山、沂山間山路危險，公派兵弁開通，行旅便焉。連歲河決黃龍背，又決姚園。公方患腹疾，輿病駐工，五旬之久，大功乃蕆。原估工料八十萬，至是實用二十六萬。而忌者猶欲摭河事以齮齕公，上固不信也。未幾，調任浙江。以前在藩司任内失察某翰林服闋日期，牽連被議，浙人惜之。公遂卜宅姑蘇，奉母家居，有終焉之志。十三年，王太夫人卒。既免喪，曾忠襄疏言公魄力沈毅，堪膺艱鉅，有旨徵召，公辭不起。二十一年，奉特旨陛見，諸鉅公咸勸曰：『上意優隆，不可不出矣。』公入都，上問歷官本末甚詳。明年上元節，上御頤和園，賜廷臣宴，公亦與焉，宴畢，又賜乘船游園，皆異數也。時廷議欲以河南河工歸豫撫兼理，而移河督於濟寧，專治山東河工，遂詔公署理東河河道總督。馳赴河南，察核奏復。已而公奏言如舊，便從之。未幾，拜真除之命，公故官開歸陳許道，河工利弊，素所悉也，力除積習，裁汰公費。往者歲修之款，支用有餘，歸督署内銷。公悉數奏明，發還司庫，一歲所餘，輒五萬餘兩，在任六年，則三十餘萬矣。公而忘私，此其一端也。旋奉命與李文忠會勘山東河工，公議開鐵門關故道，疏入，報可。二十六年，入覲於京師，上諭以時局艱難，全賴一二老臣公忠體國。公感激泣下。是年拳匪事起，公知不可恃，力爭於豫撫，不之省。公乃於河標之外創立三營，協守省會，豫境敉平，公之力也。二十七年，調授浙江巡撫，當北方拳釁之方熾也，浙東民聞風而起，遂有衢州戕殺外國教士之事。公酌量情罪，往復辨論，大獄不興，外人悦服。又與外人訂定約章，使後人有所依據。他若建設學堂，整飭軍伍，下以蘇浙民積困，上以副朝廷振新庶政之意，雖撫浙止一載有餘，規模宏遠矣。公年已八十，恆患脾洩，加以頭眩，不得已，疏請開缺。上方倚重，未之允；屢申前請，然後得請而歸。歸則仍寓吳中，購汪氏廢園，營爲別業，觴詠其中，精力固猶未衰也。三十二年正月朔旦，猶出謁客，月既望，感微疾，竟以不起。是月壬辰，卒於正寢，年八十有四。發篋，得遺疏稿，蓋具之久矣，殆能前知乎？元配史，繼配吳，贈封皆一品夫人。子八：之駒，湖南候補知府，署常德府知府，爲伯兄諱陛墉者後；之騮，山西候補直隸州知州；之駿，分部郎中，補用知府；之驊，直隸候補道，歷署霸昌及津河道；之驤、德淵，皆殤；德龢、德藩，均道銜，未仕。女二：宜興徐致聰、桃源尹彦釗，其壻也。孫八：承弼，光緒二十三年舉人，內閣中書；承祜，早卒；承沆，光緒二十八年舉人，二十九年進士，兵部武庫司主事；承濟，兩浙候補鹽大使；承憲，安徽候補直隸州知州；承傑，候選知州；承忠、承焱，俱幼。孫女八，曾孫七。某年月甲子，諸子葬公於某原。以檝牏知公，具狀乞銘。銘曰：

金鵝山下，玉女溪邊。篤生偉人，爲時大賢。建牙山左，齊魯舊宇。總理大河，經營兖豫。緊惟吾浙，搴帷再來。屏藩昔建，幕府今開。浙民謳公，公曰歸矣。綠野平泉，黄髮兒齒。巫陽下召，胡不少留。薤石刻銘，傳示千秋。

陳女繡君墓志銘

光緒三十一年夏六月甲子，河南巡撫陳公之女公子曰繡君者卒於汴梁使署。越十日，電音達於吳下，余兒婦輩皆大詫，歎曰：『是好女子，資稟聰明，性情和婉，如何不祿，一至於斯。』余因憶其幼時，從其母許夫人至吾右台仙館，余及見焉，遽聞其逝，亦爲蠹然。久之而陳君書來，寄示其哭女詩五十篇，並許夫人詩三十六篇，且曰：『吾家窵遠，不能歸葬，秋涼暑退，許夫人當挈其柩南歸，卜葬西湖之旁。君能以一言志其墓乎？』余讀《蔡中郎集》，有《童幼胡根碑》，以七歲孺子，猶爲刊貞石勒銘，況陳君之女，已逮成人，雖閨閣中無所表見，然蔡中郎所謂『柔和順美』靡不備焉，是固合銘例矣，余又何辭？ 謹按，女諱昌紋，繡君其字也，陳氏，貴州貴陽人，生於京師。其始生也，陳君方官部曹，甚貧，貸於人，乃粗具湯餅。女既生，而陳君官況日益饒衍，親黨皆曰：『此女有福。』女故荏弱，若不勝衣者，而性特慧，如音律，如丹青，如弈棋，一見卽能效之，效之卽無不工。母憐其弱，不使讀書，而女甚好之，遂粗通經史大義。歲在庚子，洋兵闌入禁城，兩宮西狩。陳君時由署順天府尹調署太僕寺卿，未出廨，聞變，慨然曰：『吾故守土官，分宜死。』將仰藥，女泣諫曰：『國家恩澤在人，雖外侮突來，如飄風驟雨，不能終日，大人爲國宣力之日方長，毋遽引決也。』許夫人時藏利刃於懷，每思自剄，女亦止之。未逾年，大駕回鑾，皇路清平，而陳君官位亦以大起，人皆服女之先見焉。陳君由漕督遷豫撫，舉家從之官，境遇艳熾。而女與二親言，每及時局艱危，輒爲不樂，且曰：『安得早卸仔肩乎？』嗚呼，是有漆室女之風矣。陳君未有子，以兄子爲子，女友愛之，若同產然。遇婢媼，亦和靄無疾言。每歲端陽，手製艾虎，分貽親串，咸歎其巧，今年猶扶病爲之。蓋女初無大病，爲藥誤也，年纔十有七，此余《廢醫論》所爲作矣。然女年十二歲時，猶在京師，有日者推算行年，曰：『十六歲時慎無至汴梁，至則大不利。』及許夫人挈女隨宦中州，女年適十六歲，殆亦數之不可逭者乎？女病革時，時作囈語，不甚可辨。如云碧水小橋，又云蓮花五色，殆已游仙境矣。陳君又夢共戴紫金花冠，手執玉簫，行甚速，非復女子態。余寄慰陳君書曰：『白太傅之金鑾，或轉世而爲謝太傅之玉樹。』此雖寱言，異日安知不竟爲實事乎？陳君與夫人亦可破涕而一笑矣。年月甲子，葬西湖之某原，銘曰：

於惟繡君，如蘭斯馨。明敏之質，如玉如英。宜膺福祚，黻佩光榮。胡繁華之甫韡，未嚴霜而先零。雖或登乎仙境，將何慰乎親庭。冀形亡而神在，聊託辭乎斯銘。

吏部左侍郎孫公墓表

道光三十年，會試天下士，兵部左侍郎鹽山孫公充副總裁官，而樾卽於是科成進士，嗣是隸弟子之籍者，至今五十七年，而公歸道山，亦已二十一年矣。今年夏，樾病臥吳中，公之孫展雲太守適代理蘇州府事，狀公事實，就樾而乞銘。樾以八十六歲老門生，幸而未死，義固不得而辭。然墓木已拱，銘幽無及矣，無已，請表於是墓。惟墓表之體，但當舉其大者一二端，而公生平名位之盛，亦自有不可得而略者。樾因小變其例，先詳載公一生事實，以盡門下士後死者之責，而後舉其大者以告天下後世。謹按狀，公諱葆元，字蓮塘，直隸鹽山縣人，孫氏。明永樂間始自玉山遷鹽山，所居在城東，曰趙毛陶村，五百餘年來，科弟相望，遂爲津郡望族。公幼事親以孝聞，承其父遇安公之教，刻勵於學。嘉慶二十五年應府院試，皆第一，遂入縣學，旋補廩額。道光八年舉於鄉，明年聯捷，成進士，改庶吉士，派習國書，充武英殿協修。十三年散館，授翰林院檢討。是年遇安公卒，公以在京，不及親含斂，深自引疚。服闋，擬在家奉母，不復出。母楊太夫人以大義責之，始回京供職，充國史館協修、纂修，武英殿纂修、總纂，充十八年會試同考官。京曹清苦，仍以教授爲業，視諸生時無異也。二十年，補應大考，以《雙燕賦》受知宣宗成皇帝，附入二等，異數也。歷充教習、庶吉士、文淵閣校理、國史館總纂，至二十二年，升國子監司業，由中允、洗馬遷侍講，充日講起居注官，咸安宮總裁，浸通顯矣。二十三年，又以大考高等，升右春坊右庶子，累遷翰林院侍講、侍讀學士，詹事府詹〔二〕事，於是眷注益隆。二十六年，充福建鄉試正考官，旋簡放江西學政。二十九年，爲考選拔貢之歲，江西拔貢卷費重於他省，每納一卷，需銀六十兩，寒士深以爲苦。公一律蠲除之，相沿至今，皆公之遺惠也。是時，公已由閣學升兵部右侍郎，轉左侍郎。三十年，充會試總裁，充武會試知貢舉。咸豐元年，覃恩蔭一子，尚紱以主事用，分刑部。而公以楊太夫人年逾八旬，陳情歸養，許之。明年，直隸大無，輸錢以賑，又明年，楊太夫人棄養，而粵賊已由金陵北犯，畿輔戒嚴，命公以在籍大員充團練大臣，畿東倚賴焉。服闋回朝，補禮部左侍郎，八年，簡放江蘇學政，九年，借浙江貢院舉行江南恩科鄉試，充監臨官。旋奉命辦理清江浦善後事宜，移駐淮安，捐助廉俸銀八千兩，詔移獎其子世燾，以六部郎中補用，又遵部議，量捐銀一千兩，詔加四級。同治元年，覃恩蔭其孫毓駿，以主事用，分户部。名位優崇，門庭鼎盛，朝列榮之。俄調吏部右侍郎，轉左侍郎，著兵部尚書，屢充殿廷考試閲卷大臣，聖眷固未替也。三年，命以原品致仕，上意或憫其老乎？公自楊太夫人卒，久有歸老之意，受恩重，未敢言，至是始遂其初志矣。歸里後，主邑中書院講席，修葺志乘，周濟貧乏，鄉黨稱之。後因兵亂毁其家，公亦夷然不以措意也。夫人潘氏，貴而能儉，老而能勤。子尚端、尚紱，皆官至知府；世焘官郎中；世振、世棻，皆有儁才。孫十二人：毓駿、毓驥，均官知府；毓驥，卽展雲太守也。公之福壽多男，近代公卿中罕有倫比。生於嘉慶六年三月甲辰，殁於光緒十二年三月己未，年八十有五。最公一生，起家詞林，累司文柄，洊登卿貳，攝官大司馬，可謂極明良之盛，遭遇之隆矣。然其始敭歷清華，以文字供奉而已，其後迴翔九列，於六部歷其四。然部中章奏，皆與同列會銜，雖有嘉猷碩畫，不自表襮，人亦不得而知。惟公視學江蘇也，樾亦寓蘇，其時有借浙闈鄉試之議，公與樾言之，深不以爲然。及今讀行狀，知公當日固有密疏力阻也。嗚呼，是時蘇杭猶完善，爲財賦所自出，金陵長圍已合，城中之賊，釜中魚耳。及借浙闈，而皖士之就試者大率由泗安、廣德以達杭州，而賊卽尾乎其後，杭之失守，實由此道而來。自是蹂躪千餘里，緜歷五六年，雖大憝終於授首，而東南元氣，所傷已多，中原積弱，至今不振，日復一日，而外患乘之。使當日能從公言，何至於此？惟彼哲人，瞻言百里，公之謂矣。樾於公之出處本末既備書之，而特舉此一事以表告後世，後之君子過是墓、讀是文，其亦有感於斯言夫。

【校記】

〔一〕 詹，原在『二十六年』之後，據文意前移至此。

程蘅滋像贊

君諱桂錡，字蘅滋，程氏，安徽黟縣人。性孝友，貌魁梧，初奉父命服賈，後以有膂力，又命習武。咸豐十一年，中式武舉人。粵賊之亂，君勼衆保鄉里，張文毅公奇之，欲授以官，不受。君雖武士，而喜讀書，與其兄孝廉桂鍾辨論古今，孝廉往往爲所屈，時諺謂『文舉不如武舉』云。生平好拯危濟急，忍人所不能忍，爲人所不敢爲，亦奇士也。子三人，皆邑諸生。次子肇玨，以君圖像乞爲之贊，冀見名氏於吾集中。余憫而許之，贊曰：

列強環伺，首重在商。君始服賈，實精且良。時方多故，國乃尚武。君以武舉，魁其儕伍。雖以武舉，郁郁彬彬。坐擁圖史，尚論古人。業雖在商，其行則士。積德於躬，稱善鄉里。往年寇警，力衛梓桑。招之戎幕，惟文毅張。君笑不顧，守我邱壟。天昌其家，荀龍薛鳳。仲子肇玨，涕泗陳言。願得一語，以光九原。哲人雖亡，圖像斯在。我作贊詞，垂示千載。

國朝蘇州府長元吳科第譜序

進士之有題名記，自唐始也，唐裴庭裕《東觀奏記》云：大中十年，鄭顥知舉，上宣索科名記，顥表上云：自武德以後，進士姓名皆私家記錄，臣委祠部員外趙璘採訪諸家，撰成十二卷，宜付史館。自今放榜後，並寫及第人姓名進内。仍仰所司，逐年編次。然則唐進士題名，由所司逐年編次，其重如此，宜有唐一代進士之科得人最盛也。國朝自定鼎以來，即以進士、舉人登進天下士，至今二百數十年，人材輩出，其磊落軒天地者，皆出其中，可之盛矣。鄉、會試題名錄，皆經奏御，視唐制尤密。然歷年既久，鄉黨中轉有不能舉其名氏者，甚非所以重科名、存耆舊也。吾湖之有科第表，蓋創始於乾隆癸丑戴菔塘先生，今庋版公所，逐科增修，有進士表，有舉人表，有拔貢表，而鴻博特科及輶軒榮遇，則冠之卷首，其例頗爲詳備。浙江十一府，惟吾湖有是，前輩采輯之功不可没矣。蘇州爲東南大行省，人材之富，科名之盛，甲於海内，而此錄則未之有聞。元和陸九芝先生引以爲憾，爰集太學題名碑、館選錄諸書，參之志乘，證以見聞，自順治乙酉至光緒癸未，得進士、舉人若而人，都爲一編，名曰《科第譜》，所載皆長洲、元和、吴縣附郭三首縣之人，其外六縣則稽考未周，姑缺焉。先生既歸道山，其哲嗣鳳石尚書又踵成之，至光緒三十年甲辰而止。於是三邑之士凡科第起家者，備載無遺矣。承尚書雅意，問序於余。余取而讀之，與吾湖科第表大略相同，而兼載武科，則爲吾湖所不及。先生創始之心，尚書纘承之力，所以景仰前修，奬掖後進，意深遠矣。自科舉廢而科舉中人日益稀少，亦日益寶貴。《詩》不云乎，『雖無老成，尚有典型』，後之讀是譜者，其亦有感於斯言夫。

新修寒山寺記

筱石中丞之撫中州也，於節署得八景焉，其八曰蕭寺鐘聲。中丞賦詩云：『宦味與禪悦，喧寂有殊致。夜半聞鐘聲，如在寒山寺。』詩境清越，寓意深遠，一時賓從皆吟賞不置。其時在乙巳之冬。及明年正月，遂拜移節江蘇之命。中丞喟然曰：『浮生如寄，宦跡如蓬，吾前詩其爲之兆乎？』爰於三月下旬莅止三吳，下車伊始，興教勸學，整軍經武，日不暇給，未遑一問寒山之勝也。偶因校閱營伍，税駕郊坰，問其地，曰：『楓橋也。』問寒山寺焉在？曰：『近在咫尺。』乃與衆往觀，入其大門，門庳且隘，登其大殿，榱桷粗存，達觀於其左右，則荒葛崩榛中，惟燕葵兔麥而已。文待詔所書唐張繼詩，舊刻石寺中，可辨者僅數字，唐六如《寒山寺記》亦漫漶過半。中丞歎曰：『名勝之地，荒蕪至此，官斯土者，與有責焉。吾曩者遠在大梁，緬懷茲勝，形之歌詠，今臨其地，其能恝然乎？』乃與寮屬共謀修葺，自方伯以下，不謀而同辭，僉曰：『美哉斯舉乎！』各捐俸廉，贊成其事，爰卜日鳩工，展拓其門閭，使臨大路，由門而進，折而南行，搆堂三楹，由堂而進，東西之屋各三，東屋宏敞，賓朋之所燕息也，西屋稍綢，則凡寺中舊碑咸植於是。以文待詔所書張懿孫詩今已殘缺，屬余補書而重刻焉。堂之西尚有隙地，乃搆重屋，是曰鐘樓，鑄銅爲鐘，懸之其上，以存古蹟。經始於光緒三十二年九月，不兩月而告成，中丞自捐廉俸以爲之倡，自方伯、廉訪、觀察、太守，及長洲、元和、吳縣三大令，咸醵資以佽之，都凡用洋錢二千六百。董理是役者，權知元和縣竇君鎮山也，余往年視學中州，辱有文字之契，故與余相習，因繪圖具説，述中丞之命，求記於余。考寒山寺創建於梁天監時，舊名妙利普明塔院，以寒山子曾居此寺，故即以爲名。吳中寺院，不下千百區，而寒山寺以懿孫一詩，其名獨著。此詩不獨膾炙於中國，抑且傳誦於東瀛，余寓吳久，凡日本文墨之士，咸造廬來見，見則往往言及寒山寺，且言其國三尺之童無不能誦是詩者。乃寒山寺竟蕪穢不治，使人發勝地不常之歎，何以存此邦之名蹟而動遠人之欣慕哉？

然則中丞之修葺此寺，其用意深矣，若惟是感朕兆之不虚，喜觴詠之有寄，猶非中丞雅意也。余老矣，不獲從諸君子後共落其成，輒紀本末，述年月，以爲斯記。自方伯以下，各出錢若干，用漢碑之例，具刻碑陰，故不及焉。余所書張懿孫詩，遠不及衡山舊刻，而此記則尚能窺見中丞之意，或視六如居士舊記所見者較大乎！

蒼培孫君家傳

君諱文徵，字蒼培，孫氏，江蘇陽湖人。父諱某，字金洪，母承氏，生二子，長文典，君其仲也。幼讀書，以貧故，去而學賈。雖居闤闠間，而無機械之心，持己端重，待人寬恕，無間言。咸豐十年，粤賊陷常州，金洪君遇賊不屈，死。君茹痛飲泣，躬營窀穸之事。事已，奉其母避寇於江北。文典爲兵阻，不克偕行，仍歸其居，未幾物故。君在江北，聞耗潛歸，爲營葬焉。當是時，東南大亂，世家巨室，灰滅無遺，死者枕藉於道，子不克葬其父，弟不克葬其兄，比比皆是。而君於傾側擾攘之中，父兄兩喪，皆克成葬，其天性固過人遠甚，而其材智亦有不可及者矣。同治三年，官軍收復常州，君奉母歸，復治故業，朝夜不倦，貲產愈饒。潔膳羞，備甘旨，以奉其母。母病，湯藥必躬進，不解衣而息者，旬有餘日，及母卒，喪葬皆以禮，奉其寡嫂益虔，撫兄之孤子，不異己出，數十年如一日。有父執李某，貧乏無以自存，爲謀生計，傾囊助之。生平嗇於自奉，而三黨中以緩急告者，無不諾，鄉里義舉，知無不爲，或有爭競之事，君一言平其曲直，無不悦服。於是遠近咸推曰：『長者！長者！』光緒十五年某月日卒於家，年六十有一。娶洪氏，北江先生從孫女也。有賢德，少時嘗刲股療其母疾，不言於人，人罕知者，先君卒。繼娶王氏。子耀彬及一女，洪出也；煥彬、鈜彬，皆王出。女適洪慶葆，則北江先生曾孫矣。耀彬因君每以廢讀爲憾，故又棄賈而讀，并親課其兩弟讀，蓋成先志云。

論曰：孔子稱『十室之邑，必有忠信』，如君者，非其人歟？漢時長安市中有劉仲昭者，經明行修，屢以有道徵，不赴。而許邵亦嘗識樊子昭於鬻幘之肆。嗚呼，廛市之中，大有人在，正不必以棄書而賈爲君惜也。